FANNY LASALLE

Die Gespielin

GOLDMANN
Lesen erleben

Buch

Frankreich, 1733. Die zwanzigjährige Waise Suzanne d'Aubry ist endlich der Klosterschule entronnen, wo sie aufgewachsen ist, seit ihre Familie enteignet wurde und ihr Vater im Gefängnis starb. Nun hofft die lebenshungrige junge Frau, dass ihr Vormund, der Vicomte de Guéret, einen geeigneten Ehemann für sie auswählt – doch er hat andere Pläne: Sie soll die Geliebte eines reichen Adeligen werden, damit er in Versailles Karriere machen kann. Dass Suzanne schon während der Reise nach Paris ihre Unschuld verliert und bald darauf die freizügigen Spiele der Aristokraten kennenlernt, ahnt er nicht.
Und auch, dass Suzanne ein geheimes Ziel verfolgt, behält sie für sich: Sie will herausfinden, was ihr Vater verbrochen hat, und nimmt dafür einen falschen Namen an. Es gelingt ihr, die Aufmerksamkeit des Königs auf sich zu ziehen, der sie als seine geheime Mätresse an den Hof von Versailles holt. Doch obwohl sie mit dem König sinnliche Nächte verbringt, kann Suzanne ihre leidenschaftliche Begegnung mit Alexandre de Bournonville, dem Kommandanten der königlichen Leibwache, nicht vergessen. Ausgerechnet ihn stellt der König ihr als Aufpasser zur Seite, und Suzanne verstrickt sich in ein gewagtes Spiel …

Autorin

Fanny Lasalle ist das Pseudonym einer jungen deutschen Autorin, die bereits für ihre Kurzgeschichten ausgezeichnet wurde. »Die Gespielin« ist ihr erster Ausflug in die erotische Literatur. Fanny Lasalle arbeitete einige Zeit als Textildesignerin und lebt heute mit ihrer Familie in der Schweiz nahe der italienischen Grenze. Sie besitzt weder Haustiere noch Zimmerpflanzen, wodurch ihr ausreichend Zeit bleibt, ihre Fantasie schweifen zu lassen.

Fanny Lasalle

Die Gespielin

Erotischer Roman

GOLDMANN

Originalausgabe

MIX
Papier aus verantwortungsvollen Quellen
FSC® C014496

Verlagsgruppe Random House FSC-0100
Das FSC®-zertifizierte Papier *München Super* für dieses Buch liefert Arctic Paper, Mochenwangen.

1. Auflage
Originalausgabe Januar 2012

Dieses Werk wurde vermittelt
durch die Literarische Agentur Michael Gaeb.
Umschlaggestaltung: UNO Werbeagentur, München
Umschlagfoto: © FinePic, München
AG · Herstellung: Str.
Satz: IBV Satz- u. Datentechnik GmbH, Berlin
Druck und Bindung: GGP Media GmbH, Pößneck
Printed in Germany
ISBN: 978-3-442-47580-3

www.goldmann-verlag.de

FRANKREICH

März 1733

St. Agnes

Es gelang Suzanne tatsächlich, der Cellerarin den Schlüssel zu stehlen – auch wenn ihr Herz so schnell und heftig pochte, dass sie Angst hatte, Schwester Felizitas könnte davon aufwachen. Mit nackten Füßen tappte sie über den kalten Steinboden, was übertönt wurde vom lauten Schnarchen der Nonne. Dennoch wagte Suzanne kaum zu atmen, als sie nach dem Schlüsselbund griff, der auf dem Nachttisch lag, genau neben dem Kopf der Schlafenden. Ein Mondstrahl fiel schräg durch das kleine Fenster auf das kräftige Gesicht der Cellerarin. Es klirrte leise, und Suzanne erstarrte, aber nichts geschah. Es schien Stunden zu dauern, bis sie den eisernen Schlüsselring hochgehoben hatte. Als wäre er ein rohes Ei trug sie ihn vor sich her zur Tür, voller Angst, die Bestohlene könnte jeden Augenblick erwachen, doch sie schlüpfte ungesehen auf den Gang. Nun lief sie, so schnell sie konnte. Séraphine wartete im Kreuzgang, der still im Mondlicht lag, als wäre er verzaubert.

»Hast du ihn?« Séraphines Gesicht war angespannt. Sie hatte versucht, Suzanne davon abzubringen, den Schlüssel zu stehlen, hatte aber wie immer letztendlich nachgegeben und versprochen, ihr zu helfen.

Suzanne hielt den Schlüsselbund hoch. Der Triumph über den gelungenen Streich rann heiß durch ihre Adern. Sie hatte schon oft gegen die Regeln der Klosterschule verstoßen, aber was sie gerade getan hatte, war tolldreist. Sie unterdrückte ein Kichern, und dann huschten die beiden jungen Frauen in den Gemüsegarten. Wie aufregend es war, nachts außerhalb des Schlafsaals unterwegs zu sein! Suzanne dachte lieber nicht daran, wie viele

Ave Maria sie beten müssten, falls sie erwischt würden. Vor der alten Gartenpforte machten sie Halt. Die niedrige Holztür war in die bemooste Mauer eingelassen, das Schloss verrostet und offensichtlich seit Langem nicht mehr benutzt worden. Hoffentlich hing der passende Schlüssel auch am Bund der Cellerarin, sonst war die ganze Mühe vergeblich gewesen.

»Suza, beeil dich doch!«, flehte Séraphine und sah immer wieder ängstlich zum Klostergebäude zurück, doch dort blieb alles dunkel. Suzanne begann, die Schlüssel nacheinander auszuprobieren, denn sie waren sämtlich unbeschriftet. Das Metall klirrte, und Suzanne zischte vor Ungeduld, weil keiner der Schlüssel zu passen schien. Sie merkte kaum, wie kalt es war und dass Séraphine in ihrem Leinenhemd begonnen hatte, mit den Zähnen zu klappern. Verbissen stieß sie einen Schlüssel nach dem anderen in das alte Schloss und drehte ihn. Endlich! Mit einem lauten Knacken öffnete es sich, und Suzanne drückte die Türe auf. Dahinter lag eine stille Straße, auf deren gegenüberliegender Seite auch wieder eine Mauer stand. Bei dem Gedanken daran, wer morgen Abend diese Straße entlanggehen und vor der Pforte auf sie warten würde, lächelte sie in sich hinein.

Einer plötzlichen Laune folgend machte Suzanne einen Schritt über die Schwelle hinaus auf die Straße.

»Heilige Muttergottes, komm wieder herein!«, flüsterte Séraphine. »Wenn dich jemand sieht!«

»Dann wird er glauben, er sähe ein Gespenst, und die Beine in die Hand nehmen!« Suzanne fasste die Zipfel ihres Nachthemdes und schwenkte sie. Séraphine fing an, hysterisch zu kichern.

Suzanne fühlte eine seltsame Mischung aus Anspannung, Neugier und Angst. Seit vierzehn Jahren hatte sie das Klostergelände nur selten verlassen, und niemals alleine. Nun könnte sie einfach davonlaufen, und niemand würde je erfahren, was aus ihr würde. Verwandte hatte sie nicht, und ihr Vormund kümmerte sich nicht darum, was mit ihr geschah. Er bezahlte zwar das Schulgeld, schrieb ihr aber weder Briefe, noch besuchte er sie. Suzanne wusste nur, dass Héctor de Gouzon, Vicomte de Guéret, ein Freund ihres Vaters gewesen war und sie nach dessen Tod hierhergebracht hatte. Sie erinnerte sich nur vage daran. Es war Nacht gewesen, sie hatte in einer schaukelnden Kutsche geschlafen, und vorher waren da Flammen gewesen, so nah, dass sie die Hitze auf ihrem Gesicht gespürt hatte. Soldatenstiefel, die die Treppe des Familienschlosses heraufpolterten, und einer der Fremden hatte die Apollo-Statue, die in der Eingangshalle stand, zerschmettert. Doch all diese Eindrücke wollten sich zu keinem Bild zusammenfügen. Was hatte ihr Vater getan, so dass Soldaten gekommen und alles in Brand gesetzt hatten? Sie hatte sogar die Mutter Oberin danach gefragt, aber auch die konnte Suzanne keine Antworten geben.

»Suza, bitte lass uns gehen!«, bat Séraphine erneut, und diesmal kehrte Suzanne zurück in den Garten. Sie schloss die Pforte sorgfältig ab, nahm den Schlüssel vom Bund und versteckte ihn in einer Mauerritze.

»Komm doch, bitte!« Séraphine ergriff ihre Hand und zog sie zurück zum Klostergebäude. Schwester Felizitas schlummerte selig in ihrer Kammer, und Suzanne legte den Schlüsselbund wieder genauso hin wie vorher. Als sie hinausschlich, fiel ihr Blick auf das Holzkreuz, das gegenüber dem Bett hing. Das Mondlicht fiel nun genau auf den beinahe nackten Körper des Erlösers. Suzanne bemerkte zum ersten Mal, wie schön er war, nicht leidend oder ausgemergelt, sondern kraftvoll und muskulös. Der Anblick ließ sie daran denken, was sie erwartete, und sie seufzte unwillkürlich auf. Schwester Felizitas grunzte im Schlaf und schreckte Suzanne auf. Lautlos huschte sie aus dem Zimmer.

Am nächsten Tag konnte Suzanne ihre Ungeduld kaum beherrschen. Sie wünschte, dass es Abend würde, und gleichermaßen fürchtete sie sich davor. Eine kurze Ablenkung gab es am Nachmittag, als unvermutet Nicole-Françoise de la Lande zu einem Besuch ins Kloster zurückkehrte. Nichts an ihr erinnerte mehr an die rotwangige Fünfzehnjährige, die vor drei Monaten mit ihren Eltern nach Paris aufgebrochen war. Ihre Haare waren aufgesteckt, unter dem winzigen Häubchen ringelten sich kokette Stirnlocken hervor. Ihre Augen waren dunkel umrandet, die Lippen hatten die Farbe überreifer Kirschen. Sie trug ein hellgrünes Kleid aus Atlasseide, an dem überall cremefarbene Spitze herunterrieselte, und ihre Brüste, die in Wirklichkeit allenfalls die Ausmaße von Mandarinen besaßen, waren dermaßen hochgeschnürt, dass sie so groß wie Pampelmusen wirkten.

»Sie ist wunderschön«, sagte Séraphine, die mit Suzanne etwas abseits stand, während die jüngeren Mädchen Nicole umringten, die ihre Huldigungen mit einer Anmut entgegennahm, die sie früher nicht besessen hatte. Schwester Fidelis, die die Aufsicht führte, ließ die Mädchen lächelnd gewähren.

»Nun sag schon, Nicole, wer ist es?«, drängte eines der jüngeren Mädchen. Nicole senkte in gespielter Schamhaftigkeit die Augen, konnte sich jedoch ein triumphierendes Lächeln nicht verkneifen.

»Louis Erasme, Marquis de Contades«, platzte sie heraus. »Wir werden uns im Mai offiziell verloben und im September heiraten. Mädchen, ich gehe nach Versailles!«

Nun wurde sie über jede Einzelheit ihres Pariser Aufenthalts ausgefragt. Sie bestätigte, dem König begegnet zu sein. Er habe sogar geruht, kurz stehen zu bleiben und ihre Schönheit mit einigen Worten zu würdigen.

»Er ist göttlich!«, schwärmte sie. »Seine Portraits zeigen nicht annähernd, wie groß und gutaussehend er ist.«

Während Nicoles Bewunderinnen verzückt seufzten, verdrehte Suzanne die Augen. »Göttlich!«, äffte sie Nicoles affektierten Tonfall nach und zog Séraphine, die sie fest untergehakt hatte, zum Springbrunnen in der Mitte des Klostergartens. Umgeben von einer Rosenhecke, bot ihr Lieblingsplatz Schutz vor

Beobachtung. Sie ließen sich auf einer der Steinbänke nieder. Suzanne presste die Lippen zusammen. »Sie ist fünfzehn, und in einem halben Jahr wird sie die Marquise de Contades sein. Ich bin zwanzig, und so wie es aussieht, werde ich hier als alte Jungfer verschimmeln. Und du verlässt mich auch bald!«

Séraphine streichelte ihre Hand, und Suzanne wurde bewusst, wie alleine sie sein würde, wenn Séraphine auf das Schloss ihrer Eltern zurückkehrte.

»Ich will ja nicht weg von dir. Aber meine Eltern verlangen, dass ich nach Hause komme«, sagte Séraphine beinahe flehentlich.

»Und dann wirst du auch heiraten und Kinder kriegen und mich vergessen.« Sie drehte eine der braunen Locken, die sich unter ihrer Haube hervorgeschlängelt hatten, um den Finger. Die Vorstellung, noch jahrelang oder sogar für immer in St. Agnes bleiben zu müssen, war entsetzlich.

»Wer wird mich schon heiraten, ohne Mitgift«, lächelte Séraphine, deren Eltern zwar von altem Adel, aber vollkommen verarmt waren.

»Dir bleibt immerhin dein klangvoller Name«, erwiderte Suzanne dumpf. »Ich bin anscheinend eine Ausgestoßene, weil mein Vater irgendetwas Schreckliches angestellt hat. Mein Vormund scheint mich in dieser Gruft vergessen zu haben. Wahrscheinlich hofft er darauf, dass ich mich zur Nonne berufen fühle, wenn er mich nur lange genug hier lässt.«

Séraphine musste lachen. »Es gibt sicher niemanden, der weniger für das Klosterleben geeignet ist als du! Obwohl Baptiste bestimmt erfreut wäre, wenn du für immer hierbliebst.«

Sofort fühlte Suzanne sich besser. »Du lässt mich doch nachher nicht im Stich und passt auf?«

»Natürlich.« Séraphine drückte Suzannes Hand. »Auch wenn mir alle Glieder schlottern werden. Ich darf gar nicht daran denken, was geschieht, wenn wir erwischt werden.«

»Was sollen die Schwestern schon tun?« Suzanne machte

eine verächtliche Geste. »Mehr als hinauswerfen können sie mich nicht.« Plötzlich wurde sie ganz still und biss sich auf die Unterlippe, während sie die Brunnenfontäne betrachtete, die in der kraftlosen Märzsonne glitzerte. Nach einiger Zeit des Nachdenkens entschied sie sich, das Wagnis einzugehen. Sie wandte sich Séraphine zu.

»Du musst etwas für mich tun«, sagte sie. »Schwöre, dass du mir hilfst.«

Und ohne zu wissen, was von ihr verlangt werden würde, nickte Séraphine.

»Bitte, tu es nicht«, bat Séraphine, als sie mit Suzanne sofort nach der Vesper aus der Kapelle huschte. In dem allgemeinen Durcheinander, das stets dem Abendessen vorausging, war es einfach, für kurze Zeit im dämmrigen Garten zu verschwinden.

»Du hast es geschworen«, erinnerte Suzanne die Freundin, und Séraphine folgte ihr schicksalsergeben.

Sie liefen an den leeren Kohl- und Rübenbeeten vorbei zu den Stangenbohnen, wo Séraphine zurückblieb, während Suzanne zur Pforte hinüberlief. Sie zog den Schlüssel aus seinem Versteck, öffnete und stand Baptiste gegenüber. Er hatte genau vor der Tür gewartet. Ihre Nase stieß gegen sein nicht gerade sauberes Hemd, das nach frischem Schweiß und Stall roch, und dann umfingen sie seine Arme. Er grinste auf sie herunter und fegte mit einer Kopfbewegung die Locken aus seiner Stirn. Es war das erste Mal, dass ein Mann sie umarmte, und es fühlte sich unbeschreiblich gut an. Wie etwas, nach dem sie sich gesehnt hatte, ohne zu wissen, was es war.

Sie umarmte ihn ebenfalls und schmiegte das Gesicht in seine Halsbeuge. Sie spürte die Muskeln unter seiner schäbigen Kleidung, was ganz köstliche Gefühle in ihr aufsteigen ließ, dann bot sie ihm die Lippen. Er küsste sie heftig und biss in ihre Oberlippe, bis sie Blut schmeckte. Suzanne wurde ganz weich unter seinen groben Zärtlichkeiten. Sie dachte an die Frauen, die er normalerweise berührte: Köchinnen, Wäscherinnen, Schankmädchen, und es gefiel ihr, sich zu fühlen wie eine von ihnen. Baptiste war es gleichgültig, wer sie war und was ihr Vater getan haben mochte.

Sie zog ihn in den Garten und lehnte die Pforte an. Kein Vorübergehender würde ahnen, was hinter der Gartenmauer des Klosters geschah. Baptistes Augen wurden dunkel vor Begehren. Er drückte Suzanne gegen die Mauer und schob ihr ein Knie zwischen die Schenkel. Seine Hand raffte den Saum ihres Kleides, dann spürte sie seine rauen, schwieligen Hände auf ihrer weichen Haut. Sie flüsterte seinen Namen. Seine Hand umrundete ihren Schenkel, wanderte höher und packte ihr unter den Röcken nacktes Gesäß. Suzanne stöhnte auf, da legte er ihr seine andere Hand auf den Mund.

In Baptistes Armen spürte sie zum ersten Mal den Sog des Begehrens, diesen dunklen See, der sie dazu verlockte, sich hineinfallen zu lassen, selbst wenn sie darin ertrinken mochte. Baptistes warmer Mund lag an ihrem Hals, seine Locken kitzelten sie am Kinn. Sie legte den Kopf zurück und sah in den farblosen Himmel, der vom Geäst eines kahlen Birnbaums zerteilt wurde. Die Kälte der Mauersteine durchdrang ihr Kleid, aber sie wünschte sich, dieser Augenblick könnte währen bis in alle Ewigkeit. Sie seufzte, als seine Finger unter ihr Schultertuch fuhren.

Zum ersten Mal gesehen hatten sie sich am Kücheneingang, der auf den Wirtschaftshof führte. Die Lieferanten waren die einzigen Männer, die das Kloster betreten durften. Schwester Bernadette hatte bis über die Ellbogen in Teig gesteckt, die beiden Küchenmädchen waren verschwunden, und deshalb hatte sie Suzanne gebeten, an die Tür zu gehen, obwohl Schülerinnen jeder Umgang mit Außenstehenden verboten war. Da, zwei tote Hühner im Arm, hatte Baptiste gestanden, mit wilden, schwarzen Locken und noch schwärzeren Augen, Sommersprossen auf der Nase und einem Lächeln, das einem König angestanden hätte. Sie hatten sich angeblickt, und nach wenigen Wimpernschlägen wusste Suzanne, dass sie alles daransetzen würde, ihn wiederzusehen.

Schließlich war es lächerlich einfach gewesen, das einzurichten. Ein Küchenmädchen wurde mit Naschwerk bestochen, mündliche Botschaften zu übermitteln, Suzanne hatte den Schlüssel gestohlen, und nun waren sie beide hier, an der Mauer, und pressten sich aneinander.

Seine Hand wollte weiter vordringen und schob sich zwischen ihren Schenkeln aufwärts, doch Suzanne presste die Beine zusammen. Sie mochte es, geküsst und berührt zu werden, aber das hier machte ihr Angst. Auch als Baptiste versuchte, ihre Hand an seinen Schritt zu führen, zuckte sie zurück.

»Nicht«, murmelte sie und bot ihm als Ausgleich einen Kuss. Baptiste gehorchte, denn er wusste wohl, dass bei diesem Spiel Suzanne die Regeln festlegte, selbst wenn sie sich ihm auszuliefern schien. Wollte er sie wiedersehen, musste er sich daran halten. Er stöhnte leise, während er seine Zunge über ihren Hals gleiten ließ. Ein Schauer der Lust durchrieselte Suzanne. Wie schade war es, dass ihre erste Begegnung wahrscheinlich auch ihre letzte sein würde!

Sie verloren sich in Zärtlichkeiten, aber gelegentlich warf Suzanne einen Blick auf Séraphine, die hinter den Bohnenstangen auf Marie Veyrac wartete, Suzannes Erzfeindin, der sie den Spitznamen »Die Heilige« angehängt hatte. Séraphine hatte ihr erzählen müssen, sie habe ihr etwas ungeheuer Aufregendes zu zeigen. Auf Maries Neugier war immer Verlass. Schon sah Suzanne sie vom Kreuzgang herüberkommen und sich suchend umblicken. Kaum erspähte sie Suzanne mit Baptiste neben der Pforte, schlug sie die Hand vor den Mund und suchte Deckung hinter einem blattlosen Haselstrauch. Dort blieb Marie lange genug, um mit anzusehen, wie Baptiste seine Hand in Suzannes Dekolleté schob. Erst dann drehte sie sich um und rannte zurück zum Kloster, als wäre der Leibhaftige hinter ihr her.

Nun würde es nicht mehr lange dauern, bis sie kamen. Baptiste, der nicht ahnte, dass er benutzt wurde, um Suzanne die Flucht aus dem Kloster zu ermöglichen, sollte dann nicht mehr bei ihr sein. Sie wollte ihm keinen Ärger einbrocken.

»Du musst gehen«, murmelte sie. »Da kommt jemand!«

Baptiste nahm sich noch die Zeit, sie ein letztes Mal zu küssen, während Suzanne ihn schon durch die Pforte drängte. Geschwind drehte sie den Schlüssel, lehnte sich mit dem Rücken gegen das Holz und sah ruhig Schwester Felizitas entgegen, die mit wehendem Schleier auf sie zukam.

Die Oberin saß über ihren Schreibtisch gebeugt. Durch ein hochgelegenes Fenster hinter ihr fiel ein schwacher Sonnenstrahl auf den Steinboden. Vor ihr lag das ledergebundene Ausgabenbuch. Durch die halb offene Tür drang entferntes Lachen herein, und die Oberin bat Schwester Felizitas, sie zu schließen. Die dicke Nonne, außer Atem und hochrot im Gesicht, ließ nur widerwillig Suzanne los, ganz so, als könnte die Delinquentin davonfliegen. Suzanne rieb sich den Arm und beobachtete die Belustigung in den Augen der Oberin, als die dicke Nonne wieder vor ihren Tisch kugelte.

»Schwester Oberin, es ist unerhört!«, stammelte diese. »Ich habe so etwas noch nie … in zwanzig Jahren nicht … unsittlich …« Sie keuchte, unfähig weiterzusprechen.

Die Oberin legte die Feder weg, lehnte sich in ihrem Stuhl zurück und schob die Hände in die Ärmel ihres Gewandes. »Beruhigt Euch, Schwester«, sagte sie gelassen. »Und dann berichtet, was Euch so in Aufregung versetzt hat.«

»Dieses Mädchen! Es ist zu schrecklich, ich kann es nicht aussprechen!«

»Das werdet Ihr wohl müssen, wenn ich verstehen soll, worum es geht.«

»Marie hat beobachtet, wie Suzanne mit dem Jungen, der die Hühner liefert, herumpoussiert hat. Sie hat ihm die hintere

Gartenpforte geöffnet. Sie haben sich – gütiger Gott –, sie hat zugelassen, dass dieser Schmutzfink sie berührt!«

Die Oberin richtete sich auf und sah Suzanne scharf an. »Stimmt das?«

Suzanne nickte schweigend.

»Marie sagt, sie sagt, er habe ihre – Heilige Mutter, steh mir bei –, ihre Brüste berührt und auch ihre Schenkel unter dem Kleid!« Schwester Felizitas sank zusammen wie ein Ballon, aus dem die Luft entweicht.

»Hat er dir Gewalt angetan?«, forschte die Oberin.

»Nein«, murmelte Suzanne. Die Oberin sank in ihrem Lehnstuhl zurück.

»So etwas musste ja früher oder später passieren«, sagte sie wie zu sich selbst, dann sah sie Suzanne fest in die Augen. »Wenn du bestätigst, dass der Hühnerlieferant dich gegen deinen Willen berührt hat, wirst du nicht bestraft, mein Kind.«

»Ich bin doch kein Kind mehr!«, rief Suzanne. »Ich bin bald einundzwanzig Jahre alt und sollte schon längst verheiratet sein!« Ein Zorn wallte in ihr auf, den sie nicht länger unterdrücken konnte. Sie stampfte mit dem Fuß auf. »Ich werde hier eingesperrt für etwas, das mein Vater getan hat, obwohl ich nicht einmal weiß, was das war. Soll ich mein Leben hinter Klostermauern verbringen, nur damit der Name d'Aubry für immer vom Erdboden getilgt wird? Ist das der Plan, den ihr alle verfolgt?«

Die Oberin blieb äußerlich ruhig. »Suzanne, ich weiß ebenso wenig wie du, was dein Vater getan hat, das rechtfertigte, sein Schloss niederzubrennen und seine Ländereien zu konfiszieren. Aber du bist hier nicht eingesperrt, sondern dein Vormund bezahlt nicht wenig Geld, um dir hier die einer jungen Edeldame angemessene Erziehung angedeihen zu lassen.«

Suzanne drängte die Tränen zurück. Sie wollte vor Schwester Felizitas, die sie hasste, keine Schwäche zeigen, aber ihre Stimme klang gepresst, als sie der Oberin antwortete.

»Und wie lange soll diese Erziehung dauern? Bis ich klein beigebe und den Schleier nehme?«

Zu ihrem Erstaunen lächelte die Oberin.

»Davor möge der Herr dich und uns bewahren. Aber wie lange du hierbleibst, ist deinem Vormund überlassen.«

»Mein Vormund schreibt mir ja nicht einmal, er hat gar kein Interesse an mir!«

»Es war sehr großzügig von Vicomte de Guéret, dich als Mündel anzunehmen«, erwiderte die Oberin. »Er muss ein guter Freund deines Vaters gewesen sein, und du bist ihm ganz sicher nicht gleichgültig, sonst hätte er nicht für dich gesorgt. Überlege einmal, was ohne seine Hilfe aus dir geworden wäre.«

Suzanne senkte den Kopf. Sie musste der Oberin Recht geben. Aber es machte sie rasend, dass dieser Vicomte, an den sie sich nicht einmal richtig erinnern konnte, über sie bestimmen durfte, wie es ihm gefiel.

»Es tut mir leid, Ehrwürdige Mutter, ich war undankbar. Jetzt werdet Ihr mich sicher bestrafen.« Suzanne ließ den Kopf hängen. Bestrafung bedeutete meistens, eine Nacht lang auf den Knien vor dem Altar zu liegen und mit klappernden Zähnen ein Ave Maria nach dem anderen herunterzuleiern. Umso überraschter war sie, als sie die nächsten Worte der Oberin vernahm.

»Nein, ich werde dich nicht bestrafen. Denn du hast Recht: Für dich ist es Zeit, diese Schule zu verlassen. Ich werde deinem Vormund schreiben und ihn bitten, dich abzuholen.«

Der Plan des Vicomte

Suzanne war reisefertig. Ihre kleine Tasche stand neben ihr auf dem Steinboden, sie trug das schlichte blaue Kleid der Klosterschülerinnen und hatte ihre Haare mehr schlecht als recht unter der Haube versteckt. Erwartungsvoll starrte sie die Tür an, die in die Freiheit führte. Aber es mischte sich auch Angst in ihre Neugier auf die Zukunft, die in wenigen Augenblicken beginnen würde. Seit sie sechs Jahre alt war, hatte sie im Kloster gelebt, und an die Zeit davor hatte sie nur vage Erinnerungen. St. Agnes war alles, was sie von der Welt kannte, und obwohl sie kaum erwarten konnte, von hier fortzugehen, war es doch das einzige Zuhause, an das sie sich erinnern konnte.

Am schwersten fiel ihr die Trennung von Séraphine, die aber ohnehin bald auf das elterliche Schloss zurückkehren würde. Sie hatten die ganze letzte Nacht zusammen geweint und sich versprochen, so oft wie nur möglich Briefe zu wechseln.

Die Oberin bemerkte Suzannes umherirrenden Blick, lächelte herzlich und strich ihr über die Wange.

»Wir wissen beide, dass es so am besten ist. Doch solltest du einmal eine Zuflucht brauchen, wird unsere Tür dir immer offen stehen.«

»Danke, Ehrwürdige Mutter.« Suzanne küsste die Hand der Oberin. In diesem Moment klopfte es an die Tür.

»Geh mit Gott, mein Kind«, sagte die Oberin. Schwester Immaculata öffnete die Tür, und Suzanne trat hinaus ins Freie.

Vor ihr am Straßenrand wartete eine Kutsche, auf den Türen prangte das Wappen derer von Gouzon. Im Inneren erkannte

Suzanne die Silhouette eines Mannes. Ein Diener nahm ihr die Tasche ab, öffnete den Schlag und klappte die kleine Treppe herunter. Suzanne stützte sich beim Einsteigen leicht auf seine Hand. Kaum hatte sie sich gesetzt, fuhr die Kutsche mit einem Ruck an.

Verlegen sah Suzanne ihren Vormund an, den sie seit vierzehn Jahren nicht mehr gesehen hatte. Héctor de Gouzon, Vicomte de Guéret mochte am Ende seiner Dreißiger sein, sein Haar war bereits eisgrau, jedoch füllig genug, dass er auf eine Perücke verzichten konnte. Er betrachtete Suzanne mit einem ausdruckslosen Blick, der keine Regung erkennen ließ.

»Guten Tag, Vormund. Ich freue mich, Euch zu sehen«, sagte Suzanne zurückhaltend und blickte auf ihre Knie.

»Herr im Himmel«, sagte er nach einer Weile. »Was ist im Kloster mit dir geschehen?«

»Was ist denn, Vormund?«, erkundigte sich Suzanne ängstlich.

»Wo ist das zerzauste kleine Ding, das ich den Schwestern in Obhut gab?« Der Vicomte lächelte jetzt. »Stattdessen sehe ich ein Juwel vor mir! Wenn auch die Fassung etwas überarbeitet werden muss«, fügte er mit einem Blick auf ihr Kleid hinzu.

»Vielen Dank, Vormund«, antwortete sie und fühlte sich sofort besser. Zum ersten Mal in ihrem Leben hatte ihr ein Mann ein Kompliment für ihr Aussehen gemacht. Im Kloster hatte sie gelernt, ihrem Äußeren keinen Wert beizumessen, dennoch hatte sie sich oft heimlich in Fensterscheiben betrachtet. Séraphine hatte behauptet, sie sei hübsch. Aber Suzanne hatte ihrer elfenhaften, goldblonden Freundin nie ganz glauben mögen. Doch die Bewunderung in den Augen ihres Vormunds bestätigte ihr, dass sie schön war, und ließ sie vor Freude erröten.

Wie reizend sie errötete! Belustigt merkte der Vicomte, dass sein Geschlecht sich versteifte, und zog schnell die Falten seines Gehrocks über die Schwellung. Es gab keinen Grund, sein

Mündel zu erschrecken. Aber was die Oberin ihm über den Vorfall mit dem Hühnerjungen erzählt hatte, berechtigte zu den schönsten Hoffnungen. Sie konnte offensichtlich kaum erwarten, dass ein Mann ihre Schenkel spreizte. Bei der Vorstellung ihrer jungfräulichen Spalte wurde die Hose des Vicomte noch enger. Es gelüstete ihn, sie sofort in der Kutsche zu nehmen, denn für das, was er mit ihr vorhatte, war es nicht notwendig, ihre Jungfräulichkeit zu bewahren. Aber bei Frauen Gewalt anzuwenden war ihm zuwider, und überdies würde sich sein Plan nur umsetzen lassen, wenn sie einverstanden war. Das unerfahrene Gänschen zu verführen würde einem erfahrenen Lebemann wie ihm ein Leichtes sein. Er lächelte selbstgefällig und sah vor sich, wie ihre Lippen sein Geschlecht umschlossen und daran saugten. Er würde ihr beibringen, was sie brauchte, um ihre Zukunft zu sichern, und sie würde ihm dankbar sein. Aber bis es so weit war, würde er ihre Unschuld genießen und den liebevollen Vormund spielen.

Bald ließen sie die Tore von Limoges hinter sich, und es öffnete sich ihnen die Landschaft. Endlose Wälder überzogen die Hügelketten, dazwischen lag Weideland, auf dem rote Kühe grasten. In den Tälern lagen kleine Ortschaften wie in Nester gebettet.

»Es ist so schön hier, Monsieur!«, schwärmte sie. »Wir sind fast nie aus dem Kloster herausgekommen, und wenn, dann nur, um die Messe in St. Etienne zu besuchen.«

»Bitte, nenn mich Onkel Héctor, meine Liebe«, sagte er. »So hast du mich als kleines Mädchen stets genannt.«

Zutraulich wie ein kleines Kätzchen folgte Suzanne seiner Bitte. Sie begann, alberne Geschichten aus dem Kloster zu erzählen, und erstaunt stellte der Vicomte fest, dass er sich tatsächlich amüsierte. Beinahe tat es ihm leid, dass er das Mädchen verschachern würde – doch dann rief er sich ins Gedächtnis, dass es ihr Schaden nicht sein würde. Mit etwas Geschick würde sie aufsteigen bis an die Spitze und er mit ihr.

Unvermittelt wurde Suzanne still und sah ihn aufmerksam an.

»Onkel Héctor«, setzte sie an. »Ich möchte Euch etwas fragen.«

»Nur zu!« Er grinste leutselig.

»Was genau ist damals geschehen? Ich habe mich das immer gefragt, seit ich klein war, aber niemand wollte mir antworten.«

Das Grinsen auf des Vicomtes Gesicht erlosch. Er räusperte sich und sah aus dem Fenster, bevor er antwortete.

»Ich weiß nicht, warum dein Vater ins Gefängnis musste«, log er. »Sicher hätte man ihn nach kurzer Zeit freigelassen. Dass eine Blinddarmentzündung ihn heimsuchte, war Schicksal. Er wäre auch in Freiheit gestorben. Aber reden wir nicht von solch unerfreulichen Dingen. Dort hinten kannst du bereits Schloss Guéret sehen.«

Suzanne stieß einen Schrei aus: »Ich kann mich erinnern! Hier bin ich schon einmal gewesen!« Aufgeregt beugte sie sich aus dem offenen Fenster. »Ich fühle mich schon wie zu Hause!«

Der Vicomte de Guéret lächelte still. Alles lief genau so, wie er es sich vorgestellt hatte.

Auf der Freitreppe warteten einige Bedienstete und verneigten sich tief, als ihr Herr mit Suzanne der Kutsche entstieg. Der Vicomte winkte eine junge Frau heran. Sie trug ein einfaches braunes Baumwollkleid, darüber eine weiße Schürze. Unter ihrer Leinenhaube lugten einige schwarze Strähnen hervor. Goldfarbene Augen blickten Suzanne vorwitzig an, als die Dienerin sich aus ihrem Knicks erhob.

»Ich bin Yvette, Mademoiselle. Eure Kammerzofe.« Ein breites Lächeln drückte entzückende Grübchen in die Wangen der jungen Frau, wenn auch ihre schiefen Zähne zu wünschen übrig ließen.

Nachdenklich wiederholte Suzanne ihren Namen, der eine Saite in ihr anschlug.

»Du bist die Tochter der Köchin! Als Kinder haben wir zusammen gespielt, hier im Garten!«

»Das stimmt, Mademoiselle. Wir waren noch sehr klein.«

»Damals waren wir Freundinnen, dann wollen wir es auch weiter so halten«, sagte Suzanne freundlich. Wie froh sie war, jemanden zu treffen, den sie kannte!

Der Vicomte führte Suzanne ins Innere des Schlosses. Die Räume waren luftig und verspielt, die Wände mit Seidenbrokat in pudrigen Tönen bezogen. Überall wucherten asymmetrische Stuckornamente, und heitere Trompe-l'œils an den Decken erzeugten die Illusion, man befände sich unter freiem Himmel. Vor dem Schloss erstreckte sich ein Landschaftsgarten nach englischem Vorbild, kiesbestreute Wege schlängelten sich zwischen Baumgruppen dahin.

Suzanne war überwältigt, nie hätte sie sich träumen lassen, dass sie an solch einem Ort leben würde. Aller Groll, den sie je gegen ihren Vormund gehegt hatte, löste sich auf, und sie umarmte ihn herzlich. »Es ist wie im Märchen, Onkel Héctor!«

»Und du wirst hier Prinzessin sein«, erwiderte er und drückte sie an sich. Seine Hand lag dabei vielleicht etwas zu tief auf Suzannes Hüfte, aber sie bemerkte es kaum. Nachdem sie ihren Rundgang beendet hatten, entschuldigte er sich und zog sich zurück. Yvette brachte Suzanne in ihre Räume im ersten Stock. Sie hatte zu ihrem Entzücken eine kleine Zimmerflucht zur Verfügung, bestehend aus Schlafraum und Ankleidezimmer, Vorraum und einem Salon. Der Vicomte hatte die Wände mit gelber Seide bespannen lassen, die Vorhänge waren aus cremefarbenem Brokat. Das Himmelbett, umgeben von himbeerroten Samtdraperien, war groß genug, um dort eine Teegesellschaft abzuhalten. Suzanne, die nur die schmalen Betten der Klosterschule kannte, konnte kaum glauben, dass all dies nur für sie sein sollte. Endlich hatte sie ein wirkliches Zuhause! Sie wollte so bald wie möglich Séraphine schreiben und sie wissen lassen, dass ihr Leben sich in die denkbar beste Richtung gewendet hatte. Was den Tod ihres Vaters betraf, hatte sie die Erklärung des Vicomte etwas schwammig gefunden, aber sie wollte sich fürs Erste damit zufriedengeben. Bei Gelegenheit würde sie ihm Genaueres zu entlocken wissen.

Schon nach wenigen Tagen erschien Suzanne ihr neues Leben ganz selbstverständlich. Die Zeit im Kloster war in weite Ferne gerückt, und sie erinnerte sich kaum noch an die Gesichter der Nonnen und ihrer Mitschülerinnen. Der Vicomte gab sich alle Mühe, sie zu unterhalten. Es wurden Kutschfahrten unternommen, Picknicks veranstaltet, zu denen auch der benachbarte Landadel eingeladen war, und auf eigenen Wunsch erhielt sie Reitunterricht von ihrem Vormund. Nachdem sie sich im Sattel sicher fühlte, unternahm sie ausgedehnte Ausritte, bei denen sie entweder ihr Vormund oder ein Stallknecht begleitete.

Der Vicomte nutzte außerdem jede Gelegenheit, Suzannes Manieren zu verbessern. In der Klosterschule hatten sie zwar Geografie, Latein, Sticken, Klavierspiel und Singen gelernt, aber ihre Tischmanieren und Konversation ließen zu wünschen übrig, wie er fand. Sie nahm dankbar alle Hinweise an, und bald hatte er nichts mehr an ihrem Benehmen auszusetzen. Manchmal wunderte sie sich, weil er sie so nachdenklich musterte, doch machte sie sich keine weiteren Gedanken darüber. Sie war viel zu sehr damit beschäftigt, sich zu entpuppen und ihre Flügel zu entfalten.

Der Vicomte ließ aus Limoges einen Schneider kommen. Stoffballen wurden ausgerollt, Aufputze auf dem großen Esstisch ausgelegt, Hüte und Schuhe anprobiert, Strümpfe und dazu passende Sonnenschirme ausgewählt. Suzanne schwelgte in Farben und Stoffen, als wollte sie alles nachholen, was sie bisher versäumt hatte. Vor Augen stand ihr dabei das Bild Nicoles, die verkündete, sie werde bald heiraten und in Versailles leben.

Yvette erwies sich als unersetzlich bei der Zusammenstellung von Suzannes Ausstattung. Darüber hinaus wurde sie bald zu ihrer Vertrauten und Freundin. Die beiden jungen Frauen waren ungefähr gleich alt, und die Erinnerung an ihre Kinderfreundschaft brachte sie einander nahe.

Wenn sie genug hatten von dem endlosen Heer der Putzmacherinnen, Schneider und Schuhmacher, flohen sie in den Park, den Suzanne besonders liebte. Inzwischen war es April, und überall sprossen Blüten und Blätter.

Yvette, den Sonnenschirm in der Hand, bemühte sich, mit ihrer Herrin Schritt zu halten. »Mademoiselle, Euer Teint!«, jammerte sie und versuchte, mit dem Schirm Suzannes Gesicht zu beschatten.

»Und wenn schon!« Suzanne lachte. »Duften die Blumen nicht wunderbar, Yvette? Ich bin so glücklich, hier zu sein!«

Sie vermisste das Kloster nicht im Mindesten, sondern sah voller Neugier ihrem zukünftigen Leben entgegen. Obwohl elternlos, wusste sie sich doch gut versorgt: Ihr Vormund würde sie mit einer Mitgift ausstatten, die etliche Bewerber anziehen würde, selbst wenn sie ausgesehen hätte wie eine Ziege. Jetzt würde das schöne Leben beginnen, voller Lustbarkeit, Bequemlichkeit und Genuss. Wen sie am Ende heiraten würde, war ihr beinahe gleichgültig, die Wahl würde sie ihrem Vormund überlassen. Bis jetzt hatten sie zwar über dieses Thema noch nicht gesprochen, aber sie hegte keinen Zweifel daran, dass es so sein würde.

An diesem Nachmittag machten Suzanne und Yvette an einem kleinen See Halt, auf dem Enten und Schwäne schwammen. Am Ufer lag ein Boot bereit, falls man Lust bekäme, sich auf der glitzernden Wasserfläche treiben zu lassen. Die beiden jungen Frauen ließen sich auf einer Decke nieder, die Yvette mitgebracht hatte. Suzannes Contouche breitete sich um sie aus wie eine Wolke aus fliederfarbener Seide. Sie nahm die Haube ab und ließ die Haare über ihre Schultern fallen. Ein Diener, der unter einem Baum gewartet hatte, schleppte einen Deckelkorb herbei, und bald stand neben den Frauen ein Klapptischchen, darauf Teller mit Käse, Melonen und Hähnchenfleisch neben einer Karaffe mit Weißwein. Der Diener schenkte ein, dann entließ Suzanne ihn mit einem Wink.

Es war ein herrlicher Nachmittag, selbst im Schatten der Bäume war es angenehm warm. Vögel zwitscherten in den Zweigen, zuweilen unterstützt vom Quaken der Enten. Die Frauen knabberten an den Köstlichkeiten und tranken den Wein in vornehm kleinen Schlucken. Suzanne, die im Konvent außer zur Kommunion nie Alkohol bekommen hatte, fühlte, wie ihr der Wein zu Kopf stieg. Sie musste furchtbar über die Enten kichern, die so unbeholfen am Ufer dahinwatschelten. Unvermittelt warf sie Yvette einen schelmischen Blick zu.

»Yvette, wenn ich dich etwas frage, schwörst du mir, wahrheitsgemäß zu antworten?«

»Gewiss, Mademoiselle, ich würde nie wagen, Euch zu belügen.«

»Gut«, sagte Suzanne und strich sich eine Haarsträhne aus dem Gesicht. »Bestimmt wird mein Vormund bald einen Ehemann für mich suchen. Was in der Hochzeitsnacht passieren wird, haben mir die Mägde im Kloster erzählt. Aber sag mir, Yvette, wie fühlt es sich an, wenn ein Mann und eine Frau das miteinander tun?«

Röte lief über Yvettes Dekolleté, stieg ihren Hals hinauf und floss in ihre Wangen. »Mademoiselle, woher soll ich das wissen?« Die Zofe richtete den Blick auf ihre Hände.

»Hältst du mich für eine Idiotin, Yvette? Ich habe bemerkt, wie du mit Pierre herumschäkerst und welche Blicke ihr euch zuwerft. Ich befehle dir, mir alles darüber zu erzählen!« Suzanne hatte sich vorgeneigt, das Kinn ihrer Zofe ergriffen und zwang sie nun, ihr ins Gesicht zu sehen. Sie war entschlossen, dieses Geheimnis zu ergründen, in das sie zusammen mit Baptiste bereits einen Blick geworfen hatte. Als Yvette sich weiter zierte, schob Suzanne kindlich die Unterlippe vor.

»Bitte, Yvette, ich will so gerne alles wissen! Ich habe Angst, mich dumm anzustellen, wenn es so weit ist. Tut es weh?«

Yvette kicherte. »Nein, Mademoiselle. Nur beim ersten Mal ein bisschen. Aber dann …!« Sie seufzte wohlig. »Pierre und ich treffen uns im Weinkeller, wenn der Herr beim Abendessen sitzt. Wenn man mich in seiner Kammer ertappte, würde uns der Vicomte auspeitschen lassen bis aufs Blut. Es ist kühl im Weinkeller, und wir haben wenig Zeit, darum entkleiden wir uns nicht. Pierre holt meine Brüste aus dem Mieder und streichelt sie…« Eine neue Welle von Scham überflutete Yvettes Gesicht, und sie nahm einen undamenhaft großen Schluck aus ihrem Weinglas.

»Wie macht er das?«, fragte Suzanne. »Zeig es mir!«

»Mademoiselle, das ist so peinlich!«

»Wir sind doch beide Frauen«, sagte Suzanne, beflügelt vom Wein. »Es ist nichts dabei.«

Widerstrebend holte Yvette ihre kleinen Brüste aus dem Korsett, so dass sie wie reife Äpfelchen über den Rand hingen. Die hellrosa Brustwarzen stachen vorwitzig in die Luft.

»Sprich weiter«, sagte Suzanne. »Was tut er dann?«

»Er spielt an meinen Brustspitzen herum, Mademoiselle«, gestand Yvette. »Das macht mich immer ganz kribbelig.«

»Mach es mir vor!«, verlangte Suzanne, und Yvette zwirbelte ihre Brustwarzen zwischen Daumen und Zeigefinger, wobei ihr unwillkürlich ein Seufzer entfuhr.

»Tut das nicht weh?«, fragte Suzanne erschrocken. Yvette musste wieder kichern, und die Grübchen in ihren Wangen vertieften sich. Es war nicht verwunderlich, dass Pierre ihr nicht widerstehen konnte.

»Im Gegenteil, Mademoiselle!« Yvettes schwarze Stirnlöckchen wippten.

»Und was tut ihr noch, du und Pierre?« Es fiel Suzanne schwer, sich den Leibdiener ihres Vormunds mit Yvette im Weinkeller vorzustellen.

»Dann hebt er mir die Röcke hoch, Mademoiselle. Er streichelt mich … dort.«

»Oh«, sagte Suzanne und dachte an Baptistes Versuche, sie zu berühren.

»O ja, Mademoiselle, er kitzelt mich dort unten, mit einem Finger oder zweien, und dann schiebt er sie auch hinein, das fühlt sich herrlich an. Und er walkt meine *derrière* durch wie ein Bäcker den Brotteig, während ich seine Hose öffne und seinen herrlichen Schwengel heraushole. Ich reibe ihn, bis er ganz heiß und hart ist in meiner Hand, und dann kann ich nicht anders, als mich bäuchlings über eines von den Fässern zu legen und mich ihm entgegenzustrecken. Er steckt ihn mir tief hinein, dann zieht er ihn langsam wieder heraus und taucht die Feder wieder tief ins Tintenfass – so sagt er immer.«

Yvette kicherte wieder, sie atmete inzwischen heftig und hatte unbewusst wieder damit begonnen, an ihren Brüsten zu spielen.

»Zeig mir, wie er dich da unten anfasst!«, verlangte Suzanne.

»O, Mademoiselle, das geht wirklich nicht, das ist unschicklich!«, protestierte Yvette. Suzanne lachte sie aus.

»Bei Pierre zierst du dich auch nicht. Nun mach schon, ich bin nur neugierig! Ich bin alt genug, um zu heiraten, aber bis her hat niemand mit mir über diese Dinge gesprochen. Ich will mich in meiner Hochzeitsnacht nicht benehmen wie eine Nonne. Du musst mir helfen, Yvette!«

»Nun gut, Mademoiselle.« Yvette raffte ihren Rock mit dem darunterliegenden Reifrock und zeigte schlanke Beine, die in hellgrünen Strümpfen steckten, welche unterhalb des Knies von violetten Strumpfbändern gehalten wurden. Die Zofe öffnete langsam die Schenkel und enthüllte ihr dunkles Pelzchen. Neugierig betrachtete Suzanne das hellrosa Fleisch, das sich ihrem Blick darbot. Sie fragte sich, wie ihr eigenes Geschlecht aussehen mochte. Im Konvent hatten sie stets im Hemd gebadet, und Spiegel hatte es dort erst recht nicht gegeben. Gespannt sah sie zu, wie Yvette sich zurückfallen ließ, der Reifrock bauschte den hellgrauen Stoff um ihre Hüften.

Es war zu verlockend. Suzanne pflückte mit schneller Geste einige lange Grashalme und strich damit über Yvettes Blöße. Die junge Zofe kicherte und wand sich.

»Hast du keine Angst vor dem Höllenfeuer? Unzucht ist eine Sünde«, sagte Suzanne, die sich daran erinnerte, was die Nonnen ihr erzählt hatten. Yvette setzte sich auf.

»Das gilt für die feinen Herrschaften«, sagte sie und ordnete ihren Rock. »Bei uns niederem Volk ist der Herr nachsichtig. Meine Jungfernschaft habe ich schon mit zwölf verloren, und Pierre weiß auch, dass er nicht der Erste ist, der mein Tintenfässchen benutzt. Heiraten wird er mich trotzdem.« Stolz hielt sie Suzanne die Hand hin, an der sie einen erbärmlich schmalen Goldring trug.

»Oh Yvette, warum hast du mir das bisher verschwiegen?« Suzanne küsste Yvette auf beide Wangen.

»Wisst Ihr, Mademoiselle, das kann noch Jahre dauern. Wenn Ihr mich nach Eurer Hochzeit mitnehmt, sehe ich Pierre höchstens, falls Ihr geruht, Euren Vormund zu besuchen. Wann er genug Geld hat, um mit mir einen Hausstand zu gründen, weiß Gott allein.«

Suzanne begann zu ahnen, wie schwer das Leben als Dienstbote sein konnte.

»Sag mir noch eines«, bat sie Yvette. »Der … also das Ding, die Männlichkeit …« Sie verstummte beschämt.

»Den Schwengel meint Ihr?«, sagte Yvette fröhlich. »Stößel, Riemen, Griffel, Schwanz, Zepter, Bajonett, Bohrer, Pfeifenreiniger …« Sie wollte fortfahren, aber Suzanne hielt ihr den Mund zu.

»Mit dir braucht der Herr wirklich Nachsicht, Yvette. Aber nun sag, wie sieht es aus und wie fühlt es sich an?«

»Was?«, fragte Yvette scheinheilig. »Der Freudenspender, der Pfriem, das Geschütz, die Flöte, der Hobel, der Klöppel, die Lanze? Nun, im schlaffen Zustand sind die meisten nicht gerade ansehnlich und erinnern an tote Nacktschnecken. Aber wenn sie sich aufrichten, ja, dann sind sie wundervoll, und man möchte sich gerne von ihnen aufspießen lassen, so hart und weich zugleich sind sie, so warm und verlockend.«

»An dir hätten sich die Nonnen von St. Agnes die Zähne ausgebissen«, sagte Suzanne lachend. »Das Höllenfeuer ist dir so gut wie sicher.«

»Das nehme ich in Kauf«, erwiderte Yvette mit gespielter Bescheidenheit und verstaute ihre Brüste wieder im Korsett.

Als die beiden jungen Frauen zum Schloss zurückkehrten, wartete ein Diener auf der Freitreppe, um Suzanne zum Vicomte zu bringen. Er hielt sich in seinem Salon auf, wo dunkelbraune Wandbespannungen aus Seide und violette Samtvorhänge einen reizvollen Kontrast zu Spiegeln und versilberten Stuckranken bildeten. Idyllische Szenen schmückten die Wände. Der Vicomte saß an seinem Sekretär und erhob sich schwerfällig, als Suzanne eintrat. »Da bist du endlich, meine Liebe«, sagte er mit seltsam schwerer Zunge.

Er erhob sich und ging langsam um Suzanne herum, um sie von allen Seiten zu betrachten wie eine Statue. Suzanne rührte sich nicht, sah ihn nur befremdet an und musste ein nervöses Kichern unterdrücken, als sein Blick von ihrem Dekolleté hinunter zu den silberbestickten Schühchen wanderte, die aufreizend unter dem Rock hervorsahen. Bisher war ihr Zusammensein stets ungezwungen gewesen, doch nun strahlte er etwas aus, das sie beunruhigte. Sie warf einen Seitenblick auf die halb leere Karaffe mit Armagnac auf dem Schreibtisch.

»Kleine Suzanne«, murmelte der Vicomte wie zu sich selbst. »Kleine Suzanne, was ist nur mit dir geschehen? Jeder Mann würde sich mit Freuden ruinieren, um dich zu besitzen, und du stehst einfach da und weißt es nicht einmal.«

»Was soll das bedeuten, Onkel Héctor?«, fragte Suzanne beklommen.

Seine Reden befremdeten sie, aber sie sagte sich, es sei wohl ihr vom Wein und dem Gespräch mit Yvette erhitzter Geist, der den Schmeicheleien ihres Vormunds auf einmal eine zweideutige Note verlieh. Sie neigte den Kopf und lächelte ihm unsicher zu. Als hätte sie ihn dazu aufgefordert, war er plötzlich neben ihr und nahm sie in die Arme. Sein Mund näherte sich ihrem Gesicht. Unwillkürlich spannte Suzanne sich an. Sie spürte instinktiv, dass der Kuss, den er ihr geben wollte, alles andere als onkelhaft sein würde.

»Soll ich Euch etwas vorspielen, Vormund?« Sie entwand sich seinen Armen und griff nach einer Laute, die auf einem Konsoltisch lag. Die Gegenwart ihres Vormunds war ihr zum ersten Mal unangenehm. Bisher hatte sie ihn ausschließlich als ihren Wohltäter angesehen, aber nun war sie sich bewusst, dass er vor allem ein Mann war. Er machte sich gerade daran, ihr zu Füßen zu sinken, als sein Kammerdiener Pierre den Salon betrat und ankündigte, das Abendessen sei bereit.

»Lasst hier im Salon eindecken«, befahl der Vicomte und erhob sich, als wäre es ganz normal, dass er auf dem Parkett herumkroch. Suzanne atmete auf. In Pierres Anwesenheit würde der Vicomte nicht wagen, Hand an sie zu legen.

Das Mahl bestand an diesem Abend aus faserigem Fleisch, das kaum zu kauen war. Dazu reichte Pierre Käse und ziemlich trockenes Weißbrot. Suzanne war im Kloster nicht gerade verwöhnt worden, doch selbst sie wusste, dass die Tafel eines Adeligen anders hätte aussehen sollen. Doch seit einigen Tagen schien Schmalhans Küchenmeister auf Schloss Guéret zu sein. Hatte ihr Vormund etwa finanzielle Schwierigkeiten? Sie legte die Gabel ab und sah ihn an.

»Scheußlicher Fraß.« Er lehnte sich zurück und winkte dem Diener, ihm nachzuschenken. Während er trank, betrachtete er Suzanne über den Rand des Glases hinweg.

»Liebe Suzanne«, sagte er endlich. »Wir wollen über deine Zukunft reden.« Es klang eher wie eine Drohung als wie eine Verheißung. Der Vicomte knetete seine Unterlippe, sein Gesichtsausdruck war undurchdringlich.

»Ich will dir nicht länger etwas vormachen. Noch kann ich die Fassade wahren, aber nicht mehr lange. Der Vicomte de Guéret ist bankrott, und zwar vollständig.«

»Aber was ist denn geschehen?«, wagte Suzanne zu fragen. Er lachte bitter auf.

»Spielschulden, was sonst? Und die Renovierung des Schlosses, zu der ich mich habe hinreißen lassen, hat Unsummen verschlungen. Dazu die Missernte letztes Jahr. Mein Familienvermögen schmilzt dahin wie ein Eisblock vor dem Kaminfeuer. Du ahnst, was das für dich bedeutet?«

»Keine Mitgift«, sagte Suzanne leise, die sogleich begriffen hatte.

»Ich würde, wenn ich könnte, mein Kind.« Héctor de Gouzon sah aus dem Fenster, fast so, als langweilte ihn das Thema. Eine Zeit lang schwiegen sie beide. Dann straffte er sich und sprach weiter.

»Aber ich fühle mich dennoch verantwortlich für dich. Dein Vater und ich waren beste Freunde von Kindesbeinen an. Und darum möchte ich dich auf deinem weiteren Weg unterstützen, soweit es mir möglich ist.«

»Danke«, murmelte Suzanne verwirrt. Worauf wollte der Vicomte hinaus? Plötzlich sehnte sie sich zurück in die vertraute, überschaubare Welt des Klosters. Dort war für alles gesorgt, dort musste man keine Entscheidungen treffen.

Sie zuckte zusammen, als der Vicomte seinen Stuhl zurückstieß und aufstand. Er kam um den Tisch herum und trat hinter sie. Sein Atem streifte ihr Ohr, als er sich zu ihr hinabbeugte.

»Du kannst Gott danken, dass er dich mit einem hübschen Gesicht und einem begehrenswerten Körper ausgestattet hat«, murmelte er. »Das ist dein einziges Kapital, aber mehr brauchst du auch nicht.«

Suzannes Körper erstarrte. Sie spürte ihn hinter sich, sein Atem roch nach Wein, und sein Kinn streifte ihr Haar.

»Du hast keine Mitgift, der Name deiner Familie ist geächtet – wie sind wohl deine Aussichten auf eine Gewinn bringende Heirat?«

Suzanne schwieg.

»Wer würde dich nehmen? Niemand aus dem Schwertadel. Aber auch niemand aus dem Amtsadel – sie gieren nach alten Namen, aber auf deinem prangt ein Fleck, zu dunkel, als dass dein Liebreiz ihn verblassen ließe.«

Suzanne räusperte sich. Ihr Hals war ausgedörrt, und sie trank ihr Weinglas mit wenigen Schlucken aus. Der Alkohol belebte sie, die Wärme strömte in ihren Körper zurück. Sie war bereit, zu hören, was ihr Vormund zu sagen hatte, wie schrecklich es auch sein mochte.

»Weshalb erzählt Ihr mir das alles, Onkel Héctor? Sicher nicht, um Konversation zu machen.«

Sein Lachen ähnelte einem Bellen. »Es gibt angenehmere Themen! Aber ich möchte dir einen Vorschlag machen, der zugleich dir und mir nützlich wäre.«

Nun setzte er sich auf die Tischkante, und sein Schritt befand sich nur zwei Handbreit von Suzannes Gesicht entfernt. Beschämt sah sie auf und merkte, dass er inzwischen völlig betrunken war. Seine Lider waren halb geschlossen, aber die Augen darunter glänzten fiebrig, als sie sich auf ihren Busen hefteten.

»Ich höre Euch zu, Onkel Héctor, aber könntet Ihr Euch hinsetzen? Ihr macht mich nervös.«

Der Vicomte schnalzte mit der Zunge und grinste träge. »Wie reizend«, sagte er gedehnt. »Es ist nicht einfach, in Paris eine Frau zu finden, die noch etwas nervös macht.«

»Paris?«, wiederholte Suzanne verwirrt. »Wovon redet Ihr?«

Sie sah sich nach Pierre um, der zwar an den Tisch kam, aber lediglich die Gläser erneut füllte. In ihrer Verwirrung nahm Suzanne sogleich einen großen Schluck. Auch der Vicomte trank, wobei er einige Tropfen verschüttete. Als er die roten Flecken auf dem Leintuch sah, lachte er wie über einen Witz, den nur er verstand.

Er holte mit einem Arm weit aus, als wartete im Salon eine Menschenmenge darauf, dass Suzanne ihr vorgestellt würde. »Wir werden nach Paris reisen«, verkündete er. »Und dich zur Mätresse eines möglichst reichen, möglichst hochrangigen Adeligen machen.«

Suzanne stieß ihren Stuhl so heftig zurück, dass er krachend auf das Parkett fiel. Sie konnte nicht fassen, was er ihr soeben vorgeschlagen hatte.

»Ihr wisst ja nicht mehr, was Ihr redet, Onkel Héctor!«

Der Vicomte blieb ruhig sitzen und verdrehte die Augen. »Meine Güte, die Nonnen haben dir jeglichen Esprit ausgetrieben. Das müssen wir schleunigst ändern.«

»Ihr macht Scherze, Onkel Héctor!« Suzanne hörte selbst, wie schrill ihre Stimme klang.

Der Vicomte gähnte. »Von moralischer Empörung kannst du dir keine schönen Kleider kaufen, meine Liebe. Ich biete dir ein Geschäft an, das uns beiden nützlich sein wird. Ich bekomme wieder Verbindung nach Versailles, du genießt die Annehmlichkeiten des Hoflebens. Oder ziehst du es vor, an meiner Seite in der Provinz zur alten Jungfer zu werden?« Er hob ironisch eine Augenbraue. Mit den Augen gab er Pierre ein Zeichen, der Suzannes Stuhl wieder aufstellte. Der Vicomte rutschte vom Tisch und setzte sich wieder auf seinen Platz. Auch Suzanne ließ sich nieder. Sie verbarg das Gesicht hinter den Händen, um sich dem Blick ihres Vormunds zu entziehen. Doch er ließ ihr keine Ruhe, sondern redete mit schmeichelnder Stimme auf sie ein.

»Wenn du unbedingt aufs Heiraten aus bist, soll es mir recht sein. Aber sei dir im Klaren darüber, wer an deine Tür klopfen wird: Wenn du Glück hast, bringst du es zur Frau eines Provinzbeamten. Eine enge dunkle Wohnung über irgendeinem Laden, alle Zimmer voller Kinder, denen du den Rotz abwischen musst. Ist das das Leben, das dir vorschwebt?«

»Natürlich nicht«, antwortete Suzanne gequält, die es bei dieser bildhaften Beschreibung ihrer möglichen Zukunft graute. »Aber es muss doch irgendeinen Ausweg geben.«

»Ganz recht, meine Liebe«, erwiderte der Vicomte. »Ich kratze mein allerletztes Geld zusammen, statte dich aus, führe dich in die Pariser Gesellschaft ein. Alles Übrige liegt bei dir. Bezaubere einen Marquis, einen Herzog, und die Tore von Versailles stehen dir offen. Glanzvolle Feste, Vergnügungen, Jagdpartien, seidene Roben, Juwelen – und Liebe.«

Suzanne sah ihn überrascht an. »Liebe?«

Der Vicomte verdrehte abermals die Augen über so viel Begriffsstutzigkeit.

»Ehefrauen hat man aus dynastischen Gründen, Mätressen aus Neigung. Während Gattinnen nur der Fortpflanzung dienen, werden Mätressen verehrt, begehrt, angebetet, mit Geschenken überhäuft – wahrlich ein schreckliches Schicksal.«

»Und sie werden ausgetauscht, sobald ihre Schönheit verblüht«, entgegnete Suzanne trocken. »Ich bin nicht ganz so lebensfremd, wie Ihr glaubt.«

»Die Klugen unter ihnen sichern sich rechtzeitig gegen diese Folge des Alterns ab. Sie eröffnen einen Salon, laden geistreiche Leute zum Gespräch und bestimmen selbst über ihr Leben«, parierte ihr Vormund. »Das ist das Beste, was ich dir anbieten kann, meine Liebe. Die Entscheidung liegt bei dir.«

Suzanne schwieg einige Minuten. Der Vorschlag ihres Vormunds klang auf einmal nicht mehr ganz so grauenvoll. War ein Trauring denn tatsächlich so wichtig? Sie war dazu erzogen worden, einen Ehemann als Ziel aller Wünsche zu betrachten, doch das Leben schien ganz anders zu sein, als die Nonnen es dargestellt hatten. Hätte sie nur nicht so viel getrunken! Ihr war schwindelig vom Wein, alles verwirrte sich, und sie wusste nicht mehr, was richtig und was falsch war.

Sie reckte das Kinn und sah ihrem Vormund in die Augen. Er konnte sich ein siegesgewisses Lächeln nicht verkneifen.

»Eines möchte ich wissen«, sagte sie. »Was habt Ihr davon? Ihr werdet Euer letztes Geld ausgeben müssen, habt Ihr gesagt.«

Der Vicomte schenkte sich nach, bevor Pierre an den Tisch treten konnte. »Nennen wir es eine Investition in die Zukunft. Es gibt keinen Grund, dir zu verheimlichen, dass ich wieder eine Rolle bei Hofe spielen will. Wenn du erst in Versailles bist, wirst du auch mir die Tür öffnen. Das ist die einzige Gegenleistung, die ich für meine Aufwendungen verlange.«

»Und wenn ich keinen Liebhaber finde?«

Der Vicomte warf den Kopf zurück und lachte, bis er Schluckauf bekam.

Am nächsten Tag erwachte Suzanne mit unerklärlichen Kopfschmerzen. Sie stöhnte, als Yvette die Vorhänge aufzog, und steckte den Kopf unter die Decke.

»Ich bin krank«, ächzte sie. »Wahrscheinlich habe ich Fieber. Yvette, du musst einen Arzt holen.«

»Die Krankheit kenne ich«, lachte Yvette. »Ihr habt gestern Nacht zu viel getrunken. Das ist die Buße für Eure Unmäßigkeit.«

»Sei nicht so vorlaut.« Suzanne setzte sich behutsam auf und ließ sich von ihrer Zofe ein in duftende Essenzen getränktes Tuch auf die Stirn legen. »Ich trinke nie wieder etwas.«

»Das gebt mir lieber schriftlich«, erwiderte Yvette trocken und begann, Suzannes Schläfen zu massieren. Suzanne dachte, sie nehme sich ziemlich viel heraus für eine Kammerzofe, doch im Grunde genoss sie es, so mütterlich gescholten zu werden. Zumindest Yvette machte sich etwas aus ihr. Für ihren Vormund war sie anscheinend nur ein Mittel, um seinen Status bei Hofe wiederzuerlangen. All ihre schönen Hoffnungen hatte er zunichtegemacht. Ohne Mitgift war sie nicht interessanter als eine Gänsemagd, noch dazu mit dem Makel ihres Namens behaftet – wobei sie nicht einmal wusste, weshalb die d'Aubrys all ihrer Privilegien beraubt worden waren. Weshalb wollte ihr niemand sagen, was ihr Vater verbrochen hatte?

In Suzannes Kopf pulsierte eine helle Kugel aus Schmerz, und sie spürte eine Anwandlung von Hass gegen ihren Vater, als sei auch das seine Schuld. Sie musste ihn hassen. Nur ein schändlicher Charakter würde seine Familie derart ins Unglück stürzen. Und doch waren die wenigen Erinnerungen an ihn, die sie tief in sich verschlossen hatte, hell und froh. Sie sah, wie seine großen Hände unter ihre Arme griffen und sie auf ein Pony hoben, wie er neben ihr herlief und das Tier am Zügel führte, während sie sich in der Mähne festhielt und vergnügt jauchzte. Einmal hatte er ihr eine Puppe mitgebracht, mit einem feinen Porzellangesicht und goldenen Locken. Er hatte sich zu ihr hinuntergebeugt und sie in die Arme geschlossen. Sie erinnerte sich sogar an seinen Geruch nach Tabak und Leder, aber sein Gesicht blieb ein leerer Fleck. »Na, wer wird denn weinen?«, fragte Yvette, setzte sich zu Suzanne auf den Bettrand und hielt sie in den Armen, bis es vorbei war. Dann richtete Suzanne sich auf, schniefte und sagte: »Lass ein Pferd satteln, ich muss allein sein und nachdenken.«

Der Vicomte hatte nicht gut geschlafen. Er wusste, dass er seinen Plan ungeschickt präsentiert hatte. Suzanne hatte ihn am Abend vertröstet und gesagt, sie müsse sich seinen Vorschlag überlegen, aber er ahnte, dass er sie verloren hatte, weil er zu ungestüm vorgegangen war. Nun, wenn sie sich weigerte, nach Paris zu gehen, würde er wenigstens das Vergnügen haben, sie zu seiner Geliebten zu machen. Er hatte nicht damit gerechnet, sie dermaßen unwiderstehlich zu finden. Jetzt geisterte sie durch seine Träume, was ein beinahe schmerzhaftes Ziehen in seinen Lenden verursachte. Im Halbschlaf hatte er sich den harten Schwengel gerieben, aber ohne Befriedigung zu finden. Bis zum Morgengrauen hatte er sich hin und her gewälzt, und beim Aufstehen war er äußerst schlechter Laune. Diese steigerte sich noch, als er hörte, dass Suzanne soeben ausgeritten sei, denn er hatte gehofft, bei einem späten Frühstück ihren Anblick genießen zu können. Da dies nicht der Fall war, trank er schnell seinen Kaffee und ließ dann sein Lieblingspferd satteln. In Begleitung Pierres jagte er durch die Wälder um Schloss Guéret. Insgeheim hoffte er, ihr zu begegnen. Er stellte sich vor, wie er sie auf einer Waldlichtung vom Pferd ziehen und gleich dort, unter den Bäumen im Gras, nehmen würde. Wenn sie sich wehrte, würde er die Reitgerte zum Einsatz bringen, um sie fügsam zu machen. Der Vicomte knirschte mit den Zähnen. Natürlich würde er nichts von alldem tun, um seinen Plan nicht zu verderben, aber er verspürte ein derart starkes Verlangen danach, Suzanne zu sehen, dass es ihn geradezu wütend machte.

Seine Stimmung besserte sich nicht, als er auf einen Hasen anlegte und das Tier prompt verfehlte. Wieder würde es nur Gemüse und ein zähes Suppenhuhn zu Mittag geben. Mürrisch gab er den Befehl zur Rückkehr. Bei den Stallungen saß er ab und warf die Zügel einem Stallburschen zu. Er war erhitzt von dem scharfen Ritt und ging zur Pferdetränke, um sich das Gesicht mit kaltem Wasser zu benetzen. Als er aufsah, fiel ihm eine Magd ins Auge, die einen mit einem Tuch bedeckten Korb trug. Er rief sie zu sich. Sie näherte sich zögerlich, mit gesenktem Kopf.

»Was hast du da?«, fragte der Vicomte und zerrte das Tuch zur Seite. In dem Korb befanden sich zwei Hühnerkeulen, ein Teller mit mehreren Scheiben Schinken und eine angebrochene Flasche Wein.

»Wem bringst du dieses Essen?«, knurrte er. Die Magd hielt den Blick gesenkt.

»Den Stallburschen«, hauchte sie.

Der Vicomte packte sie am Arm. »Auf meine Kosten fütterst

du die Stallburschen durch?«, zischte er. »Wer gab dir die Erlaubnis dazu?«

»Niemand, Herr«, wisperte die Magd unterwürfig. Doch unter gesenkten Augenlidern warf sie ihm einen Blick zu, der ihren Ton Lügen strafte. Keck war dieser Blick, und dem Vicomte fiel auf, dass die junge Frau ausgesprochen anziehend war. Unter ihrer Haube ringelten sich braune Locken hervor, und in ihrem Mieder wogte ein voller Busen. Lüstern packte er sie um die Taille. Sie stemmte zwar zum Schein die Hände gegen seine Brust, doch ihre Augen funkelten schelmisch. Dieses Luder kam ihm gerade Recht, an ihr würde er sein Verlangen stillen können.

»Wie heißt du?«, fragte er und presste ihr Handgelenk so fest, dass sie ächzte.

»Jeanne, Herr.«

Er zog sie noch näher an sich und drückte sein Glied an ihre Hüften. Aus dem Augenwinkel nahm er wahr, wie Pierre sich diskret zurückzog.

»Sag, Jeanne, was soll ich mit Bediensteten machen, die mich hintergehen?«

»Ich weiß nicht, Herr«, schnurrte sie. »Schickt mich aber bitte nicht fort, bestraft mich lieber.«

Sie atmete heftig, ihr Busen hob und senkte sich verführerisch. Als der Vicomte seinen Mund auf ihren Hals senkte und hineinbiss, warf sie den Kopf zurück. Seine Hand griff in ihr Mieder und holte erst eine Brust heraus, dann auch die andere. Vom Saum des Mieders nach oben gedrückt, boten sie einen verlockenden Anblick. Er packte eine bräunliche Spitze und zwirbelte sie, bis Jeanne aufjammerte.

»Das gefällt dir, du kleines Biest«, flüsterte der Vicomte in ihr Ohr.

»Ja, Herr«, antwortete sie stöhnend.

»Tu so, als wehrtest du dich«, befahl er, und prompt begann sie, in seinem Griff zu zappeln. Welches Vergnügen bereitete es ihm, sie zu bändigen! Er umklammerte mit einer Hand ihre Handgelenke, während die andere weiter ihre Brustspitze im Griff behielt. Er zog daran, so dass die Magd ihm folgen musste, und führte sie in den dämmrigen Stall, wo es warm war und nach Pferd roch. Die Tiere scharrten in ihren Boxen und schnaubten, ab und zu wieherte eines leise. Der Vicomte zerrte Jeanne durch den Mittelgang. Ein Stallbursche, der neugierig aus einer der Boxen lugte, zog sich schnell wieder zurück.

Der Vicomte stieß Jeanne in die Sattelkammer. Dort hing das Zaumzeug an Haken und lagen die Sättel auf hölzernen Böcken. Er ließ Jeanne die Röcke bis zu den Hüften schürzen und sich über einen der Böcke beugen. Ihr weißes, rundes Hinterteil streckte sich ihm entgegen, er genoss beste Aussicht auf ihre Öffnungen. Doch bevor er sie nahm, wollte er die kokette Magd aufwärmen.

»Nun, du sollst deine Strafe kriegen«, versprach er und nahm eine Reitpeitsche von der Wand. »Du kannst es ja kaum erwarten.«

Als Antwort spreizte sie die Beine noch mehr und reckte ihr Gesäß hoch in die Luft. Mit Genuss ließ der Vicomte die Peitsche herabsausen. Jeanne keuchte, sofort erschien ein roter Striemen auf ihrer Haut. Der Vicomte schlug wieder zu, diesmal traf er den Oberschenkel unterhalb des Gesäßansatzes. Zu seinem Vergnügen schrie Jeanne auf. Unwillkürlich zuckten ihre Hände nach hinten, um ihre entblößte Kehrseite zu schützen.

»Ich werde dich lehren, mir zu gehorchen«, ächzte der Vicomte, dessen Lanze mit aller Macht danach strebte, sich aus dem Hosenbund zu schieben. Mit Hilfe einiger Zaumzeugriemen band er Jeannes Handgelenke an den Seiten des Sattelbocks fest. Dann fuhr er mit dem Peitschenstiel in ihre Spalte. Er grinste zufrieden, als er ihn wieder hervorzog und sah, dass die Magd ihn mit dem Beweis ihrer Lüsternheit benetzt hatte. Ihre Haube war auf den Boden gerutscht, und ihre Locken hingen wie ein dunkler Wasserfall herab. Plötzlich sah der Vicomte Suzanne vor sich, in der gleichen hilflosen Stellung wie die Magd, und seine Lust steigerte sich noch. Wieder zog er die Peitsche mehrmals über das feste Hinterteil, ohne Jeanne eine Pause zu gönnen.

Die Magd schrie wie am Spieß und zerrte an ihren Fesseln, aber als der Vicomte hinter sie trat und mit dem Daumen in ihre Spalte fuhr, wurde dieser von ihrem Saft überflutet. Sie stöhnte und stieß ihr Hinterteil in seine Richtung, um seinen Finger noch tiefer zu spüren. Wer hätte gedacht, dass sie so gut zu gebrauchen war, frohlockte der Vicomte innerlich. Jetzt befreite er sein Bajonett aus dem Futteral seiner Hose. Aufgepflanzt wartete es auf seinen Einsatz. Mit beiden Händen spreizte er Jeannes Hinterbacken und drang tief in die nasse Spalte ein. Sie stöhnte auf, als er sie auf so angenehme Weise pfählte. »O ja, Herr, ganz hinein!«, wimmerte sie. Er griff ihr ins Haar und zerrte ihren Kopf zu sich, wickelte die Strähnen um seine Finger und benutzte sie wie Zügel. Wieder kam ihm Suzannes Bild vor Augen, und er trieb seinen Kolben noch fester in Jeannes Fleisch.

»Dir geb' ich's, du Hure«, keuchte er, ließ ihr Haar los, fasste stattdessen die Brüste, die bei jedem Stoß aneinanderklatschten, und drückte sie zusammen.

»Du kleine Stute«, ächzte der Vicomte. »Lässt dich gerne reiten, wie? Ich wette, die Stallburschen durften auch schon aufsitzen. Sag, dass du eine Hure bist.« Er klatschte mit der flachen Hand auf ihre gestriemte Kehrseite.

»Ich bin eine Hure«, keuchte Jeanne. »Ich bin Eure Hure, Herr.«

Das gefiel ihm. Er würde Jeanne sicher in Zukunft öfter zu sich rufen lassen. Vielleicht könnte sie sogar eines von Suzannes Kleidern tragen. Bei dieser Vorstellung ergoss er sich zuckend in ihre warme Höhle. Sie rieb sich heftig am Sattelbock, und er spürte, wie sie sich um seinen Kolben herum zusammenzog. Sie schrie, als ihre Lust sich ebenfalls entlud.

Selbstgefällig lächelnd zog der Vicomte sich zurück. Bei ihm war noch keine Frau unbefriedigt geblieben. Ohne weiteres säuberte er sich mit Jeannes Rock und schnürte seine Hose wieder zu.

»Bindet mich los, Herr«, bat die Magd. Sie hing mit dem Kopf nach unten über dem Bock und drehte ihr gerötetes Gesicht nach oben, so gut es ging. Der Vicomte grinste.

»Ich denke, ich lasse dich so hier stehen. Vielleicht hat ja einer der Stallburschen noch Lust, sich zu bedienen.« Zum Abschied klatschte er noch einmal kräftig mit der Hand auf ihre Kruppe. Er verließ den Stall, ohne Jeannes Gezeter zu beachten, wieder vollkommen zufrieden mit sich und der Welt.

Schatten der Vergangenheit

Suzanne preschte unter den Bäumen hindurch, als wären es ihre Zweifel und Ängste, die das Pferd unter ihr vorantrieben. Vor sich sah sie den gestreckten Pferdehals mit der flatternden Mähne, seitlich rasten Bäume und Sträucher vorüber. Sie verlor sich ganz im Rausch der Geschwindigkeit und der gleichmäßigen Bewegung des Pferdes. Sie hatte keine Angst, aus dem Sattel zu rutschen, es kam ihr vor, als wäre sie mit dem Tier verschmolzen und ahnte all seine Bewegungen voraus. Es war das erste Mal, dass sie unbegleitet ausritt, was der Vicomte sicher nicht gestattet hätte. Sie war froh, dass sie seiner ständigen Bewachung entflohen war. Seit dem vorigen Abend war er ihr zuwider. Wie hatte er nur solch einen Vorschlag machen können? Verkaufen sollte sie sich und ihren Körper, um sich und ihm ein angenehmes Leben zu sichern. Es war ekelhaft, aber wie es schien, hatte sie keine andere Wahl. So mit ihren Gedanken beschäftigt, achtete sie kaum darauf, wohin sie ritt; das Pferd würde später schon alleine zum Stall zurückfinden. Jetzt überließ sie sich ganz der Bewegung und der frischen Luft, die ihre Kopfschmerzen vertrieb.

Alles war ganz anders gekommen, als sie gedacht hatte. Statt eines sorglosen Lebens an der Seite eines geachteten Ehemannes erwartete sie ein Dasein als Kurtisane. Eine verheiratete Frau, die sich einen Liebhaber nahm, wurde von niemandem schief angesehen, aber eine ledige junge Frau, die sich Männern an den Hals warf, würde man als Hure betrachten. Jugend und Schönheit würden ihr Einsatz sein, und sie musste versuchen, so lange wie möglich Kapital daraus zu schlagen. Sie würde außerhalb der Gesellschaft stehen, ohne Schutz, ohne Sicherheit, abhängig von der Großzügigkeit ihrer Liebhaber. Würde sie stark genug sein, um dieses Leben zu ertragen?

Sie hatte die Zügel zu locker gelassen, das Pferd jagte zwischen Bäumen hinweg, und sie musste sich unter tief hängenden Zweigen hindurchducken. Sie nahm die Zügel wieder auf und gewann die Gewalt über die Stute zurück, die nun gutwillig in einen leichten Trab fiel. Auf einmal sah Suzanne vor sich eine Mauer, die beinahe vollständig von Ranken überwuchert war, darin ein Steintor, dessen Eisengitter schief in den Angeln hingen. Das Wappen über dem Tor war so moosüberzogen, dass Suzanne es nicht erkennen konnte. Hinter dem Tor begann ein kiesbestreuter Weg, von Unkraut durchsetzt: Hier fuhren schon lange keine Kutschen mehr. Neugierig lenkte sie ihr Pferd durch das Tor. Die Wildnis zu beiden Seiten des Weges musste einmal ein Park gewesen sein, stellenweise ließ sich noch die alte Anlage erkennen. Die Pferdehufe knirschten überlaut auf dem Kies, und sie sah sich unwillkürlich um, ob sie alleine war. Im Gebüsch am Wegrand raschelte es. Langsam ritt sie weiter, und als sie die Freitreppe, das zertrümmerte Portal und die rußgeschwärzten Mauern erblickte, wusste sie plötzlich, wo sie sich befand. Ihr Herz pochte so heftig, als drängte es durch ihre Kehle hinaus, und einen Augenblick wurde es ihr schwarz vor Augen. Dann hatte sie sich gefasst und glitt aus dem Sattel. Die Arme vor dem Körper gekreuzt, als müsste sie sich schützen, näherte sie sich der Ruine, aus der Efeuranken und Baumschößlinge sprossen. Sie setzte einen Fuß auf die unterste Treppenstufe und war zum ersten Mal seit vierzehn Jahren zuhause.

Ein Damm brach in Suzannes Kopf, und auf einmal waren die Erinnerungen wieder da. Sie erinnerte sich, wie sie auf dem Marmorboden der Vorhalle gespielt hatte, wie sie die Treppe hinaufgelaufen war, um in das verdunkelte Zimmer ihrer Mutter zu gelangen, hinter sich eine Zofe, die vergeblich versuchte, sie davon abzuhalten. Sie war durch den Türspalt geschlüpft und hatte kurz die schlaffe, heiße Hand der Kranken halten können, ehe man sie hinauszerrte. Es musste das letzte Mal gewesen sein, dass sie ihre Mutter gesehen hatte. Des Weiteren erinnerte sie sich an die köstlichen Düfte, die sie häufig in die Küche gelockt hatten: frisch gebackenes Brot, Wildbraten, Vanillearoma. Eine Köchin war da gewesen, die stets in riesigen Töpfen rührte und ihr immer eine Leckerei zugesteckt hatte.

Suzanne sah das Innere des Gebäudes so deutlich vor sich, als stünde es noch. Sie wusste sogar wieder, wo ihr Zimmer gewesen war, im westlichen Seitenflügel, weit entfernt von den Räumen ihrer Eltern. Welch ein Fest war es gewesen, wenn ihr Vater sie besuchen kam! Die gedämpfte Stimmung, die nach dem Tod ihrer Mutter im Schloss herrschte, wurde weggerissen wie eine schwere Decke, wenn seine Kutsche vor dem Portal hielt und gleich darauf seine Schritte auf der Treppe zu hören waren. Und dann hatte sie an seinem Grab gestanden, ohne zu verstehen, was das alles bedeutete.

Der Schmerz des Verlusts traf sie nun aufs Neue so scharf, als hätte man eine schlecht verheilte Wunde aufgerissen. Sie sank auf die oberste Treppenstufe und legte den Kopf auf ihre Arme wie auf ein Kissen, aber sie weinte nicht. Sie fühlte sich wie ein Stück Holz, starr und ausgelaugt.

»Mademoiselle, geht es Euch nicht gut?« Jemand berührte sanft ihre Schulter, und sie schnellte hoch. Die Frau hob beschwichtigend die Hände, als Suzanne aufsprang und einige Schritte zwischen sich und die Fremde brachte.

»Ich dachte, Ihr braucht Hilfe.« Die Frau trug ein wirres Durcheinander von Kleidungsstücken: ein altes, aber sauberes Kleid, darüber einen Justaucorps, der seine gute Zeit lange hinter sich hatte, und auf ihrem nachlässig zusammengesteckten Haar saß ein zerbeulter Dreispitz. Insgesamt bot sie eine derart ungewöhnliche Erscheinung, dass Suzanne bei ihrem Anblick fast ihre Angst vergaß, zudem die Fremde lächelte – wenn sie auch dabei braune Zahnstummel entblößte.

»Wer bist du, und wie kommst du hierher?«, fragte Suzanne misstrauisch. Es schien ihr, als hätte allein sie das Recht, hier zu sein. Aber die Frau schnalzte nur mit der Zunge.

»Komm mit, ich mache uns einen Kräuteraufguss.«

Suzanne folgte der seltsamen Person nur zögernd, war aber zu neugierig, um zu flüchten. Die Frau war mindestens doppelt so alt wie sie, und in ihrem Gang, ihrer Haltung, lag etwas, das Suzanne vage vertraut erschien. Sie gingen in den hinteren Teil der Ruine, wo einst die Küche gelegen hatte. Suzanne setzte beklommen die Füße auf die zerbrochenen Steinplatten, wo sie als Mädchen oft gespielt hatte. Als die Frau in einem halb verschütteten Kellerzugang verschwand, zögerte sie erneut, nahm sich dann aber vor, kein Angsthase zu sein, und tauchte in die Dunkelheit.

Es ging nur wenige Stufen hinab, ein muffiger Geruch nach alten Weinfässern kitzelte Suzannes Nase. Sie hörte die Frau rumoren, dann flammte ein kleines Feuer auf.

»Setz dich, Mädchen«, wurde sie aufgefordert und nahm vorsichtig auf einem alten Stuhl Platz, der wohl einst in einem Salon des Schlosses gestanden hatte. Die Fremde setzte schweigend Wasser auf und schüttete getrocknete Blätter in eine Kanne aus Steingut. Suzanne kam der Gedanke, man könnte sie einschläfern oder sogar umbringen, und beschloss, das Getränk nicht anzurühren.

Während die Frau am Herd hantierte, sah Suzanne sich um. In einer Ecke lag ein Strohsack mit sauberen Decken, von Wandhaken baumelten Kleidungsstücke, deren Schatten im Feuerschein tanzten. Auf einem Regalbrett stand ein Strauß getrockneter Wiesenblumen, und daneben lehnte eine Puppe mit zerbrochenem Kopf. Suzanne stockte der Atem. Sie sprang auf und trat näher. »Mimi!«, rief sie, ohne nachzudenken. »Das ist ja meine Mimi!«

Am Herd wurde ein Tonbecher umgestoßen und zerschellte auf dem Steinboden.

»Heilige Maria Muttergottes, Mädchen, was hast du gesagt?« Die Frau war bleich geworden und hielt sich an der Herdkante fest.

»Mimi, meine Puppe!« Suzanne nahm das Spielzeug und drückte es zärtlich an sich. »Wie konnte ich sie nur vergessen!«

»Suzanne, bist du es?« Der Blick der anderen war halb ungläubig, halb erschrocken. »Suzanne d'Aubry? Meine kleine Suza?« Plötzlich wusste Suzanne, warum etwas an der Fremden ihr so vertraut vorgekommen war. »Beim Heiligen Kreuz Jesu«, flüsterte sie. »Du bist Sandrine!«

Da war die Ältere ihr schon um den Hals gefallen und drückte sie so fest an sich, dass sie beinahe keine Luft mehr bekam. Suzanne musste sich ein wenig beugen, um den Kopf auf Sandrines Schulter zu legen, und beglückt sog sie den vertrauten Duft nach Äpfeln und Brot ein, der so tief in den Poren der Köchin lag, dass die Jahre ihn nicht hatten vertreiben können.

Nun trank sie den Tee, den Sandrine ihr vorsetzte, nachdem sie sich lange Zeit umklammert gehalten hatten. Auch jetzt noch hielt die ehemalige Köchin Suzannes Hand in ihrer, als hätte sie Angst, ihr Schützling könnte sich sonst auflösen. Sie hatte den Kopf schief gelegt und betrachtete Suzanne unverwandt.

»Wie fein du aussiehst, mein Kleines«, sagte sie. »Wie eine große Dame! Ich wusste nicht, was mit dir geschehen war, seit er dich mitgenommen hatte. Wie oft bin ich nach Guéret gelaufen, um etwas über dich zu erfahren, aber man hat mich nie vorgelassen. Ich bin hiergeblieben, weil ich hoffte, du würdest eines Tages zurückkommen.«

Suzanne erzählte Sandrine, wie sie im Kloster aufgewachsen war. »Ich hatte keine Ahnung, dass unser Schloss so nah an Guéret lag«, sagte sie und drückte Sandrines Hand. »Sonst wäre ich schon früher hergekommen. Gott soll meinen Vater strafen, der schuld ist an all diesem Unglück.«

Unvermittelt zog Sandrine ihre Hand weg.

»Sprecht nicht so von Eurem Vater! Er war ein guter Mensch!«

»Ich weiß nicht, was er getan hat, aber es muss etwas sehr Schlimmes gewesen sein. Er war sicher kein guter Mensch.« Suzanne verschränkte die Arme und blickte Sandrine an. Die Köchin seufzte.

»Ich bin eine einfache Frau, Suza. Ich weiß nur, dass dein Vater immer gut zu dir und allen hier gewesen ist. Ach, es war so schrecklich, als sie alles kaputt schlugen!«

Suzanne betrachtete liebevoll die alte Puppe. »Mimi ist mir auf der Treppe heruntergefallen.«

»Und da hab ich sie gefunden«, sagte Sandrine. Sie schniefte und holte ein fleckiges Schnupftuch aus ihrer Männerjacke. Suzanne musste schlucken, Tränen brannten auch in ihren Augen, wollten aber nicht fließen.

»Sandrine, ich kann mich nicht mehr erinnern, wo meine Eltern begraben sind. Ist es hier am Schloss?«

Die frühere Köchin führte Suzanne aus ihrer Behausung in den verwilderten Park. Viele Wege waren zugewachsen, die Buchsbaumhecken bildeten undurchdringliche grüne Mauern. Suzanne zwängte sich hinter Sandrine zwischen Zweigen hindurch, die an ihrem Kleid hängen blieben, aber sie achtete nicht darauf. Schließlich traten sie durch eine Pforte aus Schmiedeeisen auf den Familienfriedhof der d'Aubrys. Es war ein verwunschener Ort, friedlich und traurig zugleich. Hier liegen sie alle, dachte Suzanne und ließ den Blick über die Grabsteine wandern. Die älteren Gräber waren eingesunken und von Ranken bedeckt, aber ein Grab war mit Blumen bepflanzt, der Stein frei von Moos. Suzanne trat näher und las die Namen ihrer Eltern. Armand-Philippe d'Aubry, 1689-1719, Victoire-Marguerite d'Aubry, 1695-1716. Ihre Mutter war genauso alt gewesen wie jetzt Suzanne, als sie starb. Sie berührte den Marmor und strich darüber.

»Ich habe keine Erinnerung mehr an meine Mutter«, sagte sie.

»Du warst noch so klein, als sie starb.« Sandrine schnäuzte sich. »Was hatte ich Angst, dass du dich angesteckt hast mit den Masern! Dein Vater hat dich nicht an ihr Bett gelassen, als sie krank war, aber du hast es nicht verstanden und warst furchtbar böse auf ihn.«

Eine Erinnerung stieg in Suzanne auf. Sie sah eine hohe, hohe Tür mit einem Messingknauf, der auf ihrer Kopfhöhe lag. Sie drehte mit aller Kraft daran, aber der Knauf bewegte sich nicht. Schließlich gab sie es auf und hämmerte einfach gegen das dunkle Holz, bis zwei Arme sich um sie schlangen und sie davontrugen, einen langen Gang entlang, während eine Kinderstimme immer wieder »Maman! Maman!« rief.

»Geht es dir gut, meine kleine Suza?«, fragte Sandrine und berührte Suzannes Schulter.

»Nein, ich glaube nicht, dass es mir gut geht.« Suzanne drückte Sandrines Hand und lächelte. »Aber es wird schon werden. Ich wünschte nur, ich könnte herausfinden, warum unser Leben zerstört wurde. Was hat Papà nur angerichtet?«

Seltsamerweise verspürte sie keine Wut mehr auf ihn, nur ein übermächtiges Bedauern, dass sie ihn nicht mehr fragen konnte, was er getan hatte.

»Es ist, wie es ist«, sagte sie laut. »Aber ich kann mich nicht damit abfinden, nie zu erfahren, weshalb das alles geschehen ist.«

Sie strich der Köchin liebevoll über die Wange und sah ihr in die geröteten Augen.

»Ich muss zurück, Sandrine, ich bin ausgerückt, und man wird mich bereits suchen.«

Sandrine führte sie auf demselben verschlungenen Weg zurück zur Ruine. Sie begleitete Suzanne zu ihrem Pferd, das unter einem Baum stand und graste.

»Komm mich bald wieder besuchen, Suza. Oder komm dienstags auf den Markt im Dorf, ich biete dort meine Kräuter feil.«

»Ich weiß nicht, wann ich wiederkommen kann«, antwortete Suzanne. »Mein Vormund will mit mir nach Paris reisen. Aber ich lasse dich nicht hier, Sandrine. Warte auf Nachricht von mir.«

Mit Sandrines Segenswünschen versehen ließ Suzanne den Ort hinter sich, der einmal ihr Zuhause gewesen war. Während des Ritts zurück nach Guéret dachte sie darüber nach, ob sie sich wirklich damit abfinden konnte, nie die Wahrheit über ihren Vater zu erfahren. Doch vielleicht gab es eine Möglichkeit. Sie würde klug sein müssen und geschickt, und wahrscheinlich war es sogar gefährlich, aber sie musste einfach wissen, wer ihr den Vater genommen hatte. Und der einzige Ort, wo sie das herausfinden konnte, war der Ort, wo er sich meistens aufgehalten hatte: Versailles.

Erste Leidenschaft

Schloss Guéret war in Aufruhr. Mägde hasteten in die Küche und wieder hinaus. Im Stall warfen die Pferde die Köpfe. Burschen beluden einen Wagen mit Kisten, während andere die Equipage des Vicomte mit dem Familienwappen an den Seiten auf Hochglanz polierten. Yvette flatterte in Suzannes Räumen umher wie eine aufgescheuchte Amsel und raffte alles zusammen, was sie vergessen hatte einzupacken, während Suzanne im großen Salon auf und ab lief und immer wieder aus dem Fenster spähte, um zu sehen, wann die Kutsche bereit wäre.

Endlich war es so weit. Der Vicomte half Suzanne in die Kutsche und stieg dann selbst ein, Yvette musste die Trittleiter ohne Hilfe bewältigen. Der Schlag wurde geschlossen, der Kutscher schwang sich auf den Kutschbock und schnalzte mit der Peitsche. Suzanne griff nach Yvettes Hand, als der Wagen anfuhr.

Sie waren auf dem Weg nach Paris! Die Reise würde beinahe eine Woche dauern – falls sie weder überfallen wurden noch eine Achse brach oder sie im Schlamm stecken blieben. Suzanne war aufgeregt wie nie zuvor.

Anfangs redeten und lachten die jungen Frauen, während der Vicomte wie ein alter Kater in den Polstern lehnte und ihren Anblick genoss. Doch schon nach wenigen Stunden versiegte das Gespräch. Jede Rinne und jedes Schlagloch machten sich in Form heftiger Stöße und Rüttler bemerkbar, und schon bald schmerzten Suzanne alle Knochen im Leib. Ihre Reiselust sank stetig, und sie wünschte sehnlichst, schon in Paris angekommen zu sein.

Am Abend des ersten Reisetages hielten sie an einer Herberge in Éguzon-Chantôme, einem gemütlich aussehenden Fachwerkhaus. Der Wirt kam vor die Tür gelaufen, um den hohen Besuch mit Kratzfüßen und Schmeicheleien in den Gastraum zu führen. Suzanne stöhnte und behauptete, sie würde es nie lebend bis nach Paris schaffen, aber Yvette versprach ihr, sie mit einer Massage zu entspannen.

Yvette und Pierre, der Kammerdiener, gingen nach oben, um sich die Zimmer der Herrschaften anzusehen und sie auf Ungeziefer zu kontrollieren. Suzanne lächelte bei dem Gedanken, dass die beiden sicher die Gelegenheit für ein paar Küsse oder Berührungen ausnutzen würden.

Sie selbst und der Vicomte setzten sich an den Tisch, der eilig sauber gemacht worden war. Der Wirt brachte Wein aus der Region und versprach einen saftigen Schmorbraten, den seine Frau soeben in der Küche zubereite. Suzanne war hungrig, aber zunächst nahm die ungewohnte Umgebung sie völlig in Anspruch. Wie aufregend es war, mitten unter all diesen Reisenden unterschiedlichster Herkunft zu sitzen! Da waren zwei gut gekleidete Bauern, ein blasser Mann im dunklen Rock, der aussah wie ein Beamter, ein paar grobe Kerle, wohl Fuhrleute, sowie eine Dame, deren abgewetztes Brokatkleid von vergangenem Reichtum kündete. Man saß auf Holzbänken, an den getünchten Wänden hingen ländliche, rührend schlecht gemalte Bilder, und in dem breiten Kamin glühten ein paar Holzscheite. Es war stickig und roch nach menschlichen Ausdünstungen, doch Suzanne strahlte. Nachdem sie der schwankenden Kutsche vorerst entronnen war, genoss sie das Abenteuer wieder in vollen Zügen.

Yvette und Pierre kamen herunter und berichteten, die Zimmer seien annehmbar und frei von »Krabbelzeug«, wie Yvette sich ausdrückte. Die beiden setzten sich an einen entfernteren Tisch, wobei Yvette sich hochnäsig umsah und die Nase rümpfte, um zu zeigen, dass sie Besseres gewohnt war. Suzanne lachte bei diesem Anblick.

»Ich freue mich, dich so guter Dinge zu sehen«, bemerkte ihr Vormund. »Du wirst Aufsehen erregen in den Pariser Salons, dessen bin ich sicher.«

Verlegen trank Suzanne einen Schluck Wein, um ihm nicht in die Augen sehen zu müssen. Es war ihr inzwischen unangenehm, wenn er ihr Komplimente machte. In seinen Worten schwang etwas mit, das sie nicht genau benennen konnte, sie aber zutiefst abstieß.

Ein junger Mann, wohl der Sohn des Wirts, trat an den Tisch und servierte ihnen das Essen. Suzanne konnte nicht anders, als zu bemerken, wie hübsch er war mit seinem dunkelblonden Zopf und den eisblauen Augen, aus denen der Schalk blitzte. Er zeigte sich nicht im Geringsten beeindruckt von den vornehmen Gästen, sondern machte einen äußerst ironischen Kratzfuß, als er den Braten servierte, wobei er Suzanne unter einer Haarsträhne hervor breit angrinste. Unwillkürlich lächelte sie zurück.

Beim Essen beobachtete sie den jungen Mann, der wohl kaum älter war als sie selbst. Er wurde Julien gerufen. Julien ging von Tisch zu Tisch, schenkte Wein ein und fegte Brotkrümel auf den Boden, machte allerlei Scherze und begann schließlich, mit Brötchen zu jonglieren. Dann tat er, als fiele er rücklings über einen Stuhl, wobei wundersamerweise die Brötchen weiter in der Luft kreisten. Suzanne lachte Tränen.

»Onkel Héctor, ich bitte, mich zurückziehen zu dürfen«, sagte sie gegen elf Uhr. »Die Reise hat mich erschöpft.«

Der Vicomte wünschte ihr eine gute Nacht, und sie stieg mit Yvette die enge Treppe hinauf. Das Zimmer war kaum groß genug, um das Bett aufzunehmen, aber Boden und Laken waren einigermaßen sauber, und im Kamin prasselte ein Feuer, denn jetzt im April war es abends noch kalt. Yvette holte ein Fläschchen mit Rosenöl aus ihrer Tasche, um Suzannes schmerzende Glieder zu massieren, aber Suzanne wollte sich den Staub abwaschen, bevor sie ins Bett ging. Die Zofe stellte das Öl neben das Bett und ging hinaus, um zu sehen, ob sie heißes Wasser auftreiben könnte. Suzanne schlüpfte aus ihrem Reisekleid und dem verschwitzten Korsett. Aufseufzend legte sie sich nackt auf die Matratze und atmete den frischen Duft des Leinenlakens ein. Sie schloss die Augen. Im Halbschlaf hörte sie, wie Yvette zurückkehrte, mit leisen Schritten ans Bett trat und sich neben ihr niederließ.

»Massier mir ein bisschen den Rücken«, murmelte Suzanne, nun doch zu müde, um sich vor dem Schlafengehen zu waschen.

Sie spürte, wie Öl auf ihren Rücken tropfte und verrieben wurde. Mit sanft kreisenden Bewegungen strichen Yvettes Hände über ihre Schultern und glitten ihre Flanken entlang. Die Hände wanderten tiefer und kneteten ihre Hinterbacken. Suzanne stöhnte leise auf, als ihr Gesäß kräftig gewalkt wurde. Wärme floss in ihren Schoß, und sie wand sich wollüstig unter Yvettes Griffen. Jetzt öffneten die Hände ihre Hinterbacken, und warmes Öl tropfte in die Kerbe. Suzanne schauderte wohlig.

»Yvette, du landest ganz sicher in der Hölle«, brummte sie, »aber hör nicht auf.«

Folgsam tauchten die Finger zwischen ihre Hinterbacken und massierten die weiche Haut, und unversehens schlüpfte ein Finger in sie hinein. Suzanne kicherte und sagte mahnend: »Aber Yvette!«, doch dann ergab sie sich seufzend. Der Finger drang allmählich vor und zog sich wieder zurück, um dann erneut tiefer hineinzugleiten. Suzanne keuchte leise, denn diese neue Erfahrung bescherte ihr ungekannte Lust.

Nun gesellte sich ein zweiter Finger zu dem ersten, und Suzanne wurde angenehm gedehnt. Die Finger neckten sie, und Suzanne hob ihr Gesäß, damit sie weiter vordringen konnten. Sie öffnete die Schenkel, die Finger wanderten zu ihren Schamlippen und zupften daran, so dass ihr ganz warm wurde. Suzanne seufzte und drängte sich ihnen entgegen. Wie gut das tat! Sie hob ihre *derrière* noch höher, damit die Finger ihren empfindlichen Knopf erreichen konnten. Um ihr Stöhnen zu ersticken, presste sie das Gesicht in die Kissen, dann wurde sie unversehens von ihrer Lust davongerissen. Als nach einer ganzen Weile ihr Körper nicht mehr zuckte, murmelte sie: »Danke Yvette.« Sie fühlte sich wunderbar schwer und war schon halb eingeschlafen.

»Gern geschehen«, antwortete eine belustigte männliche Stimme. Suzanne schoss hoch, plötzlich hellwach. Sie fuhr herum und sah sich Julien, dem Wirtssohn, gegenüber, der sie frech angrinste.

»Immer zu Diensten, Mademoiselle.«

Suzanne wollte gerade anfangen zu schreien, da verschloss Julien ihren Mund mit einem Kuss. Seine Zunge glitt hin und her, fuhr an ihren Zähnen entlang und wand sich um ihre Zunge, und schon wieder wurde Suzannes Schoß ganz weich. War es nicht das, wonach sie sich insgeheim die ganze Zeit gesehnt hatte? Sie schlang ihre Arme um Juliens Hals und ließ zu, dass er ihre Brüste umfasste. Er streichelte die Spitzen, bis sie hart wurden, und nahm dann eine der Knospen in den Mund. Suzanne klammerte sich an ihn, ihr Geschlecht pulsierte. Julien band sich die Hosen auf, doch noch bevor er sein Glied befreien konnte, keuchte sie »O nein, das macht mir Angst!«.

Julien grinste, legte den Kopf schief und sagte: »Bitte, meine Königin, lasst mich nicht schmachten!« Sie musste lachen. Er erinnerte sie an einen Welpen, dem man seine Frechheiten nachsehen musste, weil er einfach zu drollig war.

»Du wirst ihn mögen, ganz bestimmt.« Julien leckte die Stelle zwischen ihrer Schulter und dem Halsansatz, während er seine Hose nach unten schob. Suzanne kniff die Augen zusammen. Ihr war auf einmal ganz schwindelig, weil alles so schnell ging.

»Julien ... Ich habe noch nie – so etwas angefasst.«

»Komm her, kleine Jungfrau«, sagte er heiter und führte ihre Hand. Noch immer wagte sie nicht, die Augen zu öffnen. Er legte ihre Finger um sein Geschlecht und zeigte ihr, wie sie am Schaft auf und ab fahren sollte. Suzanne war überrascht davon, wie weich er war. Sie rieb ihn ein paar Mal in seiner ganzen Länge und entdeckte dabei, dass sich die Haut vor- und zurückschieben ließ. Julien stöhnte und biss sie zärtlich in den Hals.

»Wollt Ihr nicht die Augen öffnen?«, neckte er sie, aber sie schüttelte den Kopf. Was sie da in der Hand hielt, erschien ihr zu beängstigend und zu nah, um es auch noch anzusehen. Aber sie war neugierig genug, um ihre Forschungen fortzusetzen. Mit den Fingerspitzen berührte sie die gerundete Spitze und die kleine Kerbe darin. Dann tastete sie sich nach unten vor und zuckte zurück, als sie auf seine Hoden traf.

»Nimm sie in die Hand«, bat Julien. Folgsam umfasste Suzanne sie, presste sie leicht und entlockte ihm dadurch ein tiefes Ächzen, das sie entzückte. Spielerisch drückte und koste sie seine Hoden, kehrte dann aber wieder zu seiner Rute zurück.

Er begann, leicht an ihren Brustwarzen zu zupfen, während sie ihn rieb. Kleine Blitze durchzuckten ihren Körper und lösten ein angenehmes Ziehen zwischen ihren Beinen aus. Sie öffnete die Augen wieder, vermied aber geflissentlich, nach unten zu blicken. Stattdessen versank sie in Juliens eisblauen Augen. Er grinste immer noch frech, als wäre ihm ein toller Streich gelungen – was ganz den Tatsachen entsprach.

»Ihr seid zweifellos begabt«, bemerkte er, während Suzanne immer schneller an seinem Schaft auf und nieder fuhr.

»Mir mangelt es an Übung«, antwortete sie. »Was man von dir wohl nicht behaupten kann.«

»Ich muss gestehen, dass ich nicht ganz so unerfahren bin wie Ihr, doch bald werden wir uns auf derselben Stufe befinden.«

Sie musste sich auf die Lippen beißen, denn nun griff Julien ihr seinerseits zwischen die Beine. Schnell schloss sie die Augen wieder und konzentrierte sich auf die Bewegung ihrer Hand. Sie wollte ihre Sache gut machen. Seine Finger glitten in ihrer Spalte hin und her, bis sie erzitterte und ins Kissen biss, um ihre Schreie zu ersticken. Kurz darauf verkrampfte sich Julien, und eine warme Flüssigkeit lief über ihre Hand.

»Mein Gott, habe ich dir wehgetan?«, rief Suzanne ängstlich. Sie fürchtete, zu heftig gerieben und ihn dabei verletzt zu haben. Julien kippte vor Lachen zur Seite. Er stützte sich auf seinen Ellbogen und nahm mit der anderen Hand ihr Kinn.

»Eure Ahnungslosigkeit ist reizend, meine vornehme Gespielin.« Julien biss ihr leicht in die Unterlippe. »Jeder Mann ergießt sich auf dem Höhepunkt seiner Lust.«

»Oh«, sagte Suzanne und fühlte, wie Schamröte in ihr Gesicht wallte. »Niemand hat mit mir über diese Dinge gesprochen. Ich bin im Kloster erzogen worden.«

»Sie ist im Kloster erzogen worden«, stöhnte Julien und verdrehte die Augen. »Ihr macht mich verrückt, meine Königin. Schon will ich wieder über Euch herfallen.«

Doch stattdessen glitt er vom Bett und schlüpfte in Hemd und Hose.

»Doch leider muss ich gehen«, sagte er. »Wenn man mich hier ertappt…« Er zog sich die Handkante über die Kehle. »Aber falls Ihr mich später in der Nacht benötigen solltet, schickt Eure Zofe zu meiner Kammer unter dem Dach.« Er beugte sich zu Suzanne hinab, die ihn in eine letzte Umarmung zog.

»Doch eines müsst Ihr wissen«, wisperte er an ihrem Ohr. »Dann werde ich mich weniger leicht abspeisen lassen. Ich mag im Rang unter Euch stehen, aber im Bett ist es egal, ob einer ein Graf ist oder ein Bauer. Au revoir, meine Königin!« Und er war verschwunden.

Unmittelbar darauf betrat Yvette mit einer Waschschüssel im Arm das Zimmer. Sie versuchte vergeblich, sich das Grinsen zu verkneifen.

»Fühlt Ihr Euch wohl, Mademoiselle?«, fragte sie scheinheilig. »Ihr scheint mir verschwitzt zu sein. Ihr leidet doch nicht etwa unter Fieber?«

»Yvette, du hast die ganze Zeit vor der Tür gestanden und gelauscht!« Suzanne warf ein Kissen nach ihrer Zofe.

»Hätte ich etwa hereinkommen sollen?« Yvette tat erstaunt.

»Nun gut, beim nächsten Mal werde ich nicht den halben Abend in einem zugigen Korridor verbringen.«

»Halt den Schnabel, Yvette, und bring mir das Wasser.«

»Das ist nun leider kalt geworden«, bemerkte Yvette spitz.

Sie setzte die Schüssel ab, gab einige Tropfen Rosenöl hinein und wusch ihre Herrin mit einem feuchten Lappen am ganzen Körper. Suzanne genoss die Abkühlung, räkelte sich und lächelte in Erinnerung an Juliens Zärtlichkeiten.

»Yvette, ich bin verliebt«, sagte sie träumerisch.

Die Zofe legte den Waschlappen weg und verschränkte die Arme.

»Mademoiselle, lasst Euch nicht von dem erstbesten Bauernlümmel den Kopf verdrehen«, sagte sie ernst. »Auch wenn dieser besonders wohlgeraten ist, wie ich zugeben muss. Hebt die Röcke, für wen Ihr wollt, aber haltet Eure Gefühle im Zaum und verwechselt nicht Verlangen mit Liebe.«

»Seine Augen sind wie Seen, in denen ich versinken möchte«, schwärmte Suzanne.

»Jaja, und er möchte in Eurem Fötzchen versinken. Sicher beglückt er alle weiblichen Gäste, die keine Greisinnen sind, mit seinem Zauberstab«, entgegnete Yvette. »Wenn Euer Vormund das herausbekommt, habt Ihr die längste Zeit Vicomtesse gespielt.«

»Ich bin vorsichtig, das verspreche ich.« Sie drückte Yvettes Hand. Es gab keinen Grund, ihrer Zofe böse zu sein, wenn sie sich auch recht viel herausnahm. Suzanne wusste, dass Yvette sie nur schützen wollte. Aber ihre Leidenschaft war erwacht, und der Gedanke, Julien nicht noch einmal bei sich zu haben, erschien ihr beinahe unerträglich. In Gedanken sah sie seinen geschwungenen Mund, der so unverschämt grinsen und wundervoll küssen konnte. Sie sehnte sich danach, ihre Hände gegen seine Brust zu stemmen und seine Berührungen zu spüren. Natürlich war sie nicht die Erste für ihn und ganz gewiss auch nicht die Letzte. Bei dem Gedanken, dass Yvette wohl Recht hatte und Julien trotz seiner Jugend ein routinierter Verführer war, bohrte sich Eifersucht in ihr Herz. Heute Nacht würde sie alles tun, um andere Frauen aus seinen Gedanken zu vertreiben.

Sie gab sich ihren Träumereien hin und döste gelegentlich ein, schreckte jedoch immer wieder hoch, voller Angst, es wäre schon Morgen. Als unten im Gastraum keine Teller mehr klapperten, keine Lieder mehr erklangen und keine Türen mehr zugeschlagen wurden, weckte sie Yvette, die halb sitzend in einem Sessel schlief.

»Mademoiselle?« Die Zofe war sofort hellwach.

»Yvette, ich will, dass du an Juliens Tür klopfst und ihn zu mir herunterschickst. Du kannst dir einstweilen woanders ein Plätzchen zum Schlafen suchen. Im Gastraum ist bestimmt noch eine Bank frei.«

»Wenn Ihr einverstanden seid, ziehe ich es vor, Pierre zu besuchen. Er schläft auf dem Heuboden über dem Pferdestall«, antwortete Yvette.

»Mir soll es recht sein«, flüsterte Suzanne. »Aber sei leise!«

Die Zofe huschte zur Tür hinaus, Suzanne hörte ihre Schritte die Treppe hinaufgehen, dann ein leises Klopfen. Nach kurzer Zeit kamen andere Schritte, weniger leicht, die Treppe herab. Suzanne lag im Dunkeln und zitterte. Sie bekam Angst vor ihrer eigenen Courage. Man hatte ihr immer eingeschärft, ihre Tugend sei ihr größter Schatz. Und nun war sie dabei, ihn einem dahergelaufenen Gastwirtssohn zu schenken. Aber wenn Gott nicht wollte, dass sie sich hingab, hätte er ihr eben kein Verlangen eingeben sollen, rechtfertigte sie sich innerlich.

Die Schritte hielten vor ihrer Tür inne. Die Tür öffnete sich, und ein Schatten schlüpfte hindurch. War es wirklich Julien? Der Schatten glitt zu ihr ins Bett. Er war es, und er war nackt. Sein warmer Körper drängte sich an Suzannes, und sie spürte, dass sein Bajonett bereits aufgepflanzt war.

»Meine Schönste«, flüsterte er dicht an ihrem Ohr, und seine Zähne zwickten in ihr Ohrläppchen. »Ich habe Euch gewarnt: Jetzt werde ich mir nehmen, was Ihr mir vorhin verweigert habt.« Er glitt über sie, fasste ihre Handgelenke und führte sie über ihren Kopf.

»Nun bist du mir ausgeliefert«, raunte er.

Ein Anflug von Furcht ergriff Suzanne, wodurch ihre Empfindsamkeit noch gesteigert wurde. Sie bot ihm ihre Lippen und stöhnte leise, als seine Zunge diese teilte. Bald ließ er von ihrem Mund ab, und seine Zunge wanderte abwärts. Er widmete sich zuerst ihren Brüsten, saugte an den Spitzen und biss leicht hinein, so dass sie einen Aufschrei unterdrücken musste.

»Hast du gedacht, ich lasse dich so leicht davonkommen, meine Süße?« Seine Worte erregten sie ebenso wie das Gefühl, von ihm niedergehalten zu werden. Er kniete über ihr, sein Schwengel klopfte an ihre Lippen und begehrte Einlass. Zuerst war es ihr unangenehm, aber dann erforschte sie mit der Zunge die Beschaffenheit seines Geschlechts, saugte daran und biss spielerisch in die Kuppe. Sie hoffte, sich nicht allzu ungeschickt dabei anzustellen, denn sie wollte Julien ebensolche Freude bereiten wie er ihr. Es gefiel ihr, dass er sie nicht zartfühlend behandelte, sondern so, als wäre sie eine erfahrene Kurtisane, von der er alles verlangen konnte, was er wollte.

Julien ließ sie saugen, bis ihre Kiefer schmerzten, dann presste er ihre Brüste zusammen und stieß mit seinem befeuchteten Riemen in die enge Kerbe, die dadurch entstand. Er sog Luft durch die Zähne und stöhnte. »Du treibst mich in den Wahnsinn.«

»Ich hoffe, das ist ein Kompliment«, entgegnete sie und kicherte unterdrückt.

»Das Lachen wird dir noch vergehen«, sagte er. »Heute Nacht bin ich dein Herr und du die Dienerin unserer beider Lust.«

»Das bin ich«, hörte Suzanne sich flüstern, ihre Stimme rau vor Begehren. »Ich mache alles, was dir gefällt.«

»Kleine Klosterschülerin, ich werde mit dir machen, was *dir* gefällt, ob du willst oder nicht.«

Er beugte sich aus dem Bett und nahm etwas vom Boden auf. Es fühlte sich an, als ringelte sich eine Schlange um ihren Knöchel, und sie schrie leise auf. Ein Seil! Julien bog ihr das Knie unters Kinn und befestigte das Seil anscheinend am Betthaupt. Genauso verfuhr er mit ihrem anderen Bein, so dass ihre Schenkel weit gespreizt waren, bevor sie überhaupt begriffen hatte, was er tat. Wenigstens war es dunkel, so dass sie sich nicht selbst in dieser schamlosen Pose sehen musste.

»So, meine demütige Sklavin, nun werde ich Licht machen.«

»O nein, Julien, bitte nicht!«, schrie sie gepresst.

»Still! Wenn du dich nicht zurückhalten kannst, muss ich dich wohl knebeln, damit du nicht das ganze Haus weckst«, entgegnete er, und schon wurde ein Tuch über ihren Mund gelegt. Behutsam hob Julien ihren Kopf an, um die Enden zusammenzuknoten. Jetzt war ihr sogar die Möglichkeit genommen, dagegen zu protestieren, was mit ihr geschah.

»Keine Angst, ich werde nichts tun, was dir nicht behagt«, flüsterte er. »Ich möchte aber, dass du dich mir ganz hingibst; die Fesseln werden dir dabei helfen.«

Fügsam ließ Suzanne den Kopf ins Kissen sinken. Ihr Herz pochte heftig, doch sie war auch begierig auf das, was er mit ihr vorhaben mochte.

Julien entzündete die Lampe, die auf dem Nachttisch stand, und im flackernden Licht betrachtete er sie genüsslich. Suzanne war sich nur zu bewusst, dass sich ihm ihre geheimste Stelle weit geöffnet darbot und dass es ihr gefiel. Sie schloss schnell die Augen, blinzelte aber ein wenig, um einen Blick auf das zu erhaschen, was sie kurz zuvor liebkost hatte. Julien stand in voller Pracht vor dem Bett und rieb sich scheinbar nachdenklich das Kinn. Plötzlich grinste er.

»Ich denke, ich sollte dich dafür bestrafen, dass du mich vorhin so schnöde abgewiesen hast«, verkündete er. »Doch zuerst brauche ich deine Einwilligung, meine süße Klosterschülerin. Du sollst dich freiwillig unterwerfen.« Er setzte wieder sein freches Grinsen auf.

»Nun, ich warte«, sagte er.

Es fiel ihr leicht, zustimmend zu nicken. Die Fesselung hatte sie in solche Erregung versetzt, dass sie auf keinen Fall ein vorzeitiges Ende des Liebesspiels ertragen hätte.

Julien kniete sich vor ihr auf die Matratze, Suzannes Gesäß und ihre Scham lagen frei vor ihm wie eine Aufforderung. Er strich einige Male mit der flachen Hand über die Rückseite ihrer Oberschenkel, aber ohne ihre *chatte* zu berühren. Sie seufzte unter diesem zärtlichen Streicheln, doch sogleich folgte der nächste Schreck.

»Unartigen Mädchen versohlt man den Hintern, das weißt du wohl«, sagte Julien gefährlich sanft. Suzannes Lider flatterten. Sie wusste nicht, ob sie Angst hatte oder genau das ersehnte, was er ihr androhte. Gleich darauf empfing sie den ersten Hieb von seiner Hand auf die Innenseite des Oberschenkels – nicht sehr fest, doch ihr Körper reagierte sogleich: Flüssige Hitze stieg in ihr auf, und sie wand sich in Erwartung des zweiten Schlags. Sie wurde nicht enttäuscht. Julien züchtigte sie nach allen Regeln der Kunst: Seine Handfläche klatschte nieder, dann zog er sich wieder zurück, um an anderer Stelle die helle Haut erröten zu lassen. Suzannes Hinterteil bebte unter den gekonnten Hieben, Saft rann aus ihrer Spalte und benetzte das Laken. Allmählich steigerte Julien die Härte seiner Schläge, bis Suzanne meinte, sie nicht mehr ertragen zu können. Sie stöhnte hinter ihrem Knebel und zerrte an ihren Fesseln, und doch sehnte sie sich nach dem nächsten Schlag. Zugleich war sie voll Angst, ihr Onkel im Nebenzimmer könnte etwas hören und an die Tür klopfen. Wenn er sie so sähe, könnte sie ihm nie wieder ins Gesicht blicken.

Julien schien sich darum keine Sorgen zu machen. Er ließ seine Hand auf ihrer Sitzfläche tanzen, bis ihr Hinterteil und ihre Schenkel glühten. Dann kam er zu ihr und senkte seine Zunge in ihren Schoß, biss in ihr Fleisch wie in eine überreife Orange und sog den Saft heraus. Suzanne glaubte, jeden Moment vor Lust zu zerspringen.

»Jetzt nehme ich dich, meine Süße, und ich verspreche dir, dass es dir gefallen wird«, sagte Julien.

Er rieb kurz seinen Riemen und schob ihn dann gemächlich in ihre geschwollene Spalte. Er beobachtete ihr Gesicht, und beim leisesten Anzeichen dafür, dass sie Schmerz verspürte, hielt er inne. Das stachelte Suzanne so an, dass sie ihr Becken aufwärts schnellte, um ihn in sich hineinzustoßen. Sie konnte es kaum noch erwarten, endlich von ihm ausgefüllt zu werden, den leichten Schmerz zu Beginn hatte sie nur von fern wahrgenommen.

Julien lachte und küsste liebevoll ihre Nase.

»Oho, du willst also alles auf einmal? Das will ich dir nicht verweigern.«

Mit einem Ruck stieß er seine Lanze ganz in sie hinein. Im ersten Augenblick glaubte sie, gespalten zu werden, aber dann war es köstlich, so ausgefüllt zu sein. Er zog sich beinahe völlig aus ihr zurück, nur um erneut zuzustoßen, und jedes Mal glaubte sie, den Gipfel zu erreichen. Aber Julien steuerte geschickt ihre Lust, indem er stets innehielt, bevor sie kam. Schließlich ertrug sie die Spannung nicht länger und bäumte sich auf. Das war für Julien das Zeichen, seinen Kolben mehrmals schnell in sie hineinzutreiben. Sie verging unter ihm, riss an ihren Fesseln und krallte sich in die Matratze, schluchzend vor Erleichterung, als ihre aufgestaute Lust sich Bahn brach.

Kurz bevor er selbst sich ergoss, zog sich Julien zurück und verströmte sich auf ihre Brüste. Sogleich danach löste er Suzannes Fesseln und den Knebel. Sie klammerte sich an ihn und suchte seinen Mund. Dabei stieß sie noch immer leise Schluchzer aus. Sie hatte sich nicht vorstellen können, wie umfassend der Gipfel der Lust sein konnte. Es schien ihr, als habe nicht nur ihr Körper sich ihm geöffnet, sondern auch ihre

Seele. Julien wiegte sie in seinen Armen und strich ihr übers Haar.

»Meine kleine Dienerin, wie gut du gewesen bist«, sagte er in zärtlich scherzendem Ton.

»Ich hatte den Eindruck, du dientest mir!« Sie lächelte.

»Einigen wir uns darauf, dass wir uns gegenseitig dienten.« Er küsste Suzanne auf beide Augen.

»War diese unsere einzige Nacht?« Bei dem Gedanken wurde ihr das Herz schwer.

»Es wäre ein Jammer. Aber die Welt ist klein, es besteht also Hoffnung für uns.«

Als Suzanne erwachte, schien die Sonne ins Zimmer. Yvette saß auf einem Hocker am Fenster und bestickte mit zierlichen Stichen ein Taschentuch.

Suzanne blieb reglos unter der Decke liegen, um noch einen Augenblick die Erinnerung an die vergangene Nacht zu genießen. Nun war sie eine Frau, kein Mädchen mehr. Ein breites Lächeln erschien auf ihrem Gesicht.

»Guten Morgen.«

Yvette legte den Stickrahmen zur Seite und eilte zu ihr.

»Mademoiselle geht es gut, wie ich Eurer Miene entnehme«, bemerkte die Zofe. »Ich hoffe, Ihr habt meine Ratschläge beherzigt.«

Suzanne zog einen Flunsch. »Was interessieren mich deine Ratschläge? Er war wundervoll, und ich bin glücklich, dass er der Erste war.«

»*Mon Dieu*, ein Bauernlümmel!«, rief Yvette aus. »Ihr übertrefft sogar die verworfensten Damen bei Hofe.«

»Was weißt du schon davon, wie es bei Hofe zugeht. Ich bin hungrig, bring mir mein Kleid.«

»Wollt Ihr nicht im Bett frühstücken? Ich bringe Euch ein Tablett aus der Küche.«

Aber Suzanne konnte es nicht erwarten, Julien vor der Abreise noch einmal zu sehen. Ungeduldig wedelte sie mit der Hand und schwang sich aus dem Bett. Nur im Hemd trat sie ans geöffnete Fenster und atmete tief die frische Luft ein.

»Mademoiselle!« Yvette zog sie vom Fenster fort. »Wenn Euch jemand sieht!«

Suzanne ließ sich frisieren und schlüpfte wieder in ihr Reisekleid, von dem Yvette vergeblich versucht hatte, den Staub abzuklopfen. Sie rieb sich etwas Zahnpulver auf die Zähne, ließ sich das Gesicht mit einem in Rosenwasser getränkten Lappen erfrischen und Mandelpomade auf Gesicht und Händen verteilen. Dann flog sie geradezu die Treppe hinunter in den Gastraum. Ihr Vormund saß bereits an einem Tisch vor einem riesigen Omelett. Suzanne fürchtete, er würde ihr ansehen, was in der vergangenen Nacht geschehen war, aber er begrüßte sie unbefangen.

»Habt Ihr gut geschlafen, Onkel Héctor?«, erkundigte sie sich, während sie sich ihm gegenüber setzte. »Ihr habt etwas Ei am Kinn.«

»Die Betten hier sind unerträglich«, klagte er, während er sich mit der Serviette abtupfte. »Die grobe Bettwäsche hat meine Haut ruiniert und die Matratze mir beinahe das Rückgrat gebrochen!«

»Wenn man sich vorstellt, dass viele Leute alle Nächte so schlafen«, antwortete Suzanne und versuchte, sich das Lachen zu verbeißen. »Unglaublich, dass überhaupt jemand imstande ist, tagsüber zu arbeiten.«

»Mein Kind, die gemeinen Leute sind grob wie ihr Bettzeug«, erklärte der Vicomte kauend. »Sie schlafen überall, wenn es sein muss, auch im Stroh. Aber wir gehören einer anderen Art an, wir sind feiner, äußerlich wie innerlich.«

»Das stimmt, auch Yvette kann überall schlafen, wenn es sein muss, weil sie es nicht anders gewohnt ist. Dennoch zieht auch sie seidene Bettwäsche vor.«

Der Vicomte tunkte ein Biskuit in seinen Kaffee.

»Gott hat jeden an seinen Platz gestellt, und da soll er auch bleiben«, sagte er selbstgefällig.

Aus der Küche kam eine kräftige Frau mit nachlässig hochgesteckten Haaren unter der Haube. Sie brachte auch für Suzanne Kaffee und Gebäck. Mit Genuss langte diese zu, sie glaubte, noch nie so hungrig gewesen zu sein.

Unauffällig blickte sie sich um, aber Julien war nirgendwo zu sehen. Durch das Fenster sah sie, wie Stallknechte die Kutsche bereitmachten, und ihr Herz krampfte sich zusammen.

Der Vicomte wartete, bis Suzanne ihr Frühstück beendet hatte, dann stand er auf.

»Wir fahren sofort«, verkündete er.

Sie wollte widersprechen, aber wie hätte sie ihm erklären sollen, dass sie noch hierbleiben mussten? Nun würde sie Julien niemals wiedersehen – es fühlte sich an, als risse man ihr das Herz aus der Brust.

Vor der Herberge kratzten ein paar Hühner im Staub, der Hofhund klirrte mit seiner Kette und machte die Pferde nervös. Der Wirt und seine Frau kamen vor die Tür, um sie mit vielen Kratzfüßen zu verabschieden. Suzanne drehte sich unruhig nach allen Seiten und spähte zu den Ställen hinüber, aber Julien ließ sich nicht sehen. Sie biss sich auf die Unterlippe. Hatte ihm die vergangene Nacht so wenig bedeutet, dass er nicht einmal erschien, um ihr einen letzten Blick zuzuwerfen?

Pierre bezahlte den Wirt mit einigen Sol, man stieg in die Kutsche und war wieder unterwegs. Suzanne hatte Mühe, die Tränen zurückzuhalten. Offensichtlich hatte Julien sie vergessen, sobald er ihr Zimmer verlassen hatte. Sie versuchte, nicht an ihn zu denken, doch die Erinnerung an die Freuden, die sie geteilt hatten, ließ sich nicht verscheuchen. Suzanne beschloss, ihm gehörig den Kopf zu waschen, falls sie ihm je wieder begegnen sollte.

Die Straße schlängelte sich zwischen Feldern und Wäldchen hindurch, ab und zu sah man Viehweiden, und nach einiger

Zeit kam eine Mühle in Sicht. Davor entdeckte Suzanne eine Gestalt mit hellem Haar, die auf einer Mauer stand und winkte. Julien! Als die Kutsche vorüberfuhr, presste er beide Hände an sein Herz und verneigte sich tief. Das Letzte, was sie von ihm sah, war, wie er sein Gleichgewicht verlor und von der Mauer fiel. Sie musste sich das Lachen verbeißen. Zum Glück hatte der Vicomte nichts von alldem bemerkt. Etwas getröstet ließ Suzanne sich in die Polster sinken und gab sich ihren Träumen hin.

Ein vollendeter Edelmann

Es dauerte noch sechs Tage, bis sie endlich in Paris ankamen. Ab dem dritten Tag wurde das Reisen unerträglich. Zwar war die Straße über weite Strecken befestigt, aber die Insassen der Kutsche wurden trotzdem durchgeschüttelt, bis ihnen alle Knochen wehtaten. Suzanne meinte, keine einzige Stunde mehr in dem schwankenden Gefährt zu ertragen, und auch der Vicomte wirkte erschöpft. Sie übernachteten in mal mehr, mal weniger sauberen Herbergen und zweimal in Landschlössern entfernter Verwandter des Vicomte. Am frühen Nachmittag des siebten Reisetages sahen sie endlich die Silhouette von Paris vor sich, zwei Stunden später tauchten sie in das Häusergewirr.

Die Größe der Stadt übertraf Suzannes kühnste Vorstellungen: Die Straßen schienen ein endloses Labyrinth zu bilden, in dem ein unfassbares Gedränge herrschte. Händler priesen lautstark ihre Waren an, Mägde mit gefüllten Körben hoben die Röcke zu den Knöcheln, um sich nicht mit Schlamm zu bespritzen. Kutscher brüllten, damit das Volk die Straße für feine Herrschaften frei machte. Bürgerfrauen mit züchtigen Schultertüchern begutachteten die Schaufenster von Gewürzhändlern und Handschuhmachern. Die unterschiedlichsten Gerüche drangen in Suzannes Nase, die meisten davon unangenehm, weshalb sie sich ein parfümiertes Taschentuch vor Nase und Mund halten musste.

»An den Gestank gewöhnt man sich schnell«, tröstete sie der Vicomte. »In ein paar Tagen wird er dir nicht mehr auffallen.«

Die Kutsche brachte sie nach Faubourg Saint Germain, wo

ein Bekannter dem Vicomte sein Stadtpalais überlassen hatte. Das Hôtel de Gaudard war ein kleines Palais, aber Suzanne kam es wie ein überreich verziertes Schmuckkästchen vor. Begeistert ließ sie sich von ihrem Vormund die Räume zeigen. Ihr eigenes Appartement lag im ersten Stock, genau wie die Wohnräume ihres Vormunds. Zwischen den beiden Zimmerfluchten lag der Salon, ausgestattet mit den modernsten Möbeln und rosenholzfarbenen Draperien an den deckenhohen Fenstern.

Suzanne hielt den Atem an, als sie ihre Räume betrat, die ganz in unterschiedlichen Blau- und Grüntönen gestaltet waren. Die Wände waren mit Moiré bespannt, die Vorhänge aus schwerem Damast. Im Vorraum herrschten elegantes Lavendelblau und Cremeweiß, im Schlafzimmer eine Kombination von Kobaltblau und Meergrün, während das angrenzende Boudoir hellgrüne und rauchblaue Pastelltöne aufwies. Versilberte Konsoltische standen an den Wandflächen zwischen den Fenstern, darüber hingen Spiegel mit reich verzierten Rahmen. Auf weiteren kleinen Tischen standen silberne Leuchter und chinesische Vasen, an den Wänden hingen Bilder von Najaden und Meeresgöttern, und an den Decken tummelte sich allerlei Meeresgetier aus Stuck. Suzanne fühlte sich wie in das geheimnisvolle Reich einer Wassernixe versetzt. Zu ihrer Überraschung entdeckte sie als Letztes hinter dem Schlafzimmer ein kleines Kabinett mit einem zierlichen Schreibtisch und Bücherregalen, einem Spieltisch und einer breiten Chaiselongue. Sogar für die körperlichen Bedürfnisse war Vorsorge getroffen: In einem Gelass neben dem Boudoir befand sich ein Leibstuhl mit samtbezogener Sitzfläche.

Suzanne vergaß ganz, zu welchem Zweck sie nach Paris gekommen waren, und gab sich ihrer Begeisterung hin. Hier war all das, wovon sie geträumt hatte! Keine Klostermauern trennten sie mehr von der Welt, vor der Tür lag das Leben und wartete nur darauf, erobert zu werden!

Sie war entzückt, dass sich hinter dem Palais ein Garten erstreckte. Wasserbecken und Fontänen wechselten sich mit Rasenflächen und in geometrische Formen geschnittenen Eiben. Der Vicomte begleitete sie hinaus. Nach einiger Zeit, in der sie ziellos die Wege entlanggeschlendert waren, räusperte er sich.

»Wie du weißt, habe ich vor, dich in die Gesellschaft einzuführen«, begann er.

Suzanne lächelte. »Ich würde eher sagen, Ihr habt vor, jemanden in mich einzuführen.« Die Worte entschlüpften ihr, bevor sie sich dessen bewusst wurde. Kaum waren sie heraus, schlug sie sich die Hand vor den Mund. Schwester Fidelis hätte ihr den Mund mit Seife ausgewaschen, aber der Vicomte lachte nur.

»Du redest nicht um den heißen Brei herum, das gefällt mir! Du kannst natürlich nicht unter deinem eigenen Namen in Erscheinung treten, und schon gar nicht als unverheiratet. Darum werden wir aus dir die Witwe meines in den Kolonien verblichenen Cousins Arthur de Montfort machen. Niemand wird Genaueres wissen wollen, mach dir darum keine Gedanken.

In der Stadt gibt es einige Salons, die auch vom Hochadel frequentiert werden, und dies sind die Leute, auf die es ankommt. Du wirst Aufmerksamkeit erregen, denn ein neues Gesicht ist den gelangweilten Schranzen stets eine willkommene Abwechslung. Alles Weitere liegt bei dir. Achte nicht auf schöne Zähne oder eine gerade Gestalt, darauf kommt es uns nicht an. Je klangvoller der Name, umso besser. Nur jemand von hohem Rang kann dich nach Versailles bringen.«

»Und Euch.« Sie drehte am Griff ihres Sonnenschirms.

»Auch das«, antwortete der Vicomte. »Aber deine Zukunft zu sichern ist mir ein Herzensanliegen.«

»Wie freundlich, dass Ihr so um mein Glück besorgt seid.«

Er schien ihren spöttischen Ton nicht zu bemerken. »Heute Abend wirst du die Marquise du Deffand kennen lernen«, verkündete er. »Sie gilt als beste Gastgeberin von Paris und wird dich unter ihre Fittiche nehmen. Als ihr Protegé wirst du bald alle Leute kennen, die zu kennen wichtig oder amüsant ist – was im Übrigen dasselbe ist.«

In der Dämmerung fuhren sie zum Palais der Marquise du Deffand. Auf beiden Seiten der Hofeinfahrt brannten Fackeln, darunter standen Lakaien so reglos wie Statuen. Unter dem Torbogen hallte der Hufschlag des Gespanns wider, und für einige Augenblicke wurde es fast dunkel in der Kutsche. Dann rollten sie in einen gepflasterten Hof, Stallknechte und Diener standen bereit, die Gäste zu empfangen. Suzanne zitterte leicht vor Nervosität, als sie ausstieg und am Arm ihres Vormunds das Palais betrat. Überall standen erstarrte Diener, die plötzlich zum Leben erwachten, sich verneigten und den Weg wiesen, wenn Suzanne und der Vicomte vorüberschritten.

Sie fühlte sich völlig unzulänglich in dieser herrschaftlichen Umgebung. Das Hôtel de Gaudard erschien neben all dieser Pracht wie die Hütte eines Tagelöhners. Überall glänzte vergoldeter Stuck, der Boden bestand aus kunstvollen Einlegearbeiten, und schimmernde Brokatstoffe hingen üppig drapiert vor den Fenstern. Riesige venezianische Spiegel säumten die Flure und in den Kristalllüstern brach sich tausendfach das Kerzenlicht.

Suzanne klammerte sich an den Arm ihres Vormunds, als sie die Treppe hinaufgingen. Sie war sicher, die anderen Gäste würden heimlich – oder sogar offen – über die kleine Landpomeranze lachen. Aber es war zu spät, um umzukehren. Eben traten sie durch eine weitere Flügeltür, hinter der Stimmen und Gelächter ertönten. Suzanne richtete sich auf: Auch wenn der Abend eine Blamage würde, sie würde ihn durchstehen.

Im ersten Augenblick nahm sie nur ein Durcheinander von Farben wahr, dann klärte sich ihr Blick. Menschen in kostbaren Kleidern standen beisammen, saßen um Spieltische oder schlenderten im Raum umher. Auf einem Podest saß ein Musikertrio und untermalte die Szene mit leisen Klängen. Gesichter wandten sich den Neuankömmlingen zu. Suzanne fühlte sich wie ein Spatz im Papageienkäfig, denn auf Anraten ihres Vormunds hatte sie sich für ein schlichtes hellbraunes Kleid mit cremefarbenen Stickereien entschieden. Die Gäste der Marquise dagegen waren in bunte Gewänder gehüllt, in gestreifte Seide, bestickten Brokat, geblümten Satin.

»Begrüßen wir die Gastgeberin!« Der Vicomte führte Suzanne durch den Raum, wobei er nach allen Seiten nickte. Sie spürte neugierige Blicke auf sich und wäre am liebsten im Boden versunken.

»Vicomte, wie lange habt Ihr mich nicht mit Eurer Anwesenheit beehrt!« Die volle Frauenstimme übertönte mühelos alle anderen im Saal. Ihre Besitzerin lehnte in einem bequemen Sessel und präsentierte ein wogendes, wenn auch nicht mehr ganz frisches Dekolleté. Ihre Haare waren nach neuster Mode gelockt und gepudert, was darauf hinwies, dass reichlich Haarteile zu ihrer Frisur beitrugen und sie die Farbunterschiede verwischen wollte.

»Marquise du Deffand, abseits Eures Salons ist das Leben nicht lebenswert«, entgegnete der Vicomte gewandt und verneigte sich. Die Marquise lachte und schlug ihm mit dem Fächer auf den Arm.

»Darf ich Euch eine liebe Verwandte vorstellen? Suzanne de Montfort, die Witwe meines in den Kolonien verstorbenen Cousins. Suzanne, du stehst vor Marie Anne de Vichy-Chamrond, der scharfzüngigsten Gastgeberin von Paris.«

»Das nehme ich als Kompliment!« Die Augen der Marquise blitzten. »Ich ahne, weshalb Ihr Eure Verwandte nach Paris gebracht habt. Ich selbst halte nicht viel von der Ehe, wie Ihr wisst, aber sie denkt vielleicht anders darüber."

Sie klopfte neben sich auf das Sofa, gehorsam ließ sich Suzanne nieder. Der Vicomte versprach, wiederzukommen, nachdem er einige alte Bekannte begrüßt hatte. Die Marquise fragte Suzanne aus, war dabei aber so geschickt und liebenswürdig, dass diese ihr gerne alles beantwortete. Sie mochte diese Frau, die ihre verlorene Jugendfrische durch Selbstsicherheit mehr als wettmachte.

»Seid Ihr tatsächlich auf der Suche nach einem zweiten Ehemann?«, erkundigte sich die Gastgeberin schließlich. »Ich wäre Euch mit Freuden dabei behilflich.«

»Mein Gatte hat mir leider keine materiellen Güter hinterlassen«, behauptete Suzanne, obwohl es ihr nicht behagte, ihre Gastgeberin zu belügen. Die Marquise du Deffand zog die Augenbrauen hoch. »Äußerst unerfreulich, Madame de Montfort. Vermögen kann fehlende Schönheit ausgleichen, umgekehrt gelingt es meistens nicht.«

»Deshalb suche ich auch keinen Ehemann, sondern einen reichen Liebhaber«, sagte Suzanne.

»Euer Freimut gefällt mir, Madame, und ich werde Euch behilflich sein. Aber Euer Schwager, der Vicomte, ist ein alter Fuchs. Wenn es so weit ist, fragt Euch, welchen Vorteil er aus dem Geschäft zieht.«

Suzanne schwieg höflich und fächelte sich Luft zu.

»Kommt, ich stelle Euch einigen Leuten vor.« Die Marquise erhob sich graziös. Sie schlenderte mit Suzanne von Grüppchen zu Grüppchen und machte sie überall bekannt. Suzanne war ihr dankbar, dennoch war es auch unangenehm, so herumgereicht zu werden. Einige der Damen, meist die reiferen, musterten sie mit unverhohlener Eifersucht, und ihr entgingen auch nicht die begehrlichen Blicke vieler Männer. Die Marquise du Deffand bemerkte ihr Unbehagen.

»Macht Euch nichts daraus, die Krokodile sind immer ausgehungert«, sagte sie.

Sie traten zu einer Gruppe, die um einen Spieltisch saß, zwei Damespielern zusah und dabei mit guten Ratschlägen nicht sparte.

Einer der Spieler war ein junger Mann mit freundlichen dunklen Augen und etwas zerzaustem Haar. Suzanne bemerkte, dass er nicht ganz so prachtvoll gekleidet war wie die meisten anderen Gäste.

»Das ist Monsieur Diderot. Wir erwarten Großes von ihm, auch wenn er gerade sein Studium abgebrochen hat.«

Monsieur Diderot verneigte sich und lächelte schüchtern. Dann wandte sich die Marquise dem anderen Damespieler zu. Der war in einen dunkelblauen, silberbestickten Rock gekleidet, und jedes seiner blonden Haare saß genau an seinem Platz.

»Julien de La Saunière, Marquis de Chamberaud«, sagte die Marquise mit leisem Spott in der Stimme. »Auch wenn sein Name länger ist als der Diderots, will das nicht heißen, er wöge mehr.«

»Eure Zunge ist spitzer als eine Hutnadel, liebe Marquise«, entgegnete der Angesprochene und wandte sich Suzanne zu, die wie erstarrt dastand. Er verneigte sich tief, aber als er aufblickte, schenkte er Suzanne ein unverschämtes Lächeln. Sie wurde rot bis zu den Haarwurzeln.

»Es ist eine Ehre und ein Vergnügen, Euch kennenzulernen«, sagte der Marquis gewandt. »Ich hoffe, wir werden noch Gelegenheit haben, uns näherzukommen.«

Suzannes Dekolleté und Gesicht erglühten. Am liebsten wäre sie davongelaufen und hätte sich in einem Winkel versteckt, wo niemand sie sehen konnte.

»Da sei Gott vor, mein Bester, so sehr ich Euch schätze«, sagte die Marquise. »Spielt nur weiter, ich darf unsere neue Freundin den anderen Gästen nicht vorenthalten.« Damit zog die Gastgeberin sie in eine andere Ecke des Saals.

Suzanne fächelte sich heftig Luft zu. Ihr war heiß, und sie wollte ihr Gesicht verbergen. Das Korsett erschien ihr plötzlich unerträglich eng. Ihre Gedanken jagten sich wie toll gewordene Hunde: Was tat Julien hier? Und weshalb war er plötzlich ein Marquis? Doch dann wurden ihre Überlegungen beiseitegedrängt von der Freude darüber, dass er hier war. Sie hatte geglaubt, ihn niemals wiederzusehen, und nun war er im selben

Raum wie sie! Doch trotz ihrer Freude schwor sie sich, ihn büßen zu lassen, dass er sie so infam hereingelegt hatte.

Die Marquise führte Suzanne nun zu einer Gruppe von Damen und Herren, in der laut gelacht wurde. Überrascht beobachtete sie, dass die Damen an den Kleidern der Herren herumzupften und alles, was golden war, herausrissen. Tressen, Bänder mit Goldfäden, Knöpfe – nichts war vor den zarten Fingern sicher. Dabei kam man sich ungebührlich nahe, es wurde gekichert, Dekolletés hoben und senkten sich, und den Herren schien es sehr zu gefallen, auf diese Art ausgeplündert zu werden.

»Ah, die Parfilage!«, rief die Marquise. »Es gibt keinen besseren Zeitvertreib. Und nebenbei kann man auch noch seine Spielschulden bezahlen!«

Sie zog Suzanne mitten in das Getümmel und stellte sie vor. Fremde Gesichter kreisten um sie, all die Namen entschwanden sofort wieder ihrem Gedächtnis. Sie sah lachende Münder und flinke Finger, die an den Röcken der Herren herumrissen. Es roch nach Schweiß und Ambra.

»Greift ebenfalls zu!«, rief die Marquise lachend. »Bald stehen die Herren arm wie Bettler da!«

Suzanne zögerte, da stand auf einmal Julien vor ihr. Mit Verschwörermiene beugte er sich zu ihr herunter.

»Es wäre mir ein Vergnügen, von Euch ausgeraubt zu werden, Madame de Montfort«, flüsterte er.

»Ich denke, das ist nur gerecht, nachdem Ihr mir vor kurzem auch etwas geraubt habt«, entgegnete Suzanne, und der Marquis warf den Kopf zurück und lachte schallend.

»Ihr seid nicht nur reizvoll, sondern auch noch schlagfertig«, sagte er. »Das ist wahrlich mehr, als ich zu hoffen wagte!«

»Nun, schlagfertig seid Ihr ebenfalls, vor allem mit Euren Handflächen«, entgegnete Suzanne, ohne eine Miene zu verziehen, und machte sich keck daran, seinen Justaucorps zu filzen. Juliens Arm glitt um ihre Taille, und er zog sie an sich.

Die Knöpfe seines Rocks drückten gegen ihre Brust, er roch nach Cognac und einem herben Parfum. Wie verwirrend, ihm plötzlich so nah zu sein!

»Die anderen …«, protestierte sie.

»Die sind so sehr mit sich beschäftigt, dass sie nicht auf uns achten«, antwortete Julien. Unauffällig führte er sie aus dem Gedränge hinaus und in einen Nebenraum. Er schloss die Türen und drehte sich zu Suzanne um. Sie waren allein.

Julien gab ihr Gelegenheit, ihn zu betrachten. Sie konnte kaum glauben, wie verändert er aussah: wohlfrisiert, gewandt, kostbar gekleidet – ein vollkommener Edelmann. Er lächelte zugleich warm und belustigt. Doch sie beschloss, es ihm nicht zu einfach zu machen. Wenn er glaubte, sie würde ihm nun zu Füßen sinken, hatte er sich getäuscht!

»Kleine Klosterschülerin, das Schicksal hat uns wieder zusammengeführt«, bemerkte er schließlich.

»Höchstens der Zufall«, entgegnete Suzanne kratzbürstig und sah ihm fest in die Augen. Er sollte sich nur nicht einbilden, unwiderstehlich zu sein.

»Ihr habt mich glauben lassen, Ihr wäret ein einfacher Bauernlümmel. Wie konntet Ihr mich so hinters Licht führen!«

»Der Wirt ist ein alter Freund von mir, und bei schönen Damen spiele ich gerne den Sohn des Hauses. Auch wenn selbst ein Huhn sehen könnte, dass ich kein Bauernbursche bin«, sagte Julien. »Ihr habt es geglaubt, weil Ihr wolltet. Und wenn Ihr mich lasst, beweise ich Euch, dass der Marquis ein ebenso guter Liebhaber ist wie der Wirtssohn.«

»Ihr seid zu sehr von Euch eingenommen.« Suzanne wandte sich halb von ihm ab. »Und mir zu sagen, ich sei dümmer als ein Huhn, trägt nicht gerade dazu bei, dass ich unser gemeinsames Erlebnis wiederholen möchte.« Sie drehte sich ganz von ihm weg und sah aus dem Fenster. Da es draußen dunkel war, konnte sie nur ihre eigene Spiegelung und die des Raumes sehen. Plötzlich war Julien hinter ihr. Seine Lippen strichen über ihren Nacken, dann spürte sie seine Zunge den Rand ihres linken Ohrs nachfahren. Unwillkürlich seufzte sie leise und lehnte sich an ihn. Julien küsste ihren Hals. Seine Hand griff um sie herum und glitt in ihren Ausschnitt.

»Meine Schöne«, flüsterte er. »Noch nie hat mir eine Frau solches Vergnügen bereitet wie du. Eine Jungfrau, und doch so vollkommen schamlos.« Seine Fingerspitzen rieben über ihre Brustwarzen, was nicht nur dort ein Kribbeln auslöste, sondern auch zwischen ihren Schenkeln.

»Ich bin nicht schamlos«, protestierte sie. »Ich habe mich furchtbar geschämt – hinterher.«

Darüber musste sie selbst lachen. Sie drehte sich herum und sah in seinen Augen Übermut und Begehren. Sie zögerte nicht und küsste ihn. Julien biss sanft in ihre Unterlippe, was sie aufstöhnen ließ. Wie bewirkte er nur, dass sie unter seinen Zärtlichkeiten sofort dahinschmolz? Er führte sie zu einem Sofa, ohne ihre Lippen freizugeben. Dann beugte er sich vor und begann, ihre Röcke zu raffen. Er arbeitete sich zum Reifrock vor und schob ihn von unten nach oben zusammen, bis sich alles um Suzannes Hüften bauschte und sie kühle Luft an ihren Schenkeln spürte.

»Verflucht sei, wer diese Mode erfunden hat«, knurrte Julien. Er drückte sie auf das Sofa nieder, kniete sich zwischen ihre Beine und zog ihre Hüften an die Vorderkante, so dass ihre Scham sich ihm entgegenwölbte.

»Wenn jemand hereinkommt!«, flüsterte sie, aber er drückte nur ihre Knie noch weiter auseinander.

»Was tust du da?«, fragte sie atemlos.

»Ich will dich ansehen«, sagte er. »Wage nicht, die Beine zu schließen, ganz gleich, was ich mache.«

Er strich leicht von unten nach oben durch ihre Spalte. Sie stöhnte, als sein Daumen in sie hineinglitt. Dann zog er ihn wieder heraus und reizte ihre Knospe mit kreisenden Bewegungen.

»Ich will dich schmecken«, murmelte er und tauchte mit dem Kopf zwischen ihre Beine. Sie ließ den Kopf auf die Rückenlehne sinken und gab sich ganz Juliens Zärtlichkeiten hin.

Seine Zunge neckte sie, dann spürte sie, wie seine Zähne sanft ihr zartes Fleisch umfassten. Sie musste sich auf die Lippen beißen, um nicht laut zu stöhnen. Zuckende Ströme gingen von ihrem Schoß aus und erhitzten ihren Körper. Julien beglückte sie nun, indem er einen Finger in sie hineingleiten ließ und zugleich weiter an ihrer *chatte* saugte. Sie zog die Beine an und stemmte die Fersen gegen die Sofakante, um ihm noch besseren Zugang zu gewähren. Durch die geschlossene Tür drangen leise Stimmen und Gelächter, und sie hoffte, dass ihr Vormund sie noch nicht vermisste, aber der Gedanke verflog sofort wieder, als sie unter Juliens Liebkosungen verging.

»Nicht aufhören«, flüsterte sie und griff in sein Haar.

»Meine Schöne, wenn du meine Frisur ruinierst, verliere ich meinen Ruf als elegantester Geck von Paris«, murmelte er, um sich sogleich wieder ihrer Lust zu widmen. Er forderte nichts für sich, sondern tat alles, um ihr Vergnügen zu bereiten. Sie sah zu der bemalten Stuckdecke hoch, auf der Kerzenschein tanzte, und spürte nichts mehr außer seiner Zunge und seinen Fingern. Sie war nur noch ein helles Flirren, ihr Körper hatte sich aufgelöst. Dann wurde sie davongetragen, ihr Schoß schien aufzublühen wie eine Rose, sie hörte sich Juliens Namen seufzen.

Er zog sie an sich, strich ihr übers Haar und bedeckte ihr Gesicht mit kleinen Küssen. Seine Lippen waren feucht von ihrem Saft, und sie roch ihre eigene Lust an ihm. Er hielt sie, bis sie wieder ruhig atmete.

»Ich hätte nie geglaubt, dass es so sein könnte«, sagte sie. »Wie kann so etwas Schönes sündig sein?«

»Die Nonnen preisen die Keuschheit, weil sie sich selbst nicht körperlich hingeben dürfen. Sie sind nur neidisch«, antwortete Julien. »Ich dagegen bin der Meinung, man sollte genießen, so viel und so oft wie möglich. Der Körper verfällt schnell, und wenn ich alt bin, will ich von vielen schönen Erinnerungen zehren können.«

»Und wir Frauen verwelken noch schneller«, sagte Suzanne. »Unsere Blütezeit ist allzu kurz.«

»Ich verrate dir ein Geheimnis«, sagte er, während seine Hand an ihrem Dekolleté herumspielte. »Die meisten Männer haben mehr Angst vor einer *chatte* als vor einem Löwen. Darum versuchen sie, die Frauen einzusperren und unter Kontrolle zu halten.«

»Du scheinst aber nicht zu dieser Sorte Mann zu gehören«, neckte ihn Suzanne. Er wiegte nachdenklich den Kopf, bevor er antwortete:

»Vielleicht fürchte ich mich mehr als alle anderen.«

Sie verstand nicht genau, was er damit meinte, aber er ließ ihr auch keine Zeit, darüber nachzudenken. Denn jetzt grinste er wieder jungenhaft und raubte ihr einen letzten Kuss.

»Wann sehe ich dich wieder, meine Klosterschülerin?«, raunte er ihr ins Ohr. »Ich kann schon jetzt kaum den Gedanken ertragen, von dir getrennt zu sein.«

»Mein Vormund hat sicher nichts dagegen, dass ich mit seiner Kutsche ausfahre.« Im Gegenteil, er würde frohlocken, dass sie so schnell ans Ziel gekommen war. Doch der Gedanke, Julien in dieses Spiel hineinzuziehen, gefiel ihr nicht. Sie wollte nicht aus Berechnung mit ihm zusammen sein, sondern aus beiderseitiger Zuneigung. Sie würde ihrem Vormund verheimlichen müssen, mit wem sie sich traf.

»Ich lasse dir über die Marquise du Deffand eine Nachricht zukommen«, sagte Julien. »Ist meine Frisur in Ordnung?« Er strich sich mit beiden Händen über sein Haar und zog eine alberne Grimasse, die Suzanne zum Kichern brachte. Dann half er ihr, das Kleid wieder in Ordnung zu bringen. Er legte einen Finger auf die Lippen und öffnete die Tür einen Spalt, durch den sofort lautes Gelächter zu ihnen hereinfloss.

»Geh schnell, ich komme nach.« Er schob sie in den Salon

und schloss die Tür hinter ihr. Unauffällig bewegte sie sich an der Wand entlang. Niemand schien ihr Fehlen oder ihr plötzliches Wiederauftauchen bemerkt zu haben. Sie suchte mit den Augen den Vicomte, der mit einem rundlichen Mann sprach, und gesellte sich dann zu ihm.

»Da bist du ja«, sagte der Vicomte. »Ich möchte dir Auguste-Bertrand de Drussac vorstellen.«

»Ich bin hocherfreut.« Es fiel Suzanne nicht leicht, so zu tun, als wäre nichts geschehen. Ihre Wangen fühlten sich heiß an, und zwischen ihren Schenkeln war es noch feucht. Angestrengt versuchte sie, ihre Aufmerksamkeit ihrem Gesprächspartner zu widmen. Wie hieß er noch gleich? Er begann sofort, von seiner Sammlung chinesischen Porzellans zu erzählen. Der Vicomte de Guéret nickte ihr unauffällig zu, rieb Daumen und Zeigefinger aneinander und ließ sie mit dem Porzellansammler alleine. Offensichtlich konnte ihr Vormund es kaum abwarten, sie an den Mann zu bringen. Das erinnerte sie daran, weshalb sie wirklich nach Paris gekommen war: Wenn sie etwas über ihren Vater herausfinden wollte, musste sie mit den richtigen Leuten sprechen. Sie hielt nach der Gastgeberin Ausschau, konnte sie aber nirgendwo entdecken. An einem der Spieltische erblickte sie Julien, der sichtlich gelangweilt auf seinem Stuhl hing und Wein trank, während er desinteressiert auf seine Karten sah. Suzannes Blick schweifte weiter. Das Geplapper ihres Gegenübers tropfte in ihre Ohren wie zähe Melasse. Sie lächelte mechanisch, nickte und sagte: »Das ist wirklich wundervoll.« Seine hochgezogenen Augenbrauen deuteten darauf hin, dass sie etwas Unpassendes gesagt hatte.

»Verzeihung, was sagten Sie soeben?« Sie wandte sich dem Mann zu.

»Ich sagte, dass letzte Woche meine Mutter beerdigt wurde.«

Suzanne wurde rot. »Oh, wie bedauerlich«, presste sie mühsam hervor. Der Drang zu lachen war unwiderstehlich, und sie musste all ihre Kräfte zusammennehmen, um nicht her auszuplatzen. Offensichtlich gelang es ihr nicht, ihre Heiterkeit zu verbergen, denn ihr Gegenüber wurde tiefrot, verabschiedete sich knapp und stolzierte davon. Suzanne war froh, sein aufdringliches Veilchenparfum nicht mehr riechen zu müssen.

Madame du Deffand saß auf einem Sofa in einem angrenzenden Salon und war von einer Gruppe Bewunderer umgeben, die jeden ihrer Sätze mit Gelächter quittierte. Suzanne fiel auf, dass die meisten Männer jung genug waren, um die Söhne der Marquise zu sein.

»Deshalb lade ich sie nicht mehr ein: Ihre Rechthaberei vergrault meine Freunde. Soll sie ihren Ehemann mit ihren endlosen Vorträgen langweilen«, hörte Suzanne sie sagen. Als die Marquise sie erblickte, scheuchte sie die Galane mit einer Handbewegung fort und lud Suzanne ein, sich zu ihr zu setzen.

»Wie fühlt Ihr Euch?«, fragte sie liebenswürdig. »Habt Ihr schon interessante Bekanntschaften gemacht?«

»Der Marquis de Chamberaud war so freundlich, mir seine Aufmerksamkeit zu schenken«, antwortete Suzanne wahrheitsgemäß. Madame du Deffand drohte mit dem Zeigefinger: »Da habt Ihr Euch gleich einen der schlimmsten Verführer von Paris ausgesucht, mein Kind. Es gibt nur einen, bei dem Ihr Eure Tugend noch schneller verlieren würdet, und das ist der Duc de Bournonville. Wenn er heute Abend hier wäre, befändet Ihr Euch in ebenso großer Gefahr wie inmitten einer Horde hungriger Löwen.«

Suzanne musste lächeln.

»Ich bin ja gerade hier, um meine Tugend meistbietend zu verkaufen.«

Die Marquise lachte. »Umso deutlicher seid vor Julien gewarnt!« Sie winkte einem Lakaien, der ihnen Champagner servierte.

»Wie lange kennt Ihr eigentlich meinen Vo…, meinen Schwager schon?«, fragte Suzanne. Ihr Herz hämmerte; beinahe hätte sie sich versprochen! Sie trat ja als Madame de Montfort auf, die junge Witwe!

Die Marquise winkte ab. »Du liebe Güte, seit Ewigkeiten! Er sieht ja noch immer gut aus, aber vor zwanzig Jahren war er zum Niedersinken. Er hat es auch weit gebracht und war der Intimus des Duc d'Orleans, noch bevor der zum Regenten wurde. Euer Schwager war ehrgeizig bis zum Wahnsinn und anbetungswürdig arrogant. Einer der begehrtesten Junggesellen von Paris.«

»Unglaublich, das kann ich mir kaum vorstellen!« Suzanne trank von ihrem Champagner, um ihr Gesicht zu verbergen. Sie tat nichts Unrechtes, wenn sie die Marquise ein wenig über alte Zeiten plaudern ließ, oder?

»Oh doch«, bekräftigte Madame du Deffand. »Er und sein bester Freund waren unzertrennlich, und die Damen konnten nie entscheiden, wem sie den Vorzug geben sollten. Chamberaud und Bournonville erinnern mich an die beiden.« Ihre Mundwinkel verzogen sich wehmütig.

»Ach, von einem besten Freund hat mein Schwager mir nie etwas erzählt«, warf Suzanne ein.

»Das wundert mich. Der Baron d'Aubry, was war er für ein schöner Mann!« Die Marquise seufzte. »Leider hat er ein böses Ende genommen.«

Suzanne hatte das Gefühl, ihr Herz würde gleich ihren Brustkorb durchbrechen. Ihr Korsett hinderte sie am Atmen, und sie musste sich zusammenreißen, um die nahende Ohnmacht zu bezwingen.

»Was geschah mit ihm?«

»Fühlt Ihr Euch wohl?« Madame du Deffand nahm Suzannes Hand und tätschelte sie. »Hier, nehmt mein Riechfläschchen. Es ist zu heiß hier drin.«

»Es geht schon«, sagte Suzanne hastig. »Bitte, erzählt weiter! Was geschah mit dem Baron?«

»Er endete in der Bastille. Angeblich starb er dort an der Schwindsucht oder einer anderen Krankheit, ich erinnere mich nicht genau. Doch daran habe ich nie geglaubt. Er war stark wie ein Pferd. In der Bastille zu sterben ist außerdem beinahe ein Ding der Unmöglichkeit. Dort ist es so komfortabel wie in einem Schloss.«

»Aber was hatte er denn getan?«, rief Suzanne, die sich nicht mehr zurückhalten konnte. Die Marquise schüttelte betrübt den Kopf. »Angeblich war er an einer Verschwörung gegen den damaligen Regenten, den Duc d' Orleans, beteiligt.«

»Unmöglich!« Suzanne war nicht länger fähig, den Anschein einer Plauderei aufrechtzuerhalten. Es war ihr Vater, von dem die Marquise sprach. Sie hatte ihn gekannt, mit ihm gesprochen – Suzanne kämpfte die Tränen nieder, die in ihrem Brustkorb einen harten Klumpen bildeten.

Madame du Deffand sah sie befremdet an, fragte aber nicht nach dem Grund für Suzannes Gemütsbewegung, sondern erzählte weiter.

»Es gab natürlich Gerüchte. Aber welchem sollte man glauben? Manche behaupteten, er habe versucht, den jungen Louis zu vergiften. Andere sagten, er hätte sich in die falsche Frau verliebt.«

Welche Frau?, wollte Suzanne gerade fragen, da trat der Vicomte de Guéret zu ihnen. Sie hätte ihm die chinesische Vase, die neben dem Sofa stand, auf dem Kopf zertrümmern mögen. Musste er ausgerechnet jetzt stören?

»Liebe Marquise, darf ich Euch meine Schwägerin entführen? Der Comte de Verrac möchte sie unbedingt kennenlernen.«

Madame du Deffand, ganz Dame, lächelte strahlend. »Dieses Vergnügen dürfen wir ihm nicht vorenthalten! Geht nur, meine Liebe!«

Im weiteren Verlauf des Abends bekam Suzanne keine Gelegenheit mehr, ungestört mit der Marquise zu plaudern. Sie wurde von ihrem Vormund herumgereicht, mit unverhohlen gierigen Augen betrachtet, mit nichtssagenden Gesprächen gequält. Julien hielt sich fern von ihr, wahrscheinlich, um keine unnötige Aufmerksamkeit zu erregen. Suzanne dachte auch gar nicht mehr an ihn, aufgewühlt, wie sie war. Sehr viel Neues hatte sie nicht über ihren Vater erfahren, dennoch hatte sie das Gefühl, ihm näher gekommen zu sein. Sie war entschlossen, die Wahrheit herauszufinden, selbst wenn es etwas Schreckliches sein sollte. Alles war besser als die Ungewissheit, die sie seit ihrer Kindheit begleitet hatte. Sie hatte das Recht, zu wissen, welcher Makel an ihr haftete.

Der Anfang ist gemacht

»Du hast dich nicht im Mindesten bemüht, die Aufmerksamkeit der Herren auf dich zu ziehen«, beklagte sich der Vicomte. »Glaubst du etwa, meine finanziellen Reserven sind unerschöpflich?«

Er marschierte im Salon auf und ab, die Arme vor der Brust verschränkt.

»Ich konnte mich schlecht mitten im Salon der Marquise vor ihnen ausziehen«, erwiderte Suzanne, die mit einem Buch auf dem Sofa saß. Ihr Vormund baute sich vor ihr auf, und sie biss sich auf die Lippen. Wann würde sie lernen, im rechten Moment den Mund zu halten?

»Ich bin ungehalten«, grollte der Vicomte. »Äußerst ungehalten! Wir haben eine Vereinbarung, meine Liebe, und ich erwarte, dass du dich ein wenig bemühst, deinen Teil einzuhalten.« An seiner Schläfe pochte eine Ader. Man sah ihm an, dass er zu viel trank, seit sie in Paris waren.

»Es war doch nur der erste Salon, den wir besucht haben.« Suzanne senkte unterwürfig den Blick. »Ich gebe mir ja Mühe, Onkel Héctor.«

»Wir werden deine Kleider umarbeiten lassen«, bestimmte der Vicomte. »Du musst deine Reize offener zeigen, damit man dich nicht für eine prüde Gans hält.«

»Wie Ihr möchtet, Onkel Héctor«, murmelte Suzanne ergeben. Tatsächlich interessierte sie nicht im Geringsten, was ihr Vormund alles unternehmen wollte, um sie an den Mann zu bringen, aber um mehr über ihren Vater herauszufinden, war sie bereit, sein Spiel mitzuspielen. Er ahnte nicht, dass sie sich niemals überwinden könnte, mit einem der widerwärtigen alten Kerle ins Bett zu steigen, die er im Sinn hatte, und mochten sie noch so reich und adelig sein. Sie wollte nur Julien! Nachts lag sie in ihrem Bett und stellte sich vor, wie er sie verführte, ihre Beine spreizte und seine Zunge benutzte, um ihr Genuss zu verschaffen. Sie suchte Erleichterung, indem sie sich selbst streichelte, aber der Höhepunkt brachte nur kurz Erlösung und war nur ein schäbiger Ersatz für das, was Julien ihr gegeben hatte. Sie sah seinen schlanken Körper vor sich, sein übermütiges Lächeln, ihre Finger sehnten sich danach, in seinem hellen Haar zu wühlen, ihr Mund gierte danach, von seiner Zunge ausgefüllt zu werden. Doch sie hatte seit dem Abend bei Madame du Deffand nichts mehr von ihm gehört. Endlose vier Tage lang! Es war unerträglich, und sie hasste ihn beinahe dafür, dass er solches Begehren in ihr erweckte.

Sie grübelte stundenlang darüber, ob es ihm wohl ähnlich ginge wie ihr. Manchmal war sie davon überzeugt, dass er sie ebenso liebte wie sie ihn, dann wieder fürchtete sie, nur eine in einer langen Reihe von Eroberungen zu sein. Die Marquise du Deffand hatte selbst gesagt, er sei ein routinierter Verführer. Sicher war er in diesem Augenblick bei einer seiner zahlreichen Gespielinnen! Vor lauter Eifersucht auf diese gesichtslosen Unbekannten zerriss Suzanne drei Spitzentaschentücher. Sie verlor ihren Appetit. Jede Stunde des Wartens wurde ihr zur Qual, und in düsterer Stimmung vermutete sie, er ließe sie absichtlich schmoren. Sie konnte nur hoffen, ihren Vormund wieder zur Marquise du Deffand begleiten zu dürfen und dort Julien anzutreffen. Dann würde sie ihm die kalte Schulter zeigen, um sich zu rächen, nahm sie sich vor. Doch gleich darauf sehnte sie sich nach seinen Zärtlichkeiten und Küssen, und sie wusste, dass sie ihm nicht würde widerstehen können.

Yvette schüttelte nur den Kopf über ihre Herrin.

»Ganz Paris ist voller stattlicher Kerle, und Ihr jammert dem einen hinterher, der nichts von sich hören lässt! Ebenso gut könntet Ihr Euch amüsieren.«

Nach einigen Tagen wurde auch Suzanne bewusst, dass es so nicht weitergehen konnte. Sie würde nicht Trübsal blasen, während Julien sich womöglich köstlich amüsierte. Es war leicht, den Vicomte zu überreden, sie allabendlich auszuführen, denn er zeigte sich gern an ihrer Seite und genoß das Raunen, das sich unweigerlich erhob, wenn sie gemeinsam auftraten. Wider Erwarten amüsierte sich Suzanne tatsächlich. Sie besuchten verschiedene Salons und gingen auch ins Theater, wo Suzanne nicht müde wurde, die Roben der anwesenden Damen zu begutachten. Sie übte sich in Konversation und kokettierte mit einigen jungen Edelmännern, die sich darum stritten, wer sie in ihrer Loge besuchen durfte. Doch sobald sie alleine war, kehrten ihre Gedanken zu Julien zurück. Um sich zu zerstreuen, schrieb sie zweimal täglich an Séraphine. Natürlich konnte sie nicht offen mitteilen, was ihr in der Zwischenzeit widerfahren war, falls die Briefe von Séraphines Eltern kontrolliert wurden. Aber sie schrieb über Paris, die elegante Mode, die prachtvollen Häuser der Adeligen, die Geschäfte. Dabei kam ihr eine Idee, die sie mit ihrem Vormund besprechen musste. Sie suchte ihn in seinem Arbeitszimmer auf und bat ihn, Séraphine als ihre Gesellschafterin einladen zu dürfen. Er hatte nichts dagegen einzuwenden.

In Paris hättest du viel mehr Gelegenheit, einen reichen Mann kennenzulernen, schrieb sie der Freundin. *Und wir wären endlich wieder zusammen.*

Wie wunderbar es wäre, Séraphine wieder bei sich zu haben!

Paris war aufregend, aber auch laut, schmutzig und von Gestank erfüllt. Darum war Suzanne begeistert, als der Vicomte eines Morgens einen Ausflug in den Wald von Vincennes vor den Toren von Paris vorschlug. Zumindest würde sie das ablenken. Seltsamerweise bestand ihr Vormund darauf, dass sie ihr apricotfarbenes Satinkleid mit dem Rosenmuster trug, dazu rosa Strümpfe und bestickte Pantoffeln. Für einen Landausflug schien dieser Aufzug Suzanne etwas übertrieben, aber vielleicht hatte ihr Vormund anschließend noch Besuche geplant.

Die offene Kutsche brachte sie aus Paris hinaus, und sobald grüne Wiesen die Häuser ablösten, atmete Suzanne auf. Ihr war gar nicht bewusst gewesen, wie der Lärm und der Gestank der Stadt sie beeinträchtigt hatten.

Der Vicomte war bester Laune, er scherzte und gab einige Klatschgeschichten zum Besten, die er in den Salons gehört hatte. Suzanne ging sein Geschwätz etwas auf die Nerven, ihr hätte vollkommen genügt, einfach dazusitzen und die Fahrt zu genießen. Die Köpfe der Pferde nickten auf und ab, unter den Rädern knirschte der Kies, die Sonne wärmte ihr Gesicht – wenn sie auch sorgfältig darauf achtete, im Schatten ihres Sonnenschirms zu bleiben. Den Teint einer Bäuerin konnte sie sich nicht mehr erlauben.

Eine Zeit lang fuhren sie an einem schier endlosen Zaun entlang, dann kamen sie zu einem offenen Gatter und bogen auf einen breiten Waldweg ein. Zu Suzannes Erstaunen waren hier etliche offene Kutschen in Schrittgeschwindigkeit unterwegs, und prachtvoll gekleidete Aristokraten promenierten zwischen den Bäumen.

»Onkel Héctor, so viele Leute hatte ich nicht hier draußen erwartet. Fährt ganz Paris nachmittags hierher?«

Der Vicomte lächelte. »So kann man es ausdrücken. Der Bois de Vincennes ist das bevorzugte Jagdgebiet des Königs«, erklärte er. »Wenn man Louis sehen will, muss man hierherkommen.«

»Werden wir ihn auch sehen?«, fragte sie aufgeregt.

»Wenn wir Glück haben. Wusstest du, dass der König unübertrefflich ist bei der Jagd? Seine Ausdauer ist legendär, seine Kraft scheint unbegrenzt.«

»So wie man über ihn spricht, scheint er kein Mensch zu sein, sondern ein Halbgott«, sagte Suzanne.

»Er ist der Herrscher von Frankreich«, sagte der Vicomte, als wäre verglichen damit ein Halbgott ein niederes Wesen. Und wahrscheinlich hatte er Recht. Louis war derjenige, der die Geschicke aller Menschen im Land lenkte, der sie beschützte und behütete. Er musste weiser, stärker und besser sein als jeder andere, denn sonst hätte Gott ihm nicht diese schwere Aufgabe übertragen.

Wie mochte er aussehen? Suzanne kannte zwar Reproduktionen seines Portraits, aber sie wusste, dass solche Abbildungen oft nicht der Wirklichkeit entsprachen. Darum reckte sie neugierig den Hals, in der Hoffnung, den König und seine Jagdgesellschaft zu erblicken.

»Liebes Kind, etwas mehr Selbstbeherrschung«, raunte der Vicomte ihr zu. »Du bist doch keine Gans.«

Suzanne dachte, dass sie in letzter Zeit allzu häufig mit Geflügel verglichen wurde, aber sie setzte sich gerade hin und gab sich den Anschein von Gelassenheit. Der Vicomte genoss sichtlich die Fahrt, grüßte, wenn er einen Bekannten erblickte, und ließ gelegentlich die Kutsche anhalten, um auszusteigen und mit jemandem zu sprechen. Suzanne wurde vorgestellt und versuchte wieder einmal vergeblich, sich all die Namen und Titel zu merken. Ihr Vormund tat sein Bestes, um sich den Leuten in Erinnerung zu bringen, aber Suzanne hatte den Eindruck, dass die meisten Gesprächspartner so schnell wie möglich ihren Weg fortsetzten.

Sie rollten nun eine Allee entlang, in der sich die Baumkronen zu einem Tunnel verwoben und wo geheimnisvolles grünes Dämmerlicht herrschte. Bis auf das Vogelgezwitscher und Knirschen der Räder auf dem sandigen Weg war es vollkommen still, und Suzanne fühlte sich wie verzaubert von dieser Stimmung. Plötzliches Hufgetrappel schreckte sie auf. Eine Gruppe von Reitern sprengte aus einem Seitenweg und kam in flottem Trab auf die Kutsche zu. Ganz vorne ritt ein hochgewachsener junger Mann mit breiten Schultern, vollen Lippen und kräftigen

Augenbrauen, sein über und über mit Gold bestickter Jagdrock glänzte im Licht. Er unterhielt sich mit einem zweiten Mann, der neben ihm ritt, sie lachten über irgendetwas. Suzanne wusste sofort, dass der im Goldrock der König sein musste. Nicht nur seine prachtvolle Kleidung unterschied ihn von den anderen, sondern seine Präsenz. Er überstrahlte alle anderen, die neben ihm zu bloßen Statisten wurden.

Als der König an der offenen Kutsche des Vicomte vorüberritt, verhielt er fast unmerklich sein Pferd und grüßte Suzanne mit einem Kopfnicken, und für einen Wimpernschlag ruhten seine Augen in ihren. Sie nickte steif zurück, während ihr das Herz bis zum Hals schlug, und dann war der König mit seinem Gefolge auch schon an ihnen vorübergezogen.

Suzanne fühlte sich einer Ohnmacht so nahe wie noch nie. Der König selbst hatte sie angesehen, ihr in die Augen gesehen und sie gegrüßt! Sie fühlte sich erhoben durch seinen Blick, wie auserwählt, ohne zu wissen, wozu. Im Nachhinein brach ihr der Schweiß aus, und sie ließ sich von Yvette schnell ein Riechfläschchen geben. Der scharfe Geruch belebte sie, und sie konnte wieder normal atmen.

»Gütiger Gott, wenn ich meiner Mutter erzähle, dass ich den König gesehen habe!«, plapperte Yvette. »Mit meinen eigenen Augen! *Mon Dieu*, wie herrlich er ist! Wahrhaftig, es stimmt, was man über ihn sagt: Er muss der schönste Mann Frankreichs sein!«

Suzanne hörte gar nicht zu. Sie ließ das Erlebnis in sich nachklingen und versuchte zu ergründen, warum die kurze Begegnung sie so aufgewühlt hatte. Der König hatte starken Eindruck auf sie gemacht, obwohl sie nicht sagen konnte, ob es an ihm selbst lag oder nur daran, dass er der König war. Sie fragte sich, ob sie ihn ebenso eindrucksvoll gefunden hätte, wäre er nur ein einfacher Chevalier oder sogar ein Bourgeois.

An diesem Punkt unterbrach der Vicomte ihre Überlegungen.

»Wunderbar, meine Liebe«, flüsterte er, als könnte man sie belauschen. »Der Anfang ist gemacht.« Er grinste, als hätte er ein besonders lohnendes Geschäft getätigt. Suzanne sah ihn verwirrt an, fragte aber nicht nach, was er meinte.

Als sie gegen Abend wieder im Hôtel de Gaudard eintrafen, überreichte Pierre Suzanne einen Brief der Marquise du Deffand. So stand es zumindest auf dem Umschlag. Darin befand sich aber eine Nachricht von Julien. Er schrieb, sie solle Übelkeit vorschützen, wenn ihr Vormund am kommenden Abend zum Salon der Marquise ginge, sich aber bereithalten und für ein festliches Abendessen ankleiden. Er würde sie gegen neun Uhr abholen.

Abends, als Yvette ihr das Haar bürstete, weihte Suzanne ihre Zofe ein und zeigte ihr den Brief. Yvette sah sie im Spiegel streng an.

»Mademoiselle, ich weiß nicht, ob das gut ist. Ihr spielt mit dem Feuer und wisst es nicht. Bisher habt ihr nur die freundliche Seite Eures Vormunds kennengelernt, aber wenn jemand seine Pläne durchkreuzt oder ihn hintergeht, straft er ohne Gnade. Als sein Mündel seid Ihr ihm ausgeliefert, vergesst das nicht.«

»Was sollte er mir antun? Ich erfülle nur seinen Wunsch, mir einen adeligen Liebhaber zuzulegen«, sagte Suzanne lachend. »Und ich tue ja nichts Böses, ich will nur einige Zeit mit dem Mann verbringen, den ich liebe.«

»Liebe!«, schnaubte Yvette. »Die hat schon mehr Unheil angerichtet als alle Kriege zusammen!«

»Sei nicht so altklug, das steht dir nicht«, antwortete Suzanne. »Du und Pierre, ihr trefft euch doch auch heimlich!«

»Was wir Dienstboten tun, kümmert niemanden, Mademoiselle.«

»Gegen einen Marquis de Chamberaud wird mein Vormund wohl nichts einzuwenden haben. Ich warte nur auf den richtigen Zeitpunkt, es ihm zu sagen.«

»Der wird niemals kommen«, murmelte Yvette ahnungsvoll.

Die Spiele der Libertins

Am Mittwoch begann Suzanne bereits nach dem Mittagessen über Unwohlsein zu klagen. Nachmittags legte sie sich ins Bett und ließ sich Fencheltee bringen. Am frühen Abend richtete Yvette dem Vicomte aus, Mademoiselle fühle sich nicht wohl genug, um ihn zur Marquise zu begleiten. Bald darauf hörte Suzanne das Klacken von Hufen auf dem Hof und die Kutsche abfahren. Sie musste nicht lange warten, bis sie das Geräusch fremder Schritte vernahm. Vom Fenster aus sah sie eine schlanke Gestalt mit hellem Haar unten im Hof. Ihr Herz pochte voller Vorfreude: In wenigen Augenblicken würde sie in Juliens Armen liegen!

Sie warf sich einen Mantel über und zog die Kapuze tief ins Gesicht. Auf ihrem Weg die Treppe hinunter und durch die Halle begegnete sie glücklicherweise keinem der Dienstboten. Sie schob den schweren Riegel zurück und huschte nach draußen. Ohne sich mit einer Begrüßung aufzuhalten, nahm Julien sie am Arm, und sie eilten über den Hof. Ihre Absätze klapperten laut auf dem Pflaster. Furchtsam blickte Suzanne sich um, als könnte ihr jemand folgen, dann verbarg der Schatten der Einfahrt sie vor möglichen Blicken. Eine geschlossene Kutsche ohne Wappen wartete am Straßenrand. Suzanne atmete auf, als sie in die Polster sank und die Kutsche anfuhr. Sie schlug die Kapuze zurück und lachte: Das Abenteuer war geglückt.

Julien zog die Vorhänge zu, setzte sich neben sie und nahm ihre Hände. Er küsste die Innenflächen, dann öffnete er die Schließe an Suzannes Umhang, so dass er von ihren Schultern glitt und ihr Dekolleté enthüllte. Julien zog sie an sich und küsste sie, bis sie völlig außer Atem war. Er saugte sanft an ihrer Oberlippe, dann zog sein Mund eine Spur aus Küssen ihren Hals hinab bis zum Schlüsselbein.

»Davon habe ich seit Tagen geträumt«, murmelte er an ihrem Hals.

»Und was hast du in den Nächten geträumt?«, fragte sie schalkhaft.

Er hob den Kopf und grinste sie an.

»Davon darf ein Edelmann nicht sprechen«, behauptete er würdevoll.

»Wohin entführst du mich?«

Da Julien die Vorhänge geschlossen hatte, hatte sie keine Ahnung, wo sie waren.

»Seit wann sagt der Entführer seinem Opfer, wohin er es bringt?«, entgegnete er. »Heute Nacht gehörst du mir, und ich werde mit dir verfahren, wie mir beliebt.«

»Du scherzst doch nur, nicht wahr?« Suzanne fühlte einen Anflug von Angst, genoss aber den kleinen Schauder. Sein Gesicht war ganz ernst, als er antwortete: »Ganz und gar nicht, meine Liebe. Du bist in meiner Hand, und du kennst mich gut genug, um zu wissen, dass ich mich nicht um Anstand schere.«

Er spielte mit einer ihrer Locken, dann fasste er ihren Nacken und zog sie zu sich. Suzanne war nicht ganz sicher, ob er es tatsächlich ernst meinte. Er hatte Recht: Niemand wusste, wo sie war, sie war ihm ausgeliefert. Jetzt schob er sie von der Sitzbank, so dass sie zwischen seinen Beinen auf dem Boden der Kutsche kauerte und ihre Röcke sich um sie bauschten. Sie blickte zu ihm auf. Julien war noch schöner, wenn er ein wenig gefährlich erschien. Die Öllampe, die an einem Haken schwankte, warf tanzende Schatten auf sein Gesicht, seine schmalen Augen glitzerten.

»Öffne meine Hosen«, befahl er nun mit maliziösem Lächeln.

»Wie bitte?« Suzanne glaubte, sich verhört zu haben.

»Hast du im Kloster nicht gelernt, Befehle zu befolgen?«, fragte er ungeduldig.

»Nicht solche«, entgegnete Suzanne schnippisch.

Julien beugte sich vor und hob ihr Gesicht an.

»Heute Nacht bist du meine Sklavin, kleine Klosterschülerin, und du wirst tun, was dir befohlen wird, sonst lasse ich die Peitsche auf deinem Allerwertesten tanzen.«

Eine seltsame Erregung erfasste Suzanne, als er so zu ihr sprach. Noch nie war sie dermaßen erniedrigt worden, aber seine Worte ließen eine prickelnde Hitze zwischen ihre Beine schießen. Wortlos löste sie die Haltebänder von Juliens Hose und befreite sein Geschlecht. »Nimm ihn in den Mund«, sagte er. »Und mach deine Sache gut, rate ich dir.«

Folgsam öffnete Suzanne die Lippen und beugte sich über seinen Schoß. Sie wünschte sich mehr als alles andere, Julien zufrieden zu stellen, als hätte sich sein Wille über den ihren gelegt. Er hatte erraten, wie er ihre Leidenschaft anstacheln konnte, und er hatte keine Hemmungen, sein Wissen einzusetzen.

Juliens Glied füllte ihren Mund, nun schon ein nicht mehr ganz neues Gefühl. Sie saugte an ihm, presste ihre Zunge gegen den Schaft und ließ sie auf und ab gleiten. Er stöhnte und sank tiefer in die Polster. Nach einiger Zeit wagte sie, vorsichtig ihre Zähne einzusetzen. Spielerisch biss sie in die Eichel, was Julien aufseufzen ließ. Sie öffnete die Augen ein wenig und sah ihn mit zurückgeworfenem Kopf, wie er sich vor Lust auf die Lippen biss. Er sah aus wie ein gefallener Engel in diesem Moment, und obwohl er sie seine Sklavin genannt hatte, spürte Suzanne ihre Macht über ihn.

Davon angespornt gab sie sich noch mehr Mühe, ihn auf die unterschiedlichsten Arten zu reizen. Sie leckte die Stelle, an der sein Glied aus dem Unterleib ragte, die weiche Haut unterhalb des Hodensacks. Er musste sich an der Kutschenwand abstützen, die Öllaterne schaukelte hin und her und erfüllte die Kutsche mit einem Wechselspiel aus Licht und Schatten.

»Kleine Hure«, keuchte Julien. »Nie und nimmer bin ich der erste Mann, den du befriedigt hast!«

Suzanne konnte nicht antworten, denn er fasste sie um den Nacken und zwang sie, ihn ganz aufzunehmen. Sie würgte im ersten Augenblick, aber er ließ sie nicht los, und sie versuchte, ihre Kehle zu entspannen. Sie wollte ihm ebensolche Lust verschaffen, wie er ihr bei Madame du Deffand geschenkt hatte.

Julien stöhnte auf, als er sich in Suzannes Mund ergoss. Die sämige, seltsam herb schmeckende Flüssigkeit rann in ihre Kehle, und sie schluckte. Ehrgeizig presste sie auch noch die letzten Tropfen aus ihm heraus.

»Genug!«, sagte Julien keuchend und lachend zugleich, indem er sich zurückzog.

Suzanne blieb auf dem Boden kauern und sah zu ihm hoch. Widerstreitende Gefühle wühlten ihr Inneres auf: Scham über die Erniedrigung. Erregung und Lüsternheit. Stolz darüber, ihre Aufgabe gut ausgeführt zu haben.

»Mir scheint, ich bin nicht ganz ungeschickt.« Sie lächelte zu ihm hinauf.

Er griff ihr unter die Arme und zog sie auf seinen Schoß, nun wieder ganz der zärtliche Liebhaber.

»Du bist wundervoll, meine gelehrige Schülerin«, sagte er und küsste sie lange. Seine Hand stahl sich unter ihre Röcke, er tauchte seine Fingerspitzen in ihre Feuchtigkeit. Als er die Hand wieder hervorzog und daran roch, grinste er dreist wie immer.

»Die Klosterschülerin hat es offensichtlich genossen, die Hure zu spielen.«

Suzanne senkte den Blick und spürte eine Hitzewelle aufsteigen. Verachtete er sie nun?

»Kein Grund, rot zu werden. Es gefällt mir, dich so lüstern zu sehen, meine Süße; deine Lust steigert die meine. Ich verspreche dir, niemals etwas zu tun, was du nicht möchtest. Du hast stets die Möglichkeit, nein zu sagen. Aber wenn du dich mir anvertraust, wirst du dich selbst gründlicher kennenlernen, als du je zu hoffen wagtest. Ich werde dir helfen, ganz du selbst zu sein.«

Wieder küssten sie sich lange und lachten, als die Kutsche mit einem Ruck anhielt und ihre Nasen gegeneinander stießen.

»Wo sind wir?«, fragte Suzanne. Julien lächelte geheimnisvoll und half ihr beim Aussteigen. Sie befanden sich in einem dunklen Hof, offensichtlich an der Rückseite eines großen Gebäudes. Es war völlig dunkel, nur die Laternen der Kutsche warfen einen schwachen Lichtkreis auf das Pflaster. Es roch nach Abfall und feuchtem Keller. Suzanne fürchtete sich, war aber auch neugierig. Die ungewohnte Situation schärfte ihre Sinne, sie hörte eine Tür klappen, und dann kam jemand mit einer Laterne in der Hand auf sie zu. Der Mann trug eine Livree, zeigte aber nicht die Unterwürfigkeit eines Dieners. Es wurde nicht gesprochen, der Unbekannte führte sie zum Haus und ließ sie durch eine niedrige Tür eintreten. Suzanne war froh, Juliens Nähe zu spüren. Er hatte ihr einen Arm um die Schulter gelegt, halb beschützend, halb sie am Weglaufen hindernd.

Sie standen in einem kahlen Vorraum ohne jeglichen Schmuck, von dem aus ein dunkler Gang ins Haus hineinführte. Julien nahm dem Bediensteten die Laterne ab und nickte ihm zu, worauf der Mann wieder nach draußen verschwand.

»Julien, wo sind wir?«, fragte Suzanne erneut.

»Im Haus eines Freundes. Kein Grund zur Sorge, ich bin ja bei dir.«

Etwas beruhigt schmiegte sich Suzanne an Julien und ließ sich von ihm führen. Er würde auf sie achten, dessen war sie sicher. Dennoch fühlte sich ihr Brustkorb an, als flatterte darin ein Vogel umher.

Ihre Schritte hallten auf dem Steinboden, der schwankende Laternenschein vertiefte die Schatten. Am Ende des Ganges stießen sie auf eine schmale Treppe, die sich spiralförmig nach oben wand. Julien ließ Suzanne vorausgehen, sie hatte Mühe, mit ihrem Reifrock nicht die Wände zu streifen. Die vielen Windungen der Treppe machten sie ganz schwindelig, und sie geriet außer Atem. Am Ende der Treppe befand sich wieder ein Gang, diesmal nur wenige Schritte lang, an dessen Ende wiederum eine Tür lag. Suzanne fiel auf, dass sie keine Klinke hatte. Julien griff an ihr vorbei, betätigte eine verborgene Feder und schob sie in den dahinterliegenden Raum.

Leicht benommen sah sich Suzanne um. Das Zimmer war von unerhörter, düsterer Pracht, orientalische Ampeln tauchten alles in ein geheimnisvolles Licht. Ungewöhnlich und etwas erschreckend war, dass der Raum keine Fenster besaß. Die Wände waren mit violettem Moiré bespannt, der Boden aus schwarzem Marmor. In der Mitte des Zimmers stand ein kleiner Tisch, für vier Personen gedeckt. In einem Alkoven sah Suzanne ein üppiges Lager mit Kissenbergen, halb verdeckt von bodenlangen, violetten Samtvorhängen. In der Luft lag ein schwerer, exotischer Duft, der die Sinne betörte.

Sie wollte Julien fragen, was all das zu bedeuten habe, als sie spürte, wie er ihr die Contouche von den Schultern zog.

»Hab keine Angst«, flüsterte er und küsste ihren Hals, während er begann, ihr Korsett aufzuschnüren. Ihre Unruhe mischte sich mit den Gefühlen, die seine Küsse hervorriefen. Als sie nur noch im Hemd dastand, presste Julien sich an ihren Rücken und umfasste ihre Brüste. Durch den dünnen Stoff rieb er ihre Brustspitzen, Suzanne hörte auf zu denken und gab sich seinen Zärtlichkeiten hin. So lange hatte sie darauf gewartet, ihn wiederzusehen, seine Hände und seine Lippen zu spüren, dass alles andere ihr gleich war.

»Zieh auch das Hemd aus«, bat er nach einiger Zeit. Sie gehorchte schweigend, stand nackt vor ihm. Sie trug nur noch ein silbernes Halsband, an dem ein kleiner, in Silber gefasster Smaragd baumelte. Julien bat sie, in die Mitte des Raumes zu treten, wo er sie zunächst aus einiger Entfernung besah. Er wies sie an, die Hände hinter ihrem Rücken zu verschränken, damit ihre Brüste besser hervorträten, und die Füße etwas auseinanderzustellen. Ihr war schwindelig, als hätte sie zu viel Wein getrunken. Zugleich war sie neugierig, was Julien mit ihr vorhaben mochte. Vorsichtig blickte sie auf das Bett im Alkoven. Er bemerkte es und grinste.

»Später, meine Schöne«, sagte er, dann ging er zur Tür – nicht derjenigen, durch die sie eingetreten waren und die sich nahtlos in das Dekor des Raumes einfügte, sondern zu einer schwarz lackierten Flügeltür. Julien klopfte drei Mal, kam dann zurück und sagte, Suzanne solle sich auf keinen Fall bewegen.

Ihre Anspannung wurde beinahe unerträglich, ihr Brustkorb hob und senkte sich heftig, und sie fragte sich, warum sie sich auf dieses dunkle Spiel eingelassen hatte. Niemand wusste, wo sie war – nicht einmal sie selbst wusste es –, und sie hatte sich in die Hände eines Mannes begeben, den sie kaum kannte. Aber genau das war es, was sie wollte: sich Julien ausliefern, ihm ihr Vertrauen und ihre Hingabe beweisen. Und etwas in ihr wusste, dass er dieses Vertrauen vielleicht auf die Probe stellen, aber nicht missbrauchen würde.

Dennoch fuhr sie zusammen, als die schwarze Tür sich öffnete. Der Mann, der den Raum betrat, war ganz in Schwarz gekleidet. Er beachtete Suzanne zunächst nicht, darum hatte sie Gelegenheit, ihn zu betrachten. Er war von überdurchschnittlicher Größe und hatte ein ebenmäßiges Gesicht, nur seine Nase war leicht schief, als hätte er sie einmal gebrochen, darunter lag ein geschwungener, selbstsicherer Mund. Er bewegte sich mit einer Lässigkeit, die von absolutem Selbstvertrauen zeugte. Er sah gut aus, aber auch gefährlich mit seinem düsteren Blick, und Suzanne fühlte einen Schauer über ihre nackte Haut rieseln. Sie hatte Angst vor dem Augenblick, in dem er sie ansehen würde. Weshalb nur hatte sie sich auf das hier eingelassen? Sie sah sich nach Julien um und war nahe daran, nach ihren Kleidern zu verlangen, um diesem beunruhigenden Mann nicht so schutzlos gegenübertreten zu müssen. Aber Julien nickte ihr aufmunternd zu. Suzanne wandte den Kopf wieder nach vorne und blieb stehen.

Jetzt erst sah sie die lederne Leine, die der Unbekannte locker in einer Hand hielt. Suzannes Blick glitt an ihr entlang bis zur Tür. Sie sog hörbar den Atem ein, als am anderen Ende der Leine nicht etwa ein Tier erschien, sondern eine Frau, nackt wie Suzanne selbst, die auf allen vieren kroch. Ihr Körper leuchtete milchweiß und reflektierte die bunten Lichter, als sie sich über den schwarzen Boden bewegte. Der Anblick hatte etwas unbestreitbar Erregendes. Ihre üppigen Hinterbacken bewegten sich auf und ab, ihre Brüste schwangen, während sie vorwärtskroch. Ihr Blick war nach unten gerichtet, das Gesicht wurde von einer Flut rotblonder Locken verdeckt, die bis auf den Boden reichte. Der schwarz Gekleidete zog die Frau hinter sich her, ohne sie weiter zu beachten, Suzanne jedoch konnte den Blick nicht von ihr wenden. Ein Teil von ihr war entsetzt, aber ein anderer wünschte sich, an ihrer Stelle zu sein.

Nun nahm sie wahr, dass die beiden Männer sich umarmten wie Brüder, dann wandte der Unbekannte sich Suzanne zu. Hinter ihm nahm die Frau an der Leine eine kniende Stellung ein, wobei sie die Schenkel weit öffnete und ihre Scham entblößte, die vollkommen haarlos war. Suzanne sah, dass ihr Halsband so breit war, dass sie den Nacken nicht beugen konnte. Die Frau bot einen zugleich stolzen und demütigen Anblick.

Der Unbekannte blieb eine Armlänge vor Suzanne stehen und betrachtete sie. Sie bebte unter seinem Blick, wagte aber nicht, sich zu rühren. Seine Augen wanderten gemächlich von ihren Brüsten zu ihrem Schoß, als betrachtete er ein Bild, und Suzanne spürte sich über und über rot werden. Hilfesuchend sah sie zu Julien, der sich im Hintergrund hielt. Sein Lächeln gab ihr die Kraft, die Blicke des Fremden zu ertragen – und es geschah etwas Unerwartetes: In seinem Blick sah sie sich gespiegelt und fühlte plötzlich, wie begehrenswert sie war. Sie straffte sich, um ihre Brüste besser zur Geltung zu bringen, und genoss sogar das anerkennende Lächeln, das er ihrer Schönheit zollte. Julien musste sich ein Lachen verbeißen angesichts ihrer

Koketterie, und auch im Gesicht des Unbekannten zuckte ein Grinsen. Die winzige Veränderung bewirkte, dass sein Gesicht plötzlich geradezu lausbübisch wirkte, und Suzanne entspannte sich ein wenig, aber ihre Blicke folgten immer noch jeder Bewegung des Fremden.

Er wandte sich von ihr ab, warf sich in lässiger Haltung auf einen der Sessel, die um den Tisch standen, und streckte die Beine aus. Julien kam zu Suzanne und führte sie ebenfalls zu Tisch. Galant rückte er ihren Sessel zurecht, bevor er sich selbst setzte. Suzanne fand es sehr eigenartig, nackt an einem gedeckten Tisch zu sitzen. Der Damast des Sesselbezugs lag kühl an ihren Schenkeln und machte ihr die seltsame Lage erneut bewusst: Sie und die andere Frau waren nackt bis auf ihre Halsbänder, die Männer dagegen vollständig bekleidet.

Der Mann in Schwarz gab der rothaarigen jungen Frau ein Handzeichen. Sofort hakte sie die Leine von ihrem Halsband und erhob sich. Sie ging zu einem Speisenaufzug, den Suzanne erst jetzt bemerkte, und entnahm ihm ein Tablett mit Schüsseln und Karaffen. Vorsichtig trug sie das Tablett zum Tisch und setzte es ab. Als sie sich vorbeugte, fuhr die Hand des Gastgebers wie nebenbei zwischen ihre Hinterbacken. Die Frau stöhnte auf und spreizte die Beine. Ihr Herr lachte leise auf und gab ihr einen Klaps auf den wohlgerundeten Hintern.

»Später«, hörte Suzanne ihn belustigt sagen. Seine dunkle, etwas müde Stimme passte zu seinem Äußeren.

Jetzt ergriff Julien das Wort.

»Heute Abend zählen Rang und Titel nicht, darum werden wir uns auf unsere Vornamen beschränken. Suzanne, unseren Gastgeber kannst du Alexandre nennen, und seine Gespielin heißt Cathérine.«

»Guten Abend«, sagte Suzanne steif, und Alexandre deutete eine ironische Verbeugung an. Ärgerlich merkte Suzanne, dass sie schon wieder rot wurde. Glücklicherweise war das beim farbigen Schein der Laternen kaum erkennbar.

Cathérine legte ihnen vor, zuerst Julien, dann Alexandre und zuletzt Suzanne. Als sie dicht neben Suzannes Sessel stand, roch diese einen herben, erregenden Duft. Als Cathérine sich zu ihr drehte, erblickte Suzanne ihre nackte, vor Nässe glänzende Scham. Kein Zweifel: Die junge Frau genoss es, die Sklavin zu spielen.

Nun setzte sich auch Cathérine, und das Mahl begann. Es gab gedünsteten Fisch und Gemüsestreifen in einer leichten Soße – wahrscheinlich eingedenk dessen, was die Männer geplant hatten, dachte Suzanne halb ängstlich, halb neugierig. Es schmeckte köstlich, aber sie war zu nervös und bemerkte kaum, was sie aß.

»Wie ich höre, seid Ihr mit Eurem Schwager nach Paris gekommen«, wandte sich Alexandre an sie. Suzanne fiel nicht sofort eine Antwort ein, und sie ärgerte sich, weil sie sich ungewohnt ungelenk und schwerfällig fühlte.

»Ja, normalerweise leben wir auf dem Land«, antwortete sie schließlich und schämte sich, weil ihr anscheinend jeglicher Esprit abhandengekommen war.

»Ah, das Landleben«, sagte Alexandre im Plauderton. »Dort lassen sich die Freuden der Natur genießen«, fügte er hinzu und betrachtete dabei anzüglich Suzannes Brüste. Sie gab sich einen Ruck.

»Euch würden sicher die Obstpflanzungen gefallen. Ich sehe, dass Euch nach Früchten gelüstet«, entgegnete sie gelassen, obwohl ihr das Herz bis zum Hals klopfte.

»Du hast mir verheimlicht, dass sie nicht nur schön, sondern auch geistreich ist«, sagte Alexandre zu Julien.

»Das hast du ja nun selbst herausgefunden«, gab Julien zurück, während er eine Feige aufschnitt.

»Ist es wahr, dass Ihr im Kloster erzogen wurdet?«, erkundigte sich Cathérine mit einer kultivierten Stimme. Etwas an ihrem freundlichen Lächeln beunruhigte Suzanne. Es war, als lauerte eine Falle hinter der Frage.

»Um die Wahrheit zu sagen: Die Schwestern waren nur zu froh, mich loszuwerden«, antwortete sie und lächelte zurück.

»Und weshalb, wenn man fragen darf?«, fragte Alexandre.

»Sie waren der Ansicht, ich sei zu sehr den Sinnenfreuden zugewandt.«

»Die alten Krähen waren eifersüchtig auf deine Jugend und Schönheit«, warf Julien ein. »Hasst man nicht immer, was man am meisten begehrt?«

»Nun, ich hasse Cathérine nicht«, sagte Alexandre, worauf diese ihm eine Kusshand zuwarf.

»Und was begehrt Ihr am meisten?«, fragte Cathérine ihrerseits Julien. Der nahm sich Zeit, eine weitere Feige auszusaugen, bevor er antwortete.

»Ich begehre am meisten, Suzanne vollständig zu besitzen – etwa so wie man ein schönes Pferd besitzt. Leider fürchte ich, ihre Natur ist nicht dazu geschaffen.«

»Und weshalb?«, erkundigte sich Alexandre, als spräche man über Gartenbau oder Architektur, während Suzanne starr vor Scham auf ihren Teller blickte.

»Nun, sie ist nicht von Natur aus devot, denke ich. Wohl ist sie fähig, die Sklavin zu spielen, aber sie wird sich niemals wirklich unterwerfen.« Juliens Stimme klang bedauernd, und Suzanne wollte aufbegehren, doch damit hätte sie seine Ansicht nur bestätigt. Aber wusste er denn nicht, dass sie sich ganz seinen Wünschen fügen wollte, um ihm ihre Liebe und Hingabe zu beweisen?

»Das werden wir noch sehen«, entgegnete Alexandre jetzt lächelnd, aber mit einem unheilvollen Unterton.

Suzanne fragte sich bang, was ihr noch bevorstehen mochte. Doch dann wandte sich das Gespräch wieder leichten Themen zu. Es wurde über die neuste Mode gesprochen, über die Intrigen bei Hof gelästert und über die verpestete Luft von Paris geklagt. Suzanne beobachtete dabei vor allem Cathérine, die sich ausnehmend reizvoll zu präsentieren wusste. In jeder ihrer

Bewegungen, ihrem Lachen, ihrer Stimme lag eine erotische Aufforderung, jedoch ohne Aggressivität. Sie bot sich an, und wenn sie mit Alexandre sprach, lag eine wahrhafte Ergebenheit in ihrem Blick, die Suzanne beinahe neidisch machte. Julien hatte Recht: Sie selbst würde nie so sein.

»Gefällt Euch Cathérine?«, fragte Alexandre, der Suzannes Blick bemerkt hatte.

Sie nickte. »Ihr seid sehr schön«, wandte sie sich an Cathérine, die mit einem gleichgültigen Neigen des Kopfes dankte, als wäre sie solcher Komplimente überdrüssig.

»Kaum zu glauben, dass sie einmal eine kleine Näherin war«, sagte Alexandre. »Und jetzt ist sie eine Marquise.«

»Ist sie etwa, seid Ihr …«, stotterte Suzanne unbedacht.

Cathérine warf den Kopf zurück und lachte. »Gütiger Gott, nein, ich bin nicht Alexandres Frau!«

»Mit der eigenen Frau Orgien zu feiern wäre wirklich geschmacklos!«, fügte Alexandre hinzu, ohne eine Miene zu verziehen. »Ihr Gatte ist ein alter Stiesel, der sich nur für Hunde und Pferde interessiert. Einmal im Monat besteigt er sie für fünf Minuten. Ein geringer Preis für die Annehmlichkeiten eines Lebens bei Hofe, will ich meinen.«

»Ihr Frauen habt es leichter als wir«, warf Julien ein. »Eure Schönheit lässt euch alles ohne Anstrengung erreichen.«

»Ihr irrt Euch«, widersprach Cathérine. »Wir Frauen machen die Männer nur glauben, wir strengten uns nicht an. Ihr wisst ja nicht, welche Mühe wir auf unser Äußeres verwenden und wie wir intrigieren und paktieren, um unsere Ziele zu erreichen. Und bei allem müssen wir stets geschickt vorgehen, heimlich Wege ebnen, da es uns eigentlich nicht gestattet ist, die Welt mitzugestalten.«

»Meine Welt ist soeben zusammengebrochen«, verkündete Julien. »Wir werden heimlich von Frauen regiert!«

Alexandre lachte. »Wusstest du das etwa noch nicht, mein Freund?«

»Letztendlich tut ihr Männer alles nur, um uns zu beeindrucken«, fuhr Cathérine fort. »Welchen Antrieb hättet ihr sonst, nach Macht und Geld zu streben?«

»Du hörst es: Wir sind nicht mehr als Drohnen für die Bienenköniginnen, mein Lieber«, sagte Alexandre zu Julien.

Suzanne lauschte dem Gespräch tief beeindruckt. Diese exquisite Schönheit gab mit größter Selbstverständlichkeit Gedanken von sich, die ihr völlig neu waren. Noch nie hatte sie die Beziehungen von Männern und Frauen von dieser Seite betrachtet. Und sie fragte sich erneut, weshalb sich diese stolze Frau zum unterwürfigen Spielzeug eines Mannes machen ließ. Doch wohl nur, weil sie selbst es wünschte. Auf einmal war sie nicht mehr sicher, ob es wirklich Alexandre war, der diese Liebschaft dominierte.

Das Souper war beendet. Ganz selbstverständlich erhob sich Cathérine und begann, den Tisch abzuräumen. Dabei stieß sie wie zufällig gegen Juliens Glas, aber Suzanne beobachtete, dass sie den Kelch mit Absicht umkippte. Wein ergoss sich auf Juliens Hose.

»Oh, das tut mir entsetzlich leid!«, sagte sie lasziv. Ihre Zähne schimmerten feucht.

»Ungeschickt wie immer«, kommentierte Alexandre gelassen. »Komm her.«

Schon hatte Cathérine sich ihm zu Füßen geworfen, ihre Stirn berührte den Boden. Alexandre griff in ihr Haar und zog sie daran hoch.

»Hol die Peitsche!«, befahl er ganz ruhig. Er zog Cathérine an den Haaren zu einem Tischchen, auf dem eine Reitpeitsche lag. Die junge Frau beugte sich lächelnd nieder und nahm die Gerte zwischen die Zähne, dann wurde sie zum Tisch zurückgebracht. Alexandre legte die junge Frau über den halb abgeräumten Tisch. Julien nahm mit schnellem Griff ihre Handgelenke und drückte sie auf das Tischtuch.

»Bitte um deine Strafe.« Alexandres Stimme war beängstigend ausdruckslos.

Cathérines Kopf lag seitlich auf dem Tisch, so konnte Suzanne ihr Gesicht beobachten. Mit geschlossenen Augen murmelte sie: »Bitte bestraft mich für meine Ungeschicklichkeit, Herr.«

»Zwanzig Hiebe«, sagte Alexandre kalt. Er hatte nichts Spitzbübisches mehr an sich.

Suzanne sah mit Erstaunen, dass Catherine lächelte.

»Höher mit dem Hintern!«, befahl Alexandre, bevor er den ersten Hieb niedergehen ließ. Die Peitsche surrte durch die Luft und landete mit einem lauten Klatschen auf Cathérines üppigem Gesäß. Ihr Gesicht verzerrte sich, und Suzanne musste einen Laut des Mitlieds unterdrücken. Dies waren keine spielerischen Hiebe, wie Julien sie ihr versetzt hatte.

Sie konnte den Blick nicht von dem schönen Körper losreißen, der unter den Schlägen bebte. Cathérine stöhnte laut, und es war unmöglich zu sagen, ob vor Schmerz oder Lust. Nach der Züchtigung blieb sie auf dem Tisch liegen, sie atmete schwer und hielt die Augen geschlossen. Unvermittelt ließ Alexandre seine Hand zwischen ihre Beine gleiten, was ihr ein Keuchen entlockte.

»Sieh sie dir an«, hörte Suzanne auf einmal Juliens sanfte Stimme hinter sich. Er zog sie hoch und führte sie um den Tisch herum, so dass sie Cathérines Hinterteil sehen konnte. Es war von roten Striemen gezeichnet, einer ordentlich unter dem nächsten platziert, zogen sie sich über ihre Kruppe bis auf die Rückseiten der Oberschenkel. Der Anblick war weniger schlimm, als Suzanne befürchtet hatte, eigentlich geradezu anregend. Neugierig betrachtete Suzanne Cathérines Anus und die Scham mit den geschwollenen, feuchten Lippen. Sie fand den Anblick äußerst erregend und fragte sich, halb begierig, halb ängstlich, was die Männer für sie bereithalten mochten.

»Nun, mein Mädchen vom Lande, wie gefallen dir die Pariser Vergnügungen?«, flüsterte Julien ihr ins Ohr, als hätte er ihre

Gedanken gelesen. Sie antwortete schnippisch, um ihn nicht merken zu lassen, wie lüstern die Vorführung sie gemacht hatte: »Ich fürchte, sie sind zu raffiniert für ein einfaches Landmädchen wie mich.«

Julien lachte und zog sie an sich. »Sei unbesorgt, du hast ja mich als Lehrmeister.«

Sie versanken in einen langen Kuss. Juliens Lippen waren weich und fordernd zugleich, seine Zunge stieß vor und wand sich um Suzannes, fuhr ihre Zähne entlang und drang in ihren Mund, als wollte er sie in Besitz nehmen. Jeder seiner Vorstöße erzeugte ein Echo in ihrer pochendem Scham. Seine bestickte Weste rieb an ihren Brüsten, und sie wand sich wie eine Katze, um den Genuss noch zu steigern.

»Die kleine Klosterschülerin lernt schnell«, sagte Julien amüsiert.

»In der Tat«, knurrte Alexandre, der sie beobachtet hatte. »Wir werden sehen, wie schnell.«

Suzanne wagte nicht zu fragen, was als Nächstes geschehen würde. Sie befürchtete, Alexandre könnte den Wunsch äußern, sie zu besitzen – so, wie die beiden Männer zueinander zu stehen schienen, würde Julien ihm diesen Wunsch kaum abschlagen. Und noch mehr fürchtete sie, es könnte ihr gefallen. Alexandre war ebenso dunkel, wie Julien hell war, und das galt nicht nur für die äußere Erscheinung. Instinktiv spürte Suzanne, dass er gefährlich für sie war und dass sie diesen ihr vollkommen Fremden begehrte. Ihm würde sie sich unterwerfen, ganz gleich, was er verlangte. Eine innere Stimme riet ihr, zu fliehen, solange sie noch konnte.

»Julien, ich will lieber nach Hause, bitte bring mich zurück«, flüsterte sie, noch immer an seine Brust geschmiegt.

»Aber nein, meine Liebste, das willst du nicht«, entgegnete er, sanft aber unnachgiebig, und sie wusste nicht, ob sie enttäuscht sein sollte, weil ihr Wunsch abgeschlagen wurde. »Du hast nur Angst vor dir selbst«, fuhr Julien fort. »Deshalb denke ich nicht daran, dich gehen zu lassen.« Er nahm ihr Kinn zwischen Daumen und Zeigefinger und zwang sie, ihn anzusehen.

»Ich werde nichts tun, was dir schadet, meine Königin. Auch mit Cathérine geschieht nichts, was sie nicht will. Sieh sie dir an, sie kann kaum erwarten, noch mehr gezüchtigt zu werden.«

Alexandre hatte wieder die Leine in Cathérines Halsband eingehakt und befahl ihr, sich auf alle viere niederzulassen. Langsam ließ er sie durch den Raum kriechen. Ihre Vulva saß wie eine dunkle, fleischige Pflaume zwischen ihren Schenkeln, glänzend und geschwollen vor Lüsternheit. Wenn Cathérine Alexandres Ansicht nach zu langsam wurde, versetzte er ihr mit dem losen Ende der Leine leichte Schläge. Seine Miene war gelangweilt, als hätte er dieses Spiel zu oft gespielt, und Cathérine bemühte sich, ihren Gebieter zufriedenzustellen, indem sie die Schenkel noch weiter spreizte. Suzanne war beschämt, als sie feststellte, dass sie sich wünschte, an ihrer Stelle zu sein.

Sie war so fasziniert, dass sie gar nicht bemerkte, wie Julien sie zu einem Sofa dirigierte. Er bat sie, sich auf die Kante zu setzen. Sie gehorchte, er trat vor sie, drückte ihre Knie auseinander und zog ihre Hüften nach vorne, bis er mit ihrer Stellung zufrieden war. Suzannes Herz klopfte, Erwartung und Furcht mischten sich – was würde mit ihr geschehen?

»Ruhr dich nicht«, wies Julien sie an.

Alexandre führte nun Cathérine zu ihnen und ließ sie zwischen Suzannes gespreizten Beinen niederknien. Es fiel ihr schwer, ruhig zu bleiben und die Beine geöffnet zu halten, Cathérines Mund nur eine Handbreit von ihrer *chatte* entfernt.

»Du wirst Cathérines Zunge genießen«, befahl Alexandre und sah Suzanne in die Augen, bis sie sich geschlagen gab und den Blick senkte. Die Aussicht, von der schönen Cathérine so verwöhnt zu werden, schien ihr nicht allzu schlimm, doch dass die beiden Männer dabei zusehen sollten, war ihr mehr als peinlich. Sie sah zu Julien auf, der hinter dem Sofa stand und ihre Schultern festhielt.

»Ich weiß nicht, ob ich das kann«, flüsterte sie.

»Sicher kannst du«, sage er ungerührt. »Alexandre liebt es, zwei Frauen zuzusehen, die sich liebkosen, du willst ihm doch seine Gastfreundschaft nicht vergelten, indem du ihn enttäuschst?«

Suzanne war unsicher, ob Juliens unnahbare Miene nur eine Maske war, die zum Spiel gehörte, oder ob er jetzt sein wahres Gesicht zeigte. Sicher war, dass er sie nicht entkommen lassen würde. Sie zuckte zusammen, als Cathérines Zunge zwischen ihre Beine fuhr, und stöhnte unwillkürlich auf, als ihr zartes Fleisch geteilt wurde. Alexandre, immer noch die Leine in der Hand, hatte sich seitlich auf dem Sofa niedergelassen, um alles aus nächster Nähe beobachten zu können. Er erteilte Cathérine Anweisungen, und Suzanne war sich sehr bewusst, seinem Willen und seinen Blicken ausgeliefert zu sein. Cathérine saugte an Suzannes Möse, bis sie sich vor Lust wand, dann widmete sie sich dem geschwollenen Zapfen, der sich am Scheitelpunkt der Schamlippen erhoben hatte.

»Fester«, befahl Alexandre, und Cathérines Zähne senkten sich in Suzannes Fleisch. Sie schrie auf, der Schmerz floss mit ihrer Lust zusammen, wurde zu ihrer Lust, und sie zuckte dem saugenden Mund entgegen. Es schien Ewigkeiten zu dauern, bis die Wellen verebbten, und danach hing sie erschöpft in den Polstern und keuchte leise im Nachbeben ihres Höhepunkts. Nie hätte sie gedacht, dass eine solche Lust möglich wäre. Sie blickte zu Julien auf, der noch immer hinter ihr stand, und sah ihn lächeln.

»Habe ich dir zu viel versprochen?«, fragte er.

Suzanne schüttelte matt den Kopf, und Julien beugte sich herab, um sie zu küssen. Sie fragte sich, ob er gar nicht eifersüchtig war und weshalb es ihm nichts ausmachte, sie einem anderen Mann auszuliefern. Wollte er Alexandre beeindrucken, oder lag Julien nicht ganz so viel an ihr, wie sie geglaubt hatte?

Doch sie kam nicht dazu, weiter darüber nachzudenken, denn der Gastgeber hatte nicht die Absicht, das Spiel schon zu beenden. Auf seine Anweisung hin richtete sich Cathérine auf und begann, Suzannes Brüste zu streicheln, nahm ihre Brustwarzen zwischen Daumen und Zeigefinger und zwirbelte sie, womit sie Suzanne aufs Neue lustvollen Schmerz schenkte, die nicht wusste, ob sie den Berührungen entkommen wollte oder sie herbeisehnte. Sie wand sich und biss sich auf die Lippen, aber ein seltsamer Stolz hielt sie davon ab, Alexandre um Schonung zu bitten. Zu ertragen, dass Cathérines Finger mit den Nägeln über ihre Brüste strichen, an verschiedenen Stellen kniffen, dann wieder an den empfindlichen Spitzen zogen, bereitete ihr einen eigenartigen Genuss. Endlich ergab sie sich vollständig, jegliche Scham war vergessen, und sie schrie ihre Lust hinaus. Dabei trafen ihre Augen Alexandres Blick, und auf einmal hatte sie das Gefühl, er wäre es, der sie berührte. Alles hätte er in diesem Augenblick von ihr verlangen dürfen, doch unvermittelt gebot er Cathérine, sich zurückzuziehen.

»Bitte, lasst sie weitermachen!«, hörte Suzanne sich betteln. Ihr Verlangen war wie eine Welle, kurz bevor sie brach, und sie sehnte sich nach nichts so sehr wie nach Erlösung.

»Sie ist so weit«, stellte Alexandre zu Julien gewandt fest. »Lass mich sie schlagen, Julien. Sie wird es mögen.«

Julien sah fragend auf Suzanne hinunter.

»Ich will es auch«, sagte sie, zitternd vor Erregung. Julien grinste breit.

»Du kleine läufige Hündin«, sagte er. »Du überraschst selbst mich, was ausgesprochen schwierig ist. Nun gut, ich überlasse dich Alexandre.«

Er beugte sich nieder und küsste sie lange, dann wies er sie an, die Knie anzuziehen. Mit einem raschen Griff packte er ihre Fußgelenke und zog sie nach oben, so dass ihr Kopf an der Rückenlehne des Sofas nach unten rutschte. Ihre Füße befanden sich nun über ihrem Kopf, und ihr Gesäß ragte ein gutes Stück über die Kante des Sofas hinaus. Ihre gesamte Sitzfläche präsentierte sich Alexandre, der mit dunkel leuchtenden Augen vor ihr stand. Zwischen ihren Knien hindurch sah Suzanne, wie sich seine Lippen kräuselten, und sie bereute bereits, in ihrer Lüsternheit um eine Züchtigung gebeten zu haben. Alexandre würde sie nicht schonen. Jetzt ließ er sich von Cathérine aus der Jacke helfen und legte auch die Weste ab. Er lockerte seine Halsbinde, kniff die Augen leicht zusammen und hob das Kinn, mit einer nachlässigen Geste ließ er sich von Cathérine die Lederleine reichen. Das eine Ende wickelte er mehrmals um seine Hand, das andere baumelte bedrohlich herab. Suzanne biß sich auf die Lippen. Worauf hatte sie sich nur eingelassen? »Bitte, nein, ich möchte doch nicht!«, hörte sie sich betteln, doch Juliens Griff um ihre Knöchel war unnachgiebig.

»O nein, Mademoiselle!«, er beugte sich über sie und grinste. »Du wolltest es, und du wirst es erdulden, als Bestrafung dafür, dass du einem anderen als mir die Beine öffnest. Alexandre gefällt dir wohl? Tatsächlich, er hat ungeheuren Erfolg bei den Damen – sie finden seine Ausstrahlung dämonisch, das mögt ihr Frauen doch, nicht wahr? Jetzt wird er dir zeigen, wie dämonisch er wirklich ist, meine kleine Klosterschülerin.«

Falls Julien so redete, um Suzanne Angst zu machen, hatte er sein Ziel erreicht. Alexandre erschien ihr nun wie ein schöner, gnadenloser Racheengel.

Und hatte Julien nicht Recht? Sie begehrte Alexandre. Nicht aus Liebe, sondern aus purer Lüsternheit. Noch hatte er sie nicht genommen, aber sie wünschte sich, in seinen Armen zu liegen, sein Gewicht auf sich zu fühlen, wenn er sich über sie warf und ihre Beine spreizte … Der erste Hieb riss sie aus ihren Träumereien. Sie krallte die Finger in die Polsterung. Vergeblich zappelte sie, um sich loszumachen, und war erstaunt über sich selbst, als sie merkte, dass sie sich im Grunde nur sträubte, weil es sie erregte, dass sie sich nicht befreien konnte.

Der nächste Hieb landete mit lautem Klatschen präzise dort,

wo ihr Hinterteil in den Oberschenkel überging. Wieder mischten sich Lust und Schmerz, bis der Schmerz zur Lust wurde. Die Hiebe brannten darum nicht weniger, und sie wand sich, um ihnen zu entgehen. Alexandre versorgte ihre gesamte Sitzfläche bis hinauf zu den Kniekehlen, auch die empfindlichen Innenseiten ihrer Schenkel wurden nicht verschont. Es schien ihr, als stünde sie in Flammen, so sehr brannte ihre malträtierte Haut.

Wie im Traum sah sie, wie Cathérine sich vor Alexandre kniete und seine Hose öffnete. Ein dickes, steifes Geschlecht schnellte hervor, an dessen Spitze ein Tropfen glänzte. Cathérine nahm den Kolben in den Mund, und nun sah Suzanne nur noch ihre rotblonden Haarflechten, die wie Flammen züngelten, als sie den Kopf vor und zurück bewegte.

Er war also erregt von Suzannes Anblick, erregt davon, sie zu peitschen, und das machte sie einen Augenblick lang stolz. Bis ein Hieb genau zwischen ihren Beinen landete. Sie schrie auf. Alexandre hatte nicht mit aller Kraft zugeschlagen, dennoch wäre es ihr beinahe gelungen, sich aus Juliens Griff zu befreien. Doch er fasste nach und zog ihre Füße weiter auseinander, so dass sie sich den Schlägen noch offener darbot.

Alexandre biss sich auf die Lippen, auf seiner Stirn glänzten Schweißtropfen, doch seine Miene blieb konzentriert. Cathérine stöhnte, während ihre Lippen sein Glied umfingen. Er sah Suzanne in die Augen, ein leichtes Lächeln im Blick. Sie würde ihn die nächsten Tage bei jeder Bewegung vor Augen haben, so, wie er jetzt vor ihr stand, aufs Äußerste erregt und dennoch beherrscht, gnadenlos und zugleich rücksichtsvoll genug, ihr nicht mehr zuzumuten, als sie verkraften konnte.

Suzannes Furcht erlosch. Sie ließ den Kopf gegen die Rückenlehne sinken und überließ sich dem Gefühl, von ihrem Schmerz getragen zu werden. Ein köstliches Entgleiten über die Beschränkung ihres Körpers hinaus und zugleich in sich selbst hinein.

Aber bevor sie sich in die Welle der Lust stürzen konnte, hielt Alexandre inne. Er schob auch Cathérine von sich. Sein Glied, das steil aufragte, schien dem Bersten nahe. Er wechselte einen Blick mit Julien, der Suzannes Knöchel freigab. Alexandre fasste ihre Handgelenke, zog sie hoch und drehte sie um. Nun war er ihr ganz nah, sein steifes Glied drückte sich an ihre Hinterbacken. Er lenkte sie hinüber zu dem Bettalkoven. Sie wurde bäuchlings auf das Lager geworfen, dann war er genau hinter ihr, zog ihre Hüften hoch und brachte sie in eine kniende Stellung, wobei ihr Gesicht in die Kissen gepresst wurde. Sie konnte nichts sehen und zitterte in Erwartung dessen, was nun geschehen würde. Ein Teil von ihr konnte nicht fassen, wie sie sich benahm. Dieser fremde Mann brachte sie dazu, sich zu verhalten wie eine Hure! Und sie konnte kaum erwarten, dass er zu ihr kam. Doch stattdessen spürte sie, wie er sich vom Bett erhob.

»Sie ist bereit, mein Freund«, sagte er, ein Lachen in der Stimme. Als Suzanne unter ihrer Achsel hindurchspähte, sah sie, dass Julien an das Lager trat und sich auszog. Nackt kniete er sich hinter sie und zog ihre Hüften an sich. Sie stöhnte auf, doch sie konnte eine leise Enttäuschung nicht unterdrücken, weil Alexandre sie verschmähte.

»Hast du etwas dagegen, wenn ich dich so nehme?«, flüsterte Julien und spreizte ihre Hinterbacken. Wie um sich selbst für ihr Verlangen nach Alexandre zu bestrafen, stöhnte Suzanne ihre Zustimmung in die Kissen. Juliens Glied drückte gegen ihren Eingang, und sie versuchte, sich zu entspannen, um ihm das Eindringen zu erleichtern. Er hielt sich zurück und weitete ganz allmählich den Muskelring. Dabei streichelte er beruhigend ihren Rücken.

»Ich werde vorsichtig sein, keine Angst«, flüsterte er, während er weiter vordrang. Der leichte Schmerz steigerte Suzannes Wunsch, sich ganz zu öffnen. Plötzlich gab der Muskel nach, und Juliens Kolben glitt ganz in sie hinein. Das Gefühl war so überwältigend, dass sie kaum noch wusste, wo sie sich befand. Julien hielt einen Augenblick inne, damit sie sich an die neue Lage gewöhnen konnte, fasste ihre Hüften und begann, sich in ihr zu bewegen. Suzannes Schenkel zitterten, der Schweiß lief ihren Rücken hinab und sammelte sich in der kleinen Senke über ihrem Steißbein. Sie löste sich auf in einer Mischung aus Lust, Schmerz und Hingabe, reckte sich den Stößen entgegen und stürzte in einen Abgrund aus widerstreitenden Gefühlen.

Unvermittelt fühlte sie einen Finger an ihrer Spalte. Sie sah kurz auf: Alexandre kniete neben ihr und beobachtete ihr Gesicht, während er sie streichelte. »Du bist wunderschön«, flüsterte er, während sein Finger über ihren Zapfen rieb. Mit der anderen Hand versetzte er ihren baumelnden Brüsten kleine Klapse. Suzanne nahm kaum noch wahr, dass Julien inzwischen mit aller Kraft zustieß. Alle ihre Empfindungen flossen zusammen und entluden sich in einem Ausbruch, der sie beinahe ohnmächtig werden ließ. Sie zog sich um Juliens Geschlecht zusammen, er stöhnte auf und schoss den heißen Strom seines Samens in sie hinein.

Wie durch einen Nebel merkte sie, dass Cathérine sich zu ihnen gesellt hatte und Alexandre inzwischen nackt über seiner Geliebten lag. Die Muskeln seines Oberkörpers spielten, als er sich über ihr hochstemmte, er sah aus wie ein schönes Tier.

Julien drehte Suzanne herum, sie ließ sich in die Polster sinken. Er bedeckte ihren Körper mit zahllosen Küssen, leicht wie Blütenblätter auf ihrer Haut. Seine Zunge kreiste um ihren Bauchnabel, strich über ihre Schulter, den Arm entlang bis zur Handwurzel. Er saugte sanft an ihren Fingern, kam wieder hoch und suchte ihren Mund. Legte sich auf sie. Unendlich sanft drang er erneut in sie ein. Nahezu reglos blieb er in ihr, reizte sie nur gelegentlich durch winzige Bewegungen. Aus dem Augenwinkel nahm Suzanne wahr, dass Alexandre das Gesicht zwischen Cathérines Schenkeln vergraben hatte, während ihre Finger sich in sein dunkles Haar krallten. Cathérine bog den Rücken durch und hatte die Augen geschlossen, ganz in Alexandres Liebkosung versunken, und so bemerkte sie nicht, dass er den Arm zur Seite streckte und eine von Suzannes Brüsten umfasste. Julien schien keineswegs zu stören, dass sich Alexandres Hand zwischen ihn und Suzanne schob. Alexandre reizte mit dem Daumen ihre Brustspitze, bis die Berührung beinahe unerträglich wurde, dann zog er seine Hand zurück, um sich wieder ganz Cathérine zu widmen.

»Ich bete dich an«, murmelte Julien, während seine Bewegungen allmählich kräftiger wurden. Suzanne umfasste seinen Nacken und zog ihn ganz auf sich herunter. Eng umschlungen trieben sie mit der Strömung ihres Verlangens, Julien hatte die Augen geschlossen und gab sich ganz dem Augenblick hin. Suzanne nahm ihn tief in sich auf, spürte seinen erneuten Höhepunkt kommen. Nur widerwillig ließ sie zu, dass er sich zurückzog. Wie im Gasthof ergoss er sich zwischen ihre Brüste, der warme Saft rann über ihre Schultern auf die Laken.

»Mein Geliebter«, sagte sie mit weit offenen Augen. Er nahm sie in die Arme und küsste sie wieder lange.

»Ich danke dir vielmals, dass du mir vertraut hast«, sagte er. »Ich hoffe, ich habe nicht zu viel von dir verlangt.« Einen Augenblick sah er zweifelnd auf sie herab, sah aber dabei so komisch aus, dass Suzanne lachen musste. Sie drehte sich auf die Seite und stützte ihren Kopf mit der Hand, ihre andere fuhr zärtlich über seine glatte Brust.

»Julien, es war wundervoll«, beruhigte sie ihn. »Ich habe heute Abend Dinge getan, die ich mir niemals auch nur hätte vorstellen können, und das verdanke ich dir.«

»Keine Angst vor dem Höllenfeuer?«, neckte er.

»Nein, nichts ist schlecht an dem, was wir getan haben. Wie ich höre, gibt es in Paris ohnehin keine Jungfrauen, die älter als sechzehn Jahre sind, da wollte ich nicht die letzte sein.«

»Darf ich dich daran erinnern, dass du bereits keine Jungfrau mehr warst, als du nach Paris kamst«, bemerkte er und zupfte spielerisch an ihrer Brustwarze.

»Nun ja, aber beinahe«, entgegnete sie. Dann sah sie sich um. Erst jetzt bemerkte sie, dass Alexandre und Cathérine verschwunden waren.

»Sie haben sich davongeschlichen, um uns nicht zu stören«, sagte Julien.

»Wie rücksichtsvoll«, sagte Suzanne, konnte aber ein leises Bedauern nicht unterdrücken. »Gibt es noch etwas zu trinken?«, fragte sie, weil sie fürchtete, Julien könnte es bemerken, und ihn ablenken wollte. Was für ein durchtriebenes Weib war innerhalb kürzester Zeit aus ihr geworden!

Julien ging zum Tisch und brachte zwei Gläser Champagner, der schon ein wenig abgestanden schmeckte. Sie tranken im Liegen, bevor sie sich wieder anzogen und auf demselben Weg das Haus verließen, auf dem sie gekommen waren. In der Kutsche sprachen sie nicht viel. Suzanne fühlte sich nicht im Mindesten erschöpft, sondern wach wie nie. Alles schien genauer umrissen als sonst, ihre Wahrnehmung geschärft. Sie befand sich in einem eigenartigen Schwebezustand, alles, was geschehen war, schien gleichzeitig ganz wirklich und wie ein Traum.

»Hat es dir gefallen, meine Klosterschülerin?«, fragte Julien lächelnd, während die Kutsche durch die nächtliche Stadt schaukelte. Er nahm ihre Hand und begann, ihre Fingerspitzen zu küssen.

Suzanne lächelte träge. »Ich sollte mich wohl schämen, aber es war herrlich, Julien!«

Er lachte leise, neigte sich zu ihr und knabberte an ihrem Ohr. »Das ist gut. Mir gefällt es nämlich, junge Damen zu verderben.«

»Bisher dachte ich immer, das wäre etwas Schlimmes«, sagte Suzanne und bog den Kopf zurück, damit seine Zunge ihren Hals hinabgleiten konnte.

»Tss, tss, wer hat dir nur solchen Unsinn erzählt?« Seine Hand schob ihren Rock hoch und streichelte die Innenseite ihrer Schenkel. »Ich bin entzückt, dass es dir gefällt. Und deine Lehre bei mir hat gerade erst begonnen.«

Ein unerwartetes Wiedersehen

»*Mon Dieu*, was hat dieses Tier Euch angetan?«, kreischte Yvette, als sie am nächsten Morgen beim Ankleiden die Striemen sah, die Suzannes Hinterteil und die Rückseite ihrer Oberschenkel überzogen. Suzanne lächelte nachsichtig.

»Er hat mir nur angetan, was mir gefiel, Yvette«, sagte sie, während sie in ihr Hemd schlüpfte. »Es war köstlich, und ich hoffe, dass ich ihn bald wiedersehe.«

Wer der wahre Urheber ihrer Striemen war, verschwieg sie, aber beim Gedanken an Alexandre erschauerte sie wohlig. Sie lächelte in sich hinein, während sie sich die hellblauen Strümpfe über die Schenkel streifte und die Strumpfbänder darüberschob.

»Also, Mademoiselle, ich bin bestimmt kein Kind von Traurigkeit – aber das, worauf Ihr Euch einlasst, kann Euch leicht entgleiten. Ihr seid nicht verheiratet, nicht einmal verlobt. Eine Ehefrau kann sich einen Liebhaber zulegen, aber Ihr solltet eigentlich noch Jungfrau sein. Wer will schon eine angestochene Frucht?«

Die Zofe dachte tatsächlich, sie suchte nach einem Ehemann! Suzanne ächzte, als Yvette ihr das Korsett schnürte.

»Du bist wohl die Letzte, die mir Moralpredigten halten dürfte«, antwortete sie, als sie wieder zu Atem kam. »Seit wir hier sind, bist du geradezu altbacken geworden, Yvette. Wir sind in Paris! Schau dir die jungen Männer an, vergnüge dich, das tut hier jeder!«

»Ich möchte nur nicht, dass Ihr in Schwierigkeiten geratet«, sagte Yvette und hielt Suzanne den Reifrock, so dass ihre Herrin hineinsteigen konnte.

»Kümmere dich nicht um meine Angelegenheiten!«, erwiderte Suzanne schärfer, als sie beabsichtigt hatte.

»Jawohl, Mademoiselle«, antwortete Yvette tonlos nach einer kurzen Pause. Schweigend half sie Suzanne in die Unterröcke, band ihr die Rockbänder und steckte das Bruststück fest. Suzanne befürchtete, zu schroff zu ihrer Zofe gewesen zu sein. Aber ihr Verhältnis hatte sich verändert. In Guéret waren sie beinahe wie Freundinnen gewesen, jetzt fand Suzanne, dass Yvette sich entschieden zu viel herausnahm. Doch sie wollte sich darüber nicht zu viele Gedanken machen. Yvette war eine Dienstbotin, sie war harte Worte gewohnt und würde sich nichts daraus machen.

Suzanne lächelte in sich hinein, als sie beim Gehen spürte, wie das Hemd an ihrem wunden Gesäß rieb und sie so an die vergangene Nacht erinnerte. Genau dies hatte Alexandre geplant, dessen war sie sicher. Sein kühles Gesicht stand ihr vor Augen, und sie fühlte, wie ihr Schoß sich zusammenzog. Dann wieder dachte sie an Julien, seine zärtlichen Küsse, seine jungenhafte Dreistigkeit, und seufzte versonnen auf.

Beim Frühstück fiel es ihr schwer, den Worten ihres Vormunds zu folgen. Dennoch fiel ihr auf, dass er besonders sorgfältig gekleidet war und eine neue Perücke trug. Suzanne kam der Gedanke, auch er könnte heimlich einem amourösen Abenteuer nachgehen. Vielleicht mit der Marquise du Deffand? Sie war noch immer eine schöne Frau, und ihre Ausstrahlung glich mehr als aus, was das Alter ihr genommen hatte.

»Es ist also entschieden«, sagte der Vicomte eben.

»Was, Onkel Héctor?«, fragte Suzanne zerstreut.

»Nun rutsch doch nicht so auf deinem Stuhl herum!« Der Vicomte zog die Augenbrauen zusammen. Er wusste ja nicht, dass sie vergeblich versuchte, eine Stellung zu finden, die ihr Gesäß schonte.

»Entschuldigt, Vormund«, sagte sie. »Ich fühle mich immer noch ein wenig schwindelig von meiner Krankheit.«

»Ich sagte, dass heute Nachmittag der Tanzlehrer kommen wird. Du willst dich doch auf dem Pariser Parkett nicht blamieren. Monsieur Cailler wird dich auch in Etikette unterrichten. Für Guéret mögen deine Manieren ja ausreichen, aber wenn ich dich bei Hofe vorstellen will, wird man dich für ein Landei halten und sich über dich lustig machen.«

Eine Zielscheibe für den Spott der Höflinge wollte sie wirklich nicht werden! Darum war sie entschlossen, jedes Wort von Monsieur Cailler aufzusaugen wie ein Schwamm, als er am späten Nachmittag ins Hôtel de Gaudard kam.

Der Tanzlehrer war ungeheuer geziert. Er trug einen dunkelgrünen, beinahe schmucklosen Justaucorps aus feinstem Damast mit enormen Ärmelaufschlägen, unter denen cremefarbene Spitzen hervorrieselten. Seine Miene war zimperlich, er spitzte sein Mündchen, als wollte er Küsse in die Luft werfen, und drehte seinen kleinen Kopf hin und her wie ein Vögelchen. Suzanne fand ihn lächerlich und musste sich ein Kichern verbeißen, als er sich vor ihr verneigte. Aber zweifellos kannte er die neusten Moden und wusste, wie eine Frau sich bewegen musste, um leichtfüßig und graziös zu wirken. Deshalb mühte sie sich nach Kräften, seinen Anweisungen zu folgen, schritt unzählige Male durch den Salon, verneigte sich, setzte sich elegant nieder und stand ebenso elegant wieder auf, bis sie vollkommen erschöpft war.

»Recht anstellig, Mademoiselle«, lobte Cailler. »Wenn wir Euch noch ein wenig *je-ne-sais-quois* verleihen können, wird sich ganz Paris um Euch reißen.«

Sie lächelte ihn dankbar an. Plötzlich fand sie ihn nicht mehr ganz so lächerlich. Sie vereinbarten, er solle dreimal wöchentlich kommen, um Suzannes Benehmen zu verfeinern. Auf keinen Fall wollte sie plump oder albern wirken und sich zum Gespött machen, und sie würde hart an sich arbeiten, um ihr Ziel zu erreichen. Julien sollte stolz auf sie sein.

Zu ihrem Bedauern bekam sie jedoch so bald keine Gelegenheit, ihre neuen Kenntnisse anzuwenden. Der Vicomte teilte ihr mit, er wünsche nicht, dass sie ohne seine Begleitung ausginge oder Besuche machte. Er selbst sei in wichtigen Geschäften unterwegs, die eine junge Frau nur langweilen würden. Also war Suzanne tagsüber sich selbst überlassen, mit Yvette als einziger Gesellschaft. Sie spielte Klavier, spazierte durch den Garten, malte ein wenig mit Wasserfarben, spielte Karten mit Yvette und langweilte sich. Täglich hoffte sie, wieder eine Nachricht von Julien zu erhalten, aber nichts geschah. Nach nur zwei Tagen wurde das Warten bereits unerträglich. Hatte er sich schon mit einer anderen getröstet? War er am Abend der dunklen Spiele von ihr enttäuscht gewesen? Suzanne tigerte durch die Räume und wurde beinahe wahnsinnig. Immer wieder suchte sie nach Gründen, weshalb er nicht von sich hören ließ. Sie nahm sich vor, bei ihrer nächsten Begegnung noch fügsamer zu sein und sich gegen keinen seiner Wünsche zu sträuben.

Aber es vergingen mehrere Wochen, während derer sie nichts von ihm hörte. Nach mehreren durchweinten Nächten fand sie sich damit ab und widmete sich ihrer Vervollkommnung als Dame. Ein Monsieur Legrand kam, um ihre Vortragskunst zu verbessern, ließ sie Gedichte deklamieren, korrigierte Aussprache, Betonung und Ausdruck. Wenn er Zeit hatte, wohnte der Vicomte den Lektionen bei. Hinterher betonte er immer wieder, wie wichtig es für eine Dame sei, graziös, unterhaltsam und bewandert im Singen, Tanzen und anderen Künsten zu sein.

Obwohl ihre Vervollkommnung viel Zeit in Anspruch nahm, vermisste Suzanne geistige Anregung. Im Kloster hatte sie Unterricht in Geografie, Biologie, Geschichte und Latein erhalten. Doch weshalb sollte sie nun darauf verzichten müssen? Sie würde sich selbst unterrichten, und zwar mit Büchern aus der Bibliothek des Palais. Der Vicomte hatte nichts einzuwenden, und so verbrachte Suzanne nun die Vormittage in dem hellen Saal im Erdgeschoss. Sie ließ sich einen Schreibtisch aufstellen, damit sie dort lesen und sich Notizen machen konnte. Nachdem sie die Bestände gesichtet hatte, stellte sie sich einen Stundenplan zusammen, an den sie sich eisern hielt. Und je mehr sie las, umso unersättlicher wurde ihr Wissensdurst. Sie bat ihren Vormund, für sie in der Stadt die neusten Publikationen zu besorgen, las philosophische Werke ebenso wie Poesie und wissenschaftliche Abhandlungen.

Besonderes Interesse entwickelte sie für die Graphologie. In den völlig willkürlich zusammengestellten Bibliotheksbeständen hatte sie ein Buch von einem gewissen Camillo Baldi über Handschriften entdeckt. Sie war fasziniert von dem Gedanken, dass man durch die Handschrift eines Menschen seinen Charakter bestimmen konnte, verschlang das Buch und drängte daraufhin alle Mitglieder des Haushalts, die des Schreibens kundig waren, ihr Proben ihrer Handschrift zu überlassen. Nachdem sie die Schriften analysiert hatte, hatten die Betroffenen das zweifelhafte Vergnügen, eine genaue Beschreibung ihres Charakters zu erhalten.

»Yvette, hast du schon gewusst, dass du ausgesprochen sparsam bist?« Suzanne hielt ihrer Zofe das Blatt mit deren Schriftprobe hin. Yvette, gerade damit beschäftigt, den Saum von einem Kleid umzunähen, sah nicht einmal auf.

»Mademoiselle, bei meinem Gehalt habe ich gar keine andere Möglichkeit, als sparsam zu sein.«

»Siehst du, und das drückt sich in deiner Schrift aus!«

Yvette runzelte die Stirn und sah Suzanne vorwurfsvoll an. »Und wem nützt das etwas? Sagt Eurem Vormund lieber, er soll mich besser bezahlen!«

Aber Yvettes mangelndes Interesse an dieser Wissenschaft trübte Suzannes Eifer nicht. Sie untersuchte sogar die Handschrift ihres Vormunds, allerdings ohne ihm etwas davon zu erzählen. Das Ergebnis gab ihr zu denken: Demnach war der Vicomte de Guéret geltungssüchtig, eitel, gierig und hinterhältig. Wirklich überrascht war sie davon nicht, bestätigte die Analyse doch nur, was sie bisher von ihrem Vormund kennengelernt hatte. Sie durfte nicht vergessen, dass alles, was er tat, auf seinen eigenen Vorteil ausgerichtet war.

Ein wirklicher Lichtblick in dieser Zeit war ein Brief Séraphines. Die Freundin wollte Suzannes Angebot gern annehmen und schrieb, sie sei schon mit den Reisevorbereitungen beschäftigt. Ihr Bruder, der ein Priesterseminar in Paris besuchte, würde sie begleiten.

Doch bis zu Séraphines Ankunft würden sicher noch einige Wochen vergehen. Von Julien hatte Suzanne noch immer keine Nachricht erhalten. Jede Minute des Tages fragte sie sich, warum er nicht schrieb. Es gelang ihr immer weniger, sich mit Studien abzulenken, weshalb sie unendlich erleichtert war, als nach drei Wochen Klausur der Vicomte sagte, er nehme sie am Abend ins Theater mit. Anscheinend waren seine wichtigen Geschäfte erledigt, und er konnte sich wieder dem Vergnügen widmen. Suzanne ließ sich von Yvette herausputzen. Ganz Paris würde da sein, und sie wollte niemandem Grund geben, sich über sie lustig zu machen. Vielleicht würde sie sogar Julien sehen!

Sie entschied sich für das hellgrüne, mit Seidenrosen besetzte Kleid, dazu den rosafarbenen, mit Silber bestickten Mantel. Hellblaue Strümpfe und rosa Pantoffeln vervollständigten ihren Aufputz. Ihre Haare ließ sie von Yvette in Locken drehen, die spielerisch ihr Gesicht umrahmten, auf Wangen und Lippen lag ein Hauch von Rouge.

Das Ergebnis überzeugte, wie sie im Spiegel sah. Ihr blickte eine reizende junge Frau entgegen: schlank, aber mit üppigem Dekolleté, zarten Handgelenken, schimmernden Augen und guten Zähnen. Abschließend betupfte sie sich ein wenig mit ihrem Lieblingsparfum, das nach Bergamotte und Sandelholz roch. Der Duft beruhigte sie etwas, und äußerlich gelassen bestieg sie die Kutsche. Inzwischen war sie überzeugt, dass Julien ebenfalls anwesend sein würde. Vielleicht konnte sie sogar mit ihm sprechen!

Am Palais Royal angekommen fühlte sie sich überwältigt durch die wogende Menschenmenge, die sich dort drängte. Colliers glommen im Lampenschein, Männer lachten, Federn wippten, man drängte hierhin und dorthin, trank Champagner, tauschte den neuesten Klatsch aus, bewunderte Kleider, machte Komplimente und warf kokette Blicke. Der Vicomte reichte ihr den Arm und steuerte sie sicher durch die Menge. Hier und da grüßte er jemanden und blieb stehen, um Suzanne vorzustellen. Es waren auch einige Gesichter dabei, die sie bereits bei Madame du Deffand gesehen hatte, was ihre Hoffnungen umso berechtigter erscheinen ließ. Sie hätte gerne noch länger Ausschau nach Julien gehalten, doch anscheinend hatte ihr Vormund es eilig, sie in die Loge zu bringen, die ein Freund des Vicomte ihnen für diesen Abend überlassen hatte. Nach und nach füllten sich Logen und Parkett, dann begann das Stück, eine Liebeskomödie. Die Stimmen der Schauspieler drangen zu ihnen herauf, das Publikum tuschelte und lachte, Diener liefen mit Tabletts durch die Reihen und nahmen Bestellungen entgegen. Suzanne hatte in der kurzen Zeit in Paris bereits eine innige Begeisterung für das Theater entwickelt. Statt sich zu unterhalten oder zu essen, wie es viele Zuschauer taten, hing sie an den Lippen der Schauspieler und lebte das Stück förmlich mit. Doch unvermittelt wurde sie aus ihrer Versunkenheit gerissen: Die Logentür öffnete sich, ein Diener hielt den Samtvorhang beiseite, und zwei Herren traten ein. Gegen das Licht im Vorraum konnte Suzanne ihre Gesichter nicht erkennen. Sie nickte ihnen nur kurz zu und wollte sich wieder der Bühne zuwenden, als eine wohlbekannte Stimme sie zusammenfahren ließ.

»Guten Abend, Madame. Guten Abend Monsieur le Vicomte.«

Ihr war, als würde der Boden unter ihr einbrechen, und fast wünschte sie, etwas dergleichen würde passieren, irgendeine Katastrophe sich ereignen, die sie aus dieser peinlichen Lage rettete. Doch nichts geschah.

»Ihr?« Der Vicomte de Guéret war aufgestanden, seine Stimme klang atemlos vor Empörung. »Ausgerechnet Ihr wagt es, hier einzudringen?«

»Weshalb regt Ihr Euch so auf, mein Guter?«, fragte Alexandre so herablassend, als spräche er mit einem Lakaien. »Der Marquis de Brassignol war so freundlich, mir zwei Plätze in seiner Loge zu überlassen, solange er in den Kolonien weilt. Und nun treffe ich auch noch einen alten Freund! Wir sollten mit Champagner auf unser Wiedersehen anstoßen.«

»Den Ihr mit meinem Geld bezahlt!« Der Vicomte hatte Mühe, seine Stimme nicht zu erheben.

»Ich kann nichts dafür, wenn Dame Fortuna mir beim Kartenspiel ihre Gunst schenkt. Wir wollen doch nicht über so etwas Albernes wie Geld in Streit geraten, mein Lieber. Aber wie ich sehe, seid Ihr in Begleitung?«

Suzanne drehte sich herum. Ihr Gesicht fühlte sich kalt und steif an, als wäre sie bei großer Kälte lange im Freien gewesen. Als Alexandre sie erkannte, erschien die Andeutung eines Lächelns auf seinem Gesicht. Suzanne versuchte, Haltung zu bewahren, und reichte ihm die Hand zum Kuss.

»Suzanne de Montfort«, sagte sie tonlos. »Ihr seid ein Freund meines Schwagers?«

»Alexandre de Bournonville, Duc de Bournonville, Madame. Leider hat die Freundschaft Eures Schwagers zu mir gelitten, seit er das letzte Mal Karten mit mir gespielt hat.«

»Ich verlange, dass Ihr Euch sofort zurückzieht, Monsieur!«, zischte der Vicomte.

»Wenn Euch das Stück nicht gefällt, halte ich Euch nicht zurück«, entgegnete Alexandre, während er sich neben Suzanne auf dem Sessel des Vicomte niederließ.

»Auf keinen Fall«, beharrte de Guéret. »Wir waren zuerst da.«

»Macht Euch nicht lächerlich und setzt Euch wieder«, sagte Alexandre. »Die Leute starren schon.«

Dem Vicomte blieb nichts anderes übrig, als in der zweiten Reihe neben de Bournonvilles Begleiter Platz zu nehmen, der sich schüchtern als Maximilien de Fontais vorstellte.

Suzanne starrte krampfhaft auf die Bühne, aber alles, was sie wahrnahm, war Alexandres Gegenwart. Sein Parfum mit dem Geruch nach exotischen Hölzern wehte zu ihr herüber. Sie konnte nichts dagegen tun, dass sie ihn vor sich sah, wie er mit dem Lederriemen in der Hand vor ihr gestanden hatte. Bevor ihr bewusst wurde, welches Verlangen dabei in ihr aufstieg, fühlte sie ein Ziehen zwischen ihren Beinen. Sie wurde regelrecht wütend auf ihn, weil er sie derart durcheinanderbrachte. Konnte er nicht ein anderes Theater besuchen? Er war so nah, dass sie seinen Atem zu spüren meinte, und nun wandte er sich ihr zu.

»Was für eine erfreuliche Überraschung«, flüsterte er, nahm ihre Hand und küsste die Innenfläche, bevor sie es verhindern konnte.

»Bitte hört auf damit, mein Schwager könnte etwas merken.« Sie zog ihre Hand zurück, als hätte sie sich verbrannt. Ihr Herz pochte in ihrem Hals, ein Hitzeschwall überflutete ihren Körper. Sie starrte auf die Bühne, dennoch entging ihr nicht, dass de Bournonville in sich hineinlachte.

»Furchtbar, wenn der gute Vicomte von den Eskapaden seiner kleinen Schwägerin erführe.«

Suzanne antwortete ihm nicht, aber ihr Gesicht brannte. Was hatte er vor? Wollte er damit drohen, alles dem Vicomte zu erzählen, wenn sie sich seinem Willen nicht fügte? Und doch musste sie freundlich zu ihm sein, denn er war der Einzige, der ihr das sagen konnte, was sie so sehr zu wissen begehrte. »Wo ist Julien?«, flüsterte sie ihm zu, während sie sich Luft zufächelte und so tat, als begutachtete sie die Damen in den umliegenden Logen.

De Bournonville schnalzte leise mit der Zunge. »Ich fürchte, Ihr müsst mit mir vorliebnehmen, Euer Schatz ist verhindert.«

Offensichtlich hatte er nicht vor, mehr zu sagen. Wie überheblich er war! Sicher erwartete er, dass sie ihn anflehen würde, Julien eine Nachricht zu überbringen, aber diesen Gefallen würde sie ihm nicht tun. Suzanne wandte sich halb von ihm ab und strafte ihn mit Missachtung.

Auf der Bühne ging der erste Akt zu Ende. Der Vicomte stand abrupt auf.

»Wir werden uns verabschieden«, sagte er mit verzerrtem Gesicht. »Suzanne, komm!« Ohne zu warten, stampfte er hinaus. Auch Suzanne erhob sich, aber Alexandre hielt sie zurück.

»Ich möchte Euch einladen, Madame. Eine gute Freundin von mir gibt übermorgen ein Fest. Vielleicht wird jemand anwesend sein, den zu sehen Euch Freude bereiten würde.«

»Ich danke Euch so sehr!« Suzanne vergaß alle Zurückhaltung und ergriff seine Hand, ohne nachzudenken. Als sie es bemerkte, wurde sie wieder einmal über und über rot und ließ die Hand fallen, als wäre sie ein totes Tier. Er grinste über das ganze Gesicht. »Ich werde Euch abholen. Tragt Euer bestes Kleid, es werden sehr wichtige Leute da sein.«

»Mir kommt es nur auf eine Person an«, sagte Suzanne, verneigte sich ungeschickt und stolperte nach draußen.

»Mir auch!«, rief de Bournonville ihr nach, und sie fragte sich den ganzen Heimweg über, was er damit wohl meinte. Im Hôtel de Gaudard angekommen legte Suzanne sich sofort ins Bett. Aber noch in ihren Träumen war ihr schwindelig, die Gesichter Juliens und Alexandres tauchten vor ihr auf, kreisten um sie und vermischten sich miteinander.

Der Vicomte indessen schlief nicht. Er ärgerte sich darüber, dass er sich von de Bournonville hatte übertölpeln lassen. Dieser Schurke hatte ihn letztes Jahr zuerst betrunken gemacht und ihm dann ein Vermögen abgeknöpft. Es war allein die Schuld dieses Betrügers, dass er sich nun in derart prekären finanziellen

Verhältnissen befand. Und dann besaß de Bournonville auch noch die Frechheit, höflich zu tun!

Ergrimmt wälzte sich der Vicomte auf der Matratze herum. Er musste seine Gedanken auf etwas anderes lenken, sonst würde er die ganze Nacht wach liegen. Deshalb schickte er Pierre ins Dachgeschoss, um eines der Küchenmädchen zu wecken. Die Kleine war ihm aufgefallen: zierlich und schlank, mit honigblondem Haar und blauen Augen, gab sie ein Bild der Unschuld ab, hatte ihm aber bereits kokette Blicke zugeworfen, wenn sie ihm begegnete.

Verschlafen taumelte sie hinter Pierre ins Zimmer, mit wirrem Haar, in ein Leinenhemd gehüllt, dessen Ausschnitt nur von den Brustwarzen daran gehindert wurde, herabzugleiten. Der Vicomte leckte sich die Lippen, als freute er sich auf ein gutes Essen. Pierre zog sich zurück, der Vicomte erhob sich und trat zu der jungen Frau. Sie war sicher ein wenig älter als Suzanne, allerdings kleiner und zarter gebaut. Als der Vicomte sich ihr näherte, sog er ihren Duft nach Schlaf und Frau ein, und sofort erhob sich sein Glied und beulte sein Hemd aus, wie er zufrieden bemerkte. Wahrhaftig, er stand im Saft wie ein junger Mann!

»Komm her, du!«, sagte er und riss sie ohne weitere Formalitäten an sich. »Verführerisches Luder, du machst mich schon die ganze Zeit verrückt!«

Sie ließ sich küssen, öffnete bereitwillig den Mund, um seine Zunge einzulassen. Er riss ihr das Hemd über die Brüste, deren Spitzen frech nach oben wiesen, und nahm eine davon in den Mund. Er saugte so fest, dass dem Küchenmädchen ein Schmerzlaut entfuhr, aber als er innehielt, bat sie ihn weiterzumachen.

»Dein Name?«, keuchte er, wobei er weiter an ihrer Brust saugte.

»Marie, Herr«, sagte sie keck, und ihr herausfordernder Ton stachelte ihn umso mehr an. Er richtete sich auf und zog sie zum Bett, schob sein Hemd hoch und setzte sich auf die Kante. Marie drückte er zwischen seinen Beinen nach unten, wo sein Glied sich ihren Lippen entgegenhob. Folgsam nahm sie es auf, und er gab sich den Empfindungen hin, die ihre Zunge hervorrief.

»Komm hoch«, befahl er nach einiger Zeit, nahm sie an den Oberarmen und warf sie aufs Bett. Sie kicherte und strampelte mit den Beinen. Der Vicomte schob ihr das Hemd über die Hüften und kniete sich umgekehrt über sie, so dass sein Kolben sich direkt vor ihrem Mund befand und er ihre *chatte* vor Augen hatte. Lüstern zog er ihre Schamlippen auseinander und saugte daran, während ihre Zunge seine Hoden leckte.

»Nicht aufhören«, stöhnte er, und sie verstärkte ihre Anstrengungen, massierte ihn mit der ganzen Zungenfläche, ließ dann wieder die Spitze kreisen. Er leckte unterdessen seinen Daumen ab und schob ihn in ihre hintere Öffnung. Die Rosette setzte ihm etwas Widerstand entgegen, von dem er sich jedoch nicht beeindrucken ließ. Zufrieden hörte er Maries unterdrückten Aufschrei, als er weiter vordrang.

»Mach weiter«, erinnerte er sie, und sie nahm nun sein pralles Geschlecht ganz in den Mund. Er entzog ihr seinen Finger und beugte sich nieder, um erneut an ihr zu saugen. »Die Fuhrknechte und Dienstmänner, von denen du dich sonst besteigen lässt, kennen solche Künste wohl nicht«, keuchte er dabei.

»Nein, Herr«, bestätigte sie und spreizte die Beine noch weiter, doch er ließ von ihr ab und richtete sich auf, blickte sich um und nahm den Gürtel seines Hausmantels an sich, der neben dem Bett auf einem Stuhl lag.

Marie sah ihn etwas ängstlich an. Das ließ seinen Kolben noch heftiger spannen, aber er wollte den Genuss noch ausdehnen, bevor er sich Erleichterung gestattete.

»Keine Angst, du wirst gut entlohnt werden«, versprach er. »Außerdem wird es dir Vergnügen bereiten.«

Er ließ sie hinknien, zog ihr die Arme auf den Rücken, fesselte ihre Handgelenke und drückte dann ihren Kopf in die Kissen. Einige Augenblicke erfreute er sich am Anblick ihres runden Hinterteils und der weit geöffneten Kerbe, die ihm ihre beiden Öffnungen zur Wahl bot. Ein plötzlicher Einfall ließ ihn lächeln. Er stand auf, nahm seine Schreibfeder vom Tisch und kitzelte damit die dunkle Furche. Marie kreischte auf und kicherte, doch er hielt sie fest, und sie musste erdulden, dass die Feder ihre Fußsohlen kitzelte, an ihren Seiten entlangfuhr und dann wieder ihre Spalte reizte, bis sie kaum noch Luft bekam und um Gnade bettelte. Der Vicomte lachte dröhnend: Die Kleine gefiel ihm! Er bediente sich für einige Zeit ihrer Pflaume, die vor Lust ganz geschwollen war, kam aber zu sehr außer Atem und ließ sich auf den Rücken fallen. Nun hockte sie sich über ihn, immer noch mit gefesselten Händen, und ließ sich auf ihn heruntersinken. Immer wieder stemmte sie sich hoch, bis ihr der Schweiß am ganzen Körper herablief. Der Vicomte betrachtete entzückt, wie sein Schwengel in ihrer Möse aus und ein fuhr, glänzend von ihrem Saft.

Er hob eine Hand und versetzte ihrer kleinen, aber runden Brust einen Schlag, der sie wackeln ließ wie ein köstliches Gelee. Sie warf den Kopf zurück und wölbte ihm stöhnend auch ihre andere Brust entgegen. Das nahm er zum Anlass, ihre Brustwarzen zu zwicken und zwirbeln, bis sie aufschrie und vor Lust keuchte. Er konnte sich nicht mehr zurückhalten, packte sie an den Hüften und hielt sie fest, während er sich ergoss. Sie war noch nicht so weit, und seine Eitelkeit duldete nicht, dass eine Frau unbefriedigt sein Schlafgemach verließ. Während sie noch auf ihm saß, rieb er ihre erhitzte Möse. Mit geschickten Fingern entlockte er ihr bald ein langanhaltendes Jauchzen, sie zuckte und fiel dann neben ihm auf die Matratze.

»Danke, Herr«, murmelte sie hinter einem Vorhang aus Haaren. Der Vicomte grinste: So gefielen ihm die Frauen! Doch sie hatte ihren Zweck erfüllt, nun wollte er alleine sein.

»Geh jetzt, Pierre wird dir etwas Geld geben.« Mit einem Klaps auf das Gesäß entließ er das Küchenmädchen. Jetzt würde er schlafen können.

Der Vielgeliebte

»Du gehst unter keinen Umständen!« Der Vicomte de Guéret verschränkte die Arme.

Suzanne saß scheinbar gelassen in einem Sessel, den Stickrahmen auf den Knien, doch sie überlegte fieberhaft, wie sie ihren Vormund dazu bringen konnte, sie zu dem Fest gehen zu lassen.

»Habt Ihr schon unser gemeinsames Ziel vergessen, Onkel? Was macht es, wen wir dazu benutzen, es zu erreichen?«

»Dieser de Bournonville ist eine heimtückische Viper! Ich werde doch nicht demjenigen, der mich ruiniert hat, mein Mündel anvertrauen!«

Suzanne stach die Nadel in das seidene Taschentuch und dachte, ihr Vormund habe nicht ganz Unrecht, was de Bournonville betraf. Die Vorstellung, wieder seinen spöttischen Blicken ausgesetzt zu sein, gefiel ihr nicht, aber er war der Einzige, der sie mit Julien zusammenbringen konnte. Sie musste ihren Vormund überzeugen, dass auch er etwas davon hatte, wenn sie die Einladung annahm.

»Wenn Ihr ihn so hasst, wäre es nicht wundervoll, ihn als Instrument Eures erneuten Aufstiegs zu benutzen?«

Der Vicomte zupfte sich an der Unterlippe.

»Der Gedanke hat etwas, das gebe ich zu. Was für eine Befriedigung es wäre, ihm bei Hofe gegenüberzutreten. Weil er es ermöglicht hat …« Er wandte sich zum Fenster und ließ den Blick über den Park schweifen. »Ach, Versailles! Außerhalb von Versailles ist das Leben nicht lebenswert. Die Festlichkeiten, die Soupers, die ausgefeilten Vergnügungen!«

»Es werden die höchsten Kreise anwesend sein«, schob Suzanne schnell nach. »Eine solche Gelegenheit erhalten wir nicht wieder. Darum versöhnt Euch zum Schein mit de Bournonville – umso strahlender wird Euer Triumph!«

Der Vicomte wirbelte herum und schlug sich mit der Faust in die Handfläche.

»So sei es! Die Schläue der Weiber war schon immer der unseren überlegen.«

Suzanne jubelte innerlich und neigte sich tief über ihre Stickerei, um ihr Lächeln zu verbergen.

»Aber lass diesen de Bournonville nicht an dich heran. Einen übleren Don Juan gibt es selbst in Versailles nicht. Wir dagegen brauchen jemanden, den du dir ergeben machen kannst.«

»Ich habe keinerlei Interesse am Herzog.« In diesem Moment stach sie sich in den Zeigefinger und schrie auf.

Der Vicomte überhäufte Suzanne mit guten Ratschlägen, während sie von Yvette in ihrem Ankleidezimmer zurechtgemacht wurde. Er war nachmittags unangemeldet hereingestürmt und hatte sich geweigert, wieder zu gehen. Er habe zu viel zu erklären, bevor sie aufbreche. Suzanne war es ein wenig unangenehm, nur im Batisthemd ihrem Vormund gegenüberzutreten. Ihr entging auch nicht, dass seine Augen begehrlich über ihren Körper wanderten. Da sie inzwischen einige Erfahrung mit diesen Dingen besaß, konnte sie seine Blicke nun besser deuten als zuvor. Wahrscheinlich konnten Männer nichts dafür, entschied sie für sich. Sobald sie eine Frau erblickten, sahen sie nur das Fleisch, die Brüste und Schenkel und dachten nur daran, was sich zwischen Letzteren verbarg.

Scheinbar gleichmütig ließ sie sich frisieren und schminken. Als es daran ging, die Strümpfe überzustreifen, machte es ihr sogar Vergnügen, dem Vicomte den Schweiß auf die Stirn zu treiben, indem sie ihr Hemd bis weit über das Knie raffte. Er starrte ihr Strumpfband an. Für einen Augenblick geriet er ins Stottern, fing sich dann aber wieder und fuhr mit seinen Ermahnungen fort. Er fürchtete, Suzanne würde sich blamieren, weil sie die Feinheiten der Etikette nicht beherrschte, und seine Aufregung machte nach und nach auch sie nervös.

»Onkel Héctor, bitte!«, sagte sie schließlich. »De Bournonville wird mich sicher zwischen allen Klippen hindurchsteuern, also beruhige dich!«

Dabei war sie selbst keineswegs sicher, ob der Herzog das tatsächlich tun würde. Doch ihre größte Sorge war nicht die feine Gesellschaft, sondern die Fahrt in seiner Kutsche. Sie war überzeugt, dass er sie nicht ungeschoren davonkommen lassen würde. Einerseits graute ihr davor, doch ihre Befürchtungen wurden von einem gewissen lüsternen Kitzel begleitet. Ach was, damit hatte de Bournonville nichts zu tun, sie freute sich darauf, Julien wiederzusehen.

Schließlich war sie bereit. Sie wandte sich zu ihrem Vormund. In seinen Augen las sie die Bestätigung, dass sie atemberaubend aussah. Yvette hatte sie kunstvoll geschminkt, ohne zu übertreiben, und in dem cremefarbenen Kleid strahlte sie unschuldige Unbefangenheit aus. Genau diese Wirkung wollte sie erzielen, denn ihr war klar, dass sie gegen die raffinierten Damen des Hofes nur bestehen konnte, indem sie sich von ihnen abhob.

Es war dunkel geworden, die Kirchenglocken schlugen neun. Suzanne, Yvette und der Vicomte begaben sich in den Salon, wo nach kurzer Zeit ein Diener erschien, der die Kutsche des Duc de Bournonville meldete.

»Du solltest wenigstens Yvette mitnehmen«, brummte der Vicomte, aber Suzanne tat so, als hätte sie ihn nicht gehört, und verabschiedete sich. Als sie auf den Hof trat, versuchte sie, sich nicht anmerken zu lassen, wie unsicher sie war. Der Herzog machte sich nicht die Mühe, auszusteigen, sondern überließ es dem Kutscher, ihr in die Kutsche zu helfen.

Suzanne hatte einige Mühe, ihren ausladenden Reifrock im Wageninneren unterzubringen, und war bereits wütend über seine Unhöflichkeit, bevor sie ihn überhaupt angesehen hatte.

»Guten Abend, Madame de Montfort«, sagte er spöttisch, als sie endlich saß und die Kutsche anfuhr. »Wie ich sehe, habt Ihr Euch ordentlich herausgeputzt.«

Suzanne zuckte zusammen. Was meinte er damit? War ihr Kleid etwa doch zu schlicht? Würde man über sie lachen?

»Keine Sorge«, sagte er, als er ihren ängstlichen Blick bemerkte. »Ihr seht hinreißend aus. Nur seid Ihr mir lieber so wie bei unserer ersten Begegnung, nämlich unbekleidet.«

Suzanne starrte auf den Boden. Es war eine Sache, diese Dinge zu tun, und eine andere, daran erinnert zu werden. Wie ungehobelt von ihm, die Sprache darauf zu bringen! Doch sie erwartete kaum, dass de Bournonville auf ihre Empfindlichkeiten Rücksicht nähme, so gut kannte sie ihn bereits. Allerdings wirkte er heute weniger furchteinflößend. Er trug dunkelblaue Hosen und eine passende Jacke, dazu eine hellbraune, mit Voluten bestickte Weste. Auf eine Perücke hatte er verzichtet. Er sah beeindruckend aus, aber nicht gefährlich.

»Seid Ihr bereit, Madame de Montfort?«, erkundigte er sich nun. »Ihr werdet Euch heute Abend in der erlauchtesten Gesellschaft Frankreichs bewegen. Alle, die wichtig sind bei Hofe, sind bei Louise-Anne de Bourbon-Condé zu Gast.«

Das trug nicht gerade dazu bei, dass sie sich entspannen konnte, und sie hatte keine Zweifel, dass er sie absichtlich noch nervöser machen wollte. Doch das würde ihm nicht gelingen. Sie setzte ihr hochmütigstes Gesicht auf und sah an ihm vorbei.

»Nun seid nicht so trotzig.« De Bournonville beugte sich vor. »Was wisst Ihr über den Hof?«, erkundigte er sich im Ton eines Lehrers, der eine Schülerin abfragt. Suzanne seufzte. Ignorieren ließ sich dieser Mann nicht, außerdem war sie auf ihn angewiesen. Wenn er plaudern wollte, würden sie eben plaudern. Ihr brannte zwar die Frage nach Julien auf der Zunge, aber es war wohl besser, noch etwas damit zu warten.

»Nun, Versailles ist der königliche Hof. König und Königin leben dort und lenken das Schicksal unseres Landes«, leierte sie herunter.

De Bournonville lachte, seine Augen blitzten.

»Ihr habt Eure Lektionen gut memoriert«, sagte er. »Und nun werde ich Euch verraten, was Versailles wirklich ist.« Er beugte sich noch weiter vor, unwillkürlich neigte auch Suzanne sich ihm entgegen, soweit ihr Kleid es zuließ.

»Versailles ist der größte Amüsierbetrieb der Welt«, sagte der Herzog mit Verschwörermiene. »Die Einzigen, die dort arbeiten, sind die Dienstboten und der König selbst. Alle anderen versuchen, sich zu zerstreuen, zu bereichern und beim König einzuschmeicheln. Versailles ist eine Schlangengrube, ein Jahrmarkt, ein Bordell. Es ist großartig und ekelerregend, abstoßend und verführerisch – all dies zur selben Zeit.« Der Herzog lehnte sich zurück und betrachtete Suzanne aufmerksam. Bei seiner Schilderung war ihr bange geworden.

»Und Julien?« Sie konnte sich nicht mehr zurückhalten. »Wird er schon auf uns warten?«

Der Herzog machte ein erstauntes Gesicht. »Julien? Der ist auf dem Lande. Wichtige Familienangelegenheiten.«

»Aber Ihr sagtet doch, er würde da sein!« Suzanne fasste ihren Umhang vor der Brust zusammen.

De Bournonville zog die Augenbrauen hoch. »Ich habe Julien mit keinem Wort erwähnt! Ich sagte lediglich, es werde jemand da sein, den zu sehen Ihr Euch freuen würdet.«

»Ich hätte wissen sollen, dass Ihr mich hereinlegen wollt!«, rief Suzanne. »Ihr seid genauso abscheulich, wie mein Schwager sagt! Lasst sofort die Kutsche anhalten!« Sie machte Anstalten, sich auf die Tür zu stürzen, doch de Bournonville drückte sie auf die Sitzbank zurück.

»Wenn Ihr wollt, kehren wir um«, sagte er gelassen. »Falls Ihr wirklich kein Interesse daran habt, den König kennenzulernen.«

Suzanne hatte gerade dazu angesetzt, um Hilfe zu rufen, nun blieb ihr der Mund offen stehen.

»Den König?«, fragte sie matt, und de Bournonville nickte vergnügt.

»Ihr werdet ihn mögen«, sagte er. »Alle Frauen lieben Louis, er vereint die Vorzüge von Schönheit und Intelligenz, was nicht allzu oft anzutreffen ist.«

»Ich weiß, ich bin ihm einmal in Bois de Vincennes begegnet.«

»Ihr seid ihm bereits begegnet! Wie wunderbar!« De Bournonville klatschte in die Hände. »Sicher habt Ihr ihn nur aus der Ferne bewundert«, fügte er von oben herab hinzu.

»Zufällig fuhr ich direkt an ihm vorüber, und er beliebte, mich anzusehen.«

»Umso besser«, sagte er leise, wie zu sich selbst.

»Wie bitte?«, fragte Suzanne. Er schrak auf und lächelte.

»Nichts, Madame. Sicher wird er sich freuen, Euch wiederzusehen. Er hat zwar kein gutes Gedächtnis für Gesichter, doch bei schönen Frauen gilt das nicht.«

»Alle Männer haben ein gutes Gedächtnis für schöne Frauen«, sagte Suzanne verächtlich, worüber de Bournonville so lachte, dass auch sie wider Willen lächeln musste. Wenn er lachte, begannen seine Augen zu leuchten, und Suzanne hatte den Eindruck, dass seine Maske von ihm abfiel und sie etwas von seinem wahren Wesen sehen konnte.

»Behaltet Eure flinke Zunge, und Ihr werdet in Versailles problemlos reüssieren«, sagte er, nachdem er sich gefasst hatte.

»Wird denn wirklich der König selbst dort sein?« Es erschien ihr beinahe unmöglich, dass er sich amüsierte wie ein normaler Sterblicher.

»Der König liebt Feste, wenn er sich unter vertrauten Gesichtern bewegt«, antwortete de Bournonville. »Darum ist auch nur der engere, wenn auch nicht der engste Kreis eingeladen, etwa dreihundert Leute.«

Suzanne brach der Angstschweiß aus allen Poren. Dreihundert der ranghöchsten Höflinge! Wie sie sich amüsieren würden über die alberne Landpomeranze, die nichts von Konversation verstand, sich tölpelhaft bewegte und keine Manieren besaß! Ihr Vormund hatte sie gewarnt, und jetzt bekam auch sie das Gefühl, dass sie sich zu weit vorgewagt hatte.

Ihre plötzliche Furcht spiegelte sich offensichtlich auf ihrem Gesicht, denn der Herzog beugte sich vor, legte seine Hand auf die ihre und sagte: »Ihr könnt unbesorgt sein, ich werde an Eurer Seite bleiben, solange es nötig ist.«

Suzanne nickte etwas steif. »Ich danke Euch.«

De Bournonvilles Freundlichkeit überrumpelte sie. Mit der höfischen Kleidung schien er auch eine vollkommen andere Persönlichkeit angelegt zu haben. Sie fragte sich, wie er in Wirklichkeit war, wenn er alle Rollen abgelegt hatte.

Da er so gut gelaunt schien, wagte sie, ihn erneut nach Julien zu fragen. Er machte eine wegwerfende Handbewegung.

»Er musste zu seinen Eltern reisen, sie leben auf einem Landschloss in der Haute-Garonne. Anscheinend gibt es Streit mit irgendwelchen Verwandten.«

»Er hat es nicht für nötig gehalten, sich von mir zu verabschieden«, sagte Suzanne geknickt. Sie starrte auf ihren Rock, um die Tränen zu verbergen, die ihre Augen füllten. Eine löste sich und fiel auf den kostbaren Stoff.

»Na, na, wir wollen doch nicht das schöne Kleid ruinieren.« Er nahm ihr Kinn und hob es an, so dass sie ihm in die Augen sehen musste. Sie wollte den Kopf abwenden, damit er sie nicht weinen sah, doch er hielt sie fest.

»Julien ist wie ein Bruder für mich«, sagte er. »Ein Mann kann sich keinen besseren Freund wünschen. Doch in der Liebe ist er leider nicht sehr beständig – deshalb baut nicht zu sehr auf ihn.«

»Das sagt gerade der Richtige! Wie könnt Ihr sein Freund sein, wenn Ihr so über ihn sprecht!« Suzanne befreite sich aus de Bournonvilles Griff. Sie rutschte in eine Ecke der Sitzbank und funkelte ihn von dort aus an. Der Herzog erwiderte gelassen ihren Blick.

»Er ist mein engster Freund, aber ich verleugne nicht seine Fehler.«

»Liebe weiß mehr als Freundschaft«, gab Suzanne trotzig zurück. »Julien liebt mich ebenso wie ich ihn.«

»Wie ihr meint«, erwiderte de Bournonville gleichgültig, als begänne das Thema ihn zu langweilen, und sah aus dem Fenster. Schweigend saßen sie sich gegenüber, während die Kutsche sie durch die Dunkelheit des Bois de Boulogne trug.

»Wir sind gleich da«, sagte er nach einiger Zeit.

Die Kutsche passierte eben ein Tor und rollte in den Ehrenhof des Hôtel de Madrid, Wohnsitz der Cousine des Königs, Louise-Anne de Bourbon, wie de Bournonville erklärte, während sie vorfuhren. Fackeln zu beiden Seiten des Portals warfen rötliches Licht auf das Pflaster. Suzannes Herz schien plötzlich in ihrer Kehle zu sitzen, und sie nahm kaum mehr wahr, dass die Kutsche hielt und Diener ihr hinaushalfen.

»Keine Angst«, flüsterte de Bournonville ihr ins Ohr. »Reicht mir Euren Arm.«

Fast widerwillig ließ sie sich von ihm zum Eingang führen. Alles war Marmor, Gold und Kristall, Samt und Kerzenschein. Sie gingen durch das Haus hindurch, durchquerten einen hell erleuchteten Festsaal, der aber leer war, und traten durch eine große Glastür auf die Terrasse. Hier war alles voller Menschen, die an kleinen Tischen Erfrischungen zu sich nahmen oder paarweise promenierten. Gruppen standen lebhaft plaudernd zusammen, und immer wieder erhob sich Gelächter über das Gesumm der Stimmen. Niemand beachtete die Neuankömmlinge, und Suzanne wunderte sich, wie ungezwungen es zuging, wo sie steife Förmlichkeit erwartet hatte. De Bournonville führte sie an die Balustrade, von der aus sie in den Garten hinunterblicken konnten. Suzanne stockte der Atem angesichts der Szenerie, die sich vor ihr ausbreitete: Die Wege waren mit bunten

Lampions beleuchtet, zusätzlich flackerten Feuerkörbe an den Wegkreuzungen. Auf dem Rasen spielte ein Ensemble leise Musik, zu der sich als Faune und Elfen verkleidete Tänzer wiegten. Es gab Zeltpavillons, in denen kichernd Paare verschwanden, Blumengirlanden wanden sich um steinerne Statuen, die die Wege flankierten. Suzanne schien es, als täte sie einen Blick in ein Zauberreich.

»Louise-Anne ist für ihre Feste ebenso berühmt wie für die Zahl ihrer Liebhaber«, sagte de Bournonville. »Sehen wir, in wessen Armen wir sie finden!«

Bestens gelaunt zog er Suzanne die Treppe hinunter in den Garten und durchstöberte rücksichtslos die kleinen Zelte. Spitze Schreie ertönten, einmal wurde ein Pantoffel nach ihnen geworfen. Suzanne war bald außer Atem, eilte aber weiter hinter de Bournonville her, denn sie hatte Angst, ihn aus den Augen zu verlieren.

»Alexandre, du bist und bleibst ein Teufel!«, ertönte auf einmal eine Stimme vom Weg her. »Lass die Leute in Ruhe und begrüße mich, und vor allem lass sehen, wen du mitgebracht hast!«

»Komm!« Er fasste Suzannes Hand und zog sie mit sich. Ihr entging nicht, dass er die vertrauliche Anrede zum ersten Mal gebrauchte, hatte aber keine Zeit, sich zu wundern, denn nun stand sie der Cousine des Königs gegenüber.

Sie mochte Ende dreißig sein, war aber immer noch eine anziehende Frau. Ihre auffallend großen dunklen Augen sprühten vor Lebenslust, und ihr voller, zierlicher Mund schien zum Küssen und Lachen wie gemacht. Ihr Haar ringelte sich in unzähligen Löckchen um den Kopf und war mit Kamelienblüten und Diamanten geschmückt. Auch ihr mattgrünes Kleid war mit Blüten übersät, und es dauerte eine Weile, bis Suzanne bemerkte, dass diese nicht natürlich, sondern aus Seide täuschend echt nachgeahmt waren.

»Madame de Montfort, wie schön, Euch kennenzulernen«, sagte die Gastgeberin herzlich. »Darf ich Suzanne sagen? Nennt mich Louise-Anne, denn wer mit Alexandre befreundet ist, ist für mich eine Schwester.« Dann wurde Suzanne, von Louise-Anne und Alexandre flankiert, herumgeführt und jedem vorgestellt, der ihren Weg kreuzte. Die Herzlichkeit der Gastgeberin und der Champagner, dem sie immer wieder zusprachen, bewirkten, dass Suzanne ein wenig ihrer Angst verlor. Sie bemerkte, dass etliche Damen de Bournonville anschmachteten, und spürte fast etwas wie Stolz, dass er sie ausgewählt hatte, ihn zu begleiten – wenn sie auch immer noch nicht recht wusste, weshalb.

»Alexandre!«, rief jemand hinter ihnen. Ein freudiger Schreck durchjagte Suzannes Körper, denn sie erkannte die Stimme sofort. De Bournonville drehte sich um und Suzanne mit ihm. Vor ihnen stand Julien, prachtvoll anzusehen ganz in Grau und Silber. Auf seinem Gesicht malte sich Überraschung, als er Suzanne erkannte, aber auch sie war sprachlos, denn er war ebenfalls nicht alleine. An seinem Arm hing eine junge Frau.

»Mademoiselle de Chervel, welch eine Überraschung, Euch hier zu begegnen!«, rief de Bournonville überschwänglich. »Allerdings mache ich mir Sorgen wegen des schlechten Umgangs, den Ihr offensichtlich pflegt.« Die Frau kicherte und schlug leicht mit dem Fächer auf seinen Arm. »Bournonville, Ihr seid unverbesserlich!«

Der Gescholtene wandte sich zu Suzanne. »Madame de Montfort, ich darf Euch Mademoiselle de Chervel vorstellen.« Die beiden Frauen knicksten und nickten sich zu. Mademoiselle de Chervel hatte ein offenes Lächeln, das Suzanne sofort gefiel, aber sie bemerkte auch erleichtert, dass Juliens Begleiterin nicht gerade eine Schönheit war. Zwar hatte sie eine hübsche Figur, aber ihre Gesichtszüge wurden von einem leichten Unterbiss beeinträchtigt.

»Nennt mich bitte Françoise«, sagte sie jetzt. »Ich bin Juliens Verlobte.«

Vom Rest der Unterhaltung nahm Suzanne nichts mehr

wahr. Sie fühlte sich wie zu Eis erstarrt und klammerte sich an de Bournonvilles Arm fest, um nicht ohnmächtig zu werden. Fassungslos sah sie Julien an, der kein einziges Mal den Blick zu ihr wandte. Seine Mundwinkel waren verkrampft, und er war bestrebt, seine Verlobte so bald wie möglich wegzuführen. Als sie fortgingen, verschwamm alles vor Suzannes Augen, und dann fand sie sich in de Bournonvilles Armen wieder.

»Bitte nicht ohnmächtig werden«, sagte er. »Wenn Ihr stürzt, ruiniert Ihr Euer Kleid.« Er stellte sie wieder auf die Füße und sah sie besorgt an. »Geht es besser?«

»Ihr wusstet es!« Suzanne atmete tief ein. »Und Ihr habt mir nichts davon gesagt. Ihr seid ein ekelhafter, widerlicher, ehrloser …«

Der Herzog unterbrach sie. »Ich glaube, Ihr verwechselt mich mit jemandem. Lasst Euren Zorn nicht am Falschen aus. Außerdem habe ich Euch gewarnt, Madame.«

»Ihr habt mich nicht davor gewarnt, dass ich hier Juliens Verlobter begegnen würde!« Sie hatte gute Lust, ihm ins Gesicht zu schlagen. De Bournonville hob die Hände.

»Ich wusste nicht, dass sie hier sein würden, das schwöre ich.«

»Ihr hättet es mir sagen müssen!« Suzanne fühlte die Tränen aufsteigen, doch sie wollte nicht vor diesem abgebrühten Libertin weinen, der sie zusammen mit Julien so hereingelegt hatte. Sie wandte sich ab, damit er ihr Gesicht nicht sehen konnte, und zog ihr Taschentuch hervor.

Sie wollte sagen, dass er sie umgehend nach Hause bringen solle, aber es kam nur ein von Schluchzern unterbrochenes Gestammel heraus. Jetzt wagte es dieser Widerling von Herzog auch noch, seine Hand auf ihren Nacken zu legen. Sie versuchte, ihn abzuschütteln, aber seine kühlen festen Finger blieben, wo sie waren, und strichen beruhigend über ihr Haar.

»Nun weint doch nicht wegen solch einer Kleinigkeit«, sagte er. »Eine Ehefrau wird ihn nicht daran hindern, sich weiter mit Euch zu treffen.«

Suzanne fuhr herum. »Glaubt Ihr etwa, ich will ihn wiedersehen? Ich hasse ihn, und Euch hasse ich auch, und ich wünschte, ich wäre im Kloster geblieben!«

Zu ihrer Empörung begann de Bournonville zu lachen. »Welche Verschwendung wäre das gewesen! Und nun trocknet Eure Tränen. Was wird der König sagen, wenn Ihr mit verquollener Nase vor ihm erscheint.«

Vor lauter Schreck hörte Suzanne auf zu weinen.

»O nein, bitte nicht! Nicht heute Abend!«

»O doch, und zwar genau jetzt!« De Bournonville ergriff ihre Hand und zog sie zu einer größeren Gruppe von Damen und Herren, die ein Stück entfernt auf dem Rasen lagerte, einige auf gepolsterten Sesseln, andere auf Teppichen am Boden und auf Kissen gestützt. Ausgelassenes Gelächter drang durch die laue Nachtluft, der Fackelschein hob junge, fröhliche Gesichter aus der Dunkelheit. Sie traten hinzu, und sofort rief jemand: »Alexandre, komm und rede d'Epernon die wahnwitzige Idee aus, seinen Park komplett neu anzulegen!«

»Gleich, Philippe! Zuerst möchte ich euch Suzanne de Montfort vorstellen. Sie ist neu in Paris, also seid nett zu ihr!«

Alle Gesichter wandten sich ihr zu, und Suzanne hätte sich am liebsten hinter Alexandres Rockschößen versteckt wie ein kleines Mädchen. Verlegen verneigte sie sich und wagte kaum, den Blick zu heben. Wo war der König?

»Sie sei uns willkommen«, sagte eine etwas heisere Stimme, deren Besitzer Suzanne nicht ausmachen konnte. »Doch zuerst muss sie sich würdig erweisen.«

»Jawohl, würdig!«, rief man. »Sie soll ein Rätsel lösen!« »Genau, ein schwieriges Rätsel!«

Suzanne wurde eiskalt. Nun war der Augenblick gekommen, in dem sie sich blamieren würde.

»Hört zu: Ich mache hart, ich mache weich, ich mache arm, ich mache reich, man liebt mich, doch nicht allzu nah. Zu nah wird alles aufgezehrt, doch stirbt der, der mich ganz entbehrt.«

»Natürlich der König!«, rief jemand. Es wurde gejohlt und gekichert, bis de Bournonville Ruhe gebot, damit Suzanne sich besinnen könne. Die dachte auch fieberhaft nach, aber ihr Kopf schien leer zu sein wie ein altes Fass. Dann fiel ihr Blick zufällig auf die lodernden Fackeln.

»Das Feuer!«, rief sie und wurde mit Gelächter und Applaus belohnt. »Gut gemacht«, flüsterte der Herzog hinter ihr. Der Kreis öffnete sich, und sie wurde zu einem Sessel gezogen, aus dem ein schlanker junger Mann mit kräftigen Augenbrauen sie neugierig und freundlich ansah. Jetzt erkannte sie den König und sank in einen tiefen Hofknicks.

Als sie wieder aufsah, blickte sie in Louis' Augen, wie vor einigen Wochen im Bois de Vincennes, nur dass er diesmal viel näher war. Sie fühlte sich zittrig, ließ sich aber nichts anmerken.

»Setzt Euch neben mich«, sagte der König freundlich, und sofort wurde ein Sessel freigemacht. Alexandre ließ sich zu ihren Füßen auf dem Teppich nieder. Der König stellte der Reihe nach alle Anwesenden vor, bei jedem ein körperliches oder charakterliches Merkmal hervorhebend.

»Der Duc d'Epernon, ein Verschwender vor dem Herrn«, sagte er mit seiner merkwürdig heiseren Stimme. »Der Marquis d'Argens, dessen Name so gut zu ihm passt wie kein zweiter, denn er ist vermutlich reicher als ich.« Und so ging es weiter.

Suzanne fühlte sich wie selbstverständlich in den Kreis aufgenommen, und vor lauter Nervosität vergaß sie Julien vorübergehend. Sie konnte nur noch daran denken, dass der König neben ihr saß, so dicht, dass sie ihn berühren konnte. Verstohlen sah sie ihn an und fand ihren ersten Eindruck bestätigt: Louis sah ungewöhnlich gut aus, er strotzte vor Energie und Jugend. Es war unmöglich, nicht von ihm beeindruckt zu sein.

Nun wurden weitere Rätsel gelöst, der König machte ebenso wie die anderen witzige oder spöttische Bemerkungen und musste dulden, dass auch er einige Male ausgelacht wurde. Er schien sich vollkommen wohl zu fühlen und zeigte keine Allüren, dennoch war er stets der Mittelpunkt des Geschehens. Nahezu unmerklich richtete sich alles auf ihn aus.

Schon nach kurzer Zeit war auch Suzanne ganz gelassen und verlor ihre Angst, einen Fehler zu begehen. Immer wieder wandte Louis sich ihr zu und sah sie an, und auf einmal war sie sicher, dass sie seine Geliebte werden würde. Die Erkenntnis ließ ihren Atem stocken. Sie wusste, welche Ehre ihr damit zuteilwerden würde: Mit Louis konnte Julien sich nicht messen. Treulos und verlogen wie er war, geschah es ihm ganz Recht, sie an den König zu verlieren. Sie würde ihm zeigen, dass sie nicht herumsaß und ihm nachweinte!

Außerdem dachte sie an ihren Vater. Am Hof würde sie Leuten begegnen, die ihn gekannt hatten und vielleicht wussten, weshalb er hatte sterben müssen. Sie reckte das Kinn und lächelte Louis zu. Gefühlsduselei würde sie sich von nun an nicht mehr gestatten. Kokett erwiderte sie die Blicke des Königs und parierte schlagfertig einige Bonmots, was ihr allgemeinen Applaus eintrug.

Gegen elf Uhr nahm man ein gemeinsames Mahl ein. Die Gäste saßen an zwei langen Tafeln auf dem Rasen, während Diener um sie herumschwirrten. Suzanne hatte noch nie so erlesene Gerichte und Weine gekostet, und es fiel ihr schwer, von jedem Gang nur ein wenig zu naschen – doch hatte Yvette ihr das Korsett so eng geschnürt, dass sie andernfalls ohnmächtig geworden wäre.

Man trank reichlich Wein und Champagner, bald wurde die Stimmung am Tisch geradezu ausgelassen. Fortwährend lachte man, die Blicke wurden leidenschaftlicher und die Anspielungen gewagter. Der König konnte seine Augen kaum noch von Suzanne abwenden und flüsterte mit de Bournonville. Der wiederum begab sich zu Louise-Anne de Bourbon-Condé und sprach mit ihr. Louise-Anne bemerkte, dass Suzanne sie beobachtete, und winkte ihr zu, während sie de Bournonville antwortete. Dann kam sie herüber.

»Meine liebe Suzanne«, begann sie. »Es ist schon spät, und ich möchte Euch ungern zu dieser Stunde mit einer Kutsche durch Paris fahren lassen. Die Stadt ist so unsicher nachts. Bleibt lieber hier und seid mein Gast, so wie einige andere der Damen. Die Herren begeben sich nach La Muette, das ganz in der Nähe liegt, so sind wir ganz unter uns.«

»Wie freundlich von Euch«, antwortete Suzanne. »Aber mein Schwager erwartet mich und wird sich Sorgen machen, wenn ich nicht nach Hause komme.«

»Wir schicken selbstverständlich einen Diener zum Palais Eures Schwagers«, beeilte sich Louise-Anne zu sagen.

Suzanne versuchte nochmals, die Einladung auszuschlagen, aber als die Gastgeberin sagte: »Der König wünscht, dass Ihr die Nacht hier verbringt«, hatte sie nichts mehr zu entgegnen. Louis wollte sie, und wer war sie, sich dem Wunsch ihres Königs zu widersetzen? Doch obwohl der Verlauf des Abends ganz ihren Plänen entsprach, fühlte sie sich leicht gekränkt – Louis hatte sich nicht die geringste Mühe gegeben, um sie zu werben, sondern befahl ihr geradezu, sich ihm zur Verfügung zu stellen – wenn dieser Befehl auch in Freundlichkeit gehüllt überbracht wurde.

»Ihr müsst Euch nicht ängstigen«, sagte Louise-Anne sanft. »Er ist wunderbar.«

»Ich habe keine Angst«, erwiderte Suzanne leise, damit niemand sie belauschen konnte. »Aber ich bin keine Kurtisane.«

»Morgen früh werdet Ihr es sein«, erwiderte Louise-Anne gut gelaunt und wirbelte zu Louis hinüber. Suzanne sah nicht hin, um die Lage nicht zu offensichtlich zu machen.

Jede Frau in Frankreich wäre glücklich, die Mätresse des Königs zu werden, und wäre es nur für eine Nacht, dachte sie. Mit etwas Geschick würde sie sich damit eine Grundlage für ihr weiteres Leben schaffen. Der König war alles andere als abstoßend, und sicher würde auch ihr Vormund mit dieser Wendung zufrieden sein. Gleichzeitig konnte sie sich an Julien rächen.

Der Gedanke an ihn zog plötzlich ihr Herz zusammen. Sie sah sein hübsches Gesicht vor sich und hatte sein Lachen im Ohr. Glücklicherweise hatte sie ihn nicht mehr gesehen, wahrscheinlich war er noch vor dem Essen mit seiner Verlobten geflüchtet.

»Kopf hoch, mein Kätzchen«, hörte sie plötzlich de Bournonvilles leise, tiefe Stimme neben sich. »Du wirst es genießen, so gut kenne ich dich inzwischen.« Er zog sich einen Stuhl heran und nahm dicht neben ihr Platz.

»Ich werde jeden Augenblick an Julien denken«, entgegnete sie in einem Anfall von Trotz. De Bournonville lachte leise.

»Du wirst dich morgen früh nicht einmal mehr an seinen Namen erinnern«, flüsterte er. »Ich bin übrigens ein wenig betrübt, dass der König dich für sich reklamiert«, fügte er hinzu. »Zu gern hätte ich mich heute Nacht mit dir vergnügt und deinen hübschen Hintern erneut zum Glühen gebracht.«

»Wagt nicht, so mit mir zu reden!«, zischte Suzanne so leise wie möglich, aber sie atmete plötzlich schwerer, und ihr Schoß zog sich zusammen beim Gedanken an Alexandres Hand, die auf ihr Gesäß klatschte.

Er grinste.

»Ich weiß, was dir gefällt, Kätzchen. Nun bist du gut vorbereitet, und ich wünsche eine angenehme Nacht.«

Damit verschwand er, und nach und nach gingen auch die anderen Gäste. Auch der König verabschiedete sich, zusammen mit seinen engsten Freunden. Suzanne bedachte er mit keinem Wort, keinem Blick. Sie war verwirrt. War alles nur ein Missverständnis?

Es war beinahe drei Uhr morgens. Louise-Anne kam zu ihr und führte sie in den ersten Stock, wo ein herrliches, intimes Schlafzimmer auf sie wartete. Es war offensichtlich ein Liebesnest: Auf dem Bett lagen Stapel von Seidenkissen, und es wurde von Draperien aus rotem Samt umwallt. Nur eine Öllaterne brannte auf einem silbernen Ständer und tauchte das Zimmer in flackernde Schatten.

Louise-Anne wünschte ihr eine gute Nacht, ohne den König zu erwähnen, und ließ Suzanne mit der Zofe allein. Während das Mädchen ihr schweigend beim Auskleiden half, versuchte Suzanne, ihre Lage einzuschätzen. Es wurde vorausgesetzt, dass sie sich dem König mit Freuden hingab. Und das würde sie, aber trotzdem fühlte sie sich wie ein Gegenstand behandelt. Als es an der Tür klopfte, zuckte sie zusammen und hüllte sich in ein Laken, doch als die Zofe öffnete, betrat nicht der König sondern ein älterer Herr in einem schmucklosen braunen Justaucorps das Zimmer.

»Helvétius, Leibarzt des Königs«, stellte er sich denkbar knapp vor. »Ich muss Mademoiselle bitten, sich unbekleidet auf das Sofa zu legen.«

»Weshalb?«, fragte Suzanne erschrocken. Der Arzt kramte umständlich in seiner Ledertasche herum und hüstelte. »Nun ja, bevor der König sich mit einer Frau … ähem … vereinigt, ist eine medizinische Untersuchung vonnöten, um jegliche gesundheitliche Gefahr für den König auszuschließen.«

»Gütiger Himmel!«, entfuhr es Suzanne. »Das ist keine Liebschaft, das ist ein Staatsakt!«

»Es tut mir leid, Mademoiselle«, sagte der Arzt.

Suzanne seufzte. Es half wohl nichts, sie musste mitspielen, ob die Regeln ihr behagten oder nicht. Sie ließ das Handtuch fallen und tat, was der Arzt verlangte. Er untersuchte sie und packte dann die Instrumente wieder in sein Köfferchen, während sie sich ein frisches Hemd überzog, das auf dem Bett bereitlag.

»Ihr seid vollständig gesund und leidet unter keinem körperlichen Makel«, stellte Helvétius fest.

»Dann geht und sagt dem König, er braucht keine Angst zu haben, sich zu mir zu legen«, erwiderte sie schroff.

»Es geht um Frankreich«, erwiderte der Arzt ernsthaft, was sie wider Willen zum Lachen brachte.

»Es wäre nicht zum Lachen, wenn der König sich wegen eines Liebesabenteuers eine Krankheit zuzöge, die seine Zeugungsfähigkeit beeinträchtigte.« Der Arzt sah Suzanne scharf an. »Erst dieses Frühjahr sind zwei seiner Kinder verstorben.«

Sie schwieg betroffen, und der Arzt verabschiedete sich mit einem knappen Kopfnicken. Als er die Türe hinter sich geschlossen hatte, trat Suzanne ans Fenster. Von hier aus konnte sie über den Park und den Bois de Boulogne blicken, die noch im Dunkeln lagen. Aber die ersten Vögel hatten bereits zu zwitschern begonnen und kündigten den Morgen an. Sie war müde, aber alles, was sie in dieser Nacht erlebt und gesehen hatte, wirbelte in ihren Gedanken. Sie sah das Gesicht des Königs im Fackelschein, de Bournonville, wie er sich zu ihr neigte, hörte Louise-Annes perlendes Lachen, sah die Tänzer sich zur Musik drehen, milchweiße Dekolletés, aufblitzende Diamanten, wogende Reifröcke.

Ein Geräusch riss sie aus ihren Gedanken. Von der anderen Seite des Hauses erklang Hufgeklapper, das auf den Pflastersteinen des Hofes laut widerhallte. War das der König, der zurückkehrte? Unruhe schoss in ihr hoch wie eine kalte Flamme, und sie schlüpfte ins Bett, als wollte sie sich zwischen den Kissen verbergen. Ihr Herz flatterte, während sie steif unter der Decke lag und darauf wartete, dass die Türe geöffnet wurde. Einmal meinte sie, Schritte zu vernehmen, aber niemand kam.

Sie musste eingenickt sein, denn sie hatte nicht gemerkt, dass jemand ins Zimmer gekommen wäre. Jetzt aber war sie nicht mehr alleine unter den Decken. Der Körper eines Mannes presste sich von hinten an sie, und eine Zunge strich sanft über ihre Schulter. Sie wusste nicht, wie sie sich verhalten sollte, und beschloss, so zu tun, als schliefe sie weiter. Die Zunge fuhr ihr Rückgrat hinunter, dann fühlte sie einen sanften Kuss auf ihrer Hüfte. Eine Hand stahl sich unter ihrem Arm hindurch und streichelte ihre Brust. Zärtlich kitzelten die Finger ihre Brustspitze, und sie seufzte unwillkürlich auf.

»Meine Liebe, entschuldigt die Verspätung«, sagte Louis leise. »Ich werde Abbitte leisten, ich verspreche es.«

Noch immer konnte Suzanne sich nicht entschließen, sich ihm zuzuwenden. Was wurde von einer königlichen Mätresse erwartet? Sie wusste nicht einmal, ob sie ihn küssen durfte. Also regte sie sich weiterhin nicht.

»Ihr wollt also erweckt werden«, flüsterte Louis mit einem Lächeln in der Stimme. »Nun, sehen wir, ob es mir gelingt, die schlafende Schöne zurück ins Leben zu holen.«

Seine Finger strichen über ihren Bauchnabel, wanderten zurück über ihre Hüfte zu ihrem Gesäß und kneteten es sanft. Zugleich küsste er ihren Nacken. Ein Schauer überlief ihre Haut. Er drückte sich wieder an sie und saugte an ihrem Ohrläppchen, sein warmer Atem strich über ihre Wange.

»Du duftest so gut«, flüsterte er. »Und wie weich dein Haar ist.« Er liebkoste eine dicke Strähne, die sich über das Kissen breitete.

»Bitte, wende dich mir zu«, bat er leise und küsste die Stelle unterhalb ihres Ohrläppchens. Dieser Aufforderung konnte sie nicht widerstehen, drehte sich auf den Rücken und sah zu ihm hoch. Louis' Gesicht war über ihr, halb verschattet vom morgendlichen Dämmerlicht. Die Perücke hatte er mit seiner Kleidung abgelegt, und sein dunkles Haar fiel ihm in die Stirn. Er stützte sich mit einem Unterarm auf der Matratze ab, während er nachsichtig auf sie herablächelte und mit der freien Hand ihre Brüste streichelte.

»So ist es besser, nicht wahr?« Sein Gesicht kam näher, und er küsste ihren Mund. Sie fühlte sich wie unter einem Zauberbann, als seine Zunge ihre Lippen teilte. Sie erwiderte den Kuss, wie von selbst schlangen sich ihre Arme um seinen Hals, und Louis zog sie an sich. Obwohl er erst dreiundzwanzig Jahre alt war, hatte sein Körper nichts Jünglinghaftes. Sie spürte die Muskeln, die durch tägliche Jagdausritte hart und kraftvoll geworden waren. Seine Brust presste sich an ihre, sein Glied drückte gegen ihren Oberschenkel. Doch statt sofort in sie einzudringen, wie sie erwartet hatte, löste er sich aus ihrer Umarmung, bedeckte ihren Bauch mit Küssen, strich mit den Händen über ihre Seiten, als wollte er ihre Form nachbilden, schlug dann die Decke zur Seite und rutschte tiefer. Mit sanftem Druck spreizte er ihre Beine und bedachte die Innenseite ihrer Oberschenkel mit weiteren Küssen. Seine Zunge neckte sie, gelegentlich biss er spielerisch in die weiche Haut. Suzanne stöhnte unterdrückt. Sie hatte nicht damit gerechnet, dass der König ein zärtlicher Liebhaber sein würde, nun genoss sie seine Berührungen sehr. Wie konnte sie Julien lieben und zugleich unter den Händen und der Zunge des Königs vergehen?

Louis fuhr mit seinen Liebkosungen fort, und sie glaubte zu schmelzen. Als hätte ihr Körper sich aufgelöst, war sie nur noch Empfindung. Sie hörte sich selbst stöhnen, als Louis' Lippen ihren Schoß küssten und seine Zunge in das zarte Fleisch drang. Seine unerwartete Zärtlichkeit bezwang sie mehr, als Gewalt es gekonnt hätte.

»Kommt zu mir«, keuchte sie, als sie es nicht mehr ertrug. »Bitte kommt zu mir.«

Sie zog Louis über sich und hob die Beine an. Mit einer Bewegung glitt er in sie hinein. Sie stöhnten gleichzeitig auf, Suzanne umklammerte seinen Nacken, saugte an seinen Lippen und küsste sein raues Kinn. Er verharrte einen Moment reglos in ihr, und sie genoss das Gefühl, so von ihm ausgefüllt zu werden. Dann begann er, sich zu bewegen. Ohne Eile zog er sich fast ganz zurück, um dann aufs Neue ihren Schoß zu durchdringen. Ihre Empfindungen waren nur noch auf diesen einen Punkt gerichtet, an dem ihre Körper ineinander verschmolzen.

»Jetzt gehörst du mir ganz«, keuchte er, und seine Worte steigerten ihre Lust ins Unermessliche. Er griff mit einer Hand nach einem Kissen und schob es unter Suzannes Gesäß, so dass er sich vor sie knien konnte, während er noch immer in ihr war. Nun fühlte er nicht nur, sondern sah. Desgleichen konnte Suzanne seinen herrlichen Körper betrachten. Bei jeder Bewegung spannten sich die Muskeln unter seiner Haut, sein Gesichtsausdruck war konzentriert, und erst als sie sich ihrem Höhepunkt näherte, ließ auch er sich gehen. Kurz nacheinander schrien sie auf. Einige Minuten lag er still auf ihr, dann rollte er sich neben sie und strich ihr behutsam über das Gesicht.

»Nanu, Ihr weint? Seid Ihr denn so traurig über das, was soeben geschah?«, fragte er leise lächelnd.

»Nein«, sagte Suzanne und küsste ihn. »Im Gegenteil, Eure Majestät.«

Und sie verbannte Julien aus ihrem Herz.

Sie war in den Armen des Königs eingeschlafen. Als sie erwachte, stand die Sonne schon hoch, es musste nach Mittag sein. Louis war fort; genauso unbemerkt, wie er gekommen war, war er auch gegangen. Suzanne vermisste seine Arme, in denen er sie im Schlaf gehalten hatte. Sie sah sein Gesicht vor sich, das Willenskraft und Zurückhaltung widerspiegelte, sank träumerisch in die Kissen und räkelte sich. Wann würde sie ihn wiedersehen? Doch plötzlich kam ihr der entsetzliche Gedanke, dass er sie womöglich gar nicht erneut treffen wollte. Er konnte jede, aber auch jede Frau haben, nach der es ihn gelüstete, weshalb sollte er bei einer verweilen, statt nach neuen Genüssen zu suchen? Er war gegangen, ohne sich zu verabschieden – war das nicht ein Zeichen dafür, dass sie ihre Aufgabe erfüllt hatte und nun nicht weiter von Nutzen war?

Derart von Zweifeln gequält sprang sie aus dem Bett. Sie zog sich ihr Hemd über und wickelte sich zusätzlich in ein Laken, dann zog sie auf gut Glück das bestickte Klingelband neben der Tür. Kurze Zeit später kam die junge Zofe herein, die sie schon kannte.

»Madame bittet Euch, Ihr auf der Terrasse Gesellschaft zu leisten«, sagte das Mädchen.

»Hilf mir bitte beim Anziehen«, sagte Suzanne. Sie hatte es

eilig, Louise-Anne über den König auszufragen. Sie kannte ihn gut, war sogar mit ihm verwandt – sie würde Rat wissen!

Die Zofe schnürte Suzanne und half ihr in ein Kleid, das schon über einem Sessel bereitlag. Es war – der Tageszeit angemessen – nicht so prachtvoll wie Suzannes Abendrobe, aber aus herrlicher fliederfarbener Seide, mit hellgrauen Schleifen verziert. Die Zofe justierte die Rockbänder, um die Größe Suzannes Figur anzupassen, und half ihr dann in die hellgraue, mit fliederfarbenen Streifen versehene Contouche.

Auf der Terrasse hatte man einen Pavillon aus weißem Leinen aufgestellt, darunter stand ein runder Tisch mit gelben Polstersesseln. In einem davon saß Louise-Anne und schrieb einen Brief. Als sie Suzanne bemerkte, steckte sie die Feder in die Halterung und streckte ihr die Arme entgegen. Suzanne ergriff ihre Hände und wurde freundschaftlich auf dem Sessel neben ihrer Gastgeberin platziert. Louise-Anne lächelte ihr gewinnendes Lächeln, das nicht die geringste Spur von Frivolität aufwies. Suzanne fiel es schwer, sich vorzustellen, dass diese schöne, herzliche Frau angeblich ihre Liebhaber wechselte wie ihre Kleider.

»Ich freue mich so für Euch, meine Liebe«, sagte Louise-Anne. Immer noch hielt sie Suzannes Hände in den ihren, die warm und weich waren. Suzanne blickte verlegen auf ihre Knie, und Louise-Anne lachte auf.

»Kein Grund, sich zu schämen – es sei denn, letzte Nacht ist etwas geschehen, das Euch unangenehm war.«

»Durchaus nicht«, murmelte Suzanne. Dann quoll ihr Herz über, sie musste sich jemandem anvertrauen.

»Madame, Ihr seid meine Freundin, nicht wahr?«

»Louise-Anne«, warf die Hausherrin ein. Suzanne, der Verzweiflung nahe, sah ihr in die Augen, als sie weitersprach.

»Louise-Anne, Ihr kennt den König, bitte sagt mir, ob … er war fort, als ich aufwachte. Ich werde ihn nicht wiedersehen, nicht wahr?« Sie ließ den Kopf hängen, aber dann vernahm sie Louise-Annes helles Lachen und hob den Blick.

»Nun, als er sich von mir verabschiedet hat, klang er nicht, als ob er Euch nicht wiedersehen wollte«, sagte Louise-Anne. »Fahrt beruhigt nach Hause und wartet auf Nachricht.«

»Was hat er denn gesagt?«, fragte Suzanne begierig.

Statt einer Antwort schob Louise-Anne ihr eine silberne Schale mit Gebäck zu. »Hier, esst.«

Aber Suzannes Magen war wie zugeschnürt.

»Ich kann Euch nicht sagen, was Louis mir anvertraut hat«, sagte Louise-Anne. »Das wäre indiskret, und wenn er etwas verabscheut, dann das.«

»Ich bin so verwirrt«, sagte Suzanne hilflos. Die Ältere strich ihr liebevoll über die Wange.

»Sich wegen Liebesdingen den Kopf zu zerbrechen lohnt sich nicht, mein Kind«, sagte sie heiter. »Ich bin doppelt so alt wie Ihr, und Ihr könnt mir glauben, dass ich reichlich Erfahrung auf diesem Gebiet besitze.«

Ein Diener kam lautlos heran und setzte ein Tablett mit einer silbernen Kaffeekanne und zierlichen Porzellantässchen auf dem Tisch ab. Suzanne wartete, bis er sich wieder entfernt hatte, bevor sie weitersprach.

»Aber er ist der König.«

»Jenseits seiner öffentlichen Funktion ist auch Louis nur ein Mann«, erwiderte Louise-Anne, während sie anmutig Kaffee einschenkte. Suzanne nippte an ihrer Tasse und fühlte sich sofort belebt.

»Wisst Ihr«, sagte sie vertrauensvoll, »bis gestern glaubte ich einen anderen zu lieben, und nun weiß ich nicht mehr, was ich fühlen soll und was ich fühlen darf.«

»Die Liebe wechselt schnell ihr Ziel«, antwortete Louise-Anne. »Ich kann Euch nur raten: Liebt den König, aber liebt nicht zu sehr den Mann.«

Sie nahm sich ein Biskuit und biss ein winziges Stückchen ab.

»Wer ist denn der, den Ihr zu lieben glaubtet?«, fragte sie harmlos.

»Julien de La Saunière.« Suzanne wusste, dass es vielleicht nicht gut war, der Cousine des Königs diesen Namen anzuvertrauen, aber zu groß war ihr Bedürfnis, mit jemandem zu sprechen. Überrascht blickte sie auf, als sie Louise-Annes vergnügtes Kichern hörte.

»Julien de La Saunière! Dieser Schelm! Liebe Suzanne, Julien hat nahezu sämtliche Damen von Versailles besessen, von der Hofdame bis zur Küchenmagd. Außerdem ist er mit Mademoiselle du Chervel verlobt, wie Ihr bereits wisst – sie ist hässlich wie ein Affe, aber er braucht ihr Vermögen, um seine immensen Schulden zu bezahlen. Falls Ihr Hoffnungen hegtet, ihn zu heiraten, ist es besser, wenn Ihr die Wahrheit kennt. Er ist überaus charmant und – überzeugend, wie ich selbst auch schon zu erleben das Vergnügen hatte, aber unbeständig wie eine Wolke im Sommerwind.«

Louise-Anne lehnte sich zurück und knabberte weiter an dem Gebäck.

Suzanne schwieg und ließ den Blick über den Park gleiten, dessen Wege und Rasenflächen so sauber waren, als hätte das Fest nur in ihrer Fantasie stattgefunden. Ebenso wie die Liebe zwischen ihr und Julien nur Einbildung gewesen war. Tatsächlich hatte er ihr weder seine Liebe erklärt noch um sie angehalten. Sie hatte das als selbstverständlich vorausgesetzt, einfältig wie sie gewesen war. Und nun fragte sie sich, ob sie sich auch die Liebe zu Julien nur eingebildet hatte. Wie war sonst erklärbar, dass sie die Nacht mit dem König vorbehaltlos genossen hatte?

»Woran erkennt man die wahre Liebe?«, fragte sie unvermittelt.

»*Mon Dieu*, ich weiß es nicht. Ich habe viele Male geliebt, aber ob die wahre Liebe darunter war, kann ich nicht sagen.«

»Vielleicht ist es die Liebe, die nie mehr vergeht.«

»Dann habe ich niemals wahrhaftig geliebt«, erwiderte Louise-Anne lächelnd, aber mit einem wehmütigen Zug um den Mund. Gleich darauf klatschte sie in die Hände, wie um ihre Gedanken zu verscheuchen.

»Zerbrechen wir uns nicht den Kopf über diese Dinge, das Leben lebt sich von selbst, man kann ohnehin nichts daran ändern! Ihr brecht nun am besten auf, Euer Schwager wird Eure Rückkehr ungeduldig erwarten.«

Eine Kutsche wurde bereit gemacht, und Suzanne verabschiedete sich von ihrer Gastgeberin, nicht ohne herzlich zur Wiederkehr eingeladen zu werden. Ihr war nicht ganz wohl bei dem Gedanken an den Vicomte. Würde er wütend sein? Mit der Nachricht, dass der König auf sie aufmerksam geworden war, würde sie ihn sicher beruhigen können. Aber ob Louis sie wirklich zu sich rufen würde? Vielleicht war die letzte Nacht doch nur ein einmaliges Abenteuer für ihn gewesen. Auch wenn Louise-Anne ihr gesagt hatte, sie solle sich keine Sorgen machen, war Suzanne unruhig und angespannt. Die ganze Fahrt über drehten sich ihre Gedanken im Kreis, bis die Kutsche in den Hof des Hôtel de Gaudard einfuhr.

Ein reizender Anblick

Der Vicomte de Guéret stand am Fenster und sah auf den Garten, als Suzanne den Salon betrat.

»Guten Tag, Onkel Héctor«, sagte sie unbefangen. »Ich hoffe, Ihr habt Euch keine Sorgen gemacht.« Sie legte ihren Umhang ab. »Es war spät gestern, und man bot mir freundlicherweise an, im Hôtel de Madrid zu übernachten.«

Er zeigte keine Regung, aber in ihm brodelte es. Zwar hatte Suzanne genau das getan, was er von ihr verlangt hatte, aber er hatte nicht damit gerechnet, dass er eifersüchtig sein würde. Die Vorstellung, dass de Bournonville womöglich gehabt hatte, was er sich ersehnte, machte ihn rasend.

Hinter sich hörte er Suzannes Stimme, diesmal zögerlicher.

»Onkel Héctor, es tut mir sehr leid, aber die Umstände – ich konnte wirklich nicht zurückkommen.«

Langsam drehte er sich um und bemerkte mit grimmiger Zufriedenheit Suzannes ängstliches Gesicht.

»Was fällt dir eigentlich ein?«, fragte er hart. »Du vergisst, woher du kommst. Glaubst du, du kannst dich aufspielen wie eine Herzogin? Du bist mein Mündel, und ich lasse nicht zu, dass mein Name in den Dreck gezogen wird, indem du dich benimmst wie eine Hure.«

Er sah das Entsetzen in Susannes Gesicht und begann, Gefallen an der Situation zu finden.

»Bitte, versteht doch«, stammelte sie. »Es war sehr spät, und man sagte mir, die Straßen von Paris seien nachts zu gefährlich. Außerdem war es doch Euer Wunsch, dass ich mit der besten

Gesellschaft von Paris verkehre. Ihr habt doch nicht unsere Abmachung vergessen?«

»Das habe ich nicht. Aber du lässt es an der nötigen Diskretion fehlen.«

Der Vicomte ging auf sie zu, blieb aber vor einer Sitzgruppe stehen. Es gefiel ihm, dass sie Angst vor ihm hatte, das würde er noch ein wenig auskosten. Die ganze Nacht hatte er sich schlaflos im Bett gewälzt und sich vorgestellt, wie sie sich diesem widerlichen de Bournonville hingab, und dabei war sein Schwanz so hart geworden, dass er kaltes Wasser hatte darüberschütten müssen.

Nun war es ihm unmöglich, die onkelhafte Fassade noch länger aufrechtzuerhalten. Er wusste, dass er sich benahm wie ein eifersüchtiger Liebhaber, aber er konnte nichts dagegen tun.

»Dieser de Bournonville, hat er dich gehabt?«, fragte er.

»Nein, Onkel Héctor, das hat er nicht«, beteuerte Suzanne, sah aber zu Boden, woraus er schloss, dass sie log.

»Ich werde dich lehren, mich anzulügen«, schnaubte er. Sein Blick schweifte zu dem Tischchen zwischen ihnen, und nun entdeckte Suzanne die Reitpeitsche, die er schon bereitgelegt hatte.

»Onkel Héctor, das könnt Ihr nicht tun!«, rief sie.

»Leg dich über den Sessel und heb den Rock«, befahl er. Oh, wie er es genoss, dass er einen Grund hatte, sie zu bestrafen!

Suzanne wich zurück, bis sie gegen den Ofen stieß.

»Ich bin dein Vormund, und du hast mir zu gehorchen«, sagte er gefährlich langsam, nahm die Peitsche vom Tisch und ließ sie durch die Luft zischen. Seine Lüsternheit wuchs, als er Suzanne bei dem Geräusch zusammenzucken sah.

»Ich habe alles Recht und allen Grund, dich für dein Benehmen zu bestrafen. Noch einmal: Heb den Rock, damit ich dich züchtigen kann.«

»Ich denke überhaupt nicht daran!« Überrascht sah er, wie Suzanne sich plötzlich straffte und ihm mit erhobenem Kinn in die Augen blickte.

»Der König wird nicht begeistert sein, wenn seine Geliebte mit Striemen zu ihm kommt«, sagte sie ruhig. Der Vicomte hörte abrupt auf, mit der Peitsche zu wedeln. »Was meinst du damit?«, sagte er verblüfft. Er glaubte, sich verhört zu haben.

»Nicht de Bournonville hat mich vergangene Nacht besessen, sondern der König«, schleuderte ihm Suzanne entgegen. »Er wird mich bald nach Versailles rufen lassen, also überlegt Euch gut, ob Ihr mich schlagt«, sagte sie, jetzt kühl wie eine Marmorstatue. Auf einmal wirkte sie wie eine erwachsene Frau.

»Der König, wirklich?«, fragte er dümmlich, während er versuchte, sich zu fassen.

»Der König«, bestätigte sie. »Das ist es doch, was Ihr wolltet, nicht wahr? Und Ihr möchtet doch nicht den Unwillen des Königs erregen, lieber *Schwager*?« Die verwandtschaftliche Anrede stieß sie mit ätzender Ironie hervor.

Der Vicomte fühlte sich völlig überrumpelt. Niemals hatte er damit gerechnet, dass es Suzanne gelingen würde, den König ins Bett zu locken. In diesem Fall würde er seine Begierde wohl zurückhalten müssen. Er beeilte sich, ein freundliches Gesicht aufzusetzen.

»Meine Liebe, wie konnte ich das wissen!«, rief er versöhnlich. »Das ändert die Lage natürlich ganz und gar. Ich war nur in Sorge um dich, das verstehst du hoffentlich.«

»Ich verstehe vollkommen«, sagte Suzanne kühl. »Gestattet, dass ich mich in meine Räume begebe, ich möchte mich ausruhen.«

Ohne seine Antwort abzuwarten, drehte sie sich um und ließ ihn allein.

Im Korridor musste sie sich an der Wand abstützen, weil die Beine unter ihr nachzugeben drohten. Ihr Vormund hatte ihr eben eine Seite von sich gezeigt, die sie nie an ihm vermutet hätte. Und tatsächlich kannten sie sich kaum. Was wusste sie schon über ihn? Glücklicherweise hatte sie instinktiv gemerkt, wie sie ihn in Schach halten konnte. Nun beeilte sie sich, ihre Räume zu erreichen, bevor er es sich anders überlegte. Die lustvollen Züchtigungen durch Julien und Alexandre waren etwas völlig anderes, als von ihrem Vormund Hiebe angedroht zu bekommen!

Yvette begrüßte sie erleichtert und hatte Mühe, ihre Neugier zu verbergen.

»Oh, Mademoiselle, bitte erzählt mir alles!«, platzte sie schließlich heraus. »Wer war da, wie waren die Kleider, was wurde gegessen und getrunken?«

Suzanne konnte schon wieder lachen. »Später sollst du alles erfahren, Yvette. Nur eines jetzt schon: Es kann sein, dass wir bald umziehen.«

»Aber wohin denn?« Die Zofe zog die Augenbrauen zusammen. Wahrscheinlich dachte sie daran, dass sie erneut alle Kleider würde packen müssen.

»Nach Versailles!«

Yvette schrie entzückt auf. »Ihr nehmt mich doch mit?«

»Natürlich, du Dummchen«, lächelte Suzanne. »Wie sollte ich wohl ohne dich zurechtkommen?«

Innerlich war sie keineswegs so selbstsicher, wie sie sich gab. Wusste sie denn, ob Louis sie würde rufen lassen? Und wann? Die Aussicht, tage- oder gar wochenlang herumzusitzen und auf eine Nachricht von ihm zu warten, entmutigte sie.

Den ganzen Nachmittag schlich sie in ihrem Salon an den Wänden entlang wie ein gefangenes Tier und lauschte angespannt, ob ein Wagen in den Hof einfuhr. Aber alle Kutschen fuhren am Eingangstor vorüber. Yvette versuchte, sie abzulenken, doch sie konnte sich weder auf eine Partie Karten noch auf ein Buch konzentrieren. Nach und nach erzählte sie Yvette, was geschehen war, und die Zofe grinste stolz bei dem Gedanken, dass ihre vor Kurzem noch jungfräuliche Herrin nun mit dem König das Bett geteilt hatte.

»Davon habt Ihr wenigstens was, nicht so wie mit diesem windigen Schönling, der Euch von Anfang an belogen hat!«

Es war schon beinahe dunkel, als unten im Hof das Rattern eisenbeschlagener Räder zu vernehmen war. Suzanne sprang auf und flog zum Fenster. Eine Kutsche mit dem Wappen des Königs stand im Hof! Sie musste sich auf die Lippen beißen, um nicht vor Erleichterung aufzuschreien. Zitternd wartete sie, bis es endlich an die Tür klopfte. Es war der Vicomte selbst, der ihr einen Brief überreichte. Er kam gleich herein und setzte sich.

»Schnell, öffne ihn! Was schreibt der König?«

Ohne ihn zu beachten, öffnete sie den versiegelten Brief mit fliegenden Fingern. Louis hatte selbst geschrieben, mit eigener Hand!

Sie solle umgehend mit der Kutsche nach Versailles kommen, er warte auf sie. Sie solle auch Kleider mitnehmen und alles, was sie an persönlichen Dingen brauche, denn sie werde vorerst nicht nach Paris zurückkehren.

Suzanne ließ Yvette alles einpacken, was sie mitnehmen wollte. Ungeduldig half sie selbst, die Taschen zu packen, beherrscht von der unvernünftigen Furcht, die Kutsche könnte plötzlich ohne sie abfahren. Endlich war sie reisebereit. Ihr Vormund hatte die ganze Zeit in einem Sessel gehockt, ohne sich zu äußern, und Suzanne hatte ihn keines Blickes gewürdigt.

»Auf Wiedersehen, Onkel Héctor«, sagte sie steif, schon in der Tür.

»Uns wiedersehen werden wir, meine Liebe«, erwiderte er. »Unsere schönsten Hoffnungen erfüllen sich, und ich bin sicher, du wirst deinen Teil unserer Abmachung nicht vergessen.«

»Natürlich nicht, Onkel Héctor«, murmelte sie, dachte aber bei sich, dass sie diesen Mann nie wiedersehen wollte. Nach dem, was an diesem Tag geschehen war, fand sie ihn nur noch abscheulich.

So schnell es der Reifrock erlaubte, eilte Suzanne die Treppen hinunter, gefolgt von Yvette. Im Hof waren einige Diener bereits damit beschäftigt, ihr Gepäck festzuzurren.

Der Kutscher – in einer beeindruckenden dunkelgrünen Livree – hatte bereits den Schlag geöffnet, und sie wollte eben einsteigen, als jemand sie von innen in die Kutsche zog. Verblüfft sah sie sich de Bournonville gegenüber, der wie üblich sein ironisches Lächeln zur Schau trug.

»Madame, wie schön, Euch wiederzusehen«, sagte er geschmeidig und nahm ihre Hand, um sich darüberzuneigen. »Ich hoffe, Ihr habt Euch auf dem gestrigen Fest gut – amüsiert.«

»Allerdings!« Suzanne setzte ein strahlendes Lächeln auf, obwohl ihr die gute Laune beim Anblick des Herzogs vergangen war. Nun, sie würde ihm schon beikommen!

»Ich muss Euch danken«, sagte sie lächelnd. »Hättet Ihr mich nicht dem König präsentiert, wie man auf dem Viehmarkt eine Stute dem Käufer anbietet, könnte ich mich jetzt nicht als glücklichste Frau im ganzen Reich bezeichnen.« Sie sah de Bournonville fest in die Augen, aber er behielt seinen distanziert-amüsierten Ausdruck bei.

»Ich bin entzückt, Euch zu Eurem Glück verholfen zu haben.« Er deutete eine Verbeugung an. »Und damit Ihr es auch genießen könnt, hat der König den Kommandanten seiner Leibgarde gesandt, Euch heil an Euren Bestimmungsort zu bringen. Die Ware soll unbeschädigt ihr Ziel erreichen.«

Suzanne zuckte bei dem letzten Satz zusammen, entgegnete dann aber schlagfertig: »Dafür ist es wohl etwas zu spät.«

De Bournonvilles Miene wechselte, düstere Wolken zogen auf. Er näherte seinen Mund ihrem Ohr und flüsterte: »Vergesst nicht, dass ich Euch vor ihm nackt sah.«

Sie spürte seinen Atem an ihrem Hals, seine Lippen waren gefährlich nah. Er roch nach Leder und Tabak, und aus unerklärlichen Gründen wurde ihr schwindelig. Einen Augenblick lang sahen sie sich aus nächster Nähe in die Augen, dann lehnte de Bournonville sich lässig zurück. Suzanne senkte den Blick, aus Angst, er könnte darin etwas lesen, das sie selbst sich nicht eingestehen wollte.

Draußen war inzwischen das Gepäck festgezurrt, und Yvette kletterte zu ihnen in die Kutsche. Sie hatte schon gehört, dass Suzanne mit jemandem sprach, und begrüßte den Herzog mit einer Verneigung, was in der engen Kutsche unmöglich war. Sie geriet ins Schwanken und wäre auf de Bournonville gestürzt, hätte er sie nicht mit einem Griff um die Taille aufgefangen. Statt sie aber aufzurichten, zog er sie an sich, schnüffelte an ihrem Hals und knurrte lüstern.

Yvette brach in hysterisches Kichern aus, und de Bournonville ließ sie los. Sie plumpste neben Suzanne auf die Sitzbank, als die Kutsche anfuhr, und versuchte, ihr Gekicher mit einem Taschentuch zu ersticken.

»Ich ersuche Euch, meine Zofe mit mehr Respekt zu behandeln«, sagte Suzanne, die einen plötzlichen Stich verspürt hatte, als sie Yvette in de Bournonvilles Armen sah.

»Die Unterhaltungen, die wir in Kutschen führen, scheinen stets eine unglückliche Richtung zu nehmen, Madame. Nun, ich gelobe Besserung.«

Er lehnte sich bequem in eine Ecke der Sitzbank und sah aus dem Fenster, wo er unmöglich etwas sehen konnte, denn es war stockdunkel. Den Rest der Fahrt verbrachten sie schweigend. Sie ließen Paris hinter sich, seinen Lärm und Gestank und das Menschengewühl. Doch auf der breiten Straße nach Versailles herrschte Betrieb wie zur Mittagszeit. Von Fackeln beleuchtete Kutschen fuhren in beide Richtungen, Suzanne erhaschte Blicke auf kostbar gekleidete Damen und Herren, und Angst vor dem, was sie in Versailles erwartete, beschlich sie. Sie kannte niemanden in dem riesigen Schloss, von dessen Pracht sie bisher nur gehört hatte. Weder wusste sie, wo man sie einquartieren, noch, ob der König viel Zeit mit ihr verbringen würde. Trost suchend griff sie nach Yvettes Hand.

Herrschaftliche Palais flankierten nun die Straße und zeigten an, dass sie sich Versailles näherten; außerdem gab es unzählige Wirtschaftsgebäude und Lagerhäuser, und Suzanne bekam einen Eindruck davon, wie riesig der königliche Hof tatsächlich war.

Nun ratterte die Kutsche über den Place d'Armes vor dem Schloss und fuhr in den Ehrenhof ein. Diener eilten herbei, behandschuhte Hände streckten sich Suzanne entgegen, dann stand sie auf dem von Fackeln erhellten Hof. Ob der König vom Fenster aus ihre Ankunft beobachtete?

Schon war de Bournonville neben ihr und fasste sie leicht, aber bestimmt am Ellenbogen. Er dirigierte sie zum Eingang, wo ein derartiges Gedränge herrschte, dass sie nicht weiter auffielen. Im Inneren verschlug es Suzanne den Atem. Nie hatte sie so etwas Prächtiges gesehen. Überall glänzte Gold, schimmerte Marmor, funkelte Kristall. Tausende von Kerzen vervielfachten den Glanz. Doch de Bournonville ließ ihr keine Zeit, sich umzusehen, sondern lenkte sie eine Treppe hinauf. Gefolgt von Yvette eilten sie durch lange Gänge und hielten schließlich vor einer schmalen Tür.

»Euer Appartement«, sagte de Bournonville und drückte die Klinke herunter. Suzanne betrat den Vorraum als Erste. Flieder und Vanille waren die vorherrschenden Farben, kombiniert mit violetten Vorhängen. Das Stuckfries an der Decke war versilbert, und auch durch die Tapete zogen sich Silberfäden. An einem Fenster hing an einem Ständer ein Vogelkäfig, in dem ein Kanarienvogel herumhüpfte und virtuose Triller von sich gab.

»Er heißt Lully«, sagte de Bournonville grinsend. »Mein Willkommensgeschenk.«

Suzanne dankte ihm mit einem Kopfnicken. »Wie aufmerksam von Euch.«

»Ihr könnt Euch hier mit Eurer Zofe einrichten«, fuhr der Herzog fort. »Wenn Ihr etwas benötigt, kann sie sich bei den anderen Dienstboten durchfragen. Hier im Vorraum gibt es eine Tapetentür, die zu den Dienstbotengängen führt. Essen kann sie vor dem Schloss bei einem der Händler besorgen oder Ihr bestellt etwas aus einem der Versailler Gasthäuser.« De Bournonville strich sich übers Haar, wie um zu prüfen, ob es glatt lag. Suzanne dachte, wie eingebildet und eitel er doch sei.

»Wenn der König Euch zu sehen wünscht«, fuhr er fort »wird er entweder mich oder seinen Kammerdiener Bachelier schicken.«

»Danke«, sagte sie und neigte den Kopf. Als sie de Bournonville ansah, lag ein leichtes Lächeln auf seinen Lippen. »Sehr anmutig«, sagte er. »Der König hat eine gute Wahl getroffen.«

Nachdem er die Tür hinter sich geschlossen hatte, fühlte Suzanne sich etwas verloren. Der Herzog machte sie nervös, aber er war der einzige Mensch - außer dem König –, den sie hier kannte. Alles war fremd, sie kannte sich mit den Gepflogenheiten in Versailles nicht aus. Dazu kam die Ungewissheit, wann Louis sie zu sich rufen würde.

Sie saß verloren auf einem Sessel, bis Diener ihr Gepäck brachten. Suzanne wies Yvette an, alles auszupacken und dann etwas zu essen zu besorgen.

»Komm aber schnell zurück«, sagte Suzanne besorgt. »Und merk dir den Weg!«

»Ich frage mich schon durch, Mademoiselle.« Yvette konnte es offensichtlich kaum erwarten, das Schloss zu erkunden. Sie nahm einen Kerzenhalter und verschwand durch die verborgene Tür in einen kalten, dunklen Gang.

Allein fühlte Suzanne sich noch einsamer. Nie zuvor hatte sie so stark gespürt, wie sehr ihr Vater und Mutter fehlten. Es gab niemanden, der sie beschützte, niemanden, der sich um sie sorgte, niemanden, dem sie vertrauen konnte. Die Zuneigung des Königs mochte eine Zeitlang anhalten, aber sie wusste, dass es nicht ewig dauern würde. An diesem Abend, allein in dem noch unpersönlichen Appartement, beschloss Suzanne, sich auf niemanden zu verlassen als sich selbst. Sie rief sich in Erinnerung, weshalb sie hergekommen war: um den Namen ihrer Familie reinzuwaschen, so dass sie ihn erhobenen Hauptes tragen konnte.

Ohne Yvettes vertrautes Gesicht wäre dieser erste Abend entsetzlich gewesen. Sie aßen gemeinsam, später las Yvette einige Artikel aus der *Gazette* vor, die sie vom Gasthaus mitgebracht hatte. Suzanne fiel es schwer, zuzuhören, ihre Aufmerksamkeit war auf die Tür gerichtet, bei jedem Geräusch im Korridor zuckte sie zusammen. Aber es kam niemand, und gegen elf Uhr gingen die beiden Frauen zu Bett. Yvette musste mit der Klappliege vorliebnehmen, denn Suzanne war nicht nach Gesellschaft zumute. Sie rollte sich in die Decken und weinte sich leise in den Schlaf wie ein kleines Mädchen.

Mitten in der Nacht schreckte sie auf. Yvette stand vor ihr, eine Kerze in der Hand, und rüttelte sie sanft an der Schulter.

»Madame! Der Kammerdiener des Königs ist da.«

Suzanne war sofort hellwach und sprang aus dem Bett. »Ich muss mich anziehen!«

»Dazu ist bedauerlicherweise keine Zeit, Madame«, sagte eine ruhige Stimme. Ohne um Erlaubnis zu bitten, betrat ein mittelgroßer, unauffälliger Mann das Schlafzimmer. Er verneigte sich knapp und stellte sich als Gabriel Bachelier vor, Kammerdiener des Königs. Er warf Suzanne einen weiten, dunklen Mantel über die Schultern und verhüllte Haare und Gesicht mit der großen Kapuze.

»Aber ich bin gar nicht zurechtgemacht!«, jammerte sie, als Bachelier sie hinausführte. Einen Moment lang fragte sie sich, weshalb sie nicht den diskreten Dienstbotengang benutzten, sagte sich aber, dass niemand sie unter dem Umhang erkennen würde.

»Den König lässt man nicht warten, Madame«, sagte Bachelier liebenswürdig. Suzanne hastete neben ihm durch die Gänge, ihre Pantoffeln klapperten auf dem Marmorboden. Bachelier brachte sie zu einem Appartement im selben Stock, aber auf der

Gartenseite des Schlosses. Es war geschmackvoll eingerichtet, mit cremefarbenen Tapeten und olivgrünen Draperien. Auf Konsoltischen und Wandborden standen zahlreiche antike Statuetten und griechische Vasen, deren Motive Suzanne erröten ließen.

»Sind das des Königs Räume?«, fragte sie schockiert. Bachelier unterdrückte ein Grinsen.

»Nein, Madame, Ihr befindet Euch in der Wohnung des Duc de Bournonville. Der König wird Euch sogleich aufsuchen und bittet Euch, bereits zu Bett zu gehen.«

»Weshalb empfängt mich der König nicht in seinen eigenen Räumen?«, fragte Suzanne verwirrt.

»Ihr kennt Versailles nicht«, sagte Bachelier geduldig. »Wenn bekannt würde, dass der König sich eine Mätresse genommen hat – was er übrigens zum ersten Mal seit seiner Heirat tut –, geriete der ganze Hof in Aufruhr. Verschiedene Gruppen versuchen bereits seit einiger Zeit, dem König ihre jeweiligen Favoritinnen schmackhaft zu machen. Er zieht es darum vor, sein Verhältnis mit Euch zunächst geheim zu halten.«

»Oh«, sagte Suzanne. Sie hatte bisher nicht bedacht, dass der direkte Zugang zum König ihr eine begehrte Sonderstellung eintrug.

»Danke, Bachelier«, sagte sie offen. »Ich werde auch in Zukunft sicher oft auf Euren Rat angewiesen sein.«

»Wann immer Ihr wünscht«, sagte Bachelier lächelnd. »Und wenn ich mir erlauben darf, das zu sagen: Der König hätte keine bessere Wahl treffen können.«

Suzanne erinnerte sich, dass auch de Bournonville etwas Ähnliches gesagt hatte, aber aus Bacheliers Mund klang es viel weniger herablassend, sondern wie ein echtes Kompliment.

Nachdem er gegangen war, betrat Suzanne das angrenzende Schlafzimmer. Ein Baldachin mit dunkelblauen Samtvorhängen hing über dem Bett, an der Wand stand eine intarsierte Kommode, Bilder mit mythischen Motiven zierten die Wände.

Suzanne betrachtete einige von ihnen näher und errötete erneut: Da gab es Faune, die sich mit Nymphen vergnügten, einen Zeus, der sich als Stier über eine angstvolle Europa hermachte, einen Bacchus, dessen steifes Geschlecht von mehreren jungen Frauen liebkost wurde, sowie eine Eos, die sich leidenschaftlich zwei jungen Männern gleichzeitig hingab.

Das also war Alexandres Schlafzimmer. Suzanne starrte auf das breite Bett und fragte sich, welche Orgien es schon erlebt hatte. Dann warf sie den Mantel ab und schlüpfte unter die Decken. Üppige Kissen stützten ihren Rücken, und sie legte sich möglichst verführerisch zurecht. Nur wenige Minuten später hörte sie, wie die Eingangstür geöffnet wurde. Sie zog schnell noch den Ausschnitt ihres Hemdes etwas tiefer, so dass er kaum noch die Brüste bedeckte, und blickte erwartungsvoll zur Tür. Diese öffnete sich, doch im Türrahmen stand nicht etwa der König, sondern der Wohnungseigentümer.

De Bournonville sah Suzanne überrascht an, die aufschrie und die Decke über sich zog. Der Herzog fasste sich sofort und schlug sich an die Stirn.

»Wie konnte ich das nur vergessen!«, rief er theatralisch. »Ich wurde ja gebeten, mir woanders Quartier zu suchen.«

Mit einem ebenso tiefen wie ironischen Diener zog er sich zurück. »Was ich zutiefst bedaure!«, hörte Suzanne ihn noch sagen, dann fiel die Eingangstür ins Schloss.

De Bournonvilles unvermutetes Erscheinen hatte Suzanne vollkommen verstört. Sie versuchte, die Fassung wiederzugewinnen, und drapierte sich erneut, ließ aber diesmal die Brust züchtig bedeckt, falls noch weitere unerwartete Besucher auftauchen sollten. Während sie so dalag, kam ihr der Gedanke, dass de Bournonvilles Erscheinen gar kein Versehen gewesen war, sondern er sich womöglich einen Spaß daraus gemacht hatte, sie zu überraschen. Er war wirklich abscheulich mit seinen obszönen Vasen und Bildern. Ein dekadenter Hedonist, der nur dem Genuss nachjagte und nichts und niemanden ernst nahm.

Dennoch weilten ihre Gedanken jetzt bei ihm statt bei Louis, sie sah sein Geschlecht vor sich, wie Cathérine es aus der Hose befreit hatte, mit dem glänzenden Tropfen an der Spitze, und sie fühlte wieder die brennenden Hiebe, mit denen er sie in Ekstase versetzt hatte. War sie etwa besser als er? Sie war ebenso verdorben, sonst hätte sie nicht genossen, was er mit ihr getan hatte. Wie von selbst stahl sich ihre Hand unter die Decke und strich über die Furche, die nur von dem dünnen Hemdstoff bedeckt wurde. Sie spreizte die Schenkel und rieb sich mit der Spitze des Zeigefingers, de Bournonville vor Augen, seinen kraftvollen nackten Körper, das dunkle Haar vom Schweiß gelockt und die Lippen leicht geöffnet.

Schuldbewusst zuckten ihre Finger zurück, als sie jemanden das Appartement betreten hörte. Leise wurde die Tür geöffnet, dann stand der König vor dem Bett. Suzanne war etwas verlegen, weil sie nicht wusste, wie sie sich verhalten sollte, doch Louis setzte sich ohne Umstände auf den Bettrand und küsste ihre Hände, ihren Hals, ihren Mund. Er roch nach Wein und Rauch, offensichtlich war er bis eben in Gesellschaft gewesen.

»Meine Liebste, ich habe dich warten lassen«, murmelte er. Seine Zunge stahl sich in ihren Mund und entlockte ihr ein Stöhnen.

»Komm.« Er zog Suzanne sanft aus dem Bett. Verwundert folgte sie ihm in den angrenzenden Salon, wo ein Kaminfeuer brannte. Auf einem Tisch standen eine Karaffe mit Wein und zwei Gläser. Der König selbst schenkte ein und reichte ihr ein Glas. Sie trank schnell, und der Wein stieg ihr sofort zu Kopf. Louis nahm ihr das Glas aus der Hand und zog ihr ohne Weiteres das Hemd aus. Nun stand sie nackt vor ihm im Feuerschein.

»Bitte, bleib dort stehen«, sagte er und setzte sich in einen Sessel seitlich vom Kamin. Er betrachtete sie in aller Ruhe, und nach einer Weile bat er sie, ihm den Rücken zuzuwenden und niederzuknien.

»Ich möchte deinen Körper mit den Augen kennenlernen.«

Sie folgte seiner Aufforderung, obwohl sie sich plötzlich ihrer Blöße sehr bewusst war. Die Bewunderung, mit der Louis sie betrachtete, schmeichelte ihr, und sie nahm verführerische Posen ein, um ihm noch mehr zu gefallen.

»Welch herrliche Hinterbacken du hast«, sagte er bewundernd. Seine Worte lösten in Suzanne leises Unbehagen aus: Er hätte ebenso gut über ein schönes Pferd sprechen können. Aber einem König bedeuteten seine Mätressen wohl auch kaum mehr als seine Pferde. Sie nahm sich vor, niemals darauf zu hoffen, dass Louis sie lieben könnte.

Er bat sie nun, die Unterarme auf den Teppich zu stützen, damit er sie ungehindert betrachten konnte.

Unsicher, wie es weitergehen sollte, sah sie den König über die Schulter hinweg an.

»Ich möchte sehen, wie du dich berührst, *ma petite*.« Louis lehnte sich in seinem Sessel zurück und nahm einen Schluck aus seinem Glas, wobei er ihr aufmunternd zunickte.

»Bitte«, sagte sie. »Das kann ich nicht.« Dieses privateste aller Vergnügen vor dem König vorzuführen wie ein Kunststück widerstrebte ihr.

Louis sah sie an, seine Miene war belustigt. »Nicht einmal diesen kleinen Gefallen willst du mir tun?«

»Doch, Sire, ich – es ist nur …«

»Ich wünsche es«, sagte Louis, und diesmal war es ein Befehl. Zögerlich griff Suzanne sich zwischen die Schenkel.

»So ist es gut«, lobte er. »Du bietest einen wundervollen Anblick!«

Als Nächstes sollte sie sich auf den Rücken legen und die Knie anziehen. Wieder wurde ihr befohlen, sich zu streicheln, und diesmal kam sie seinem Wunsch umgehend nach. Jetzt konnte sie Louis ebenfalls ansehen, und das Verlangen in seinem Blick löste ihr Unbehagen auf. Überrascht spürte sie Feuchtigkeit, die ihren Finger benetzte. Nun entwickelte sie den Ehrgeiz, dem König eine gute Vorstellung zu bieten. Sie spielte mit einer Hand an ihrer Scham, mit der anderen zupfte sie sich abwechselnd an den Brustwarzen. Sie bog den Rücken durch und stöhnte, als der kleine Zapfen zwischen ihren Beinen schwoll, und wähnte sich kurz vor dem Höhepunkt, als Louis ihr Einhalt gebot.

»Ich bin erfreut über deine Lüsternheit, aber ich möchte auch noch etwas von dir haben«, sagte er lächelnd.

Er bat sie zu sich und ließ sie seine Hose öffnen. Willig beugte sie sich über Louis' Schoß, um ihn mit dem Mund aufzunehmen. Es dauerte eine Weile, bis sie einen Weg gefunden hatte, an dem dicken Schaft auf und ab zu gleiten und gleichzeitig Luft zu holen. Es erregte sie, so vor dem König zu knien. Ebenso wie er sie für seine Lust benutzte, war er ihr ausgeliefert. Probehalber biss sie zärtlich in seine Eichel. Louis stöhnte auf.

»Kleine Hexe«, sagte er gepresst.

Derart ermutigt zog Suzanne ihm die Hosen ganz aus, ebenso die Strümpfe. Sie musste lächeln: Nur im Hemd sah er gleich viel weniger nach König aus, sondern wie ein ganz normaler junger Mann. Sie kniete sich wieder zwischen seine Beine und umfasste den Degen, den er so bereitwillig präsentierte, mit einer Hand, während sich ihre Zunge dem prallen Beutel darunter widmete. Sie leckte über die leicht geriffelte, zarte Haut und war entzückt, als Louis vor Lust erschauerte.

Er konnte sich nicht mehr zurückhalten, zog sie hoch und auf seinen Schoß. Seine Hände umfassten ihre Hinterbacken, und sie senkte sich über ihn. Als er in sie eindrang, stöhnte sie auf. Sie klammerte sich an seine Schultern und bewegte sich auf und ab, um sich weiter aufzureizen. Er hielt immer noch ihr Gesäß umfasst, und nun schlüpfte unvermutet einer seiner Finger in ihren Hintereingang. Suzanne küsste Louis wild auf den Mund, Erregung stieg in ihr hoch wie dunkler Wein. Er wusste genau, wie und wo er sie berühren musste, um ihre Begierde anzustacheln. Jetzt stand er auf, ohne sie loszulassen, und trug sie ins Schlafzimmer hinüber. Keuchend schlang Suzanne die Beine um seine Hüften. Ohne sich voneinander zu lösen fielen sie auf das Bett. Louis war nun über ihr, und sie bewunderte wieder das Muskelspiel unter seiner Haut. Er hatte die Augen geschlossen und trieb sein Glied mit langsamen, aber kraftvollen Stößen in sie hinein, bis Suzanne glaubte, vor Lust ohnmächtig zu werden. Sie schloss ebenfalls die Augen und gab sich ganz ihren Empfindungen hin. Louis bewegte sich so geschickt, dass er einen Punkt in ihr reizte, der ihre Lust sich immer weiter auftürmen ließ, eine Welle, die stetig höher wurde, ohne zu brechen. Suzanne schrie unter ihm und riss an den Laken. In dem Moment, in dem er sich ergoss, presste er seine Lippen auf ihren Mund, und jetzt konnte auch Suzanne sich nicht länger halten. Sie wurde davongerissen, während er ruhig in ihr verharrte. Sie schlug mit dem Kopf hin und her und biss vor Lust in ein Kissen. Es kam ihr vor wie eine Ewigkeit, sie hatte jede Beherrschung über ihren Körper verloren, der sich in einem langgezogenen Höhepunkt wand. Danach streichelte Louis lange ihr Haar und hielt sie in den Armen. Er lächelte zufrieden. »Von nun an bin ich der Einzige für dich, *ma petite.*«

Als Suzanne aufwachte, floss Licht ins Zimmer. Wieder war der König gegangen, ohne dass sie es gemerkt hatte. Sie aber lag noch immer nackt in de Bournonvilles Bett und hatte keine Ahnung, wie sie in ihr eigenes Appartement zurückkommen sollte. Das einzige Kleidungsstück, das zur Verfügung stand, war ihr dünnes Hemdchen, das irgendwo herumliegen musste. Wohl kaum die passende Bekleidung, um am helllichten Tag durch die Gänge von Versailles zu promenieren. Sie sah sich nach dem Mantel um, aber der war verschwunden. Sie wickelte sich kurzerhand in ein Laken und tappte ins angrenzende Zimmer, um wenigstens ihr Hemd zu holen. Auf der Schwelle hielt sie inne.

»Guten Morgen«, sagte de Bournonville, ohne aufzublicken. Er saß in einem Polstersessel, las die *Gazette* und frühstückte.

»Setzt Euch, sicher seid Ihr hungrig.«

»Ich habe aber nichts an«, antwortete sie hilflos, und der Herzog hob endlich den Blick.

»Stellt Euch doch nicht an wie eine Nonne«, sagte er und wies mit dem Kinn auf den zweiten Sessel am Tisch.

»Habt Ihr nicht wenigstens einen Hausmantel für mich?«, bat sie. Wie verwirrend, so vor ihm zu stehen, völlig zerzaust und beinahe nackt! Umso mehr, da er sie nicht einmal richtig ansah.

De Bournonville knurrte verärgert, stand aber auf, ging zu einer Kommode und zog einen dunkelblauen Samtmantel heraus. Suzanne nahm ihn so würdevoll wie möglich entgegen und huschte ins Schlafzimmer, um ihn anzuziehen. Als sie zurückkam, fühlte sie sich der Lage etwas besser gewachsen.

Sie setzte sich dem Herzog gegenüber und ließ zu, dass er ihr Kaffee einschenkte und eine Pastete auf den Teller legte. Er vertiefte sich sofort wieder in seine Zeitung, was ihr erlaubte, ihn zu beobachten. Offensichtlich hatte er sich noch nicht rasiert, unter seinen Augen lagen dunkle Schatten, und in seinem Haar klebten Strohreste.

»Ihr seht aus, als hättet Ihr in einem Stall geschlafen!«, platzte sie heraus.

»Was wahrscheinlich daran liegt, dass ich in einem Stall geschlafen habe«, brummte der Herzog.

»War denn keine der Damen von Versailles bereit, Euch ihr Schlafgemach zu öffnen?«

Jetzt sah er sie an. Er zog die Augenbrauen zusammen, und Suzanne fürchtete, zu weit gegangen zu sein, da sagte er ruhig:

»Ich werde nicht schlau aus dir, Kätzchen: Einmal gibst du die Unschuld vom Lande, und Minuten später redest du daher wie eine raffinierte Verführerin. Wer bist du nun wirklich?«

Seine Offenheit erforderte eine ehrliche Antwort.

»Ich weiß es nicht«, erwiderte Suzanne. »Aber wenn ich mit Euch rede, schlüpfen mir wie von selbst Antworten aus dem Mund, die ich nicht einmal gedacht habe.«

»Du bist gefährlich, Kätzchen. Gnade Gott uns Männern, wenn du erst einmal zu einer Tigerin ausgewachsen bist.«

»Ich bin nicht Euer Kätzchen, vergesst das nicht«, sagte sie so hochnäsig wie möglich und trank von ihrem Kaffee. Er war so heiß, dass sie sich die Zunge verbrannte, und es kostete sie einige Selbstbeherrschung, sich nichts anmerken zu lassen.

»Heiß, der Kaffee, nicht wahr?«, sagte de Bournonville grinsend.

»Überhaupt nicht«, entgegnete sie schnippisch und biss herzhaft in die Pastete. Erst beim Kauen merkte sie, dass sie regelrecht ausgehungert war, und verschlang das Gebäck mit wenigen Bissen.

»Esst, Mademoiselle, Ihr scheint mir ausgelaugt«, spottete der Herzog.

»Allerdings«, schoss Suzanne zurück. »Aber sagt: Vertraut der König Euch so sehr, dass er seine halb nackte Mätresse mit Euch alleine lässt, oder habt Ihr Euch hier eingeschlichen?«

»Da dies meine Wohnräume sind, kann man wohl kaum von Einschleichen sprechen«, entgegnete de Bournonville. »Außerdem hat der König mich gebeten, mich um Euch zu kümmern, denn er selbst muss leider Frankreich regieren – falls Ihr das im Sinnenrausch vergessen habt.«

»Ich hoffe sehr, der König hat mit Euch nicht den Bock zum Gärtner gemacht«, rutschte ihr heraus, und sie verfluchte ihre Zunge, die solche Dinge sagte, bevor sie nachgedacht hatte.

Der Herzog sah sie verdutzt an, dann lachte er schallend, und nach einigen Augenblicken stimmte sie ein.

»Keine Sorge, Kätzchen«, sagte er. »Ich werde meinem König und Freund nicht in die Quere kommen.«

Er neigte sich über den Tisch und zog den Hausmantel zurecht, der über Suzannes Brust etwas verrutscht war.

»Ihr botet übrigens einen reizenden Anblick, als ich hereinkam: Die Decke zur Seite geglitten, Euer hübsches Hinterteil in die Luft gereckt – es war nicht ganz leicht, der Versuchung zu widerstehen …«

»Das habt Ihr Euch ausgedacht!«, rief Suzanne empört. »Als ich aufwachte, war ich zugedeckt.«

»Weil ich das Laken über Euch gezogen habe«, parierte de Bournonville grinsend, und Suzanne schoss heiße Röte ins Gesicht.

»Ich weiß nicht, wie der König auf den Gedanken kommt, ich wäre in Eurer Gesellschaft sicher«, sagte sie.

De Bournonville sah ihr in die Augen. Es fiel ihr schwer, seinem Blick standzuhalten.

»Ich versichere Euch, Mademoiselle Unschuld, ich werde Euch nicht anrühren«, sagte er. »Es sei denn, Ihr bittet mich auf Knien darum.«

»Nun, dann mache ich mir keine Sorgen«, sagte sie so selbstsicher, wie sie konnte. »Das wird niemals passieren. Und jetzt seid so freundlich, nach meiner Zofe zu rufen, damit sie mir ein Kleid bringen kann.«

Das Kätzchen zeigt die Krallen

Yvette gewöhnte sich so schnell in Versailles ein, dass nach wenigen Wochen niemand geglaubt hätte, dass sie nicht schon immer dort gelebt hatte. Sie kannte jeden, der in der Rangfolge der Dienstboten wichtig war, und hatte sich eine äußerst vornehme Art zugelegt. Sie selbst herrschte jetzt über eine kleine Schar von Bediensteten, denn eines Morgens hatten ein junger Mann in Livree und zwei junge Frauen bei Suzanne vorgesprochen. Nun verfügte Suzanne über einen Diener, eine Wäscherin und eine Putzfrau, die das Appartement in Ordnung hielt. Abends verschwanden sie in ihre Quartiere, die irgendwo in den fensterlosen Zwischengeschossen des Schlosses lagen.

Auch einen neuen Liebhaber hatte Yvette bald gefunden. Pierre war ihrer Meinung nach nicht mehr standesgemäß für sie – und außerdem viel zu weit entfernt. Sie hatte dem Kutscher der Herzogin von Ventadour den Kopf verdreht.

»Mademoiselle, er ist prachtvoll«, schwärmte Yvette. »Er führt seine Lanze unermüdlich, es ist geradezu übermenschlich!«

»Genug!«, rief Suzanne lachend. »Ich freue mich, dass du dich vergnügst, aber mehr will ich gar nicht hören!«

Suzanne fiel es schwerer, sich dem Hofleben anzupassen. Anfangs war sie so unsicher, dass sie kaum wagte, ihr Appartement zu verlassen. Sie war froh, dass sie nicht an den größeren Veranstaltungen teilnehmen durfte, weil sie dem Königspaar noch nicht offiziell vorgestellt worden war. Die Etikette schien ihr nur aus Fallstricken zu bestehen, und sie ahnte, dass sie noch viel Übung brauchte, um nicht zu straucheln. Das Leben in Versailles war in jeder Minute des Tages öffentlich, überall lauerten Augen darauf, dass jemand einen Fauxpas beging und sich zum Gespött machte. Ihre Ankunft war nicht unbemerkt geblieben. Wenn sie im Park spazieren ging, spürte sie, wie man die Köpfe zusammensteckte, wie hinter aufgeklapptem Fächer über sie getuschelt wurde.

Den König traf Suzanne nur nachts. Tagsüber sah sie ihn allenfalls aus der Ferne, wenn er nach dem Mittagessen zur Jagd aufbrach. Am nächsten kam sie ihm während der Treffen im Appartement der Madame de Toulouse, die Louis gerne besuchte, weil es weniger förmlich zuging als am Hof üblich. Aber er gab niemals ein Zeichen, dass er sie erkannte, es war so, als wäre sie Luft für ihn, was sie oft traurig machte, wenn sie es auch verstand. De Bournonville hingegen war so häufig an ihrer Seite, wie sein Dienstplan zuließ. Sie nahm an, dass Louis ihn angewiesen hatte, auf sie aufzupassen, und inzwischen hatten sie eine Art Waffenstillstand geschlossen. Er gab sich friedfertig, brachte ihr das Schachspiel bei und erklärte ihr geduldig, wer welche Funktion am Hof innehatte. Er zeigte ihr die Schlossgärten, ritt mit ihr aus, und abends begleitete sie ihn zu Madame de Toulouse oder zum Kartenspiel bei Madame de Morency. Suzanne lauschte aufmerksam allen Gesprächen, denn sie hatte noch immer das Ziel, mehr über ihren Vater herauszufinden, sobald sie in der Hofgesellschaft etabliert wäre. Nach und nach knüpfte sie Bekanntschaften und begann die unsichtbaren Fäden zu erkennen, die die Höflinge miteinander verbanden wie ein dicht gesponnenes Netz.

Dazu trug auch Louise-Anne bei. Die Cousine des Königs führte sie in einen Kreis von jungen Frauen ein, unter ihnen auch Hofdamen der Königin. Man traf sich in den Gärten, um sich mit albernen Spielen zu unterhalten, besuchte Grotten und Springbrunnen, las sich gegenseitig aus den neusten Romanen vor und tauschte Neuigkeiten aus: Dem steinalten Duc de Chambery war während dem öffentlichen Mittagsmahl des

Königs ein Darmwind entfahren, worauf er sich genötigt gesehen hatte, sich aufs Land zurückzuziehen. Unter der Marquise de Vilancourt war ein Taburett zusammengebrochen, und sie hatte dabei ihr Schoßhündchen zerquetscht, das darunter gelegen hatte. Der Comte de Cholet hatte sich mit einem jungen Gärtner in der Orangerie erwischen lassen, und nun kicherte der ganze Hof über seinen faltigen Hintern. Nichtigkeiten und Intrigen, Naschzeug und Eitelkeiten bestimmten das Leben der jungen Frauen. Über Krankheiten wurde nur im Flüsterton gesprochen, und als die Comtesse de Valognes am Genuss zu vieler Austern starb, ging man zu ihrem Begräbnis und vergaß sie dann, als hätte es sie nie gegeben.

Im Kreis der jungen Frauen um Louise-Anne begegnete Suzanne auch der schönen Cathérine wieder, von der sie inzwischen wusste, dass sie die Marquise de Guise-Lorraine war. Sie befand sich im Park und sprach gerade mit der Comtesse de Mailly, als Suzanne vorüberkam. Ohne nachzudenken trat sie näher und begrüßte beide. Die Comtesse de Mailly grüßte freundlich zurück, doch Cathérine sah sie nur schweigend an, als wäre Suzanne eine Bettlerin, die sie belästigte. Das verunsicherte Letztere so sehr, dass ihre Reverenz ein wenig wackelig ausfiel. Cathérines Mundwinkel zuckte verächtlich, und sie wandte sich wieder ihrer Gesprächspartnerin zu. Suzanne stand da wie mit kaltem Wasser übergossen. Ihr blieb nichts anderes übrig, als sich zurückzuziehen. Sie war verwirrt: Weshalb war die Marquise so abweisend zu ihr?

Erst einige Tage später hatte sie Gelegenheit, Cathérine erneut anzusprechen, als sie unvermutet in einem stillen Boskett des Schlossparks aufeinander trafen, das von hohen Hecken umgeben war und in dessen Mitte ein Springbrunnen plätscherte. Sie waren ganz allein, und Suzanne hoffte, dass Cathérine deshalb zugänglicher wäre.

»Madame.«

Cathérine nickte beinahe unmerklich, wobei in ihrem Blick

so viel Abneigung lag, dass Suzanne sich wünschte, sie wäre einfach weitergegangen. Cathérine, obwohl kleiner als sie, brachte es fertig, auf sie herabzusehen, als sie zischte: »Bildet Euch nur nicht ein, meinen Platz einnehmen zu können!«

»Nichts läge mir ferner«, antwortete Suzanne, die nicht verstand, was Cathérine meinte.

»Dann verschwindet wieder in das Loch, aus dem Ihr gekrochen seid! Der Duc de Bournonville gehört mir!« Cathérine warf den Kopf zurück. »An Euch hat er vielleicht seinen Spaß, aber wenn die Katze die Lust an der Maus verloren hat, bricht sie ihr das Genick, vergesst das nicht!«

»Aber ich bin doch …!« Gerade rechtzeitig fiel ihr ein, dass niemand wissen durfte, dass sie die Geliebte des Königs war. Aber wie konnte sie Cathérines Zorn beschwichtigen?

Sie versuchte es mit einem Lächeln. »Ich versichere Euch, dass ich nicht vorhabe, Euch de Bournonville wegzunehmen.«

Aber Cathérines Augen wurden noch schmaler. »Ich falle nicht auf Euer unschuldiges Gehabe herein. Ihr wisst sehr wohl, dass Ihr ihn mir bereits genommen habt! Nicht einmal hat er mich zu sich gerufen, seit Ihr in Versailles seid.« Cathérines Mund verzog sich, sie richtete den Blick auf den Boden. Suzanne fühlte Mitleid mit der jungen Frau, fand sie doch selbst, dass der Herzog und Cathérine hervorragend zusammenpassten: Beide waren wild und besitzergreifend, von hitzigem Temperament hinter einer kühlen Fassade. Unwillkürlich stiegen in Suzanne Bilder jener Nacht auf, in der Julien sie zu Alexandre gebracht hatte, und ihr Herz schlug schneller. Sie spürte eine Sehnsucht, ein Ziehen zwischen ihren Beinen, wie immer, wenn von de Bournonville die Rede war. Einen Moment gab sie dem Gefühl nach und verdrängte es dann ärgerlich. Sie hatte an den König zu denken, nicht an den Kommandeur seiner Leibwache!

Auch Cathérine hatte den Augenblick der Schwäche überwunden. Sie richtete sich auf, ihre schönen Lippen zusammengepresst, funkelte sie Suzanne an.

»Untersteht Euch, mich noch einmal anzusprechen, sonst kratze ich Euch die Augen aus!«

Suzanne blickte ihr nach, bis ihr rotes Haar zwischen den Eibenhecken verschwand. Ihre Knie fühlten sich plötzlich weich an, und sie lehnte sich gegen einen Marmorsockel. Kaum in Versailles angekommen war es ihr gelungen, sich eine mächtige Feindin zu schaffen. Von nun an würde sie auf jeden ihrer Schritte achten müssen.

Louis rief Suzanne nun beinahe jede Nacht zu sich, meist erst nach Mitternacht, wenn er vom Kartenspiel, einer Theateraufführung oder einer Festlichkeit zurückkehrte. Im Bett gab er ebenso viel, wie er forderte, und Suzanne genoss die unzähligen Spielarten der körperlichen Liebe, denen sie sich hingaben. Sie studierte Louis' Reaktionen und wusste bald, wie sie ihm den größten Genuss verschaffen konnte. Stets darauf bedacht, ihn zu erfreuen und zu überraschen, legte sie jede Scham ab. Sie kam gar nicht mehr auf den Gedanken, sich zu fragen, ob sie Louis liebte. Er war der König, ganz Frankreich liebte ihn, und seine Geliebte zu sein war ein Privileg, für das die meisten Frauen mit Freuden eine Hand oder auch beide geopfert hätten.

Um »unerwünschte Folgen« ihrer Beziehung mit dem König zu vermeiden, hatte Suzanne von Louise-Anne einen kleinen Schwamm erhalten, den sie sich, mit Honig und Zitronensaft getränkt, einführte, bevor sie zu Louis ging. Wenn sie dem König nicht mehr zur Verfügung stehe, könne er leicht das Interesse an ihr verlieren, hatte die Freundin sie gewarnt. Suzanne folgte ihren Ratschlägen. Sie wusste wohl, dass ein königlicher Bastard ihr ein lebenslanges Auskommen gesichert hätte, aber eine Schwangerschaft barg auch die Gefahr, gegen eine andere Frau ausgetauscht zu werden. Sie zog es vor, weiter die Nächte mit Louis zu genießen.

Sie trafen sich stets in de Bournonvilles Räumen, wo Suzanne sich bald mehr zuhause fühlte als in ihren eigenen. An die trivolen Dekorationen hatte sie sich gewöhnt, und sie mochte die männliche Eleganz der Einrichtung. Dennoch hätte sie gerne einmal Louis' Privaträume gesehen, denn sie fühlte sich seltsam ausgeschlossen aus dem Leben ihres königlichen Liebhabers, und er schien nicht daran zu denken, das zu ändern. Immer häufiger fragte sich Suzanne, ob er jemals vorhatte, sie zu seiner offiziellen Mätresse zu machen.

Umso glücklicher war sie, als de Bournonville ihr eine Einladung nach La Muette, dem bevorzugten Jagdschloss des Königs, überbrachte. Nur Louis' engste Freunde waren dort zugelassen, darunter nur sehr wenige Frauen.

De Bournonville begleitete sie, und Suzanne war erstaunt über die gänzlich andere Atmosphäre, die in La Muette herrschte. Es gab keine Etikette, kein Zeremoniell. In den Salons saßen junge Männer in nachlässiger Kleidung auf den Sofas, legten die Füße auf die Armlehnen, lasen Romane, tranken Armagnac, zeichneten, musizierten, diskutierten. Und das Erstaunlichste war, dass Louis sich unter sie mischte wie ein Gleicher unter Gleichen. Suzanne war schockiert, als sie sah, dass er eigenhändig den Kaffee für sich und seine Freunde aufbrühte!

De Bournonville an ihrer Seite lachte leise, ein sanftes Grollen, das Suzannes Ohr kitzelte.

»Hier darf selbst der König einmal Mensch sein«, sagte er. »Und wer wollte es ihm verübeln? Außer Kardinal Fleury und den alten Weibern von Versailles.«

Abends fand man sich an drei langen Tischen zusammen. Die Flügeltüren zum Park hin waren weit geöffnet, und der Frühling schickte einen intensiven Jasminduft in den Speisesaal. Es mochten etwa sechzig Gäste anwesend sein. Wieder ging es ganz ungezwungen zu; es gab keine Tischordnung, jeder suchte sich den Platz aus, der ihm zusagte. Zu den wenigen Frauen unter den Anwesenden gehörten Louise-Anne de Bourbon und Cathérine de Guise-Lorraine. Letztere, unerhört schön in einem smaragdgrünen Kleid, saß am anderen Ende von Suzannes

Tisch und versuchte, ihre Blicke in Dolche zu verwandeln, um ihre Widersacherin auf der Stelle zu töten, denn ganz selbstverständlich hatte de Bournonville sich neben Suzanne platziert.

»Warum gibt es fast nur Männer hier?«, flüsterte sie de Bournonville zu.

Er neigte sich zu ihr, so dass ihre Nasen sich beinahe berührten. »Weil man sich in Anwesenheit der meisten Damen gut benehmen muss«, antwortete er, Schalk in den Augen. Er grinste, wobei sie Gelegenheit hatte, aus nächster Nähe das erstaunliche Grübchen zu bewundern, das sein Gesicht auf so liebenswerte Weise veränderte, wenn er lächelte.

»Ich gehöre also nicht zu den Damen, in deren Gegenwart man sich gut benehmen muss?« Sie spielte die Beleidigte und hielt sich ihren Fächer vors Gesicht.

»Du gehörst zu den Damen, in deren Gegenwart man sich nicht gut benehmen darf.« De Bournonvilles Gesicht kam noch näher, sein Atem streifte ihre Wange, und seine Lippen waren nur wenige Zentimeter von ihren entfernt. Unwillkürlich sog sie seinen Geruch ein und schloss kurz die Augen.

»Vorsicht, Kätzchen«, sagte er leise. »Sonst fresse ich dich mit Haut und Haar.«

Suzanne fuhr zurück und sah sich rasch um, aber alle Anwesenden waren ins Gespräch vertieft. Der König selbst war anscheinend nicht im Raum. Erleichtert atmete sie aus.

»Leere Drohungen!«, sagte sie schnippisch. Ihr Gesicht war heiß, und sie wedelte heftig mit ihrem Fächer, um zu verbergen, wie aufgelöst sie war. Was war nur los mit de Bournonville? Dieses Scheusal nutzte jede Gelegenheit, sie verlegen zu machen!

Sie war froh, dass nun Louise-Anne herüberkam und sie von der Tafel fortzog.

»Kommt, gehen wir in die Küche und sehen nach, wo die Vorspeise bleibt!«

Verwirrt folgte Suzanne ihrer Freundin. Die Welt in La Muette schien auf dem Kopf zu stehen. In Versailles hätte kein

Adeliger sich so weit erniedrigt, die Küchen aufzusuchen! Die Küche lag ganz in der Nähe des Speisesaals im hinteren Teil des Schlosses. Unter dem hohen Gewölbe wieselten Küchenjungen hin und her, von den Befehlen der Köche gejagt, rupften plappernde Mägde Gänse, dass die Federn flogen, trugen Knechte Käselaibe auf Holzstangen herbei. Im Zentrum des Geschehens befand sich ein riesiger Kamin, über dessen Feuer sich ein ganzes Kalb drehte. Zischend tropfte das Fett ins Feuer. Suzanne hielt die Nase in den Strom köstlicher Gerüche, von denen die warme Luft erfüllt war. Louise-Anne, mit roten Wangen, zog sie mitten in das Gewühl hinein. An einem Herd hantierte ein junger Mann mit mehreren großen Töpfen, ihm wurde von drei Küchenjungen und zwei Köchen assistiert. Suzanne glaubte ihren Augen nicht zu trauen: Es war Louis, der sich jetzt zu ihnen umdrehte, das Hemd voller Soßenspritzer, die Ärmel bis zum Ellbogen hochgekrempelt. Sein Gesicht strahlte, Suzanne hatte ihn noch nie so glücklich und entspannt gesehen.

»Ah, die beiden Küchenmägde, die ich angefordert hatte!«, scherzte er. Und ehe sie sich versah, hatte Suzanne einen Kochlöffel in der Hand und rührte in einem gusseisernen Topf, in dem eine herrlich riechende Soße vor sich hin köchelte.

»Nicht anbrennen lassen!«, ermahnte sie der König. Er legte ein Dutzend gefüllte Wachtelbrüstchen in eine Pfanne vom Durchmesser eines Wagenrades und befahl Louise-Anne, sie rechtzeitig herumzudrehen. Dann schnupperte er an den frischen Kräutern, die ein Küchenjunge gehackt hatte, nickte und schüttete sie in Suzannes Soßentopf. Dabei berührten sich ihre Schultern, und völlig unerwartet drückte Louis ihr einen Kuss auf den Hals. Suzanne war dermaßen überrascht, dass sie das Umrühren vergaß. Gleich darauf schrie sie auf, denn der König hatte sie derb am Hinterteil gepackt. Dann musste sie selbst über ihren Schreck kichern. Sie sah Louis an, und die Freude in seinen Augen riss sie mit. Er war so herrlich jungenhaft, so ganz er selbst, dass man ihn einfach lieben musste.

»Draußen fängt die Meute schon an zu kläffen, wo das Essen bleibt«, bemerkte Louise-Anne, die eifrig Wachtelbrüstchen wendete.

»Dann wollen wir sie nicht warten lassen, sonst zertrümmern sie womöglich die Möbel«, sagte Louis.

Er nickte dem Koch zu, der seinen Platz am Herd einnahm, und hakte seine Cousine und Suzanne unter. Noch nie war er so kameradschaftlich mit ihr umgegangen, und sie genoss das Gefühl, ihm so nah zu sein.

»Liebe Cousine«, Louis neigte sich zu Louise-Anne, »du musst mich bei den anderen entschuldigen, ich muss mich noch umkleiden.« Louise-Anne drohte ihm spielerisch mit dem Finger, ehe sie in Richtung Speisesaal ging. Suzanne wollte ihr folgen, aber Louis ließ sie nicht los. Verwirrt sah sie zu ihm auf.

»Ich brauche vielleicht ein wenig Hilfe«, sagte er grinsend und führte sie die Stufen hinauf.

In seinen Räumen trafen sie auf Bachelier, der sich diskret zurückzog, sobald er Suzanne erblickte. Mit einem leisen Klicken schloss sich die Tür; sie war mit dem König allein. Louis zog sie in seine Arme und küsste sie. Seine Zunge war hart und gierig, drang tief in ihren Mund, und sie stöhnte auf. Ihre Hände fuhren in sein offenes Hemd und über seine Brust, dann zerrte sie ihm das Hemd über den Kopf. Der Anblick seines kraftvollen Oberkörpers entfachte wie immer ihre Begierde, und sie ließ ihre Zunge über seine Haut gleiten, biss ihn leicht, während sie immer weiter nach unten glitt. Louis legte seine Hand auf ihren Kopf und drückte sie auf die Knie. Die Ausbuchtung in seiner Hose befand sich nun genau vor ihren Augen, und als er die Hosenbänder gelöst hatte, sprang sein Glied heraus und tippte an ihre Lippen. Folgsam öffnete sie den Mund und lutschte an der dunkelroten Kuppe. Am liebsten hätte sie sich sofort aufs Bett geworfen, aber Louis hielt sie fest und glitt mit gemächlichen Bewegungen in ihren Mund und wieder hinaus. Sie gab ein ersticktes Seufzen von sich. Diese Knebelung war köstlich, und ihre Zunge bekam den salzigen Geschmack der ersten Tropfen zu kosten. Mit den Händen umklammerte sie Louis' Hinterbacken, die sich im Rhythmus seiner Stöße kraftvoll zusammenzogen. Sie gierte danach, von ihm ausgefüllt zu werden, aber sie hatte natürlich seinen Wünschen zu folgen. Als könnte er ihre Gedanken lesen, zog Louis sie hoch. Er drehte sie mit dem Rücken zu sich und knabberte an ihrem Hals, während seine Hände in ihr Korsett glitten. Ein kleiner Ruck genügte, und ihre Brustwarzen lagen frei. Suzanne glaubte, keinen Moment länger ertragen zu können, dass er nicht in ihr war, und zog ihn zum Bett hinüber. An der Bettkante spürte sie seine Hand im Nacken. Sie wurde nach unten gedrückt und stützte sich mit den Unterarmen auf die Matratze. Louis machte sich an ihren Röcken zu schaffen und stülpte ihr den Wust aus Seide und Batist über den Kopf. Die plötzliche Frische an ihrem Unterkörper ließ Suzanne erschauern. Ihr Kopf dagegen war in den Röcken gefangen, sie sah nur die blaue Seide ihres Kleides und hörte ihr eigenes Keuchen. Ihr Hinterteil ragte in die Luft, und sie hoffte inständig, dass Louis dieser Versuchung nicht widerstehen konnte. Ohne weitere Umstände packte er ihre Hüften und drang mit einem einzigen Stoß in sie ein. So grob hatte er sie noch nie genommen, und sie genoß jede Sekunde davon. Er hielt sich ruhig, bis Suzanne es nicht mehr ertrug und begann, ihren Hintern lüstern in seine Richtung zu stoßen. Sie bewegte die Hüften vor und zurück, ihre geschwollene Scham glitt an seinem Schaft entlang, und jetzt legte er einen Finger auf ihren kleinen Zapfen und rieb ihn sanft. Sie geriet ins Schwitzen, allmählich wurde auch die Luft unter all dem Stoff knapp. Aber Louis dachte gar nicht daran, es ihr leichter zu machen. Er rührte sich nicht, unterstützte nur mit einer Hand an ihrer Hüfte den Rhythmus und reizte sie mit der anderen. Die Arbeit überließ er ihr. Kurz dachte Suzanne daran, wie unanständig sie aussehen musste mit ihrem nackten Unterleib, während ihr restlicher Körper verdeckt blieb. Ihre

Stöße wurden schneller und kürzer, sie benutzte Louis' Glied wie ein mechanisches Spielzeug, um sich zum Höhepunkt zu bringen. Sie war nur noch ein Körper, der sich nach Erfüllung sehnte. Noch nie hatte Louis sie dermaßen außer sich gebracht. Endlich begann auch er zuzustoßen. Suzanne hoffte, dass die Röcke genug dämpften, um ihre Schreie nicht bis ins Vorzimmer zu tragen, wo Bachelier wartete. Sie spürte nichts mehr außer ihrer *chatte* und Louis' Schwanz darin. Endlich brach ihr Höhepunkt durch die Mauer aus Lust, ihr Unterleib stieß sich ihm noch einmal entgegen. Sie spürte, dass auch er so weit war, und ließ sich gehen. Louis zog sie so dicht wie möglich an sich heran, wärend er sich ergoss.

Suzannes Beine zitterten, als Louis sie losließ, fiel sie auf das Bett. Er half ihr, ihre Röcke wieder in Ordnung zu bringen, und lachte, als er ihre vollkommen zerstörte Frisur sah. Suzanne fühlte sich ein wenig verletzt: Schließlich war er es gewesen, der sie in diesen Zustand versetzt hatte. Der König säuberte sich mit einem Taschentuch und brachte sein Geschlecht wieder in seiner Hose unter. Er schien nicht im Geringsten angestrengt, während Suzanne schweißgebadet war. Seine Augen leuchteten, als er sich herunterbeugte, um ihr einen Kuss auf die Nase zu geben.

»Ich gehe nach unten, sonst können sie das Essen nicht auftragen. Bachelier bringt dich in deine Räume. Warte ein wenig, bevor du hinuntergehst, um unser Geheimnis zu wahren.«

Suzanne nickte schwach. Sie glaubte nicht, dass sie imstande sein würde, bis zu ihrem Zimmer zu laufen.

Eine Stunde später fühlte sie sich wieder bei Kräften. Yvette hatte sie erfrischt, frisiert und geschminkt und ein neues Kleid für sie herausgesucht, diesmal in hellem Olivgrün, das wunderbar zu Suzannes braunem Haar passte. Als Schmuck trug sie nur ein breites, mit winzigen Diamanten übersätes Halsband, Louis' Geschenk. Sie ging nach unten und hörte schon auf der Treppe lautes Stimmengewirr und Gläserklingen aus dem Speisesaal. Die Lakaien zogen die Türen auf, und sie trat über die Schwelle, blieb aber sogleich wieder stehen bei dem Anblick, der sich ihr bot.

Louis stand auf dem Tisch, das Glas hoch erhoben, und sämtliche Anwesenden standen auf ihren Stühlen.

»Auf die schöne Unbekannte!«, rief Louis und leerte sein Glas bis zur Neige. Die anderen taten es ihm nach, dann wurden Rufe laut wie: »Nun hör sich das einer an!«, »Hat der König etwa endlich eine Mätresse?«, »Los, die Wahrheit, Eure Majestät!« Louis aber hüllte sich in Schweigen, stieg vom Tisch und lächelte zufrieden. Sein Blick streifte Suzanne, und er nickte ihr unmerklich zu. Ihr Herz stockte: Vor aller Augen hatte er auf ihr Wohl getrunken! Verlegen huschte sie zu ihrem Platz und hoffte, niemand käme darauf, in ihr die »schöne Unbekannte« zu vermuten. Im ganzen Saal gab es außer ihr und dem König nur einen Menschen, der ihr Geheimnis kannte, und neben dem nahm sie nun Platz. De Bournonvilles Augen waren glasig, als er sich ihr zuwandte.

»Ihr werdet die Güte haben, einmal in Eurem Leben Euren Kommentar hinunterzuschlucken«, fuhr Suzanne ihn an, und er zuckte übertrieben ängstlich zurück.

»Oho, das Kätzchen zeigt seine Krallen!«

»Hört sofort auf, mich Kätzchen zu nennen, sonst werdet Ihr meine Krallen zu spüren bekommen!«

»Nichts wäre mir lieber.« Er erhob sich und verneigte sich leicht schwankend.

»Ihr seid ja völlig betrunken!«

»Alle hier sind betrunken«, nuschelte der Herzog. Er blinzelte, als ob ihm die Sonne ins Gesicht schiene.

»Ihr seid der Kommandeur der königlichen Leibgarde!«, empörte sich Suzanne. »Was, wenn ich oder Seine Majestät Euren Schutz brauchen?«

De Bournonville setzte sich wieder. »Dann werde ich sofort

wieder nüchtern«, sagte er mit normaler Stimme und grinste frech.

»Dafür hättet Ihr eine Ohrfeige verdient! Ihr seid und bleibt ein Ekel!«

»Aber du bist darauf reingefallen!«, spottete er.

»Ihr seid ausgesprochen kindisch!«

»Ich habe Euch vermisst«, flüsterte er. »Wo seid Ihr nur gewesen?«

»Wo immer ich war, ich habe jedenfalls das Abendessen versäumt.«

Alexandre winkte einen Diener herbei, flüsterte mit ihm, und wenige Minuten später standen vor Suzanne mehrere Teller voller Köstlichkeiten, darunter die gefüllten Wachtelbrüstchen. Da inzwischen eine mehr als beschwingte Stimmung herrschte, tat Suzanne sich keinen Zwang an und fiel über die Speisen her, als hätte sie tagelang gehungert.

»Danke!« Sie warf einen Seitenblick auf de Bournonville, der ihr amüsiert zusah. Ihr wurde bewusst, dass sie inzwischen tatsächlich so etwas wie Freunde geworden waren. In gewisser Weise vertraute sie ihm. Konnte sie ihn nach dem Geheimnis fragen, das ihren Vater umgab? An Louise-Anne wollte sie sich nicht wenden; ihre weibliche Intuition würde ihr verraten, dass Suzanne nicht nur von Neugier getrieben wurde.

Ohne ihre Mahlzeit zu unterbrechen, sagte sie in leichtem Ton: »Unterhaltet mich ein bisschen, Herzog. Ich hörte neulich über eine Verschwörung sprechen, die den Herzog von Orleans stürzen sollte. Eine wirklich aufregende Geschichte.«

Er schnaubte. »Eine uralte Geschichte!«

»Mich interessieren Verschwörungen brennend«, beharrte Suzanne und schlürfte eine Auster. »Was ist damals geschehen?«

»Wie Ihr wünscht, Madame de Montfort.« Der Herzog stützte sein Kinn in die Hand und leierte gelangweilt: »Damals war Louis noch ein Kind, und es gab einige Adelige, die mit dem Herzog von Orleans als Regent nicht zufrieden waren. Unter anderem d'Orleans eigene Frau, was nicht gerade für seine Qualitäten als Liebhaber spricht. Ebenfalls beteiligt waren der Herzog und die Herzogin von Maine, der Baron d'Aubry, der spanische Botschafter und einige andere. Sie hatten die wahnwitzige Idee, dem spanischen König auch den französischen Thron zu verschaffen. D'Orleans sollte gefangen genommen werden, vielleicht sogar ermordet.«

Suzanne hatte aufgehört zu essen, als ihr Vater erwähnt wurde. Irgendwie brachte sie genug Selbstbeherrschung auf, zu lächeln. »Das klingt ungeheuer aufregend, Herzog. Wie gelang es, die Verschwörer zu enttarnen?«

»D'Orleans hatte einen guten Geheimdienst. Dem gelang es, einige Briefe an sich zu bringen, in denen der genaue Plan verraten wurde. Kurz bevor er verhaftet werden sollte, ließ d'Orleans alles auffliegen. So, die Märchenstunde ist vorüber. Reden wir über interessantere Dinge.«

Suzanne winkte einem Lakaien, der ihnen Wein nachschenkte. De Bournonville trank ihr zu, wobei er ihr tief in die Augen sah. Suzanne wurde ein wenig schwindelig. Alexandres Wimpern waren verwirrend lang, und in seinen Augen spiegelte sich das Licht der Kristallleuchter. Auf einmal hörte sie nichts mehr von den Gesprächen und dem Gelächter ringsum, sondern verlor sich in der Betrachtung seines Gesichts. Welch einen wundervollen Amorbogen seine Lippen besaßen, welchen vollendeten Schwung! Und welch wunderbaren Kontrast dazu die Bartstoppeln bildeten, die so spät am Abend bereits deutlich sichtbar waren. Es musste herrlich sein, diese weichen Lippen zu küssen und zugleich seine rauen Wangen zu spüren.

»Hör sofort auf damit«, sagte er plötzlich.

Suzanne sah ihn erschrocken an. »Womit denn?«

Er zog einen Mundwinkel ein wenig hoch und knurrte.

»Damit, mich so anzusehen, als wolltest du mich küssen«, sagte er. Suzanne fühlte Röte in ihre Wangen steigen, aber sie fasste sich schnell.

»Nicht so voreilig! Ich dachte nur gerade, dass Ihr ziemlich große Nasenlöcher habt«, entgegnete sie.

»Der König lässt dir zu viel durchgehen, Kätzchen. Du hättest nötig, übers Knie gelegt zu werden.«

Suzanne blickte unwillkürlich auf Alexandres schlanke, aber kraftvolle Hände. Zwischen ihren Schenkeln prickelte es, wie üblich, wenn er eine seiner Unverschämtheiten von sich gab. Es machte sie beinahe wütend, dass er sie dermaßen verwirren konnte und auch noch ihre geheimsten Gedanken zu erraten schien.

»Vielen Dank, Monsieur«, gab sie zurück. »Ich werde es Seiner Majestät ausrichten.«

»Das letzte Wort lässt du dir nicht nehmen, wie?« De Bournonville grinste und sah auf seinen Schritt, in dem sich eine deutliche Beule abzeichnete.

»Ihr seid unmöglich!« Sie wandte schnell den Blick ab. »Geht zu Eurer Geliebten, wenn Ihr jemandem den Hintern versohlen wollt. Sie versucht schon den ganzen Abend, mich mit Blicken zu erdolchen.« Sie deutete mit dem Kinn zu Cathérine, die sich mit einem blutjungen Gecken unterhielt und auffällig laut lachte.

»Gegenwärtig ist mein Platz bei Euch, Madame de Montfort«, entgegnete Alexandre. »Aber seid gewiss, dass ich die Nacht nicht alleine verbringen werde.«

Der Stich der Eifersucht war unvermittelt und heftig. Suzanne biss sich auf die Lippen.

»Ich ebenfalls nicht«, zischte sie und warf den Kopf zurück.

»Nun, dann können wir beide uns glücklich schätzen. Schließen wir Frieden, ich gebe mich geschlagen, wenn Ihr mit mir tanzen wollt.«

Die Lakaien räumten die Tische ab und trugen sie hinaus, während die Gäste einen Spaziergang im Park unternahmen oder sich in einem der Salons zu einem schnellen Kartenspiel zusammenfanden. Suzanne wurde vom Duc d'Epernon in ein

Gespräch über Astrologie verwickelt. Als die Klänge eines Streicherensembles aus dem Saal drangen, bot er Suzanne den Arm und führte sie zum Tanz, Alexandre musste sich mit dem zweiten begnügen. Man tanzte eine Gigue, und bald schüttete Suzanne sich vor Lachen aus, während sie atemlos die wildesten Sprünge vollführte. Wie gut es tat, einmal nicht auf jeden Schritt und jede Geste zu achten! Da nicht genügend Damen anwesend waren, entstand ein wilder Reigen, der von einem Ende des Saals zum anderen wogte, doch Alexandre wich nicht von ihrer Seite.

»Ihr nehmt Eure Aufgabe als Leibwächter reichlich ernst«, neckte sie ihn, während mehrere Gestalten um sie herum im Kreis wirbelten, dass die Rockschöße flogen.

Alexandre zog die Augenbrauen hoch. »Der König würde mich hängen lassen, wenn Euch etwas geschähe. Und ich lasse es lieber nicht darauf ankommen!«

Niemand wusste noch, wie spät es war, als ein kräftigender Imbiss gereicht wurde. Noch mehr Champagnerflaschen wurden geköpft. Suzanne trank, ohne die Gläser zu zählen, und fühlte sich wunderbar leicht im Kopf. Als jemand rief: »Spielen wir Verstecken!«, sprang sie auf und klatschte in die Hände. Auch die anderen Gäste ließen sich nicht lange bitten. Es wurde beschlossen, dass alle, die gefunden waren, die noch Versteckten suchen sollten, den Letzten würde man zum Sieger krönen. Suzanne, beflügelt vom Alkohol, lief los und hastete die Treppe hinauf. Als wäre der Teufel hinter ihr her, eilte sie einen Gang entlang, folgte ihm um die Ecke und entdeckte eine weitere Treppe, die nach oben führte. Sie war eng und steil, am oberen Ende gab es eine Tür. Sie ließ sich leicht öffnen, dahinter entdeckte Suzanne einen Dachboden voller alter Möbel, staubiger Standspiegel und kaputter Kandelaber. Kichernd schlüpfte sie in dieses Labyrinth hinein. Hier würde nicht einmal Alexandre sie finden. Bestimmt war er außer sich, weil sie ihm entwischt war.

Ein leises Scharren schreckte sie auf. Sie lauschte, aber zunächst blieb es still. Gerade war sie zu dem Schluss gekommen, dass es sich um eine Maus gehandelt haben musste, als sie leise Schritte hörte. Susanne hielt den Atem an. Suchte jemand nach ihr, oder war dieser Jemand schon vor ihr auf dem Dachboden gewesen und versteckte sich ebenfalls? So leise wie möglich bewegte sie sich zwischen den Schränken und übereinander gestapelten Kommoden. In einem Spiegel meinte sie ein Gleiten von smaragdgrüner Seide zu sehen, begleitet von einem Rascheln. Sie huschte weiter, und jetzt sah sie Fußspuren auf dem staubigen Boden, kleiner als ihre eigenen. Wieder das sanfte Tapsen. Auf einmal befiel Suzanne eine unbestimmte Angst. Sie eilte in Richtung der Tür, verlief sich aber in einer Sackgasse, kehrte um, bog um einen riesigen Schrank, immer in Angst, auf ihren Verfolger zu treffen. Da war die Tür, Gott sei Dank! Suzanne stieß sie auf und hatte die Klinke noch in der Hand, als ein heftiger Schlag sie in den Rücken traf. Die Treppenstufen, die sich ihr entgegenhoben, waren das Letzte, was sie sah.

»Madame de Montfort, wacht auf!«

Suzanne rührte sich nicht. Ihr Rücken tat weh, ebenso ihr Kopf. Es erschien ihr sicherer, die Augen geschlossen zu halten.

»Ich glaube, sie kommt zu Bewusstsein.« Eine warme Hand strich ihr über die Wange. Sie öffnete die Lider, es ging ganz leicht, und sah in Alexandres Augen. Sie musste lächeln, weil er so besorgt aussah, eine tiefe Falte saß über seiner Nasenwurzel.

»Madame de Montfort, Ihr habt uns allen große Sorge bereitet.« Seine Stimme klang wütend, aber sie wusste, dass damit nicht sie gemeint war. Er war wütend auf sich selbst, weil er nicht auf sie geachtet hatte. Ihr wurde bewusst, dass sie auf einem Diwan lag. Alexandre verschwand, und Louis nahm seinen Platz ein. Seine Besorgnis äußerte sich in einem ängstlichen Gesichtsausdruck.

»Meine Liebe, du hättest dich vorsehen sollen. Was hat dich

nur bewogen, mit deinen Pantoffeln so eine steile Treppe zu erklimmen? Ein Wunder, dass du dir nichts gebrochen hast, als du fielst.«

Sie war nicht gefallen. Man hatte sie gestoßen. Oder war sie gestolpert? Mit den Schuhen an der Schwelle hängen geblieben? Sie war sicher, auf dem Dachboden nicht allein gewesen zu sein. Aber das behielt sie lieber für sich, sonst würde Louis sich nur unnötig Sorgen machen.

»Es ist ja nichts passiert«, sagte sie leichthin und lächelte ihn an. »Morgen Abend tanze ich schon wieder.« Allerdings würde dabei jeder einzelne Teil ihres Körpers schmerzen. Doch Suzanne war nicht dumm; für eine Mätresse war es klüger, nicht unter Gebrechen und Krankheiten zu leiden, die ihre Verfügbarkeit beeinträchtigten.

Louis schien beruhigt und erleichtert. »Ganz gewiss, *ma petite*. Ich lasse deine Zofe holen, damit sie dich in dein Zimmer bringt.« Er drückte einen Kuss auf ihre Handfläche, dann waren seine Lippen plötzlich auf ihren. Überrascht öffnete sie sich seiner Zunge. Der König von Frankreich ließ sich in Gegenwart anderer Menschen zu einer solchen intimen Handlung hinreißen? Während sie Louis küsste, suchte sie mit den Augen de Bournonville. Er stand in einiger Entfernung, den Mund zusammengepresst, und zwischen seinen Augen stand immer noch die Unheil verkündende Falte.

Suzanne hatte bei ihrem Unfall tatsächlich nur Prellungen davongetragen, die einige Tage lang ihren Rücken verunzierten. Aber sie tanzte dennoch am nächsten Abend mit Louis, wenn es auch schmerzte. Am darauffolgenden Tag kehrte die ganze Gesellschaft nach Versailles zurück. Nachdem sie die Ungezwungenheit im Jagdschloss gekostet hatte, schmeckte Suzanne die Hofetikette noch weniger als vorher. Jede Sekunde in Gesellschaft musste man darauf achten, wie man sich bewegte, was man sagte und was man tat. Viele der Rituale kamen ihr dumm und albern vor. Wenn sie die Nacht mit Louis verbracht hatte, musste er sie frühmorgens verlassen, um rechtzeitig zum Lever in seinem Prunkbett zu liegen. Das Schauessen jeden Mittag war in Suzannes Augen eine lächerliche Veranstaltung, bei der der König ausgestellt wurde wie ein Tier im Zoo. Sie fragte sich, wie Louis es ertragen konnte, stets im Mittelpunkt der allgemeinen Aufmerksamkeit zu stehen.

Allerdings hatte sie auch immer noch ihren ständigen Begleiter, der sie nun keine Minute mehr aus den Augen ließ: Alexandre de Bournonville folgte ihr, wohin sie auch ging, und sie fragte sich, wie es ihm gelang, jedes Mal vor ihrer Türe zu stehen, sobald sie ihr Appartement verließ.

Das Wetter war beinahe jeden Tag schön, und sie verlegten sich darauf, nachmittags gemeinsam auszureiten. Für Suzanne wurde es bald eine liebe Gewohnheit. De Bournonville war dann ernster, und ihre Wortgefechte beschränkten sich auf leichte Neckereien. Er versuchte nicht, sie in Verlegenheit zu bringen, und sie lernte eine ganz andere Seite an ihm kennen, die er normalerweise gut zu verbergen wusste.

»Nach dem Vorfall in La Muette hat der König mir furchtbare Strafen angedroht, wenn dir noch einmal etwas zustößt«, erzählte er Suzanne bei einem dieser gemeinsamen Ausritte.

»Ich denke, ich kann recht gut auf mich selbst achten«, erwiderte sie.

»Das glaube ich dir, Kätzchen, aber wenn du nicht willst, dass der König mich in die Bastille wirft, bleibt dir nichts anderes übrig, als mich zu ertragen.«

Suzanne lächelte. Sie wusste, wie nahe er und der König sich standen.

»Seine Majestät würde Euch niemals ins Gefängnis schicken.«

»Ich hoffe, dass ich das nie herausfinden muss.« Er lenkte seinen Apfelschimmel dicht neben Suzannes Fuchsstute. Eine Zeit lang ritten sie schweigend nebeneinander her. »Wundert sich eigentlich niemand darüber, was ich hier in Versailles mache?«, fragte sie nach einer Weile. »Ich bin aus dem Nichts aufgetaucht, niemand kannte mich. Was denken sie alle?«

Der Herzog blickte sie von der Seite an und grinste. »Sie denken, dass du meine Geliebte bist, wusstest du das nicht?«

Suzanne verschlug es die Sprache. »Alle? Aber weshalb denn?«, stammelte sie.

»Du verbringst auffällig viel Zeit mit mir, schleichst des Nachts in meine Gemächer und morgens heraus – du glaubst doch nicht, dass das unbemerkt geblieben ist –, also liegt der Schluss auf der Hand. Und genau das war auch Louis' Absicht: Kann es eine bessere Tarnung geben, als wenn man dich für meine Geliebte hält?«

»Nun, das stimmt wohl«, sagte Suzanne, die nicht wusste, was sie davon halten sollte. »Aber wirft das nicht ein falsches Licht auf mich?«

De Bournonville lachte über ihren Gesichtsausdruck, der zwischen Verlegenheit und komischer Verzweiflung wechselte. »Die Hälfte der Versailler Damen bedauert dich«, erwiderte er. »Die andere Hälfte vergeht vor Neid – es gleicht sich also aus.«

»Die erste Hälfte besteht wahrscheinlich aus den Damen, die Ihr schon gehabt habt«, rutschte ihr heraus.

»Wetz deine Zunge nur an mir, so bleibst du in Übung!«, sagte er gut gelaunt. Wenn sie alleine waren, sprach er sie immer mit dem vertraulichen »Du« an, während Suzanne sich nicht dazu überwinden konnte. Es erschien ihr sicherer, etwas Abstand zu ihrem Leibwächter zu halten.

Der Herzog setzte sein Pferd in Trab, und Suzanne blieb nichts übrig, als ihm zu folgen. Als sie die Kuppe einer kleinen Anhöhe erreicht hatten, fielen die Pferde von selbst wieder in eine langsamere Gangart.

»Findest du es wirklich so schrecklich, für meine Geliebte gehalten zu werden?«, fragte er nach einiger Zeit.

»Nun, ich habe erlebt, was Cathérine von Eurer Hand erdulden musste«, sagte Suzanne vorsichtig. »Und auch selbst Bekanntschaft mit Euren Vorlieben gemacht, wie Ihr Euch sicher erinnert.«

»Ich habe nur getan, was die Lust forderte«, sagte Alexandre. »Cathérine verlangte, von mir unterworfen zu werden, also tat ich es.«

»Weil es das ist, was Ihr genießt«, sagte Suzanne und tätschelte die Mähne ihres Pferdes.

Alexandre wandte sich ihr zu. Seine Miene war ernst. »Und was ist daran schlimm, wenn es allen Beteiligten Genuss bereitet? Ich finde kein Vergnügen an grober Gewalt, und ich habe es ganz sicher nicht nötig, eine Frau in mein Bett zu befehlen.«

»Falls das eine Anspielung sein soll: der König von Frankreich ebenso wenig. Ich bin seine Geliebte, weil ich es so will«, sagte Suzanne.

»Du hast dich auch mir freiwillig ausgeliefert an jenem Abend, und es hat dir gefallen.«

»Julien brachte mich zu Euch«, erinnerte sie ihn. »Bildet Euch nicht ein, ich hätte auch nur das geringste Verlangen nach Euch!« Der Herzog lachte auf.

»Deine nasse *chatte* teilte mir etwas ganz anderes mit.«

»Wenn Ihr vulgär werdet, ist es wohl besser, wir vermeiden dieses Thema.«

»Wie Ihr wünscht, Madame de Montfort.« De Bournonville fasste die Zügel kürzer und trieb sein Pferd an.

Schweigend trabten sie durch ein kleines Wäldchen und lenkten die Pferde dann wieder dem Schloss zu. Die Sonne wärmte Suzannes Gesicht, und die Natur ringsumher schien ein Fest zu feiern, aber sie war in Gedanken versunken. Wieder stiegen die Bilder jener Nacht in ihr auf, die sie zu verdrängen gesucht hatte. Überdeutlich spürte sie die Bewegung des Pferdes zwischen ihren Schenkeln, und sie konnte Alexandre nicht mehr ansehen, ohne ihr Herz heftig schlagen zu spüren. Die rot-blaue, mit Silberstickerei verzierte Uniform eines Offiziers der königlichen Leibgarde und die Stulpenstiefel standen ihm ausgezeichnet. Aus seinem Zopf hatte sich eine Strähne gelöst und fiel ihm über die Wange. So viel Zeit hatten sie zusammen verbracht, aber Suzanne wusste immer noch nicht, wer der wirkliche Alexandre war. Bisher hatte er nicht einmal über seine Familie mit ihr gesprochen oder darüber, was er sich für sein Leben erhoffte. Wahrscheinlich würde das auch niemals geschehen. Er ritt schweigend neben ihr her, und seine zusammengezogenen Augenbrauen verrieten, dass auch er seinen Gedanken nachhing.

Der Vicomte de Guéret war beinahe völlig aus Suzannes Gedanken verschwunden, bis sie eines Tages ein Billett erhielt, mit dem er seine Aufwartung ankündigte. Die Vorstellung, ihm gegenübertreten zu müssen, war ihr mehr als unangenehm, doch wenn sie die Form wahren wollte, blieb ihr nichts anderes übrig, als ihn zu empfangen. Dennoch würde sie versuchen, den ungebetenen Besucher so schnell wie möglich wieder loszuwerden.

Sie ließ sich in halb sitzender Stellung auf einem Ruhesofa nieder, legte die Füße auf ein seidenbezogenes Taburett und nahm ein Buch zur Hand – ganz so, als wäre sie in ihre Lektüre vertieft. Erst dann wies sie Yvette an, den Vicomte vorzulassen.

Sie fand ihn verändert. Sein Gesicht wirkte aufgedunsen und war gerötet, seine Weste spannte. Dennoch bewegte er sich mit gewohnter Eleganz und kam mit ausgestreckten Armen auf sie zu, als wollte er sie umarmen. Suzanne blieb sitzen und legte nicht einmal das Buch weg.

»Guten Tag, Vicomte«, sagte sie freundlich, als wäre er ein flüchtiger Bekannter. »Nehmt doch Platz.«

Er warf seinen Hut dem Diener zu und zog sich einen Sessel heran.

»Es wärmt mein Herz, dich in solch erfreulichen Verhältnissen vorzufinden, meine Liebe. Gewiss haben deine Verpflichtungen dem König gegenüber dir zu wenig Zeit gelassen, mir zu schreiben.«

»Ihr habt es erraten«, erwiderte Suzanne, die genau wusste, weshalb er hier war. Doch zu leicht wollte sie es ihm nicht machen.

»Nun, dafür habe ich volles Verständnis.« Der Vicomte nahm ein Glas Portwein, das der Diener vor ihm abgestellt hatte, und schlürfte genießerisch. Suzanne wurde beinahe übel, als seine vollen Lippen sich über den Rand des Glases stülpten. Als er es absetzte, glänzte ein Tropfen in seinem Mundwinkel.

»Darum bin ich zu dir gekommen«, fuhr er fort. »Um zu sehen, wie es dir geht und ob du glücklich bist.«

»Nun, ich bin glücklich.« Suzanne blätterte wie abwesend in ihrem Buch. »Der König versorgt mich mit allem, was ich brauche.«

»Das kann ich mir denken.« Er zwinkerte anzüglich. »Bist du schon offiziell seine Mätresse? In Paris hat man davon noch nichts gehört.«

Sie ging darauf nicht ein. Sein plumper Ton widerte sie an. »Werdet Ihr den Sommer über nach Guéret zurückkehren?«, erkundigte sie sich im Plauderton. Der Vicomte machte ein trauriges Gesicht.

»Ohne deine Gesellschaft, meine Liebe, wird es dort nur halb so angenehm sein.«

»Nun, ich wünsche Euch dennoch einen vergnüglichen Aufenthalt«, sagte sie, um die Unterhaltung abzuschließen, doch ihr Vormund beugte sich vor und näherte sein Gesicht dem ihren. Sie konnte seinen schweren Atem auf ihrer Haut spüren.

»Allerdings«, sagte er leise, »habe ich darauf gebaut, du würdest deine Verbindungen zu Seiner Majestät nutzen, um deinem Vormund, der dich großgezogen hat, einen Gefallen zu tun. Ich bin hergekommen, um dich an unsere Abmachung zu erinnern.«

Suzanne dachte, wie provinziell es doch war, den eigentlichen Grund seines Besuchs derart unverblümt auszusprechen.

»Ich habe unsere Vereinbarung nicht vergessen«, sagte sie.

»Ich werde mich beim König dafür einsetzen, dass er Euch ein Amt zuweist. Doch überschätzt meinen Einfluss nicht.«

Der Vicomte hatte offensichtlich Mühe, seine freundliche Miene beizubehalten.

»Vergiss nicht, wo du ohne meine Hilfe wärest. Hätte ich dich in ein Waisenhaus gesteckt, statt mich um dich zu kümmern, wärest du jetzt ein Dienstmädchen oder eine Hure, die sich für wesentlich weniger verkaufen müsste, als du es tust! Versuch nicht, mich abzuspeisen! Der König wäre sicher daran interessiert zu erfahren, wen er sich da in sein Bett geholt hat – die Tochter eines Verräters.«

Suzanne versuchte, sich nicht anmerken zu lassen, wie sehr die Worte ihres Vormunds sie erschreckten. Sie verbarg ihre Gefühle hinter einer hochmütigen Miene.

»Es besteht kein Grund, mir zu drohen. Wenn ich falle, fallt auch Ihr, vergesst das nicht. Ich werde sehen, was ich beim König erreichen kann. Aber kommt mich nicht wieder besuchen. Es ist zu auffällig.«

Der Vicomte stand auf. »Es liegt bei dir, ob ein weiterer Besuch notwendig ist. Ich erwarte deine Nachricht.«

Nachdem er gegangen war, atmete Suzanne mehrere Male tief ein und aus. Die ganze Zeit hatte sie verdrängt, dass er früher oder später darauf bestehen würde, dass sie ihren Teil der Abmachung erfüllte. Und jetzt war ihr bewusst geworden, dass er sie vollkommen in der Hand hatte durch das, was er über sie wusste. Er konnte immer damit drohen, sie zu verraten, wenn sie nicht das tat, was er wollte. Und es würde nie ein Ende nehmen.

Obwohl es ihr schwer fiel, ihre Stellung als Mätresse auszunutzen, überwand sie sich eines Morgens. Nach einer Nacht lustvoller Spiele schmiegte sie sich an Louis' Brust und bat ihn, ihrem vermeintlichen Schwager ein kleines Auskommen zu gewähren.

»Von mir aus«, gähnte er. »Wende dich an Bachelier, er wird schon einen Posten finden.«

Tatsächlich hatte Bachelier einen Vorschlag, der Suzanne behagte: Héctor de Gouzon würde Inspektor der königlichen Kutschen werden. Er würde nichts weiter zu tun haben, als monatlich die königlichen Karossen zu inspizieren und sicherzustellen, dass sie instand gehalten wurden. Mit diesem Posten war kein Wohnrecht im Schloss verbunden, weshalb sie ihrem Vormund wahrscheinlich nur selten begegnen würde.

Der Vicomte schien damit zufrieden zu sein, sich »königlicher Inspektor« nennen zu dürfen, und vergaß scheinbar all seinen Zorn auf Suzanne, die ihn bei seinem Besuch so herablassend behandelt hatte. Auf einmal war sie wieder sein »gutes Kind«, wie er sie in seinem Dankschreiben nannte. Suzanne kräuselte verächtlich die Nase, als sie es las, warf den Brief in den Kamin und hoffte, dass er sie künftig in Ruhe lassen würde.

Schon bald verblasste die unerfreuliche Begegnung. Zu sehr nahmen die Vergnügungen Suzanne in Anspruch. Und bald ergab sich auch eine gute Gelegenheit, Näheres über Alexandre de Bournonville herauszufinden.

Suzanne spielte zusammen mit Louise-Anne und einigen anderen Damen *Jeu de Passe* im Park. Die Frauen in ihren bunten Kleidern wirkten wie Wellensittiche auf dem grünen Rasen. Im Hintergrund spie ein Wasserspiel eine Fontäne in die Luft, die schon eine Ahnung des nahenden Sommers mit sich trug. Suzanne stand neben Louise-Anne und wartete, bis sie an der Reihe war. Unauffällig, als wollte sie nur die Wartezeit mit Plauderei überbrücken, erkundigte sie sich nach de Bournonvilles Familie.

»Ich weiß nicht viel über die de Bournonvilles«, sagte Louise-Anne freimütig. »Sie sind sehr alter Adel, aber völlig verarmt, glaube ich. Nur ein zerfallenes Schloss im Norden ist ihnen geblieben, wo Alexandres alte Mutter seit Jahren dahinwelkt.«

»Er muss sich also von dem erhalten, was sein Amt als Kommandeur der Leibwache ihm einträgt«, sagte Suzanne.

»Falls er nicht reich heiratet – vielleicht die Tochter eines in den Adelsstand erhobenen Bürgers«, sagte Louise-Anne. Die blaue Feder auf ihrem Hut wippte, als sie ihren Schlagstock durch die Luft schwang.

»Er scheint mir nicht die Art Mann, die des Geldes wegen eine Ehe eingeht«, bemerkte die Comtesse de Mailly, die das Gespräch verfolgt hatte. Die junge Frau gehörte nicht zu den gefeierten Schönheiten bei Hofe, weil sie einen ausdruckslosen Mund und eine zu breite Stirn hatte, aber ihre lebhafte Art und schnelle Auffassungsgabe machten sie Suzanne sympathisch. Sie lächelte der Comtesse zu und nickte zustimmend. Die fuhr fort: »Stimmt es denn, dass er einmal verlobt war? Man erzählt sich, er habe die Frau aus Eifersucht getötet und geschworen, nie mehr zu lieben!«

Suzannes Atem stockte. »Das kann unmöglich sein!«, rief sie.

»Es scheint nicht viel Neues am Hof zu passieren, wenn man immer noch diese alten Gerüchte aufwärmt«, sagte Louise-Anne ungerührt. »Er war noch sehr jung damals, sehr aufbrausend und besitzergreifend. Aber niemand weiß genau, was damals passiert ist. Es gab keine Zeugen.«

»Das kann nicht wahr sein«, hauchte Suzanne wieder. Doch ganz sicher war sie nicht. Wenn Alexandre wütend wurde, konnte er Furcht erregend sein, daran hatte sie keinen Zweifel.

»Das macht ihn umso reizvoller«, sagte die Comtesse de Mailly.

»Sagt bloß, Ihr zählt auch zu seinen Anbeterinnen, Julie!«, spottete Louise-Anne.

»Ich würde doch unserer geschätzten Madame de Montfort nicht ins Gehege kommen!«

Es dauerte einen Augenblick, bis Suzanne sich erinnerte, dass man sie allgemein für de Bournonvilles Geliebte hielt. Die Comtesse drehte spielerisch am Griff ihres Sonnenschirms und reckte das Kinn. »Meine Ambitionen erstrecken sich in höhere Sphären.«

»Dann achtet darauf, Euch nicht die Flügel zu versengen«, erwiderte Louise-Anne. »Nahe an der Sonne kann die Hitze stark werden.«

Sie war an der Reihe und schwang den Schläger. Der Ball rollte über die Erde und landete im angepeilten Loch. Louise-Anne stieß einen kleinen Kiekser aus.

»Ich glaube, ich gewinne«, sagte sie fröhlich. »Madame de Montfort, besucht mich doch heute Abend in meinem Appartement, ich lade Euch zum Souper ein. Wir werden ganz alleine sein, dann können wir uns ungestört unterhalten.« Sie nahm kurz Suzannes Hand und drückte sie freundschaftlich.

Nun war Suzanne an der Reihe. Sie trieb den Ball mit dem löffelartigen Schlagstock vor sich her, verfehlte aber das Loch.

Enthüllungen auf der Bühne und im Salon

Suzanne war etwas besorgt, dass Louis sie rufen lassen könnte, während sie bei Louise-Anne war. Sie gab Yvette Anweisung, sie sofort zu holen, falls Bachelier käme. Yvette zog einen Flunsch – sie hatte gehofft, ihren Geliebten in seiner kleinen Wohnung über den Ställen aufsuchen zu können. Ihr Gesicht hellte sich erst auf, als Suzanne versprach, ihr am kommenden Abend freizugeben.

Louise-Annes Räume lagen im Südflügel mit Blick zum Garten. Sie bewohnte ein entzückendes Appartement voller glitzernder Kostbarkeiten, mit einem sehr modischen orientalischen Einschlag. Im Vorzimmer brannten weiße Kerzen in Kandelabern, und im Salon war ein kleiner Tisch für zwei Personen gedeckt. Ein blutjunger, hübscher Diener servierte ihnen lautlos kleine Häppchen und zog sich dann diskret durch eine Tapetentür zurück.

Sie plauderten eine Weile über Nichtigkeiten, bis Louise-Anne plötzlich fragte: »Wie steht es zwischen Euch und dem König, Suzanne?«

Suzanne schluckte schnell die Pastete hinunter.

»Sehr gut«, antwortete sie vorsichtig. »Weshalb fragt Ihr?«

Louise-Anne spielte mit ihrer Serviette, dann sah sie Suzanne frei heraus an.

»Ich bin mir sicher, Ihr erfüllt die Aufgaben einer Mätresse mit Bravour. Doch vergesst nicht, dass die Vielfalt den Reiz erhöht.«

»Was meint Ihr damit?«, fragte Suzanne verwirrt.

»Nun, Männer sehnen sich nach Abwechslung. Und wenn sie

diese nicht bei anderen Frauen suchen sollen, muss die Geliebte sich wandlungsfähig zeigen.«

»Ich glaube, das bin ich«, sagte Suzanne. »Ich kostümiere mich zum Beispiel, oder wir lieben uns auf dem Teppich vor dem Kamin statt im Bett.«

»Das ist gut«, nickte Louise-Anne. »Ich rate Euch, seid erfindungsreich, auch in der Art, wie Ihr den König befriedigt. Benutzt Eure Phantasie!«

»Hat Seine Majestät denn über mich geklagt?«, fragte Suzanne erschrocken, doch Louise-Anne beruhigte sie sogleich.

»Ich sage das nur, weil es Gruppen am Hof gibt, die ihm eine andere Mätresse zuführen wollen. Eine von hohem Rang, die in die Hofgesellschaft verstrickt ist und politischen Einfluss auf den König nehmen kann. Der Duc de Richelieu, Kardinal Fleury, der Marschall de Noailles – sie alle wollen ihre Interessen durchsetzen und ihre jeweilige Favoritin in Louis' Bett platzieren.«

»Das sollte mich nicht überraschen, von mir weiß ja niemand etwas«, erwiderte Suzanne.

»Das ist auch sehr gut so«, sagte Louise-Anne. »Aber gerade deswegen müsst Ihr darauf achten, das Interesse des Königs an Euch wachzuhalten. Ihr habt keine Befürworter bei Hof. Hütet Euch davor, eine Gewohnheit zu werden! Seid ein wenig kapriziös, aber lasst durchscheinen, dass es nur ein Spiel ist.«

Der Diener erschien wieder und servierte kandierte Kastanien und Kaffee.

»Louise-Anne, darf ich Euch noch etwas fragen? Was wisst Ihr über diese Sache mit dem Duc de Bournonville? Immerhin ist er mein Leibwächter, und ich finde den Gedanken beunruhigend, dass er eine Frau umgebracht haben soll.«

Louise-Anne nahm gelassen einen Schluck von ihrem Kaffee. Trotz ihrer Sorgen bewunderte Suzanne die Anmut, die in jeder ihrer Gesten lag.

»Wie ich schon sagte: Niemand weiß, was wirklich geschehen

ist. Er und das Mädchen, eine blutjunge Baronesse, besuchten einen Ball im Louvre. Sie war erst siebzehn, Alexandre Anfang zwanzig. Sie soll mit einem anderen Mann geliebäugelt haben, und was immer auch geschehen sein mag, bei Anbruch des Tages fand man sie erwürgt in einem der Salons.«

»Entsetzlich!« Suzanne legte ihre kandierte Kastanie an den Rand ihrer Untertasse. Sie bekam plötzlich keinen Bissen mehr hinunter.

Louise-Anne schüttelte den Kopf, wobei ihre schwarzen Stirnlocken wippten. »Verurteilt ihn nicht. Ich glaube nicht, dass er es getan hat. Allein Louis weiß, was an jenem Abend geschah, ihm hat Alexandre alles erzählt. Aber es gab keine Anklage, und einen Mörder hätte Louis nicht zum Kommandeur seiner Leibwache ernannt. Ihr könnt Euch also sicher fühlen. Niemand ist loyaler gegenüber dem König als er.«

»Wie hieß sie?«, fragte Suzanne.

»Die junge Baronesse? Marie-Anne de Collas. Sie war eine Schönheit und alles andere als unschuldig. Ein wahres Biest. Aber er hat sie angebetet, ganz gleich, was sie tat.«

Louise-Anne legte mit einer eleganten Geste ihre Serviette auf den Tisch und erhob sich.

»Kommt, ich will Euch zeigen, womit die übersättigten Höflinge ihre Lüsternheit anstacheln«, sagte sie. »Das bringt uns auf andere Gedanken.« Sie nahm eine kleine Laterne und führte Suzanne zu deren Erstaunen durch die Tapetentür. Dahinter lag ein schmuckloser Gang, der nur durch wenige Öllampen erhellt wurde. Sie mussten die Reifröcke zusammendrücken, um nicht die Wände zu streifen. Am Ende des Korridors führte eine enge Wendeltreppe nach unten.

»So können die Diener das ganze Schloss durchqueren, ohne gesehen zu werden«, erklärte Louise-Anne. »Und manchmal ist es auch für unsereins recht nützlich!«

Sie führte Suzanne durch weitere Gänge, dann wieder Treppen hinauf und hinunter. Einige Male begegneten sie Dienstboten, die sich aber schnell zurückzogen, wenn sie der beiden Frauen ansichtig wurden. Suzanne staunte: Es war, als hätten sie in einem Theater den Raum hinter der Bühne betreten.

»Wir sind am Ziel«, verkündete Louise-Anne schließlich und öffnete eine Tür. Sie betraten einen dunklen Raum, in dem allerlei merkwürdiges Gerümpel herumstand. Im Laternenschein erkannte Suzanne einen großen, goldenen Mond aus Papiermaché, eine Katzenmaske und einen Ständer, an dem staubige Umhänge baumelten.

»Was machen wir hier?«, fragte sie, aber ihre Begleiterin bedeutete ihr, still zu sein. Louise-Anne tastete mit den Fingerspitzen die Wand ab, schob die Abdeckungen von zwei Gucklöchern zur Seite und bedeutete Suzanne, neben ihr auf der gepolsterten Bank Platz zu nehmen. Suzanne legte das Auge an die Öffnung und spähte hindurch. Sie sah die Hinterköpfe mehrerer Männer, es mochten acht oder zehn sein, die auf bequemen Stühlen vor einer niedrigen Bühne saßen, auf der sich eine junge Frau und ein Mann befanden. Sie trug eine weiße Maske, die Stirn und Augen verhüllte, und war ansonsten vollständig nackt. Er dagegen trug Schwarz und eine Maske, die sein Gesicht vollständig bedeckte. Atemlos beobachtete Suzanne von ihrem Versteck aus das Geschehen. Nie hätte sie für möglich gehalten, dass es so etwas gab – ein erotisches Theater!

Der Mann stand hinter der Frau, nahm ihre Brüste in seine behandschuhten Hände und presste sie zusammen. Sie stöhnte und legte den Kopf auf seine Schulter, während seine Hand tiefer glitt und zwischen ihre Schenkel fuhr. Mit der anderen hielt er ihre Taille umfangen, so dass sie seiner Berührung nicht ausweichen konnte. Offensichtlich wollte sie das auch nicht, denn sie schob ihre Hüfte seinen Fingern entgegen. Ihr rosenroter Mund öffnete sich zu einem Stöhnen, wobei die Zuschauer sie nicht zu stören schienen – vielleicht hatte sie in ihrer Lust vergessen, dass sie Publikum hatten.

Der Mann in Schwarz zog ihr nun mit einer fließenden Bewegung die Arme auf den Rücken und drehte sie gleichzeitig herum. Mit einer Seidenkordel band er ihre Ellbogen zusammen.

Ein Diener schob aus den Kulissen ein hölzernes Pferd, das einem Karussellpferd glich. Suzanne schnappte nach Luft. Aus dem Sattel ragte ein hölzerner Penis von beträchtlicher Größe. Der schwarz Gekleidete nötigte die junge Frau, das Pferd zu besteigen. Er hielt sie am Oberarm, damit sie nicht das Gleichgewicht verlor. Mit viel Seufzen ließ sie sich im Sattel nieder, und zum Vergnügen des Publikums versetzte ein verborgener Mechanismus das Pferd in Schaukelbewegungen. Die Reiterin musste sich bemühen, die Bewegungen auszugleichen, um nicht herunterzufallen. Ihr Partner griff sich jetzt eine kleine, aber vielschwänzige Lederpeitsche, die er auf die vorgereckten Brüste seines Opfers klatschen ließ. Die Schläge prasselten nur so nieder, und bald überzog sich ihre Brust mit einer gleichmäßigen Röte. Ihre Brustwarzen standen hart hervor, und der Maskierte zielte einige Male genau auf diese empfindlichen Stellen, was ihrer Besitzerin spitze Laute von Lust und Schmerz entlockte. Dann aber lächelte sie wieder und ermutigte ihren Peiniger, fester zuzuschlagen.

Suzanne warf einen Blick zu Louise-Anne hinüber, die warnend den Zeigefinger auf die Lippen legte. Suzanne legte wieder ein Auge an das Guckloch. Mit wachsender Erregung beobachtete sie weiter das Schauspiel und spürte, wie es zwischen ihren Schenkeln feucht wurde. Auch die Herren schienen die Vorstellung zu genießen. Sie lachten, und ab und zu machte einer eine Bemerkung zu seinem Nachbarn. Suzanne konnte nicht erkennen, wer diese Männer waren, denn sie saßen alle mit dem Rücken zu ihr und trugen Perücken. War auch der König unter ihnen?

Die junge Frau auf der Bühne durfte nun absteigen. Erst jetzt wurde Suzanne bewusst, dass ihre Scham rasiert war, so dass ihr Geschlecht in allen Einzelheiten sichtbar war. Der Venushügel und die zarten Lippen waren gerötet, was das Auge noch mehr auf diese Stelle zog. Von Yvette hatte Suzanne gehört, dass viele der adeligen Damen sich die Scham rasierten – und in der Tat war ihr das bereits an Cathérine aufgefallen. Der Anblick faszinierte Suzanne: Da war der Venushügel, der sich wölbte und im unteren Teil gespalten war. Zwischen den Beinen lagen die halbmondförmigen Polster, die das Innere schützten, stets leicht auseinandergedrückt von dem zart gekräuselten Fleisch dazwischen, das an ein Meereswesen erinnerte. Und dahinter lag die geheimnisvolle Tiefe, die die Männer so sehr einzunehmen wünschten, das Rätsel, das sie niemals zu lösen vermochten.

Der schwarz Gekleidete stellte sich nun hinter die Frau und schlang ihr wieder einen Arm um die Taille. Mit der freien Hand spreizte er diesmal ihre Scham. Sie wand sich, wie um ihm zu entkommen, aber er hielt sie unerbittlich fest. Darauf erlosch ihr gespielter Widerstand, sie lehnte den Kopf an seine Schulter und keuchte, während seine behandschuhten Finger in sie eindrangen. Als sie wieder hervorgezogen wurden, glänzte das Leder. Der Maskierte hob die Hand, um diesen Beweis ihrer Lüsternheit dem Publikum zu zeigen; es wurde gelacht und applaudiert, und die junge Frau lächelte halb verlegen, halb stolz.

»Wer ist sie?«, flüsterte Suzanne zu Louise-Anne hinüber.

»Wer weiß?«, erwiderte die ebenso leise. »Eine Gärtnerin aus dem Park oder ein Küchenmädchen, das hofft, einem der Höflinge aufzufallen und seine Geliebte zu werden.«

»Ihr meint, sie ist freiwillig hier?«, flüsterte Suzanne.

Louise-Anne kicherte unterdrückt. »Natürlich ist sie freiwillig hier, und sie wird außerdem auch reichlich entlohnt für diese Vorstellung.«

Inzwischen hatte der Maskierte die Armfesseln gelöst, ein Seil erfasst, das von der Decke herabhing, und um die Handgelenke seines Opfers gewunden. Er drehte das Mädchen mit der üppigen Kehrseite zum Publikum, dann zog er das Seil straff. Ihre Arme wurden nach hinten gezogen, und sie musste sich vorbeugen, ob sie wollte oder nicht. Ihr Gesäß wölbte sich dem

Publikum entgegen, und je straffer das Seil gezogen wurde, umso mehr musste sie sich nach vorne neigen. Sie jammerte, aber ihr Peiniger kannte keine Gnade. Erst als ihre Stirn beinahe die Knie berührte, befestigte er das Seil an einem Wandhaken. Die verlockende Kerbe ihres Hinterteils war nun geöffnet und bot sich allen Blicken dar.

Der schwarz Gekleidete nahm nun eine Reitpeitsche zur Hand. Die junge Frau sah zwischen ihren Knien hindurch und schloss die Augen.

»Mach dich bereit«, sagte er, und hinter dem Guckloch fuhr Suzanne zusammen, als hätte er mit ihr gesprochen. War es Alexandres Stimme, die sie gerade gehört hatte? Sie war sich nicht sicher, weil die Worte von der Maske gedämpft wurden.

Er stand breitbeinig auf der Bühne, seitlich von seinem willigen Opfer, damit dem Publikum nichts entging. Einige Momente kostete er die Spannung aus, dann ließ er die Peitsche niedersausen. Der biegsame Stab zischte durch die Luft und landete mit einem satten Klatschen auf dem runden Gesäß. Die junge Frau wimmerte, aber der Maskierte war taub für ihr Flehen. Wieder biss die Peitsche in die milchweiße Haut und hinterließ eine schnell dunkler werdende Spur. Vergeblich versuchte die Frau auszuweichen, die Fesseln hielten sie an Ort und Stelle, und das Zucken ihres Hinterteils erhöhte nur noch den Reiz der Darbietung.

Suzanne wurde sich bewusst, dass sie leise keuchte. Seit sie Alexandres Stimme zu erkennen geglaubt hatte, war ihre Erregung noch gestiegen. Sie stellte sich vor, sie sei es, die dort auf der Bühne so köstlich von ihm misshandelt wurde.

Die maskierte Frau wurde nun aus der unbequemen Stellung befreit und durfte sich einen Augenblick ausruhen. Alexandre – wenn er es war – massierte ihr fürsorglich Schultern und Arme, und sie lächelte ihn selig an. Nun wurde die junge Frau in einen Lehnstuhl gesetzt, den ein Diener auf die Bühne getragen hatte. Sie musste die Beine anziehen, und ihre Fußgelenke wurden an die Armlehnen gefesselt, so dass sie weit gespreizt vor dem Publikum saß. Ihr Mund war halb geöffnet, und sie stieß erregte Seufzer aus. Der Maskierte zog ihr die Arme über den Kopf und band ihre Handgelenke an der Rückenlehne fest. Ohne Vorwarnung beugte er sich über die Gefesselte und schlug ihr mit der ledernen Handfläche auf die Scham. Sie stöhnte auf, aber er gönnte ihr keine Zeit, sich zu sammeln, sondern ließ den nächsten Schlag folgen. Er bearbeitete sie in dieser Weise, bis sie vor Lust schrie. Ihre *chatte* glänzte nass. Aus dem Publikum hörte man »Ah« und »Oh« rufen. Nun nahm der Maskierte einen Gegenstand zur Hand. Suzanne konnte erst nicht sehen, was es war, erkannte dann aber einen Stab aus weißem Marmor, der wie ein Phallus geformt war. Der Mann strich mit dem kühlen Stein über die heiße Pflaume der jungen Frau, dann bohrte sich die dicke Spitze zwischen ihre Schamlippen. Der künstliche Phallus drehte sich in der engen Öffnung hin und her, bis ihre Besitzerin vor Wonne laut stöhnte. Er drang immer tiefer ein, glitt wieder zurück und wurde erneut hineingestoßen. Die junge Frau warf wild den Kopf hin und her, außer sich vor Lust. Der Maskierte bat nun einen der Männer aus dem Publikum auf die Bühne, der den Phallus bedienen sollte. Er selbst stellte sich hinter die Gefesselte und zupfte an ihren Brustwarzen.

»Oh, hört bitte nicht auf, Sire, bitte erlöst mich!«, keuchte sie.

Der Marmorphallus fuhr immer schneller aus und ein, und ihr Körper spannte sich vor Erregung. Der Maskierte legte einen Finger auf ihren Zapfen, der deutlich geschwollen war, und ließ ihn kreisen. Sie schrie, und er steigerte die süße Qual, indem er gelegentlich innehielt.

»Bitte!«, keuchte sie dann. »Bitte macht weiter!«

»Nun gut, du hast die Erlaubnis zu kommen.« Der Maskierte brachte sie zum Höhepunkt, und sie schrie, ungeachtet der Männer, die ihr zusahen. Oder vielleicht war es gerade dies, was ihre Lust auf den Gipfel hob.

Doch noch war die Vorstellung nicht beendet. Die beiden

Männer bearbeiteten sie weiter, bis sie ein zweites Mal kam. Danach hing sie erschöpft in den Fesseln. Das Publikum applaudierte höflich, während der Maskierte sich verneigte. Dann befreite er die junge Frau und trug sie von der Bühne. Diener brachten Tabletts mit Getränken herein, und die Herren erhoben sich. Unvermittelt schob Louise-Anne die Abdeckung vor Suzannes Guckloch.

»Genug gesehen«, sagte sie. »Nun wisst Ihr, wie die Höflinge sich amüsieren, wenn ihnen das Kartenspiel zu fade wird.«

Suzanne wusste nichts zu antworten. Ihr Kopf fühlte sich heiß an.

»War denn auch Seine Majestät dabei?«, fragte sie endlich, aber Louise-Anne verneinte.

»Heute nicht«, sagte sie. »Er ist bei Madame de Toulouse.« Dann winkte sie Suzanne, ihr nach draußen zu folgen. Durch das Gängegewirr brachte sie Suzanne zurück in ihr Appartement, wo sie ihr einen Cognac aufnötigte.

»Pikant, nicht wahr?«, sagte Louise-Anne mit funkelnden Augen.

Plötzlich erinnerte sich Suzanne an das Gespräch vom Nachmittag und fragte sich, wem sie soeben zugesehen hatte. Sollte sie Louise-Anne fragen, wer sich hinter der Maske verbarg? Nein, sie wollte nicht schon wieder das Gespräch auf de Bournonville bringen. Dennoch gelang es ihr nicht, die Gedanken an ihn zu vertreiben. Sie zwang sich, Louise-Anne zuzuhören, um sie nicht zu brüskieren.

»Ich habe Euch ins Herz geschlossen«, sagte diese gerade. »Und ich wünsche mir, dass mein Cousin Euch noch lange treu bleibt.«

»Und Ihr meint, auch dem König könnten solche Spiele gefallen?«

»Es wäre einen Versuch wert. Alles, was hilft, die Routine fernzuhalten, lohnt sich auszuprobieren, meine Liebe, das kann ich aus eigener Erfahrung bestätigen.«

Louise-Anne nahm ihren Fächer und ging Suzanne voraus zur Tür. »Seid Ihr bereits müde? Oder begleitet Ihr mich zu einer Partie Pharo bei Madame de Toulouse?«

Suzanne schlenderte ziellos durch das Appartement der Toulouses. Sie hielt sich gerne dort auf, es gab hier nur wenige ältere Höflinge, die üblicherweise argwöhnisch jeden Fehltritt der in ihren Augen zügellosen Jugend beobachteten. Im großen Salon drängte sich eine Gruppe von Höflingen um den neuen Billardtisch, den der Comte de Toulouse aus England hatte kommen lassen. Die Atmosphäre war angenehm familiär, man scherte sich hier nicht viel um Etikette und machte es sich bequem. Deshalb schätzte auch Louis diese Gesellschaften sehr; man hörte ihn gerade lachen, weil er gegen den Duc d'Argens im Billard gewann.

Suzanne zuckte zusammen, als sie de Bournonville entdeckte. Er wirkte, als säße er schon seit Stunden am Spieltisch, hatte ein halb leeres Glas neben sich stehen und mischte gerade den Talon.

Hatte sie sich geirrt, und er war nicht der Maskierte? Sie wusste weniger als je, was sie von ihm halten sollte. War etwas an der Geschichte um die tote Baronesse? Wäre er fähig, einen Mord zu begehen? Die Vorstellung war grauenvoll, und sie wollte nicht glauben, dass Alexandre dazu imstande war, aber es kam ihr nun noch mehr vor, als kennte sie ihn nicht im Geringsten.

»Madame de Montfort!« Der schrillen Stimme folgte eine fette Hand, die Suzannes Contouche ergriff und beinahe zerriss. »Hier ist noch ein Sessel frei«, gluckste die Comtesse de Vilancourt. Um ihren Mantel zu retten, war Suzanne gezwungen, sich niederzulassen. Die Vilancourt hielt ihr eine Schale mit Pralinen unter die Nase.

»Probiert! Köstlich, sage ich Euch, einfach himmlisch!« Dabei kräuselte sich ihr von Schokolade verschmiertes Mündchen.

Aus Höflichkeit nahm Suzanne eine der Pralinen. Die fette Hand tätschelte die ihre.

»Fahrt Ihr morgen auch bei der Gondelregatta mit? Wie aufregend das sein wird! Der Duc d'Epernon scheut keinen Aufwand, um den Geburtstag seiner Mätresse zu feiern!«

Suzanne zwang sich zu einem Lächeln. »Wirklich sehr aufmerksam von ihm. Der Hof taumelt von einem Fest in das nächste.«

»Das ist ja das Wunderbare am Leben in Versailles! Wie habt Ihr Euch eingelebt in diesem Land hier?« Die Comtesse benutzte wie die meisten Höflinge diesen seltsamen Begriff, als wäre Versailles ein Staat im Staate – was wohl in gewissem Sinne auch zutraf, denn vom Leben ihrer Untertanen bekamen die hochwohlgeborenen Herrschaften nicht viel mit. Eingesponnen in ihre eigene Welt zählte für sie nichts, was außerhalb des Hofes stattfand, und wie mechanische Puppen drehten sie sich auf den immer gleichen Bahnen ihrer Bühne. Suzanne spürte eine plötzliche Übelkeit und schluckte nur mühsam die widerlich süße Praline. Sie rang sich dennoch ein freundliches Lächeln ab und zwang sich, nicht mehr an Alexandre zu denken. Hier bot sich eine Gelegenheit, die sie nutzen musste. Die Vilancourt konnte kaum abwarten, ihr Wissen über die Intrigen der Höflinge herauszuposaunen – wenn Suzanne von jemandem mehr über die Geschehnisse erfahren konnte, die zum Tod ihres Vaters geführt hatten, dann von ihr.

»Danke, Comtesse, es ist sehr schön hier. Wenn auch alles ein wenig fremd – Ihr müsst wissen, dass ich in einer Klosterschule aufgewachsen bin. Ihr seid sicher schon seit Eurer Kindheit bei Hofe.«

Die Vilancourt lachte. »Nein, meine Liebe! Auch ich kam einst als kleines Landei an den Hof, zusammen mit meinem Gatten, Gott hab ihn selig. Ach, blutjung war ich, mit einer Figur wie Diana und einem Dekolleté, mit dem selbst ie Montespan nicht mithalten konnte!«

»Es waren sicher aufregende Zeiten damals«, warf Suzanne ein. Sie winkte einem Lakaien, der zwei Kelche Champagner brachte. Die Comtesse nahm erst ein kleines Schlückchen, um dann das ganze Glas auf einmal hinunterzustürzen. Sie blickte versonnen und stieß wenig dezent auf.

»Frankreich hat viel von seinem Glanz verloren seit damals, als unser Sonnenkönig noch das Zentralgestirn Europas war«, klagte sie. »Aber seit er tot ist ... Versailles ist nicht mehr das, was es einmal war! Man hört sogar, der König brühe sich in seinen Gemächern selbst den Kaffee auf!«

Suzanne musste schmunzeln ob der Empörung der Vilancourt über diesen eklatanten Verstoß gegen das höfische Zeremoniell, dessen Zeugin sie selbst gewesen war. »Nun, schon früher soll es mancher mit der Etikette auch nicht sehr genau genommen haben«, antwortete sie vorsichtig. »Philipp d'Orleans zum Beispiel.«

Die Vilancourt fing den Köder. Ihr großer Busen bebte.

»Ein schrecklicher Mensch! Ein Atheist! Und erst die Orgien, die er in Paris abhielt! Man tanzte nur mit Perücke bekleidet auf den Tischen, und er hat sogar seine eigenen Töchter mit in diesen Sumpf gezogen! Man muss Gott danken, dass er ihn frühzeitig abberufen hat.«

Suzanne reichte der Comtesse die Pralinenschale, damit sie sich beruhigen konnte. Sie fragte sich, woher die Vilancourt so genau über den Ablauf jener Orgien Bescheid wissen konnte, und musste lächeln.

»Es soll Leute gegeben haben, die seiner Abberufung nachhelfen wollten. Wie aufregend, eine echte Verschwörung mitzuerleben!«

»O ja, es waren unruhige Zeiten!« Die Vilancourt plusterte sich auf. »Und ich habe alle gekannt, die an diesem Verrat beteiligt waren.«

Suzannes Herz klopfte schneller. Die Vilancourt war genau die Person, die sie gesucht hatte.

»Stimmt es wirklich, dass die Duchesse de Maine an der Verschwörung beteiligt war?«

»Ebenso wie ihr Gatte und dieser schreckliche Cellamare!«

»In meinen Ohren klingt diese Geschichte wie ein Roman«, sagte Suzanne, deren Hände vor Aufregung zu zittern begannen. Sie ließ sich jedoch nichts anmerken und gab dem Gespräch den Anschein einer leichten Plauderei. »Aber warum wurden die Duchesse und ihre Mitverschwörer nicht bestraft, nachdem ihr Plan vereitelt worden war?«

»Sie haben sich aus der Sache herausgewunden, indem sie alle Schuld auf den Baron d'Aubry schoben«, erzählte die Comtesse bereitwillig. Suzanne zuckte zusammen, als sie den Namen ihres Vaters hörte, und musste die Pralinen abstellen. Es fiel ihr schwer, ihre Aufregung zu verbergen, doch die arglose Vilancourt sprach unbeirrt weiter.

»Es wurde ein Brief gefunden, der ihn als den Hauptverschwörer entlarvte. Wenn er nicht in der Bastille gestorben wäre – manche sagen auch, vergiftet –, hätte d'Orleans ihn wohl für immer aus Frankreich verbannt.«

Suzanne konnte sich nicht mehr zurückhalten. Sie hatte das Gefühl, dem Ziel ganz nah zu sein.

»Was war das für ein Brief? Wo hat man ihn gefunden, und wer hat ihn verfasst?«

»Das weiß ich nicht, meine Liebe«, sagte die Vilancourt, zog ein verschwörerisches Gesicht und spitzte genüsslich ihr Mündchen. »Aber wenn Ihr mich fragt, hat man ihn zu Unrecht beschuldigt. Er hat nie das geringste Interesse an Politik gezeigt. Meiner Meinung nach war die Duchesse de Maine die treibende Kraft hinter dieser üblen Sache. Eine Hexe, sage ich Euch, kalt wie Eis, wenn es um ihren Vorteil geht. Weil sie d'Aubry die Schuld zuschieben konnte, kamen sie und ihr Gatte mit einem Jahr Verbannung vom Hof davon.«

Die Pralinenschale war nun beinahe leer, und die Comtesse wedelte schwer atmend mit ihrem Fächer. »Reden wir nicht mehr von den alten Geschichten. Seht nur, da ist die Duchesse d'Évreux! Ihre neue Frisur sieht aus, als hätte man ihr einen Feudel auf den Kopf gesetzt. Was meint Ihr: echt oder Perücke?« Sie hielt ihr Lorgnon ans Auge und spähte der Duchesse hinterher. Es war offensichtlich, dass die Comtesse das Interesse am Gespräch verloren hatte. Sie hob ihr neues Schoßhündchen hoch und ließ sich von ihm die Nase lecken.

»Aber gab es denn niemanden, der sich für diesen d'Aubry eingesetzt hat?«, fragte Suzanne, die nicht so leicht aufgeben wollte. Die Vilancourt zuckte die Schultern.

»Damals wollte sich natürlich niemand dem Verdacht aussetzen, mit einem Verräter befreundet zu sein. Nur seine Geliebte hat es wohl ziemlich schwer genommen.«

»Und wer war das?« Suzanne krallte die Finger in ihren Rock und neigte sich vor, den Blick auf den spitzen Mund der Comtesse geheftet. Als sie antwortete, senkte die Vilancourt ihre Stimme zu einem vertraulichen Flüstern.

»Louise-Anne de Bourbon, die Cousine des Königs.«

Ein wahrer Freund

Suzanne war wie betäubt von dem, was die Vilancourt ihr erzählt hatte, und kehrte sofort in ihr Appartement zurück. In der Ecke stand Lullys Käfig, mit einem Leintuch bedeckt, und es war totenstill. Yvette tauchte verschlafen aus ihrem Gelass auf, um ihr beim Auskleiden zu helfen. Danach schickte Suzanne sie wieder ins Bett. Sie selbst blieb wach. Nur beim Schein einer Kerze saß sie in ihrem Boudoir und starrte in die Dunkelheit.

Ihr Vater hatte Louise-Anne geliebt. Bisher hatte sie nie daran gedacht, dass er eine Mätresse gehabt haben könnte, aber das war natürlich lächerlich: Alle Edelmänner hatten Geliebte. Wenn Louise-Anne ihm so nahe gewesen war, wusste sie vielleicht mehr als andere. Es war geradezu aberwitzig, dass die Person, die ihr helfen konnte, das Rätsel um ihren Vater zu lösen, die ganze Zeit in ihrer Nähe gewesen war.

Aber konnte sie es wagen, sich Louise-Anne zu offenbaren? Wie alle hielt auch sie Suzanne für Madame de Montfort. Eine d'Aubry hätte sich gar nicht in Versailles aufhalten dürfen. Wenn herauskam, wer sie wirklich war, würde man sie davonjagen wie einen streunenden Hund. Sie kauerte sich auf dem Sofa zusammen und schlang die Arme um ihre Knie. Gäbe es doch jemanden, dem sie sich anvertrauen könnte! Jemanden, der ihr raten würde, was sie tun sollte. De Bournonville kam ihr in den Sinn, aber als Kommandant der königlichen Leibwache war klar, wem seine Loyalität zu gelten hatte. Er würde Louis sagen müssen, wer sie war. Nein, sie musste alleine entscheiden, was zu tun war.

Am nächsten Morgen fühlte sie sich kraftlos und ausgelaugt. Bei dem Gedanken, dass sie nachmittags an d'Epernons Gondelregatta teilnehmen musste, wurde ihr richtiggehend übel. Auf ihr Rufen hin erschien Yvette und zog die Vorhänge auf. Suzanne ächzte und legte einen Arm über die Augen.

»Keine Müdigkeit vorschützen, Mademoiselle! Wenn Ihr rechtzeitig fertig sein wollt, müssen wir gleich mit dem Frisieren beginnen. So wie Ihr heute ausseht, wird es einiges an Schminke brauchen, um den König bei Eurem Anblick nicht in die Flucht zu schlagen.«

Wider Willen musste Suzanne lachen. »Yvette, manchmal frage ich mich, wer von uns beiden die Herrin ist.« Aber sie erhob sich, denn die Zofe hatte Recht. Louis hatte sie zu der Regatta eingeladen, ihre Teilnahme war also zwingend. Yvette bereitete ihr starken Kaffee und zwang sie, zwei Tassen davon zu trinken, dann begann die Prozedur des Ankleidens und Aufputzens. Louis hatte ein herrliches Kleid aus dunkelrotem Damast geschickt, im venezianischen Stil des 16. Jahrhunderts, mit geschlitzten Ärmeln und einem schleppenden Rock, dazu eine Radierung, auf der eine passende Frisur zu sehen war. Yvette brauchte all ihre Kunst, um Suzannes Haare zu flechten und um ihren Kopf zu drapieren. Doch das Ergebnis war überwältigend, und Suzanne fand, dass die Mode früherer Jahrhunderte den Frauen mehr Bewegungsfreiheit gegönnt hatte als in diesen Tagen.

Sie fühlte sich besser und war sich ihrer Schönheit bewusst, als sie durch den Park auf den Grand Canal zuschritt. De Bournonville hatte sich ausnahmsweise nicht blicken lassen, und so war sie alleine gegangen. Sie nickte den entgegenkommenden Höflingen mit königlicher Miene zu und hatte ihren Spaß daran, ihre Reverenzen entgegenzunehmen. Der Kaffee hatte ihre Lebensgeister geweckt, überdies war herrliches Wetter, und die düsteren Gedanken der Nacht hatten sich aufgelöst wie Pfeifenrauch.

Die Gondeln, samt Gondolieri eigens aus Venedig herangeschafft, dümpelten auf dem Wasser des Grand Canal, an dessen

Ufer Teilnehmer und Zuschauer promenierten. Das Wasser glitzerte in der Sonne, man hatte gestreifte Stangen mit vergoldeten Kugeln an der Spitze aufgestellt, bunte Bänder flatterten im Wind. Suzanne war etwas nervös, denn Louis hatte angekündigt, er habe eine besondere Überraschung für sie vorbereitet. Er selbst würde auch da sein, aber nicht im selben Boot mitfahren, um keine Gerüchte aufkommen zu lassen.

Ein Lakai führte sie zu einer Gondel, die etwas abseits des Trubels lag und eigens für sie reserviert war. Er half ihr beim Einsteigen und reichte ihr stumm einen Brief, bevor er sie allein ließ. Neugierig öffnete Suzanne den Umschlag und erkannte sofort Louis' Handschrift.

Meine Liebste, in der Gondel wirst du ein besonders präpariertes Kissen finden. Es enthüllt sein Geheimnis, wenn du die Haube abnimmst. Hier wird dein Platz während der Regatta sein, und ich werde genießen, zu wissen, was sich unter deinen Röcken verbirgt. Louis

Suzanne musste lächeln, weil Louis sich anscheinend eine pikante Spielerei für sie ausgedacht hatte. Louise-Anne wäre begeistert; offensichtlich bestand keine Gefahr, dass der König das Interesse an ihr verlor.

Zuerst sah Suzanne sich um, ob auch niemand in der Nähe wäre, dann nahm sie die Sitzplätze genauer in Augenschein. Es gab zwei gegenüberliegende Sitzbänke, die für je eine Person gedacht waren. Rote Samtpolster sorgten für Bequemlichkeit. Über einem der Kissen lag jedoch eine pyramidenförmige Samthaube. Suzanne hob sie hoch – und ließ sie sofort wieder sinken. Mit klopfendem Herzen blickte sie sich nochmals um, dann lugte sie zaghaft erneut unter die Haube. Ratlos setzte sie sich auf die dem Heck zugewandte Sitzbank und begann, an ihrem Daumennagel herumzuknabbern. Das konnte unmöglich Louis' Ernst sein, dachte sie. Das konnte er einfach nicht von ihr verlangen, in aller Öffentlichkeit!

O doch, das konnte er, gab sie sich selbst die Antwort. Er war schließlich der König. Es würde ihr nichts anderes übrig bleiben, als sich zu fügen. Wieder lüpfte sie die Bedeckung, diesmal vollständig. Die naturgetreue Nachahmung eines männlichen Geschlechts reckte sich aus der Mitte des Kissens, ein mehr als gut proportionierter Phallus aus purem Gold, der die Sonnenstrahlen einfing und einen warmen Schein abstrahlte. Schnell deckte Suzanne ihre Röcke darüber, bevor das Schimmern des Metalls Aufmerksamkeit erregen konnte. Sie fürchtete, jeden Augenblick könnte der Gondoliere oder eine Gruppe Zuschauer herankommen, darum war Eile geboten. Vorsichtig senkte sie sich nieder, bis die Spitze des Metallkolbens sich zwischen ihre Schenkel schob. Sie keuchte leise, als seine Kälte auf ihr warmes Fleisch traf. Doch das Gold nahm sofort ihre Körperwärme an, es schien sogar geschmeidig zu werden. Sie schloss die Augen, während sie sich tiefer sinken ließ. Sie hatte einige Schwierigkeiten, den Phallus ganz aufzunehmen, doch schließlich gelang es ihr, sich auf dem Kissen niederzulassen. Diese Regatta würde für sie eine ganz eigene Herausforderung werden, denn jedes noch so geringe Schaukeln des Bootes bereitete ihr lustvolle Qualen.

Nach wenigen Augenblicken erschien der Gondoliere, ein hübscher Junge mit einem Strohhut auf den schwarzen Locken. Seine braunen Augen strahlten, und er verneigte sich respektvoll, ehe er seinen Platz am Heck einnahm. Es war furchtbar, ihn so dicht hinter sich zu wissen. Sie hatte das Gefühl, er könnte ihr ganz sicher ansehen, dass sie etwas Obszönes tat. Seine Ankunft hatte das Boot in heftige Bewegungen versetzt, und sie konnte dem süßen Druck in ihrem Inneren nicht länger widerstehen, in ihrem Unterleib stieg Hitze auf. Als der Gondoliere ablegte, musste sie sich auf die Lippen beißen, um nicht aufzustöhnen.

Doch es kam noch schlimmer. Wesentlich schlimmer. Denn bei den anderen Gondeln hielten sie an, und der Duc de Bournonville bestieg das Boot, ließ sich auf den freien Sitz fallen und grinste sie an, offensichtlich bestens gelaunt.

»Wie wunderbar, dass wir zusammen fahren!«, verkündete er. »Unser Gondoliere sieht kräftig aus, ich denke, wir haben gute Aussichten auf den Sieg.« Ausgerechnet heute schien er den galanten Gecken spielen zu wollen.

Suzanne begrüßte ihn mit gepresster Stimme, Schamröte stieg ihr ins Gesicht. Der Herzog neigte sich besorgt vor und runzelte die Stirn. »Ich glaube, Ihr habt Euch einen Sonnenbrand geholt, Madame. Lasst mich Euren Schirm halten!« Er griff nach ihrem Parasol und hielt ihn so, dass Schatten auf ihr Gesicht fiel. Leider kam er ihr dabei viel zu nah. Außerdem schaukelte die Gondel erneut, und Suzannes Selbstbeherrschung wurde auf eine harte Probe gestellt. Wie sie sich danach sehnte, dass jemand sie berührte! Ganz egal wer – wenn es sein musste auch de Bournonville oder der Gondoliere, solange es ihr nur Erlösung verschaffte. Aber sie musste eine heitere Miene zur Schau tragen, die nichts von ihrer Erregung verriet. Es war eine Folter. Eine süße Folter, aber dennoch eine Folter. Sie hatte nicht geahnt, dass Louis so raffiniert sein konnte!

Jetzt wurden die Gondeln langsam zum Startpunkt der Regatta gerudert. Die Zuschauer drängten sich dicht an dicht am Ufer und schwenkten Taschentücher. Suzanne sah sich gezwungen, einigen Bekannten zuzuwinken, und verlor dabei ein wenig das Gleichgewicht. Sofort war Alexandres Hand an ihrem Ellbogen, um sie wieder aufzurichten. Der Metallphallus stieß tief in sie hinein, und sie konnte ein Keuchen nicht unterdrücken.

»Fühlst du dich wohl, Kätzchen?«, wisperte Alexandre. Sie nickte verkrampft und versuchte zu lächeln. Wusste er, was sich unter ihren Röcken abspielte? Aber er war ganz gelöst, streckte die Beine von sich und summte ein Lied. Unter anderen Umständen hätte Suzanne diese Gondelfahrt sehr genossen, aber so war sie einfach zu sehr abgelenkt. Sie brauchte ihre ganze Willenskraft, um Contenance zu bewahren. Gerade eben glitten sie am Boot des Königs vorbei. Louis und Louise-Anne winkten herüber. Suzanne lächelte mit verkrampften Mundwinkeln und hob die Hand. Louis' Lippen zuckten, ihm musste klar sein, was sie durchmachte. Das gleichmäßige Hin und Her der Gondel steigerte ihre Lüsternheit ins Unerträgliche. Sie starrte de Bournonville an wie eine Beute, und wären sie alleine gewesen, hätte sie sich höchstwahrscheinlich nicht zurückhalten können. Musste er denn so gut aussehen, wie er da saß, die Arme auf die Rückenlehne seiner Sitzbank gelegt und die Knie gespreizt, so dass die Erhebung in seinen Hosen allzu deutlich wurde? Er zwinkerte Suzanne heiter zu, und in seinem Mundwinkel saß dieses betörend schiefe Lächeln. Schweißperlen traten auf Suzannes Stirn, und sie wandte den Blick von ihm ab.

Inzwischen hatten die Gondeln ihre Startplätze erreicht und lagen in mehreren Reihen nebeneinander. Stille trat ein. Die Hutbänder der Gondolieri flatterten im Wind. Alles blickte auf die Fahne mit dem Bourbonenwappen. Sie senkte sich, und ein unglaubliches Durcheinander brach aus. Die Gondolieri stießen ihre Ruder ins Wasser und spritzten die Insassen benachbarter Gondeln nass. Sie drängten die Boote ihrer Konkurrenten rücksichtslos ab und beschimpften sich in ihrem unverständlichen venezianischen Idiom. Suzanne wurde kurz von ihren wollüstigen Empfindungen abgelenkt, da sie Angst hatte, ins Wasser zu stürzen, und sich an der Bootskante festklammern musste. Ihr junger Gondoliere erwies sich als ehrgeizig und rammte ein anderes Boot einfach zur Seite. Stöße und Schaukeln machten sich unmittelbar in ihrem Unterleib bemerkbar, köstlich und peinigend zugleich. Möglichst unauffällig begann sie, auf dem goldenen Phallus zu reiten, hoffend, es möge in dem Getümmel niemandem auffallen. Ihre Beine zitterten vor Anstrengung. De Bournonville schien der ganze Tumult nicht weiter zu beeindrucken. Er lehnte weiterhin bequem auf seinem Sitz und hatte die Beine ausgestreckt, so dass seine Füße sich unter Suzannes Rocksaum schoben.

Äußerst unschickliche Bilder erschienen vor ihrem inneren

Auge. Sie entkleidete Alexandre in Gedanken, sah ihn nackt in seiner ganzen Pracht vor sich, das Geschlecht erhoben. Sie selbst war auch unbekleidet, und jetzt kam er zu ihr, flüsterte ihr zärtliche Worte ins Ohr, biss sie sanft in den Hals. Seine Hände umfassten ihre Brüste, hoben sie an seine Lippen, damit er an den Spitzen lutschen konnte wie an kandierten Kirschen. Dann legte er sich zwischen ihre Beine, war in ihr und stemmte sich über ihr hoch, um sie mit gleichmäßigen Stößen zu beglücken. Sie nutzte nun die Bewegungen der Gondel, um sich weiter aufzustacheln und ihren Höhepunkt hinter sich zu bringen, bevor der Herzog auf ihren Zustand aufmerksam wurde. Doch es war zu spät. Er kniff die Augen zusammen, und über seiner Nasenwurzel erschien die Falte, die stets anzeigte, wenn er besorgt oder ärgerlich war.

»Geht es Euch wirklich gut?«, erkundigte er sich. »Ich glaube fast, Ihr habt Fieber.« Lag ein Hauch von Spott in seiner Stimme?

»Es ist nur die Aufregung«, presste Suzanne hervor. Sie befand sich kurz vor dem Gipfel, gleich war es so weit, jetzt! Ihr Stöhnen ging unter in dem Jubelgeschrei, das im selben Augenblick losbrach, denn die Gondel der Marquise de Guise-Lorraine hatte das Zielband heruntergerissen. Suzanne seufzte auf. Doch sie hatte nicht daran gedacht, dass der Kolben weiter in ihr stecken bleiben musste, wenn sie sich nicht verraten wollte. Ihre überempfindliche *chatte* rieb sich auf dem Samtkissen, und die etwas breitere Basis des Phallus verursachte auch weiterhin ein erregendes Spannungsgefühl. Suzanne war einer Hysterie nahe, ihr Mund ausgetrocknet, sie fürchtete, in Ohnmacht zu fallen. Sie kam noch zweimal – glücklicherweise weniger heftig –, bevor die Gondeln endlich das Ufer ansteuerten.

Panik ergriff sie. Sie konnte ja unmöglich aussteigen! In diesem Moment hasste sie Louis inbrünstig. Zum Vergnügen hatte er sie in solche Peinlichkeiten gestürzt, und sie würde es ihm nicht einmal vorhalten können. Er war der König, das war

Rechtfertigung genug für jede seiner Launen. Es geschah ihm ganz Recht, dass sie dabei an Alexandre gedacht hatte.

Sie legten an, und de Bournonville stand auf. Wie sie befürchtet hatte, reichte er ihr die Hand.

»Ich möchte mich noch ein wenig herumfahren lassen, Herzog.« Sie blieb sitzen und lächelte so liebenswürdig wie nur möglich.

»Habt Ihr Angst, mich zu begleiten?«, fragte er spöttisch. Seine Augen funkelten, und auf einmal wurde ihr klar, dass er es wusste. Er hatte es die ganze Zeit gewusst! Am liebsten hätte sie sich ins Wasser gestürzt. Was sie im Schlafzimmer tat, war eine Sache, aber diese öffentliche Vorführung war eine Demütigung. Wenn sie auch zugeben musste, eine sehr lustvolle. Dennoch verletzte sie, dass die beiden Männer offensichtlich gemeinsam diesen Streich ausgeheckt hatten. Wahrscheinlich war de Bournonville sogar derjenige gewesen, der das Kissen in der Gondel abgelegt hatte. Wem sonst würde der König einen solchen Auftrag anvertrauen?

»Ihr seid ein schamloser Widerling«, fauchte sie. »Wagt nicht, mich anzufassen, und schert Euch fort.«

»Ihr nehmt mir meine Mitwisserschaft nicht etwa übel?«

Sie antwortete nicht und sah ihn auch nicht an. Er schien zu merken, dass sie ernstlich böse war, setzte sich wieder und gab dem Gondoliere ein Zeichen abzulegen. Suzanne biss sich auf die Lippen. Es war unerhört, dass er die ganze Zeit gewusst hatte, wie ihr geschah.

»Vergebt mir, Madame.« Er schnurrte wie ein Kater, und Suzanne wurde heiß im Gesicht vor Wut.

»Habt Ihr Euch wenigstens gut amüsiert?«, fauchte sie. »Es wäre wohl zu viel verlangt, mich ernst zu nehmen, ich bin ja nur die Mätresse!« Sie merkte selbst, dass sie sich in Rage redete, aber sie konnte nicht aufhören. Es brach alles aus ihr heraus, was sie sich selbst in den vergangenen Wochen nicht hatte eingestehen wollen.

»Meine Gefühle können euch beiden hohen Herren also ganz gleichgültig sein. Macht ruhig mit mir, was ihr wollt. Soll ich heute Abend nackt auf der königlichen Tafel tanzen? Sehr wohl, stets zu Diensten!«

Der Herzog hatte einen merkwürdigen Gesichtsausdruck bekommen, halb amüsiert, halb reuevoll. Jetzt rieb er sich die Nasenwurzel, als hätte er Kopfschmerzen.

»Ich hätte wissen müssen, dass es nichts für dich ist.«

»Was ist nichts für mich?« Suzanne unterbrach nur ungern ihre Tirade. Alexandre sah sie mit schräggelegtem Kopf an.

»Das Leben einer Mätresse«, sagte er. »Du bist eine Frau, die geheiratet werden sollte. Du solltest jede Menge Kinder haben und von Herzen geliebt werden.«

Zu ihrem eigenen Erstaunen brach Suzanne in Tränen aus. Alexandre sah bestürzt drein.

»Was hab ich jetzt nur wieder angerichtet«, murmelte er, dann nahm er Suzannes Hände zwischen seine.

»Ich verspreche dir, dass du nie allein sein wirst, Kätzchen. Wenn du Hilfe brauchst, werde ich da sein. Wenn du traurig bist, werde ich da sein. Wenn du dich einsam fühlst oder dich langweilst, oder wenn du auf jemanden wütend sein willst, werde ich da sein.«

Seine Worte hatten eine verheerende Wirkung auf Suzanne. Sie konnte nicht verhindern, dass ein Sturzbach von Tränen aus ihren Augen floss. »Danke, Alexandre, ihr seid ein wahrer Freund«, schluchzte sie.

Er ließ ihre Hände los und starrte ins Wasser. »Genau, das bin ich: ein verdammter, wahrer Freund. Treu ergeben wie ein Schoßhündchen.« In dem Maß, wie er eben sanft gewesen war, war er plötzlich abweisend und verschlossen.

Suzanne hörte auf zu weinen. »Habe ich Euch verärgert?«

»Wie könntest du?« Er sah sie an und lächelte schief, dann klatschte er in die Hände. »So, und jetzt wollen wir dich aus deiner pikanten Lage befreien.«

Er hieß den Gondoliere, an einer einsamen Stelle des Canal anzulegen, und schickte ihn dann fort. Er selbst drehte Suzanne den Rücken zu. »Sag mir, wenn du fertig bist.«

»Wenn das die Schwestern von St. Agnes wüssten«, murmelte Suzanne und musste plötzlich kichern. Allmählich ging ihr auf, wie komisch das Ganze war. Vorsichtig erhob sie sich und fühlte das erhitzte Metall aus sich hinausgleiten. Noch einmal zog sich ihre *chatte* lustvoll zusammen. Schnell stülpte sie die Haube über das obszöne Spielzeug und räusperte sich.

»Ihr könnt Euch umdrehen.«

Sie war dankbar, dass er keinen Kommentar abgab, als er ihr ans Ufer half.

»Einen Augenblick!« Er wandte sich zu ihr und wischte mit dem Daumen vorsichtig unter ihren Augen entlang. »Eure Schminke war verlaufen, Madame.«

Er bot Suzanne den Arm, und sie schlossen sich der Menge an, die sich um die Siegerin des Tages scharte: Cathérine de Guise-Lorraine.

»Gratulieren wir ebenfalls.« Alexandre drängte sich durch die Höflinge, die umherschwirrten wie bunte Schmetterlinge. Cathérine stieg eben auf ein Podest, um dort von Louis einen goldenen Pokal entgegenzunehmen. Sie sah königlich aus mit ihrem hochgesteckten goldroten Haar und nahm mit vollendeter Anmut einen Handkuss des Königs entgegen. Suzanne kannte inzwischen die Gepflogenheiten des Hofes gut genug, um zu wissen, dass man sich nach dieser Gunstbezeugung um die Marquise reißen würde.

Als Cathérine vom Podest herabstieg, reichte Alexandre ihr die Hand. Sie ergriff sie und schenkte ihm ein strahlendes Lächeln.

»Vivat der Göttin der Wellen«, sagte er. Suzanne, halb von ihm verdeckt, fand ihn auf einmal unerträglich. Wie sie dieses geckenhafte Getue verabscheute! Als Cathérines Blick auf Suzanne fiel, verdunkelte sich deren Gesicht ebenfalls. Sie hob das Kinn und schritt wortlos an Suzanne vorüber. Dem Herzog warf sie jedoch noch einen schmelzenden Blick zu. Suzanne war sicher, wo de Bournonville die folgende Nacht verbringen würde. Und es gefiel ihr ganz und gar nicht.

Königliche Jagd

Endlich war der Tag gekommen, an dem Suzanne offiziell bei Hofe vorgestellt werden sollte, Louise-Anne würde ihre Patin sein. Suzanne war sehr nervös, aber die Freundin beruhigte sie. Sie müsse lediglich den König in seinen Räumen aufsuchen und einige belanglose Worte mit ihm wechseln, dann würde dasselbe Ritual in den Räumen der Königin stattfinden.

»Aber es werden so viele Leute dabei sein und zusehen. Wenn ich einen falschen Schritt mache, werde ich zum Gespött des ganzen Hofes!«

In der Tat gab es etliche Fallstricke im dichten Netz der höfischen Etikette. Am meisten Angst hatte Suzanne davor, über die lange Schleppe ihrer Hofrobe zu stolpern, wenn sie sich rückwärts vom König oder der Königin entfernte. Und auch der Gedanke, der Ehefrau des Mannes gegenüberzutreten, dessen Geliebte sie war, schien ihr wenig erfreulich. Umso mehr, da es sich um die Königin von Frankreich handelte.

»Aber Ihre Majestät ist völlig ahnungslos«, sagte Louise-Anne. »Louis kommt nach wie vor seinen ehelichen Pflichten nach. Oder was glaubt Ihr, wo er sich in den Nächten aufhält, die er nicht mit Euch verbringt?«

Suzanne schwieg betroffen. Sie hatte nie darüber nachgedacht, dass Louis weiterhin mit seiner Frau intim sein könnte. Aber zum Grübeln blieb keine Zeit, denn jetzt musste sie sich in eine vollkommene Dame verwandeln. Sie wurde in die steife, aprikosenfarbene Hofrobe eingeschnürt, mit Bleiweiß und Rouge geschminkt, ihre Haare wurden kunstvoll hochgesteckt und verflochten. Als sie sich im Spiegel sah, kam sie sich vor wie eine der mechanischen Puppen, über die in letzter Zeit jedermann sprach. Zum Glück konnte man ihr unter all dem Bleiweiß die Nervosität nicht ansehen.

Flankiert von Louise-Anne und der Comtesse de Mailly-Nesle begab sie sich zum Spiegelsaal, wo sich bereits eine neugierige Horde von Höflingen versammelt hatte, um dem Schauspiel beizuwohnen. Suzanne versuchte, nicht an die Blicke zu denken, die jede ihrer Bewegungen genauestens wahrnahmen. Sie achtete darauf, den Kopf hoch zu tragen und setzte ihre Schritte so, dass sie über das Parkett zu gleiten schien. Die Hände hielt sie graziös in den Rockfalten verborgen. So anmutig wie nur irgend möglich schwebte sie zum Eingang der Privatgemächer der Königin. Ihr Herz sprengte beinahe das Korsett, aber sie ließ sich nichts anmerken und trat über die Schwelle.

Tatsächlich war die Vorstellung zwar unangenehm, aber schnell vorüber. Die Königin war freundlich, nicht ahnend, wen sie vor sich hatte. Louis, offensichtlich peinlich berührt, weil er vorgeben musste, er habe Suzanne noch nie gesehen, richtete nur wenige steife Worte an sie, worauf sie sich aus dem Hofknicks erhob und davonrauschte, ihre Begleiterinnen im Gefolge. Danach war es überstanden, Suzanne gehörte nun offiziell zum Hofstaat von Versailles und durfte an allen Veranstaltungen teilnehmen. Schon am selben Tag brachte Bachelier noch vor dem Mittagessen eine Einladung des Königs, ihn auf seinem täglichen Jagdausflug zu begleiten.

Sie war froh, dass sie so häufig mit de Bournonville ausgeritten war. Sicher erwartete Louis nicht, sie im Sattel zu sehen, sondern nahm an, sie würde der Jagdgesellschaft in einer Kutsche folgen wie die meisten Damen.

Man traf sich nach dem Mittagessen bei den Stallungen. Suzanne gefiel die ungezwungene Stimmung. Hunde tollten herum, die Pferde schnaubten und nickten mit den Köpfen, Jagdgehilfen justierten Steigbügel und Sattelgurte, man rief sich neckende Bemerkungen zu.

De Bournonville setzte sein Pferd neben ihres – da sie noch nicht Louis' offizielle Mätresse war und niemand von ihrer Liebschaft erfahren sollte, würde er sie begleiten. Er machte ihr ein Kompliment zu ihrem taubenblauen Reitkleid, über dem sie einen violetten Justaucorps trug, war aber ansonsten ungewöhnlich schweigsam.

Verstohlen betrachtete sie ihn. Seine Augen schimmerten an diesem Tag graugrün – es gelang ihr nie, ihre wirkliche Farbe herauszufinden, denn sie veränderten sich mit dem Licht und seiner Stimmung. So in Gedanken versunken wirkte er beinahe verletzlich, und Suzanne spürte eine zärtliche Regung in sich aufsteigen. Sie wollte ihm helfen, was immer ihn bedrückte.

»Alexandre«, sagte sie leise. »Wollt Ihr mir nicht sagen, was Eure Gedanken so in Anspruch nimmt?«

Er warf ihr einen kurzen Blick zu.

»Ihr könnt mir am allerwenigsten helfen«, sagte er knapp. »Also lasst mich besser in Ruhe, bis ich zu meinem alten Selbst zurückgefunden habe.«

»Gibt es das denn, ein wahres Selbst?«, fragte sie ernsthaft. Zu ihrer Überraschung wurde er nun richtig ärgerlich.

»Frauen steht die Philosophie nicht an«, sagte er. »Also verschont mich damit.«

Suzanne schwieg beleidigt und lenkte ihr Pferd etwas von ihm weg. Sie hatte versucht, eine Brücke zu ihm zu schlagen, und war gescheitert. Nun, sie hatte es gewiss nicht nötig, sich von seiner üblen Laune die Jagd verderben zu lassen.

Das Signal zum Aufbruch ertönte, Louis ritt mit den Pikeuren an der Spitze. Schon bald trabten sie zwischen hohen Bäumen, und auf den breiten, grasbewachsenen Schneisen rollten auch die Kutschen leicht dahin. Sonnenstrahlen fielen durch die Blätter, die Luft war frisch und roch nach Erde. Plötzlich hielt alles an, weil der Oberpikeur dem König Bericht über die Hirsche erstattete. Die Hundeführer verteilten sich. Dann wurde ins Horn geblasen, und die Meute wurde losgelassen. Suzan ne begriff nicht genau, was geschah, aber anscheinend hatten die Hunde Fährte aufgenommen, denn plötzlich sprengten die Reiter in den Wald hinein. Ohne nachzudenken, hieb auch sie ihrem Pferd die Hacken in die Flanke. Das Trommeln der Hufe erfüllte die Luft, voraus kläfften die Hunde, der Wind trieb ihr scharfe Gerüche in die Nase. Inmitten der anderen Jagdgäste galoppierte sie den schattigen Weg entlang und wich Pferden aus, die ihr zu nahe kamen. Sie wandte kurz den Kopf und sah, dass de Bournonville genau hinter ihr war. Jetzt lachte er sie an, dann jagten sie nebeneinander zwischen den Bäumen hindurch. Mehrere Male gab es Unterbrechungen, wenn die Hunde die Fährte verloren hatten, dann plötzlich ging es weiter, und alles stürzte in eine Richtung. Suzanne hatte ihr Zeitgefühl verloren, sie war außer Atem, Schweiß lief ihr in den Kragen, aber sie hatte sich noch nie so lebendig gefühlt. Jetzt verstand sie, dass Louis jeden Tag hier heraus musste, um die Enge des Hofzeremoniells hinter sich zu lassen.

Plötzlich fand sie sich zwischen dem König und de Bournonville wieder, nebeneinander stürmten ihre Pferde dahin, den Rest der Gesellschaft ließen sie hinter sich zurück. Die Pferde schnaubten, ihre Hufe trommelten dumpf auf den Waldboden, und sie hielten sich dicht hinter der Meute. Die Hunde wimmelten durcheinander und sprangen hoch, um den Hirsch zu stellen, dessen rotbraunes Fell immer wieder zwischen Blättern aufleuchtete. Schließlich, erschöpft von der Hatz, stellte er sich den Hunden entgegen. Suzanne und die beiden Männer zügelten die Pferde und beobachteten gebannt, wie das Tier mit dem Geweih in die Meute stieß und die Hunde jaulend zurückwichen. Suzanne fühlte kein Mitleid, das Jagdfieber hatte auch sie gepackt. Leben oder Tod, es gab keine Zwischentöne, sondern nur noch diese beiden Möglichkeiten. Die Hunde sprangen knurrend und kläffend um den Hirsch herum, der endlich den Kopf senkte und aufgab.

Das Horn ertönte zum Zeichen, dass der Hirsch nun abgefangen würde. Louis stieg aus dem Sattel und ließ sich von einem der Pikeure einen Hirschfänger reichen. Atemlos sah Suzanne zu, wie er sich durch die Meute drängte und sich dem Wild von schräg vorne näherte. Er kam dem ausladenden Geweih gefährlich nahe, aber der Hirsch machte keine Anstalten, ihn anzugreifen. Louis fing ihn mit einem geübten Stich ins Herz ab, und das Tier brach in die Knie. Das »La Mort« wurde geblasen, die inzwischen nachgekommene Jagdgesellschaft applaudierte dem König. Der übergab den blutigen Hirschfänger wieder an den Pikeur, der mit geübtem Schnitt den rechten Vorderlauf des Hirsches abtrennte und Louis überreichte.

Er strahlte Suzanne an, zum ersten Mal seit La Muette sah sie ihn glücklich. Unwillkürlich drehte sie sich nach de Bournonville um und bemerkte gerade noch, wie er den Blick von ihr abwandte. In seinen Augen lag etwas, das ihr Angst einjagte, doch sie wurde abgelenkt, bevor sie darüber nachdenken konnte: Es ging weiter nach La Muette, um die erfolgreiche Jagd zu feiern. Louis setzte sein Pferd ohne Weiteres neben ihres, und de Bournonville musste mit dem Rest der Gesellschaft hinter ihnen herreiten.

»Ich fühle mich geehrt, dass Ihr mich derart auszeichnet, Eure Majestät«, sagte sie leise. »Aber das wird der Hofgesellschaft nicht verborgen bleiben.«

»Gleichgültig, was sie reden«, sagte Louis gut gelaunt. »Du hast mir Glück gebracht und bist heute meine Jagdkönigin.«

Entspannt ließ er sein erschöpftes Pferd am langen Zügel gehen und erläuterte Suzanne die Anlage des Jagdreviers. Nach einer halben Stunde sahen sie das Jagdschloss vor sich, in dessen Hof schon Tische mit Erfrischungen aufgestellt waren und wo ein Musikerensemble aufzuspielen begann, als die Jagdgesellschaft sich näherte. Man saß ab, übergab die Pferde den Reitknechten und ließ sich nieder. Der König saß neben ihr und bot ihr eigenhändig einen Teller mit Leckereien an – Suzanne entging nicht das Aufblitzen von Augen, das Murmeln und

Sich-zum-Nachbarn-Neigen, das den Tisch entlangfuhr wie ein Windstoß. Eifersüchtig wie sie waren, registrierten die Höflinge jeden noch so kleinen Gunstbeweis des Königs.

Etwas später spürte Suzanne ein natürliches Bedürfnis und stand auf, um sich nach einem entsprechenden Ort umzusehen. Sie hielt ein Küchenmädchen an und wurde zu einem Pavillon gewiesen. Die Comtesse de Vilancourt, über einem der Nachtgeschirre kauernd, nickte ihr zu, als sie hereinkam. Suzanne raffte ebenfalls die Röcke und ließ sich nieder.

»Eine herrliche Jagd, nicht wahr«, schwärmte die Vilancourt. »Ich habe gesehen, wie kühn Ihr direkt hinter der Meute mitgehalten habt, es war beeindruckend!«

»Sehr freundlich von Euch, Comtesse.«

»Auch der König ist offensichtlich begeistert von Euren Reitkünsten«, fuhr die Comtesse fort, wobei sie das letzte Wort anzüglich betonte. Sie kicherte, ihre drei Kinne bebten.

»Mag sein«, erwiderte Suzanne in einem gleichgültig-freundlichen Ton, den sie sich gegenüber allzu neugierigen Höflingen angewöhnt hatte. Sie war froh, als die Comtesse ihre Röcke ordnete und hinauswalzte. Als sie kurze Zeit später selbst den Pavillon verließ, hörte sie Stimmen von der rückwärtigen Seite. Anscheinend stritten sich ein Mann und eine Frau. Plötzlich erhob die Frau die Stimme und rief: »Alexandre!«

Suzanne schlich vorsichtig an der Mauer entlang und lugte um die Ecke, halb hinter einer Steinverzierung verborgen. Sie erblickte de Bournonville und Cathérine. Sein Gesicht war ausdruckslos, wie immer, wenn er seine Gefühle verbergen wollte. Cathérines Miene konnte Suzanne nicht sehen, sie wandte ihr den Rücken zu, und man sah nur das rote Haar, das sich in unzähligen Löckchen um ihren Kopf legte.

»Madame, es hat keinen Sinn mehr, seht ein, dass ich Euch nicht mehr treffen kann«, sagte Alexandre.

»Weshalb nicht, Liebster? War ich dir nicht eine gute Sklavin?«

»Hör auf, ich habe die Lust an deinen Spielen verloren«, erwiderte er kühl und lehnte sich an die Mauer, als ob er müde wäre.

»Du denkst, du kannst mich einfach so verlassen?«, kreischte Cathérine, außer sich. »Ich werde meinem Mann sagen, dass du mich vergewaltigt hast. Er wird dich zum Duell fordern!«

De Bournonville lachte auf. »Euer Gatte würde nicht einmal einen Elefanten auf drei Schritte treffen, schickt ihn ruhig zu mir.«

Suzanne hörte atemlos zu. Sie wusste, sie sollte nicht Zeugin dieses Streits sein, aber sie konnte sich nicht losreißen. Cathérine änderte nun ihre Taktik, schlang ihre Arme um seinen Hals und presste ihre Lippen auf seinen Mund. Er packte ihre Handgelenke und zerrte sie von sich weg. Cathérine warf den Kopf zurück und stöhnte: »O ja, tu mir weh!«

»Lasst mich in Ruhe und sucht Euch einen anderen Hengst, der Euch besteigt«, erwiderte er scharf und stieß sie so hart von sich, dass sie hinfiel.

»Dafür wirst du teuer bezahlen, das schwöre ich dir!«, keifte sie, rappelte sich auf und lief davon, zum Glück nicht in Suzannes Richtung. Dafür stieß Alexandre mit Suzanne zusammen, als er zur Jagdgesellschaft zurückkehren wollte.

Unwillkürlich umfing er sie, damit sie nicht stürzte. Sie sah zu ihm hoch, er zu ihr hinunter. In seinen Augen lag etwas Wildes, und für einen Moment glaubte sie ohne weiteres, dass er fähig war, einen Mord zu begehen. Er hielt sie so fest, als wollte er die Luft aus ihren Lungen pressen. Sie rang nach Atem und wand sich, um seinem Griff zu entkommen. Panik ergriff sie, und sie schlug ihm mit aller Kraft ins Gesicht. »Lasst mich sofort los!«

Alexandres Arme fielen herab und gaben sie frei. Sie raffte ihren Rock und lief, als wäre der Teufel hinter ihr her.

Wieder am Tisch, kostete es Suzanne ihre ganze Selbstbeherrschung, sich nichts anmerken zu lassen, zu lächeln und die Freundlichkeiten des Königs zu erwidern. Noch nie hatte Louis so offen gezeigt, dass er sie allen anderen vorzog. Dass er sie vor dem ganzen Hof so auszeichnete, konnte nur eines bedeuten: Er plante, sie offiziell zu seiner Mätresse zu ernennen. Statt sich darüber zu freuen, hatte Suzanne das Gefühl, als würde ihr ein Halseisen umgelegt. Als königliche Geliebte würde sie im Mittelpunkt des Hofes stehen. Man würde ihr schmeicheln, sie um Gefälligkeiten bitten, sie bedrängen, um über sie an Louis heranzukommen. Keinen Augenblick der Ruhe würde man ihr mehr gönnen. Die Macht, die diese Stellung mit sich brachte, interessierte sie nicht, sie fühlte nur, dass sie dann ebenso eingesperrt wäre wie Lully, ihr Kanarienvogel.

Erst am frühen Abend kehrte man nach Versailles zurück. In Suzannes Appartement wartete eine Überraschung auf sie: Séraphine saß in einem Sessel am Fenster und blickte von einem Buch hoch, als Suzanne hereinkam.

»Da bist du endlich!« Séraphine sprang auf, und sie fielen sich in die Arme. »Ich bin so froh, dich zu sehen! Wie elegant du geworden bist!«

»Alles nur Fassade. Ich bin so froh, dass du da bist.« Suzanne drückte die Freundin fest an sich. »Ich habe nie dringender eine Vertraute gebraucht! Aber erzähl: Wie war die Reise?«

Séraphine glich noch immer einer Elfe, doch sie war nicht mehr so blass wie im Kloster und sah aus wie eine Porzellanfigur mit roten Wangen und strahlenden Augen. Ihr blondes Haar war fein und glänzend wie gesponnenes Sonnenlicht.

»Mein Bruder hat mich hergebracht. Er konnte leider nicht warten, weil er ins Kolleg zurückmusste«, sagte sie mit ihrer zarten Stimme.

»Es tut so gut, dich zu sehen, *mon chou*!« Suzanne wollte ihre Freundin gar nicht mehr loslassen. Erst jetzt merkte sie, wie sehr ihr ein vertrautes und freundliches Gesicht gefehlt hatte.

»Du siehst wunderschön aus«, sagte Séraphine. »Es muss herrlich sein, hier zu leben!«

»Es ist manchmal wundervoll und manchmal furchtbar, und

manchmal ist es beides zugleich«, antwortete Suzanne. »Alle denken den ganzen Tag darüber nach, wie sie die Gunst des Königs erlangen können. Und wenn sie sie erlangt haben, denken sie darüber nach, wie man sie gewinnbringend ausnutzen kann.«

Beinahe bereute sie, dass sie ihre Freundin nach Versailles geholt hatte. Die unschuldige, treue und ehrliche Séraphine würde hier entweder verdorben werden oder untergehen.

»Du musst dir gewiss keine Sorgen um die Gunst Seiner Majestät machen.«

»Doch, jeden Tag, jede Minute. Wenn er meiner überdrüssig würde, wohin könnte ich gehen? Ich müsste mir einen anderen Liebhaber suchen, und je älter ich werde, umso schwieriger wird es, einen Mann zu finden, der mich aushält. Wenn ich Glück habe, wird der König mir einen Ehemann besorgen, wenn er genug von mir hat.«

Sie lächelte, um die harten Worte abzuschwächen, und zog Séraphine auf ein Sofa, wobei sie weiter die Hände der Freundin festhielt, als könnte die sich sonst in Luft auflösen.

»Keine Sorge, bisher zeigt Louis keine Anzeichen von Überdruss.«

»Er überschüttet dich sicher mit Geschenken. Und wie ist er in Wirklichkeit? Werde ich ihn auch kennenlernen?«

Suzanne lachte über Séraphines große blaue Kinderaugen. Sie musste das Gefühl haben, in ein Märchen versetzt worden zu sein. Suzanne selbst hatte sich schon so daran gewöhnt, dass ihr kaum noch bewusst war, wie unerreichbar Versailles den meisten Menschen schien. »Nein, ich werde nicht mit Gold und Juwelen behängt wie eine Märchenprinzessin«, antwortete sie. »Aber der König bezahlt meine Ausgaben, und ab und zu schenkt er mir ein Schmuckstück. Ich bin dennoch ständig verschuldet, denn bei Hofe grassiert das Glücksspiel-Fieber.«

»Aber er liebt dich doch?«, beharrte Séraphine. Suzanne musste einige Zeit nachdenken, bevor sie antwortete.

»Zumindest begehrt er mich. Ich weiß nicht, ob ein König lieben kann wie ein normaler Mann. Alles, auch sein Privatleben, ordnet sich seiner Aufgabe unter. Wenn es notwendig wäre, würde er mich ohne Zögern wegschicken.«

»Wie du dich verändert hast.« In Séraphines Augen lag beinahe etwas wie Ehrfurcht. »Du bist ja eine richtige Frau geworden!«

»Ich bin vielleicht weniger naiv. Aber das Wichtigste habe ich dir noch gar nicht erzählt: Ich habe etwas über meinen Vater herausgefunden!«

Suzanne war zu unruhig, um sitzen zu bleiben. Endlich konnte sie mit jemandem über ihren Vater sprechen. Sie erhob sich, trat an den Vogelkäfig und begann, Lully kleine Stückchen Kuchen durchs Gitter zu stecken. Er hüpfte heran und pickte dann mit einem schnellen Kopfrucken die Leckerei aus ihren Fingern. Suzanne berichtete währenddessen alles, was sie herausgefunden hatte.

Später rief sie den Laufburschen François und trug ihm auf, ein Abendessen zu beschaffen. Dem hübschen Jungen blieb der Mund offen stehen, als er Séraphine erblickte, die zart wie eine Fee dasaß und ihn anlächelte. Suzanne musste ihn ermahnen, und mit hochrotem Kopf zog er sich zurück.

»Deine erste Eroberung in Versailles hast du bereits gemacht«, scherzte sie.

»Ich weiß nicht, ob meine Eltern mit einem Lakaien als Ehemann einverstanden wären.« Séraphine lächelte, aber Suzanne blieb die Anspannung in ihrer Stimme nicht verborgen.

»Keine Sorge, Versailles wird dich lieben«, versicherte sie der Freundin. »Wenn du möchtest, werde ich Louis bitten, dir einen geeigneten Ehemann zu suchen.«

»Das wäre wunderbar«, sagte Séraphine. »Wenn ich keinen reichen Gatten finde, müssen meine Eltern auch noch das Schloss verkaufen. Liebe erwarte ich gar nicht, mir würde schon genügen, wenn er freundlich zu mir wäre.«

»Könntest du denn glücklich sein ohne Liebe?«, fragte Suzanne ernst.

Séraphine sah auf ihre Hände. »Liebe kann ich mir nicht leisten.«

Suzanne nahm sich vor, für sie einen Mann zu finden, der sie auf Händen tragen würde, wie sie es verdiente. An der Seite eines Mannes ohne Einfühlungsvermögen würde die empfindsame Séraphine dahinwelken. Sie besaß nicht den illusionslosen Charakter der meisten Edelfrauen, die auf Kosten ihrer Ehegatten ihre Liebhaber aushielten.

Sie waren gerade beim Essen, und Suzanne überlegte, ob sie Séraphine mit zu Madame de Toulouse nehmen konnte, als Yvette ein Billett für sie brachte. Sie erkannte sofort Louis' Handschrift.

»*Mon chou*, es tut mir so leid, aber ich muss dich an deinem ersten Abend in Versailles alleine lassen. Louis möchte mich im Grand Trianon sehen.«

»Geh nur, der König hat Vorrang. Aber du musst mir alles erzählen, wenn du wiederkommst!«

»Eigentlich würde ich lieber bei dir bleiben. Ich bin entsetzlich müde von der Jagd heute.«

Suzanne ließ sich im Boudoir von Yvette zurechtmachen. Ungeduldig rutschte sie auf ihrem Taburett herum, während die Zofe ihre Haare aufsteckte. Ins Grand Trianon hatte Louis sie noch nie kommen lassen, dorthin kam man nur auf seine ausdrückliche Einladung. Würde sie mit ihm alleine sein, oder fand dort eine Gesellschaft statt? Nicht zu wissen, was sie erwartete, machte sie nervös. Sie hörte es an der Tür klopfen, dann meldete der Diener den Herzog de Bournonville, die letzte Person, die sie in diesem Moment zu sehen wünschte. Wie sollte sie sich nach der Szene vom Nachmittag ihm gegenüber verhalten?

Er kam nicht ins Boudoir, sondern wartete im Vorzimmer, den Dreispitz unter den Arm geklemmt. Bei Suzannes Anblick zog er die Brauen zusammen, als missfiele ihm etwas an ihr.

Ohne sie zu begrüßen wandte er sich zum Gehen, und Suzanne musste hinter ihm herlaufen. Offensichtlich war er immer noch wütend, weil sie ihn geschlagen hatte, aber sie fand nicht einmal den Mut, sich zu entschuldigen, da er wirkte, als würde er ihr den Kopf abreißen, sollte sie wagen, auch nur einen Ton von sich zu geben.

Es tat weh, dass ihre freundschaftliche Vertrautheit so plötzlich zerstört war. Immerhin wartete er, bis sie aufgeholt hatte, dann bot er ihr mit kalter Höflichkeit den Arm, den sie jedoch verschmähte.

Er zeigte keine Reaktion und ging neben ihr, als wäre er aus Holz, ohne sich ein einziges Mal ihr zuzuwenden. Suzannes Verzweiflung wuchs mit jedem Schritt. Alexandre war ihr einziger Freund hier in Versailles, wenn er sich von ihr abwandte, wäre sie ganz alleine. Deshalb nahm sie allen Mut zusammen und sprach ihn an, während sie die Treppe hinabgingen.

»Alexandre?« Ihre Stimme klang schwach und ängstlich, und sie musste sich zwingen weiterzusprechen. »Es tut mir leid, dass ich Euch geschlagen habe. Ihr habt mir Angst eingejagt, aber ich wollte Euch nicht wehtun.«

Sein plötzliches Auflachen ließ sie zusammenzucken. Aber endlich sah er sie an. Seine Augen waren dunkel – kein gutes Zeichen, wie sie inzwischen wusste.

»Eure Fäuste fügen mir keinen Schmerz zu«, sagte er rau. Dass er sie nicht duzte wie sonst, wenn sie alleine waren, traf sie wie ein Schlag ins Gesicht. Ihre Stimme wurde noch zaghafter, als sie weitersprach.

»Darf ich Euch also weiterhin als meinen Freund betrachten?«

Sie waren am Fuß der Treppe angekommen, Alexandre hielt nicht an und strebte zum Ausgang.

»Ich stehe zu dem, was ich gesagt habe, und wenn es mich umbringt«, murmelte er.

»Also seid Ihr nicht mehr böse auf mich?«, fragte sie weiter.

Jetzt hielt er an, wandte sich ihr zu und packte ihre Oberarme. Einen Moment glaubte sie, er würde sie schütteln wie ein uneinsichtiges Kind, aber er sah sie nur an und sagte: »Ich bin nicht böse auf Euch, Madame de Montfort. Und nun kommt, die Kutsche wartet und der König ebenfalls.«

Sie sprachen nicht mehr miteinander, bis die Kutsche vor dem Trianon hielt. Das Schloss strahlte eine heitere Leichtigkeit aus, und im blauen Licht der Abenddämmerung schien sich die einstöckige Fassade aus rosafarbenem Marmor aufzulösen. Alexandre begleitete Suzanne in das Peristil, wo Bachelier bereits wartete, dann verabschiedete er sich wortlos mit einer knappen Verbeugung und stieg sofort wieder in die Kutsche, als hätte er sich einer lästigen Pflicht entledigt. Sie streckte den Arm aus, wie um ihn zu zwingen, sich umzudrehen, aber er ließ anfahren, ohne noch einmal aus dem Fenster zu sehen.

»Madame, Ihr lasst den König warten«, mahnte Bachelier. Suzanne hob den Kopf und setzte ein strahlendes Lächeln auf, als sie ihm durch die Eingangstür folgte.

Im Inneren des Schlösschens war es still, also würde sie wahrscheinlich mit Louis alleine sein. Nicht einmal Lakaien oder Leibwachen waren zu sehen. Die einzigen Geräusche waren das Klappern ihrer Pantoffeln auf dem Parkett und Wasserrauschen, das durch die weit geöffneten Fenstertüren hereindrang. Von dort kam auch der starke Blumenduft, der ihr beinahe den Atem nahm.

Bachelier brachte sie zu einer weiß lackierten Tür und lächelte ihr aufmunternd zu, bevor er die Klinke herunterdrückte.

Alleine betrat Suzanne die Zimmerflucht dahinter. Das Vorzimmer war leer, die Tür zum Salon hin stand offen. All das schien eine Inszenierung zu sein, und Suzanne fragte sich, was sie wohl erwarten würde. Sie fühlte sich ausgelaugt und hoffte, dass ihr keine allzu lange Nacht bevorstand.

Der Salon war entzückend. Mit seiner hellen Täfelung strahlte er die südliche Leichtigkeit aus, die die Fassade versprochen hatte. Sitzgruppen verteilten sich in dem weitläufigen Raum, der von unzähligen Kerzen erhellt wurde. Auch hier konnte Suzanne durch die Fenstertüren in den Garten blicken. Ein leichter Windzug erfrischte ihre Stirn und vertrieb die Müdigkeit ein wenig. Sie bemühte sich, ihrem Gesicht einen unbekümmerten Ausdruck zu geben, und verdrängte Alexandre aus ihren Gedanken. Schließlich war sie hier, um dem König einen angenehmen Abend zu bereiten.

Sie hörte ein Geräusch und drehte sich um. Louis kam lächelnd auf sie zu. Er trug einen blauseidenen Hausmantel, die Perücke hatte er abgelegt. Mit seinem natürlichen, kurz geschnittenen Haar sah er jünger aus und wirkte weniger streng. Suzanne mochte diese Seite an ihm, er schien dann mehr er selbst zu sein.

Schon war er bei ihr und zog sie in die Arme. Es tat gut, den Kopf an seine Brust zu legen. Suzanne schloss die Augen und lauschte seinem Herzschlag. Sie wollte an nichts mehr denken, vor allem nicht an Alexandres düsteres Gesicht. Sie legte den Kopf in den Nacken, damit Louis sie küssen konnte.

»Gehen wir in den Garten«, sagte er nach einer Weile. Er nahm ihre Hand und zog sie die wenigen Stufen hinab. Der Blumenduft wurde noch eindringlicher, fast betäubend. Er entströmte den abertausenden von Blüten, die in geometrischen Rabatten zwischen den Kieswegen wuchsen. Je weiter Suzanne und der König in den Garten vordrangen, umso schwächer wurden die Lichter des Trianon. Das Wasserrauschen wurde lauter, und bald standen sie vor einem kunstvollen Brunnen, von dem das Wasser in Kaskaden hinabfloss. Doch Suzannes Aufmerksamkeit wurde von etwas anderem angezogen. Sie schlug die Hände vor den Mund. »Das muss Zauberei sein!«

Vor dem Bassin stand ein Himmelbett mitsamt Baldachin und seidenen Vorhängen. Louis lachte über ihr Erstaunen, zog sie mit sich zwischen die Daunenkissen und küsste sie lange. Seine Lippen waren kühl und sanft, und sie entspannte sich seufzend unter seinen Zärtlichkeiten. Jetzt gab es nur sie und Louis, alles andere schien einer weit entfernten Welt anzugehören. Eine einzelne Laterne warf ihren Schein über das Bett, das wie eine leuchtende Insel in der Dunkelheit schwebte, getragen vom Rauschen des Wassers. Louis bat sie, sich zu entkleiden. Sie nahm den Bruststecker ab und löste ihre Rockbänder, so dass sich der Rock mit dem Panier einfach abstreifen ließ.

»Behalte die Strümpfe an«, sagte er, kniete sich hinter sie und löste die Bänder ihres Korsetts, wobei er ihren Nacken mit Küssen bedeckte. Suzanne erschauerte und schloss die Augen. Niemand, der Louis nur als König kannte, hätte vermutet, welch ein feinfühliger Liebhaber er sein konnte. Als spürte er ihre Müdigkeit, streichelte er sie sanft, bis sie sich unter seinen Händen vollkommen entspannte. Immer noch hinter ihr kniend umfasste Louis ihre Brüste und begann, sie zu streicheln. Seine Daumen kreisten langsam um ihre Brustspitzen, bis sie sich aufrichteten. Suzanne lehnte sich gegen seine Brust und schloss die Augen. Wie gut es tat, dass er so auf ihr Wohlbefinden bedacht war! Sie seufzte leise, während er fortfuhr, sie zu liebkosen. Beinahe unmerklich stieg das Verlangen nach mehr in ihr auf. Vielleicht würde Louis' Nähe sie Alexandre vergessen lassen. Sie drehte sich zu ihm und streifte ihm den Hausmantel über die Schultern. Als er sein Hemd über den Kopf zog und sich darin verhedderte, mussten sie beide lachen.

Suzannes Finger öffneten seine Hose, dann war auch er nackt, und sein Geschlecht reckte sich ihr entgegen. Die Versuchung war zu groß: Sie beugte sich vor und nahm es in den Mund. Als sie ihn aufstöhnen hörte, verstärkte sie den Druck ihrer Lippen und nahm so viel von ihm auf, wie ihr möglich war. Sein Glied wurde in ihrem Mund hart wie Marmor, und sie begehrte, es an anderer Stelle zu fühlen, deshalb richtete sie sich auf, und noch bevor er protestieren konnte, schlang sie die Arme um seinen Hals und ließ sich auf seinen Schoß sinken, bis er sie ganz ausfüllte. Ihre Erregung wuchs, doch sie zwang sich stillzuhalten, um ihn besser zu spüren. Beinahe verzweifelt begann sie, ihre Hüften zu bewegen. Louis schob seine Hände unter ihre Hinterbacken und half ihr, an seinem Schaft auf und nieder zu gleiten. Er stöhnte, und sie saugte an seinem Hals, wie er es liebte. Sie war fest entschlossen, ihm die denkwürdigste Nacht seines Lebens zu bereiten, wie es einer königlichen Mätresse gebührte.

»Kleine Hexe!«

Aus einer Laune heraus drückte sie seine Schultern auf die Matratze. »Ergebt Euch, Sire!«

»Niemals! Sieg oder Tod!« Sie lachten jetzt beide und rangelten miteinander wie Hundewelpen. Aus einer Eingebung heraus griff Suzanne nach einer der Stoffbahnen, die das Bett umgaben, und wand sie um Louis' Handgelenk. Er sah sie verblüfft an, ließ sie aber gewähren. Sie fühlte eine Mischung aus Übermut und Erregung, als sie auch seinen anderen Arm fesselte. Seine Armmuskeln traten hervor, als er an den Seidenfesseln zerrte.

»Und nun, Sire?« Suzanne, noch immer auf ihm sitzend, stemmte die Hände in die Seiten.

»Um mir eine Niederlage beizubringen, braucht es ein bisschen mehr, Madame.«

»Wie Ihr wollt.« Sie löste sich von ihm, obwohl er protestierte, und begann, seinen Oberkörper zu küssen. Sie ließ ihre Zunge um seine Brustwarzen kreisen, dann knabberte und saugte sie vorsichtig daran. Sie genoss seinen Körper und fuhr mit der Zungenspitze gemächlich zu seinem Bauchnabel hinab. Sein Geschlecht lag prall zwischen ihren Brüsten, und sie rieb sich sachte daran. Louis stöhnte und bog den Rücken durch. Sie richtete sich auf und sah hinab auf den König von Frankreich, der gefesselt vor ihr lag.

»Habt Ihr keine Angst, ich könnte Euch etwas antun?«, fragte sie.

Er hob kurz den Kopf. »Ich hoffe sehr, dass Ihr mir etwas antut, Madame de Montfort!«

»Und was, wenn ich ein Messer hätte?«

Louis' Augen wurden schmal. »Meine Männer wären bei Euch, bevor es meine Brust berührt hätte.«

Sie zuckte zusammen. »Heißt das, Eure Leibwache ist hier? Im Garten?« Sie raffte ein Laken vor ihrem Körper zusammen. Der König grinste. »Selbstverständlich. Darum heißt sie königliche Leibwache. Aber keine Sorge, sie haben Befehl, blind und taub zu sein. An welchem Punkt der Verhandlungen waren wir angekommen?«

»Ich glaube, beim Waffenstillstand«, stammelte Suzanne. Der Gedanke, dass dort im Dunkeln ein Dutzend Soldaten Zeuge ihres Stelldicheins wurde, war ihr mehr als unangenehm. Wenigstens war Alexandre nicht unter ihnen.

»Ich glaube nicht, dass ich mit einem Waffenstillstand einverstanden bin.« Mühelos riss Louis die Seidenvorhänge, die ihn fesselten, herunter, streifte sie ab und schlang die Arme um Suzanne, um sie hochzuheben. Zu spät erkannte sie, was er vorhatte. Sie begann zu kreischen und zu zappeln, doch er hielt sie unerbittlich fest.

»O nein, nein, bitte nicht!«, bettelte sie und klammerte sich an seinen Hals, doch es war zu spät. Sanft ließ er sie in das Brunnenbassin gleiten, und das kalte Wasser schloss sich um ihren Körper. Dann war er auch schon neben ihr und umschlang sie, doch sie entschlüpfte ihm spielerisch und bespritzte ihn mit Wasser, als er sie einfangen wollte. Er lachte, schüttelte sich wie ein Hund und zog sie am Fußgelenk wieder zu sich heran.

»Ich mache keine Gefangenen«, drohte er.

»Und was bin ich dann?« Suzanne stemmte die Hände gegen seine Brust, aber seine Arme waren wie aus Stein.

»Beute«, sagte er, drängte sich zwischen ihre Schenkel und war in ihr. Das kalte Wasser hatte sein Verlangen nicht schwinden lassen, stellte sie fest. Ihre nassen Körper klatschten gegeneinander, und sie schlang die Beine um seine Hüften. Jetzt stand Louis auf und zog sie mit sich hoch. Mit wenigen Schritten trug er sie zu einem der drei kleinen Standbrunnen, die Wasser aus der darüberliegenden Kaskade aufnahmen. Er setzte sie auf dem flachen Rand ab, und mit Wonne fühlte sie das Wasser zwischen ihren Beinen hindurchrieseln wie ein sanftes Streicheln. Sie dachte nicht mehr an die Soldaten, die in nächster Nähe Wache hielten, sondern schrie und stöhnte ihre Lust frei heraus. Louis drückte abwechselnd ihre Brüste, zwickte sie in die Spitzen und trieb sie immer weiter ihrem Höhepunkt entgegen. Endlich hielt er es nicht mehr aus und kam in ihr, stieß aber weiter zu, und einige Augenblicke später fühlte sie ein unkontrollierbares Zucken durch sich hindurchlaufen. Erst als es verebbte, nahm sie wieder wahr, wo sie sich befand. Louis küsste sie sanft, zupfte mit seinen Lippen an den ihren, seine Zunge spielte an ihren Zähnen. Sie war froh, dass er sie fest in den Armen hielt, da sonst sicher ihre Knie versagt hätten.

Jetzt merkte sie auch wieder, wie kalt das Wasser war, eine Gänsehaut überzog ihren ganzen Körper. Louis bemerkte es und trug sie zurück zum Bett, wo er sie mit einem seidenen Laken abtrocknete und dann mit ihr unter eine Pelzdecke schlüpfte. Er klatschte kurz in die Hände, und wie ein Flaschengeist erschien Bachelier mit zwei Kelchen Wein und einer Silberschale mit kandierten Früchten. Suzanne zog sich die Decke bis zum Hals und lächelte Bachelier verlegen an. Es schien ihr, als hätte er Mühe, seine übliche ernste Miene aufrechtzuerhalten.

Bald wurde ihnen warm unter der Decke. Louis ließ sie Wein aus seinem Mund trinken und fütterte sie mit Süßigkeiten. Es rührte sie, wie er sich um sie bemühte und alles tat, damit sie sich wohl fühlte. Später lag sie an seine Brust geschmiegt und lauschte dem Rauschen der Kaskade. Auch Louis schwieg und streichelte geistesabwesend ihre nackte Schulter.

»Sire, darf ich Euch etwas fragen?«

»Was du willst.«

»Wünscht Ihr Euch manchmal, ein anderer zu sein?«

Louis stützte sich auf und sah auf sie herunter. »Du meinst, ob ich vorziehen würde, nicht der König von Frankreich zu sein?« Sie nickte.

»Darüber habe ich noch nie nachgedacht. Jemand anderer sein zu wollen hieße, Gottes Entscheidungen in Frage zu stellen.«

»Aber Ihr wäret frei von dieser schweren Verantwortung.« Suzanne legte die Hand auf seine Wange. Louis nahm sie fort und küsste ihre Fingerspitzen. Ein Schauer durchrann sie wie ein Nachbeben ihrer Lust.

»Wer sollte wohl dann Frankreich regieren? Gott hat mir diese Aufgabe übertragen, und Er weiß, dass ich sie so gut erfülle, wie ich kann. Wir sind alle an unser Schicksal gebunden, auch du, meine kleine Mätresse.« Neckend küsste er nun ihre Nasenspitze, fand ihren Mund und öffnete ihn mit seiner Zunge. Mit einer kraftvollen Bewegung glitt er über sie, und sie vereinigten sich ein zweites Mal, diesmal langsam, beinahe vorsichtig.

Tanz der Masken

Kammerdiener und Zofen hasteten treppauf, treppab, die Höflinge standen in Gruppen auf den Gängen und in den Salons, aus Paris kam ein endloser Strom von Wagen an. Bei den Gesellschaften und an den Spieltischen gab es nur ein Gesprächsthema: den Maskenball. Aufputzerinnen, Schneider und Hutmacherinnen drängten sich in den Salons, es wurden feinste Stoffe ausgerollt, Spitzenborten gezeigt, Masken und Kostüme skizziert. Der Ball würde vorwiegend im Spiegelsaal stattfinden, da im Herkulessalon gerade ein neues Deckengemälde begonnen worden war und überall Gerüste standen. Louis selbst kümmerte sich um jedes Detail der Dekoration und verbrachte Stunden damit, die Ausstattung des Festes zu besprechen.

Suzanne hatte eine Einladung erhalten und wollte, dass auch Séraphine an dem Ball teilnahm. Doch diese sträubte sich.

»Solche Vergnügungen liegen mir nicht«, sagte sie mit geröteten Wangen. »Du weißt, ich sitze lieber mit einem Buch vor dem Kamin.«

»Nicht an diesem Abend«, antwortete Suzanne und bat Louis, Séraphine noch vor dem Ball offiziell vorstellen zu dürfen, damit sie daran teilnehmen konnte. So geschah es. Ein Raunen ging durch die Reihen der Höflinge, als Séraphine mit ihren Begleiterinnen auf die Räume des Königs zurauschte. Bisher hatte kaum jemand sie wahrgenommen, doch nun fielen allgemein ihre vollendete Figur, ihr zarter Teint und das goldene Haar auf.

»Die Bewerber werden nicht lange auf sich warten lassen«, stellte Suzanne zufrieden fest, nachdem Séraphine die Vorstellung hinter sich gebracht hatte.

»Ich hoffe es«, erwiderte Séraphine. »Denn lange kann ich meine Eltern nicht mehr hinhalten.«

Suzanne versprach, Louise-Anne zu Rate zu ziehen. Die Cousine des Königs kannte die verzweigten Verwandtschaftsverhältnisse der Adelsfamilien und würde sicher eine Liste von Kandidaten aufstellen können.

Doch zunächst stürzten sich die beiden Freundinnen genauso eifrig in die Vorbereitungen für den Ball wie der übrige Hof. Suzanne war froh um die Ablenkung, denn Alexandre drängte sich ständig in ihre Gedanken. Seit dem Tag der Jagdgesellschaft hielt er sich fern von ihr. Wenn sie sich doch begegneten, setzte er ein undurchdringliches Gesicht auf, das nichts von seinen Gefühlen verriet. Doch er war blass und hatte Augenringe, die von schlaflosen Nächten zeugten. Auch Suzanne bemühte sich, ihre Gefühle zu verbergen, aber sie konnte die Erinnerung an seinen starren Gesichtsausdruck, als er sie zum Trianon gebracht hatte, nicht verdrängen.

Der König bevorzugte sie inzwischen ganz offen. Sie musste stets neben ihm sitzen, und er plauderte vor dem ganzen Hofstaat mit ihr. Seine Zuneigung war nicht zu übersehen, und die Gerüchte schwirrten wie Schmeißfliegen durch die Gänge von Versailles. Da angenommen wurde, sie würde demnächst zu Louis' offizieller Mätresse ernannt, hatte sie unversehens eine Schar neuer Freunde. Ständig trat jemand an sie heran und erbat sich einen Gefallen, eine kleine Vergünstigung, die sie dem König abschmeicheln sollte. Sie verlegte sich darauf, jedes Mal freundlich zu nicken und zu sagen, sie werde sich bemühen, doch sei ihr Einfluss auf den König viel geringer, als man allgemein annehme.

Der Tag des Maskenballs kam. Suzanne und Séraphine verbrachten den ganzen Tag damit, sich für den Abend vorzubereiten. Séraphine würde sich als Aoide, die Muse der Musik, kostümieren: Ihr goldenes Kleid war mit Miniatur-Instrumenten besteckt, und auf ihrer Perücke thronte eine Leier. Suzanne hatte sich für Urania entschieden, die Muse der Astronomie. Ihr dunkelblaues Kleid war mit silbernen Sternen übersät, der Kopfputz bestand aus einem Diadem mit einer diamantbesetzten Mondscheibe, das kunstvoll mit ihren Haaren verflochten wurde. Um nicht erkannt zu werden, trugen beide Frauen Masken, die das Gesicht vollständig bedeckten; Essen und Trinken würde also nur in unbeobachteten Momenten möglich sein, wenn sie ihre Identität nicht preisgeben wollten.

Am Abend des Balls betraten Suzanne und Séraphine nebeneinander den Spiegelsaal. Die Dekoration war überwältigend: Eigens angefertigte Gipsskulpturen, die die Künste darstellten, flankierten die hohen Fenster, alles war verschwenderisch mit Blumen geschmückt. Auf dem Parkett lustwandelten die Kostümierten, plauderten und lauschten der Musik. In der Luft lag eine eigentümliche Spannung – bei den meisten Anwesenden war es unmöglich, herauszufinden, wer sich hinter den Masken verbarg. Die Comtesse de Vilancourt allerdings war leicht zu erkennen: Als Domkuppel verkleidet walzte sie durch den Raum und stieß dabei ständig gegen andere Gäste. Suzanne sah sich nervös um: Würde Alexandre da sein? Und wo war Louis? Er hatte ihr nicht verraten wollen, welche Verkleidung er tragen würde.

Der Tanz begann, die Höflinge formierten sich zur Ecossaise. Da alles maskiert war, war jegliche Rangfolge außer Kraft gesetzt, und die Paare fanden sich zwanglos zusammen. Suzanne wurde von einem ganz in Grau gekleideten Herrn zum Tanz gebeten, der eine ebenso graue Maske trug. Als Suzanne zaghaft fragte, was er darstelle, antwortete er gekränkt, er sei natürlich eine antike Statue. Suzanne glaubte die Stimme des Duc d'Argens zu erkennen, doch mit Sicherheit konnte sie es nicht sagen.

Séraphine und ihr Tänzer, dessen Doppelmaske wohl Tragödie und Komödie symbolisierte, standen ihnen gegenüber. Er wirkte etwas unheimlich, da er vorne ein lächelndes, am Hinterkopf aber ein weinendes Gesicht trug und auch sein Anzug hinten Knöpfe hatte. Nur wenn man auf seine Füße blickte, wusste man zu unterscheiden, wo hinten und wo vorne war. Die Musik setzte ein, und Suzanne konzentrierte sich auf die verschlungenen Schrittfolgen.

Sie genoss den Tanz, sie liebte die Musik und die harmonischen Bewegungen. Sie tanzte noch eine Allemande und eine Gigue, bevor sie eine Pause machte, um sich zu erfrischen. Suchend sah sie sich nach Séraphine um, doch die wurde von einem Pan mit zottigen Bockbeinen beansprucht. Inzwischen war die Luft im Saal geschwängert von Parfumdüften, Schweißgeruch und der Hitze der Kandelaber. Suzanne lechzte nach frischer Luft und lief die Treppe hinunter, um auf die Gartenterrasse zu gelangen. Es war kaum ein Durchkommen, überall drängten und schoben sich die Maskierten. Unvermittelt stieß sie mit jemandem zusammen und wäre die Treppe hinuntergestürzt, wenn nicht zwei starke Arme sie festgehalten hätten. Als sie aufblickte, sah sie sich der lachenden Theatermaske gegenüber. Die Augenlöcher waren mit einem hauchdünnen Stoff überklebt, so dass es unmöglich war, ihren Träger an den Augen zu erkennen. Kurz drehte er sich um und wandte Suzanne das weinende Gesicht zu, wohl als Zeichen seines Bedauerns über den Zusammenstoß.

Um sich nicht durch ihre Stimme zu verraten, nickte sie nur würdevoll und wollte weitergehen, aber die Maske folgte ihr. Suzanne war sich beinahe sicher, dass es de Bournonville war. Ihr Herz pochte. Wagte er nur, sich ihr im Schutz einer Verkleidung zu nähern? Nebeneinander traten sie ins Freie. Auf der Terrasse standen Sessel und kleine Tische bereit, an denen die seltsamsten Kostüme aufeinandertrafen. Dort saß ein Elefant neben einer Wassernixe, eine Standuhr neben einem Zyklopen. Suzanne und ihr stummer Begleiter mischten sich unter die wogende Menge und bewunderten die Aussicht in die Gärten: Entlang des Grand Canal und des Apollobrunnens waren Fackeln aufgestellt worden, die einen magischen Schein über das Wasser warfen, alle Wasserspiele waren in Betrieb, und die Lichter verwandelten die Tropfen in farbige Funken. Wortlos reichte die lachende Maske Suzanne ein Glas mit Champagner. Aus Verlegenheit stürzte sie es hinunter. Es kam ihr etwas dumm vor, die ganze Zeit zu schweigen, denn um sie herum wurde geplaudert und gelacht, und niemand scherte sich darum, ob er erkannt wurde. Gerade hörte man die Comtesse de Vilancourt trompeten: »Wisst Ihr das Neueste? Der Marquis de La Fayette fällt jedes Mal auf die Knie, wenn er Madame du Plessis erblickt.«

»Weil er sie so verehrt?«, fragte ihre Gesprächspartnerin, trotz Maske an ihrer mageren Gestalt eindeutig als die Comtesse du Montferret zu erkennen.

»Nein, er betet darum, dass sie ihn nicht bemerkt!«, rief die Vilancourt.

Die Damen lachten so sehr, dass sie beinahe ihre Korsetts sprengten. Suzannes Begleiter drehte sich nach den beiden Frauen um, und sie nutzte die Gelegenheit, in der Menge zu verschwinden. Sie eilte in den Festsaal zurück, wo inzwischen Menuett getanzt wurde. Angeführt wurde der Tanz von einem Apoll ganz in Weiß und Gold, Pfeil und Bogen über der Schulter, das Gesicht von einer goldenen Maske verdeckt. Das musste der König sein – Menuett war einer seiner Lieblingstänze.

Suzanne machte sich auf die Suche nach Séraphine. Sie war etwas besorgt, ob die Freundin sich in der ungewohnten Umgebung wohl fühlte. Bisher hatte Séraphine nur das Kloster und das verschlafene elterliche Landschloss gekannt, das wilde Getümmel des Balls schüchterte sie bestimmt ein, und sie würde froh sein, Suzanne zu sehen.

Doch sie wurde durch einen Maskierten aufgehalten, der ihr frech den Weg verstellte. Wider Willen musste sie lachen, denn er trug zu seinem blaugrün changierenden Seidenanzug einen echten Pfauenschwanz, der bei jeder Bewegung wippte.

»Schöne Urania, erhört mich«, näselte er durch die geschnäbelte Maske, die seine obere Gesichtshälfte verbarg. Sein Kinn und seine Lippen waren Suzanne vertraut, und sie überlegte, zu welchem Höfling sie gehörten.

»Seit wann frönen Pfauen der Astronomie?«, entgegnete sie leichthin. »Ich muss Euch verlassen, guter Vogel, die Sterne warten auf mich.« Sie wollte weiter, aber der Pfau trat ihr mit einer eleganten Drehung in den Weg.

»Ihr irrt Euch«, sagte er. »Ich warte auf Euch. Aber Ihr offensichtlich nicht auf mich.« Mit einer Handbewegung lüpfte er seine Maske. Sie fuhr zurück. »Julien!«

Er lachte sie an, seine Augen blitzten, dann streifte er die Maske wieder über und griff nach Suzannes Arm. Wenn sie kein Aufsehen erregen wollte, musste sie ihm wohl oder übel folgen. In einem der angrenzenden Räume führte er sie in eine Fensternische, die halb von einem Vorhang verborgen war. Dort nahm Julien seine Maske ganz ab, und wie immer traf seine Schönheit sie wie ein Schlag. Dann aber dachte sie daran, wie er sie hintergangen hatte, und presste die Lippen aufeinander. Sie würde sich nicht mehr von seinem hübschen Gesicht betören lassen.

»Wie schön, dass Ihr wieder zurück seid«, begann sie im Plauderton und sah dabei aus dem Fenster. Der dunkle Park war von Hunderten von Lichtern erleuchtet, es wirkte, als hätten sich die Sterne auf die Erde herabgesenkt.

»Wie unschön, Euch als Geliebte meines besten Freundes wiederzufinden«, sagte Julien. »Doch wie man hört, ist auch der König recht angetan von dir. Ich bin beeindruckt, was aus meiner kleinen Klosterschülerin geworden ist.«

Suzanne klappte ihren Fächer auf. »Hört Ihr denn auf den Tratsch, den die gelangweilten Schranzen verbreiten?«

»Das, was Ihr Tratsch nennt, ist meist die reine Wahrheit.«

»Glaubt, was Ihr wollt«, sagte Suzanne. Nun, da sie ihm gegenüberstand, fühlte sie wieder den Schmerz darüber, dass sie sich so in ihm getäuscht hatte. War es denn möglich, dass ein Teil von ihr ihn noch liebte?

Julien schwieg einige Zeit. Suzanne hob den Blick zu ihm und sah, dass auch er in den Park starrte. Sein Profil war so vollkommen, es schmerzte fast, ihn anzusehen.

»Dann habe ich dich also verloren«, sagte er tonlos. Sie fühlte den alten Zorn in sich hochsteigen.

»Ihr wart es, der verschwand und nichts mehr von sich hören ließ«, erinnerte sie ihn.

Er wandte den Kopf und sah sie an. »Ich bin nicht so schlecht, wie du denkst. Ich hätte gut für dich gesorgt.«

Suzanne unterdrückte den Impuls, seine Wange zu streicheln, und verbarg ihre Hände in den Rockfalten.

»Du kennst dich schlecht, Julien. Du wärest meiner bald überdrüssig geworden. Dir geht es nur um die Eroberung.«

»Aber Alexandre gibst du dich hin«, entgegnete er vorwurfsvoll. Seine Stimme hatte sich erhoben, und Suzanne legte einen Finger auf die Lippen.

»Du klingst wie ein kleiner Junge, dem man sein Lieblingsspielzeug weggenommen hat. Ich bin nicht mehr die naive Jungfrau, die du kennengelernt hast.«

»Das sehe ich.« Seine Augen wurden schmal. »Da wir von Jungfrauen sprechen: Wie kommt es, dass du dich hier als Witwe vorstellst? Ich war dein erster Mann, dessen bin ich sicher.«

»Bin ich dir etwa Antwort schuldig?« Suzanne reckte das Kinn, aber innerlich zitterte sie. Julien kannte zwar ihren wirklichen Nachnamen nicht, aber wenn am Hof Zweifel an ihrer Identität aufkamen, konnte sie in große Schwierigkeiten geraten.

»Mein Mann war nicht fähig, mir beizuliegen«, sagte sie schnell. Julien grinste.

»Darum konntest du kaum abwarten, meinen Schwanz in dir zu fühlen, meine kleine Klosterschülerin.«

»Jetzt werdet Ihr unverschämt, Marquis!«

Vor der Nische zog eine lärmende Gruppe vorüber, und sie schwiegen, bis sie fort war. Suzanne wollte gehen, aber Julien legte seinen Arm um ihre Taille und zog sie an sich.

»Alexandre hat dich mir weggenommen. Aber du gehörst immer noch mir.«

»Ich gehöre niemandem.« Sie versuchte ihn zu treten, wurde aber durch ihre Röcke behindert. Als sie die Fäuste hob, um ihn zu schlagen, umklammerte Julien ihre Handgelenke und zwang sie nieder. Sie funkelte ihn an, aber er beachtete es nicht. »Wie kratzbürstig du geworden bist! Das gefällt mir.« Er drückte sie gegen die Wand und fuhr mit den Lippen über ihren Hals. Suzannes Knie wurden weich, aber dann stemmte sie sich gegen ihn, um sich zu befreien, allerdings ohne Erfolg. »Ich kann so gut verstehen, dass Alexandre dich in sein Bett geholt hat«, murmelte er. »Eigentlich war er auf der Suche nach einer Mätresse für den König, aber es wundert mich nicht, dass er dir nicht widerstehen konnte.«

»Was redet Ihr da?« Suzanne war so überrascht, dass sie die Fäuste sinken ließ. Auf einmal wurde ihr klar, dass Julien Recht hatte. Sie hatte es die ganze Zeit nicht wahrhaben wollen, aber Alexandre hatte alles so arrangiert, dass sie in Louis' Bett gefallen war wie ein reifer Apfel. Welchen Zweck er auch immer damit verfolgte, er hatte sie nur benutzt.

Julien versuchte inzwischen, ihren Rock hochzuschieben.

»Vergiss Alexandre, komm zu mir zurück und werde meine Geliebte. Ich habe die ganze Zeit über nur an dich gedacht.«

»Hört auf damit!« Suzanne schlüpfte unter Juliens Arm hindurch und wollte aus der Nische fliehen, doch es gelang ihm, ihren Arm zu fassen und sie zurückzuziehen.

»Ich liebe dich, Suzanne«, sagte er. Seine Miene war verzweifelt, und nun glaubte sie ihm sogar.

»Es sollte nicht sein mit uns«, sagte sie sanft. »Nimm es hin, Julien, wie ich es hinnehme. Wann wirst du dich mit Mademoiselle de Chervel vermählen?«

»Sollen wir jetzt gepflegte Konversation betreiben?« Er beugte sich zu ihr, sie hörte ihn atmen. Unvermittelt presste er seine Lippen auf ihren Mund. Seine Zunge erzwang sich Zugang, und seine Zähne drückten gegen ihre Lippen. Es war ein wütender, gewalttätiger Kuss, dennoch fühlte sie Erregung in sich aufsteigen. Es dauerte einige Augenblicke, bis ihr klar wurde, dass nur ihr Körper beteiligt war. Sie schob ihn von sich.

»Lasst es gut sein«, sagte sie atemlos. »Ich liebe Euch nicht mehr. Bitte geht jetzt.«

»Und du bist nicht mehr die Frau, in die ich mich verliebt habe«, sagte Julien. Es klang traurig.

»Die Frau, in die du dich verliebt hast, würde nicht einmal eine Woche in Versailles überstehen.«

Sie schlüpfte an ihm vorbei, bevor er sie zurückhalten konnte.

Séraphine war, als wandelte sie durch einen Traum. Die maskierten Gestalten wogten um sie herum, die Luft war erfüllt von schwerem Parfum. Es war berauschend, herrlicher, als sie es sich je vorgestellt hatte. Und plötzlich war dieser Hirtengott an ihrer Seite erschienen, gekleidet in einen durchaus korrekten Justaucorps, nur dass seine Beinkleider aus zottigem Ziegenfell bestanden. Eine Halbmaske verdeckte seine obere Gesichtshälfte, doch die schmale Nase und die empfindsamen Lippen verursachten in Séraphine ein sehnsüchtiges Ziehen, das sie bisher nicht gekannt hatte. Pan flüsterte ihr betörende Dinge zu, mit einem unüberhörbaren italienischen Akzent, der seine Worte noch verführerischer klingen ließ. Wie in Trance folgte sie ihm nach unten, zuerst auf die Terrasse, dann in die Gärten, wo es still wurde und sie bald nur noch die Geräusche nächtlicher Tiere hörten, die durch die Hecken huschten.

In einem versteckten Boskett, das wie ein kleiner Salon unter freiem Himmel wirkte, zog er sie auf eine Bank. Er nahm seine Maske ab. Im Mondlicht sah sein Gesicht überirdisch schön aus, so zart waren seine Stirn- und Wangenknochen. Er hatte nichts Bedrohliches an sich, was Séraphine an vielen Männern so erschreckte, sondern wirkte fast geschlechtslos und deshalb umso verführerischer. Seine Augen leuchteten dunkel im Mondlicht.

»*Amore*«, raunte er. »Ich wusste gleich, dass du die Frau meines Lebens bist, als ich dich erblickte.« Er fasste ihre Hand und presste seine Lippen darauf.

»Aber wer seid Ihr?«, fragte Séraphine. Ihr Gegenüber deutete eine Verbeugung an.

»Niccolò Luchesi«, sagte er. »Komponist aus Genua. Ich weile einige Zeit am Hof auf Einladung des Königs. Und nun will ich nie wieder fort von hier.« Er neigte sich vor und drückte einen glühenden Kuss auf ihren Hals. Sie seufzte leise auf. Und wehrte sich nicht, als seine Lippen tiefer wanderten und ihre hochgeschnürten Brüste mit weiteren Küssen bedeckten.

»Niccolò«, seufzte sie, ohne zu wissen, ob sie ihn damit abwehren oder ermutigen wollte. Nun schob er auch ihre Maske hoch und betrachtete sie.

»Ich wusste, dass du schön bist, *mia bellezza*«, flüsterte er und suchte ihre Lippen. Séraphine gab ein seltsames kleines Geräusch von sich, das klang, als zerbräche etwas. Dann nahm sie sein Gesicht in beide Hände und küsste ihn. Ihre Zungen spielten miteinander, und sie bissen sich in die Lippen, ohne es zu merken. Niccolòs Hand fuhr unter ihre Röcke, das Bein entlang bis zum Strumpfband. Séraphine seufzte, als seine Fingerspitzen über die Haut ihres Oberschenkels strichen, so wunderbar fühlte sich das an. Niccolòs Hand wanderte höher, unwillkürlich presste sie die Beine zusammen. Doch als er an ihrem Ohrläppchen knabberte, gab sie jeden Widerstand auf und ließ zu, dass seine Finger an ihre geheimste Stelle vordrangen. Seine leichten Berührungen raubten ihr den Verstand – so kam es ihr zumindest vor.

»Ihr werdet mir doch nicht wehtun?« Sie klammerte sich an Niccolòs Hals.

»*Calmati*«, flüsterte er, »ganz ruhig, es wird sehr schön.«

Séraphine wurde überschwemmt von ihren Empfindungen: Angst mischte sich mit Wonne, Verlangen mit Schuldgefühlen. Doch eine plötzliche Schwäche überkam sie, so dass sie sich nicht sträuben konnte. Sie war machtlos gegen das, was sie unter seinen Zärtlichkeiten empfand. Da sie keinen Reifrock trug, war es ihm ein Leichtes, ihr das Kleid über die Hüften zu schieben. Sie spürte den rauen Stein an ihrer Haut und erschauerte.

Niccolò nahm sie beruhigend in die Arme, dann ließ er eine Hand zwischen ihre Schenkel gleiten und stippte neckend in die Feuchtigkeit. Ihre Augen weiteten sich, dann seufzte sie langgezogen.

»Geliebter«, flüsterte sie. »Niccolò!«

»Ich möchte dich ansehen, *mia cara*«, bat er und stand auf. »Halte dein Kleid hoch.« Séraphine erhob sich ebenfalls und befolgte seine Anweisung, während er etwas zurücktrat und um sie herumging. Er betrachtete sie im Mondschein, dann kam er von hinten an sie heran. Sie zuckte leicht zusammen, als etwas Hartes, dennoch Biegsames sich an ihr Gesäß drückte. Mit einer Hand fasste Niccolò ihren Nacken und zwang sie sanft, sich vornüber zu beugen, so dass sie sich auf der Steinbank abstützen musste.

»Niccolò, was geschieht nun?«, fragte sie ängstlich.

»Es wird dir gefallen«, erwiderte er. »Hab keine Angst.«

Zu gleichen Teilen vor Furcht und Verlangen zitternd wartete sie, was als Nächstes kommen würde. Seine Finger strichen unendlich zart über die Innenseite ihrer Schenkel, drangen dann in die Mitte vor, zogen sich zurück, und der hart-weiche Kolben trat an ihre Stelle. Das Ding kam Séraphine riesig vor, dennoch sehnte sie sich danach, es in sich zu spüren. Sie stellte die Beine etwas weiter auseinander, um ihm den Zugang zu erleichtern. Die Spitze drang vor und öffnete sie. Sie schrie unterdrückt auf, mehr aus Überraschung denn aus Schmerz.

»*Amore*, bin ich zu grob?«, erkundigte sich Niccolò besorgt. »Soll ich aufhören?«

»Nein«, murmelte sie. »Bitte hör nicht auf!«

Gehorsam drang er weiter vor. Séraphine wimmerte leise,

und er verharrte reglos bis der Schmerz verklang. Dann begann er, sich vorsichtig in ihr zu bewegen, stöhnte und presste sich an ihr hochgerecktes Gesäß. Mit einer Hand griff er um sie herum und fand zielsicher die kleine Perle, die sich noch in ihrer Hautfalte verbarg. Mit der Fingerkuppe reizte er diese empfindliche Stelle, bis Séraphine zuckte und sich ihm so weit wie möglich entgegenschob. Niccolò zog sich für einen Augenblick zurück, aber nur, um sie umzudrehen. Sie klammerte sich an seinen Hals, während er sie hochhob und über sich gleiten ließ. Er war stärker, als seine Statur vermuten ließ, und hielt sie mühelos. Die Hände um ihre Hinterbacken gelegt, ließ er Séraphine auf und nieder reiten und bereitete ihr damit höchstes Entzücken. Der erste Schmerz war verschwunden, geblieben war nur noch die Lust.

Sie immer noch haltend setzte Niccolò sich auf die Steinbank, so dass sie ihre Füße abstützen konnte. Seine Augen waren geschlossen, sein Gesicht lag halb im Schatten, und sie betrachtete ihn entzückt. Plötzlich schrie er unterdrückt auf, und etwas Warmes strömte zwischen Séraphines Beine. Sie war nicht ganz sicher, was geschah, blieb aber auf seinem Schoß sitzen.

»Meine einzige Liebe«, flüsterte er. »Danke für dieses Geschenk.«

Dann setzte er sie auf die Steinbank und schob eine Hand zwischen ihre Beine.

»Nicht«, flüsterte sie. »Da ist bestimmt Blut.«

»*Che me ne frega*, was interessiert mich das« war die Antwort. Er spielte mit ihren Schamlippen, tauchte seine Finger in ihren feuchten Eingang, bis sie vor Lust beinahe verging. Er rieb ihren Zapfen, immer schneller und härter, bis sie es kaum noch ertrug, und dann zerfloss sie plötzlich. Sie schrie auf, halb überrascht. Ihre *chatte* zuckte und schickte Wellen durch ihren ganzen Körper. Sie klammerte sich an Niccolò, bis sie verebbten. Sogleich danach überkam sie eine ungeheure Trägheit, und sie schmiegte sich in seine Arme.

»Hat es dir gefallen, *amore?*«, fragte er und strich ihr über das zerwühlte Haar. Sie nickte lächelnd.

»Du wirst meine Frau«, stellte er leise fest und küsste sie auf die Nase. »Und ich werde dein Mann. Du kommst mit mir nach Genua, wir werden für immer zusammenbleiben.«

Wieder lächelte Séraphine. In dieser Nacht, in diesem Augenblick schien ihr alles möglich.

Suzanne hatte irgendwann die Suche nach Séraphine aufgegeben. Sie saß erschöpft in einem Lehnstuhl, die Füße mit den silbernen Pantoffeln auf ein Taburett gelegt. Es war heiß hinter der Maske. Der Salon, in dem sie saß, diente als Durchgang, und es herrschte ein ständiges Kommen und Gehen. All die Kostümierten kamen ihr so fremd vor, sie sehnte sich ein vertrautes Gesicht herbei. Doch noch wurden die Masken nicht gelüftet. In ihrem Schutz und unter dem Einfluss des Weines wurden die Ballgäste immer ausgelassener. Hände stahlen sich in Dekolletés und unter Röcke, Köpfe wurden zurückgeworfen und weiße Kehlen freigelegt, der allgemeine Ton wurde frivoler, und ein betäubender Moschusgeruch hing in der Luft. Suzanne beobachtete das Fest wie aus der Ferne, ohne noch Teil davon zu sein. Sie hatte kaum etwas getrunken und kam sich verloren vor. Die aufgeladene Stimmung hatte keine Macht über sie, und sie dachte daran, in ihre Wohnung zurückzukehren, verwarf den Gedanken aber – falls der König sie suchte und nicht fand, wäre er sicher ungehalten. Gelegentlich sah sie die goldene Maske in der Menge. Louis genoss es bestimmt, sich unerkannt unter seine Höflinge zu mischen. Die Doppelmaske, hinter der sich womöglich de Bournonville verbarg, hatte sie zum Glück nicht mehr gesehen, seit sie entschlüpft war.

Suzanne schloss für einige Momente die Augen, um sich auszuruhen. Die Nacht würde lang werden. Als jemand sie leicht am Arm berührte, zuckte sie zusammen und schlug die Augen wieder auf. Neben ihr kniete Apollo. Seine Maske verriet nichts, aber er bot ihr die Hand. Sie lächelte, bezwang ihre Müdigkeit und ergriff seinen Arm. Er führte sie weg von dem Getümmel in ein abseits gelegenes Kabinett. Suzanne wollte etwas sagen, doch er hob den Finger an seine Lippen aus bemaltem Papiermaché, und sie schwieg. Seine Hände glitten über ihre Hüften. Er trug weiße Handschuhe aus Saffianleder – Louis hatte an alles gedacht, um seine Identität zu verschleiern. Nun strich er über Suzannes nackte Arme.

»Seid Ihr es tatsächlich?«, fragte sie leise, und Apollo nickte stumm. Seine Hände zwängten sich in ihr Korsett, holten ihre Brüste hervor und liebkosten sie. Suzanne sah sich ängstlich nach der Tür um, aber Apollo drehte ihr Gesicht wieder zu sich. Auch seine Augenhöhlen waren verschleiert. Es war seltsam erregend, dieses starre Gesicht zu sehen, während die behandschuhten Hände über ihre Brustwarzen strichen. Plötzlich kniffen die Finger in die zarten Spitzen, und Suzanne schrie auf. Das hatte Louis noch nie getan. Ihr Schrei wurde sofort erstickt, indem sich eine Hand über ihren Mund legte. Die andere Hand beschäftigte sich weiter mit ihren Brüsten. Apollo drängte Suzanne gegen die Wand, so dass sie ihm nicht ausweichen konnte. Ihre Gedanken flatterten durcheinander wie ein Schwarm aufgescheuchter Spatzen. Weshalb war sie so sicher gewesen, dass Louis hinter der Maske steckte? Jetzt war es zu spät, um noch Zweifel anzumelden. Falls es tatsächlich Louis war, würde er wissen wollen, weshalb sie mitgekommen war, ohne sicher zu sein, wem sie folgte.

Nun ließ er ihre nackten Brüste unter einer Serie kleiner Schläge hüpfen. Das leise Klatschen des Leders erregte sie, und sie stöhnte in den Handschuh hinein, der noch immer ihren Mund verschloss. Sie nahm die Schultern zurück und lehnte den Kopf an die Wand. Jetzt nahm der Maskierte eine Spitze zwischen Daumen und Zeigefinger und verstärkte langsam den Zug. Suzanne sog Luft durch die Zähne, die Berührungen ließen ihren Schoß sich zusammenziehen. Apollo schien genau zu wissen, wie er sie erregen konnte, es musste also Louis sein. Beruhigt gab sie sich nun ganz ihrer Begierde hin und presste ihren Unterleib gegen ihn. Sie spürte sein steifes Glied durch den Stoff, und schon waren ihre Finger dabei, seine Hose aufzuschnüren und seine Rute zu befreien, aber bevor sie hinsehen konnte, drückte Apollo sie auf die Knie und drang in ihren Mund ein. Sie glitt mit den Lippen den Schaft entlang, saugte an der Kuppe, wie Louis es liebte, und spürte ihn erzittern. Ein kleines Rachegelüst blitzte in ihr auf, dafür, dass er sie so sehr in Verwirrung gestürzt hatte. Sie wandte alle Kniffe an, die sie kannte, um ihn aufs Äußerste zu reizen und doch zu verhindern, dass er zum Höhepunkt kam. Jedes Mal, wenn er beinahe so weit war, hielt sie inne oder wechselte die Geschwindigkeit. Schließlich gaben die Beine unter ihm nach, und er ließ sich auf ein Kanapee fallen, wobei er Suzanne an den Handgelenken auf sich zog. Bei all dem gab er keinen Laut von sich, was sie noch mehr reizte, seine Selbstbeherrschung zu brechen.

Ihr Kleid breitete sich über seinen Unterleib und verbarg, was darunter geschah. Sie spannte die Oberschenkel an und ritt ihn, gewährte ihm aber noch immer keine Erlösung, sondern hob sich leicht an, sobald er sich dem Höhepunkt seiner Lust näherte. Dabei hielt sie es selbst kaum noch aus und quälte sich genauso wie ihn. Schließlich ertrug er das Spiel nicht länger, packte sie an den Hüften und zwang sie über sich, stieß mit aller Kraft mehrmals in sie hinein und ergoss sich. Sein Zucken brachte auch Suzanne auf den Gipfel, sie biss sich in die Lippen, um nicht aufzuschreien.

Danach lagen sie eine Zeitlang still und aneinandergeschmiegt da. Seine Brust hob und senkte sich unter ihr mit schweren Atemzügen. Doch unvermittelt stieß er sie von sich herunter und erhob sich. Von ihr abgewandt brachte er seine Kleider in Ordnung, drehte sich um, verneigte sich knapp und verließ den Raum. Suzanne blieb verwirrt zurück. Sie hatte damit gerechnet, dass Louis sich ihr zu erkennen geben würde, doch anscheinend war das Spiel noch nicht beendet.

Sie ruhte sich einige Zeit aus, säuberte sich dann mit einem Taschentuch und verließ ebenfalls das Kabinett, um sich wieder den Feiernden anzuschließen. Endlich entdeckte sie auch Séraphine, die auf sie zustürzte, sie umschlang und etwas von einem Komponisten plapperte, den sie heiraten würde. Suzanne hatte keine Zeit, darauf einzugehen, denn nun erklang das Signal, die Larven zu lüften. Sie war froh, endlich die Maske abnehmen zu dürfen, es war wie eine Rückkehr in die wirkliche Welt. Neugierig sah sie sich um. Überall wurde gelacht und gekreischt, als man sich gegenseitig erkannte. Da war auch der Doppelgesichtige. Als er die Maske abnahm, kam das lachende Gesicht des Königs zum Vorschein. Entsetzt wandte Suzanne den Kopf nach allen Seiten. Nach einigen Augenblicken entdeckte sie Apollo. Er stand etwas entfernt, ihr zugewandt. Nun streifte er die Maske ab und blickte sie an.

Es war Alexandre de Bournonville.

Geburt einer Intrige

Héctor de Gouzon lag in seinem Schlafzimmer auf dem Bett. Er bewohnte jetzt ein kleines Palais in der Nähe des Schlosses, das mit allen Annehmlichkeiten ausgestattet war und zu den Vergünstigungen seines neuen Amtes gehörte. Aber an diesem Abend konnte er all das nicht genießen, denn er grollte. Niemand hatte daran gedacht, ihn, den königlichen Kutscheninspektor, zum Maskenball einzuladen. Kurz hatte er überlegt, dennoch teilzunehmen, aber dann hatte er beschlossen, lieber in seiner Unterkunft auf seine neue Geliebte zu warten. Sie war ihm bei einem Mittagessen des Königs aufgefallen, er hatte sich ihr vorgestellt und bald herausgefunden, dass sie gemeinsame Interessen teilten.

Sie hatte versprochen, den Maskenball um Mitternacht zu verlassen, um die Nacht mit ihm zu verbringen, doch bisher hatte er keine Kutsche vorfahren hören, und allmählich wurde er ärgerlich. Mit fahrigen Bewegungen schenkte er sich das nächste Glas Cognac ein. Womöglich hatte das Luder ihn hereingelegt und sich wieder mit ihrem früheren Geliebten versöhnt. Er genoss das Brennen des Alkohols in seiner Kehle und wollte schon wieder nachschenken, als ihm einfiel, dass er in dieser Nacht noch Standfestigkeit beweisen musste. Um seine Geliebte für seinen Plan zu gewinnen, würde er ihr etwas bieten müssen. Glücklicherweise ergänzten sich ihre jeweiligen Vorlieben aufs Schönste. Der Vicomte lächelte in sich hinein. Man musste die Frauen eben zu nehmen wissen, dann waren sie alle sanft wie kleine Kätzchen. Endlich hörte er draußen das Klappern von Pferdehufen. Er blieb dennoch liegen und sah den

Flammen im Kamin zu, Pierre würde seine Mätresse heraufbringen. Der Vicomte lächelte träge und genoss die Vorfreude, als auf der Treppe ihre Schritte erklangen. Die Flügeltür wurde geöffnet, und sie stand auf der Schwelle, noch im Kostüm eines Domino. Sie ließ den Kapuzenmantel aus silberdurchwirktem Stoff herabgleiten. Darunter trug sie Männerkleidung, die ihrer schlanken Figur ausgezeichnet stand. Ihr Haar war schwarz und zu einem einfachen Zopf zusammengefasst, mit einigen Locken um das Gesicht herum. Immer noch trug sie die Maske, die unterhalb der Augen einen kleinen Vorhang hatte, so dass ihre Züge völlig verborgen blieben. Sie hätte auch ein junger Mann sein können, und diese Vorstellung verschaffte dem Vicomte einen ganz neuen, ungewohnten Kitzel.

Mit einem Finger winkte er sie zu sich heran, und sie sank neben dem Sofa auf die Knie. Unaufgefordert begann sie, jeden einzelnen seiner Finger abzulutschen, wobei sie den Gesichtsvorhang nur ein wenig lüftete. Der Vicomte stöhnte behaglich.

»Du kommst spät«, sagte er.

»Verzeiht, Herr«, tönte es unter der Maske hervor. »Ich wurde aufgehalten.«

Wie er es genoss, wenn sie ihn Herr nannte! Gewiss, es war nur ein Spiel, aber ein überaus erregendes.

»Der Grund spielt keine Rolle, du hast Strafe verdient.«

»Ja, Herr, bitte bestraft mich.« Ihre Stimme klang kokett, und der Vicomte verzog ungehalten den Mund. Echte Furcht hätte ihm besser gefallen.

»Leg deine Hosen ab!« Sie folgte dem Befehl umgehend, hob das Hemd und enthüllte schlanke, lange Beine. Ihre Scham war enthaart, und der Anblick bescherte ihm einen solch harten Pfriem, dass er kaum an sich halten konnte und am liebsten sofort über sie hergefallen wäre. Aber es brachte mehr Genuss, das Vergnügen in die Länge zu ziehen. Deshalb ließ er sie sich über die Lehne eines Sessels legen und bewunderte ihre prallen Hinterbacken, die im Schein des Kaminfeuers rötlich leuchteten wie in Vorwegnahme dessen, was gleich geschehen würde.

Jetzt erhob er sich und trat hinter sie.

»Spreiz die Schenkel, *pute*!« Er wusste, sie liebte es, eine Hure genannt zu werden; es ließ ihre Säfte fließen, und er brauchte sie erregt für das, was er vorhatte, sonst würde sie den Schmerz nicht ertragen.

Folgsam tat sie, was er verlangte. Er fasste ihr grob zwischen die Beine, und sie stöhnte auf. Der Vicomte lächelte zufrieden und roch an seinen nassen Fingern. Dann versetzte er dem hochragenden Gesäß seiner Sklavin einige Schläge mit der flachen Hand, um sie aufzuwärmen. Sie stöhnte lustvoll und wackelte mit dem gezüchtigten Körperteil, als verlangte sie mehr. Aber er hatte andere Pläne.

»Nimm endlich diese Perücke ab«, befahl er. Sie richtete sich kurz auf und zog sich die schwarzen Haare vom Kopf. Eine Flut rotblonder Locken fiel bis auf die Mitte ihres Rückens herab. Als sie sich wieder vorbeugte, züngelte ihr Haar wie Flammen über das Sitzpolster.

Der Vicomte griff unterdessen nach einer brennenden Kerze, die auf einem Wandbord stand. Es hatte sich bereits eine gute Menge Wachs in der Mitte gesammelt. Mit teuflischem Grinsen ließ er einen Teil davon auf die Hinterbacken seiner Geliebten tropfen. Cathérine de Guise-Lorraine schrie und wollte sich aufrichten, aber der Vicomte drückte ihren Nacken wieder hinunter.

»Warte, es wird dir gefallen«, versprach er. Er hielt die Kerze ein wenig höher, damit das Wachs mehr Zeit hatte abzukühlen, bevor es ihre Haut erreichte, und bald stöhnte sie vor Lust und verlangte nach mehr.

»Das musst du dir verdienen«, erwiderte er. Er ließ sie aufstehen und sich bis auf die Maske vollständig auskleiden, befahl ihr dann, ihre Brüste hochzuhalten, und tropfte auch darauf Wachs.

»Nimm die Maske ab, damit ich dein Gesicht sehen kann!«

Sie gehorchte, er wiederholte das Spiel und genoss, wie sich Schmerz und Lust in ihrer Miene mischten.

»So gefällst du mir, Madame Hochnäsig«, sagte er und rieb ihre Spalte mit seinem Zeigefinger. Sie stöhnte und drängte sich wollüstig an ihn.

»Runter mit dir, *pute*!« Er öffnete seine Hosen und ließ sie zu Boden fallen. Sein Schwanz schlug Cathérine ins Gesicht, und sie stülpte ihre rot geschminkten Lippen darüber. Er legte die Hand auf ihren Hinterkopf und zwang sie, ihn ganz aufzunehmen. Sie widersetzte sich einen Augenblick, dann gab sie nach. Er stöhnte. Ihre Willfährigkeit befriedigte ihn noch mehr als ihre Berührungen. Was für ein Idiot war de Bournonville, sie abzuweisen!

»Eine Frau wie dich habe ich mein Leben lang gesucht«, ächzte er, während sie weiter an ihm saugte. »Unterwürfig im Bett und außerhalb davon gefährlich wie eine Viper. Dich hätte ich sogar geheiratet.«

Cathérine entließ seinen Schwengel aus ihrem Mund und sah zu ihm auf.

»Ihr fangt doch nicht etwa an, von Liebe zu sprechen?«, fragte sie misstrauisch und hob die Augenbrauen.

»Keinesfalls«, beeilte der Vicomte sich zu sagen. »Das wäre ja lächerlich!«

»Einen Augenblick lang habt Ihr mir wirklich Angst eingejagt, Vicomte.« Sie stand auf und drängte ihn zum Bett hinüber, bis er in die Kissen fiel. Sofort war sie über ihm. Er schloss verzückt die Augen. Diese Frau überraschte ihn immer wieder. Während sie ihn ritt, begann er zu sprechen, unterbrochen von Stöhnen und Keuchen.

»War Bournonville auf dem Maskenball?«

»Wenn ich ihn und seine kleine Hure erkannt hätte, hätte ich ihnen beiden die Augen ausgekratzt«, fauchte sie. Ihre Haare züngelten, während sie sich auf ihm bewegte. »Ich kann es kaum ertragen, ihn beim Lever des Königs zu sehen.«

»Du willst ihn immer noch«, stellte der Vicomte fest. Er packte Cathérines Brüste und drückte sie zusammen, bis sie aufschrie. Dabei lächelte er in sich hinein. Wenn sie wüsste, wie wenig Grund sie zur Eifersucht hatte! Doch kam es ihm gelegen, wenn sie in dem Glauben blieb, Suzanne wäre de Bournonvilles Geliebte. Sonst würde sie vielleicht vor dem zurückschrecken, was er ihr gleich vorschlagen würde.

»Ich will ihn nur, um mich an ihm zu rächen«, keuchte sie. Der Vicomte nahm sie um die Hüften und half ihr, an seinem Kolben auf und ab zu gleiten. Der Ritt wurde wilder, Cathérine krallte ihre Fingernägel in seine Brust, schrie auf, und mit einem letzten Stoß pumpte der Vicomte seinen Saft in sie hinein. Cathérine stieg sofort von ihm herunter und ging zur Waschschüssel hinüber. Der Vicomte sah ihr vom Bett aus zu, wie sie sich reinigte.

»Wenn wir meinem Plan folgen«, sagte er gelassen, »werden wir beide unsere Rache bekommen.«

Suzannes Geständnis

Suzanne hatte noch nie jemanden gehasst. Es fühlte sich schrecklich an. Sie konnte nicht aufhören, an Alexandre zu denken, sah beständig sein Gesicht vor sich, und alles, was er je gesagt oder getan hatte, wiederholte sich immer wieder aufs Neue in ihrer Erinnerung wie ein endloser Albtraum. Sie lag auf einem Sofa in ihrem Appartement und hasste ihn mit aller Kraft. Séraphine kniete neben ihr, strich ihr über die Stirn und flehte sie an, ihr zu sagen, was sie bedrückte. Aber wie konnte sie aussprechen, was dieses Scheusal ihr angetan hatte? Er hatte vorgegeben, ihr Freund zu sein, ihr Beschützer, dabei war er selbst die größte Gefahr gewesen. Wütend stieß sie die Absätze ihrer Seidenpantoffeln in den kostbaren Bezugsstoff des Sofas. Sie hasste sogar die Mittagssonne, die auf das Parkett fiel, und sie hasste selbst Lully, der in seinem Käfig herumhüpfte und trällerte, als wäre nichts geschehen.

»Dieses widerliche Ekel!«, rief sie, um sich Luft zu machen. »Dieser Lump! Man sollte ihn in die Bastille werfen und nie mehr herauslassen!« Dann wandte sie den Kopf ab und fing an zu weinen.

»Nicht weinen, mein Liebes!« Séraphine strich ihr übers Haar. »Ist dieser Mann es wirklich wert, seinetwegen Tränen zu vergießen?«

»Ich weine nicht seinetwegen, sondern meinetwegen!«, schniefte Suzanne. »Weil ich so himmelschreiend dumm war, zu glauben, dass ihm wirklich etwas an mir läge.« Sie setzte sich auf und riss an ihrem Taschentuch. Séraphine ließ sich neben ihr nieder und legte den Kopf an ihre Schulter.

»Wer immer er ist, ich hasse ihn auch, weil er dich zum Weinen bringt«, sagte sie fest.

»Er ist unwichtig. Ich werde seinen Namen nie wieder aussprechen«, verkündete Suzanne. Sie wischte die Tränen fort, schnäuzte sich reichlich unelegant und umarmte dann ihre Freundin. Wie froh sie war, Séraphine bei sich zu haben, die hoffentlich noch einige Zeit von der Falschheit des Hofes verschont bleiben würde.

»Ich habe dich gestern die halbe Nacht gesucht«, sagte Suzanne. »Hast du dich gut amüsiert?«

Zu ihrem Erstaunen lief Séraphines Gesicht rosa an.

»Ach Suzanne!«, rief sie. »Ich habe schrecklich gesündigt! Ich weiß nicht, ob ich je wieder beten kann!«

Und sie erzählte Suzanne von ihrem Erlebnis mit Niccolò. Die verstand nicht recht, weshalb die Freundin sich grämte.

»Es ist doch herrlich, dass ihr euch verliebt habt.«

»Ja, aber ich habe meine Unschuld vor der Hochzeit verloren!« Séraphine rang die Hände. »Ich traue mich gar nicht, es zu beichten, es ist zu schrecklich!«

Suzanne musste ein Lächeln unterdrücken. Séraphine war wirklich ein Unschuldslamm.

»Die Priester von Versailles sind Schlimmeres gewohnt«, sagte sie. »Und sieh mich an: Ich bin so verdorben, wie man nur sein kann, zumindest wenn man die Maßstäbe der Nonnen von St. Agnes anlegt – noch hat mich kein Blitz getroffen, ebenso wenig wie all die anderen Unzüchtigen bei Hofe.«

»Meinst du, ich darf weiterhin die Heilige Kommunion nehmen?«, fragte Séraphine kindlich. Suzanne lachte auf.

»Kardinal Fleury hat dazu sicher eine eigene Meinung«, antwortete sie. »Aber ich denke, Gott verzeiht uns, denn schließlich war Er es, der uns so unvollkommen geschaffen hat.«

»Danke, Suzanne, ich fühle mich besser.« Séraphine umschlang sie liebevoll. »Gleich nachher werde ich zur Beichte gehen.«

»Immerhin hat dein Galan dir einen Heiratsantrag gemacht«, sagte Suzanne. »Wann wirst du ihn wiedersehen?«

Séraphine wusste es nicht, darum riet Suzanne ihr, ihm einen Brief zu schreiben.

»Lade ihn zu einem Souper ein«, schlug sie vor.

»So etwas würde ich nie wagen«, hauchte Séraphine. »Ich warte lieber, bis er mir schreibt.«

»Dann zögerst du die Wiedervereinigung nur hinaus«, erwiderte Suzanne und dachte, wie einfach es doch war, anderen gute Ratschläge zu geben. Was ihre eigene Lage betraf, war sie völlig ratlos. Wie konnte sie Alexandre jetzt noch gegenübertreten? Und das Allerschlimmste an der ganzen Geschichte war, dass sie jeden Moment ihrer Vereinigung genossen hatte. So wortlos genommen zu werden, schnell und verstohlen – es war herrlich gewesen, und deswegen hasste sie diesen abscheulichen Schwindler umso mehr. Wenn sie nur an ihn dachte, wurde sie feucht zwischen den Beinen, und dieses Verlangen nach ihm, obwohl er sie so übel getäuscht hatte, war ihre größte Erniedrigung. Falls er glaubte, sie würde ihn nun anschmachten wie die anderen Damen des Hofes, würde sie ihn eines Besseren belehren!

Auch hatte sie an anderes zu denken, das sie schon zu lange aufgeschoben hatte. Sie verbannte alles, was in der vergangenen Nacht geschehen war, aus ihren Gedanken und setzte sich, nachdem Séraphine in ihr eigenes Appartement zurückgekehrt war, an ihren Schreibtisch. Sie ließ den Brief von ihrem Diener Jacques überbringen und musste nicht allzu lange warten, bis er mit einer Antwort zurückkehrte. Sie las das Billett, dann stand sie auf und begann, unruhig im Zimmer umherzuwandern. Immer noch war sie nicht sicher, ob das, was sie vorhatte, richtig war. Ihr Vorhaben war riskant, sie könnte alles verlieren, aber wenn sie dieses Wagnis nicht einging, würde sie nie die Wahrheit über ihren Vater erfahren.

Als Jacques zwei Stunden später endlich Besuch meldete,

fühlte Suzanne sich, als müsste sie einen Mord gestehen. Doch auch wenn es ihr schwerfiel, empfing sie die Besucherin mit erhobenem Kopf und einem herzlichen Lächeln, ohne sich ihre Unruhe im Geringsten anmerken zu lassen. Ihre Gefühle zu verbergen hatte sie in den letzten Monaten wahrhaftig gelernt. Sie streckte die Arme aus und drückte ihre Wange an die Louise-Annes.

»Wie schön, dass Ihr mich auch einmal besucht«, sagte sie und führte die Freundin zu einem Sessel.

»Die Räume bieten einen herrlichen Blick auf die Orangerie.« Louise-Anne setzte sich und sah Suzanne aufmerksam an, der bereits selbst aufgefallen war, dass diese förmliche Konversation so gar nicht dem vertrauten Tonfall entsprach, den sie sonst miteinander pflegten. Aber das belanglose Geplauder verschaffte ihr noch eine Gnadenfrist.

»Habt Ihr schon gehört, dass der König nach Meudon abgereist ist?«, fragte Louise-Anne. »Die kleine Victoire ist an einem Fieber erkrankt.«

»Das tut mir sehr leid«, antwortete Suzanne wahrheitsgemäß. Es war rührend, wie Louis an seinen Kindern hing, und er hatte in diesem Jahr bereits zwei von ihnen verloren.

»Ich hoffe, die Kleine wird bald genesen«, sagte sie. Dennoch war sie froh, dass sie Louis in den nächsten Tagen nicht sehen musste, denn das gab ihr Gelegenheit, ihre Gedanken zu ordnen und ihre widersprüchlichen Gefühle zu bändigen.

Unsicher, wie sie mit ihrem Geständnis beginnen sollte, tauchte Suzanne ein Biskuit in ihren Kaffee, mit einer Aufmerksamkeit, als wäre dies das Wichtigste auf der Welt. Aber Louise-Anne, taktvoll wie immer, machte es ihr leicht.

»Was liegt Euch auf der Seele?«, fragte sie unumwunden. »Es gibt doch einen Grund, warum Ihr mich in Eure privaten Räume eingeladen habt.«

»Ich muss Euch etwas gestehen.« Suzanne legte den Keks auf die Untertasse und atmete tief durch. »Das hätte ich schon längst machen sollen, aber ich fürchtete, Versailles sofort verlassen zu müssen.«

Louise-Anne brach in Lachen aus. »Lasst doch diese Umständlichkeit, liebe Freundin. Zwischen uns gibt es nichts, was ungesagt bleiben müsste.«

Suzanne räusperte sich. »Mein Name ist nicht Suzanne de Montfort. Ich war nie verheiratet, also bin ich auch nicht die Witwe von Arthur de Montfort – ich kannte ihn nicht einmal. Mein wirklicher Name ist Suzanne d'Aubry, ich bin Armand-Philippe d'Aubrys Tochter.«

Nachdem sie das herausgestoßen hatte, musste sie tief Luft holen. »Es tut mir so leid, dass ich Euch und auch Seine Majestät getäuscht habe. Aber mein Vormund meinte, in Paris und vor allem Versailles hätte der Name d'Aubry keinen guten Klang. Es ist unverzeihlich, das weiß ich.«

Ihr Blick hing an Louise-Annes Gesicht, um jede ihrer Regungen einzufangen. Diese blickte einige Zeit auf ihre Hände, die in ihrem Schoß übereinanderlagen. Als sie den Kopf hob, lächelte sie traurig.

»Jetzt bist du mir noch lieber als vorher. Dein Vater und ich waren sehr, sehr gute Freunde.«

»Man sagte mir, sogar mehr als das«, erwiderte Suzanne, aber Louise-Anne winkte ab.

»Da waren wir noch halbe Kinder, und es war nur eine Liebelei. Später wurden wir enge Freunde, und ich war sehr traurig, als er starb.«

»Wie war er?« Suzanne neigte sich unwillkürlich vor. »Ich kann mich kaum noch an ihn erinnern.«

»Er war wohl die meiste Zeit hier in Versailles. Dein Vater war sehr ehrgeizig. Er wollte Einfluss. Gleichzeitig war er …« Louise-Anne starrte einige Augenblicke in die Luft, und ein wehmütiges Lächeln erschien auf ihrem Gesicht. »Er war so lebensgierig. Er wollte alles ausprobieren, alles fühlen, alles schmecken, alles wissen. Es war herrlich mit ihm.«

»Ich wünschte, ich hätte ihn besser kennenlernen können. Hat er sein Ziel erreicht?«

Louise-Anne zog die Augenbrauen hoch. »Hätte er länger gelebt, wäre er ein wichtiger Mann bei Hofe geworden, dessen bin ich mir sicher. Er stand dem Herzog von Orleans sehr nahe, schon bevor dieser zum Regenten wurde. Er und sein Freund, wie hieß er nur?«

»Héctor de Gouzon, Vicomte de Guéret«, warf Suzanne ein. »Er ist mein Vormund.«

»Richtig, das war sein Name. Wir machten uns oft lustig über ihn, weil er deinem Vater wie ein Schoßhündchen folgte. Bei Hof hieß er nur Monsieur Bichon.«

»Monsieur Schoßhündchen!« Suzanne gluckste gegen ihren Willen. »Er ist seit einiger Zeit königlicher Kutscheninspektor.«

»Ein sehr würdiges Amt«, entgegnete Louise-Anne ernst, dann konnte sie nicht länger an sich halten und brach zusammen mit Suzanne in hysterisches Kichern aus.

»Ob auch sein Schwanz gekringelt ist wie bei einem Schoßhündchen?«, stammelte die Cousine des Königs, während sie die Lachtränen von ihren Wangen wischte. Suzanne verschluckte sich beinahe, Louise-Anne hielt die Hand vor den Mund, und schon ging es von vorne los. Suzanne wusste nicht einmal, warum sie so lachen musste, aber sie hatte das Gefühl, wenn sie es nicht täte, würde sie anfangen zu weinen.

Es dauerte eine Weile, bis sie sich beruhigt hatten. Louise-Anne lehnte sich zurück und seufzte. »Ach, Armand … er fehlt mir immer noch. Wir hatten so viel Spaß zusammen. Vielleicht hätte ich ihn doch heiraten sollen, bevor er deine Mutter traf.«

Auch Suzanne war wieder ernst. »Hat er meine Mutter geliebt?«

Louise-Anne schüttelte leicht den Kopf und sah Suzanne bedauernd an. »Vielleicht zu Beginn, als er noch nicht erkannt hatte, wie unterschiedlich sie waren. Sie war furchtbar fromm und wollte nichts von Vergnügungen wissen. Er dagegen liebte das Theater, die Musik, den Tanz. Und ein Atheist war er außerdem, da stand er meinem Onkel in nichts nach.«

»Darum war er nie zu Hause«, murmelte Suzanne. Louise-Anne nahm ihre Hand.

»Aber dich hat er sehr geliebt«, sagte sie. »Er hat häufig von dir gesprochen, von deiner Klugheit und Vorwitzigkeit. Ich habe mich oft gefragt, was aus dir geworden ist. Und jetzt bist du hier.«

»Ich möchte den Namen meiner Familie reinwaschen. Ich glaube nicht, dass mein Vater ein Verräter war, sondern Opfer einer Intrige wurde. Wisst Ihr etwas darüber?«

Louise-Anne seufzte. »Ich habe nie geglaubt, dass er den Regent stürzen wollte. Ich habe ihn niemals etwas gegen meinen Onkel sagen hören, obwohl er allen Grund dazu gehabt hätte.«

»Ihr habt doch gesagt, er wäre ein Freund des Regenten gewesen?« Suzannes Herz schlug heftig, das Korsett wurde unerträglich eng.

Louise-Anne blickte an die Zimmerdecke, als würden dort die Bilder der Vergangenheit erscheinen. »Das war er, zumindest anfänglich. Doch dann geschah etwas, womit Armand nicht gerechnet hatte … Dein Vater hat mich nie von meinem Schwur entbunden, Schweigen darüber zu bewahren. Aber ich denke, er hätte nichts dagegen, dass du es weißt.« Ihre Stimme klang rau, und sie räusperte sich, bevor sie fortfuhr: »Dein Vater hatte eine Geliebte, und wir ließen alle in dem Glauben, dass ich es wäre. Denn es war mehr als nur eine Liebelei, was ihn mit dieser Frau verband. Aber ihr Vater hatte andere Pläne mit ihr.«

»Wer war sie?«, drängte Suzanne. Louise-Anne rieb sich die Stirn und seufzte. »Louise-Elisabeth, eine der sechs Töchter des Herzogs von Orleans. Sie war dem spanischen Thronfolger Luis versprochen.«

Beide Frauen schwiegen. Die Pendeluhr unter ihrem Glassturz tickte vernehmlich. Suzanne versuchte zu erfassen, was Louise-Annes Enthüllung bedeutete. Wenn ihr Vater vorgehabt hatte, d’Orleans’ Tochter zu heiraten, war er damit den Plänen des Regenten von Frankreich in die Quere gekommen.

»Aber wegen so etwas bringt man doch niemanden um!«, rief Suzanne. »Wusste der Regent von der Liebe zwischen meinem Vater und seiner Tochter? Er hätte ihr doch einfach verbieten können, ihn zu sehen.«

»Darüber habe ich so oft nachgedacht, ohne zu einem Ergebnis zu kommen.« Louise-Anne seufzte. »Aber was auch immer geschah, ich bin sicher, dass man deinem Vater den Verrat nur angehängt hat, auch wenn alle Beweise gegen ihn sprachen.«

»Was wurde aus Louise-Elisabeth?«, fragte Suzanne.

»Nachdem dein Vater gestorben war, hat sie tatsächlich den spanischen Prinzen geheiratet. Doch er starb nur wenige Jahre später, und Louise-Elisabeth kehrte vor neun Jahren zurück nach Frankreich. Sie war nur wenige Monate lang Königin von Spanien.«

»Und starb sie auch?«

»Nein, sie lebt. Wenn auch völlig zurückgezogen im Palais du Luxembourg. Sie führt das Leben einer Greisin, obgleich sie erst zweiunddreißig Jahre alt ist. Madame du Deffand ist die Einzige, die sie besuchen darf.«

Suzanne schloss die Augen. Alles, was sie gerade erfahren hatte, kreiste in ihrem Kopf wie in einem mächtigen Strudel, so dass sie es nicht zu fassen bekam.

»Ich begreife nicht, was mein Vater getan haben könnte, das so schrecklich war, dass man ihn ermorden musste.«

Louise-Anne zog die Augenbrauen hoch. »Es gibt nur einen lebenden Menschen, der das weiß.«

Rendezvous in der Orangerie

Séraphine wanderte in dem winzigen Appartement, das man ihr zugewiesen hatte, im Kreis herum, was schwierig war, da eine Sitzgruppe beinahe den ganzen Salon einnahm. Doch sie fand keine Ruhe mehr seit dem Moment gegen Mittag, in dem sie die Augen geöffnet und ihr bewusst geworden war, was sie angerichtet hatte.

Könnte sie nur auch so beschwingt sein wie die jungen Edeldamen des Hofes, so lebenslustig und unbeschwert! Stattdessen klangen ihr die Ermahnungen der Nonnen in den Ohren, die vor einem leichtfertigen Lebenswandel warnten. Sie biss sich auf die Lippen – noch etwas, das sie sich abgewöhnen musste. Nun, in der Nacht des Maskenballs war sie sehr leichtfertig gewesen. Sogar bei Hofe bewahrten die jungen Frauen sich ihre Jungfräulichkeit bis zur Hochzeit; erst nachdem sie ihren Gatten einen Stammhalter geschenkt hatten, nahmen sie sich Liebhaber. Séraphines Aussichten auf einen Ehemann hatten sich seit der vorherigen Nacht dramatisch verschlechtert. Wenn Niccolò sie nicht heiratete, war sie ruiniert.

Wie hatte sie nur so leichtsinnig sein können? Sie erkannte sich kaum wieder, seit sie in Versailles war. Was war nur in sie gefahren, sich derartig zu vergessen? Der Maskenball hatte einem fiebrigen Traum geglichen, als wären alle Naturgesetze außer Kraft gesetzt. Und es war wundervoll gewesen. Dieses eine Mal hatte sie sich nicht von ihrem Gewissen und ihrem Pflichtgefühl davon abhalten lassen, das zu tun, was sie wollte.

Sie ging ziellos in das angrenzende Schlafzimmer, das nicht viel größer war als das Himmelbett darin. Sie legte sich auf die

Matratze und betrachtete die beiden Roben an ihren Wandhaken, die ihre gesamte Aussteuer darstellten. Aber Niccolò würde es gleichgültig sein, dass sie arm war. Er hatte ihr gesagt, dass er sie liebte. Er würde sie nach Genua mitnehmen, sie würde an der Küste des Mittelmeeres leben und Italienisch sprechen. Sie sah sich in einem südlichen Garten unter einem Orangenbaum, umgeben von einer dunkellockigen Kinderschar, und jetzt öffnete sich die Gartenpforte, und Niccolò kam zu ihnen, lachte, strich den Kindern über den Kopf und küsste sie, seine Frau.

Niccolò, dachte sie, und ihre Lippen bewegten sich leicht, als sie immer wieder lautlos seinen Namen wiederholte. Es schien ihr der schönste Name der Welt zu sein, so klangvoll und edel, zugleich von verheißungsvoller Fremdartigkeit.

Doch nun kamen ihr ihre Eltern in den Sinn. Sie saßen in ihrem baufälligen Schloss, umgeben von den wenigen verbliebenen Gütern, und hofften, dass ihre Tochter sie retten würde, indem sie einen reichen Ehemann in die Familie brachte. Séraphine stöhnte auf. Sie konnte ihnen unmöglich antun, mit einem mittellosen Italiener davonzulaufen! Ihre Mutter, ohnehin zart und anfällig, würde das nicht überleben, und ihrem Vater würde es das Herz brechen, das Schloss seiner Vorfahren aufgeben zu müssen.

Séraphine kniete sich vor das Bett und versuchte zu beten. Sonst brachte ihr das innere Ruhe und die Gewissheit, was sie tun sollte. Heute aber gelang es ihr nicht, eine Verbindung zu Gott zu finden. Ihr war, als bestrafte er sie wegen ihrer Sünde. Sie vergrub das Gesicht in den Kissen und schrie hinein. So musste sich jemand fühlen, der gevierteilt wurde, dachte sie. Sie schrie ihren ganzen Schmerz und ihre Wut heraus. Dann wurde sie plötzlich ganz ruhig. Sie setzte sich auf und ordnete ihre Haare. Ihr Gesicht war gerötet, aber starr wie eine Gipsmaske.

Sie musste ihre neu erwachte Liebe mit der Wurzel ausreißen. Es war ihre Pflicht, sich für ihre Familie zu opfern. Sie würde

Versailles verlassen, denn hier würde sie nicht den Ehemann finden, den sie suchte. Ein Mann aus dem Amtsadel musste es sein, solide, mit viel Geld und dem Verlangen, in eine alte Familie einzuheiraten.

Ihr Körper fühlte sich taub an, nachdem sie diese Entscheidung getroffen hatte, doch das war eine Erleichterung. Sie würde sein wie ein Stück Holz und gar nichts mehr fühlen. Sie erhob sich und setzte sich an den Sekretär im Salon, wo sie begann, einen Brief an ihre Eltern zu verfassen.

Später saß sie ganz ruhig da und sah aus dem Fenster. Vor ihr lag der adressierte Umschlag. Ihre Augen fühlten sich gereizt an, aber sie weinte nicht mehr. Sie wusste, was sie ihrer Familie schuldig war.

Es klopfte an der Tür. Sie fuhr zusammen, erhob sich langsam und öffnete. Ein kleiner Page in Livree überreichte ihr einen Brief. Sie ahnte, von wem er kam, und musste sich setzen, so schwach fühlte sie sich. Sie legte den Brief in ihren Schoß und blickte ihn an. Eigentlich hätte sie ihn sofort zerreißen müssen, aber sie brachte es nicht über sich. Wenigstens lesen konnte sie, was er geschrieben hatte. Ihre Finger zitterten, als sie das Siegel brach und das Blatt auseinanderfaltete.

Der Brief war nur wenige Zeilen lang. Niccolò bat sie, ihn in der Orangerie zu treffen, er würde dort auf sie warten. Séraphine schloss die Augen. Sie würde ihn noch einmal sehen, um ihm alles zu erklären. Dann würde er sie vielleicht nicht hassen.

Sie nahm ihren Sonnenschirm und verließ das Schloss. Ihr schien, als könnte jeder ihr ansehen, wie es ihr ums Herz war. Es klopfte viel zu schnell, während sie durch den Park lief und die Treppen zur tiefer gelegenen Orangerie hinabschritt. Weil sie fürchtete, beobachtet zu werden, zwang sie sich, langsamer zu gehen, so als unternähme sie nur einen Spaziergang.

Jetzt, im Juni, bot die Orangerie einen heiteren Anblick. Die Feigen-, Zitrus- und Orangenbäumchen standen im Freien entlang der Wege, die auf das runde Bassin in der Mitte zuführten. Das Orangeriegebäude, wo die empfindlichen Pflanzen überwinterten, war leer; es wurde sommers nur gelegentlich für Bankette benutzt. Séraphine schlüpfte durch die Tür und hielt gleich dahinter inne. Sonnenlicht fiel durch die Holzgitter vor den Fenstern, die allzu starke Lichteinstrahlung verhindern sollten, und zeichnete ein Muster auf den Boden. Es roch leicht nach Erde und Staub. An einer Wand stapelten sich Pflanzkübel und grobe Säcke, daneben lehnte eine Leiter an der Wand, aber abgesehen davon lag der weit gestreckte Raum leer vor ihr. Niccolò war nirgends zu sehen. Unsicher machte sie einige Schritte und hielt sich dabei an der Fensterseite. Es war seltsam still hier drin, als wäre sie weit entfernt von der Welt. Sie verfiel wieder in den traumartigen Zustand der vorherigen Nacht, und auch Niccolò erschien ihr wie ein Traumgebilde, das sie selbst gesponnen hatte.

Schon dachte sie, er wäre nicht da, und wollte umkehren, da trat er aus einer Nische heraus. Er sah sie an, schweigend. Er trug nur Hemd und Hosen, die Jacke hatte er abgelegt. Sein fein geschnittenes Gesicht war beinahe mädchenhaft, sein Haar glänzte in der Sonne wie Rabengefieder. So hatte sie sich stets Gottes Engel vorgestellt. Nun kam dieser Engel auf sie zu und schritt langsam um sie herum. Sie wagte kaum, ihn anzusehen, und blieb starr stehen. Als er hinter ihr stand, nahm er eine ihrer Haarflechten in die Hand, dann strich er damit über ihren Hals.

»Bellissima«, flüsterte er. »Deine Haut ist so zart – darf ich dich berühren?«

Séraphines Kehle schnürte sich zu, sie war unfähig, ein Wort herauszubringen. Deshalb nickte sie nur leicht, wissend, dass sie damit alles wieder zerstörte, was sie sich zurechtgelegt hatte. Niccolòs Fingerspitzen legten sich auf ihren untersten Halswirbel und strichen hinauf zum Haaransatz, hinter ihr Ohr, dann nach vorne zu ihrer Kehle. Sie streckte unwillkürlich den Hals, und er nahm mit großer Zartheit ihr Kinn zwischen die Finger und drehte ihren Kopf zur Seite. Über ihre Schulter geneigt küsste er sie. Seine Sanftheit ließ jeden inneren Widerstand in ihr ersterben. Sie öffnete ihren Mund und überließ sich ihm. Ihre Glieder waren schwer, als hätte sie Fieber. Willenlos ließ sie zu, dass Niccolò ihr die Contouche auszog und die Bänder ihres Korsetts aufschnürte. Er nahm es ab und legte es auf einen Stapel Tontöpfe, kniete sich vor sie und löste die Bindebänder ihres Überrocks, des Reifrocks und des Unterrocks. Alles fiel zu Boden. Nun trug sie nur noch ihr dünnes Batisthemd, aber nicht einmal das wollte er ihr lassen.

»Ich will deine Haut im Sonnenlicht sehen«, sagte er und zog es ihr über den Kopf.

Séraphine versuchte nicht, sich zu bedecken, und Niccolò trat einige Schritte zurück, um sie besser betrachten zu können. Sie fühlte seine Blicke auf ihrem Körper wie ein Streicheln. Jetzt nahm er ihre Hand und führte sie ein wenig tiefer in den Raum hinein, wo es kühler wurde. Er sah nach oben, und als Séraphine seinem Blick folgte, sah sie an der Decke einen großen Haken mit einem Seil, an dem wohl ein Kronleuchter befestigt werden konnte. Niccolò strich mit den Fingerspitzen über ihre Haut, von den Schultern abwärts bis zu den Hüften. Séraphine dachte daran, weshalb sie eigentlich gekommen war. Sie hatte ihm sagen wollen, dass sie sich nie wieder sehen würden. Und das würde sie auch, aber erst hinterher. Es war das letzte Mal, dass ihr Geliebter sie berühren würde, und sie wollte es auskosten bis zur Neige. Sie schloss die Augen und gab sich ganz seinen Zärtlichkeiten hin. Er sank auf die Knie und umfasste ihr Gesäß, seine Zungenspitze strich zart über die Innenseite ihrer Schenkel. Es war, als streiften Schmetterlingsflügel ihre Haut. Die feuchten Stellen kühlten ab und hinterließen ein köstliches Prickeln. Sie wünschte, er möge auch ihre Mitte nicht vergessen, und wölbte die Hüften, aber Niccolò ließ sie schmachten, bis sie das Gefühl hatte, vor Verlangen zu bersten. Sie krallte ihre Finger in seine schwarzen Locken und versuchte, ihn zu lenken, aber er entzog sich ihr.

»*Amore*, ich entscheide, was geschieht, du musst einfach nur genießen.« Er streckte sich und griff sich die beiden Seilenden, die von der Decke hingen. Séraphine erschrak zuerst, als er sie um ihre Handgelenke wand, aber Niccolò beruhigte sie mit zärtlichen Küssen. Er legte eine Seilschlinge neben der anderen um ihre Arme, bis breite Manschetten entstanden, dann verknotete er die Enden. Durch die Verkürzung des Seils musste Séraphine sich mit hochgereckten Armen auf die Zehenspitzen stellen. Ihr ganzer Körper war gespannt, und sie trippelte auf dem staubigen Boden herum, um das Gleichgewicht zu halten.

Niccolò trat einige Schritte zurück. Seine Augen glänzten. »Du bist schön wie eine Statue, *tesoro*.«

»Was hast du mit mir vor?« Séraphine hörte selbst, dass ihre Stimme ebenso erwartungsvoll wie ängstlich klang.

Niccolò kam wieder ganz nah heran, seine Kleider rieben sich an ihrem nackten Körper.

»Heute spiele ich auf dir statt auf meiner Geige«, murmelte er. Séraphine wurde von Verlangen überflutet. Hatte sie ihm nicht etwas mitteilen wollen? Sie hatte vergessen, was es war.

»Ich gehöre nur dir«, flüsterte sie.

Statt einer Antwort stupste Niccolò mit der Hand an Séraphines Hüfte. Das genügte, um sie aus dem Gleichgewicht zu bringen, und den Moment, in dem sie in der Luft hing, nutzte Niccolò, um sie mit dem Rücken zu sich zu drehen. Er schob ihre Haare zur Seite und platzierte einen Kuss auf ihrem obersten Nackenwirbel, küsste sich ihr Rückgrat entlang nach unten, bis er an ihrem Steißbein angelangt war. Séraphine war nur noch Empfindung. Sie spürte die Fesseln nicht mehr, sondern glaubte zu schweben. Ihr Geliebter umfasste ihre Hinterbacken und knetete sie zärtlich, bis sie sich warm und weich anfühlten, dann zog er sie sanft auseinander.

»Was tust du?« Aber Séraphines Protest war nur schwach und verlor sich in einem Stöhnen, als Niccolòs Zunge in die Kerbe vorstieß und die empfindliche Haut um ihren Schließmuskel herum leckte. Wellen der Scham und der Lust wechselten sich ab, bis die Lust die Oberhand gewann. Séraphine höre sich darum betteln, er solle nicht aufhören. Nie zuvor hatte sie solches Entzücken empfunden. Immer noch kniend und ohne seine Zunge zurückzuziehen, schob Niccolò seinen Daumen in ihre *chatte* und ließ ihn dort sanft kreisen. Séraphine wimmerte vor Lust. Sie sehnte sich danach, ihren Geliebten zu berühren, aber die Fesselung nötigte sie, ihre ganze Aufmerksamkeit auf sich selbst zu richten.

Jetzt erhob er sich und umfasste von hinten ihre Brüste. Seine Daumen kreisten auf ihren Brustwarzen, und als sie meinte, das Gefühl nicht länger ertragen zu können, nahm er die harten Spitzen zwischen Daumen und Zeigefinger und zupfte daran. Séraphine keuchte und warf den Kopf nach hinten. Wieder verlor sie das Gleichgewicht und wurde herumgedreht. Niccolòs schönes, schmales Gesicht war ganz nah. Er küsste sie, lutschte an Séraphines Lippen, bis sie Blut schmeckte, während seine Hände sich weiter mit ihren Brüsten beschäftigten. Auch er war erregt und atmete schwer, sein Blick war verschleiert.

»*Madonna santa*, wäre ich dir nur früher begegnet«, stieß er hervor und befreite sein Glied. Séraphine riss die Augen auf, als sie das, was ihr in der vorigen Nacht so viel Freude bereitet hatte, bei Tageslicht sah. Niccolò bemerkte ihren Blick.

»Sei unbesorgt, *cara mia*, er wird dir nicht wehtun.«

Er beugte sich nieder, fasste Séraphines Fußgelenke und legte sich ihre Füße über die Schultern, mit den Händen stützte er ihr Gesäß. Sein Schwengel klopfte gegen ihre *chatte,* er nahm ihn und rieb ihn an ihr, und das fühlte sich so wunderbar an, dass sie mehr davon wollte. Ihr Becken schob sich ihm entgegen, und er drang sanft in sie ein. Sie konnte einen Aufschrei nicht unterdrücken. Niccolò hielt sofort inne und sah sie besorgt an.

»Bitte nicht aufhören«, seufzte Séraphine. Ihn so nah bei sich zu spüren, einen Teil von ihm in sich zu haben überwältigte sie. Sie hätte niemals geglaubt, zu solcher Leidenschaft fähig zu sein. Niccolò bewegte sich langsam und gleichmäßig, und sie verschlang ihn mit Blicken, während er sie nahm, um sich seine Gestalt für immer einzuprägen. Niccolò hatte die Augen geschlossen und den Kopf zurückgeworfen, seine Locken fielen bis auf seine Schultern, und das offene Hemd ließ seine glatte Brust sehen. Ihr Zusammensein war zugleich süß und bitter, weil es das letzte Mal war, dass sie sich so nah sein konnten, und sie wollte keinen Augenblick davon verlieren. Sie sog den erregenden Geruch seines frischen Schweißes ein, roch ihre eigene Lust, salzig und nach Meer duftend.

Niccolò wurde schneller, er nahm nun keine Rücksicht mehr auf sie, und Séraphine genoss es. Sie stöhnten im selben Rhythmus, er drang noch einmal so tief in sie ein wie möglich, zog sich zurück und ließ seinen Samen auf den staubigen Boden rinnen.

Séraphines Füße lagen noch immer über seinen Schultern, aber er ließ sich die Anstrengung, sie mit einem Arm zu halten, nicht anmerken. Er schob zwei Finger in ihre Scheide, gleichzeitig presste er den Daumen auf die geschwollene Perle oberhalb ihrer Öffnung. Sie hatte nicht gedacht, dass noch eine Steigerung möglich war, aber diese zweifache Reizung brachte sie dazu, jegliche Zurückhaltung aufzugeben. Sie schrie vor Lust und zuckte unter seinen Berührungen, und es dauerte nur wenige Minuten, bis ihr Saft seine Finger überflutete. Danach hing sie vollkommen kraftlos in ihren Fesseln. Behutsam ließ Niccolò ihre Beine herunter und entknotete die Seile. Séraphine fiel ihm in die Arme, unfähig, aus eigener Kraft zu stehen. Eng umschlungen standen sie in dem leeren Saal. Sie legte die Wange an seinen Hals und brachte es nicht über sich, ihm zu sagen, dass sie sich nie wieder sehen würden.

Der Pavillon im Wald

Geliebte! Triff mich heute Abend bei Einbruch der Dunkelheit an dem Ort, der auf beiliegender Karte bezeichnet ist. Ich muss über sehr wichtige Angelegenheiten, uns beide betreffend, mit Dir sprechen. Für immer Dein, Alexandre

Verwirrt starrte Suzanne auf den Brief, den sie auf einem Tisch in ihrem Appartement gefunden hatte. Wenn das ein neuer Scherz Alexandres sein sollte, fand sie ihn nicht besonders erheiternd. Oder meinte er es etwa ernst? Ihr Herz begann in ihrer Brust zu flattern wie Lully in seinem Käfig. Sie faltete das zweite Blatt auseinander und blickte auf eine Karte des Schlossparks und seiner Umgebung. Das Kreuz, das den geheimen Treffpunkt bezeichnete, lag außerhalb der Gärten inmitten der umliegenden Wälder. Es erschien ihr triftig, dass er sich mit ihr nirgendwo treffen wollte, wo man sie beobachten konnte, dennoch kam der Brief ihr seltsam vor. Was konnte er Dringendes mit ihr besprechen wollen? Wollte er ihr seine Liebe gestehen?

Was auch immer er vorhatte, ihr war bereits klar, dass sie gehen würde. Obwohl ihr klar vor Augen stand, welche Folgen diese Begegnung haben konnte und dass sie alles, was sie erreicht hatte, aufs Spiel setzen würde. Die Vorstellung, mit ihm alleine zu sein, war zugleich beklemmend und erregend. Ob er versuchen würde, sie zu küssen, wie damals im Theater? Oder würde er ganz andere Dinge von ihr verlangen? Sie seufzte leise, ihre *chatte* begann zu prickeln. »Ich muss verrückt sein«, murmelte sie.

»Wie bitte, Mademoiselle?«, fragte Yvette, die gerade dabei war, Lully Körner in seinen Futternapf zu schütten.

Suzanne fühlte sich ertappt. »Nichts, Yvette«, sagte sie betont munter, faltete den Brief mitsamt Karte schnell zusammen und ließ ihn in ihrer Rocktasche verschwinden.

Es hatte etwas von einer Flucht an sich, einfach aus Versailles zu verschwinden, ohne jemandem Bescheid zu geben. Der König war in Meudon, also würde niemand sie vermissen, wenn sie nicht zu lange fortblieb. Suzanne aß früh zu Abend und sagte Yvette, falls jemand sich nach ihr erkundige, solle sie sagen, Madame besuche eine Verwandte in Paris. Die Zofe hob die Augenbrauen, wagte aber nicht, nach Einzelheiten zu fragen. Suzanne benutzte einen Seitenausgang, um das Schloss zu verlassen, und wies einen Laufburschen an, im Stall ein Pferd für Madame de Montfort satteln zu lassen. Kurze Zeit später trabte sie die Avenue de Sceaux hinunter und hoffte, in ihrem dunkelblauen Reitkleid niemandem aufzufallen. Sie kannte sich in der Umgebung von Versailles nicht gut aus, doch anhand der Karte würde sie den Treffpunkt leicht finden. Sie musste hinter St. Cyr vorbei, in den Wald von Arcy, im Grunde konnte sie den Weg nicht verfehlen. Zudem war es noch hell, sie war rechtzeitig aufgebrochen, um sich nicht in der Dämmerung im Wald zu verirren. Die Karte in einer Hand, lenkte sie ihre braune Stute über die Waldwege. Die Bäume ragten hoch in den Himmel, und im Unterholz regte sich ein verborgenes, vielfältiges Leben. Es raschelte, knackte, huschte und flatterte, es roch nach guter, schwerer Walderde. Mehrere Male kreuzten Rehe ihren Weg, wie braune Schatten erschienen sie und verschwanden sogleich wieder im Unterholz. Suzanne sang ihrer Stute etwas vor und tätschelte ihr den Hals. Es war herrlich im Freien, und noch herrlicher, alleine zu sein. Erst jetzt merkte sie, dass sie in den vergangenen Monaten so gut wie immer in Gesellschaft gewesen war. Wie beengend war die ständige Beobachtung! Es war ihr jetzt schon widerlich, dass sie bald an den Hof zurückkehren musste.

Doch jetzt lag ein Abenteuer vor ihr. Alexandre wartete auf sie, und obwohl sie achtgab, dem Gefühl, das sie durchströmte, keinen Namen zu geben, wusste sie, was es war. Alexandres kurzer Brief hatte den Damm brechen lassen, hinter dem sie ihre Zuneigung aufgestaut hatte. Nun war es ihr gleichgültig, welche Folgen ihr Treffen haben mochte. Sie würde sich keinen Zwang auferlegen, sondern alles geschehen lassen.

Sie musste inzwischen ganz in der Nähe des Treffpunkts sein. Und wirklich führte der schmale Waldweg sie auf eine Lichtung, bewachsen mit weißen Graslilien. Am jenseitigen Rand stand ein Pavillon aus rotem Sandstein. Beim Näherkommen sah Suzanne, dass er ganz vernachlässigt war: Von den Fensterläden blätterte die Farbe, und viele der Steinornamente waren abgebröckelt. Früher hatten hier vielleicht Jagdgesellschaften Halt gemacht, um sich zu erfrischen, doch offensichtlich war das lange her.

Alexandre war noch nicht da. Sie war beinahe froh darüber, denn so hatte sie einige Zeit, um sich zu sammeln. Sie band ihre Stute an einen niedrigen Ast, das Pferd schnaubte und senkte das Maul ins Gras. Lächelnd schlenderte Suzanne zum Pavillon hinüber. Im Abendlicht wirkte die Lichtung wie verzaubert, ein idealer Ort für ein Stelldichein. Solange sie auf Alexandre wartete, würde sie sich den Pavillon von innen ansehen. Der Raum war vollkommen kahl, nur zwei Laternen verbreiteten ein flackerndes Licht, doch niemand war zu sehen. Suzannes Schritte hallten auf dem schwarz-weißen Marmorboden, der wie ein Schachbrett wirkte. Es raschelte, als sie auf vertrocknete Blätter trat, die der Wind hereingeweht haben mochte. Spinnweben hingen in den Ecken, Regenwasser hatte die Schäferszenen, die einst die Wände geziert hatten, beinahe ausgewaschen. Sie trat näher, um sich die Wandmalereien genau anzusehen, als sie hinter sich Schritte hörte. Endlich war er da! Sie wollte sich umdrehen und ihn begrüßen, da wurde sie plötzlich gepackt, und eine Hand legte sich über ihren Mund.

Die Hand erstickte den Schrei, den sie mehr aus Überraschung denn aus Schrecken ausstieß. Aber als ihr klar wurde, dass der Mann nicht Alexandre war, erstarrte sie vor Angst. Wer war der Angreifer? Sie konnte unmöglich sein Gesicht erkennen: Er hatte von hinten einen Arm um ihre Taille geschlungen und presste sie an sich, die andere versiegelte ihren Mund. Sein Atem strich über ihren Hals, und sie versuchte, nach ihm zu treten, wurde aber durch ihre Röcke behindert. Sein Griff wurde noch fester, so dass sie sich überhaupt nicht mehr rühren konnte.

»Schön stillhalten!« Die Stimme klang kultiviert. Auch war die Hand über Suzannes Mund nicht schwielig, wie es die eines Bauern oder Vagabunden gewesen wäre. Wer immer er war, er musste sie gesehen und daraufhin beschlossen haben, sie zu überfallen. Doch einfach würde sie es ihm nicht machen. Ihr war vollkommen klar, was er vorhatte. Wenn es ihr nur gelänge, ihn so lange aufzuhalten, bis Alexandre kam! Sie versuchte, in seine Handfläche zu beißen, und endlich nahm der Kerl seine Hand von ihrem Mund.

»Lass mich sofort los, widerliches Schwein!«, schrie sie. Weitere Beschimpfungen wurden von dem Taschentuch erstickt, das er ihr in den Mund stopfte. Der Stoff brachte sie zum Würgen, aber schon wurde ein weiteres Tuch um ihre untere Gesichtshälfte gelegt und im Nacken verknotet. Noch immer hinderte sein Griff sie daran, ihm ins Gesicht zu sehen.

»Nachher werde ich dich schreien hören«, flüsterte der Fremde nahe an ihrem Ohr. »Aber jetzt wollen wir nicht unseren anderen Gast erschrecken.« Ein Gast? Was hatte das wieder zu bedeuten? Suzannes Angst hinderte sie daran, einen klaren Gedanken zu fassen, doch zugleich nahm sie jede Einzelheit des Geschehens mit überscharfer Klarheit wahr. Ihr Angreifer band ihr mit einem Seil die Handgelenke hinter dem Rücken zusammen, dann drehte er sie herum. Sein Gesicht war von einer Halbmaske verdeckt. Er war noch jung, seine hübschen

Lippen verzogen sich zu einem grausamen Lächeln, als er sie an einem Eisenring festband, der in Hüfthöhe an der Wand zwischen zwei Fresken angebracht war.

»Jetzt werden wir ein wenig warten«, sagte er. »Ihr entschuldigt, dass ich Euch nicht Gesellschaft leiste.« Damit ließ er sie alleine. Obwohl sie genau wusste, dass es nichts nutzen würde, zerrte sie an den Fesseln. Was hatte der Fremde mit ihr vor, und wer war der Gast, auf den er wartete? Sie schwamm in einem Meer aus Entsetzen und hatte das Gefühl, darin zu ertrinken. Als sie draußen Hufschläge näher kommen hörte, richtete sie sich auf. Was würde jetzt geschehen? Stiefelschritte erklangen unter dem Vordach, dann erschien die Silhouette eines Mannes im Türrahmen. Suzanne brach beinahe zusammen vor Erleichterung, als sie Alexandre erkannte. In ihr keimte die Hoffnung, dass all dies nur ein Scherz war. Aber offensichtlich hatte Alexandre nicht erwartet, sie gefesselt zu sehen, denn bei ihrem Anblick prallte er zurück; seine Überraschung war nicht gespielt.

»Was zum Teufel machst du da? Soll das ein Spiel sein?« Er blieb in einiger Entfernung stehen und verschränkte die Arme.

Suzanne schüttelte wild den Kopf. Wäre sie nicht gefesselt gewesen, hätte sie ihn ohrfeigen können, begriffsstutzig wie er war. Man hatte ihn ebenso hierhergelockt wie sie. Sie riss an dem Seil und gab unartikulierte Laute von sich. Endlich begriff er und zog seinen Säbel. Doch zu spät. Suzannes Augen weiteten sich, als hinter ihm plötzlich der Maskierte auftauchte, einen Knüppel in der Hand. Bevor Alexandre sich umdrehen konnte, traf das Holz seinen Hinterkopf. Ohne einen Laut brach er zusammen, sein Säbel schlitterte klirrend über den Boden.

Ein dünnes Rinnsal Blut rann unter Alexandres Kopf hervor über die Fliesen. Er war doch nicht etwa tot? Dass sie ihm nicht helfen konnte, war das entsetzlichste Gefühl, das Suzanne je empfunden hatte. Sie fing an zu weinen, musste sich aber zwingen aufzuhören, weil sie beinahe an ihrem Knebel erstickte. Sie musste zusehen, wie der Maskierte den Knüppel wegwarf und sich daranmachte, auch Alexandre zu fesseln. Er hatte sie beide in eine Falle gelockt. Aber weshalb? Suzanne war sicher, ihm noch nie begegnet zu sein. Er zerrte Alexandre über den Boden, wobei dessen Kopf Blut auf dem Boden verschmierte. Suzanne konnte den Anblick nicht ertragen, sie musste die Augen schließen. Als sie sie wieder öffnete, sah sie ihn an der Wand gegenüber, auf die gleiche Weise gefesselt wie sie selbst, nur dass er ohnmächtig an dem Eisenring hing und seine Arme nach hinten verdreht waren. Sein Zopf hatte sich aufgelöst, und sein dunkles Haar hing ihm wirr ins Gesicht.

Der Maskierte trat ihm mit der Stiefelspitze in die Seite. »Aufwachen, Monsieur le Duc!«

Als sie Alexandre so übel behandelt sah, verwandelte sich Suzannes Angst in Zorn. Wer war diese Bestie? Sie zerrte wieder an ihren Fesseln und knurrte den Maskierten an wie ein tollwütiger Hund. Er wandte sich ihr zu und grinste. »Dein Geliebter macht keine besonders gute Figur mehr, fürchte ich. Aber keine Angst, er lebt. Wir haben noch einiges mit ihm vor. Und mit dir auch!«

Wir? Es steckten also mehrere Leute hinter dem Überfall. Waren es Feinde Alexandres? Vielleicht Leute, denen er Geld schuldete? Aber so weit würde kein Höfling gehen, gleichgültig, um welche Summen es sich handelte. Und was hatte sie selbst mit alldem zu tun?

Der Maskierte ging jetzt zur Tür, und Suzanne schöpfte Hoffnung. Vielleicht würde er einfach gehen. Aber er winkte nur nach draußen und kehrte zurück, gefolgt von einem zweiten, wesentlich kleineren Mann, der eine Laterne in der Hand hielt. Er war in einen weiten, schwarzen Mantel gehüllt, trug einen Dreispitz und ebenfalls eine Maske, nur, dass diese sein Gesicht ganz verbarg. Unter dem Mantel blitzte eine silberdurchwirkte Weste hervor. Wenn er sich so teuren Stoff leisten konnte, musste er von Adel sein, dachte Suzanne, entschlossen, sich jedes Detail zu merken, das später dazu beitragen konnte, die beiden wiederzuerkennen. Falls sie dies hier überleben würde.

Sie zuckte zusammen, denn Alexandre stöhnte plötzlich und rührte sich. Erleichterung durchströmte sie, dennoch war es eine Qual für sie, zuzusehen, wie er sich auf die Knie kämpfte, den Rücken gebeugt, um den Zug auf seine Arme zu verringern.

»Sieh an, unser Don Juan erwacht«, spottete der Angreifer. Er neigte sich zu dem Kleineren, der ihm etwas zuflüsterte. Daraufhin ging der Große zu Alexandre hinüber und zerrte ihn auf die Füße. »Ihr wollt doch sicher zusehen, wenn ich mich mit Eurem Hürchen befasse.« Alexandre lehnte sich gegen die Wand, sein Gesicht war blutverschmiert.

»Du Abschaum, binde mich los und kämpfe wenigstens ehrlich!«, murmelte er, aber der andere ließ sich nicht reizen, sondern kam herüber und baute sich vor Suzanne auf. Sie starrte ihm in die Augen, obwohl sie so heftig zitterte, dass sie sich kaum auf den Beinen halten konnte.

Der Maskierte sah kurz zu seinem Herrn hinüber, der nickte und sich das dunkle Haar an den Schläfen mit zwei Fingern zurückstrich, als befände er sich in einem Salon. Suzannes Gegenüber lächelte, dann riss er den Bruststecker von ihrem Kleid. Sie zuckte zurück, merkte jedoch sofort, wie sinnlos der Versuch war, ihm auszuweichen. Deshalb richtete sie sich so gerade wie möglich auf und beschloss, alles, was diese Bestie mit ihr vorhatte, möglichst würdevoll zu ertragen. Zu ihrem Entsetzen zog er einen Dolch.

Der Kerl packte den Kragen ihrer Contouche und schlitzte den Stoff von der Schulter bis zum Ärmelbund auf. Ebenso verfuhr er mit der anderen Seite, so dass der Mantel von ihr abfiel wie eine alte Haut. Dann steckte er die Klinge weg und löste ihre Rockbänder. Mitsamt den Unterröcken und dem Reifrock rauschte alles in einer Wolke aus dunkelblauem Taft zu Boden. Jetzt trug sie nur noch ihr Korsett, darunter das knielange, durchsichtige Hemd und ihre Strümpfe.

»Ich reiß dir die Eier ab, wenn du ihr etwas antust, du Warzenschwein!« Alexandre zerrte mit aller Kraft an seinen Fesseln, der Eisenring schlug klirrend gegen die Wand. Mehr denn je wirkte er wie ein wildes Tier, blutverschmiert und mit wirrem Haar, aber er konnte nichts ausrichten. Suzanne versuchte, ihm mit den Augen zu verstehen zu geben, dass er sich ruhig verhalten sollte. Der Dolch taugte nicht nur dazu, Kleider zu zerschneiden.

Der Maskierte kniete sich hin, um ihre Beine auch von den Strümpfen zu befreien. Seine Hände fuhren unter den Saum ihres Hemdes und zogen an ihren Strumpfbändern. Suzanne blickte auf ihn hinunter. Sein Gesicht befand sich genau auf Höhe ihres Knies, und sie dachte nicht lange nach, sondern rammte es ihm in die Nase. Der Mann brüllte, wurde nach hinten geworfen und landete unsanft auf seinem Gesäß.

»Schlampe!« Es klang undeutlich, weil er sich die Hand über die Nase hielt. Dunkelrotes Blut quoll darunter hervor und rann über seine Lippen. Er grinste, leckte es ab und rappelte sich hoch. »Madame ist übel gelaunt, wie es scheint«, nuschelte er und drückte sie mit seinem ganzen Körper an die Wand, bis ihr die Luft wegblieb. Sie konnte sein Blut riechen, metallisch und warm. Ihr wurde übel, mühsam drehte sie das Gesicht zur Seite. Wenn sie sich übergeben müsste, würde sie wahrscheinlich ersticken.

Sie sah über seine Schulter hinweg auf Alexandre, und er sah sie an, rasend wegen seiner Hilflosigkeit. Doch seine Beschimpfungen ließen den Maskierten kalt, der sich lüstern an Suzannes Körper rieb. Und dann begann er, sie abzulecken, was sie beinahe doch dazu brachte, sich zu erbrechen. Sein Speichel auf ihrer Haut brannte wie Säure, zumindest erschien es ihr so. Er roch nach Rosenwasser, und Suzanne wusste, dass sie nie wieder an ihrer Lieblingsblume würde riechen können, ohne an ihn zu denken. Er leckte über ihre Wange, ihren Hals und stieß seine Zungenspitze in ihre Ohrmuschel. Unwillkürlich wimmerte sie und versuchte, ihm zu entschlüpfen, aber das schien ihm zu gefallen, denn er lachte nur und presste sich noch fester an sie. Dann biss er sie in die Schulter. Der Schmerz, als seine Zähne ihre Haut durchdrangen, durchfuhr sie bis in die Zehen, und sie brüllte hinter dem Knebel auf.

»Feiger Hund, leg dich mit einem Mann an, wenn du dich traust!«, hörte sie Alexandre brüllen.

Hinter dem Widerling erschien nun sein Herr. Schweigend klopfte er dem Größeren mit dem Knauf seines Gehstocks auf die Schulter und bedeutete ihm mitzukommen. Die beiden begaben sich außer Hörweite, und der Kleinere zischte dem Großen etwas ins Ohr. Währenddessen suchte Suzanne Halt in Alexandres Augen. Der Biss brannte, sie wagte nicht hinzusehen.

»Es tut mir so leid«, sagte Alexandre leise. »Es ist alles meine Schuld.«

Suzanne schüttelte den Kopf. Sie sah nur noch verschwommen, weil sie ihre Tränen nicht abwischen konnte. So gerne hätte sie ihm gesagt, dass sie sich allein durch ihre Dummheit in diese Lage gebracht hatte. Wie leichtsinnig war es gewesen, dieser Einladung zu folgen, ohne jemandem zu sagen, wohin sie ging!

Die beiden Unbekannten hatten ihr Gespräch beendet, und der Große kam wieder zu ihr. Unwillkürlich duckte sie sich und hasste sich sogleich dafür. Er lächelte, immer noch blutverschmiert, zudem war seine Nase inzwischen dick geworden und wirkte wie ein Geschwulst in seinem Gesicht. Überraschenderweise nahm er ihr den Knebel ab. Sie würgte das Taschentuch aus. Ihr Mund war so trocken, als hätte sie Sand gegessen.

»Zu bedauerlich, Madame«, sagte ihr Peiniger. »Mein Herr möchte nicht, dass wir uns weiterhin vergnügen. Das gilt allerdings nicht für Euren Liebhaber.« Er wandte sich um und hob den Knüppel vom Boden auf.

»Lasst ihn!«, krächzte Suzanne. »Bitte, ich mache auch alles, was ihr wollt!«

Sie sah zu dem Kleineren hinüber, der sich wieder mit den Fingern über die Schläfen strich. Etwas an dieser Geste kam ihr bekannt vor, doch es entschlüpfte ihr sofort wieder.

»Wollt ihr Geld? Ich habe keins hier, aber er kann welches besorgen, wenn ihr ihn gehen lasst.« Sie schluckte, um genug Speichel zum Weitersprechen zu sammeln. »Mich könnt ihr als Geisel behalten. Wie viel wollt ihr?«

Der Maskierte lachte. »Mit Geld könnt Ihr Euch nicht aus dieser Sache herauswinden.« Mit dem Kinn wies der Kerl auf Alexandre.

»Betrachtet Euren Hengst noch einmal genau, denn in wenigen Minuten werdet Ihr ihn nicht mehr wiedererkennen.« Er hob den Knüppel auf, wog ihn in der Hand, legte ihn dann jedoch zurück. »Aber wir wollen doch nicht, dass das Vergnügen zu schnell vorüber ist«, sagte er, ballte die Fäuste und trat auf Alexandre zu.

»Wie ehrenvoll, einen gefesselten Mann zu schlagen«, sagte dieser noch, dann ließ der erste Fausthieb seinen Kopf gegen die Wand krachen. Suzanne schrie, aber der Maskierte ließ sich nicht ablenken. Alexandre stöhnte, als er mehrere Schwinger in den Magen erhielt, und fiel auf die Knie.

»Hört auf!«, brüllte Suzanne. »Ihr bringt ihn um!«

Der Maskierte sah kurz über seine Schulter und grinste. »Sehr scharfsinnig, Madame, aber keine Sorge: Ihr kriegt Euren Galan zurück, wenn auch leicht angeschlagen.«

Er prügelte weiter auf Alexandre ein. Aus dessen Mund tropfte Blut, und er spuckte zwei Zähne aus. »Arschloch«, nuschelte er. Der Maskierte hieb ihm gegen die Schläfe, und sein Körper sackte zusammen. Suzanne rief seinen Namen, aber er rührte sich nicht mehr. Der kleinere Mann hatte sich nicht von der Stelle bewegt. Er fuhr sich wieder an die Schläfe, dann nickte er zum Ausgang. Der Große wischte sich die blutigen Fäuste an Alexandres Hemd ab und sah dabei über die Schulter zu Suzanne.

»Zu schade, dass wir gehen müssen. Aber zumindest Ihr werdet nicht verkommen, es wird Euch in Kürze jemand abholen, der kaum noch erwarten kann, sich mit Euch auf jede erdenkliche Weise zu vergnügen.« Er lachte keckernd.

Sie wandte den Blick nicht von Alexandre, von dessen Nase Blut auf die Fliesen tropfte. Seine Augen waren so geschwollen, dass er sie wahrscheinlich nicht einmal hätte öffnen können, wäre er bei Bewusstsein gewesen. Der Anblick schnürte Suzannes Brust zusammen. Am schlimmsten war, dass sie ihm nicht helfen konnte.

Immerhin schien es vorüber zu sein. Die beiden Männer wandten sich dem Ausgang zu. Zu gerne hätte sie ihnen eine Verwünschung hinterhergeschickt, doch es war klüger, den Mund zu halten, sonst kämen sie womöglich zurück. Die Tür des Pavillons fiel ins Schloss, dann war es still.

Erst jetzt begann sie zu zittern. Sie hatte ihre Gliedmaßen nicht mehr in der Gewalt, ihre Arme schlotterten haltlos, und ihre Zähne klapperten, als wäre es tiefster Winter, ganz so, als versuchte ihr Körper, die Angst abzuschütteln, die sich in ihm aufgestaut hatte. Für geraume Zeit war sie nicht fähig, an etwas zu denken oder gar zu sprechen. Als das Zittern aufhörte, wurde sie unendlich müde. Sie schloss die Augen und musste wohl einen Moment lang eingenickt sein, denn sie erwachte dadurch, dass sie das Gleichgewicht verlor. Gerade noch rechtzeitig fing sie sich und richtete sich wieder auf. Sie musste wach bleiben. Jemand würde kommen und sie abholen, hatte ihr Peiniger angekündigt. Ihr graute davor, was dann wohl mit ihr geschehen würde. Sie wagte einen Blick auf ihre Schulter, die zu schmerzen begonnen hatte. Der Biss des Maskierten hatte tiefe Male hinterlassen, und die Haut war an der Stelle dunkel angelaufen. Wieder spürte sie, wie seine Zähne sich in ihr Fleisch gesenkt hatten, und schüttelte sich vor Ekel.

Alexandre gab noch immer kein Lebenszeichen von sich. Die Laternen warfen ihr flackerndes Licht über seine zusammengesunkene Gestalt. Suzanne rief leise seinen Namen, viele Male, bis er sich endlich regte. Mühsam hob er den Kopf.

»Sind sie weg?« Er hustete und spuckte Blut auf den Boden. »Geht es dir gut, Kätzchen?«

Suzanne nahm sich zusammen und hielt die Tränen zurück. Zum Weinen war jetzt keine Zeit.

»Sie haben gesagt, jemand wird mich abholen«, sagte sie.

»Wer immer es ist, ich werde ihn umbringen.«

»Ich glaube nicht, dass Ihr in der richtigen Verfassung seid, jemanden umzubringen.«

»Diese Fesseln loszuwerden würde helfen.« Alexandre lachte rau, und es tat Suzanne unendlich gut, das zu hören.

»Ich habe Angst.«

»Ich weiß, mein Kätzchen. Aber du bist sehr tapfer gewesen.«

»Mich hat auch niemand zusammengeschlagen.«

»Keine Sorge, es war nicht das erste und sicher nicht das letzte Mal. In ein paar Tagen bin ich wie neu.«

Er verstummte. Suzanne zog und zerrte an dem Strick, der in ihre Handgelenke schnitt. Wenn sie sich nicht befreien konnte, würde man sie holen kommen. Sie ballte die Hände zu Fäusten, um die Fessel zu weiten, und wiederholte das unzählige Male, während sie lauschte, ob draußen Hufschläge erklängen. Aber alles, was sie hörte, waren Alexandres schwere Atemzüge. Ihre Handgelenke brannten, die Haut war wundgescheuert, aber sie machte dennoch weiter, und dann ging es auf einmal, und sie konnte ihre Hände durch die Seilschlaufen ziehen.

»Gott sei Dank«, sagte sie. »Alexandre, ich bin frei.« Sie eilte zu ihm hinüber. Ihr Körper presste sich an seinen, als sie um ihn herum nach seinen Fesseln tastete. Mit ihren tauben Fingern versuchte sie, den Knoten zu öffnen.

»Ich bin zu schwach«, sagte sie. »Es tut mir so leid.« Sie war unendlich müde und legte einfach den Kopf auf seine Schulter.

»Du musst gehen«, sagte er. »Versteck dich im Wald, im Dunkeln werden sie dich nicht finden.«

»Nicht ohne Euch«, sagte Suzanne. Entschlossen richtete sie sich auf. Durch das Fenster sah sie draußen Glühwürmchen umherfliegen. Sie blickte sich um und entdeckte ihre Röcke, die noch immer auf dem Boden lagen, wickelte sich den Stoff um den Unterarm, ging zu einem der Fenster und schlug die Scheibe ein. Das Klirren klang überlaut in die Nacht hinaus, und sie verharrte einen Moment, um zu lauschen, ob sich jemand dem Pavillon näherte, doch alles blieb still. Aus dem Scherbenhaufen suchte sie einen langen Splitter heraus und ergriff ihn durch den Stoff hindurch.

»Nicht bewegen«, ermahnte sie Alexandre. Es war nicht leicht, mit dem Splitter das Seil zu schneiden, aber nach einiger Zeit hatte sie alle Fasern durchtrennt, und er rutschte an der Wand entlang zu Boden.

»Ich dachte, meine Arme sind ausgekugelt, aber es scheint zu gehen.« Vorsichtig bewegte er die Schultern und ächzte. Dann sah er grinsend zu ihr auf. Ihr wurde bewusst, dass sie nur in einem halb durchsichtigen Hemdchen vor ihm stand. Sie raffte ihre Sachen zusammen und kleidete sich an, so gut es ging.

»Gehen wir.«

»Ich bin mir nicht sicher, ob ich laufen kann«, gestand Alexandre mit schiefem Grinsen.

»Ihr müsst aber.« Suzanne legte sich seinen Arm um die unversehrte Schulter, und mit ihrer Hilfe gelang es ihm, aufzustehen. Sie öffneten die Tür, die zum Glück nicht abgeschlossen war, und humpelten unter das Vordach. In einiger Entfernung schimmerte ein Licht durch die Bäume, verschwand und erschien wieder. Suzannes Körper wurde eiskalt.

»Sie kommen«, flüsterte sie.

So schnell es eben ging, schleppten sie sich zur entgegengesetzten Seite der Lichtung und tauchten ins Unterholz. Ohne darauf zu achten, dass Zweige ihnen die Haut aufschürften und Dornen sich an ihren Kleidern verhakten, arbeiteten sie sich vorwärts, bis sie glaubten, von der Lichtung aus nicht gesehen werden zu können.

»Ich will sehen, wer es ist«, flüsterte Suzanne. Aneinandergelehnt kauerten sie reglos im Dunkeln und sahen zu, wie das Licht sich näherte. Hufschläge wurden vernehmlich, und eine geschlossene Kutsche rollte auf die Lichtung. Der Kutscher nahm die Laterne von ihrer Halterung neben dem Bock und hielt sie hoch. Ihr Schein fiel genau auf sein Gesicht.

Suzanne schlug sich die Hand vor den Mund, um ihren Schrei zu ersticken.

Der Vicomte de Guéret verschwand im Pavillon. Sie unterdrückte den Drang davonzulaufen und atmete ganz flach. Neben sich spürte sie Alexandre, und obwohl er nicht einmal imstande gewesen wäre, gegen eine Katze zu kämpfen, fühlte sie sich geborgen.

Aus dem Pavillon erklang nun ein wütendes Brüllen, und gleich darauf erschien der Vicomte wieder auf der Schwelle. Er stapfte zu seinem Gefährt, kletterte hinauf und zog dem Pferd, das wirklich nichts dafür konnte, die Peitsche über. Das schrille Wiehern klang unheimlich durch die Nacht, dann ratterte der Wagen davon.

»Ich bringe ihn um«, sagte Alexandre.

»Du hast meine Erlaubnis.« Suzanne war noch nie in ihrem Leben so wütend gewesen.

»Ich muss Euch etwas sagen, aber Ihr müsst mir schwören, dass Ihr es keiner Menschenseele erzählt, vor allem nicht dem König.«

»Du hast mir das Leben gerettet, wie könnte ich dir diese Bitte abschlagen.«

»Dieser Mann, der Vicomte de Guéret, ist mein Vormund. Ich bin gar nicht Madame de Montfort, sondern heiße Suzanne d'Aubry.«

»Das klingt doch sehr hübsch«, antwortete Alexandre. »Warum bist du nicht dabei geblieben?«

»Könnt Ihr nicht einmal ernst sein?« Sie stieß ihm den Ellbogen in die Seite, worauf er aufjaulte.

Sie erzählte, weshalb sie in Versailles war und was sie bisher herausgefunden hatte.

»Du schuldest mir also etwas, weil ich dir dabei geholfen habe«, bemerkte Alexandre. »Ich werde bei Gelegenheit darauf zurückkommen.«

»Aber was sollte mein Vormund gegen mich haben?«, sagte Suzanne in die Dunkelheit hinein. »Ich habe ihm doch nichts getan und ihm sogar den Posten als Kutscheninspektor verschafft.«

»Und ich muss mich verprügeln lassen, weil er etwas gegen dich hat«, erwiderte Alexandre. »Das ergibt für mich keinen Sinn.«

Sie seufzte. »Für mich auch nicht.«

»Sehen wir, dass wir nach Hause kommen«, sagte Alexandre.

Vorsichtig kehrten sie zur Lichtung zurück, wo sie feststellen mussten, dass ihre Pferde verschwunden waren, der Maskierte und sein Gebieter hatten sie wohl mitgenommen. Es blieb ihnen nichts anderes übrig, als zu Fuß zu gehen. Sie holten die beiden Laternen aus dem Pavillon, und dann machten sie sich auf den Weg.

Alexandre stöhnte bei jedem Schritt unterdrückt auf, und bereits nach kurzer Zeit waren sie so erschöpft, dass sie sich ausruhen mussten. Sie fanden eine kleine Lichtung etwas abseits des Wegs, wo Alexandre sich mit dem Rücken gegen einen Baumstamm lehnte. Er würde Wache halten, für den Fall, dass wilde Tiere sie angreifen sollten. Suzanne konnte sich nicht mehr wach halten, rollte sich neben ihm im Gras zusammen und schlief augenblicklich ein.

Ihr kam es vor, als hätte sie gerade die Augen geschlossen, als sie sanft geschubst wurde.

»Wir müssen vor Morgengrauen in Versailles sein. Wenn man uns so sieht, wird man Fragen stellen.«

Trotz ihrer Müdigkeit machten sie sich wieder auf den Weg. Für die Strecke, die sie zu Pferd in einer Stunde zurückgelegt hatten, benötigten sie nun die ganze Nacht. Es dämmerte bereits, als sie endlich die Mauer des Schlossparks erreichten. Alexandre war der Ansicht, sie könnten unmöglich das Tor benutzen. Mit einigen Schwierigkeiten überwanden sie die Mauer, wobei sie glücklicherweise keinen Wachen begegneten, und schlichen durch den stillen Park zum Schloss, das noch in tiefem Schlaf lag.

Die Gardisten, die den Seiteneingang bewachten, machten dumme Gesichter beim Anblick ihres Kommandanten und seiner Begleitung, aber Alexandre verpflichtete sie zum Schweigen. Er bestand darauf, Suzanne zu ihrem Appartement zu begleiten, obwohl er kaum noch einen Fuß vor den anderen setzen konnte. Er sah furchtbar aus. Sein Gesicht war verschwollen und mit getrocknetem Blut verkrustet, eingerahmt von strähnigem Haar. Suzanne vermutete, dass sie selbst kaum einen besseren Eindruck machte in ihrem zerrissenen Kleid.

»Danke«, sagte er, vor ihrem Appartement angekommen. »Du hast mir wahrscheinlich das Leben gerettet.« Er lächelte sein schiefes Lächeln, das sie so mochte, und seine Augen hatten einen seltsamen Ausdruck. Er beugte sich etwas vor, wobei er sie weiter anblickte. Und obwohl sie sich nichts sehnlicher wünschte, bekam sie Angst vor dem, was nun geschehen würde.

»Ich muss Euch danken«, sagte sie und trat einen winzigen Schritt zurück. Das genügte, Alexandre richtete sich wieder auf.

»Schlaf gut, Kätzchen«, sagte er und humpelte davon. Am Ende des Korridors blieb er stehen und wartete, bis Yvette die Tür öffnete und Suzanne einließ.

Rot wie Granatäpfel

Mehrere Tage lang verließ Suzanne ihr Appartement nicht. Die einzigen Menschen, die sie um sich haben wollte, waren Yvette und Séraphine. Sie schlief schlecht und wurde von Albträumen bedrängt, in denen sie die schrecklichen Stunden im Wald wieder und wieder durchleben musste. Sie bekam ein leichtes Fieber, das aber nach zwei Tagen wieder abklang, und danach hörten auch die Albträume auf. Stattdessen befiel Suzanne eine ungeheure Wut auf ihren Vormund und seine Komplizen, wer immer sie sein mochten.

Louise-Anne kam einmal zu einem kurzen Besuch. Ihr war es zu verdanken, dass sich keine Gerüchte über ihre Abwesenheit am Hof verbreiteten, da sie überall erzählt hatte, Suzanne leide unter einer Erkältung.

»Alexandre hat den Verkaterten gespielt«, sagte Louise-Anne, die bereits Bescheid wusste. »Seine Verletzungen hat er mit einer Schlägerei erklärt, die er während einer mehrtägigen Reise durch die Pariser Bordelle gehabt haben will.«

Bei der Erwähnung von Alexandres Namen zuckte Suzanne zusammen. Nicht einmal Séraphine hatte sie gestanden, dass sie ständig an ihn denken musste. Seit sie ihn so schwach gesehen hatte, fühlte sie sich ihm so nah, dass es ihr Angst machte. Als er am dritten Tag vorsprach, weigerte sie sich, ihn zu empfangen. Sie wollte ihm nicht gegenübertreten, denn sie fürchtete das, was dann geschehen könnte. Sie durfte nicht einmal daran denken, ihn zu lieben. Nicht, solange sie die Mätresse des Königs war.

Louis hielt sich noch immer in Meudon auf. Yvette hinterbrachte Suzanne, der kleinen Victoire ginge es schlecht und man fürchte um ihr Leben. Sie dachte voller Mitgefühl an Louis und fragte sich, ob er es ertragen konnte, im selben Jahr drei seiner Kinder zu verlieren. Gemeinsam mit Séraphine und Louise-Anne betete sie in der Hofkapelle für die Prinzessin. Und sie betete auch für sich selbst, um Seelenruhe und Duldsamkeit.

Am vierten Tag nach ihrer Flucht aus der Gefangenschaft klopfte Alexandre erneut an die Tür ihres Appartements. Diesmal ließ er sich nicht abweisen. Suzanne hörte ein Poltern im Vorraum, dann stürmte er ins Zimmer, gefolgt von Suzannes Diener Jacques.

»Madame, er hat mich einfach zur Seite gestoßen!«

Suzanne hob beruhigend die Hand, und der Diener zog sich zurück. Auch Yvette wollte sich davonschleichen, aber Suzanne gebot ihr Einhalt. Sie fühlte sich noch nicht imstande, mit Alexandre alleine zu sein. Yvette war gerade dabei gewesen, ihr die Haare aufzustecken, deshalb trug sie nur ihr Hemd und darüber einen leichten Hausmantel. Vor ihr auf dem Frisiertisch stand eine Tasse heißer Schokolade inmitten von Bändern, Spangen und anderem Aufputz. Um Zeit zu gewinnen, nahm sie einen Schluck. Es klapperte, als sie die Tasse wieder absetzte, so sehr zitterte ihre Hand.

Sie zwang sich, Alexandre anzusehen. Er trug die Uniform der Leibgarde und hielt den mit Federn geschmückten Dreispitz unter den Arm geklemmt. Unmöglich zu übersehen, wie gut er aussah.

»Guten Morgen, Madame.« Er verneigte sich respektvoll, aber sie spürte seine innere Anspannung.

»Wie fühlt Ihr Euch?« Sein Blick war warm und besorgt. Suzanne schluckte, bevor sie antwortete.

»Danke, Herzog, ich bin wieder ganz hergestellt.« Sie hörte selbst, wie gestelzt das klang, aber das, was sie eigentlich sagen wollte, durfte sie nicht aussprechen. Alexandre machte eine Bewegung, als wollte er zu ihr kommen und vor ihr niederknien, hielt aber inne und trat stattdessen einen Schritt zurück. Die

Knochen seines Unterkiefers traten hervor, als er die Zähne zusammenbiss. Suzanne wollte die Arme um seinen Hals legen, wollte, dass er sie festhielt, und es kostete sie all ihre Selbstbeherrschung, nicht aufzuspringen.

Er räusperte sich. »Madame, der König wünscht Eure Anwesenheit in Meudon und hat mich beauftragt, Euch dorthin zu begleiten.«

»Nicht auch das noch!«, entfuhr es ihr. Sie rieb sich die Schläfen und schloss die Augen. Alexandre wartete schweigend.

»Gut, ich mache mich reisefertig«, sagte sie schließlich. Sie fühlte sich unendlich müde und hätte sich am liebsten in ihr Bett verkrochen. Doch wenn der König rief, blieb ihr keine Wahl.

»Ich warte im Hof auf Euch, Madame.« Er verneigte sich steif, ohne sie anzusehen, und schloss die Tür hinter sich.

Suzanne sackte in ihrem Sessel zusammen. Yvette rannte nach einem Riechfläschchen, das sie unter Suzannes Nase hielt, bis sie die Augen wieder öffnete.

»Yvette, was soll ich nur tun?«

»Jeder mit ein bisschen Verstand kann auf eine Meile Entfernung sehen, dass dieser Mann den Boden anbetet, auf dem Ihr geht«, sagte Yvette, während sie die letzten Locken von Suzannes Frisur ordnete. »Und ich möchte wissen, was er Euch angetan hat, dass Ihr ihm so übel mitspielt. So abweisend zu ihm zu sein!«

»Rede nicht von Dingen, die du nicht verstehst«, erwiderte Suzanne aufgebracht. »Und nun pack unsere Sachen. Nur einfache Kleider, ich werde in Meudon keine Hofrobe brauchen.«

»Sehr wohl, Mademoiselle«, sagte Yvette schnippisch.

Suzanne ging zu Séraphine hinüber, um ihr mitzuteilen, dass sie einige Tage abwesend sein würde. Zu ihrer Überraschung lag die Freundin noch im Bett. Sie lächelte ihr entgegen und fasste ihre Hände, als Suzanne sich auf der Bettkante niederließ. Mit rotem Gesicht erzählte Séraphine ihr alles, was in der Orangerie geschehen war. Es tat Suzanne gut, die Aufmerksamkeit von ihren Kümmernissen abzulenken und sich mit ihrer Freundin zu freuen.

»Warst du schon bei der Beichte?«, fragte Suzanne lächelnd, und Séraphine senkte den Blick, musste aber ebenfalls lächeln.

»Gott sieht doch ohnehin alles«, sagte sie. »Und er wird es schon verstehen.«

Dann zählte sie eine schier endlose Liste von Niccolòs Vorzügen auf, bis Suzanne lachend die Hände hob.

»Ich merke, du hast den besten aller Männer gefunden. Wenn ich aus Meudon zurück bin, musst du mir alles erzählen, was du erlebt hast.«

»Und wie geht es dir?«, fragte Séraphine eindringlich.

Suzanne wollte Séraphines Liebesglück nicht mit ihren eigenen Sorgen verdunkeln, deshalb erwiderte sie in leichtem Ton: »Es ist alles gut, *mon chou*, mach dir um mich keine Gedanken. Ich werde einige erholsame Tage in Meudon verbringen.«

Sie verabschiedeten sich mit einer zärtlichen Umarmung, dann kehrte Suzanne in ihr Appartement zurück und wies Yvette an, die Diener dabei zu überwachen, wie sie das Gepäck aufluden. Die Zofe bat darum, sich bei dieser Gelegenheit von ihrem Liebsten verabschieden zu dürfen.

»Natürlich, geh nur«, sagte Suzanne, die bereute, dass sie Yvette zuvor angefahren hatte. »Bleib aber nicht zu lang.«

Mit fliegenden Röcken eilte Yvette davon. Suzanne setzte sich ans Fenster, aber ihre innere Unruhe ließ sie gleich wieder aufspringen. Gleich würde sie wieder mit Alexandre in einer Kutsche sitzen, so nah, dass ihre Knie sich beinahe berühren würden. Ihre widersprüchlichen Gefühle wollten sie schier zerreißen. Sie musste ihre Gefühle für ihn unterdrücken, schon um seinetwillen. Mehr als nur seine Karriere stand auf dem Spiel, sollte er mit dem König Streit bekommen, und sie wollte nicht daran schuld sein, dass er in der Bastille landete.

Es klopfte, ein Diener kam und brachte die Tasche fort. Nur Yvette ließ auf sich warten. Suzanne hielt auf dem Gang Ausschau und wollte schon in den Hof hinuntergehen, als ein Küchenmädchen gerannt kam und tief knickste. »Madame, ich bitte um Vergebung, aber Eure Zofe ist ausgerutscht und hat sich anscheinend den Fuß gebrochen.«

»Um Himmels willen, wie ist das denn passiert?«, rief Suzanne und folgte dem Küchenmädchen zu den kleinen Stallungen. Sie musste eine steile Holztreppe erklimmen, die in den oberen Stock führte, wo die Kutscher ihre Quartiere hatten. In einem der überraschend hohen und lichten Räume lag Yvette auf einem Bett. Ihr Gesicht war schmerzverzerrt, und über ihrem bloßen Knöchel lag ein nasses Tuch. Neben dem Bett kniete ein junger, gut aussehender Mann in Livree und strich ihr hilflos übers Haar. Das musste der Kutscher mit der prachtvollen Lanze sein, von der Yvette geschwärmt hatte.

»Verzeihung, Madame«, ächzte die Verletzte, als Suzanne ans Bett trat.

»Was ist denn nur passiert?«

»Sie ist auf der Treppe ausgerutscht, Madame«, antwortete der Kutscher. »Ich glaube nicht, dass das Bein gebrochen ist, aber sie wird einige Tage nicht laufen können.«

Suzanne überlegte einige Augenblicke und sagte dann: »Mach dir keine Sorgen, ich behelfe mich alleine. In Meudon wird sich schon jemand finden, der mir zur Hand geht. Du bleibst hier, Yvette, und lässt dich pflegen.«

»Kannst du dich um sie kümmern?«, fragte sie Yvettes Liebhaber. Der nickte eifrig. »Meine Schwester kann aus dem Dorf kommen, Madame. Ich werde gut auf Yvette achten.«

»Das kann ich mir denken«, erwiderte Suzanne lächelnd. Sie zählte aus ihrer Börse einige Münzen ab und gab sie ihm. »Lass einen Arzt kommen und besorge auch Medizin, wenn notwendig. Falls das Geld nicht reicht, komme ich für alles auf, wenn ich zurück bin.«

Sie drückte Yvette die Hand und beeilte sich, zu den großen Stallungen zu gelangen, wo Alexandre schon wartete. Er hielt seinen grauen Wallach am Zügel und nickte nur knapp. Suzanne ärgerte sich, dass sie so außer Atem und rot im Gesicht dort ankam, als wäre sie eine Gänsemagd, der die Herde davongelaufen war.

Ein Diener half ihr in die Kutsche, die das königliche Wappen auf den Türen trug. Durchs Fenster sah sie, wie Alexandre aufsaß. Er würde also nicht mitfahren, sondern die Kutsche zu Pferd begleiten. Nun, es war das Beste, wenn er sich von ihr fernhielt. Sie ließ sich in die Polster sinken, fühlte aber keine Erleichterung.

Die Kutsche setzte sich in Bewegung. Suzanne sah aus dem Fenster, konnte den Blick auf die Landschaft, die vorbeizog, aber nicht genießen. Dass Louis sie nach Meudon rief, wo seine Ehefrau und seine Kinder sich aufhielten, kam einer Ernennung zur offiziellen Mätresse gleich und war ein Schlag ins Gesicht der Königin. Diese musste tödlich in ihrer Weiblichkeit gekränkt sein, denn bislang hatte Louis keine dauerhafte Geliebte gehabt. Und Suzanne hatte weder einen Grund noch den Wunsch, der Königin wehzutun.

Ihre Stimmung verdüsterte sich noch mehr, als es begann zu regnen. Der tief liegende Himmel schien sie niederzudrücken. Zudem würde sich die Fahrt verlängern, weil die Pferde langsamer vorankamen. Kurz dachte sie daran, Alexandre in die Kutsche zu bitten, damit er nicht nass würde, aber die Vorstellung, auf so engem Raum mit ihm zusammen zu sein, erschreckte sie. Sie traute sich selbst nicht. Ihre eisige Haltung bildete nur eine dünne Schicht und würde schmelzen, wenn er nur ihre Hand nähme. Sie war nicht so dumm, sich selbst noch länger zu belügen: Ihr Magen fühlte sich an, als würde sie sich auf einem Karussell drehen, wenn sie Alexandre sah oder auch nur an ihn dachte.

Er bete den Boden an, auf dem sie gehe, hatte Yvette bemerkt

– was alles noch verworrener machte. Männer, die sich von ihren Gefühlen hinreißen ließen, neigten zu unbedachten Taten. Er durfte nicht wegen ihr seine Zukunft gefährden, und sie war an Louis gebunden, sagte sie sich immer wieder, und jedes Mal fühlte es sich an wie ein Stich ins Herz.

Der Regen verstärkte sich und rauschte nun wie eine graue Wasserwand herab. Die Kutsche rollte inzwischen so langsam, dass ein Mann nebenher hätte laufen können, ohne außer Atem zu geraten. Alexandre lenkte seinen Grauen an ihre Seite und klopfte ans Fenster. Haare und Kleider klebten an ihm, von der Nase tropfte ihm das Wasser. Suzanne sah, wie seine Lippen die Frage formten, ob es ihr gut ginge. Sie nickte und bedeutete ihm jetzt doch einzusteigen, aber er schüttelte den Kopf und verschwand nach vorne in Richtung Kutschbock.

Sie fröstelte und wünschte, sie hätte einen Umhang mitgenommen. Doch das schöne Wetter der letzten Wochen hatte sie in trügerischer Sicherheit gewiegt. Sie hatte vergessen, wie schnell es sich wenden konnte, und sie zog dabei durchaus Parallelen zu ihrer eigenen Lage. Beinahe hätte sie gelacht: Sie war auf dem Weg zum König von Frankreich und begehrte einen anderen Mann.

Ganz plötzlich sackte die Kutsche unter ihr weg, und eine Ecke krachte auf die Erde. Suzanne wurde von ihrem Sitz geschleudert und prallte gegen die gegenüberliegende Wand. Dann stand die Kutsche still. Suzanne lag auf dem schrägstehenden Boden, hörte die Pferde wiehern und den Kutscher fluchen. Die Tür wurde aufgerissen.

»Suzanne, bist du verletzt?«, rief Alexandre. Sein Gesicht zeigte Besorgnis, die sich in Erleichterung verwandelte, als sie antwortete, ihr sei nichts geschehen. Er half ihr auf und zog sie dabei an sich. Ihr Kleid wurde ganz nass, aber das spielte nun keine Rolle mehr. Ihr Gesicht streifte seinen Hals, und sie legte die Stirn an sein Schlüsselbein, nur zwei Wimpernschläge lang, während das Rauschen des Regens sie einschloss, aber als sie sich wieder von ihm löste, gab es nichts Trennendes mehr zwischen ihnen.

»Ein Rad ist abgesprungen«, sagte er und sah ihr dabei in die Augen.

»Müssen wir umkehren?«, fragte sie hoffnungsvoll, aber er schüttelte den Kopf.

»Ich schicke den Kutscher ins nächste Dorf, er soll jemanden herbeischaffen, der die Achse repariert, wenn es aufgehört hat zu regnen.« Er hielt sie noch einen Augenblick, und sie hörte sein Herz schlagen.

»Was machen wir nur?«, murmelte er. »Warte einen Moment.«

Er besprach sich mit dem Kutscher, der sich darauf auf den grauen Wallach schwang und durch den Regen davontrabte. Alexandre selbst machte sich daran, die Pferde auszuspannen, während Suzanne in der schiefstehenden Kutsche wartete. Es war unbequem, auf der schrägen Sitzbank zu kauern, aber langsam begann das Abenteuer ihr zu gefallen. Über den Feldern waberte ein nebliger Dunst, und sie fühlte sich, als gäbe es niemanden mehr auf der Welt außer ihr und Alexandre.

»Es hat keinen Sinn, hier zu warten«, sagte er, als er mit den beiden Pferden um die Kutsche herumkam. »Es kann Stunden dauern, bis der Regen aufhört und jemand kommt.«

Er sah sich um und deutete mit dem Kinn auf ein Gehöft in einiger Entfernung. Sie schlüpfte unter den Umhang und stieg aus. Augenblicklich wurde ihr rechter Pantoffel davongeschwemmt. Sie sah Alexandre in komischer Verzweiflung an, dann mussten sie beide lachen. Schließlich hob er sie auf eines der Pferde und führte es zu dem Haus hinüber, das offensichtlich verlassen war. Die Fensterläden hingen schief, und im Dach klafften große Löcher. Als sie dort ankamen, war Suzannes duftiges Kleid nur noch ein nasser Fetzen, und ihre Strümpfe waren, vollgesogen mit Wasser, bis auf ihre Knöchel gerutscht.

Alexandre stieß die Reste der Haustür beiseite und half Suzanne vom Pferd. Er sagte, er wolle noch einen Unterstand für die Tiere suchen und komme dann nach. Sie betrat den aufgegebenen Bauernhof vorsichtig, als könnte jemand dort lauern, aber es war niemand da. Der Hauptraum war kahl bis auf einen großen, groben Holztisch, über dem ein Strick baumelte. Vermutlich hatte einmal eine Lampe daran gehangen. Einige zerbrochene Stühle lagen auf dem Boden. In einer Ecke lag ein Bündel aus Federn: ein toter Vogel. Suzanne sah schaudernd weg. Wenigstens war das Dach hier noch ganz. Sie fror jetzt, das nasse Kleid klebte an ihrem Rücken, und sie fing an, Holzstücke in den Kamin zu werfen. Vielleicht konnte Alexandre ein Feuer entfachen. Einige Augenblicke später trat er ein und hinterließ nasse Spuren auf den staubigen Dielen. Er half ihr mit dem Holz und zerbrach einen Stuhl, dann rieb er ein Zündholz an und hielt es an die kleinsten Splitter. Er verbrauchte noch zwei weitere Zündhölzer bis die Flammen aufloderten.

»Setz dich nahe ans Feuer«, sagte er. »Ich gehe nach oben und sehe nach, ob ich Decken oder etwas Ähnliches finde.«

Bald darauf schleppte er einen alten Strohsack die Treppe herunter, unter den Arm hatte er einige Fetzen geklemmt, die sich als löchrige Bettlaken herausstellten.

»Wie in Versailles ist es nicht gerade«, bemerkte er und legte den Strohsack vor den Kamin. Dann begann er ohne weitere Umstände, sich auszuziehen. Suzanne konnte den Blick nicht von ihm wenden und hielt den Atem an, als er sein Hemd abstreifte. Es folgte die Hose, dann stand er nackt vor ihr und grinste sie an.

»Du kriegst eine Lungenentzündung, wenn du nicht meinem Beispiel folgst«, sagte er. Sie wandte ihm wortlos den Rücken zu, und die Wärme des Feuers legte sich über ihr Gesicht. Alexandre trat hinter sie, streifte die Contouche von ihren Schultern, während sie den Bruststecker ihres Kleides löste. Er lockerte die Bänder ihres Korsetts und zog es ihr über den Kopf. Im selben Moment drehte sie sich um. Ihre warmen Lippen trafen auf seine, die noch kalt vom Regen waren. Geschickt zogen seine Hände die Haltebänder ihres Reifrocks auf, der zu Boden fiel. Seine Hände umfassten ihr Gesäß unter dem dünnen Hemd.

»Komm ans Feuer«, murmelte sie und wollte ihn auf den Strohsack ziehen, aber er widersetzte sich und ergriff ihre Handgelenke.

»Nicht so schnell, Kätzchen«, sagte er. Suzanne sah ihn überrascht an. Das Glitzern in seinen Augen ließ in ihr einen Hauch von Furcht aufsteigen, der ihre Lust auf ihn nur noch verstärkte.

»Ich habe einmal gesagt, du müsstest mich auf Knien darum bitten, wenn ich dich berühren soll«, sagte er.

»Dazu ist es wohl schon zu spät«, erwiderte sie und versuchte, sich aus seinem Griff zu befreien. Sie mühte sich vergeblich und genoss das köstliche Gefühl, von ihm festgehalten zu werden.

»Das eine Mal galt nicht, weil du mich für einen anderen hieltest. Und ich bin ein Mann von Prinzipien, also muss ich dich auffordern, auf die Knie zu sinken«, sagte er scheinbar ernst.

»Gut, ich werde vor dir knien«, sagte sie. »Aber auch ich habe ein Recht – nämlich, dir deine Täuschung beim Maskenball zu vergelten.«

Er überlegte einen Moment, nickte dann und ließ sie los.

»Das scheint mir gerecht, meine Liebe. Was also hast du mit mir vor?«

»Ihr wart sehr ungezogen, Sire«, sagte Suzanne streng, »und habt Strafe verdient. Also legt Euch über diesen Tisch.«

Auf Alexandres Gesicht erschien ein ungläubiges Lächeln.

»Das meinst du nicht ernst«, sagte er. Sie lächelte nur, und nach einigen Augenblicken drehte Alexandre sich um und stützte sich mit den Ellbogen auf die Tischplatte. Suzanne betrachtete sein straffes Gesäß und genoss, wie sich die Muskeln auf seinem Rücken wölbten. Wie schön er war mit seinen schlanken Hüften und den langen Beinen! Am liebsten hätte sie sich an ihn geschmiegt, doch das Spiel war noch nicht beendet. Was nun folgen würde, war sie ihrem Stolz schuldig. Sie würde sich ihm unterwerfen – aber nur, wenn er das auch tat.

»Zwanzig«, sagte sie knapp, packte das Seil, das von der Decke hing, und zog es herunter.

»Das hat noch keine gewagt. Aber nur zu, ich stehe es durch. Deine zarten Hände werden mir keinen Schmerz zufügen.«

Als Antwort hieb sie ihm das Seil über den Hintern.

»Au, verflucht!«, rief er empört und rieb sich die schmerzende Stelle.

»Hände weg«, befahl sie, und gehorsam legte er seinen Unterarm wieder auf den Tisch.

Sie belohnte ihn mit dem nächsten Hieb, schlug zu, so fest sie konnte, und eine rote Strieme erschien auf seiner Haut. Sie sah sie gleichermaßen mit Schrecken wie mit Zufriedenheit.

»Du bist eine strenge Zuchtmeisterin«, stieß Alexandre zwischen den Zähnen hervor. Statt einer Antwort gab sie ihm einen weiteren Schlag, was ihm einen erneuten Schmerzenslaut entlockte.

»Verdammt, du Hexe, warte nur, wenn das hier vorüber ist«, drohte er. Vergnügt schlug Suzanne zweimal kurz hintereinander zu. Er verstand und erduldete die restlichen Hiebe schweigend, konnte sich aber einige Male ein Ächzen nicht verkneifen.

»Zwanzig«, sagte Suzanne schließlich heiter und warf den Strick vorsorglich ins Feuer, damit er es ihr nicht in gleicher Währung heimzahlen konnte. Alexandre stemmte sich hoch und kam auf sie zu. Sein aufgerichtetes Glied verriet, dass die Bestrafung ihn nicht nur geschmerzt hatte. Sie zwang sich, stehen zu bleiben und ihm in die Augen zu sehen, bevor sie vor ihm auf die Knie sank und den Nacken beugte.

»Ich bitte dich, mich zu berühren«, sagte sie fest. »Ich möchte, dass du mich nimmst auf jede Art und Weise, die dir gefällt.«

Überraschenderweise fiel Alexandre ebenfalls auf die Knie. Er nahm ihr Gesicht in beide Hände und sah sie an.

»Was auch geschieht«, sagte er ernst, »vergiss nie, dass wir ab jetzt zueinandergehören.«

»Ich vergesse es nicht«, versprach sie, und dann drückte er sie auf den Strohsack und glitt über sie. Er schob ihr Hemd hoch und drang in sie ein, es war wie die Bekräftigung ihres gegenseitigen Versprechens. Die ganze Zeit, während er in ihr war, sahen sie sich wortlos in die Augen, bis Suzanne nicht mehr wusste, wo sie aufhörte und er anfing. Der Regen trommelte auf das Dach, und sie bewegten sich in der Wärme des Kaminfeuers, die sich über ihre Körper legte wie eine Decke.

Er blieb auch danach noch in ihr, und sie schlang ihre Arme um seinen Oberkörper, um ihn noch dichter bei sich zu spüren.

»Ich liebe dich, Kätzchen«, murmelte er an ihrem Hals. Nachdem sie sich ausgeruht hatten, begann er, sie zu streicheln. Seine Hände fuhren ihren Körper entlang, als wollte er sich seine Form einprägen. Der Anblick seiner kraftvollen Hände auf ihren Brüsten erregte sie erneut. Er legte eine Spur aus Küssen über ihren Bauch hin zu ihrer Scham, sie zog ein Bein an, um es ihm leichter zu machen. Er kostete sie wie eine exquisite Süßigkeit, nippte an ihr, knabberte, biss und trieb sie in ein solches Verlangen, dass sie sich darin auflöste. Als sie wieder zu sich kam, lag er neben ihr, so dicht, dass ihre Nasenspitzen sich berührten. Kleine Fältchen strahlten von seinen Augen gegen die Schläfen, und sie spürte an ihrer Wange, wie er lächelte.

»Dieser Strohsack ist ziemlich eng«, bemerkte er.

»Und er sticht«, ergänzte Suzanne und gähnte.

»Ein Bett wäre besser.«

»Ein breites, mit vielen Kissen«, ergänzte sie.

Er stützte sich auf, und sie hielt ihn fest, damit er nicht auf den Boden rollte.

»Ich habe ein schönes, breites Bett in unserem Familienschloss. Mit sehr vielen Kissen. Wenn du möchtest, zeige ich es dir.«

»Tatsächlich?« Sie küsste ihn. »Wie sollte das wohl zugehen?«

Er strich mit dem Daumen über seine Oberlippe.

»Ich werde dich nicht noch einmal bitten, also überlege deine Antwort gut. Willst du meine Frau werden?«

Sie sah ihn erschrocken an, aber plötzlich grinste er und sagte: »Ich werde dich gar nichts mehr fragen, weil ich in unserer Ehe die Hosen anhaben werde.«

»Ach ja? Das werden wir noch sehen!« Sie kicherte, als er sie über seinen Schoß zog, und strampelte mit den Beinen.

»Sag, wer dein Gebieter ist«, befahl er, und obwohl sie sein Gesicht nicht mehr sehen konnte, wusste sie, dass er immer noch lächelte. Er ließ seine Handfläche auf ihr Gesäß klatschen. Sie schwieg, um in den Genuss weiterer Hiebe zu kommen.

»Nun gut, sehen wir, wer den längeren Atem hat.« Seine Schläge wurden kräftiger, und schon bald zappelte sie wild, um sich zu befreien. Ihr Hinterteil glühte, und jeder weitere Hieb vervielfachte den Schmerz, der zugleich so köstlich war.

»Meine Hand tut langsam weh«, bemerkte er nach einer Weile. »Und deine Backen sind rot wie Granatäpfel.«

Ein besonders gemeiner Schlag ließ Suzanne laut aufschreien.

»Wer ist dein Herr und Gebieter?«, wiederholte Alexandre mit diesem unheilvollen Klang in der Stimme, der ihr angenehme Schauer über den ganzen Körper jagte.

»Du!«, keuchte sie endlich. »Du bist mein Herr und Gebieter!«

Als sie es aussprach, durchströmte sie die Lust, sich ihm, nur ihm, zu unterwerfen. Sie hatte es ausgesprochen und konnte es nicht zurücknehmen, es war ebenso bindend, als hätte sie es vor einem Priester gesagt. Alexandre zog sie in eine lange Umarmung.

»Warum nicht gleich so?«, grinste er, und Suzanne versteckte sich an seinem Hals.

»Weil es dann viel weniger Vergnügen machen würde«, murmelte sie.

»Verdorbene kleine Hexe«, sagte er zärtlich und zwickte sie in die Brustspitzen. »Doch ebenso wie ich dein Gebieter bin, bist du meine Gebieterin.« Dann erstarrte er plötzlich.

»Was ist?«, fragte Suzanne erschrocken.

»Es hat aufgehört zu regnen«, flüsterte er, und tatsächlich: Das Trommeln auf dem Dach war verstummt. »Sie werden bald hier sein.«

Er zog seine feuchten Kleider an, ging zur Kutsche zurück und holte ihre Reisetasche, damit sie sich etwas zum Anziehen heraussuchen konnte. Dann frisierte er selbst ihr Haar, so gut es ging. Suzanne genoss die Berührung seiner Hände, wenn sie auch Zweifel an dem Ergebnis seiner Bemühungen hatte. Als er fertig war, küsste er sie noch einmal. Sie sah ängstlich zu ihm hoch.

»Müssen wir nun weiter nach Meudon?«

Er nickte düster, und sie lehnte sich an ihn, um noch einmal seinen Geruch einzuatmen.

»Ich werde nie mehr einem anderen Mann gehören«, versprach sie, und Alexandre streichelte liebevoll ihr Gesicht.

»Versprich nichts, was du nicht halten kannst«, sagte er leise. »Louis wartet schon ungeduldig auf dich.«

Sie reckte das Kinn. »Wir Frauen haben so unsere Listen«, sagte sie. »Ich werde neben keinem anderen mehr liegen als dir, mein Liebster.«

»Nichts wünsche ich mir mehr«, flüsterte er und wühlte die Nase in ihr Haar. Nach einigen Augenblicken schob er sie von sich.

»Wir müssen jetzt gehen«, sagte er.

Es war später Nachmittag geworden, als sie in Meudon eintrafen. Ein Diener brachte Suzanne in einem Nebengebäude unter. An der Ausstattung war nichts auszusetzen, und sie war froh, nicht unter einem Dach mit der königlichen Familie wohnen zu müssen. Wo Alexandre untergebracht war, wusste sie nicht.

Sie wies die Zofe, die man ihr zugeteilt hatte, an, für ein heißes

Bad zu sorgen, damit sie sich aufwärmen konnte. Später brachte man ihr ein Tablett mit Essen in ihre Räume. Sie kam sich vor wie eine Gefangene, denn natürlich konnte sie nicht einfach hinaus und im Garten herumspazieren oder nach Alexandre suchen. Sie vermisste ihn so sehr, dass es körperlich schmerzte, und spähte aus dem Fenster, in der vergeblichen Hoffnung, ihn draußen zu entdecken.

Je weiter der Abend voranschritt, umso unruhiger wurde sie. Der König hatte sie nicht umsonst zu sich kommen lassen. Heute Nacht würde er sie aufsuchen. Suzanne konnte sich nicht mehr vorstellen, mit einem anderen Mann als Alexandre das Bett zu teilen, aber es war ebenso undenkbar den König abzuweisen. Sie würde sich etwas einfallen lassen müssen. Am einfachsten wäre es, krank zu werden. Sie hustete in ein Taschentuch und klagte bei der Zofe über Kopfschmerzen. Dann ließ sie sich von der jungen Frau einen Tee bringen. Wieder hustete sie, und die Zofe schlug vor, sie solle sich ins Bett legen. Auf dem Weg ins Schlafzimmer stützte Suzanne sich an den Möbeln ab, als sei ihr schwindelig. Ihr tat es ein wenig leid, eine solche Komödie zu inszenieren, aber es ging nun einmal nicht anders.

Gegen elf Uhr kratzte es leise an der Tür, und Louis betrat das Schlafzimmer. Suzanne hoffte, möglichst leidend auszusehen. Anscheinend war sie überzeugend, denn Louis blieb in einiger Entfernung vom Bett stehen.

»Wie ich höre, geht es dir nicht gut?«, fragte er besorgt. »Entschuldige, dass ich nicht näher komme, aber meine Kinder sind hier, und ich möchte sie nicht mit einer Erkältung anstecken.«

»Ich verstehe Euch, habt keine Sorge«, krächzte Suzanne. »Ich habe mir wohl in dem Regenguss einen Husten geholt.« Dass sie bei der dreisten Lüge rot wurde, machte ihre Vorstellung wohl noch überzeugender.

»Du hast Fieber«, sagte Louis. »Ich schicke dir den Arzt.« Seine besorgte Miene rührte Suzanne, und sie fühlte sich scheußlich dabei, ihn anzulügen.

»Danke, Sire«, hauchte sie, und Louis machte eine Bewegung, als wollte er zu ihr kommen, doch er besann sich rechtzeitig.

»Es tut mir sehr leid«, fuhr Suzanne fort. »Wie geht es der kleinen Victoire?«

»Viel besser.« Louis lächelte. »Ihre Amme sagt, sie trinke wie ein Nimmersatt.«

»Sire, ich sollte vielleicht nach Versailles zurückkehren, um Eure Kinder nicht in Gefahr zu bringen.«

Louis dachte einen Moment nach und nickte.

»Aber nur, wenn du dich stark genug fühlst«, sagte er.

»Es ist ja nicht so weit«, flüsterte sie.

Louis' dunkle Augen spiegelten das Kerzenlicht. »Ich freue mich schon auf unsere gemeinsamen Stunden, wenn du wieder gesund bist«, sagte er. »Doch nun schlaf.«

Er ging, und die Zofe schloss hinter ihm die Tür. Aber der Schlaf wollte nicht kommen. Suzanne lag wach und starrte auf den Baldachin über dem Bett. Wie einfach ihr die Liebe früher erschienen war, als ein heiteres Spiel, das glücklich machte. Doch nun zwang die Liebe sie zum Betrug. Louis war immer gut zu ihr gewesen, sie verehrte ihn als König und bewunderte ihn als Mann. Auch Alexandre hatte nur Gutes von ihm erfahren und durfte ihn sogar als Freund bezeichnen. Und nun vergalten sie ihm seine Güte, indem sie ihn hintergingen. Sie fühlte sich so schmutzig, dass sie am liebsten noch einmal gebadet hätte, aber sie wusste, es würde nichts nutzen.

Apoll und die Nymphe

Séraphine fühlte sich einsam ohne Suzanne. Die Vergnügungen des Hoflebens waren im Grunde nichts für sie, und eigentlich zog sie es vor, mit einem Buch in einer stillen Ecke des Parks zu sitzen oder sich am Kaminfeuer mit ihrem Stickrahmen zu beschäftigen. Doch seit sie Niccolò kannte, gelang es ihr nicht mehr, ihre Gedanken zu sammeln. Stattdessen wanderte sie ziellos durch die Gärten in der Hoffnung, ihm zu begegnen, und jede Minute, in der sie ohne ihn war, schien ihr vergeudet. Was sie ebenfalls beunruhigte, waren die sinnlichen Bilder, die ihr keine Ruhe ließen. Sie hatte nie großes Interesse an Männern gehabt, ganz anders als Suzanne. Doch nun war sie Niccolò verfallen, und sie war nicht sicher, ob das gut für sie war. Nachts plagten sie lüsterne Träume, in denen ein bockbeiniger Faun mit Niccolòs Zügen hinter ihr herjagte, sie zu Boden warf und über sie herfiel. Gegen Mittag wachte sie auf, verschwitzt und in ihre Laken verwickelt. Doch sie konnte nichts dagegen unternehmen: Er beherrschte all ihre Gedanken.

Nachmittags kehrte sie erschöpft von ihren Wanderungen in ihr Appartement zurück. Auf einem kleinen Tisch im Vorzimmer leuchtete ihr ein Kuvert entgegen. Zitternd riss sie es auf. Auf dem cremefarbenen Blatt stand nur ein Satz:

Apoll erwartet seine Nymphe bei Mondaufgang in seiner Grotte.

Einen Augenblick lang war sie verwirrt. Was sollte diese seltsame Einladung bedeuten? Da sie nicht unterzeichnet war, konnte sie von jedermann stammen. Sie hoffte inständig, es wäre Niccolò, denn natürlich würde sie hingehen. Doch wo genau sollte das Treffen stattfinden? Sie musste nachdenken, bis ihr die Statuengruppe einfiel, die in einem Boskett nicht weit vom Schloss stand. Sich dort zu treffen war geradezu verwegen, doch es war wahrscheinlich, dass um die Zeit des Mondaufgangs die meisten Höflinge noch beim Souper saßen. Séraphines Herz schlug heftig, und beinahe bekam sie Angst vor sich selbst. Sie würde es tatsächlich wagen. Bei der Begegnung mit Niccolò in der Orangerie hatte sich etwas in ihr gelöst, und sie wünschte sich nun Dinge, die sie vorher nicht einmal zu denken gewagt hätte. Manchmal kam es ihr vor, als wäre sie ein anderer Mensch geworden.

Die Stunden bis zum Einbruch der Dunkelheit zogen sich endlos hin, und dann dauerte es noch, bis der Mond am Himmel erschien. Séraphine hatte die Einladung Dutzende Male gelesen und die Handschrift geküsst. Apollo erwartet seine Nymphe – nun, dann wollte sie auch als Nymphe erscheinen! Eigenhändig steckte sie sich die Haare zu etwas Ähnlichem wie einer griechischen Frisur, mit Bändern durchflochten. Sie würde nur ein Negligé tragen, sogar das Korsett wollte sie weglassen.

Endlich ging der Mond auf. Séraphine hüllte sich in einen weiten Umhang und machte sich auf den Weg in den Park. Wie sich die Höflinge, denen sie unterwegs begegnete, die Mäuler zerreißen würden, wenn sie wüssten, dass sie unter ihrem Umhang beinahe nackt war! So spärlich gekleidet durch das Schloss und den Park zu laufen erschien Séraphine tollkühn und höchst unanständig; Eigenschaften, die sie bisher nicht mit ihrer eigenen Person verbunden hatte.

Vor dem Schloss auf dem Parterre d'Eau lustwandelten wider Erwarten einige Höflinge,weswegen sie sich durch einen Seiteneingang aus dem Schloss stahl und im Park einen Bogen schlug, um sich dem Boskett von hinten zu nähern.

Der Weg schlängelte sich zwischen hohen Hecken dahin, und sie atmete auf, als sie vor allen Blicken sicher war. Allerdings war es auch beinahe dunkel, nur der Mond beschien ihren Weg, und ihr war, als könnte jeden Moment jemand aus dem Gebüsch springen. Tapfer ging sie weiter. Nun hörte sie Wasser rauschen und trat auf die Wiese.

Ihr bot sich ein verwunschener Anblick. Von einem Felsen stürzte Wasser in ein Becken herab, und darüber standen in drei Felsnischen die Statuen, die im Mondlicht so lebendig aussahen, dass Séraphine glaubte zu träumen. In der Mitte thronte der jugendliche Apoll selbst, umgeben von halb nackten Nymphen, die ihn wuschen. In den seitlichen Nischen befanden sich zwei Gruppen aus jeweils zwei Pferden und zwei Tritonen mit nackten Oberkörpern und Fischschwänzen anstelle der Beine. Wenn Wolken über den Mond dahinzogen und ihre Schatten über den Marmor glitten, schienen die Figuren sich zu bewegen, beinahe meinte Séraphine, das Schnauben der Pferde zu hören.

Plötzlich spürte sie einen Lufthauch. Jemand stand hinter ihr. Ein Mund strich über ihren Nacken. Die Berührung jagte wie ein Blitz durch ihren Körper, und sie lehnte sich an Niccolò, der seine Arme von hinten um sie schlang. Sie schmolz unter seinen Küssen und seufzte auf, als er sie spielerisch in den Hals biss. Er drehte sie zu sich herum und suchte ihren Mund. Im Mondlicht sah er wie der Herrscher dieses Zauberreiches aus, mit blassem Gesicht und wilden, dunklen Locken.

»*Carissima*«, murmelte er. »Ich fürchtete, du würdest nicht kommen.«

Er nahm sie an der Hand und zog sie zu dem Felsen hinüber. Das Rauschen des Wassers wurde lauter. Sie kletterten über die Felsen zu der Grotte hinauf und standen schließlich Apoll und den Nymphen gegenüber. Auch aus der Nähe wirkten sie wie verwunschen. Jede Einzelheit an ihnen war so lebensecht, dass Séraphine sie beinahe bedauerte, weil sie für immer erstarrt waren.

»Sie sind wunderschön«, flüsterte sie. Niccolò nahm ihre Hand und legte sie auf Apolls Brust. Sie spürte die marmornen Muskeln, strich über den Oberkörper der Statue und legte eine

Hand an seine Wange. Niccolò war zur Seite getreten und beobachtete sie.

»Küss ihn«, sagte er, und ohne nachzudenken, beugte Séraphine sich vor und presste ihre Lippen auf den steinernen Mund. Eine seltsame Erregung stieg in ihr auf, sie umschlang die schöne Statue und saugte beinahe verzweifelt an Apolls Lippen – doch der Gott blickte weiter unbeteiligt in die Ferne. Indes hatte Niccolò begonnen, beiläufig eine der Nymphen zu liebkosen. Er umfasste ihre Brust, sein Daumen umkreiste die marmorne Spitze, während Séraphine sich gegen Apolls kalten Körper drängte und ihre Lippen auf die seinen presste, bis der Stein sich erwärmte. Sie spürte Niccolòs Blicke und wie sehr ihm ihre Darbietung gefiel, und das seltsame Liebesspiel steigerte auch ihre eigene Erregung, ganz so, als liebkoste sie einen wirklichen Mann.

Jetzt trat Niccolò zu ihr und zog sie an sich, seine Hände umfassten ihre Brüste wie zuvor die der Statue. Er drängte sie rückwärts, so dass Apolls Knie sich zwischen ihre Schenkel schob. Séraphine seufzte, dann glitt Niccolòs Hand zwischen ihre Beine. Séraphine wollte ihr Hemd raffen, aber er hielt ihre Hand fest und führte sie zu einer seitlichen Statuengruppe. Die muskulösen Tritonen knieten neben den Pferden, die sie zur Tränke gebracht hatten. Mit leisem Plätschern floss das Wasser unter dem marmornen Pferdemaul in einer Kaskade in den tiefer liegenden Teich.

»Streichle ihn«, bat Niccolò und zeigte dabei auf den Triton, der ihnen zugewandt zwischen den beiden Pferden kniete. Séraphine stand immer noch unter dem Bann der zauberhaften Atmosphäre. Wie im Schlaf tastete sie sich am glitschigen Rand des Felsens entlang und schmiegte sich an die Statue, kein Jüngling mehr wie Apoll, sondern ein erwachsener Mann mit schwellenden Muskeln. Sie legte ihren Kopf auf seine Schulter. Sein ausgestreckter Arm glitt wie von selbst zwischen ihre Schenkel, und sie rieb sich an seinen Marmorfingern. Von ihrer

Erregung getrieben leckte sie über die Brust des Abbilds, seinen Hals und presste dann einen leidenschaftlichen Kuss auf seinen leicht geöffneten Mund. Ihre Zunge fuhr in die steinerne Höhlung und glitt über die kalten Lippen. Inzwischen war sie wie von Sinnen, sie konnte kaum noch unterscheiden, ob die Gestalt vor ihr lebendig war oder nicht. Sie liebkoste den starren Körper und stöhnte dabei leise, ohne es zu merken. Erst Niccolòs Stimme riss sie aus ihrer Trance. Beinahe widerstrebend ließ sie von dem Triton ab und kehrte zu Niccolò zurück. Ihr Hemd, das sich mit Wasser vollgesogen hatte, klebte an ihren Beinen.

Niccolò brachte sie zurück zur Hauptgrotte. Im Dunkel hinter den Statuen hatte er eine Decke ausgelegt. Jetzt zündete er eine Laterne an, warmes Licht verbreitete sich. Er streifte Séraphine das Negligé ab. Sie nahm seine Hand und führte sie zwischen ihre Beine, drückte ihren nackten Körper an ihn und öffnete ihre Lippen für einen Kuss.

Nach einigen Minuten löste er sich aus der Umarmung und bat sie, sich hinzulegen. Ohne Koketterie spreizte sie die Beine und streichelte sich vor ihm in Erwartung seiner Zärtlichkeiten. Jetzt entkleidete er sich und legte sich neben sie. Sie wandten sich einander zu, Séraphines Bein glitt über seine Hüfte, ihre Arme umfingen ihn, als wären sie rankende Triebe. Sie waren jetzt nur noch Empfindung und hielten die Augen geschlossen, während sie sich erforschten.

All ihre Bewegungen flossen ineinander; Niccolò glitt langsam in sie hinein. Nun öffnete Séraphine die Augen, sie sahen sich an, während sie sich liebten. Das musste einer himmlischen Ekstase gleichen – Séraphine war so verzückt, dass es beinahe zur Qual wurde. Mit jeder Faser ihres Körpers genoß sie die Vereinigung mit dem Mann, den sie für alle Zeiten lieben würde.

Später lagen sie nebeneinander, ihre Körper mit Schweiß überzogen. Es war vollkommen gewesen, und sie würde Niccolò nicht aufgeben, wie hoch der Preis auch sein mochte. Sie drehte sich auf die Seite und schmiegte ihren Kopf gegen seinen Arm. »Ich liebe dich, Niccolò Luchesi«, murmelte sie.

Auch er wandte sich ihr zu. »*Tesoro*, nach dir kann ich keine andere Frau mehr lieben.« Er nahm eine ihrer blonden Haarsträhnen und fuhr damit über ihre Brüste wie mit einem Pinsel. Séraphine stöhnte leise. Wie gelang es ihm nur, solches Verlangen in ihr zu entfesseln?

»Ich komme mit dir nach Genua«, sagte sie. Niccolò lachte zärtlich und küsste sie. »Deine Eltern würden nicht zulassen, dass du einen Komponisten heiratest, der am einen Tag vor Königen spielt und am anderen nicht weiß, wie er etwas zu essen bezahlen soll.«

»Wir werden meine Eltern nicht fragen.« Séraphine richtete sich auf. Jetzt sah sie alles ganz klar vor sich. Sie strich sich die Haare aus dem Gesicht. »Wir reisen einfach ab, mitten in der Nacht. Niemand wird bemerken, dass ich mit dir fahre, also werden sie auch nicht wissen, wo sie nach mir suchen sollen. Bis meine Eltern benachrichtigt werden und sich auf unsere Spur setzen, sind wir längst in Genua und Mann und Frau.« Sie sah ihn triumphierend an.

»Eine Flucht?« Er strich sich seine dunklen Locken hinters Ohr und sah sie an.

»Möchtest du nicht, dass ich mit dir komme?« Es war schrecklich, diesen Gedanken auszusprechen, und Séraphine fühlte Tränen aufsteigen. Aber Niccolò lächelte schon wieder.

»Natürlich will ich das. Ich will alles, was dich glücklich macht, *cara mia*.«

Ende einer Freundschaft

Suzanne war froh, Meudon am Nachmittag verlassen zu können. Es hatte nicht viel schauspielerisches Talent gebraucht, um die Kranke zu spielen. Die schlaflose Nacht hatte Augenringe hinterlassen, und ihr Gesicht sah hohlwangig und bleich aus. Louis hatte sie nicht mehr besucht, doch hatte er Blumen geschickt und einen Brief mit seinen Genesungswünschen beigelegt. »In großer Zuneigung, Louis«, hatte er unterschrieben, und Suzannes Herz hatte sich zusammengekrampft, als sie das las. Ihr schlechtes Gewissen hatte sie die ganze Nacht geplagt, doch sie hatte keinen Ausweg gefunden. Obwohl sie Alexandre liebte, war sie an den König gebunden, solange er es wünschte. Sich dem zu widersetzen war undenkbar. In der Kutsche, die sie nach Versailles zurückbrachte – alleine, denn der König hatte noch einige Dinge mit Alexandre zu besprechen–, dachte sie darüber nach, ob es besser wäre, Alexandre zu vergessen. Doch sie würden sich weiterhin täglich bei Hofe sehen, und sie wusste, dass ihre Liebe nicht erkalten würde. Jeder Blick von ihm, jedes Wort an sie würde die Wunde erneut aufreißen. Doch eine heimliche Affäre wäre Wahnsinn. In Versailles blieb nichts lange verborgen, überall gab es Spitzel und Agenten. Mit diesen ausweglosen Gedanken quälte sich Suzanne die Fahrt über. Als sie endlich in Versailles ankamen, eilte sie sofort in Séraphines Appartement.

Séraphine lag noch im Bett, war aber wach. Ihr helles Gesicht leuchtete zwischen den Decken hervor.

»Geht es dir gut, *mon chou?*«, fragte Suzanne besorgt. In Séraphines Augen lag ein fiebriger Glanz, der sie beunruhigte.

»Aber ja!«, erwiderte die Freundin lebhaft. »Es ging mir nie besser!«

Sie erzählte Suzanne von ihrem märchenhaften Erlebnis im Park. »Er ist so wundervoll«, schloss sie. »Es ist, als wäre ich erst durch ihn zum Leben erwacht.«

Suzanne gönnte der Freundin ihr Glück, doch sie seufzte bei dem Gedanken, wie kompliziert ihre eigenen Liebesverstrickungen waren. Sie fühlte sich schuldig, weil sie ihrerseits Séraphine zwar von dem Kutschenunfall, aber nichts von dem erzählte, was in dem leeren Haus geschehen war. Niemand durfte davon wissen, nicht einmal ihre beste Freundin.

»Liebes, ich muss mich in dem Regen erkältet haben, darum bin ich auch schon zurück«, log sie. »Ich werde mich ins Bett legen und mir heiße Brühe bringen lassen, dann geht es mir sicher bald besser.«

Séraphines Gesicht nahm sofort einen besorgten Ausdruck an.

»Ich kleide mich an und komme zu dir«, sagte sie entschieden. »Jemand muss sich um dich kümmern.«

Suzanne wehrte ab. Sie wolle nicht, dass auch Séraphine sich erkälte, sagte sie, doch tatsächlich wollte sie einfach alleine sein. Eine vor Liebesglück strahlende Séraphine war mehr, als sie verkraften konnte. Diese gab sich damit zufrieden, sie am kommenden Morgen besuchen zu dürfen, und Suzanne ging in ihr eigenes Appartement hinüber. Weil niemand mit ihrer Rückkehr gerechnet hatte, waren alle Dienstboten ausgeflogen. Das war ihr nur recht, so konnte sie in Ruhe darüber nachdenken, was zu tun war. Nachdem sie in ihr Hausgewand geschlüpft war, legte sie sich ins Bett. Sie konnte gerade noch daran denken, dass sie sich später nach Yvette erkundigen musste, da schlief sie schon ein.

Gegen Abend meldete der Diener einige Besucher. Es hatte sich herumgesprochen, dass die Favoritin des Königs krank war. Suzanne empfing sie im Bett liegend. Der Duc d'Epernon brachte eine Schachtel Konfekt mit, die er gleich selbst aufaß. Die Comtesse de Vilancourt verdrehte sich beinahe den Hals, um sich nur kein Detail der Räume entgehen zu lassen, und tat so, als wäre Suzanne dem Tode nahe.

»Man spricht von nichts anderem als Eurem Unwohlsein«, trompetete sie. Suzanne zwang sich zu einem Lächeln. Die alte Hexe war nur gekommen, um später Klatschgeschichten unter die Höflinge zu streuen. Sie setzte sich mit besorgter Miene auf einen Hocker neben dem Bett und legte Suzanne die Hand auf die Stirn.

»Ihr habt sicher eine Lungenentzündung.«

»Danke, es geht mir bereits besser«, sagte die vermeintlich Kranke. »Ich denke, ich stehe auf. Wir sehen uns doch sicher heute Abend beim Konzert unseres verehrten Monsieur Luchesi, nicht wahr?«

Sie war froh, als ihre Besucher sich verabschiedeten, damit sie sich ankleiden konnte. Später würden sie alle wieder um sie herumscharwenzeln. Ihr fuhr der Gedanke durch den Kopf, dass es außer Séraphine und Alexandre niemanden bei Hofe gab, den sie wirklich vermissen würde, wenn sie Versailles verlassen müsste.

Mit Séraphines Hilfe zog sie sich für den Abend an. Sie wählte ein sehr schlichtes Kleid, weil sie die Freundin nicht überstrahlen wollte, wenn diese ihrem Galan gegenübertrat. Dann ließ sie den Diener etwas zu essen holen, doch Séraphine war zu aufgeregt und pickte nur auf ihrem Teller herum.

»Warum bist du so nervös?«, fragte Suzanne. »Es steht doch alles zum Besten zwischen euch.«

Séraphine verzog gequält das Gesicht.

»Ja, aber wenn ich ihn vor allen Leuten sehe, ist es ganz anders zwischen uns. Ich weiß dann nicht, wie ich mich verhalten soll. Wenn wir alleine sind, muss ich mich nicht verstellen.«

»Nun, es kann auch reizvoll sein, ein Geheimnis miteinander zu teilen«, bemerkte Suzanne. »Er wird dich in Gedanken nackt vor sich sehen und nicht erwarten können, bald wieder mit dir zusammen zu sein.«

»Wenn es nur schon so weit wäre!« Séraphine war kaum noch im Appartement zu halten, darum entschied Suzanne, dass sie eine Partie Karten bei Madame de Toulouse spielen sollten. Séraphine würde sich zügeln müssen und sich dadurch beruhigen.

Unglücklicherweise stießen sie bei Madame de Toulouse auf Alexandre. Suzanne zuckte bei seinem Anblick zusammen. Sie hatte nicht gewusst, dass er bereits aus Meudon zurück war. Warum hatte er sie nicht aufgesucht?

Er saß an einem Spieltisch mit Cathérine de Guise-Lorraine und Madame de Toulouse selbst, grüßte mit einem höflichen Kopfnicken, machte aber keine Anstalten herüberzukommen. Suzanne wandte sich ab, weil sie fürchtete, man würde ihr ihre Gefühle ansehen. Sie hielt auf den Duc d'Argens zu, der aufsprang und sich gerne zu einer Partie Pharo überreden ließ.

Absichtlich setzte sie sich mit dem Rücken zu Alexandre, dennoch konnte sie sich nicht auf das Spiel konzentrieren. Jedes Lachen Cathérines fuhr ihr in den Magen, und wenn seine dunkle Stimme zu ihr herüberklang, stockte ihr der Atem. Derart abgelenkt verlor sie eine größere Summe an d'Epernon, der die Bank hielt.

»Sie bringen mich ins Armenhaus!« Sie zwang sich zu lächeln. »Gebt mir ein anderes Mal Revanche, lieber Bernard.«

D'Epernon verbeugte sich. Ohne Alexandre auch nur einen Blick zuzuwerfen, verabschiedete Suzanne sich von Madame de Toulouse und rauschte nach draußen, gefolgt von Séraphine.

»Was ist denn mit dir?«, fragte diese atemlos, während sie versuchte, mit ihr Schritt zu halten.

»Nichts«, erwiderte Suzanne. »Aber wir wollen doch rechtzeitig zum Konzert kommen.«

Sie hatte geglaubt, sie würde sich besser fühlen, wenn sie nicht mehr im selben Raum wie Alexandre war, aber das Gegenteil war der Fall. Nun wünschte sie sich, dort geblieben zu sein.

Er würde sie für eifersüchtig halten, obwohl er ihr seine Liebe geschworen hatte. Es war wirklich albern, sie wusste doch nun, dass sie zusammengehörten. Doch er hatte ihr nicht mehr als einen flüchtigen Blick gegönnt, trotz allem, was zwischen ihnen geschehen war.

Sie betraten den Salon, in dem Luchesis neustes Werk aufgeführt werden sollte. Viele Leute sahen auf, als sie hereinkamen, und grüßten mit ausgesuchter Höflichkeit. Speichellecker, dachte Suzanne, erwiderte aber die Begrüßungen mit einem Neigen des Kopfes und nahm Platz.

Nach und nach trafen weitere müßige Höflinge ein, es wurden Erfrischungen gereicht und die neusten Klatschgeschichten ausgetauscht. Auch die unvermeidliche Comtesse de Vilancourt segelte herein, die Comtesse de Montferret in ihrem Kielwasser. Suzanne hoffte, die beiden Schreckschrauben würden sich nicht neben sie setzen. Ihr Wunsch wurde erfüllt, doch dann ließen sich die beiden Damen genau hinter ihr nieder. Die schrille Stimme der Vilancourt zerrte an ihren Nerven. Plötzlich griff Séraphine nach ihrer Hand und drückte sie so fest, dass es schmerzte.

Die Musiker betraten den Saal, Niccolò Luchesi kam als Erster, die Geige in der Hand. Suzanne sah einen mittelgroßen, schlanken jungen Mann mit funkelnden braunen Augen und Locken, die sich nur unwillig zu einem Zopf binden ließen.

»Er komponiert nicht nur, sondern spielt auch selbst«, hauchte Séraphine. »Ist er nicht wundervoll?«

Von hinten drängte sich die Perücke der Vilancourt zwischen sie.

»Macht Euch keine falschen Hoffnungen, meine Liebe«, quakte sie. »Euer hübscher Komponist ist bereits mit der Tochter eines Genueser Händlers verlobt, wie man hört. Doch einer Liebelei ist er vielleicht nicht abgeneigt, versucht also ruhig Euer Glück!« Sie lachte gekünstelt und lehnte sich wieder in ihrem Sessel zurück.

Suzanne verspürte Lust, der Comtesse das schwabbelige Gesicht zu zerkratzen. Séraphine war blass geworden, in ihren Augen standen Tränen. Es war jedoch zu spät, um den Saal noch zu verlassen, die Musiker hoben an zu spielen. Niccolò hielt beim Spielen die Augen halb geschlossen, seine Wimpern beschatteten die fein gebildeten Wangenknochen, seine Lippen waren leicht geöffnet. Er gab sich ganz dem Spiel hin, doch während einer kurzen Pause entdeckte er Séraphine. Seine Augen leuchteten auf, aber Séraphine bemerkte es gar nicht, sie ließ den Kopf hängen, bis Suzanne sie anstieß.

»Schau doch, er spielt nur für dich!«, flüsterte sie.

Niccolò schmachtete Séraphine unverhohlen an, und es dauerte nicht lange, bis ein Lächeln auf ihrem verweinten Gesicht erschien. Ergriffen lauschte sie dem Streichquartett, als wollte sie jede Note aufsaugen.

Nachdem die Musiker geendet hatten, gab es Applaus, doch dann zerstreuten sich die Zuhörer schnell. Man wollte zum Kartenspiel oder hatte noch eine galante Verabredung. Suzanne ging nach vorne, wo die Musiker ihre Instrumente einpackten. Sie achtete nicht auf Séraphine, die sie am Rock zupfte, und die Freundin musste ihr wohl oder übel folgen.

»Danke, Maestro«, sagte Suzanne. »Meine Freundin und ich haben Ihr Spiel unendlich genossen.«

»Wirklich?«, sagte Niccolò erfreut, sah dabei aber nicht Suzanne an, sondern Séraphine.

»Es war wunderschön«, piepste sie. Suzanne trat zwei Schritte zurück, so dass Séraphine und der Komponist sich gegenüberstanden. Er strahlte sie an, und sein Lächeln entzündete ihres.

»Ich habe Madame de Toulouse versprochen, noch einmal bei ihr vorbeizuschauen«, sagte Suzanne. »Aber Mademoiselle de Neuville ist begierig darauf, die Geheimnisse Eurer Musik zu ergründen, Maestro. Seid so freundlich, Euch ihrer anzunehmen.«

Sehr elegant war das nicht, dachte sie, aber wirkungsvoll.

»Wenn Ihr erlaubt, möchte ich Euch gerne noch etwas vorspielen«, beeilte er sich zu sagen. Séraphine lächelte selig, und Suzanne ließ die Verliebten alleine im Salon zurück.

Natürlich ging sie nicht zu Madame de Toulouse zurück. Sie wollte alleine sein und schlüpfte durch einen Seitenausgang in die Gärten. Sie vermied die belebten Spazierwege und suchte ein entlegenes Boskett, wo sie in Ruhe nachdenken konnte. Kies knirschte unter ihren Füßen, aus der Ferne erklangen Stimmen und Musik. Sie setzte sich auf eine Bank gegenüber einer kleinen Kaskade, die beruhigend plätscherte. Das Licht zweier Laternen fiel auf das sprudelnde Wasser, und die Statuen antiker Götter, die den Platz bewachten, sahen mit blinden Augen auf sie herunter, während ein leichter Wind über ihre Stirn strich. Nach und nach klärten sich Suzannes wirre Gedanken, und sie erkannte, wie dumm es von ihr war, an Alexandre zu zweifeln. Er hatte ihr nichts vorgemacht und er liebte sie. Bei Madame de Toulouse hatte er sie nicht beachtet, um nicht die Aufmerksamkeit auf sie beide zu lenken. Nur weil das Hofleben sie so an Falschheit und Intrigen gewöhnt hatte, hatte sie an Alexandres Ehrlichkeit zweifeln können. Gäbe es doch nur eine Möglichkeit, Versailles hinter sich zu lassen!

Suzanne atmete so tief ein, wie es das Korsett zuließ, strich sich den Rock glatt und stand auf, um ins Schloss zurückzukehren. Sie folgte dem Kiesweg, der aus dem Boskett hinausführte, da vertrat ihr plötzlich ein Schatten den Weg. Sie schrak zurück, doch gleich darauf erkannte sie ihn und schlang wortlos die Arme um seinen Hals.

»Was sollen wir nur tun?«, murmelte sie, und Alexandre drückte sie an sich. Doch seine Umarmung machte sie traurig, als wäre sie nur ein Nachhall von etwas, das vorüber war, bevor es richtig begonnen hatte.

»Ich habe Angst«, flüsterte sie.

»Ich auch.«

Mehr gab es nicht zu sagen, sie verharrten schweigend.

»Was auch geschieht«, sagte Alexandre nach einiger Zeit, »wir wissen, dass wir nur einander gehören. Wenn wir getrennt werden, darfst du daran niemals Zweifel hegen.« Seine Stimme war rau.

»Niemals Zweifel«, wiederholte Suzanne. Sie schmiegte sich so eng an ihn, als wollte sie mit ihm verschmelzen. Wieder küssten sie sich.

»Was für eine Überraschung«, sagte eine spöttische Stimme aus dem Dunkel.

Sie schraken auf, dann legte Alexandre einen Arm noch fester um sie, die freie Hand auf den Degengriff.

Aus dem Schatten der Bäume trat Julien, das Mondlicht machte sein Gesicht zu einer schönen Maske. Er lachte freudlos, Suzanne schauderte bei dem Geräusch.

»Sieh einer an, des Königs Wachhund treibt's mit der königlichen Stute. Die Spatzen pfeifen schon von den Dächern, dass sie bald seine Mätresse wird.« Juliens Stimme klang verwaschen, und er schwankte leicht. In einer Hand hielt er eine Flasche.

»Du bist stockbesoffen, mein Freund«, sagte Alexandre. »Geh ins Bett und schlaf dich aus.«

Juliens Augen wurden schmal. »Behandele mich nicht wie einen Knaben«, sagte er. »Deine Bevormundung habe ich mir lange genug gefallen lassen.«

»Offenbar weißt du nicht selbst, was gut für dich ist.«

»Bitte, hört auf damit«, bat Suzanne. »Ihr seid doch Freunde.«

»Ja, Freunde«, sagte Julien nachdenklich und betrachtete den Mond. »Alexandre, teilen wir sie doch, so wie früher. Sie hat genug für den König und uns beide zu bieten, die kleine Fotze.«

Ohne ihn einer Antwort zu würdigen, holte Alexandre aus und schlug ihn nieder. Julien krümmte sich stöhnend am Boden und hielt sich die Nase. Zwischen seinen Fingern quoll dunkles Blut hervor.

»Wärst du nicht betrunken, würde ich dich zum Duell fordern. Jetzt verschwinde«, sagte Alexandre.

»Du hättest mich nicht schlagen dürfen.« Julien klang plötzlich ganz klar. »Bei Sonnenaufgang an der Brücke hinter dem Dorf«, sagte er. »Pistolen oder Degen – du hast die Wahl.«

»Pistolen«, lautete Alexandres ruhige Antwort. Dann wandte er sich ab und legte einen Arm um Suzanne, um sie sicher zum Schloss zurückzubringen. Es gelang ihnen, sich ungesehen in Alexandres Appartement zu schleichen.

»Du darfst dich nicht mit ihm duellieren«, bat sie. Er antwortete nicht. Gemeinsam standen sie vor dem Kamin seines Salons und blickten in die Glut.

»Es gibt keinen Grund, meine Ehre zu retten«, fuhr sie fort. »Jemand wie er kann mich nicht beleidigen. Außerdem war er betrunken.«

»Betrunken oder nüchtern«, sagte Alexandre düster und hob den Kopf, um sie anzusehen. »Er hat mich herausgefordert, nicht umgekehrt. Aber keine Angst, ich habe nicht vor, ihn umzubringen.«

»Eigentlich mache ich mir nicht um ihn Sorgen«, sagte sie. »Ich will dich nicht, so kurz nachdem ich dich gefunden habe, schon wieder verlieren.«

»Ihr habt Euch zu lange Zeit gelassen, Mademoiselle d'Aubry«, entgegnete Alexandre und grinste sie an. »Nun, wollt Ihr einem Todgeweihten nicht noch die letzten Stunden versüßen?«

»Sprich nicht so«, sagte sie und küsste ihn. Alexandre umfing sie, hob sie hoch und trug sie in sein Schlafzimmer.

Noch bei Dunkelheit stand er auf. Suzanne spürte im Halbschlaf, wie er unter den Laken hervorschlüpfte, und tastete nach ihm, um ihn festzuhalten. Dann erinnerte sie sich und war mit einem Schlag vollkommen wach. Sie setzte sich im Bett auf und sah ihm beim Ankleiden zu. Sie wusste, dass jeder Versuch, ihn aufzuhalten, sinnlos gewesen wäre.

»Wer wird dein Sekundant sein?«, fragte sie schließlich mit belegter Stimme.

»Ich habe d'Epernon eine Nachricht geschickt«, antwortete er.

Sein Blick war nach innen gerichtet, er war bereits ganz auf das konzentriert, was ihm bevorstand. Er zog sich die Stiefel an und band sich die Haare zusammen. Durch die Vorhangritzen drang der erste bläuliche Schimmer. Suzanne wünschte, sie könnte die Sonne daran hindern, aufzugehen.

»Bleib noch hier«, bat sie. »Nur einen Moment!« Sie schrie beinahe, so sehr bangte sie vor dem Augenblick, in dem er sie verlassen würde. Die Vorstellung, dass sie ihn vielleicht nie wieder sehen würde, überflutete sie mit Angst.

Alexandre kam zu ihr, doch seine Umarmung war spröde, sein Kuss wie aus Papier. Suzanne begriff, dass sie ihn gehen lassen musste.

»Ich liebe dich«, flüsterte sie, als er ging, doch sie war nicht sicher, ob er es gehört hatte.

Der Himmel wurde heller, aber noch war die Sonne nicht über den Horizont getreten. Suzanne stand am Fenster und starrte hinaus, als könnte ihr Blick die Zeit anhalten, doch die Gärtner, die unten durch den Park liefen, hörten nicht auf, sich zu bewegen, und die Sonne stieg unerbittlich höher. Suzannes Anspannung wurde so groß, dass sie nicht wusste, wie sie sie ertragen sollte. Sie begann im Zimmer hin und her zu laufen, doch das vergrößerte ihre Unruhe nur, und sie bezog wieder Posten am Fenster. In Gedanken folgte sie Alexandre zu der Brücke hinter den letzten Häusern von Versailles. Vom Fluss würde leichter Nebel aufsteigen und über die Wiesen ziehen wie Rauchschleier. Alexandre würde sich am einen Ende der Brücke aufstellen, Julien am anderen. Es wäre still, nur das Scharren ihrer Füße auf der Straße wäre zu hören. Der Duc d'Epernon würde Alexandres Pistole laden, und er würde sie probehalber anlegen. Juliens Sekundant auf der anderen Seite würde dasselbe tun. Jetzt schickte die Sonne ihre ersten Strahlen über den Horizont. Der Nebel würde sich auflösen und verwehen, und die beiden Männer würden sich nun gut sehen können. Die

Sekundanten träten aus der Schusslinie. Der fünfte Mann, der neutral war, gäbe nun das Zeichen, zwei Schüsse würden fallen – waren gefallen, denn nun überflutete die Sonne die Gärten von Versailles mit Licht.

Suzanne ließ sich so vorsichtig in einem Sessel nieder, als könnte sie zu Staub zerfallen. Das Warten begann. Wenn alles gut gegangen war – was bedeutete, dass Julien verletzt oder tot war –, würde Alexandre sicher sofort zu ihr kommen. Alle Augenblicke sah sie zu der Uhr, die auf einem Konsoltisch an der Wand stand. Doch die Minuten zogen sich ins Unendliche. Jedes Mal, wenn der Zeiger vorsprang, zuckte sie zusammen.

Plötzlich erhob sich Lärm im Vorzimmer. Die Tür wurde aufgestoßen. Herein kam der Duc d'Epernon mit betretener Miene. Suzanne schlug die Hand vor den Mund, ließ sie aber gleich wieder sinken.

»Was ist passiert?«, fragte sie, so bemüht, sich zu beherrschen, dass ihre Stimme jeden Klang verlor.

»Er ist verletzt.«

»Wie schwer?«, fragte sie beherrscht.

»Die Kugel hat ihn in die Seite getroffen. Er wird gleich mit einer Kutsche hierhergebracht.«

Suzanne rief nach dem Kammerdiener Jacques, der mit verschrecktem Gesicht erschien. Sie erklärte kurz, was geschehen war, und schickte ihn, einen der Hofärzte zu rufen. D'Epernon war wieder hinausgeeilt, um Alexandre in Empfang zu nehmen.

In gewisser Weise war Suzanne erleichtert. Alexandre lebte, endlich hatte das Warten ein Ende, und sie konnte sich nützlich machen. Da fiel ihr ein, dass sie ganz vergessen hatte, nach Julien zu fragen. War er tot? Doch jetzt hörte sie schwere Schritte näher kommen und eilte zur Tür. Alexandre hing mehr als dass er ging zwischen d'Epernon und einem Diener. Sein weißes Hemd war zerrissen und an der linken Seite blutdurchtränkt. Sie musste ein Schluchzen unterdrücken, als sie ihn so sah, hatte sich aber sofort wieder in der Gewalt und hielt den Männern die Türe auf. Sie legten Alexandre aufs Bett, der dabei aufstöhnte, jedoch – halb bewusstlos, wie er war – nicht zu begreifen schien, wo er sich befand. Nun trat Monsieur Mouchet, der eilig herbeigerufene Arzt, ans Bett und rollte seine Instrumententasche auf.

»Ich muss die Kugel herausholen«, sagte er sachlich, während er eine silberne Zange in die Hand nahm. Er bat d'Epernon und Jacques, den Verletzten festzuhalten. Suzanne zwang sich hinzusehen, als der Arzt Alexandres Hemd hochschob und den Verband abnahm. In der Seite unterhalb der Rippen klaffte eine hässliche große Wunde mit schwarzen Rändern, aus der noch immer Blut sickerte. Suzanne wusste, dass der Arzt nur wenig tun konnte und dass Alexandre wahrscheinlich am Blutverlust oder an einer Wundinfektion sterben würde. Sie wandte den Blick von der Verletzung ab und sah in sein Gesicht: Ein Schweißfilm überzog seine blasse Haut, seine Augen waren geschlossen. Was hätte sie in diesem Moment darum gegeben, wenn er sie hätte ansehen können! Falls er starb, so war es Gottes Wille, doch dass ihnen kein letzter Blick, kein Abschiedswort vergönnt sein sollte, dagegen lehnte sich alles in ihr auf.

Der Arzt tauchte die Zange in die Wunde und stocherte auf der Suche nach der Kugel darin herum. Alexandre brüllte auf wie ein Tier, die Männer hatten Mühe, ihn niederzuhalten. Blut floss auf die seidenen Laken. In Gedanken rief Suzanne ihm zu, er solle durchhalten, um ihretwillen. Ihn so leiden zu sehen war beinahe unerträglich, doch sie blieb an seiner Seite und hielt seine Hand. Dann war es vorbei, Doktor Mouchet legte einen frischen Verband an. Neben das Bett stellte er eine Flasche mit einem Stärkungsmittel und ordnete an, dass Alexandre in den nächsten Tagen auf keinen Fall zur Ader gelassen werden durfte. Er verabschiedete sich, versprach aber, am Abend noch einmal nach dem Patienten zu sehen.

Das war alles, was man tun konnte. Jacques ging, das blutige

Wasser wegzuschütten, und der Duc d'Epernon sagte, er wolle sich umkleiden, würde aber später wiederkommen. Suzanne drückte ihm dankbar die Hand. Dann waren sie allein, und endlich konnte sie sich an Alexandres Bett setzen, seine schlaffe Hand nehmen und an ihre Wange drücken, während sie weinte.

Königlicher Zorn

Vier Tage lang bangte man um das Leben von Alexandre de Bournonville. Suzanne verließ sein Appartement nicht. Was der Hof darüber denken mochte, war ihr gleichgültig. Sie saß an Alexandres Bett, wischte ihm den Schweiß von der Stirn, verabreichte ihm die Medizin von Doktor Mouchet und sang ihm die Wiegenlieder ihrer Kindheit vor. Jacques brachte ihr zu essen, und nur wenn Séraphine kam, ließ sie sich dazu überreden, sich auf den Diwan im Kabinett zu legen und ein wenig zu schlafen. Doch immer wieder schreckte sie auf, aus Angst, Alexandres Zustand könnte sich verschlechtern, wenn sie nicht bei ihm wachte.

Niemand durfte ihn besuchen, nur der Arzt kam mehrmals täglich, um nach ihm zu sehen. Die Wunde hatte sich bisher nicht entzündet, und Suzanne achtete darauf, sie rein zu halten, wenn sie den Verband wechselte. Das Bett, in dem er lag, wurde für sie der Mittelpunkt der Welt, nichts anderes interessierte sie mehr. Versailles, die Höflinge und Louis rückten in weite Ferne.

Am vierten Tag war sein Blick klar, als Suzanne morgens an sein Bett trat.

»Ich fühle mich schwach wie ein Welpe«, flüsterte er und grinste matt. »Weinst du, weil ich immer noch in dieser Welt weile?«, fragte er dann in zärtlichem Ton, und sie lächelte, während ihr Tränen über das Gesicht liefen. Sie nahm seine Hand, und diesmal erwiderte er den Druck.

»Weiß der König Bescheid?«, krächzte er.

Suzanne sah ihn ratlos an. Sie wusste es nicht. Sie hatte nicht einmal an Louis gedacht in den vergangenen Tagen.

Wie sich herausstellte, weilte der König immer noch in Meudon, ließ sich aber täglich über den Gesundheitszustand des Kommandanten seiner Leibwache informieren. Er schickte auch einige aufmunternde Zeilen von eigener Hand, aus denen aber nicht hervorging, ob er von dem Duell wusste.

Auch Julien war nicht tot, wie Suzanne nun erfuhr. D'Epernon berichtete, er sei leicht am Arm verwundet worden und zum Stammsitz seiner Familie gereist. In wenigen Wochen würde die Hochzeit mit Mademoiselle Chervel stattfinden, und er würde in nächster Zeit nicht nach Versailles zurückkehren. Auch Alexandre war erleichtert, dass er Julien nicht auf dem Gewissen hatte – unmittelbar nach dem Duell war er bewusstlos gewesen.

»Dieser Hundsfott«, sagte er kopfschüttelnd. »Er wollte mich tatsächlich umbringen!«

»Ich bin froh, dass er sein Ziel nicht erreicht hat«, antwortete Suzanne.

Alexandre sah sie ernst an. Sein Gesicht war schmal geworden, Bartstoppeln bedeckten sein immer noch bleiches Gesicht.

»Was wird nun aus uns, meine Liebste?«, fragte er leise und streckte den Arm nach ihr aus. Sie ließ sich auf dem Bettrand nieder und schmiegte sich an ihn, wobei sie darauf achtete, den Verband nicht zu berühren. Es tat gut, den Kopf an seine Schulter zu lehnen und sich einige Augenblicke auszuruhen. Doch dann rümpfte sie die Nase.

»Sire, Ihr stinkt«, sagte sie und stand auf. »Ihr bedürft dringend einer gründlichen Säuberung.«

Sie klingelte Jacques herbei, der Tücher und parfümiertes Wasser brachte. Suzanne schickte ihn wieder hinaus, bevor sie Alexandre half, sein Hemd abzustreifen, und ihn am ganzen Körper mit den feuchten Tüchern abrieb. Der Patient schloss die Augen und schnurrte wie ein Kater, während sie ihn wusch. Wie schön es war, ihn zu berühren. Ihre Finger strichen über seinen Brustkorb und seinen Bauch, dann legte sie die hohle Hand über sein Geschlecht, als müsste sie es schützen.

»Es wird wohl noch eine Zeitlang dauern, bis er sich wieder erhebt«, bemerkte Alexandre. »Zügelt also Eure schmutzigen Gedanken, Mademoiselle.«

Doch Suzanne war nicht nach Scherzen zumute.

»Du hast mich gefragt, was nun aus uns wird«, begann sie. »Und ich habe entschieden, mit Louis zu sprechen. Ich möchte ihn nicht hintergehen, er war stets gut und großzügig zu uns beiden. Er wird sich bestimmt auch in unserer Sache als großer Mann zeigen.«

»Ich kenne ihn besser als du«, antwortete Alexandre, »und ich bin mir nicht sicher, wie er sich verhalten wird. Wenn er sich verraten fühlt, kann er sehr ungehalten werden, und ich wäre nicht der Erste, den er hinter den Mauern der Bastille verschwinden ließe.«

Suzanne sah ihn entschlossen an. »Eben deshalb muss ich es sein, die mit ihm spricht«, erwiderte sie. »Er wird wahrscheinlich gekränkt sein, und das mit Recht, aber sicher wird er nicht eine Frau als Mätresse haben wollen, die einen anderen liebt.«

Sie zog Alexandre das Hemd wieder über den Kopf – eine Gelegenheit, die er nicht verstreichen ließ, ohne einen Kuss auf ihr Dekolleté zu drücken.

»Wenn wir es ihm verheimlichten, würde sein Zorn nur größer – und er würde es irgendwann herausfinden«, fuhr Suzanne fort. »Und ich brächte es auch nicht fertig, weiter sein Bett zu teilen. Ich möchte nur noch dir gehören, Alexandre.«

»Das möchte ich auch«, knurrte er. »Kein anderer darf dich besitzen.« Er zog sie zu sich auf die Matratze herunter.

»Du erholst dich erstaunlich schnell«, sagte sie, dann überließ sie sich seinen Küssen. Erregung wallte in ihr auf, als seine Zunge ihren Mund erforschte. Sie griff in sein Haar und drückte sein Gesicht zwischen ihre Brüste. Seine Hand strich über ihr Bein, und sie hob den Rock, damit sie seine Berührung auf der Haut spüren konnte. Er fuhr über die Innenseite ihrer Oberschenkel und tastete sich unter dem Hemd an den feuchtwarmen Mittelpunkt zwischen ihnen heran. Suzanne konnte nicht anders, als ihn in den Hals zu beißen.

»Unartiges Mädchen«, knurrte er leise. »Warte nur, bis ich wieder gesund bin, dann werde ich dir dein niedliches Hinterteil versohlen.«

Allein seine Stimme und seine Worte ließen sie vor Lust erschauern.

»Ich bin ganz die Eure, Sire«, murmelte sie und seufzte, als sein Zeigefinger in sie eindrang.

»Darf ich mich zu Euch gesellen?«

Suzanne und Alexandre fuhren auseinander. In der Tür stand Cathérine de Guise-Lorraine. Wie war sie an Jacques vorbeigekommen, der normalerweise alle Besucher abfing?

»Es besteht kein Grund, sich zu schämen«, sagte sie. »Haben wir doch bereits so manches geteilt.« Sie ließ ihre Zähne aufblitzen und musterte Suzanne, die aufgesprungen war und mit glühendem Gesicht ihre Röcke ordnete. Sie fragte sich, wie lange Cathérine schon an der Tür gestanden hatte.

Die Marquise hob den Arm und fuhr sich seitlich über die Haare. Suzanne starrte sie an. Sie kannte diese Bewegung. Genau diese Geste hatte der kleinere ihrer Entführer immer wieder vollführt! Ihr Herz klopfte plötzlich so heftig, als hämmerte jemand Steine in ihrer Brust. Das Gefühl, ausgeliefert zu sein, überfiel sie wieder und lähmte sie, so dass sie schweigend zusah, wie Cathérine auf das Bett zuging, sich über Alexandre neigte und ihm über die unrasierte Wange strich.

»Du siehst blass aus, mein Liebster«, sagte sie süßlich. Alexandre hob die Hand und hielt die ihre fest. Sein Gesicht hatte sich verdüstert.

»Lasst das, Madame«, sagte er. »Ihr wisst, wie wir zueinander stehen. Niemanden wünsche ich weniger in meiner Nähe als Euch.«

Cathérines Miene gefror. Als sie sich aufrichtete und zu Suzanne umwandte, lag blanker Hass in ihrem Blick.

»Habt Ihr nie genug?«, zischte sie. »Könnt Ihr nicht ertragen, wenn nicht alle Männer Euch zu Füßen liegen?«

»Es scheint mir eher, als ginge es Euch so«, erwiderte Suzanne. Cathérine kam auf sie zu, den hübschen Mund geschürzt, als würde gleich eine gespaltene Zunge herausschnellen, und Suzanne wich zurück, bis sie an eine Kommode stieß.

»Weiß Alexandre, dass Ihr auch für den König die Beine spreizt?«

»Ihr vergesst Euch, Marquise«, sagte Alexandre scharf vom Bett aus. »Ich denke, Ihr zieht Euch besser zurück.«

Cathérine wandte sich ihm wieder zu. »Du schickst mich fort?«, schnappte sie. »Du wagst es?«

»Ich habe es schon einmal getan«, entgegnete Alexandre gleichmütig. »Und wenn Ihr mir nachlauft wie ein Schoßhündchen, muss ich es eben noch einmal tun. Verschwindet.«

Mit hoch erhobenem Kinn stolzierte Cathérine zur Tür und rauschte hinaus.

Suzanne stand wie erstarrt und sah ihr nach. Erst als sie die Tür des Appartements zufallen hörte, konnte sie sich wieder bewegen.

»Dieses Weib wagt mir zu drohen«, sagte Alexandre amüsiert. »Lächerlich!«

»Mein Gott, Alexandre, sie war es! Ich habe sie an ihren Bewegungen wiedererkannt! Sie war in dem Pavillon im Wald!«

»Unmöglich«, erwiderte Alexandre. »Dort war keine Frau.«

»Sie hat sich verkleidet. Bitte glaub mir! Ich bin mir ganz sicher. Und ich glaube, sie war es auch, die mich in La Muette die Treppe hinuntergestoßen hat. Sie hasst mich auf den Tod! Sie muss mit meinem Vormund unter einer Decke stecken – und sie weiß, dass ich die Mätresse des Königs bin!«

»Dieses Aas! Ich drehe ihr den Hals um!« Alexandre wollte aus dem Bett springen, aber Suzanne legte ihm beide Hände auf die Brust und drückte ihn zurück in die Kissen. Sie hatte ihn nie dermaßen wütend erlebt, er schien imstande, Cathérine tatsächlich etwas anzutun. Der Gedanke an Marie-Anne Collas blitzte auf.

»Bitte, es wird alles nur noch schlimmer!«, flehte sie und bedeckte sein Gesicht mit Küssen. Allmählich beruhigte er sich, sie spürte, wie seine Muskeln sich entspannten. Er legte seinen gesunden Arm um ihre Taille und zog sie an sich. Den Kopf an seine Brust geschmiegt fühlte sie, wie schnell sein Herz klopfte.

»Wenn sie uns an Louis verrät, sind wir verloren«, flüsterte Suzanne. »Mein Gott, Alexandre, was sollen wir jetzt machen?«

»Mit meinem Vorschlag, ihr den Hals umzudrehen, warst du ja nicht einverstanden«, antwortete er, während er beruhigend über ihre Wange strich. »Wenn es nach mir ginge, wäre sie nicht mehr fähig, irgendetwas auszuplaudern.«

»Sag bitte nicht solche Sachen!« Suzanne sah ihm in die Augen. »Du darfst dich nicht noch einmal von deiner Wut zu etwas hinreißen lassen, das du später bereuen würdest!«

Alexandre stutzte. »Was soll das nun wieder bedeuten?« Zwischen seinen Augen stand die Unheil verkündende Falte.

Suzanne wagte kaum, es auszusprechen. »Marie-Anne Collas«, flüsterte sie. Sein Körper wurde steif unter ihr, er packte sie mit erstaunlicher Kraft an beiden Oberarmen und richtete sich auf.

»Was hast du da eben gesagt?« Suzanne war unfähig zu antworten, sie starrte ihn nur an. Seine Finger krallten sich in ihre Oberarme, und sie wimmerte. Das brachte Alexandre wieder zu sich, er ließ sie los und bedeckte seine Augen mit einer Hand.

»Entschuldige«, sagte er. »Ich wollte dich nicht erschrecken.« Er atmete tief durch, dann streckte er die Hand nach ihr aus, aber sie rutschte von ihm weg, bis sie auf der Bettkante saß.

»Was ist damals passiert?«, fragte sie. Alexandres Gesicht verdüsterte sich wieder. Er blickte zur Seite.

»Ich gebe mir die Schuld an ihrem Tod, aber ich bin nicht ihr Mörder. Mehr sage ich dazu nicht. Ich habe lange genug gebraucht, um diesen Abend aus meinem Gedächtnis zu verdrängen.«

»Du kannst das nicht verdrängen«, antwortete Suzanne. Jetzt streckte sie die Hand nach ihm aus. Sie rutschte näher zum Kopfende des Bettes, bis sie ihm übers Haar streichen konnte. Er nahm ihre Hand und küsste die Innenfläche. Ohne sie loszulassen wiederholte er: »Ich spreche nicht darüber.«

Suzanne entschied, es auf sich beruhen zu lassen – für dieses Mal. Jetzt gab es dringendere Probleme. Cathérine stellte eine unmittelbare Gefahr dar.

»Sie wird Louis alles erzählen, sobald er aus Meudon zurückkehrt«, sagte Suzanne.

»Dann erklären wir ihm alles. Setz dich wieder zu mir, ich bin keine wilde Bestie.« Alexandre streckte die Hand nach ihr aus. »Warum sollte Louis dich als Mätresse behalten wollen, wenn du einen anderen liebst? Das hast du selbst gesagt.«

Suzanne war sich dessen nicht mehr so sicher. Louis erwartete absolute Loyalität; sie und Alexandre hatten ihn hintergangen. Sie musste Cathérine zuvorkommen und mit Louis sprechen, sobald er nach Versailles zurückkehrte.

Mit Alexandres Genesung kamen auch andere Besucher. Die Höflinge brannten vor Neugier und ließen sich nicht mehr abweisen. Besonders die Damen zog es ans Krankenlager. Sie behandelten Alexandre wie einen Kriegshelden, umschwärmten ihn und verwöhnten ihn mit Konfekt. Suzanne beobachtete es mit einer Mischung aus Eifersucht und Verachtung. Der Genesende dagegen war bester Laune und ließ sich die Aufmerksamkeiten gerne gefallen, scherzte mit den Besucherinnen und zeigte seinen Verband, was bei den Damen Seufzer und Ohnmachten hervorrief. Suzanne schien er zeitweise ganz vergessen zu haben. Grollend beschloss sie, ihn im Kreis seiner Bewunderinnen zurückzulassen. Ohne sich zu verabschieden, verließ sie das Appartement und das Schloss. Ihr erster Weg führte sie zu den Ställen. Tagelang hatte sie Alexandres Schlafzimmer nicht verlassen, jetzt tat es gut, den Himmel zu sehen und zu merken, dass die Welt sich weiter gedreht hatte. Als sie über den Place d'Armes ging, atmete sie tief die frische Luft ein und hielt ihr Gesicht der Sonne entgegen. Mochte sie ruhig Sommersprossen kriegen – so hatten die Schranzen wieder etwas, worüber sie sich das Maul zerreißen könnten.

Sie lenkte ihre Schritte die Treppe hinauf, die zur Unterkunft von Yvettes Geliebtem führte. Sie klopfte an die Tür und trat ein. Yvette saß in einem Sessel mit abgeschabtem Bezug, den dick verbundenen Knöchel auf einem Holzschemel abgelegt. Sie strickte an etwas, das offensichtlich eine Socke werden sollte.

»Oh, Mademoiselle!«, rief Yvette und versuchte, sich zu erheben, aber Suzanne bedeutete ihr, sitzen zu bleiben. Sie zog sich einen Hocker heran und setzte sich neben Yvette.

»Ich brauche nicht zu fragen, wie es dir geht«, sagte sie. »Du scheinst dich schon ganz zuhause zu fühlen.«

Sie lachte, weil die Zofe plötzlich rote Wangen bekam und verschämt den Kopf senkte.

»Yvette, so kenne ich dich gar nicht!«, neckte Suzanne. »Es scheint dir richtig ernst zu sein mit deinem Kutscher!«

Yvette fasste sich ein Herz und gestand, dass er um ihre Hand angehalten hatte.

»Aber ist er denn standesgemäß für eine Zofe wie dich?«, fragte Suzanne mit gespieltem Ernst und brach in Lachen aus, als Yvette begann, sich zu rechtfertigen und sämtliche Vorzüge ihres Liebsten aufzuzählen. Die Zofe stockte einen Moment und stimmte dann in das Lachen ein. Suzanne ergriff ihre Hand.

»Yvette, ich freue mich, dass du den Mann gefunden hast, mit dem du dein Leben verbringen möchtest. Ich lasse dich gerne gehen, wenn ich weiß, dass ein erfülltes Leben auf dich wartet.«

»Und Ihr?«, fragte Yvette. »Werdet Ihr bald die offizielle Mätresse des Königs?«

»Wohl nicht.« Suzanne schüttelte den Kopf. »Noch weiß ich

nicht, wie es weitergehen soll, wahrscheinlich kann ich nicht in Versailles bleiben. Aber das macht nichts, das Hofleben hat mir von Anfang an nicht behagt. Und auch ich habe jeman-den gefunden, mit dem ich für immer zusammenbleiben möchte.«

»Habt Ihr Euch endlich mit dem Duc de Bournonville ausgesprochen?«, sagte Yvette, und nun wurde Suzanne rot.

»Wusst ich's doch«, sagte Yvette befriedigt.

»Du kennst mich besser als ich mich selbst«, gab Suzanne zu.

»Na, man musste kein Hellseher sein, um zu merken, wie es zwischen Euch und ihm steht.«

»Ach Yvette, ich werde dich vermissen!«

»Nun, falls Ihr einmal einen Kutscher und eine Kammerzofe braucht, lasst es uns wissen, Mademoiselle.«

Suzanne bedankte sich für das Angebot, verabschiedete sich herzlich und versprach, sie bald wieder zu besuchen. Sie kehrte ins Schloss zurück, um auch Séraphine einen Besuch abzustatten. In den letzten Tagen hatten sie sich zwar gesehen, doch Suzannes Aufmerksamkeit war ausschließlich auf Alexandre gerichtet gewesen. Nun wollte sie Abbitte leisten.

Als sie Séraphines kleine Wohnung betrat, erschrak sie: Die Freundin saß in einem Sessel am Fenster und starrte blicklos hinaus.

Sie wandte nur kurz den Kopf, als Suzanne hereinkam, dann blickte sie auf einen Brief, den sie in der Hand hielt.

»*Mon chou*, was ist denn?«, rief Suzanne besorgt und kniete vor Séraphine nieder. Deren Gesicht war bleich, und die Haut spannte sich straff über den Wangenknochen. Endlich sah sie Suzanne an.

»Er ist fort«, sagte sie tonlos und richtete ihren Blick wieder aus dem Fenster.

Suzanne verstand sofort, wer gemeint war.

»Aber wie ist das möglich?«, fragte sie. »Wann kommt er wieder?«

»Er kommt nicht zurück«, sagte Séraphine. »Nie mehr.« Und

sie begann zu weinen. Suzanne reichte ihr ein Taschentuch, das sich innerhalb einer Minute in einen nassen Lappen verwandelte. Begleitet von Séraphines bitterlichem Schluchzen las sie Niccolòs Brief. Darin stand, sein Vater rufe ihn zurück nach Genua, wo er seit Langem einem Mädchen versprochen sei. Er wage nicht, dem Wunsch seines Vaters zuwiderzuhandeln. Der Abschied von Séraphine breche ihm das Herz, weshalb er sich gezwungen sehe, nachts abzureisen. Er versicherte sie seiner ewigen Zuneigung und wie sehr er bedauere, dass das Schicksal es nicht gut mit ihnen gemeint habe.

»Schicksal!«, schnaubte Suzanne und ließ den Brief fallen, um die Freundin zu umarmen. Der Tränenstrom floss nun auf ihre Schulter und durchnässte ihr Kleid.

»Ich dachte, er liebt mich!«, rief Séraphine zwischen den Schluchzern.

Suzanne strich ihr übers Haar. »Das tat er bestimmt«, versicherte sie der Freundin. »Wenn er einen Weg gesehen hätte, seiner Verpflichtung zu entgehen, hätte er ihn beschritten.«

»Nein«, sagte Séraphine bitter und hörte auf zu weinen. »Er hat sich mit mir vergnügt, wohl wissend, dass er nach Genua zurückkehren würde. Das Schlimme ist, dass ich ihn dennoch liebe!« Ihre Stirn sank wieder an Suzannes Schulter.

Suzanne ließ sie gewähren. Wenn Séraphine sich ausweinte, würde sie müde werden, und der Schlaf würde neuen Lebensmut bringen. Sie blieb bei der Freundin, bis die sich zum Bett führen und zudecken ließ wie ein kleines Kind.

Am folgenden Tag führte Suzannes erster Weg zu Alexandres Appartement. Er saß aufrecht im Bett, vor sich ein Tablett mit Kaffee und Gebäck. Seine Augen leuchteten auf, als sie hereinkam, und ihr Herz schlug höher. Er bestand darauf, dass sie sich neben ihn setzte, und raubte ihr sogleich einen langen Kuss. Seine Hand raffte ihren Rocksaum, um sich zwischen ihre Beine zu stehlen, allerdings kippte dabei die Kaffeetasse um, und das heiße Getränk ergoss sich über sein Bein. Fluchend riss er sich die Decke vom Leib und warf Suzanne, die aus vollem Hals lachte, einen finsteren Blick zu.

»Warte nur, bis ich wieder gesund bin!«, drohte er. »Dann werde ich mir solch respektloses Verhalten nicht mehr bieten lassen, meine Schöne!«

»Ich werde die Strafe mit Freuden entgegennehmen«, antwortete Suzanne, musste aber immer noch kichern. Sie tupfte mit einem Zipfel der Decke an ihm herum, und wie versehentlich streifte ihre Hand sein Glied. Er packte ihr Handgelenk, um sie daran zu hindern, die Hand wegzuziehen, und willig umfasste sie sein Geschlecht.

»Die wichtigsten Körperteile sind bereits vollständig genesen«, neckte sie ihn, während sie an seinem Schaft auf und nieder glitt.

»Leider nicht in dem Maße, wie ich es gerne hätte. Komm her, ich will dich ansehen, wenn ich dich schon nicht nehmen kann.« Nur zu gerne erfüllte sie seinen Wunsch und legte sich über seinen Schoß. Er schlug ihre Röcke hoch, und Suzannes Kichern verwandelte sich in ein Seufzen, als seine Hände begannen, ihre nackte *derrière* zu streicheln. Er drang bald tiefer vor und widmete sich den empfindlichen Stellen, wo die Haut besonders zart war. Suzanne reckte das Gesäß in die Luft und wurde mit einem Finger belohnt, der unvermittelt vordrang und ihr ein Stöhnen entlockte. Alexandres Hände waren kraftvoll, aber achtsam, und sie genoss das Gefühl, ihm ausgeliefert und doch ganz sicher zu sein. Nicht lange, und sie musste in die Decke beißen, um nicht zu schreien, als sein Fingerspiel sie zum Höhepunkt trieb.

Später ließen sie sich Obst und süßen Wein bringen.

»Was gibt es für Neuigkeiten?«, erkundigte sich Alexandre bei seinem Kammerdiener, während er Johannisbeeren von der Rispe zupfte und Suzanne in den Mund steckte.

»Seine Majestät ist aus Meudon zurückgekehrt, und der Duc

d'Argens wird heute Abend ihm zu Ehren ein Fest ausrichten«, erzählte der Mann, der wie alle Dienstboten bestens informiert war.

Suzannes Magen verkrampfte sich. Wenn Louis wieder in Versailles war, würde sie so bald wie möglich mit ihm reden müssen. Jetzt würde er beim Mittagessen sein, vielleicht konnte sie ihn danach um ein Gespräch bitten.

Sie sagte Alexandre, was sie vorhatte. Zwischen seinen Augen erschien die ihr inzwischen vertraute Falte. Aber er nickte.

»Selbst wenn er uns vom Hof verbannt – wir wären zusammen und könnten heiraten. Bournonville liegt nicht gerade am Nabel der Welt, aber das Meer ist nicht weit, und meine Mutter wäre überglücklich, dich als Schwiegertochter zu begrüßen.«

Sie verließ Alexandre, um sich in ihren Räumen herzurichten. Gegen zwei Uhr begab sie sich zu den *petits appartements*. Wie erhofft, traf sie im Vorzimmer des Königs den Kammerdiener Bachelier.

»Wie schön, Euch gesund und blühend wiederzusehen«, sagte er, und der Ausdruck der Freude in seinen Augen tat ihr gut. Sie ließ sich nicht anmerken, wie unruhig sie war, und verbarg die zitternden Hände in den Falten ihres Kleides.

»Ist Seine Majestät beschäftigt, Bachelier? Oder kann er mich empfangen?«

»Ihr müsst leider warten, denn er führt gerade ein Gespräch«, antwortete Bachelier. »Doch ich bin mir sicher, dass er Euch mit Vergnügen empfangen wird.«

Suzanne setzte sich auf einen Diwan. Hier, im privaten Vorzimmer des Königs, wurden nur die wichtigsten Personen vorgelassen, und im Augenblick waren außer ihr nur einige Gardisten anwesend, die mit ausdruckslosen Gesichtern an den Wänden standen. Das Warten zog sich hin, und Suzanne merkte, wie ihre Handflächen feucht wurden. Sie würde gleich dem König von Frankreich mitteilen, dass sie einen anderen Mann ihm vorzog. Allein der Gedanke daran war unerhört, und sicher war etwas Ähnliches niemals zuvor geschehen.

Als die Tür zu den Privaträumen sich endlich öffnete, zuckte sie zusammen. Ihr Herz stockte, als sie sah, wer herauskam, mit stolz erhobenem Kinn und blitzenden Augen.

Cathérine de Guise-Lorraine nickte ihr zu, ein böses Lächeln im Mundwinkel, und rauschte hinaus.

Suzanne konnte sich nicht bewegen. Es war zu spät. Was sonst hätte Cathérine beim König zu suchen, als ihm die geheime Liebschaft zwischen seiner Mätresse und dem Kommandanten seiner Leibgarde zu verraten? Sie hatte ihre Drohung wahr gemacht.

Bachelier ging hinein, um sie anzumelden. Er blieb lange fort, und als er wiederkam, war sein Gesicht besorgt. Wortlos bedeutete er Suzanne einzutreten. Sie stand auf, ihre Beine trugen sie kaum. Langsam näherte sie sich der Tür, durchschritt das zweite Vorzimmer und weitere Räume, bis sie zu Louis' Arbeitszimmer gelangte. Sie sah den König neben seinem Schreibtisch stehen und sank mit gebeugtem Nacken in einen tiefen Hofknicks, in dem sie verharrte, weil sie nicht aufzusehen wagte. Es herrschte Stille im Zimmer, Louis rührte sich nicht.

»Was wollt Ihr?«, fragte er endlich, seine Stimme klang kalt. Susanne erhob sich und zwang sich, ihn anzusehen. Louis musterte sie, als hätte er sie noch nie gesehen.

»Eure Majestät, jemand anderes ist mir zuvorgekommen und hat Euch bereits mitgeteilt, was ich Euch sagen wollte«, begann sie stockend. »Ich kam hierher, hoffend auf Eure Nachsicht und um Euch meiner Ergebenheit zu versichern.«

»Ergebenheit?«, wiederholte Louis langsam und kam auf sie zu. Sie spürte den Drang zurückzuweichen, zwang sich aber, sich nicht zu rühren, und richtete den Blick wieder auf das Parkett.

»Eure Ergebenheit?«, wiederholte Louis noch einmal. »Ich würde es eher Euren Verrat nennen.« Er stand nun dicht vor ihr, und sie erkannte den Mann nicht wieder, mit dem sie so viele zärtliche Stunden verbracht hatte.

»Ich bitte Euch, Sire, glaubt mir, dass ich Euch niemals verletzen wollte«, sagte Suzanne leise und sah zu ihm auf. Aber Louis' Miene blieb undurchdringlich. Als er antwortete, klang seine Stimme gepresst von dem Versuch, seinen Zorn zu unterdrücken.

»Ihr habt mich hintergangen, und wer den König hintergeht, greift Frankreich an. Das ist Hochverrat.«

Das Wort hing in der Luft wie eine Drohung. Louis musste nicht aussprechen, was darin mitschwang: die Bastille, vielleicht sogar der Galgen.

»Doch Ihr seid es nicht wert, so viel Aufmerksamkeit zu erfahren«, sprach Louis weiter. »Mir soll genügen, dass Ihr und Euer Liebhaber mir nie wieder unter die Augen tretet. Er wird sich auf seinen Stammsitz zurückziehen, Ihr werdet noch heute der Obhut Eures Schwagers übergeben. Jeder Kontakt mit dem Duc de Bournonville, ob schriftlich oder mündlich, ist Euch untersagt. Und glaubt nicht, ich erführe es nicht, wenn Ihr Euch meinem Willen widersetzt.«

Suzanne war wie betäubt. Eine solch harte Strafe hatte sie nicht erwartet, und erst jetzt wurde ihr klar, wie sehr sie Louis verletzt hatte.

»Sire, bitte …«, begann sie, doch der König schnitt ihr das Wort ab.

»Geht, bevor ich es mir anders überlege. Lebt wohl, Madame de Montfort.«

Er wandte sich ab, setzte sich an den Schreibtisch und nahm eine Akte zur Hand. Suzanne blieb nichts übrig, als sich zu verneigen und den Raum zu verlassen. Sie wollte zu Alexandre eilen, doch im Vorzimmer traten sofort zwei Soldaten an ihre Seite, und sie fragte sich, wer sie so schnell informiert hatte. Es musste wohl Bachelier gewesen sein, aber sie nahm es ihm nicht übel, tat er doch nur seine Pflicht.

»Wir werden Euch zu Eurem Appartement begleiten und bei Euch bleiben, bis Ihr Versailles verlassen habt«, sagte der eine Soldat.

Suzanne war immer noch wie betäubt. Louis' Zorn hatte sie erwartet, aber nicht, dass er dermaßen kalt und abweisend sein würde. Sie hätte es besser wissen müssen. Sie erinnerte sich nur zu gut daran, wie Louise-Anne ihr einmal gesagt hatte, Louis schätze nichts höher als Loyalität.

Hilfesuchend sah sie Bachelier an, doch der schüttelte nur bedauernd den Kopf. Von den beiden Wachen flankiert ging sie zu ihrem Appartement. Wer ihnen unterwegs begegnete, starrte sie an, und ihr war klar, dass ganz Versailles bald vor Gerüchten summen würde wie ein Bienenstock. Aber das war ihr gleichgültig. Sie dachte nur daran, wie sie Alexandre noch einmal sehen oder ihm wenigstens eine Nachricht zukommen lassen könnte.

Als sie auf dem Korridor ankamen, wo sich ihre Räume befanden, schritt sie wie selbstverständlich an ihrer Tür vorbei. Die beiden Wachen sagten nichts, schienen also nicht zu wissen, wo sie untergebracht war. Vor Séraphines Appartement hielt sie an und klopfte. Ohne den erstaunten Gesichtsausdruck der Zofe, die die Tür öffnete, zu beachten, eilte sie durch den Vorraum, so schnell, dass die Soldaten nicht folgen konnten. Sie riss die Tür zu Séraphines Salon auf. Ohne sie zu begrüßen, stieß Suzanne hervor: »Louis schickt mich weg, ich darf Alexandre nicht mehr sehen. Sag ihm, dass ich ihn immer lieben werde und dass ich über dich Verbindung mit ihm aufnehme.«

Séraphine hatte keine Zeit zu antworten, denn die Wachen drängten sich zwischen Suzanne und sie.

»Lasst mich los, ich kann alleine gehen!« Suzanne hob das Kinn und ging zu ihrer eigenen Wohnung. Von dem Aufruhr, der in ihr tobte, ließ sie sich nichts anmerken, sondern wies scheinbar ruhig ihre Dienerschaft an, ihre Sachen zu packen. Dann zog sie sich in ihr Kabinett zurück. Die Wachen postierten sich beiderseits der Eingangstür, die offen bleiben musste, doch immerhin konnte sie so für eine Weile alleine sein.

Die mühsam aufrechtgehaltene Fassade brach zusammen. Sie legte den Kopf auf die Platte ihres Frisiertisches und ließ den Tränen freien Lauf. Der Gedanke, Alexandre so nah zu wissen, ohne ihn noch einmal sehen und umarmen zu können, war unerträglich. Ob auch er inzwischen wusste, wie der König über ihn entschieden hatte? Ihr einziger Trost war, dass er nicht ihretwegen in der Bastille landen würde – doch seine Laufbahn bei der königlichen Leibwache war beendet, weil er gewagt hatte, sich in die Mätresse des Königs zu verlieben.

Und sie selbst? Welche Zukunft stand ihr bevor? Ihr Vormund würde kommen und sie mitnehmen, und dann stand es ihm frei, mit ihr zu verfahren, wie er wollte. Nach ihrer letzten, äußerst unerfreulichen Begegnung würde er sicher die Gelegenheit nutzen, seine Wut an ihr auszulassen. Nun gab es nichts und niemanden mehr, der sie vor ihm schützte. Sie war auf sich gestellt.

Bei dem Gedanken richtete sie sich auf. Sie sah ihr Spiegelbild an, das rote, verquollene Gesicht unter zerlaufender Schminke. Mit all ihrer Willenskraft drängte sie die Tränen zurück und sah dabei zu, wie ihre Miene ausdruckslos wurde. Sie nahm ein Tuch und wischte sich die verschmierte Farbe aus dem Gesicht. Dann griff sie nach den Tiegeln, die aufgereiht vor ihr standen, und begann, sich ein neues Antlitz zu geben. Als sie fertig war, glich es einer Maske, die nichts von ihren Gefühlen preisgab.

Suzanne blieb bis zum Abend in ihren Räumen. Ihre Sachen, in Kisten und Taschen verpackt, standen bereit. Sie fürchtete sich vor dem Augenblick, in dem es an der Tür klopfen würde. Nicht, weil sie dann Versailles verlassen musste. Bei dem Gedanken daran fühlte sie kein Bedauern. Doch das, was vor ihr lag, machte ihr Angst. Mit Alexandre an ihrer Seite hätte sie der ganzen Welt getrotzt, doch sie würde allein sein. Sie würde schlau sein müssen, sie würde lügen und betrügen, um dem Schicksal zu entgehen, das sie allzu deutlich vor sich sah. Ihr Vormund hatte nun keinen Grund mehr, sie zu schonen, und es würde umso schlimmer sein, da er wusste, wie sehr sie ihn verachtete.

Es klopfte. Einen verrückten Moment lang hoffte sie, es wäre Alexandre, aber es waren zwei Diener, die ihr Gepäck abholten. Kurz darauf stand ihr Vormund in der Tür. Seit er das Amt des königlichen Kutscheninspektors innehatte, hatte Suzanne ihn nicht mehr gesehen – außer an jenem schrecklichen Abend im Wald. Er lächelte falsch und breitete die Arme aus, als wollte er sie im Schoß der Familie willkommen heißen. Sie blieb stehen, worauf er zu ihr trat und sie an sich drückte. Sie war steif wie ein Stück Holz in seinen Armen.

»Deine Wiedersehensfreude rührt mich«, sagte der Vicomte ironisch. »Endlich sind Vormund und Mündel wieder vereint! Wir werden direkt nach Guéret aufbrechen. Auf dem Lande ist es so viel gesünder als in der verpesteten Pariser Luft.«

Er zog ihren Arm durch seinen und brachte sie nach unten, wobei er die ganze Zeit fröhlich plauderte. Suzanne konnte es kaum ertragen, ihn so dicht neben sich zu spüren. Sie stiegen in die Kutsche, die sofort anfuhr. Suzanne drehte sich noch einmal um, in der sinnlosen Hoffnung, Alexandre am Fenster zu sehen, doch das Schloss wirkte abweisend, und seine Fenster zeigten nur die Spiegelung des Himmels.

Das Geheimnis der Briefe

Suzanne hielt den Blick gesenkt. Der Anblick ihres Vormundes war ihr unerträglich. Gegen sein Gerede konnte sie ihre Ohren leider nicht verschließen.

»Wie schade, dass ich ohne dich an den Hof zurückkehren werde. Der Platz einer Frau ist doch an der Seite ihres Gatten. Aber keine Sorge, ich werde oft genug heimkehren, um dir jedes Jahr ein Kind zu machen.«

Ihr Kopf schnellte hoch, und sie starrte ihn an. »Was redet Ihr da?«

»Wer nähme dich jetzt wohl noch?« Der Vicomte grinste. »Ich nehme es aber nicht so genau und bin bereit, dir meinen Namen zu geben. Wir werden heiraten, sobald wir auf Guéret ankommen.«

Suzanne spürte Entsetzen aufsteigen wie eine Welle von Übelkeit. Sie ballte die Hände und antwortete, ohne ihn anzusehen: »Ich heirate nur den Mann, den ich liebe.«

»Den wirst du leider nie wiedersehen«, sagte der Vicomte selbstgefällig. »Liebe, was für ein abgeschmackter Unsinn. Wer fragt nach Liebe, wenn es um nützliche Verbindungen geht? Mit deiner Gefühlsduselei hast du dir alles verdorben. Für meine Ambitionen bist du nicht mehr dienlich. Allerdings hast du noch eine Menge an Schulden bei mir für deine Aufzucht, Erziehung und Ausstattung – und die wirst du in meinem Bett abtragen, solange es mir gefällt.«

Sein Ton triefte vor falscher Freundlichkeit, und Suzannes ganzer Körper verkrampfte sich. Lieber würde sie sterben, als sich dem Vicomte hinzugeben. Die Kutsche ratterte durch das nächtliche Paris, jeder Meter brachte sie einem Schicksal näher, das ihr nur zu bildhaft vor Augen stand. »Warte nur, bis wir zuhause sind«, kündigte der Vicomte an, »bald wirst du mir aus der Hand fressen. Die Peitsche tut Wunder bei Pferden und Weibern.«

Es kostete Suzanne all ihre Selbstbeherrschung, nicht zu weinen, denn diese Genugtuung wollte sie ihm nicht geben. Sie hasste ihn aus ganzem Herzen, wie er ihr gegenübersaß, bräsig und zufrieden wie eine Kröte. Sie starrte aus dem Fenster, vor dem die Welt vorbeizog, unbeeindruckt von dem, was mit ihr geschah. Sie dachte an Alexandre, der wahrscheinlich nach Bournonville abreisen musste, sobald er transportfähig war. Dass sie ihn nie wiedersehen sollte, schien ihr unglaublich. Sie schloss die Augen und rief sich sein Gesicht in allen Einzelheiten in Erinnerung. Besäße sie doch wenigstens ein Bild von ihm!

Nach einer Weile hörte sie einen grunzenden Atemzug. Dem Vicomte war der Kopf auf die Schulter gesackt, und er schnarchte leise. Ein Blick aus dem Fenster zeigte ihr, dass sie inzwischen in der Stadt waren. Sie überlegte nicht lange, wissend, dass diese Gelegenheit nicht wiederkehren würde, stieß die Tür der Kutsche auf und stürzte sich in die Dunkelheit. Sie kam hart auf dem holperigen Pflaster auf, während die Kutsche weiterrollte. Doch schon hörte sie den Vicomte brüllen, der Kutscher möge anhalten. Sie rappelte sich auf, raffte ihre Röcke und verschwand in einer Seitengasse. Blind hastete sie über den schlammigen Straßengrund, der Saum ihres Kleides wurde schwer vor Nässe und Dreck. Es stank grauenhaft nach Urin und Fäulnis, und sie musste sich beinahe erbrechen. Doch dafür war keine Zeit. Hinter sich hörte sie Schritte, der Schein einer Laterne griff nach ihr. Sie entkam in den Zwischenraum zwischen zwei Häusern, kaum dass ihr Reifrock hindurchpasste. Sie drückte das Panier mit beiden Händen zusammen und schob sich seitwärts zwischen den stinkenden, feuchten Mauern ins Dunkel. Am Boden trappelte und quiekte es, etwas Feuchtes schlug ihr ins Gesicht, und sie hätte beinahe aufgeschrien. Dann spürte sie, wie die Wände zurücktraten. Ihre Augen hatten sich etwas an die Dunkelheit gewöhnt, und sie erkannte, dass sie sich in einem Hinterhof befand. An einer Stelle verdichtete sich die Dunkelheit zu einem Torbogen; sie tauchte hinein und kauerte sich nieder, das Gesicht in den Händen verborgen, um sich unsichtbar zu machen. Sie atmete schwer, das Korsett schnürte sie ein, und ihr Herz klopfte heftig gegen diesen Panzer aus Seide und Walknochen. Am liebsten hätte Suzanne ihn abgerissen, um frei atmen zu können, doch es war wohl kaum ratsam, nur halb bekleidet im nächtlichen Paris umherzuwandern.

Erst jetzt setzte ihr Denkvermögen wieder ein. Sie wusste nicht einmal, wo sie sich befand. Sie konnte auch keine Hilfe erkaufen, denn außer dem, was sie am Leib trug, hatte sie nichts bei sich. Sie wühlte in den Taschen ihres Paniers, in der Hoffnung, etwas Geld zu finden, aber ein parfümiertes Taschentuch war alles, worauf sie stieß. Immerhin: Sie konnte es vor die Nase halten und so den Gestank etwas abmildern, der bereits in jede ihrer Poren eingedrungen zu sein schien.

Jetzt begann sie auch, die Geräusche ihrer Umgebung wahrzunehmen. Das Rascheln und Trippeln der Ratten, fernes Grölen, vielstimmig und weingeschwängert, das Keifen einer Frau und das Geschrei eines Säuglings. Die Luft, drückend und von allen möglichen und unmöglichen Gerüchen gesättigt, legte sich wie ein schweres Tuch vor ihr Gesicht. Suzanne selbst, von dem ungewohnten Lauf angestrengt, war schweißgebadet. Ihr momentaner Aufenthaltsort schien ihr wenigstens einigermaßen sicher zu sein. Ihn zu verlassen bedeutete, sich neuen, unbekannten Gefahren auszusetzen, weshalb sie beschloss, an Ort und Stelle zu bleiben, bis es dämmerte. An Schlaf war nicht zu denken; bei jedem Geräusch fuhr sie zusammen. Sie kauerte sich noch tiefer in die Dunkelheit des Torbogens und lehnte sich an die feuchte Mauer.

Es kam ihr vor, als wäre eine Ewigkeit vergangen, als sich

endlich der Himmel über den Dächern von Paris aufhellte. Sie seufzte, froh, die Nacht überstanden zu haben. Doch die anbrechende Morgendämmerung bedeutete auch, dass sie Entscheidungen treffen musste, und sie hatte nicht die geringste Ahnung, wohin sie sich wenden sollte. Auf keinen Fall zurück zur Straße, denn dort würde der Vicomte bestimmt nach ihr suchen lassen. Es blieb ihr also nur, tiefer in das Labyrinth der halb verfallenen Häuser und Baracken einzudringen – dorthin würde sich kein anständiger Bürger wagen.

Zuallererst musste sie etwas wegen ihrem Kleid unternehmen, das sie als Adelige auswies, auch wenn der rosenfarbige Seidentaft inzwischen reichlich mitgenommen war. Sie sah sich in dem schmalen Innenhof um und entdeckte einen Haufen alter Säcke. Einen davon wickelte sie sich als Umhang um die Schultern und hielt ihn vorne zusammen, um wenigstens den prächtigen Bruststecker zu verbergen. Der Torbogen, unter dem sie genächtigt hatte, führte zu einer Gasse, auf der trotz der frühen Stunde eine Menschenmenge hin und her wogte. Die Leute, alle ärmlich gekleidet oder gar in Lumpen, schoben und drängelten, kreischten und pfiffen, als gälte es das Leben. An allen Ecken wurden Geschäfte gemacht, wechselten Gegenstände aller Art den Besitzer. Hunde und Schweine balgten sich mit zerlumpten Kindern um die Abfälle im Rinnstein. Eine dicke Frau mit nur einem Auge klatschte einem Frechling, der in ihr üppiges Dekolleté gegriffen hatte, einen Fisch ins Gesicht; ein Händler packte aus nicht erkennbarem Grund einen Jungen am Schlafittchen und schüttelte ihn wie einen Mehlsack, bis dem Kind die Zähne klapperten; ein Mann trat einem anderen in den Hintern, so dass er mit der Nase im Straßendreck landete: Suzanne kam es vor, als wäre sie in die Hölle geraten. Sie hatte zwar gewusst, dass es arme Leute gab, doch wie sie lebten, hatte sie sich nicht vorgestellt. Alles war fremd und Furcht erregend. Sie drückte sich dicht an den Hauswänden entlang und versuchte, möglichst wenig Aufmerksamkeit zu erregen, doch in dieser

Umgebung war sie so auffällig wie ein Diamant unter Kieselsteinen. Man starrte sie allenthalben an, und sie zog den Sack so eng wie möglich um sich. Mit gesenktem Kopf hastete sie vorwärts, ohne zu wissen, wohin. Sie hatte keine Ahnung, wo sie sich befand, diesen Teil von Paris kannte sie nicht, ja, sie schien sich nicht einmal in derselben Stadt zu befinden. Hier gab es keine Palais und Prachtbauten, keine Theater und Parkanlagen.

»Na, schönes Frollein, wohin so eilig!«, rief ein abgerissen aussehender Kerl ihr hinterher. Suzanne jagte weiter, ohne sich umzudrehen. Sie keuchte, das Korsett nahm ihr den Atem und hinderte sie am Laufen. Ihre Schuhe waren dreckverkrustet und ihre Seidenstrümpfe zerrissen, ihre Füße schmerzten, aber sie hatte Angst stehenzubleiben. Die schiefen Häuser schoben sich so dicht zusammen, dass nur wenig Licht bis auf den Boden drang, und sie geriet immer tiefer in den Irrgarten aus Mauern, Höfen und Gassen, die einem Albtraum entstammen mussten. Inzwischen war sie völlig kopflos, sie rannte nur noch, und daher kam es, dass sie plötzlich gegen jemanden prallte, dem es nicht gelang, rechtzeitig zur Seite zu springen. Sie schrie auf, als zwei Arme sie umfingen.

»Hoppla«, sagte der Besitzer der Arme. Sie sah auf und erblickte einen jungen Mann, dem die Perücke schief auf dem Kopf saß und die Halsbinde lose herunterhing. Er verströmte einen ekelerregenden Geruch nach Rauch, Alkohol und billigem Parfum. Seine Augen waren glasig vor Trunkenheit, und er grinste einfältig auf Suzanne hinab. Dennoch gehörte er genauso wenig in dieses Stadtviertel wie sie. Seine Jacke war aus rostfarbenem Samt und sein Hemd von feinster Qualität.

»Bitte helft mir!«, rief sie. »Ich werde verfolgt und habe mich verlaufen!«

Die Arme lösten sich, und sie machte zwei Schritte rückwärts, um dem Dunstkreis der Alkoholfahne zu entkommen. Der Betrunkene schwankte leicht und stützte sich an einer Hauswand ab, um nicht umzukippen.

»Es is' mir 'ne Ehre, Euch su begleit'n, Ma'msell«, brachte er heraus. »Ch'valier Thomas Delacour su Euren Diensten.«

Suzanne rieb sich unsicher die Stirn, während ihr Retter versuchte, sich aufrecht zu halten. Es war ein regelrechtes Wunder, dass ihn in seinem Zustand noch niemand ausgeraubt hatte. Ob er fähig war, sie aus diesem Labyrinth herauszuführen, war zu bezweifeln, aber im Augenblick bot sich keine bessere Aussicht. Beherzt hielt sie die Luft an und legte dem Chevalier den Arm um den Rücken.

Endlich fiel ihr ein, wohin sie sich wenden konnte. In ganz Paris kannte sie nur eine Person, der sie ausreichend vertraute, um bei ihr Schutz zu suchen. Mit neuer Kraft zerrte sie ihren Begleiter voran.

»Kommt schon, Monsieur Delacour, wir müssen eine Droschke finden! Wo geht es lang?«

Der junge Mann zeigte vage in eine Gasse, und Suzanne hoffte, dass er wusste, wohin sie führte. Gemeinsam stolperten sie vorwärts, wobei er sich schwer auf ihre Schulter stützte.

»Tut mir fu'chtba' leid, Ma'msell«, stammelte Delacour. »Werd Euch rett'n, keine Sorge. Da lang geht's.«

Es war ein Wunder, aber der Chevalier führte sie tatsächlich aus dem Elendsviertel hinaus. Bald kamen sie auf eine breitere Straße, die sauber gepflastert war und wo die Passanten besser gekleidet waren. Suzanne tat so, als bemerkte sie die angewiderten Blicke nicht, die die Bürgerfrauen auf sie und ihren Begleiter warfen. In einiger Entfernung standen mehrere Droschken. Mit einiger Mühe gelang es ihr, den Chevalier bis dorthin zu bugsieren und gegen einen Zaun zu lehnen.

»Habt Ihr Geld?« Er wackelte mit dem Kopf und fummelte in seiner Jacke herum, und tatsächlich brachte er einige Münzen zum Vorschein. Sie nahm sie ihm ab und rief dem Kutscher zu, er möge ihnen helfen. Missmutig kletterte der Mann vom Kutschbock und schob den Chevalier ins Innere seines Gefährts. Suzanne rief dem Kutscher die Adresse zu und stieg hinterher. Delacour war auf eine der Sitzbänke gekrabbelt, hing mit geschlossenen Augen in einer Ecke und schnarchte. Sie musste lächeln. Er konnte kaum älter als sie selbst sein und sah im Schlaf aus wie ein kleiner Junge. Sie zog die Vorhänge zu und lehnte sich zurück. Bis nach St. Germain dauerte es gar nicht lange. Dort angekommen rüttelte sie Delacour an der Schulter, woraufhin er ein Auge öffnete, das sie verwirrt ansah. Offensichtlich hatte er sie vergessen.

»Ich danke Euch, Chevalier«, sagte sie. »Ihr seid ein vorzüglicher Retter gewesen.«

»S wa' mir 'ne Ehre«, nuschelte er. Es gelang ihr noch, seine Adresse aus ihm herauszubekommen, die sie an den Kutscher weitergab, genau wie das Geld, hoffend, ihr Retter käme wohlbehalten zu Hause an.

Der Lakai, der die Tür von Madame du Deffands Palais öffnete, musterte Suzanne, als wäre sie eine Küchenschabe.

»Bettler zum Hintereingang«, sagte er gelangweilt und wollte die Türe zuschlagen, aber sie schob schnell einen Fuß über die Schwelle.

»Ich bin Madame de Montfort und keineswegs eine Bettlerin, wie sich unschwer an meinem Kleid erkennen lässt, auch wenn es nicht gerade in gutem Zustand ist. Ihr werdet Schwierigkeiten bekommen, wenn Ihr mich nicht vorlasst.«

Dem Lakai waren seine Zweifel deutlich anzusehen, aber er trat zurück und ließ Suzanne ein. Sie sah auf ihre schmutzigen Pantoffeln herab, zog sie aus und folgte ihm auf Strümpfen zum Salon im ersten Stock. Dort musste sie in einem Vorzimmer warten, bewacht von einem weiteren Lakaien, der sie die ganze Zeit über angaffte, bis sie ihm eine Grimasse zog. Endlich wurde sie hineingeführt.

»Meine Güte, Suzanne de Montfort!«, rief die Marquise und erhob sich von einem Sekretär, auf dem sich Papiere stapelten. Offensichtlich war sie gerade dabei, ihre Korrespondenz zu erledigen. Jetzt kam sie Suzanne mit geöffneten Armen entgegen. Ungeachtet des Zustandes ihrer Kleidung schloss die Marquise sie in die Arme.

»Liebes Kind, was ist Euch zugestoßen?«

Suzanne erzählte, was vorgefallen war – auch wer sie wirklich war, verschwieg sie nicht.

»Armands Tochter«, stellte die Marquise trocken fest, nachdem Suzanne geendet hatte. »Es ist reichlich schwierig, mich noch zu überraschen, aber Euch ist es gelungen.«

»Wie der Vater, so die Tochter«, sagte Suzanne und lächelte schwach. »Wir haben es beide geschafft, aus Versailles verbannt zu werden.«

»Ich kann es kaum abwarten, die Einzelheiten zu hören. Aber bevor wir weitersprechen, müsst Ihr Euch wieder in eine junge Dame von Stand verwandeln.«

Suzanne bekam ein Vollbad und neue Kleider. Als sie in der Kupferwanne lag und ein Dienstmädchen heißes Wasser über sie goss, merkte sie, wie erschöpft sie war. Die ganze Aufregung, die im Freien verbrachte Nacht, die Angst hatten sie ausgelaugt. Und noch immer war ihre Lage prekär. Würde die Marquise ihr helfen, sich vor ihrem Vormund zu verstecken?

Als sie erfrischt und angekleidet war, bat Madame du Deffand sie zum Mittagessen. Während des Essens plauderte sie über Belanglosigkeiten, und Suzanne wartete unruhig, bis die Gastgeberin sich beim Dessert endlich ihrem Problem zuwandte.

»Nun, wie kann ich Euch helfen?«

»Ich bin in Eurer Hand, Madame.« Nervös zupfte sie an ihrer Serviette herum. »Ich weiß nicht, an wen ich mich sonst wenden soll.«

»Seid unbesorgt. Was Ihr mir über Euren Vormund erzählt habt, gereicht ihm nicht gerade zur Ehre. Ihr seid bei mir sicher.«

Die warme Stimme der Marquise beruhigte Suzanne. Wenigstens war sie nun nicht mehr ganz auf sich alleine gestellt, wenn ihre Schwierigkeiten auch weiter bestanden.

»Wenn ich nur Alexandre erreichen könnte«, sagte sie. »Wer weiß, was man ihm über mich erzählt.«

»Habt Ihr niemanden in Versailles, dem Ihr vertraut und dessen Post nicht kontrolliert wird?«

»Séraphine als meine Freundin wird man überwachen.« Suzanne knabberte an ihrem Daumengelenk. Alles schien davon abzuhängen, dass ihr eine geeignete Person einfiel.

»Yvettes Liebhaber!«, rief sie nach geraumer Zeit. »Er ist der Kutscher der Duchesse de Ventadour, Javelet heißt er, glaube ich. Meine Zofe ist mit ihm verbandelt und wohnt derzeit bei ihm.«

»Herrlich! Sie kann den Brief an Eure Freundin weitergeben!« Die Marquise klatschte in die Hände. Die ganze Aufregung schien sie im höchsten Maß zu unterhalten. Suzanne fragte sich, ob Madame du Deffand klar war, was für sie auf dem Spiel stand. Doch solange sie sich amüsierte, würde sie ihr helfen.

Feder, Papier und Tinte wurden gebracht. Suzanne schrieb: *Liebste Freundin, ich hoffe, wir treffen uns bald wieder zum Kartenspiel. Dann will ich herausfinden, wo sich der Herzkönig befindet, den ich schmerzlich vermisse. Schreibt mir bald, damit wir Tag und Stunde des Wiedersehens festlegen können.* Sie wagte nicht, ihren Aufenthaltsort anzugeben, der Brief konnte zu leicht in falsche Hände geraten. Deshalb schrieb sie, sie sei bei Tante Marie in Chamrond zu Besuch, in der Hoffnung, Séraphine käme darauf, dass es sich um Marie Anne de Vichy-Chamrond handelte, die Marquise du Deffand. Sie unterschrieb auch nicht mit ihrem Namen, sondern mit Mimi Monchou. Séraphine kannte ihre Handschrift.

Die Marquise las den Brief. »Ein ziemliches Kauderwelsch«, urteilte sie. »Hoffentlich besitzt Eure Freundin genug Verstand, um einen Sinn herauszulesen.«

Der Brief wurde einem vertrauenswürdigen Diener übergeben.

»Jetzt können wir nur warten«, sagte die Marquise. Sie blickte auf die Uhr auf dem Kaminsims. »Heute ist mein Salonabend, meine Liebe. Euer Vormund wird auch mein Gast sein, deshalb seid Ihr gezwungen, in Eurem Zimmer zu bleiben. Niemand darf erfahren, dass ich eine Flüchtige beherberge.«

Suzanne schauderte bei dem Gedanken, dass der Vicomte sich unter demselben Dach aufhalten würde wie sie.

Die Marquise erhob sich. »Ich lasse mein Stubenmädchen heraufkommen, um Euch zu zeigen, wo Ihr schlafen werdet.«

Suzanne verneigte sich. »Madame«, sagte sie, »darf ich Eure Großherzigkeit noch mehr in Anspruch nehmen?«

Madame du Deffand wandte sich um und sah Suzanne aufmerksam an.

»Ich habe Euch doch von meinem Vater erzählt. Nun habe ich herausgefunden, dass er eine enge Beziehung mit einem Mitglied des Hauses Orleans hatte und dass Ihr diese Person gelegentlich aufsucht: Louise-Elisabeth d'Orleans.«

»Ja, ich kenne das bedauernswerte Geschöpf«, sagte die Marquise. »Möchtet Ihr wirklich mit ihr sprechen?«

Suzanne nickte. »Sie ist meine einzige Hoffnung, endlich die Wahrheit herauszufinden. Weshalb wurde mein Vater eingesperrt?«

Die andere seufzte. »Ihre Majestät geht normalerweise nicht aus und empfängt keine Fremden. Aber ich werde ihr morgen schreiben und fragen, ob ich eine Freundin mitbringen darf.«

»Ich kann kaum ausdrücken, wie dankbar ich Euch bin«, sagte Suzanne. Am liebsten hätte sie die Marquise umarmt.

»Ihr seid Stadtgespräch, meine Liebe«, berichtete Madame du Deffand am darauffolgenden Tag. »Ganz Paris spricht von der Mätresse, die den König mit dem Kommandeur seiner Leibgarde betrogen hat. Der Vicomte de Guéret war auffallend schlecht gelaunt gestern Abend.«

Sie saßen im Boudoir der Marquise und tranken heiße Schokolade. Der Raum lag hinter dem Schlafzimmer, und Suzanne fühlte sich hier sicher. Aber die Ungewissheit darüber, was mit Alexandre geschehen war, machte es unmöglich, sich zu entspannen.

»Habt Ihr etwas über de Bournonville gehört?«, fragte sie begierig, aber die Marquise schüttelte den Kopf. »Nur, dass man Euch und ihn vom Hof verbannt hat, aber nicht, ob er schon abgereist ist.«

Suzanne krampfte die Hände ineinander, schließlich ertrug sie die Unruhe nicht mehr, sprang auf und begann, vor dem Fenster hin und her zu laufen.

»Es spielt auch keine Rolle«, murmelte sie. »Der König wird den Familiensitz der de Bournonvilles beobachten lassen. Sollte ich dort erscheinen, wird man ihn ins Gefängnis werfen und mich wieder meinem Vormund übergeben.«

»Sobald er gesund ist, wird er bestimmt zu Euch kommen«, sagte Madame du Deffand beruhigend. »Ihr könntet in die Schweiz fliehen oder nach Deutschland.«

»Er würde seine Mutter und den Familienbesitz nicht alleine zurücklassen, und ich würde auch nie erlauben, dass er es täte.«

»Macht Euch keine unnützen Gedanken.« Die Marquise schüttete den vierten Löffel Zucker in ihre Tasse. »So wie ich Bournonville kenne, wird er eine Lösung finden.«

Tatsächlich beruhigten ihre Worte Suzanne ein wenig. Sie lächelte. Ja, Alexandre würde etwas einfallen, und er würde sich von nichts abhalten lassen, zu ihr zu gelangen. Wenn er nur gesund wäre! Dann hätte er niemals gestattet, dass ihr Vormund sie mitnahm.

»Ich werde mich in Geduld üben müssen«, sagte sie bitter. »Eine Frau allein kann überhaupt nichts ausrichten, rein gar nichts.«

Die Marquise lächelte in ihre Tasse hinein. »Wir benutzen nur andere Mittel und Wege als Männer. Wo sie voranstürmen, müssen wir geduldig sein, am Ende kommen auch wir zum Ziel.«

»Wie kann ich geduldig sein, wenn ich nicht weiß, ob ich den Mann, den ich liebe, jemals wiedersehen werde?« Sie sprang wieder auf. »Ich kann mich auch nicht den Rest meines Lebens vor meinem Vormund verstecken. Und wovon soll ich leben?«

»Warten wir ab, was Eure Freundin schreibt. Dann entwerfen wir unseren Plan«, erwiderte Madame du Deffand. »Übrigens habe ich heute Morgen einen Brief aus dem Palais du Luxembourg erhalten. Ihre Majestät wird Euch empfangen.«

Suzanne fuhr herum und starrte ihre Gastgeberin an. Sie sollte also wirklich der Frau begegnen, die ihr Vater geliebt hatte.

Es war später Nachmittag. Draußen vergoldete die Sonne die Bäume im Park des Palais du Luxembourg. Die Vögel zwitscherten wie aus Freude über den herrlichen Tag, doch ihr Gesang drang nicht bis ins Innere des Gebäudes. Stille lag über dem Palais wie eine Schneedecke, nur die Schritte Suzannes und der Marquise hallten überlaut auf dem Parkett. Die wunderbaren Deckenfresken, die kunstvollen Mosaike und Wandbehänge schienen keinem Zweck mehr zu dienen, sondern wirkten wie Hinterlassenschaften von Bewohnern, die längst gestorben waren. Man sah – abgesehen von dem, der sie führte – keine Lakaien, keine Besucher, keine Bittsteller, und Suzanne fragte sich, wie lange es dauerte, bis man in dieser drückenden Atmosphäre verrückt wurde.

»Ich kann Euch nicht genug danken, Madame«, flüsterte sie der Marquise zu. »Ohne Eure Vermittlung würde Ihre Majestät mich niemals empfangen.«

Die Marquise drückte kurz Suzannes Hand. »Ich weiß, was für Euch auf dem Spiel steht. Aber bitte wundert Euch nicht: Ihrer Majestät Benehmen ist häufig ein wenig unkonventionell. Das arme Ding wuchs auf wie eine Wilde, niemand in Versailles kümmerte sich um ihre Erziehung. Und auch die Jahre der Einsamkeit haben ihren Tribut gefordert.«

In diesem Augenblick hielt der Lakai vor einer Tür und zog

sie auf. Suzanne ließ der Marquise du Deffand den Vortritt, beherrscht von einer gewissen Scheu. Wie würde Louise-Elisabeth sich der Tochter ihres früheren Liebhabers gegenüber verhalten? Als die Marquise stehen blieb, sank Suzanne in einen Hofknicks, wie er einer Prinzessin von Geblüt gebührte. Dann sah sie auf.

In einem Polstersessel, die Füße auf ein Taburett gelegt, ruhte eine Frau, die aussah wie ein Kuchenteig. Ihr Gesicht schien hauptsächlich aus Kinnen zu bestehen, die in einer Kaskade zum Dekolleté hin abfielen, und unordentliche schwarze Locken bedeckten den Kopf. Der kleine, schlaffe Mund öffnete sich nur wenig, um die Besucher zu begrüßen.

»Wen habt Ihr mitgebracht, Marquise?« Die dunklen Augen der Prinzessin wanderten unruhig zwischen den beiden Frauen hin und her.

»Eine liebe Freundin«, sagte die Marquise sanft. »Wir möchten Euch ein Weilchen unterhalten.«

»Kenne ich Sie?«, fragte Louise-Elisabeth träge und gähnte ungeniert. Als sie ihre Fleischmassen verlagerte, rieselten Krümel aus den Falten ihres Kleides auf den Teppich. Suzanne fühlte sich ganz starr vor Grauen und Mitleid für dieses Geschöpf, für dessen Lebensglück sich nie jemand interessiert hatte.

Dennoch trat sie vor. »Ich bin die Tochter von jemandem, der Euch einst sehr nahe stand, Eure Majestät.«

»Der mir sehr nahe stand«, murmelte Louise-Elisabeth, und Suzanne fragte sich, ob sie womöglich geistig umnachtet war. In diesem Fall wäre ihr Vorhaben völlig sinnlos.

»Mein Vater war Armand-Philippe d'Aubry«, sagte Suzanne vorsichtig. Die Prinzessin zeigte zunächst keine Regung, und Suzanne fürchtete, dass sie sich nicht erinnerte. Sie merkte, dass sie sich geirrt hatte, als eine Träne Louise-Elisabeths Wange herabrann. Es war innere Bewegung, die sie von einer Antwort abhielt. Die dunklen Augen richteten sich nun auf ihr Gesicht. Zum ersten Mal war die frühere Schönheit der Prinzessin zu ahnen.

»Mein armer Armand«, flüsterte Louise-Elisabeth in einem seltsamen Tonfall, der so klang, als spräche sie mit sich selbst. »Seid Ihr wirklich seine Tochter?«

»Das bin ich, Eure Majestät. Ich bin gekommen, weil ich Eure Hilfe brauche.«

Die Angesprochene hob matt ihre Hand, die so dick war, dass sie angeschwollen wirkte. »Wie könnte ich wohl jemandem helfen, die ich mir selbst nicht helfen kann?«

Suzanne folgte einem Impuls, kniete neben dem Sessel nieder und ergriff die Hand der Prinzessin. Die sah verwundert auf sie herab, rührte sich aber nicht.

»Ihr seid der einzige Mensch, der den Namen meines Vaters von dem Makel des Hochverrats reinigen kann, Eure Majestät.«

»Was würde das schon ändern?« Die Augen der Prinzessin begannen wieder umherzuschweifen, und Suzanne befürchtete, sie würde das Interesse verlieren.

»Louise-Anne de Bourbon-Condé selbst hat mich zu Euch gesandt, Ihr seid meine einzige Hoffnung. Ich weiß, dass mein Vater kein Verräter war, aber nur wenn Ihr die Wahrheit enthüllt, wird der König ihn rehabilitieren. Wollt Ihr, dass der Mann, den Ihr geliebt habt, als Verräter in die Geschichte eingeht?«

»Der Mann, den ich liebte«, echote Louise-Elisabeth.

»Bitte erzählt uns, was damals tatsächlich geschehen ist«, mischte sich die Marquise ein. Wieder starrte die Prinzessin vor sich hin, die Lider halb gesenkt, als würde sie einnicken. Endlich hob sie den Kopf mit den daranhängenden Kinnen und seufzte. Ihre Wangen waren nass.

»Es war alles nur meine Schuld. Hätte ich ihn nur weniger geliebt!«

»Was meint Ihr damit?« Suzanne zitterte vor Spannung. Louise-Elisabeth sah sie traurig an.

»Dann hätte ich ihn nicht geheiratet.«

Alle schwiegen. Es gab nichts weiter zu sagen. Jetzt wussten sie, warum es dem Regenten nicht genügt hatte, Armand-Philippe d'Aubry für den Rest seines Lebens einzusperren oder in die Kolonien zu verbannen. Er hatte dem spanischen Infanten die Braut gestohlen. Suzanne fühlte die Stille in den Ohren wie Watte. Doch gerade als es schien, als würde nie wieder ein Wort das Schweigen brechen, sagte Madame du Deffand: »Wie hat Euer Vater davon erfahren? Irgendjemand muss ihm das zugetragen haben.«

»Ich weiß es nicht«, sagte die Prinzessin weinerlich. »Aber er hat mir gesagt, er würde Armand zerstören und dass es allein meine Schuld sei, weil ich ihn geheiratet hatte. Kurz darauf wurde Armand verhaftet, und ich habe ihn nie wieder gesehen.«

»Es gab einen Brief, der ihn des Verrats überführte«, sagte Suzanne. »Habt Ihr dieses Schreiben jemals gesehen?«

»Erst, nachdem mein Vater gestorben war. Es befindet sich in seinem Nachlass.«

»Und wo ist der Nachlass?« Suzanne konnte sich kaum noch zurückhalten und hätte diese träge Jammergestalt im Sessel am liebsten geohrfeigt. D'Orleans' Tochter blickte sie trübe an. Ihre Mundwinkel waren heruntergezogen wie bei einem traurigen Kind.

»Im Nebenzimmer.«

Suzanne biss sich auf die Lippen, dann atmete sie tief ein. »Eure Majestät, würdet Ihr den Brief holen lassen?«

Madame du Deffand wartete gar nicht auf eine Antwort, sondern winkte den Lakaien heran und flüsterte ihm etwas ins Ohr, worauf er verschwand. Kurz darauf kehrte er mit einem Umschlag zurück. Mit zitternden Fingern holte Suzanne den Brief heraus und entfaltete ihn. Es war die detaillierte Beschreibung der geplanten Absetzung des Regenten, gerichtet an die Duchesse de Maine, unterschrieben mit »Armand-Philippe«.

»Er wäre kaum so dumm gewesen, mit seinem richtigen Namen zu unterschreiben«, sagte Suzanne. Sie betrachtete die geschwungene Schrift, steil nach links geneigt, die Schleifen und Girlanden. Etwas daran kam ihr vertraut vor.

»Eure Majestät.« Sie hielt der schlaffen Gestalt im Sessel den Brief vor die Augen. »Habt Ihr diesen Brief je genau angesehen? Erkennt Ihr die Schrift? Ist es die von Armand?«

Elisabeth atmete schwer, und Suzanne zwang sich, nicht vor dem ekelerregenden Mundgeruch zurückzuweichen.

»Ich weiß nicht«, seufzte Louise-Elisabeth. »Ich denke schon.«

»Habt Ihr auch einen Brief von ihm an Euch?«, fragte Madame du Deffand. Elisabeth nickte, ihre Kinne schwabbelten, als sie zu einem Sekretär hinübernickte. Die Marquise zog die oberste Schublade auf und holte einen Brief heraus. Sie warf einen Blick darauf und reichte ihn Suzanne. Das Papier war an den Falzen ganz weich, so viele Male war es aufgefaltet worden. Suzanne blickte auf die Schrift ihres Vaters, ihre Lider brannten, und ihre Nase prickelte. Sie schluckte und schloss einen Moment die Augen. Dann konzentrierte sie sich darauf, die beiden Briefe in ihrer Hand zu vergleichen. Die Handschriften waren sich sehr ähnlich, aber es gab einige abweichende Merkmale. Die i-Punkte waren anders gesetzt, und die Schleifen des g stimmten nicht ganz überein. Die Schrift des ersten Briefes war außerdem viel sorgfältiger. Sein Schreiber hatte sich viel Mühe gegeben.

»Der Brief aus dem Nachlass ist eine Fälschung, glaube ich.« Aber dennoch war da immer noch etwas, das ihr bekannt vorkam, sie bekam es nur nicht zu fassen.

»Wen hätte Euer Vater wohl damit betraut, einen Brief zu schreiben, Eure Majestät? Einen geheimen Brief?«

»Warum ist das wichtig?« Louise-Elisabeth sah verwirrt aus.

»Weil der, der die Schrift meines Vaters gefälscht hat, der wahre Verräter ist.« Dass auch der wahrscheinlich auf Befehl des Herzogs von Orleans gehandelt hatte, der ihren Vater beiseiteschaffen wollte, erwähnte sie lieber nicht. Vielleicht würde Louise-Elisabeth sie fortschicken, wenn sie das begriff.

Jetzt mischte sich Madame du Deffand wieder ins Gespräch. »Liebe Freundin, denn so darf ich Eure Majestät wohl bezeichnen, dürften wir diese beiden Briefe für einige Zeit ausleihen?«

»Mit Eurer Hilfe könnten wir Euren früheren Gatten, meinen Vater, von der Anschuldigung des Hochverrats entlasten.«

»Ist das denn wichtig?«, fragte Elisabeth klagend. In diesem Moment öffnete sich die Tür. Ein weiterer Lakai schob einen Wagen herein, der mit Speisen überladen war. Louise-Elisabeths Blick richtete sich sofort auf die Teller, ihre Augen funkelten. Als der Wagen vor ihr stand, griff sie sofort nach einer Auster und schlürfte sie aus.

»Eure Majestät, wir wollen Euch nicht weiter belästigen«, sagte die Marquise. »Seid Ihr einverstanden, uns die Briefe für eine kurze Zeit zu überlassen?«

Die Angesprochene wedelte unbestimmt mit der freien Hand, in der anderen hielt sie schon die nächste Auster. Madame du Deffand nickte Suzanne zu, und sie verließen den Salon. Die ehemalige Königin von Spanien beachtete sie nicht mehr.

Sie schwiegen, bis sie in der Kutsche saßen.

»Armes Wesen«, sagte Suzanne. »Ich kann kaum glauben, dass mein Vater sie geliebt haben soll.«

»Sie war einmal sehr schön und sehr charmant«, erwiderte Madame du Deffand. »Aber der Kummer verändert die Menschen. Sie hat eine Möglichkeit gefunden, den ihren zu verdrängen.«

Als sie am Palais der Marquise ankamen, stand dort bereits eine andere Kutsche im Hof. Mit Schrecken erkannte Suzanne das Wappen der Guérets auf den Türen. Soeben stieg ihr Vormund aus. Suzanne wandte das Gesicht vom Fenster ab. Madame du Deffand schien ebenso entsetzt wie sie selbst, aber sie erholte sich schnell, klappte eine Sitzbank hoch und zerrte einen Kapuzenumhang heraus, den sie Suzanne überwarf.

»Bleibt sitzen, ich spreche mit ihm!« Sie stieg aus und schwebte dem Vicomte entgegen. Suzanne zog sich die Kapuze so tief ins Gesicht wie nur möglich und linste unter dem Saum hervor. Ihr Herz flatterte. Der Anblick ihres Vormunds löste in ihr ein unsagbares Entsetzen aus. Falls er sie erkannte, konnte ihn nichts daran hindern, sie mitzunehmen. Sie wischte ihre schweißnassen Hände an dem Umhang ab und beobachtete, wie Madame du Deffand mit dem Vicomte sprach. Sie lachte laut und warf den Kopf in den Nacken, dabei drängte sie ihn geschickt in Richtung des Hauses. Mehrere Male spähte er zur Kutsche hinüber. Suzanne wagte kaum noch zu atmen. Sie rechnete damit, dass er herüberkommen und den Wagenschlag aufreißen würde. Fast fühlte sie schon den Griff am Oberarm, mit dem er sie hinauszerren würde. Unwillkürlich kam ein leises Wimmern aus ihrer Kehle.

Die Marquise fasste den Vicomte jetzt am Arm und schob ihn mit sanfter Gewalt die Treppe zum Eingang hinauf. Mit der anderen Hand machte sie merkwürdige Bewegungen, als wollte sie eine streunende Katze davonscheuchen. Endlich begriff Suzanne und rief dem Kutscher zu, er solle anfahren. Er wendete die Pferde, wobei sie dicht an der Treppe vorüberkamen, genau in dem Moment, als der Vicomte sich noch einmal umdrehte, bevor er ins Haus geschoben wurde. Sein Blick traf Suzannes, dann war die Kutsche vorbei und ratterte auf die Straße zurück. Sie presste sich die Hand auf den Mund. Er musste sie erkannt haben, sie war kaum zwei Armlängen von ihm entfernt gewesen. Kam er ihr nach? Sie wagte nicht, sich aus dem Fenster zu lehnen und zurückzuschauen. Wenn dieser Kutscher nur schneller führe!

Durch das kleine Fenster, das zum Kutschbock sah, rief sie ihm zu, ob jemand ihnen folge.

»Nein, Mademoiselle!«

Suzanne seufzte und ließ sich in die Sitzbank sinken. Selbst wenn er sie erkannt hatte, Madame du Deffand würde ihn zwingen, mit ihr Kaffee zu trinken, und ihn dann hinauskomplimentieren. Bis dahin durfte sie sich nicht in der Nähe des Palais sehen lassen. Sie gab dem Kutscher Anweisung, auf den belebtesten Straßen herumzufahren. Die Gegenwart vieler Menschen schien ihr der beste Schutz zu sein. Dann zog sie die beiden kostbaren Briefe aus der Rocktasche. Wieder befiel sie ein seltsames Gefühl, als sie die Handschrift ihres Vaters betrachtete. Der Brief war kurz. *Geliebte*, stand in der ersten Zeile. Er bedankte sich für *unvergleichliche Stunden in Deiner Gegenwart. Und wenn ich morgen sterben sollte, stürbe ich als glücklicher Mann.*

Als hätte er es vorhergesehen. Suzanne hielt den anderen Brief daneben. Sie konnte sich irren, die Unterschiede waren gering und sie nicht sehr bewandert im Vergleichen von Handschriften, aber sie fühlte, dass die beiden Briefe nicht von derselben Person verfasst worden waren. Wer hatte sich dazu hergegeben, den Verräterbrief zu schreiben? Es musste jemand sein, der dem Herzog von Orleans damals nahegestanden hatte. Nahe genug, um selbst das dunkelste Geheimnis des Regenten zu kennen. Sie starrte die Handschrift an, die ihr so seltsam vertraut vorkam, und auf einmal erinnerte sie sich daran, was Madame du Deffand bei ihrer ersten Begegnung gesagt hatte: »Héctor de Gouzon war der Intimus des Duc d'Orleans, noch bevor dieser zum Regenten wurde. Er war ehrgeizig bis zum Wahnsinn. Er und d'Aubry waren unzertrennlich.« Und plötzlich wusste sie es. Sie fühlte die Wahrheit, auch wenn sie keinen Beweis dafür hatte. Ein ehrgeiziger junger Mann, der die Gelegenheit nutzte, seinem Herrn einen unschätzbaren Dienst zu erweisen, und sich zugleich seines schärfsten Konkurrenten entledigte.

In Suzannes Bauch ballte sich Hass zusammen, dunkelroter Hass, der ihre Angst verdrängte. Sie sehnte sich plötzlich danach, dem Vicomte gegenüberzustehen, mit einem Dolch in der Hand. Mit welchem Genuss würde sie ihm den feisten Bauch aufschlitzen! Sie würde ihm ins Gesicht schleudern, dass sie alles wusste, während er sich blutend am Boden wand. Die Vorstellung verschaffte ihr eine grimmige Befriedigung.

»Zurück zum Palais!«, rief sie dem Kutscher zu. Jetzt verwünschte sie die verstopften Straßen. Eine ganze Zeitlang standen sie eingekeilt, weil jemand seinen Wagen so abgestellt hatte, dass die Deichsel in den Fahrdamm ragte. So war es bereits später Nachmittag, als sie wieder vor dem Palais der Marquise hielten. Die Kutsche des Vicomte war verschwunden. Suzanne eilte in den Salon im ersten Stock, wo sie Madame du Deffand vor einer Staffelei antraf. Sie trug einen weiten Leinenkittel und war dabei, einen Rosenstrauß zu aquarellieren, der vor ihr auf einem Tisch stand.

»Da seid Ihr ja wieder, meine Liebe«, sagte sie und betrachtete stirnrunzelnd ihr Werk. »Die Tönungen der Blüten sind wirklich schwer zu treffen.«

»Was habt Ihr dem Vicomte erzählt?« Suzanne konnte kaum fassen, dass die Marquise sich der Malerei hingab, während derart lebenswichtige Ereignisse stattfanden, aber dann erinnerte sie sich daran, dass ihre Gastgeberin mit ihren Schwierigkeiten im Grunde nichts zu tun hatte.

»Keine Sorge, ich habe ihn mit Kuchen und Belanglosigkeiten vollgestopft.« Die Marquise wusch ihren Pinsel aus. »Es war kaum mit anzusehen, wie er auf seinem Sessel herumrutschte. Er wollte wissen, wer meine Begleiterin gewesen sei, und ich habe behauptet, Ihr wäret die Gehilfin meiner Schneiderin. Offensichtlich hat er mir kein Wort geglaubt.«

»Er hat mich direkt angesehen«, entgegnete Suzanne. »Er muss mich erkannt haben!« Erneut stieg die Furcht in ihr auf. »Madame, ich muss fort von hier.«

»Euer Vormund kann schlecht mit Gewalt hier eindringen. Solange Ihr nicht hinausgeht, seid Ihr sicher.«

Suzanne starrte auf das unvollendete Rosenbild, ohne wirklich etwas zu sehen. »Er findet einen Weg. Ich kann nicht länger hierbleiben.«

»Meine Liebe, beruhigt Euch. Wohin könntet Ihr wohl gehen?«

»Meine alte Schule, St. Agnes«, sagte Suzanne. »In Limoges wird er mich nicht vermuten, und selbst wenn er mich findet: In ein Kloster einzudringen wird er nicht wagen.«

Madame du Deffand schnürte die Bänder ihres Kittels auf und schlüpfte aus dem unförmigen Gewand. »Vielleicht habt Ihr Recht, meine Liebe. Aber was, wenn er die Postkutschenstation überwachen lässt?«

Daran hatte Suzanne nicht gedacht. Sie ließ den Kopf hängen. »Soll ich einfach warten, bis er mich holt? Ich muss wenigstens versuchen, ihm zu entkommen.« Madame du Deffand berührte ihren Arm.

»Ich überlasse Euch eine meiner Kutschen und Jean, meinen Kutscher. Mein Stubenmädchen Bernadette kann Euch als Zofe dienen.«

»Das würdet Ihr für mich tun?« Suzanne wollte ihrer Freundin die Hand küssen, was diese aber abwehrte.

»Es wäre abscheulich, wenn er Euch zwänge, ihn zu heiraten, und ich kann das auf keinen Fall zulassen. Macht Euch gleich reisefertig.«

»Einen Augenblick, bitte.« Suzanne zog die Briefe aus ihrem Rock. »Hebt Ihr Eure Korrespondenz auf, Madame?«

»Natürlich«, erwiderte die Marquise.

»Habt Ihr einen Brief meines Vormundes?«

Die Marquise lachte und winkte ab. »Dutzende! Er war vor einigen Jahren in mich verliebt. Der Arme, er wurde nie erhört!« Während sie sprach, ging sie zu einer Kommode mit vielen kleinen Schubladen und kramte eine Weile darin herum. Schließlich zog sie einen Packen Briefe hervor und reichte sie Suzanne.

»Was wollt Ihr damit?«

Suzanne setzte sich auf ein Sofa und legte die beiden Briefe Elisabeths auf das Sitzpolster. »Ein Brief genügt mir.« Als alle drei Briefe nebeneinanderlagen, ließ sie sich eine Lupe reichen. Sie untersuchte die Handschriften nochmals genau. Und entdeckte Übereinstimmungen zwischen dem Verräterbrief und dem des Vicomte an Madame du Deffand. Sie sah auf. »Jetzt bin ich mir sicher, dass mein Vormund diesen Brief gefälscht hat.« Sie erklärte der Marquise, was sie sich am Nachmittag zurechtgelegt hatte.

»Infam!«, rief die Marquise empört. »Legt die Briefe dem König vor, und er wird Euren Vater sofort rehabilitieren!«

Suzanne lächelte schief. »Ich bin in Versailles zurzeit nicht gern gesehen.«

»Ich verspreche, ich werde Alexandre zu Euch nach Limoges schicken, sobald ich etwas von ihm höre. Noch heute schreibe ich einem alten Freund, der sich auf einem Gut in der Nähe von Bournonville niedergelassen hat. Er kann den Brief selbst überbringen, so umgehen wir die Postkontrolle.«

»Ich schulde Euch so viel«, sagte Suzanne und umarmte ihre neue Freundin.

Eine Stunde später saß sie mit Bernadette in einer wappenlosen Kutsche, die in Richtung Westen aus Paris hinausfuhr.

Ohne Aufgebot geht es nicht

Suzanne ging unruhig im Besucherzimmer von St. Agnes hin und her. Sie spähte nach der Tür auf der anderen Seite des Gitters, durch die der Raum vom Klostergelände aus betreten werden konnte. Obwohl sie todmüde war von der anstrengenden Reise, musste sie lächeln. Schwester Immaculata waren beinahe die Augen aus dem Kopf gequollen, als sie die Pforte geöffnet und Suzanne erkannt hatte.

Bernadette wartete geduldig neben den beiden Reisetaschen, die ihr gesamtes Gepäck waren. Suzanne hatte das Mädchen während der einwöchigen Reise liebgewonnen: Sie war einfach, aber nicht dumm und hatte das Talent, noch der unbequemsten Lage etwas Heiteres abzugewinnen.

Endlich öffnete sich die Tür, und die Mutter Oberin kam herein. Suzanne lächelte sie durch das Gitter hindurch an. Ihr war bange, wie die Nonne ihr plötzliches Erscheinen aufnehmen würde. Vielleicht musste sie wieder gehen.

Doch sie hätte sich keine Sorgen machen müssen. Ohne zu fragen, was sie herführte, ließ die Oberin die Seitentür aufschließen und die jungen Frauen eintreten. Suzanne küsste die Hand der Älteren.

»Mutter Oberin, Ihr habt einmal gesagt, ich könne nach St. Agnes zurückkommen, wann immer ich wollte. Und jetzt brauche ich einen Ort, an dem ich sicher bin.«

»Gehen wir in mein Zimmer.«

Dort erklärte Suzanne der Oberin die Situation, die schweigend zuhörte.

»Ich möchte um Euren Schutz bitten, Mutter«, schloss sie.

»Ich habe gesündigt, das ist wohl wahr, aber nun will ich den Mann heiraten, den ich liebe.«

Die Oberin schob die Hände in die weiten Ärmel ihres Habits und lächelte milde.

»Seid unbesorgt, Ihr könnt bleiben. Was Eure Sünden angeht, müsst Ihr darüber mit Gott ins Reine kommen.«

Suzanne und Bernadette wurden in ein Zimmer im Gästehaus geführt. Der Raum war schlicht, mit weiß gekalkten Wänden, einziger Schmuck war ein Kreuz über der Tür, das Bettgestell einfach, aber mit frischen, weißen Laken bezogen. Durch das kleine Fenster schienen Sonnenstrahlen auf den Dielenfußboden, Staubteilchen tanzten im Lichtkegel. Auf einem Holztisch stand eine Waschschüssel, und Suzanne rieb sich Gesicht und Hände mit einem feuchten Tuch ab.

»Meine Güte, Bernadette, in all der Pracht von Versailles habe ich mich nicht so wohlgefühlt wie hier!«, rief sie und lachte über das verständnislose Gesicht des Stubenmädchens.

Es fiel Suzanne überraschend leicht, sich wieder in den Rhythmus des Klosters einzufügen. Da sie nur Gast war, hatte sie keine Verpflichtungen, aber überraschenderweise bereitete ihr nun Freude, was sie früher nur widerwillig getan hatte. Sie half in der Küche beim Brotbacken und begleitete die Cellerarin, die sie gehasst hatte, auf ihren Gängen durch die Vorratskeller, zupfte Kräuter im Garten und half jeden Morgen, den Altar der Klosterkirche mit frischen Blumen zu schmücken. Oft saß sie einfach auf einer Steinbank im Garten und ließ sich die Sonne ins Gesicht scheinen, ohne sich darum zu kümmern, ob sie ihren Teint ruinierte.

In diesen stillen Momenten überkam sie die Sehnsucht nach Alexandre besonders stark. Sie fragte sich, ob er sich von ihr abgewandt hatte, um sich weiteren Zwist mit dem König zu ersparen. Aber das war nicht seine Art, sie musste nur Geduld haben. Auch an Louis dachte sie, und sie schämte sich dafür, ihn hintergangen zu haben, selbst wenn es aus Liebe geschehen war.

Sie konnte sogar verstehen, dass er Alexandre und sie bestraft hatte.

Jeden Morgen wartete sie auf einen Brief von Madame du Deffand, von Yvette oder Séraphine, aber vergeblich. Bis ihr eines Morgens im Kreuzgang eine bekannte Gestalt entgegenkam. Suzanne blinzelte verwirrt, doch sie hatte sich nicht getäuscht. Die andere hatte sie inzwischen auch entdeckt und näherte sich mit schnellen Schritten.

»Suzanne!«, zwei weiche Arme umfingen sie, goldenes Haar kitzelte sie an der Nase.

»Bist du es wirklich?«, flüsterte Suzanne und löste sich aus der Umarmung. Es tat so gut, Séraphines liebes Gesicht wiederzusehen.

»*Mon chou*, es tut mir unendlich leid, dass ich dich alleine in Versailles zurücklassen musste«, sprudelte Suzanne heraus. »Wie kommst du hierher? Weißt du etwas von Alexandre?«

Gemeinsam gingen sie in den Garten und setzten sich an ihren gewohnten Platz am Brunnen. Erst dann erzählte Séraphine, was nach Suzannes Abreise geschehen war.

»Man hat den Duc de Bournonville sofort weggebracht, ebenso wie dich. Ich weiß nicht, ob er gut bei seiner Familie angekommen ist. Hat er dir geschrieben?« Suzanne schüttelte den Kopf und streichelte ihre Hand. »Er muss erst ganz genesen, dann wird ihn nichts davon abhalten, zu dir zu kommen.« Suzanne zwang sich zu einem Lächeln. Séraphine meinte es gut.

»Und du, *mon chou*? Hast du deinen Kummer um Niccolò überwunden?«

Séraphine schwieg einen Augenblick. Gemeinsam hörten sie dem Plätschern des Wassers zu.

»Ich wollte nicht ohne dich in Versailles bleiben, deshalb bin ich abgereist, sobald ich konnte. Nach allem, was passiert ist, habe ich entschieden, dass es in meinem Leben fortan nur noch eine Liebe geben soll«, sagte Séraphine mit fester Stimme. »Die

Liebe zu Gott.« Sie wandte ihr Gesicht Suzanne zu. »Ich werde den Schleier nehmen.«

»Bist du dir ganz sicher?« Suzanne konnte sich nicht vorstellen, dass ihre hübsche, fröhliche Freundin für immer hinter Klostermauern verschwinden sollte. »Wenn du glücklich bist, bin ich es auch, *mon chou.*« Sie umarmte Séraphine und drückte sie an sich. Wenn sie den Habit angelegt hatte, würde sie sie nicht mehr berühren dürfen.

Séraphines Ankunft machte es leichter, die Wartezeit zu ertragen. Mit ihr konnte Suzanne ihre Sorgen und Hoffnungen teilen, und die Freundin sprach ihr Mut zu. Oft beteten sie gemeinsam in der Klosterkirche. Doch als die Tage ohne eine Nachricht vergingen, gelang es Suzanne immer weniger, an eine Wendung zum Guten zu glauben.

Eines Vormittags kniete sie gerade vor einem Beet mit Küchenkräutern, um der Schwester Köchin Salbeiblätter zu pflücken, als eine Schülerin gelaufen kam.

»Da ist Besuch für Euch!«, rief sie atemlos. »Ein Herr, Mademoiselle, er will nur mit Euch sprechen, und Schwester Immaculata ist schon ganz rot im Gesicht vor Ärger, weil er sich nicht abweisen lässt!«

Suzanne hatte plötzlich einen trockenen Mund. Sie erhob sich und stellte fest, dass ihre Beine weich waren wie gekochter Spargel.

»Hilf mir, die Schürze abzulegen«, krächzte sie – ihre Finger zitterten so sehr, dass sie den Knoten nicht öffnen konnte. Von der Schürze befreit lief sie los, nahm sich nur kurz Zeit, am Brunnen die Erde von den Fingern zu spülen, und jagte durch den Kreuzgang zum Besucherzimmer, das einen eigenen Eingang hatte.

Sie stockte, als sie sah, wer jenseits des Gitters, das den Raum trennte, auf sie wartete.

»Ich habe mir gedacht, dass ich dich hier finde, meine Liebe«, sagte Héctor de Gouzon. Er wischte sich ein Staubkorn vom Revers und sah Suzanne unter gesenkten Brauen hervor an.

»Pack deine Sachen, wir fahren nach Hause.«

Innerlich zitterte Suzanne, aber sie antwortete bestimmt: »Nein. Ich bleibe hier.« Der Vicomte lachte bemüht, als hätte sie einen lahmen Scherz gemacht.

»Bring mich nicht in Wut«, sagte er.

»Ich stehe unter dem Schutz des Klosters«, antwortete sie mit leiser, aber fester Stimme.

»Wie du willst«, erwiderte ihr Vormund. Er trat dicht an das Gitter heran, und Suzanne wich einen Schritt zurück.

»Der Gerichtspräsident ist ein guter Freund von mir. Ich komme wieder, mit einer gerichtlichen Anordnung, und dann werde ich gar nicht gut auf dich zu sprechen sein.«

»Ihr macht mir keine Angst«, sagte sie und zwang sich, ihm in die Augen zu sehen. »Gegen den Willen der Mutter Oberin könnt Ihr mich nicht hier wegholen.«

Der Vicomte lachte und rüttelte an den Gitterstäben. Suzanne konnte einen Aufschrei nicht unterdrücken und stolperte hinaus.

»Du gehörst mir«, rief der Vicomte ihr hinterher. »Und ich kriege dich!«

Sie rannte, bis sie ihn nicht mehr hören konnte. Atemlos erreichte sie ihren Lieblingsplatz und sank auf die Steinbank. Die letzten Worte ihres Vormunds und sein Gelächter klebten an ihr wie Dreck, sie war steif vor Angst, krampfte die Hände ineinander und biss sich auf die Knöchel. Wenn nur Alexandre hier wäre!

Eine ganze Weile saß sie im Garten und starrte vor sich hin, bis Séraphine sie fand.

»Du hast das Mittagessen versäumt«, sagte die Freundin und strich über Suzannes Rücken. »Was ist passiert?«

Suzanne erzählte alles, und dabei stieg das Entsetzen wieder in ihr auf, aber Séraphine beruhigte sie.

»Die Mutter Oberin hält ihre Hand über dich, hier im Kloster gilt keine weltliche Macht.«

Am nächsten Tag ließ die Oberin sie zu sich rufen. Séraphine hatte ihr erzählt, was vorgefallen war. Suzanne wusste, dass die Mutter Oberin es überhaupt nicht schätzte, wenn jemand versuchte, ihre Befugnisse zu beschneiden.

»Gerichtliche Anordnung!«, schnaubte sie, aus ihrem Gesicht war alle Milde verschwunden. Sie sah Suzanne eindringlich an. »Wir werden dich in der Sakristei der Klosterkirche unterbringen«, sagte sie. »Niemand wird es wagen, die Kirche zu entweihen. Du darfst sie aber nicht verlassen, bis wir eine Lösung gefunden haben.«

In der Sakristei wurden zwei schmale Liegen für Suzanne und Bernadette aufgestellt. Es war trist in dem kargen Raum, und Suzanne floh in die Kirche. Vor dem Altar fühlte sie sich weniger hoffnungslos, Angst und Ungeduld wurden erträglich. Sie betete viele Stunden darum, dass Alexandre nichts Schlimmes geschehen sei und er bald eintreffen möge. Aber weitere Tage vergingen ohne Nachricht von ihm. Zweifel schlichen sich in Suzannes Gedanken. Was, wenn er beschlossen hatte, sie sei den ganzen Aufwand nicht wert? Vielleicht war er nach Versailles zurückgekehrt, hatte den König um Verzeihung gebeten und sein altes Leben wieder aufgenommen? Dann wieder dachte sie an ihre gemeinsamen Stunden und schämte sich ihrer Zweifel.

Es war Nachmittag, die Sext war gerade vorüber. Suzanne saß in einer der Kirchenbänke und suchte innere Ruhe in der Betrachtung der Buntglasfenster. Sie hörte leise Schritte, und als sie sich umdrehte, sah sie einen Mönch den Mittelgang herunterkommen, die Kapuze tief ins Gesicht gezogen. Sie wunderte sich nicht; es kam öfter vor, dass Mönche vom Bruderorden herüberkamen, um die Messe vorzubereiten. Der Mönch blieb neben ihr stehen, der Strick seiner Kutte baumelte vor ihrer Nase.

»Grüß Gott, ehrwürdiger Bruder«, murmelte sie.

»Grüß Gott, liebes Kind, ich freue mich, dich im Gebet zu finden. Sicher hast du viele Sünden zu bereuen.«

Beim Klang der Stimme schlug Suzanne die Hand vor den Mund und schoss hoch. Lachend streifte sich Alexandre die Kapuze vom Kopf und drückte sie an sich. Ungeschickt vor Hast küssten sie sich, sahen sich an, küssten sich wieder, diesmal weniger ungestüm. Dann hielt Alexandre sie von sich weg.

»Das ist vielleicht nicht der passende Ort«, grinste er mit einem Seitenblick zum Altar. »Na so was, du weinst ja? Soll ich wieder gehen?«

Suzanne lachte unter Tränen. Alexandre war da, und auf einmal war alles ganz leicht. Das Gewicht, das sie niedergedrückt hatte, löste sich auf. Sie hielt seine Hand ganz fest und wandte den Blick nicht eine Sekunde von seinem Gesicht. Er rutschte neben sie in die Bank und zog sie an sich.

»Wie bist du nur hereingekommen?«, fragte sie.

»Nun ja, deine Mutter Oberin nimmt es nicht ganz so genau mit den Klosterregeln, wenn es um etwas Wichtiges geht«, antwortete er. »Ich kam schon verkleidet hier an, weil ich vermutete, dein Vormund würde seine Wachhunde vor dem Kloster postieren.«

Er erzählte, dass er unterwegs überfallen worden war und dabei Pferd und Geldbörse eingebüßt hatte. Um Ersatz zu besorgen, hatte er sich zu einem alten Freund, der in der Nähe wohnte, durchgeschlagen. Deshalb war er erst jetzt in Limoges eingetroffen.

»Bist du verletzt?«, fragte Suzanne aufgeregt, aber er beruhigte sie.

»Ich bin ein zäher Knochen, nur die Schusswunde schmerzt manchmal noch. Und nun erzähl du«, verlangte er. Er wusste bereits, was ihr in Paris widerfahren war, aber nun wollte er Details hören. Suzanne erzählte ausführlich.

»Manchmal dachte ich, ich hätte dich verloren«, sagte sie abschließend.

»Ich habe jede wache Minute nur an dich gedacht«, antwortete Alexandre. »Und nachts habe ich von dir geträumt.«

»So? Was denn?« Sie musste ihn einfach necken. Er grinste auf sie herunter und sagte: »Das lässt sich unmöglich unter einem Kirchendach aussprechen. Übrigens: Wo ist eigentlich der Priester?«

»Ich kann Euch nicht verheiraten!« Pater Martin rang die Hände. »Ohne Aufgebot geht es nicht, Ihr müsst eine Woche warten.«

Sie standen in der Sakristei, der Priester drückte sich in eine Ecke, als würde er von wilden Tieren bedroht. Die Mutter Oberin hatte ihn aus dem Bruderkloster holen lassen. Auch sie war anwesend, und jetzt redete sie auf den kleinen Mann ein.

»In einem besonderen Fall wie diesem ist eine Ausnahme sicher möglich«, sagte sie fest. »Nehmen wir einfach an, das Aufgebot wäre vor einer Woche bestellt worden.«

Vater Martins Augen glitten unsicher hin und her, dann presste er die Lippen zusammen.

»Nein, das geht eben nicht«, erwiderte er. »Die Ehe wäre ungültig.«

»Gott hat diese beiden jungen Menschen zusammengeführt«, sagte die Mutter Oberin. »Und die besonderen Umstände lassen ihnen nicht die übliche Zeit.«

»Pater, ich bitte Euch, versagt uns nicht den Segen der Kirche«, bat Suzanne.

»Ihr rettet damit dieses Mädchen vor einer sicheren Vergewaltigung durch ihren Vormund«, mischte sich Alexandre ein.

Das war zu viel für den Geistlichen. Er schlug die Augen nieder. »Nun gut, ich traue Euch«, murmelte er. »Wenn man das Aufgebot zurückdatiert …«

»Danke, Pater. Einen Moment.« Alexandre zog das Mönchsgewand über den Kopf und grinste. »Damit keine Verwechslungen entstehen. Und jetzt der Antrag.« Er sank vor Suzanne auf die Knie und blickte zu ihr auf. Seine Augen waren ernst. »Eigentlich sollte dies etwas romantischer ablaufen, aber bedauerlicherweise drängt die Zeit.« Suzannes Herz pochte so heftig, dass es ihr in der ganzen Kirche widerzuhallen schien. Alexandre räusperte sich.

»Suzanne d'Aubry, ich wünsche mir von ganzem Herzen, den Rest meines Erdenlebens an deiner Seite zu verbringen. Willst du meine Frau werden?«

»Und ob!«

Alexandre lachte, stand auf und zog sie an sich, Pater Martin schnalzte tadelnd mit der Zunge.

»Es gibt aber noch eine Sache, die ich wissen muss, bevor ich deine Frau werde«, sagte Suzanne. Ihr war ein wenig bang, denn sie war unsicher, wie ihr Anliegen auf Alexandre wirken würde. »Ich will alles über Marie-Anne Collas wissen.«

Alexandres Gesicht erstarrte. Suzannes Herz setzte einen Schlag aus, dann seufzte er und sagte: »Wenn das deine Bedingung ist, soll sie erfüllt werden. Pater, nicht weggehen!« Er nahm sie bei der Hand und führte sie in die Sakristei. Dort war es so ruhig, dass man von draußen die Vögel zwitschern hörte. Sonnenlicht fiel schräg auf den abgenutzten Steinboden und den Schrank für die geweihten Gegenstände. Er lehnte sich gegen die Wand und sah sie an. »Was willst du wissen? Ob ich sie umgebracht habe?«

Sie trat zu ihm und legte eine Hand an seine Wange. Sein Blick wurde weich.

»Entschuldige«, sagte sie leise. »Ich weiß, dass es dir schwerfällt, aber ich muss wissen, was damals passiert ist.«

Alexandre legte seine Hand über ihre. »Vielleicht willst du mich dann nicht mehr«, murmelte er. »Und das könnte ich nicht ertragen.«

»Ich will dich, gleichgültig, was du getan oder nicht getan hast. Aber ich muss es wissen.«

Er atmete tief ein und wieder aus.

»Es ist jetzt acht Jahre her, und seitdem ist kein Tag vergangen, an dem ich mich nicht dafür verflucht habe, was ich an diesem Abend getan habe.« Er starrte an die gegenüberliegende Wand, als fiele es ihm leichter, zu sprechen, wenn er Suzanne nicht ansah.

»Marie-Anne Collas war meine Geliebte. Ich habe sie angebetet, und ich hätte sie geheiratet, aber sie hatte bereits einen Gatten, unsere Affäre war für sie nur ein Zeitvertreib. Wir stritten oft deswegen.

Eines Abends begleitete ich sie zu einem Maskenball im Palais Royal. Sie tanzte den ganzen Abend mit anderen Männern, ich war eifersüchtig, und wir gerieten in Streit. Ich warf ihr vor, sie benehme sich wie ein Hure, und sie antwortete, dann sei ich ja ein Hurenbock. Heute würde ich darüber lachen, aber ich war ein dummer Kerl von zweiundzwanzig, leicht zu kränken, und deshalb ließ ich sie dort allein. Ich ging, ohne mich darum zu kümmern, was aus ihr wurde. Diener fanden sie am nächsten Morgen beim Aufräumen. Sie lag erwürgt auf einem Sofa in einem der Salons.«

Wieder atmete er tief ein und stoßweise aus, als fiele es ihm schwer. Suzanne nahm seinen Kopf zwischen ihre Hände und zwang ihn, sie anzusehen.

»Es war nicht deine Schuld.« Sie wollte ihn umarmen, bis alle Traurigkeit von ihm wich.

»Ich verlange keine Absolution. Und ich habe mich daran gewöhnt, dass mich dieser Fehler bis an mein Lebensende verfolgen wird.«

»Es waren nicht deine Hände, die sie getötet haben.«

»Wäre ich nicht gegangen, hätte sie die Nacht überlebt.« Er sagte es trocken, als Feststellung, sah auf Suzanne hinunter und lächelte schief. »Nimmst du mich noch?«

»Wie kannst du daran zweifeln?«

Zwei Minuten später standen sie gemeinsam vor dem Altar. Vater Martin fühlte sich immer noch nicht wohl in seiner Haut und nuschelte sich durch die Zeremonie, ohne das Brautpaar ein einziges Mal anzusehen. Die einzigen Hochzeitsgäste waren die Oberin und Séraphine, die zugleich die Zeugen der Trauung waren.

Suzanne hatte sich ihre Hochzeit wahrlich anders vorgestellt. Doch dann sah sie Alexandre an, der neben ihr stand – wenn auch schmutzig und nicht gerade wohlriechend –, und sie dachte, allein darauf komme es an. Zwar gab es keine Gäste, kein Hochzeitskleid, keinen Festschmaus, aber gerade dadurch bekam die Zeremonie eine besondere Tiefe. Für Festlichkeiten würde ein andermal Zeit sein.

Wenige Minuten später waren sie verheiratet. Vater Martin, offensichtlich froh, alles hinter sich gebracht zu haben, zog sich zurück. Séraphine umarmte sie und wünschte ihr alles Glück. Die Mutter Oberin segnete sie nachsichtig lächelnd – wer wusste, welche Erinnerungen an ihre eigene Jugendzeit ihr in den Sinn gekommen sein mochten. Suzanne sah zu Alexandre auf, der so dicht neben ihr stand, dass sie sich berührten, und sie wünschte, alle Schwierigkeiten schon hinter sich gelassen zu haben. Ihre Lage war unsicherer denn je, und solange Louis ihnen nicht verzieh, waren sie vogelfrei.

»Wir danken Euch«, sagte Alexandre zur Oberin. »Jetzt müssen wir nur noch unbemerkt das Kloster verlassen. De Gouzons Hetzhunde warten draußen auf uns.«

Die Mutter Oberin lächelte verschmitzt.

»Ich denke, ich habe eine Idee«, sagte sie und bedeutete ihnen, ihr zu folgen.

Kurze Zeit später öffnete sich die Klosterpforte. Mit einem Nicken verabschiedete sich die Oberin von den beiden Personen, die auf die Straße traten. Der Mönch hatte die Kapuze tief ins Gesicht gezogen, die junge Nonne, die ihn begleitete, hielt den Blick gesenkt. Gemessenen Schrittes gingen sie die Straße entlang, wichen einem Laufburschen mit seinen Paketen aus und verschwanden in der Menge.

Alexandre brachte Suzanne zu dem Mietstall, wo er sein Pferd untergestellt hatte. Der Stallbesitzer machte ein verblüfftes Gesicht, als er seinen Kunden im Habit eines Benediktiners wiedersah, noch dazu begleitet von einer jungen, ausnehmend hübschen Nonne. Da er nicht wusste, was er dazu sagen sollte, schwieg er und verkaufte ihnen ein weiteres Pferd samt Sattel und Zaumzeug. Suzanne schwang sich in den Sattel und folgte Alexandre. Ihr war, als säße der Vicomte ihnen schon im Nacken, und sie achtete gar nicht auf die Leute, die sich gegenseitig anstießen, als sie eine Nonne im Herrensitz durch die Straßen traben sahen. Sie wollte nur weg, bevor die Jagdhunde des Vicomte sich auf ihre Spur setzten. Bald ließen sie die Stadt hinter sich, und erst als ringsum nur noch Felder und Bäume zu sehen waren, wagten sie zu rasten. Suzanne glitt vom Pferderücken in Alexandres Arme. Erst jetzt wurde ihr richtig bewusst, dass sie verheiratet waren. Louis konnte sie verbannen oder einsperren, aber er konnte nichts daran ändern, dass sie nun Eheleute waren.

»Ich freue mich so«, sagte sie leise. »Ich dachte schon, du kämst nicht mehr.«

»Ihr zweifelt an mir, Duchesse de Bournonville?«, entgegnete er, und erst da schoss Suzanne siedend in den Kopf, dass sie nun eine Herzogin war. Das erschien ihr so absurd, dass sie zu lachen anfing und sich gar nicht mehr beruhigen konnte, bis Alexandres Gesicht ganz besorgt wurde.

»Keine Angst, ich bin nicht verrückt!«, lachte sie unter Tränen und versuchte vergeblich, einen Schluckauf zu bändigen, der ihr den Atem nahm. »Ich musste nur daran denken, dass mein Vormund sich nun vor mir verneigen muss, wenn er mir begegnet.«

»Ich zweifle, dass ihn das ebenso erheitert wie dich«, sagte er trocken. Er küsste sie, um ihr Lachen zu ersticken. Wie gut es war, seine Lippen und seine Zunge zu spüren!

»Eine Sache müssen wir noch tun«, flüsterte Alexandre in ihr Haar.

»Das wäre?«

»Solange die Ehe nicht vollzogen ist, kann sie annulliert werden.«

»Oh« war alles, was Suzanne herausbrachte, denn Alexandre hob sie hoch und trug sie zu einer Gruppe von Birken. Dort legten sie sich ins Gras, und sie sah über sich Tausende von hellen Blättern flirren. Bis auf das Zwitschern der Vögel und das Summen einer Hummel war es ganz still. Sie sah in Alexandres Gesicht, die Zärtlichkeit darin machte sie ganz ruhig und gab ihr die Gewissheit, dass alles gut werden würde. Sie half ihm dabei, das Nonnengewand hochzuschieben.

»Das ist mehr, als ein Mann aushalten kann«, sagte Alexandre scherzhaft bei ihrem Anblick. »Eine junge, halb entblößte Novizin ins Gras hingestreckt – so viel Selbstbeherrschung kann selbst ein Mönch nicht aufbringen. Ich muss Euch leider schänden, gute Schwester.«

Er kam zu ihr und drang ohne weitere Umstände in sie ein. Diese Unmittelbarkeit erregte sie, und sie spreizte die Beine, um ihn aufzunehmen. Es war schmerzhaft süß, ihn endlich wieder in sich zu fühlen. Solange sie dort unter den Bäumen lagen, rückten alle Schwierigkeiten in weite Ferne, und es gab nichts, worum sie sich sorgen mussten. Plötzlich erschien ein Lächeln auf seinem Gesicht, er zog sich aus ihr zurück und rutschte mit dem Kopf zwischen ihre Schenkel. Seine Zunge stieß in ihre Mitte vor, und Suzanne klammerte sich an einem Grasbüschel fest.

»Ich will dich vor Lust rasen sehen«, murmelte Alexandre. »Und ich will wissen, dass ich es bin, der dich so weit bringt. Ich werde der Einzige sein, für den du in Zukunft die Beine öffnest.«

Er schien plötzlich beinahe eine Art Wut auf sie zu haben,

schlug die Zähne in ihr samtiges Fleisch und brachte sie zum Schreien.

»Ja, schrei ruhig«, sagte er. »Hat auch Louis dich dazu gebracht?«

»Nein – nur – du!«, keuchte Suzanne, die sich kaum noch halten konnte. Sie zog Alexandre wieder über sich, sein langes Haar hatte sich gelöst und fiel über ihr Gesicht. Er sah ihr in die Augen, während er in sie stieß, langsam und gleichmäßig, bis sie es kaum noch ertragen konnte.

»Du gehörst nur noch mir«, presste Alexandre hervor. »Vergiss das nie.«

»Und du mir«, sagte Suzanne, und dann kamen sie im selben Moment zum Höhepunkt. Alexandre stöhnte heftig, sie klammerten sich aneinander, auch sie schrie auf, um nicht zu zerspringen. Ihre Vulva zog sich um sein Geschlecht zusammen, als wollte sie es nie wieder freigeben. Danach lagen sie lange unbeweglich und schweigend, nur ihre Hand strich über Alexandres Haar, das sich über ihre Brust breitete wie eine dunkle Schwinge.

»Entschuldige«, sagte er schließlich. »Ich wollte dir nicht weh tun.«

»Du hast mir nicht weh getan«, sagte sie verwundert. »Wie kommst du darauf?«

»Ich verliere den Verstand, wenn ich dich sehe«, murmelte er schuldbewusst. »Dann benehme ich mich wie ein Tier. Ich sollte zärtlicher zu dir sein.«

»Bitte nicht«, sagte sie. »Ich liebe es, wenn du über mich herfällst. Es macht, dass ich mich wunderbar wehrlos fühle und dennoch sicher, denn du bist ja … mein Mann!«

»Ich liebe dich so sehr«, sagte er und sog den Duft ihrer Haut ein. »Ich will dich mit niemandem teilen.«

Eine Weile lagen sie nur da und hörten dem Wind in den Bäumen zu. »Wir sollten aufbrechen«, sagte er schließlich.

»Lass uns hier draußen schlafen, unter den Sternen«, murmelte Suzanne träge.

»Kommt nicht in Frage. Wir schaffen noch ein gutes Stück, bevor es dunkel wird.«

Ein kühler Wind verwirbelte die Mähne der Pferde und brachte die Bäume zum Rauschen. Der Himmel war grau und schien dicht über ihren Köpfen zu hängen. Suzanne und Alexandre duckten sich im Sattel und schlugen die Straße nach Paris ein.

Plötzlich hörte sie Hufschläge hinter sich. Als sie sich im Sattel umdrehte, sah sie zwei Männer an sich vorbeijagen, der Gestank von Schweiß und Alkohol wehte wie ein Banner hinter ihnen her. Alexandre drehte sich einen Wimpernschlag später um und fand gerade noch Zeit, den Säbel zu ziehen, bevor sie über ihm waren. Suzanne war sofort klar, was geschah. In ihrem Kopf liefen die Gedanken mit ungewöhnlicher Genauigkeit ab, nur wollte ihr Körper nicht folgen. Wie versteinert sah sie zu, wie Alexandre sich die beiden Angreifer vom Leib zu halten versuchte. Sie achtete nicht auf ihr Pferd, das ängstlich schnaubte und hin und her tänzelte.

»Ganz ruhig«, sagte da jemand, und eine Hand griff in die Zügel. Suzanne sah auf, ein erstickter Schrei entfuhr ihr. Ein dritter Reiter hatte den Kampflärm ausgenutzt, sich unbemerkt zu nähern. Sie lehnte sich zur Seite und schlug auf seinen Arm ein, damit er die Zügel losließe.

»Komm zu mir, mein Täubchen!«, lachte der Kerl. Bald darauf schrie er, denn Suzanne hatte sich vorgebeugt und ihn in die Hand gebissen. Offensichtlich hatte er nicht damit gerechnet, dass sie sich so heftig wehren würde. Sie wusste selbst nicht, woher die Kraft kam, sondern nur, dass sie nicht wieder in den Fängen des Vicomte landen wollte. Sie riss die Arme hoch, das Pferd des Verfolgers scheute, die Welt wirbelte im Kreis, und dann krachten sie beide in den Staub. Ein heftiger Schmerz riss an ihrem Arm. Der Mann nutzte ihre Schockstarre, um sich auf die Knie zu erheben und die Arme um ihre Taille zu schlingen. Suzanne sah nur noch ein rotes Flimmern vor den Augen, von ihrem Arm aus schoss ein unerträglicher Schmerz durch ihren ganzen Körper. Das Klirren der Säbel und die Rufe der Kämpfenden schienen jetzt mitten in ihrem Kopf zu sein. Sie wurde gerade noch gewahr, dass Hufe an ihrem Kopf vorüberwirbelten, dann wurde es dunkel um sie herum.

Sie konnte nur wenige Augenblicke bewusstlos gewesen sein, denn als sie die Augen öffnete, war noch alles wie vorher. In einiger Entfernung kämpfte Alexandre gegen seine Angreifer, sie selbst lag am Boden, am Wegrand sah sie das Pferd des dritten Mannes und ihr eigenes. Nur der Kerl schien nicht mehr da zu sein. Vor Schmerz und Angst wimmernd sah sie sich um. Dort drüben lag er, mit dem Gesicht nach unten, und die rote Lache um seinen Kopf wurde allmählich größer. Suzannes Pferd musste ihn mit den Hufen am Kopf getroffen haben. Sie starrte ihn an. Plötzlich rührte er sich und stemmte die Hände in den Boden, als wollte er aufstehen. Ohne auf ihren Arm zu achten, rappelte sie sich auf, lief zum Straßenrand und tauchte zwischen die Sträucher. Sie kauerte sich hin und machte sich so klein wie möglich. Durch die Zweige beobachtete sie den Mann, der wieder reglos dalag, und sie hoffte inbrünstig, dass er dort auch bleiben möge.

Die anderen Männer konnte sie nicht mehr sehen, nur noch hören. Es schien ewig zu dauern, dann sah sie einen der beiden Kerle an ihrem Versteck vorbeipreschen. Sie wagte dennoch nicht hervorzukriechen. Hoffentlich war Alexandre noch am Leben! Sie wäre beinahe ohnmächtig geworden vor Erleichterung, als sie seine Stimme ihren Namen rufen hörte.

»Hier!«, rief sie, unfähig, sich zu rühren. Und dann war er bei ihr, und sie verlor erneut das Bewusstsein.

»Ist er tot?« war das Erste, was sie beim Aufwachen fragte. Sie lag im Gras, den Kopf auf Alexandres Knie gebettet.

»Er wird dir nichts mehr tun«, sagte er und strich ihr das Haar aus der Stirn.

»Und du?«, fragte sie. »Bist du verletzt?«

»Nur ein paar Prellungen. Dem anderen geht es wie dem, den du erledigt hast, meine Kämpferin. Der Dritte ist geflüchtet.«

Suzanne schwieg einen Augenblick. Über sich sah sie die Wolken aufreißen. Noch nie war ihr der Himmel so blau erschienen.

»Ich glaube, mein Arm ist gebrochen«, sagte sie leise.

»Zum Glück nur ausgekugelt«, antwortete Alexandre. »Ich habe ihn gerichtet, während du bewusstlos warst.«

Sie antwortete nicht. Aus dem Augenwinkel sah sie den Körper, der mitten auf der Straße lag. Sie dachte daran, dass er tot war und ihr nichts mehr anhaben konnte, aber sie spürte dabei weder Genugtuung noch Trauer.

»Was sollen wir mit den … Körpern machen?«, flüsterte sie.

»Wir geben dem Pfarrer im nächsten Dorf Bescheid«, sagte Alexandre. »Er wird jemanden schicken, der sie abholt.«

»Und wenn sie dich für einen Mörder halten? Sie werden dich einsperren.«

»Das werden sie nicht, nicht in einem kleinen Dorf. Ich bin der Duc de Bournonville.«

»Das wird dir sicher sofort jedermann glauben, der dich sieht«, sagte sie. Alexandre blickte an sich herunter: Seine Kutte war zerrissen und fleckig, und Suzanne selbst mit verrutschter Haube und zerschrammtem Gesicht bot auch keinen besseren Anblick.

»Du hast Recht. Wir kümmern uns später um diese Angelegenheit.« Er ging zu der Leiche hinüber und fasste sie an den Handgelenken. Suzanne wandte den Blick ab, aber das Schleifgeräusch, als Alexandre den Körper an den Straßenrand zerrte, jagte ihr Schauder über den Rücken. Sie presste die Hände auf die Ohren und war froh, dass er sich um alles kümmerte.

Nach einer Weile kam er wieder, die Pferde am Zügel.

Suzanne sah kläglich zu ihm auf. »Ich glaube nicht, dass ich die Zügel halten kann.«

Alexandre saß auf und hielt ihr die Hand hin. Mit einigen Schwierigkeiten zog er sie vor sich in den Sattel. Der Schmerz in Schulter und Arm trieb ihr die Tränen in die Augen, aber sie gab keinen Laut von sich.

»Braver Soldat«, sagte er zärtlich und küsste ihr Haar. Er legte die Arme um sie und nahm die Zügel auf. Das zweite Pferd würden sie mitführen und wechseln, wenn das erste müde wäre.

So ritten sie weiter. Die Straße lag vor ihnen, hell und staubig unter einem jetzt blauen Himmel, und im Gebüsch sangen die Vögel, während im Straßengraben zwei Leichen zurückblieben. Suzanne lehnte sich an Alexandres Brust. Sie hörte sein Herz schlagen und fühlte sich auf einmal, als könnte nichts in der Welt ihr etwas anhaben, so lange er bei ihr war.

Ein Urteil wird gefällt

Als sie in Paris ankamen, wollte Suzanne nie wieder ein Pferd auch nur von weitem sehen. Jeder Muskel tat ihr weh, und von ihrem Gesäß schien die Haut abgezogen worden zu sein. Auf dem Weg zu Madame du Deffands Palais belegte sie Alexandre mit allen nur denkbaren Schimpfnamen, was bei einigen Passanten nicht geringes Erstaunen auslöste: Ein fluchende Nonne auf einem Pferd war selbst in Paris eine Seltenheit.

Madame du Deffand brach in Gelächter aus, als Suzanne und Alexandre ihren Salon betraten, und schickte sie hinauf, um sich zu säubern und umzukleiden. Suzanne neckte Alexandre damit, dass er wohl ein Kleid der Marquise anziehen müsse, aber glücklicherweise fand sich auch für ihn etwas Passendes, da der Kammerdiener seinen Sonntagsstaat opferte. Sie selbst bekam ein Kleid mit sehr vielen Rüschen, in dem sie sich vorkam wie ein wandelnder Blumenstrauß.

»Bedauerlich«, bemerkte Alexandre, während er seinen Zopf mit einem Samtband umwickelte. »Als Nonne warst du begehrenswerter.«

»Und du bist ein Ketzer, der umso mehr genießt, je verbotener etwas ist.« Mit hochgezogenen Augenbrauen blickte sie auf die Erhebung in Alexandres Hose, der unverschämt grinste und auf sie zukam.

Sie wich hinter das Bett zurück. »Nein, mein Lieber, die Marquise wartet auf uns!«

»Nun gut, ich werde mich später entschädigen lassen«, sagte er, und in ihr stieg das vertraute Verlangen auf. Es war direkt unanständig, seinen eigenen Mann dermaßen zu begehren.

Kurz war sie in Versuchung, die Marquise warten zu lassen, aber Alexandre hatte inzwischen Weste und Gehrock übergezogen und wartete an der Tür auf sie.

Sie besprachen sich mit Madame du Deffand, die bereits einen Schlachtplan entworfen hatte. Dessen erster Teil bestand darin, sich bei Dunkelheit in Versailles einzuschleichen. In Kürze würden angemessene Kleider für Alexandre gebracht, und wenn sie in der Kutsche mit dem Wappen der Marquise ankamen, würde keine der Wachen darauf achten, wer darin saß.

»Madame, Ihr wäret ein guter Feldherr geworden«, sagte Alexandre.

»Wie alle Frauen.« Madame du Deffand lächelte strahlend. »Strategie ist unser ureigenes Metier.«

Suzanne war sich allerdings unsicher, ob die Strategie der Marquise aufgehen würde. Es gab zu viele Unwägbarkeiten. Selbst wenn man sie hineinließ, bedeutete es noch lange nicht, dass ihr Plan gelänge. Und wenn Louis nicht bereit war, ihnen zu vergeben, war alles verloren. Was dann geschehen würde, wollte sie sich lieber nicht ausmalen. Auf dem Weg nach Versailles war sie so unruhig, dass sie glaubte, sich übergeben zu müssen. Als die Kutsche sich dem Tor zum Place d'Armes näherte und der Besucherstrom immer dichter wurde, versteifte sie sich vor Angst. Sie suchte Alexandres Blick, aber er lächelte sie munter an und fing an, über das Wetter zu plaudern. Er hatte so viel Farbe im Gesicht, dass Suzanne ihn kaum wiedererkannte. Er hatte sich in einen weibischen Geck mit Schönheitspflästerchen am Kinn verwandelt, und Suzanne glich einer Porzellanpuppe. Es war anzunehmen, dass sie in Versailles in diesem Aufzug nicht im Geringsten auffallen würden, und vor allem würden selbst gute Bekannte sie nicht sofort erkennen.

Die Wachen am Tor warfen nur einen flüchtigen Blick ins Wageninnere. Unbehelligt rollten sie über den Place d'Armes und bogen dann zu den Ställen hin ab.

Die Abenddämmerung war heraufgezogen. In ihrem Schutz wäre es ein Leichtes gewesen, sich ins Schloss zu schleichen, doch der König würde kaum erfreut sein, wenn sie ihn bei seiner Abendunterhaltung störten. Sie benötigten einen Spion, der den richtigen Zeitpunkt auskundschaftete.

Darum stiegen sie die Treppe zum Obergeschoss der Stallungen hinauf. Suzanne hoffte, sich richtig zu erinnern, und klopfte an eine der dunklen Holztüren. Von drinnen hörten sie Schritte, dann standen sie Yvette gegenüber. Die Zofe riss die Augen auf, weil zwei Herrschaften vor ihrer Tür standen. Als sie erkannte, um wen es sich handelte, schlug sie die Hände vor den Mund.

»Mademoiselle! Schnell, herein! Sire, auch Ihr, dass Euch niemand sieht!«

Sie betraten die kleine Wohnung, die Yvette in ein gemütliches Heim verwandelt hatte. Suzanne musste lächeln. Wie beneidenswert einfach war das Leben der Diener. Aber sie berichtigte sich sofort – auch die kleinen Leute hatten ihre Probleme, so viel hatte sie inzwischen gelernt.

»Gute Yvette, es tut mir leid, dass wir dich in Gefahr bringen«, sagte sie.

»Aber nein, Mademoiselle!«, wehrte Yvette ab.

»Es heißt jetzt Madame«, sagte Suzanne lächelnd. Yvette sah zum Herzog hinüber, dann wieder zu ihr.

»O Heilige Jungfrau, Ihr seid eine Duchesse?«

»Ich bin die Frau des Mannes, den ich liebe«, sagte Suzanne und fasste nach Alexandres Hand. »Aber jetzt müssen wir überlegen, wie wir die Verzeihung des Königs erlangen.«

»Er wird nicht gerade erpicht darauf sein, uns eine Audienz zu gewähren«, fügte Alexandre hinzu. »Und von den Höflingen wird niemand wagen, uns zu helfen, aus Angst, selbst in Ungnade zu fallen.«

»Erst mal müsst Ihr zu Abend essen.«

Yvette servierte ihnen ein Abendessen aus kaltem Hühnchenfleisch, Brot und Äpfeln. Suzanne lud sie ein, sich zu ihnen an den Tisch zu setzen, aber Yvette wehrte ab.

»Es gehört sich nicht, mit der Herrschaft am Tisch zu sitzen.«

»Wie vornehm du geworden bist«, neckte Suzanne ihre ehemalige Zofe, die stolz ihr Schultertuch zurechtzupfte.

»Ich bin übrigens auch verheiratet«, sagte sie. Suzanne gratulierte ihr von Herzen.

»Wie heißt dein Gatte eigentlich?«

»Yves.« Die beiden Frauen sahen sich an und lachten.

»Habt Ihr schon gehört, was der Marquise de Guise-Lorraine zugestoßen ist?«, fragte Yvette.

»Ich würde es vorziehen, nichts mehr von ihr zu hören«, erwiderte Suzanne, aber Yvette ließ sich davon nicht beeindrucken.

»Sie hat sich die Pocken geholt und ist völlig entstellt. Es ist so schlimm, dass sie sich in die Provinz zurückgezogen hat.«

»Sehr bedauerlich«, sagte Suzanne. Sie hatte Cathérine nie ernsthaft etwas Übles gewünscht, doch sie hatte auch kein Mitgefühl für ihre Feindin. Es schien ihr höhere Gerechtigkeit zu sein, dass Cathérine vom Schicksal für ihre Taten bestraft wurde.

Der Herzog und die Herzogin von Bournonville verbrachten die Nacht im Bett des Kutschers. Yvettes Mann war nicht da, und sie nahm mit dem Sessel vorlieb, der neben dem Kamin stand. Die Glut warf einen rötlichen Schein in den Raum. Suzanne lag auf der Seite und betrachtete den Mond, der durch das deckenhohe Fenster hereinschien. Morgen würde sich ihr Schicksal entscheiden. Es gab keinen anderen Ausweg, als sich dem König zu stellen, sonst würde Alexandre alles verlieren, wenn Louis von ihrer Hochzeit erführe. Es lag in seiner Macht, Alexandre den Herzogstitel abzuerkennen, er konnte die Ländereien der Bournonvilles konfiszieren, er konnte alles machen, was er wollte. Sie seufzte.

»Was ist, meine Liebste?«, murmelte Alexandre schlaftrunken und legte ihr eine Hand auf den Bauch. Sie drehte sich um und kuschelte sich an ihn. Mit geschlossenen Augen küsste er ihren Hals, und sie strich ihm über die Brust. Wie gut er sich anfühlte. Sie konnte immer noch kaum glauben, dass er nun ihr Ehemann war. Mutwillig ließ sie unter der Decke ihre Fingerspitzen auf seinem Unterleib tanzen. Er hielt ihr Handgelenk fest.

»Wag es nicht«, knurrte er. »Ich bin äußerst kitzelig.« Er rollte sich über sie und hielt ihre Handgelenke über ihrem Kopf fest. Seine Augen waren jetzt offen, dunkel, und er biss sie spielerisch in den Hals. Mit dem Knie drückte er ihre Beine auseinander und drang ohne weiteres in sie ein. Als sie aufkeuchte, legte er ihr eine Hand über den Mund.

»Du weckst noch Yvette«, flüsterte er. Sie nickte, aber er nahm seine Hand nicht weg.

»Es gefällt mir, dich so zu nehmen«, flüsterte er. »Du bist meine Gefangene – für den Rest deines Lebens.«

Suzanne hob ihm ihre Hüften entgegen, und er nahm sie mit quälender Langsamkeit, bis sie glaubte zu zerspringen, wenn er sie nicht erlöste. Plötzlich entzog er sich ihr, ließ sie los und glitt an ihr herunter. Er griff ihre Oberschenkel und drückte sie so weit wie möglich auseinander. Sie musste all ihre Willenskraft aufbieten, um nicht zu stöhnen. Es war eine süße Folter, still bleiben zu müssen, während Alexandre die herrlichsten Dinge mit ihr tat. Er ließ nicht zu, dass sie sich ihm entzog, sondern saugte an ihr und versetzte mit seiner Zunge ihren Zapfen in Schwingungen. Sie krallte ihre Hände in sein Haar. Wie ein Seebeben begann ihr Höhepunkt tief in ihr, strahlte aus und erfasste in Wellen immer weitere Teile ihres Körpers. In diesem Augenblick war er wieder in ihr, stieß heftig zu, während sie sich unter ihm aufbäumte. Sie biss sich auf die Lippen, aber sie gab keinen Laut von sich. In völliger Stille fielen sie gemeinsam in die Dunkelheit.

Es war heller Tag, als sie erwachte. Alexandre schlief noch, das Gesicht halb hinter einem Vorhang aus Haar verborgen. Gerührt betrachtete Suzanne ihn: Wie jung er im Schlaf aussah. Alles Harte war aus seinen Zügen verschwunden, und sie ahnte, wie er als kleiner Junge ausgesehen hatte. Eine ungeheure Zärtlichkeit erfüllte sie und gab ihr Mut für das, was ihnen heute bevorstand. Es lohnte sich zu kämpfen – dafür, dass sie in Zukunft jeden Morgen neben diesem Mann aufwachen konnte. Sie strich ihm das Haar aus dem Gesicht, er schlug die Augen auf, diese Wolfsaugen von unbestimmbarer Farbe, die sie so liebte. Er gähnte und lächelte.

»Heute Nacht haben wir einen Sohn gezeugt«, sagte er grinsend und räkelte sich. Er wirkte sorglos und heiter.

Yvette war nicht da. Alexandre zog sich an, und Suzanne bereitete eigenhändig einen Tee zu.

»Komm her, meine kleine Zofe«, sagte Alexandre und zog sie auf seinen Schoß. Sie fuhr mit den Händen in sein Hemd und küsste ihn lange. Sie trug nur ihr *chemise*, und ihre Brüste standen frei unter dem dünnen Stoff. Er konnte nicht widerstehen und nahm eine ihrer Brustspitzen in den Mund, bis sie hart wurde. Unvermittelt schob er sie von sich und stand auf, und ehe sie sich versah, lag sie bäuchlings über dem Tisch.

»Wenn Yvette kommt!«, protestierte sie, aber Alexandre antwortete nicht, sondern schob ihr das Hemd über die Hüften.

»Was für einen göttlichen Hintern du hast, meine Liebe«, sagte er. »Ein Morgenhintern, rosig und prall.«

»Du bist ja völlig verrückt geworden!«, rief Suzanne. Zwei scharfe Schläge auf das soeben gelobte Körperteil brachten sie zum Schweigen.

»Wenn der König mich in die Bastille wirft, ist das für lange Zeit das letzte Mal, dass ich dich genießen kann«, sagte er. Er zog ihre Hinterbacken auseinander, wie um ihre Spannkraft zu prüfen.

»Wenn du dich nur selbst sehen könntest.«

»Alexandre, lass mich aufstehen«, sagte sie schwach, aber nur zu gern ergab sie sich. Sie genoss das zärtliche Streicheln und

Kneifen und die Klapse, die eine prickelnde Wärme erzeugten, auch wenn ihr Blick sich ängstlich auf die Tür richtete. Er umfasste jetzt ihre Hüften und zog sie etwas näher zu sich, im nächsten Moment klopfte sein Glied an ihre Pforte. Er drang ein und blieb dort einige Zeit reglos, bis Suzanne sich nicht mehr zurückhalten konnte und ihm ihr Hinterteil entgegenschob.

»Mmh, das gefällt mir.« Er unterstützte ihre Bewegungen mit den Händen. Ohne sich zu bewegen, zog er sie über sich und schob sie wieder von sich. Sie presste die Stirn gegen die Tischplatte und dachte nicht mehr daran, ob jemand hereinkommen könnte, sondern fühlte nur noch, wie sie immer wieder aufs Neue so köstlich aufgespießt wurde.

»Bitte mich«, sagte Alexandre hinter ihr, und sie hörte sich darum bitten, von ihm genommen zu werden. Welch dunkle Lust es war, sich ihm so auszuliefern!

Kaum hatten sie ihr Liebesspiel beendet, kam Yvette herein. Sie hatte in Erfahrung gebracht, dass der König sich nach dem Mittagessen im Spiegelsaal aufhalten würde, um Bittgesuche entgegenzunehmen.

»Kluges Mädchen!« Alexandre lächelte strahlend, und Yvette wurde rot bis zu den Haarwurzeln.

Am späten Vormittag betraten sie zusammen mit Yvette das Schloss. Die Wachen sahen keinen Anlass, sie aufzuhalten. Scharen von Leuten strömten den ganzen Tag ins Schloss hinein und wieder heraus, und in der Menge fielen sie nicht weiter auf. Yvette führte Suzanne und Alexandre durch eine verborgene Tür in die Dienstbotenquartiere – die Gänge kannte Suzanne von ihrem nächtlichen Ausflug mit Louise-Anne, doch nun lernte sie auch die Schlafkammern kennen, die sich wie Bienenwaben hinter den Wänden der prunkvollen Salons übereinanderschichteten. Yvette brachte sie in ein stickiges Loch, dessen Decke so niedrig war, dass Alexandre nicht aufrecht stehen konnte.

»In einer Gruft ist es gemütlicher«, stellte er fest und setzte sich auf das schmale Bettgestell mit der dünnen Strohmatratze.

»Ich werde nachsehen, ob der König schon da ist«, sagte Yvette und verließ sie.

Zuerst vertrieben sie sich die Zeit mit Küssen und Neckereien. Doch allmählich merkte man auch Alexandre die Anspannung an, und schließlich saßen sie nur noch schweigend nebeneinander und hielten sich an den Händen.

Endlich kam Yvette zurück. Aufgeregt winkte sie ihnen zu.

»Der König hat soeben den Saal betreten!« Suzanne und Alexandre folgten ihr durch das Labyrinth der düsteren Gänge. Sie hatten keine Ahnung, wo im Schloss sie sich befanden. Nach etlichen Abzweigungen und gewundenen Treppchen hielt Yvette vor einer Tür.

»Ich sehe nach, ob Ihr hinauskönnt.« Sie schlüpfte hindurch, einen Augenblick später erschien ihre Hand im Türspalt und winkte ihnen zu. Sie kamen auf einem Korridor heraus, die weit geöffneten Türen des Spiegelsaals waren nur wenige Meter entfernt. Suzanne klopfte das Herz bis zum Hals, während sie darauf zuschritten. Welche Demütigung es wäre, wenn man sie erkannte und sofort hinauswarf! Jetzt waren sie angekommen und betraten die Galerie, die voller Menschen war. Ihr Geschnatter erfüllte die Luft und brach sich an der Decke. Alexandre bot ihr seinen Arm, und sie umklammerte ihn so fest, als müsste er sie vor dem Ertrinken retten.

Sie mischten sich unter die Höflinge, hielten sich aber am Rand, um niemandem aufzufallen. Mit gesenkten Köpfen hielten sie nach Louis Ausschau und entdeckten ihn schließlich am anderen Ende der Galerie. Unauffällig näherten sie sich der Gruppe, die ihn umgab. Halb abgewandt beobachtete Suzanne, dass er mit einer jungen Frau scherzte. Sie erkannte das kindliche Lachen der Comtesse de Mailly-Nesle. Am liebsten wäre sie davongerannt, doch Alexandre zog sie vor den König, wo sie beide in tiefe Referenzen sanken. Tatsächlich gelang es ihnen, seine Aufmerksamkeit auf sich zu ziehen.

»Wer wagt es, sich unerlaubt dem König zu nähern?«, fragte er, offensichtlich ungehalten, sein Gespräch mit der Comtesse unterbrechen zu müssen.

»Der Duc und die Duchesse de Bournonville möchten die Vergebung Eurer Majestät erbitten«, antwortete Alexandre mit lauter Stimme. Sämtliche Gesichter wandten sich in ihre Richtung. Suzanne wünschte sich weit weg, sogar eine Indianerhorde in den Kolonien wäre ihr in diesem Augenblick lieber gewesen als die adelige Versammlung um sie herum.

»Ihr seid verheiratet? Eure Dreistigkeit ist nicht zu überbieten«, sagte der König, doch etwas in seiner Stimme deutete an, dass er sie anhören würde. Die kleine Mailly stand neben ihm und hatte eine Hand auf seine Schulter gelegt. Offenbar hatte er sich schnell über Suzannes Verlust hinweggetröstet.

Nun war es an ihr, zu sprechen. Ihre Kehle war so trocken, dass sie glaubte, kein Wort herauszubringen.

»Ich möchte Eure Majestät noch um etwas anderes bitten.«

Der König runzelte die Stirn. »Noch eine Bitte? Bescheiden seid Ihr nicht gerade.«

Jetzt kam das Schwerste. »Sire, es tut mir unendlich leid, aber mein Name ist nicht de Montfort. Ich bin auch keine Witwe, denn ich war nie verheiratet.«

Louis schwieg, sein Gesicht war starr. »Ihr habt Euch hier unter falschem Namen eingeschlichen?«, fragte er endlich.

Hinter ihrem Rücken hörte Suzanne Kleider rascheln, ein Tuscheln fuhr durch die Zuschauer wie ein Windstoß. Sie schloss kurz die Augen und wünschte sich weit fort.

»Sie kann nichts dafür. Es war die Idee ihres Vormunds, ihr einen anderen Namen zu geben«, warf Alexandre ein.

»Und wie lautet Euer richtiger Name?«

Suzanne hob das Kinn und zwang sich, dem König in die Augen zu sehen.

»Suzanne d'Aubry, Sire, Tochter von Armand-Philippe d'Aubry.«

»Der Name klingt vertraut. War das nicht der Mann, der den Regenten ermorden wollte?« Das Interesse in Louis' Stimme ermutigte Suzanne ein wenig.

»Man warf ihm vor, an einer Verschwörung gegen den Herzog von Orleans beteiligt zu sein, aber das ist nicht wahr.« Ihre Stimme zitterte, und sie sprach schnell weiter: »Ich kann beweisen, dass er selbst Opfer einer Intrige wurde.«

Louis' Miene blieb unbewegt. »Weshalb sollte ich Euch anhören? Ihr habt meinen Anweisungen zuwidergehandelt und Euch hier eingeschlichen.«

»Weil Ihr großzügig und verständnisvoll seid«, antwortete Suzanne so leise, dass nur er es hören konnte. »Ich weiß, dass Alexandre und ich kein Anrecht auf Euer Mitgefühl haben, aber wir hoffen auf Eure Gnade.«

»Wie romantisch«, sagte die kleine Mailly. Louis lächelte ihr zu. Die Comtesse flüsterte ihm etwas ins Ohr, er überlegte, nickte und wandte sich wieder an Suzanne.

»Dankt Eurer Fürsprecherin, nur ihretwegen lasse ich Euch nicht abführen.« Er drückte kurz die Hand der kleinen Mailly. »Ich denke, wir ziehen uns in mein Arbeitszimmer zurück, um weiterzusprechen.« Der König erhob sich, und der gesamte Hof versank in einer tiefen Reverenz. Suzanne und Alexandre folgten ihm und seiner neuen Mätresse, flankiert von den Leibgardisten, die Alexandre vor kurzem noch befehligt hatte.

In seinem Arbeitszimmer setzte Louis sich hinter den Schreibtisch, als fiele es ihm auf diese Art leichter, Distanz zum Geschehen zu halten. Die Comtesse stellte sich hinter ihn und legte ihm abermals beruhigend eine Hand auf die Schulter. Sie schenkte Suzanne ein aufmunterndes Lächeln.

»Also gut, ich höre«, sagte Louis finster.

»Ich bin im Besitz dieser drei Briefe«, sagte Suzanne hastig.

»Einer von meinem Vater an Louise-Elisabeth de Bourbon-Orléans, einer, den er angeblich an die Duchesse de Maine geschrieben hat, und einer von Héctor de Gouzon, Vicomte de Guéret, an die Marquise du Deffand.«

Suzanne zog die Briefe aus der Tasche. Ein Blick auf die Miene des Königs ließ ihren Mut sinken. Er hatte die kräftigen Augenbrauen zusammengezogen, seine Lippen waren aufeinandergepresst.

»Und, was beweisen diese Schriftstücke angeblich?«, herrschte der König sie an. »Vergeudet nicht meine Zeit.«

Suzanne schielte zu Alexandre hinüber. Der hatte das Kinn gereckt und blickte dem König in die Augen.

»Verzeiht, Eure Majestät, ich verstehe Euren Zorn, doch er sollte sich auf mich richten. Was ich Euch angetan habe, war nicht richtig. Meine einzige Verteidigung ist, dass es aus Liebe geschah. Ich will ohne Suzanne nicht mehr leben.«

»Nun, vielleicht müsst ihr das, falls ich Euch in der Bastille verschwinden lasse.«

»Nein!« Suzanne hatte es ausgerufen, bevor sie nachdenken konnte. »Er wird dort sterben, genauso wie mein Vater!« Alles drehte sich um sie, die Spiegel, die Kronleuchter, die Gesichter, dann fühlte sie ihre Beine wegbrechen und fand sich auf dem Teppich wieder. Ihre Ohren mussten verstopft sein, denn sie konnte nichts mehr hören. Sie sah, dass Alexandre neben ihr kniete, und fühlte seinen stützenden Arm im Rücken, seine Lippen bewegten sich. Sie schüttelte verzweifelt den Kopf, und dann hörte sie plötzlich wieder, nur, dass Alexandres Worte keinen Sinn ergaben. Erst nach einigen Augenblicken verstand sie, dass er sie bat, durchzuhalten und stark zu sein. Für ihn und für ihren Vater.

Er half ihr, sich aufzurichten. Sie umklammerte seine Hand und versuchte, die Übelkeit zu unterdrücken, die ihren Magen zusammenpresste. Es würde ihrer Sache kaum dienen, wenn sie sich vor die Füße des Königs von Frankreich erbrach. Sie atmete tief ein und zwang sich, keine weitere Schwäche zu zeigen. Im Rücken spürte sie die Blicke der schweigenden Leibgardisten.

»Entschuldigt, Eure Majestät«, sagte sie und sah Louis fest an. »Ich weiß, dass Ihr zu unterscheiden wisst zwischen meinem Verrat an Euch und dem, den mein Vater angeblich begangen hat. Wenn meine Beweise Euch überzeugen, bitte ich Euch, seinen Namen zu rehabilitieren. Über Alexandre und mich mögt Ihr entscheiden, wie es Euch beliebt, wir geben uns ganz in Eure Hände und werden jedes Urteil annehmen.«

»Nun gut«, knurrte Louis daraufhin. »Lasst Eure Briefe sehen.« Alexandre nahm sie Suzanne aus der Hand und gab sie Bachelier, der sie wiederum an Louis weiterreichte.

»Der Liebesbrief d'Aubrys bestätigt, was Ihre Majestät Louise-Elisabeth d'Orleans erzählt hat: Sie und Suzannes Vater waren verheiratet«, erklärte Alexandre. »Und wenn Ihr den Brief, der angeblich d'Aubrys Verrat bestätigt, mit den anderen beiden vergleicht, werdet Ihr feststellen, dass die Handschrift mehr Ähnlichkeit mit dem Brief an die Marquise du Deffand hat als mit dem Liebesbrief an Madame Louise-Elisabeth.«

»Aha«, sagte der König, ohne aufzusehen. »Und wer ist dieser…«, er las stirnrunzelnd die Unterschrift des dritten Briefes, »…dieser Héctor-Schatz?«

»Mein Vormund«, sagte Suzanne mit fester Stimme laut. »Héctor de Gouzon, Vicomte de Guéret. Er hat den Brief gefälscht. In Wirklichkeit war mein Vater nie an der Verschwörung gegen den Regenten beteiligt, sondern ihm treu ergeben.«

Louis starrte lange auf die drei Briefe, die vor ihm auf dem Schreibtisch lagen, dann seufzte er.

»Wo ist dieser Vicomte?«

Bachelier räusperte sich. »Er ist Kutscheninspektor Eurer Majestät.«

»Dann schafft ihn herbei.«

Bachelier winkte, und zwei Gardisten eilten hinaus. Während sie fort waren, herrschte ein unangenehmes Schweigen. Der König brütete vor sich hin, Suzanne klammerte sich im Schutz ihrer Rockfalten an Alexandres Hand. Nach kurzer Zeit kehrten die Gardisten zurück, zwischen sich den Vicomte, der nur mühsam seinen Ärger verbarg.

»Euch gegenüber werden schwere Vorwürfe erhoben«, sagte Louis und erklärte dem Vicomte, wessen er beschuldigt wurde.

»Etwa von diesen beiden?«, schnaubte der und nickte verächtlich zu Suzanne und Alexandre hinüber.

»Ich habe die Handschriften verglichen«, sagte Suzanne. Der Anblick ihres Vormunds jagte ihr immer noch Schrecken ein, aber sie ließ sich nichts anmerken.

»Welch ein Unsinn!«, schnappte de Gouzon. »Das hat keine Beweiskraft.«

»Er hat Recht«, sagte Alexandre. Suzanne sah ihn überrascht an. Louis hatte den Kopf gehoben, ließ aber seine Gefühle nicht erkennen.

»Ihr erlaubt, Sire, dass ich den Vicomte befrage?« Der König nickte, und Alexandre trat vor.

»Wart Ihr einst befreundet mit Armand-Philippe d'Aubry?«

Der Vicomte knurrte und bequemte sich zu einem Nicken.

»Ihr standet d'Aubry also nahe. Was habt Ihr gefühlt, als er ins Gefängnis kam?«

»Persönliches Bedauern, aber er hatte gegen den Regenten intrigiert, weshalb ich eine Bestrafung für gerechtfertigt hielt.« Der Blick des Vicomte folgte Alexandre, der vor ihm auf und ab schritt, ohne ihn anzusehen. Suzanne meinte, in seinen Augen etwas Gehetztes zu erkennen.

»Vielleicht hattet Ihr auch Streit mit d'Aubry«, fuhr Alexandre fort. »Unter Freunden geschieht das manchmal.«

»Nein«, sagte der Vicomte. »Wir hatten keinen Streit.«

»Worauf wollt Ihr hinaus, Bournonville?«, fragte Louis scharf, aber Alexandre blieb gelassen.

»Gewährt mir noch einige Fragen, Eure Majestät. Nur,

um Dinge besser zu verstehen, die so lange zurückliegen.«

Er wandte sich wieder an de Gouzon. »Gab es zwischen Euch und d'Aubry eine Konkurrenz um die Gunst des Regenten?«

»Davon kann keine Rede sein!«, blaffte der Vicomte. »Ich allein war der Vertraute des Herzogs. Armand war viel zu sehr hinter den Weibern her, besoff sich und spielte Karten.«

»So wie ich mich an ihn erinnere, missfiel meinem Onkel keines dieser Dinge.« Louis versuchte, ein Lächeln zu unterdrücken, und Suzannes Hoffnung flammte auf.

»Aber ich war der bessere Mann!«, rief de Gouzon. »Wie hat es Armand dem Regenten gedankt, dass der ihn protegierte? Ihm fiel nichts Besseres ein, als seine Tochter zu vögeln und sie dann auch noch zu ehelichen! Damit hat er selbst sein Schicksal besiegelt.«

Es war totenstill im Raum, alle sahen den Vicomte an. Schließlich fragte Alexandre sanft: »Ihr wusstet von der heimlichen Ehe mit Louise-Elisabeth?«

»Armand selbst hat es mir erzählt. Und wenn schon, das beweist nichts.«

»Er vertraute Euch also. Und Ihr habt das Geheimnis an den Duc d'Orleans weitergegeben.«

»Weshalb hätte ich ihn damit belasten sollen?« Der Vicomte lächelte selbstgefällig. »Er war bereits von dieser Verschwörung in Anspruch genommen.«

»Vicomte, Ihr redet Euch gerade um Kopf und Kragen«, sagte Alexandre ruhig. Verwirrt sah de Gouzon ihn an.

»Es gibt keine Beweise gegen mich! Dieser Handschriftenvergleich ist ein albernes Gesellschaftsspiel, vor Gericht zählt das gar nichts.«

»Weshalb sollten wir Euch vor Gericht stellen, wenn Ihr nichts verbrochen habt?«, sagte Louis freundlich. Der Vicomte grinste erleichtert. »So ist es, Sire!«

Louis stand auf. »Wir brauchen kein Gericht, denn wie Ihr

wisst, bin ich der oberste Richter Frankreichs. Und Ihr habt mich davon überzeugt, dass Ihr hinter dem verräterischen Brief steht.«

Der Vicomte erbleichte. Louis fuhr fort: »Ich glaube Euch, dass Ihr so gehandelt habt, weil Ihr dem Regenten Eure Treue beweisen wolltet.«

Jetzt nickte de Gouzon eifrig. »So war es, Eure Majestät!« Er zuckte zusammen, als Louis' Stimme plötzlich auf ihn niederfuhr wie Donnergrollen. »Und dafür habt Ihr Euren besten Freund verraten! Um aufzusteigen, um Euch lieb Kind zu machen bei Höherstehenden!«

»Aber Sire«, stammelte der Angegriffene, doch Louis ließ ihn nicht ausreden. »Für Männer wie Euch ist in Frankreich kein Platz. Man wird Euch bis zur Landesgrenze begleiten. Kehrt nicht zurück, sonst werdet Ihr den Rest Eures Daseins in den Kerkern der Bastille fristen. Fort mit ihm.«

Suzanne konnte kaum fassen, dass der Vicomte von vier Gardisten umringt und in die Mitte genommen wurde. Er funkelte sie über die Schulter an. »Das hast du mir eingebrockt, du Schlampe! Ich hätte dich und deinen Beischläfer damals im Pavillon zu Tode peitschen lassen sollen!« Wieder wallte Übelkeit in ihr auf. Sie schloss die Augen, bis der Vicomte hinausgeführt worden war.

Der König wandte sich Suzanne und Alexandre zu.

»Als König von Frankreich bin ich verpflichtet, meine Gefühle hinter das Wohl des Landes zurückzustellen«, sagte er. »Ihr habt Frankreich einen Dienst erwiesen, weil Ihr diesen Verräter entlarvt habt. Deshalb sollt Ihr den Besitz Eures Vaters zurückerhalten.«

Suzanne wollte ihm danken, aber Louis hob die Hand und sprach weiter. »Lebt mit Eurem Gatten, wo ihr wollt – unter der Bedingung, dass ihr beide mir nicht wieder unter die Augen kommt. Ich möchte nicht mehr an diesen unangenehmen Vorfall erinnert werden.« Er bot der Comtesse de Mailly-Nesle seinen Arm. Suzanne und Alexandre, die erneut in eine tiefe Reverenz gesunken waren, schien er schon vergessen zu haben. Der König legte seine Hand über die der Comtesse de Mailly: »Und jetzt, meine Liebe, wollen wir nicht mehr an derart unerfreuliche Dinge denken, sondern einen Spaziergang durch die Gärten machen.«

Februar 1734

Glöckchengeklingel

Suzanne saß an ihrem Sekretär, die Schreibfeder in der Hand. Aber sie schrieb nicht. Die Feder ruhte auf dem Papier und war ausgelaufen. Suzanne hatte das Kinn in die andere Hand gestützt und sah aus dem Fenster, ohne an etwas Besonderes zu denken. In letzter Zeit war sie immer öfter geistig abwesend, und sie hatte sich zuerst deswegen Sorgen gemacht, aber der Arzt hatte ihr versichert, das sei ganz normal, ebenso wie die plötzlichen Anfälle von Rührseligkeit beim Anblick spielender Kätzchen.

Der Himmel vor dem Fenster war blau, bis auf einige Wölkchen, die mit fedrigen Rändern dahintrieben wie Segelschiffe. Suzanne stand auf und öffnete das Fenster, um ihr Gesicht in die noch schwache Wintersonne zu halten. Obwohl Bournonville einundeinhalb Wegstunden von der Küste entfernt lag, hing ein frischer Salzgeruch in der Luft, den sie genießerisch einsog.

Sie legte eine Hand auf ihren Leib, als sie das sanfte Stupsen darin spürte. Es fühlte sich an wie ein kleiner Fisch, der neugierig umherschwamm. Ihr Bauch war bereits leicht gewölbt, und der größte Vorteil ihres derzeitigen Zustandes lag darin, dass sie kein Korsett mehr tragen konnte.

»Madame, schließt sofort das Fenster! Wenn der Herzog das sieht, komme ich in Teufels Küche!«

Suzanne wandte sich um und verdrehte die Augen, was Yvette zum Lachen brachte.

»Ihr sollt übrigens umgehend auf die Terrasse kommen, hat der Herr befohlen«, sagte die Zofe. »Kommt, ich stütze Euch auf der Treppe.«

»Sei nicht albern, Yvette.« Suzanne wehrte den dargebotenen Arm ab. »Dein Bauch ist mindestens doppelt so dick wie meiner.«

»Dafür wird mein Kind auch vier Wochen vor Eurem das Licht der Welt erblicken.« Yvette strich zärtlich über die Wölbung unter ihrem Kleid.

Gemeinsam gingen sie die Treppe hinunter, schlüpften in pelzgefütterte Umhänge und traten auf die Terrasse hinaus. Die Schneedecke, die den Park überzog, war so weiß, dass man die Augen zusammenkneifen musste.

Suzanne horchte auf. War das ein Klingeln? Es näherte sich das Gebimmel von Dutzenden Glöckchen, und dann schoss ein Zweiergespann Rappen um die Ecke des Gebäudes. Sie zogen einen prachtvollen Schlitten, auf dessen Kutschbock Alexandre neben Yves saß. Der zügelte die Pferde und brachte sie genau vor der Freitreppe zum Stehen. Der Atem der Pferde dampfte in der kalten Luft.

Mit einem breiten Grinsen sprang Alexandre ab und kam zu Suzanne herauf. Seine Arme legten sich um sie, wobei er darauf achtete, sie nicht zu sehr an sich zu drücken. Sie schloss für einen Moment die Augen und atmete seinen Geruch nach Wind und Leder ein.

Ein kleiner Schrei entfuhr ihr, als er sie hochhob und die Treppe hinuntertrug. Er setzte sie vorsichtig in den Schlitten und stopfte fürsorglich die Pelzdecke rundherum fest, bis sie, halb liegend, eingemummt war wie eine Raupe in ihrem Kokon.

»Du übertreibst«, sagte sie. Alexandre zog die Augenbrauen hoch.

»Ich entscheide, was für dich und unser Kind gut ist«, sagte er, während er um den Schlitten herumging und seinen Platz an ihrer Seite einnahm.

»Ach ja? Seit wann?« Suzanne reckte das Kinn. Alexandre lachte und küsste sie auf die Nase.

»Lass mir wenigstens die Illusion, Kätzchen. Ich weiß schon, dass in Wirklichkeit du es bist, die hier die Zügel in der Hand hat. Es kann losgehen!«

Yves schnalzte, und die Pferde setzten sich in Bewegung. Suzanne zog eine Hand aus ihrem pelzigen Kokon, um Yvette zuzuwinken. Als sie am Kücheneingang vorbeifuhren, winkte sie auch Sandrine, die gerade das Küchenmädchen auszankte. Dann ließen sie das Schloss hinter sich und fuhren zwischen den schneebedeckten Feldern dahin.Unter der Pelzdecke griff Suzanne nach Alexandres Hand. Er drehte sich zu ihr und küsste sie, wobei seine andere Hand zu ihren Brüsten wanderte.

»Du darfst nie wieder ein Korsett anziehen«, murmelte er, während er an ihrem Ohr knabberte. »Ich verbiete es.«

»Was für ein Skandal!« Sie drehte ihren Kopf, damit sein Mund ihren Nacken besser erreichen konnte. Seine Lippen saugten zärtlich an ihrer Haut, was kleine Ströme der Erregung zu ihrer *chatte* hinabschickte.

»Meinst du, es ist unschicklich, es in einem Schlitten zu treiben?«, fragte Alexandre so leise, dass Yves es nicht hören konnte.

»Höchst unanständig.« Suzannes Zunge strich über Alexandres Zähne.

»Dann ist es ja gut.« Geschickt schob er unter der Decke ihr Kleid hoch und manövrierte sich zwischen ihre Schenkel. Es rührte sie, wie sehr er dabei darauf achtete, nicht auf ihr Bäuchlein zu drücken. Sein warmes Glied begehrte Einlass, der sogleich gewährt wurde. Alexandre bewegte sich unendlich sanft in ihr, während die Glöckchen klingelten und die Pferde schnaubten, unter deren Hufe der Schnee aufstob. Und Yves war so freundlich, sich kein einziges Mal umzudrehen.